한국 고전문학의 방법론적 탐색과 소묘

한국 고전문학의 방법론적 탐색과 소묘

한국 고전문학의 방법론적 탐색과 소묘

서 철 원

도서출판 역락

책머리에

대개 첫 저서는 박사학위 논문을 토대로 출간하는 것이 관례이기는 하지만, 저자에게는 '향가사(鄕歌史)'를 추구했던 그 무렵의 열정을 '고대문학사(古代文學史)' 전반으로 확장하고픈 욕심이 아직 남았다. 그 욕심을 채 뿌리칠 수도 없었지만, 고대문학사에의 여정(旅程)을 중간 점검하면서 이리저리 흩어져 가는 '탐색(探索)의 과정'과 '소묘(素描)의 흔적'을 정리할 필요 또한 컸다. 따라서 박사논문과 몇몇 성과를 제외한 지금까지의 논문을 엮어 『한국 고전문학의 방법론적 탐색과 소묘』라는 참칭(僭稱)을 붙이게 되었다. 서툴고 부족한 솜씨나마 이 제목에 걸맞은 수준으로 언젠가는 성장하길 빈다. 각각의 '머리말'과 '맺음말'에 해당하는 장(章)의 제목을 손질한 것 외에는, 여기 수록된 글은 원 게재 상태로부터 크게 달라지지는 않았지만 분명한 오류는 수정했다. 본서의 체제는 다음과 같다.

Ⅰ부는 '신라 향가의 시학과 문학사상'으로 논제를 삼았다. 향가의 시학적 특성을 서정주체와 '소멸' 모티프 등의 방법론적 준거로써 규명하고, 향가에 종교시로서 보편성이 자재(自在)함으로 보이기 위해 시·공간적 배경이 전혀 다른 종교시인과의 비교를 시도했다. 아울러 의상, 원효, 최치원 등의 문학론을 서정문학사의 지형도에 포함시켰다.

Ⅱ부는 '신라와 고려의 지속과 전변'이라는 주제를 잡았다. 여기서는 나말여초 향가와 고려속요에 관한 사상사적 접근과 형식적 고찰에 관한 성과를 포함시켰다. 저자의 석사논문에 해당하는 균여(均如)에 관한 전반적인 작가론과 함께, 고려(高麗) 광종(光宗)이 추구한 전제왕권과의 거리를

개별 작품론에서 거론하였다. 그리고 향가와 속요 사이의 율조(律調)와 정서의 동이점(同異點)을 논증한 글 두 편을 함께 엮었다.

Ⅲ부는 '속요와 시조의 전통과 전승'이라는 제목이다. 속요의 기원을 해명하기 위해 백제가요 특히 <정읍사(井邑詞)>와 일본의 『만엽집(萬葉集)』 소재(所載) 백제가요에 주목해야 함을 밝히고, 고려속요의 장르성도 시론(試論)하였다. 시기의 차이가 큰 20세기 초 『교주 가곡집(校註 歌曲集)』 관련 논문을 덧붙인 것은 전시대(前時代)의 장르가 후대에 소화되는 과정을 보여준다는 점에서 속요의 경우와 상통하는 국면이 있다고 판단했기 때문이다.

Ⅳ부는 '고대 서사문학의 문면과 문맥'이라는 제하(題下)에 금석문, 신화, 설화, 고승전 등에 걸친 '텍스트 ― 콘텍스트(text-context)'간 상호작용의 소묘를 꾸려 보았다. 이를 통해 연구 대상을 확대하여 자료의 부족 문제를 해결하고 시가와 서사를 아우른 일관성을 갖춘 사적 전개 양상을 논의하기를 희망한다.

모아 놓고 보니 대략이나마 전시기(全時期)의 고전시가 연구방법론을 향가를 중심으로 탐색하는 한편, 고대의 시가와 서사를 아우르는 논의의 장(場)을 만들기 위한 고심이 엿보인다. 그러나 아직 뭔가 뚜렷하기보다는 설익은 아이디어의 열거(列擧)로만 비쳐져 스스로 민망할 따름이다. 언젠가 보다 명징한 체계의 규명에 이르리라는 다짐을 되내인다.

어설픈 공부길이나마 많은 분들의 후의에 기대어 버티고 있다. 짧지 않은 세월 제자의 노둔함을 감내하신 지도교수 김흥규 선생님, 먼발치 앞서 향가와 불교문학의 길을 밝혀주신 박노준, 인권환 선생님을 비롯하여 한결같은 따뜻함을 베풀어주신 김인환, 장효현, 정우봉, 이도흠, 이형대, 김기형 선생님과 학계의 여러 선생님들께 큰절 올리고 싶다. 또한 작고한 육친과 지금 함께 사는 가족들, 내 사랑하는 사람을 생각할 때 그 미안함과 고마움을 말로 하기 어렵다. 끝으로 거친 원고의 출간을 흔쾌히 허락하시고 깔끔하게 꾸며주신 도서출판 역락의 이대현 사장님과 편집부 이소희 님께도 감사드린다.

2009년 10월

서철원 씀

차 례

Ⅱ.

신라와 고려의 지속과 전변 • 113

신라 향가의 시학과 문학사상

I

- 『삼국유사』 향가에서 수용의 문맥과 서정주체
- 신라 향가의 '소멸' 모티프와 죽음 인식
- 종교시로서 신라 향가와 T. S. 엘리엇 엮어읽기
- 신라 문학사상의 전개와 고전시가사의 관련 양상

『삼국유사』 향가에서 수용의 문맥과 서정주체

1. 향가 텍스트에서 발신자와 수신자의 역할

여기서는 『삼국유사(三國遺事)』에 수록된 신라 향가의 전승담(傳承譚)[1]에 드러난 텍스트 수용의 문맥(context)으로부터 향가(鄉歌) 텍스트의 발신자와 수신자의 역할을 검토하고, 향가 작품에서 '서정주체'의 성격과 역할을 고찰하고자 한다. 이를 통해 향가의 서정성과 그 문화사적 역할에 대한 논의를 확충할 수 있는 단서를 모색할 것이다.

널리 알려졌듯이 『삼국유사』 편찬자는 향가를 기록하면서 그 창작과 전승의 문맥을 전승담으로 함께 수록하였다. 이는 전승담을 향가의 배경설화 혹은 향가를 전승담의 일부분으로 이해하려는 관점[2]을 각각 낳기

---

[1] 향가의 배경설화 혹은 배경담으로 불리어 온 『삼국유사』의 서사문맥은 단순히 향가의 창작 배경만이 아니라 향가의 전승 과정과 작가의식, 편찬자의 시각 등 다양한 정보를 포함하고 있다. 따라서 본서에서는 이들 서사문맥을 향가 전승에 관한 통합적 기술이라는 의미에서 '전승담(傳承譚)'으로 부르고자 한다.

도 했다. 향가 작품이 창작·발화되면서 정치, 주술, 종교, 문화 등 다양한 층위에서 현실적 효용을 거두는 상황에 대한『삼국유사』편찬자의 증언이 향가 연구에 상당히 기여해 온 것 또한 사실이다. 그러나 향가 전승과 관련한 풍부한 정보를 포함하고 있는 전승담을 현실적 효용, 특히 주술성의 본질에 대한 상당한 천착3) 위주로 분석·활용했다는 점은 다시 생각해볼 필요가 있다. 문학 텍스트로서 향가의 연구는 그 서정성의 본질에 대한 논의로부터 출발함이 마땅할 것이다. 1세기 동안 향가가 주목받아 온 이유는 그것이 한국 서정시의 원류, 한국 문화의 고향이라는 생각 때문이 아닐까 한다. 비록 근래의 연구를 통해 향가의 서정성이 논의의 표면으로 부상(浮上)하고 있기는 하지만,4) 향가 텍스트 전체를 대상으로 한 체계적 이해를 위해서는 기초적인 어석의 과정에서조차 많은 걸림돌이 있는 상황이다.5)

서정시 텍스트로서 향가 연구를 위한 어석의 전제조차 합의되어 있지

2) 대부분의 향가 연구자는 '배경설화'라는 용어를 사용하고 있다. 그러나 이는『삼국유사』의 다른 기사에서 편찬자의 관점과 맞지 않는다. 따라서 이에 대한 반성으로서 김창원, 「삼국유사 감통 이야기의 역사적 맥락」, 『향가로 철학하기』(보고사, 2004), 55~80면에서는 감통편 서사문맥의 하위 요소로서 향가의 성격을 파악하고자 하였다.

3) 김승찬, 『한국상고문학연구』(제일문화사, 1978), 『신라향가론』(부산대 출판부, 1999) ; 장재진, 「신라향가의 연구」(형설출판사, 1993) ; 이연숙, 『신라향가문학연구』(박이정, 1999).

4) 김진국, 『향가의 해석학적 연구』(예림기획, 2003) ; 김혜진, 「신라 향가의 서정성 연구」(서울여대 박사논문, 2005) ; 서철원, 「신라 향가의 서정주체상과 그 문화사적 전개」(고려대 박사논문, 2006). 이 가운데 서철원(2006)은 '서정주체'라는 표현을 사용하기는 했지만, 논문의 주된 내용은 사상사, 미술사 등 각종의 문화사 텍스트와 향가의 문화사적 배경을 비교, 공존시킴으로써 향가의 문화사적 전개에 지나치게 치중했다.

5) 여기서의 어석은 일단 이북의 류렬, 『향가연구』(박이정, 2003)의 성과를 취했으며, 편의상 현대역만을 인용했다. 이는 류렬의 성과가 해독의 일관성이 높다고 판단했기 때문이다. 또한 남한에서는 김완진, 『향가해독법연구』(서울대 출판부, 1980) 이후 어학 전공자에 의한 어석이 활성화되지 않았던 데다가, 근래의 문학 전공자의 해독인 양희철, 『삼국유사 향가 연구』(태학사, 1997)과 신재홍, 『향가의 해석』(집문당, 2000)은 어석 결과를 통사적으로 완결된 시형으로 만들기 위해 전면 수정을 지속하고 있다든가(양희철)『삼국유사』원 텍스트의 오각, 탈각, 행의 교차, 탈락 등을 십수 차례 산정하는 등(신재홍) 문학과 어학 사이의 균형 감각이라는 차원에서 재고의 여지가 많아 보였기 때문이기도 하다.

못한 상황에서 우리는 무엇으로부터 향가 논의의 근거를 마련할 수 있을까? 향가의 사회적, 문화적 배경을 추론하기에 좋은 자료가 돼 주었던『삼국유사』의 전승담에 드러난 발신자·수신자의 관계와 문맥(context)의 형성 과정으로부터 다시 그 단서를 찾아보고자 한다.6) 그간의 연구에서는 이들 전승담이 지닌 '배경'으로서의 성격에 치중해 왔다. 초창기 향가 연구가 정치·사회사적 배경론을 중심으로 발전한 이유는 여기에도 있다. 여기서는 이러한 관점을 지양하고 향가 텍스트와 그 발신자·수신자를 중심으로 이루어지는 창작, 향유, 후대적 전승 양상을 통해 향가의 가치와 효용에 대한 당대의 시각을 파악할 수 있는 단서를 마련하고자 하는 것이다.

우선『삼국유사』향가와 전승담에서 수용의 문맥을 현실적 효용성과 서정성이라는 층위로 나누어 고찰하고, 이들의 조화·공존을 신라 문화사의 맥락에서 분석함으로써 향가의 전승 및 수용의 바탕을 드러내고자 한다. 다음으로 향가 전승에서 효용성과 서정성의 조화가 이루어질 수 있었던 기반을 돌이켜 보고, 향가의 서정주체로서 전승담 속의 발신자와 수신자의 역할을 정리하고자 한다. 이를 통해 서정시로서 향가의 특질과 한국 서정시의 원류를 모색하기 위한 단서에 이를 수 있으리라 기대한다.

2.『삼국유사』의 향가에서 수용의 문맥

『삼국유사』의 향가는 정치성, 종교성, 주술성 등 다양한 층위에 걸쳐

---

6) 이와 같은 방법론적 전제에도 불구하고 지면 관계상 향가의 전승담을 직접 인용하면서 논지를 전개하지는 못하였다. 그러나 대부분의 향가 전승담이 널리 알려진 만큼, 논의에 큰 무리는 없으리라 생각한다.

효용성을 성취하고 있는데다가, 작품 문면의 서정성도 높은 것으로 알려져 왔다. 한 편의 텍스트가 현실적 효용성 특히 종교·주술적 역할을 하면서, 미학적 완성도까지 아울러 갖춘다는 것에 향가 전승의 특징이 있다. 우선 이 특징을 효용성과 서정성 각각의 경우로 나누어 살피고자 한다.

2.1. 발신자와 수신자 사이의 '공감'을 통한 효용성의 성취

향가 텍스트의 효용성으로서 주목할 만한 요소는 주술성과 종교성, 정치성 등이 있으며, 이들의 효용은『삼국유사』의 전승담에 직접 서술되어 있다.

현존 최고(最古)의 향가인 <혜성가(彗星歌)>(진평왕대 : 579~631)에서 '혜성의 출현[천상] – 왜병의 침입[지상]'이라는 이원적(二元的) 위기 상황은 향가 가창(歌唱)이라는 단 하나의 조치를 통해 해결되고 있다. '가악(歌樂)의 시초(始初)'로 일컬어진다는 유리왕(儒理王)의 <도솔가(兜率歌)>7)가 오히려 유교적 가악론(歌樂論)을 연상시키는 정치적 성향을 보이고 있는 것과는 달리, 향가임이 분명한 <혜성가>는 초월적 차원의 효용과 현실적 차원의 효용을 함께 구현하고 있는 것이다. 향가가 그 출발에서부터 복합적 효과를 아울러 지향한 장르였던지는 현재로서 단정할 수 없다. 그러나 <혜성가>의 전승에서 분명한 점은 초월적·현실적 차원에 걸친 다양한 효용을 '흉조'를 '길조'로 뒤바꾸는 수신자의 인식 전환을 통해 담보하고자 한다는 것이다.

여기서 수신자의 인식 전환과 개입 여부가 향가 텍스트의 목적을 성취하는 관건이라는 점에 주목할 필요가 있다. <혜성가>는 일방적인 교술·전달보다는 발신자와 수신자의 '공감'을 통한 인식 전환을 선택하였

---

7)『三國史記』. 권1「新羅本紀」.

는데, 이는 경덕왕대를 비롯한 후대의 향가에도 일정 정도 드러나는 양상이다.

8세기 경덕왕대(742~764)의 <도솔가>와 <안민가(安民歌)>는 전제왕권을 보유했던 경덕왕 자신을 수신자로 상정한 텍스트이며, 이 텍스트를 통해 작가가 왕사(王師) 혹은 그에 필적하는 지위를 얻는 효용을 거두었다. 여기서 왕사 임명은 단순히 한 사람의 출세가 아니라, 이들 텍스트의 내용이 수신자[임금]의 '공감'을 거쳐 전제왕권에 의한 정책 수립에 적극 반영될 수 있다는 의미이기도 하다.[8]

<도솔가>는 "이일병현(二日竝現)"으로 비유된 이른바 왕당파와 반왕당파 사이의 갈등 양상을 배경으로 하고 있다. '꽃=화랑(花郎)'이 왕 혹은 태자를 상징하는 '미륵보살(彌勒菩薩)'을 모신다는 직설적인 텍스트 내용은 수신자의 입장을 그대로 대변하는 것이다. 그러나『삼국유사』는 월명사의 <도솔가> 창작으로부터 몇 년이 지나 다시 충담사의 <안민가>가 필요했다고 전하고 있다. 이는 수신자의 입장을 발신자가 대변하는 것만으로는 정치적 격동을 해결할 수 없었다는 것이다. 결국 충담사는 임금의 입장을 대변하는 태도로부터 탈피하여, 신하·백성 등 다양한 계층의 수신자에게 두루 해당하는 텍스트로서 <안민가>를 창작하게 된다.

> 오늘 이리 꽃뿌림노래 불러 뽑사와 뿌린 꽃이여
> 넌 곧은 마음의 그 뜻 그대로 살려
> 미륵 보살을 모시여라.[9]
>
> —<도솔가>

> 임금은 아버지라 신하는 사랑하실 어머니라

---

8) 이도흠, 「<안민가>의 화쟁시학」,『한국학논집』23(한양대 한국학연구소, 1993), 43~90면 참조.
9) 류렬(2003), 200면.

백성은 어린 아이라고 하실지
백성이 그 사랑 아는구나
나라의 구릿대(굴대)를 나면서부터 고이고 있는 갓난이 백성들
이들을 잘 먹고 살게 다스려라
이 땅 이 나라를 버리고서 어디로 갈가 할지
나라가 어떻게 유지되고 있는가를 아는구나
임금은 임금답게, 신하는 신하답게, 백성은 백성답게 한다면은
나라 태평하리이다.[10]

—<안민가>

<안민가>는 <도솔가>의 꽃·미륵보살 등과 같은 초월적 인물 형상의 상징을 배제하고 있다. "신하는 사랑하실 어머니라"고 하여 임금에 비해 신하의 백성에 대한 책임을 중시하고 있으며, "이 땅 이 나라를 버리고서 어디로 갈까"라는 백성들의 반응 또한 강조하고 있다. 나라의 구릿대를 '이는' 백성과 이들을 '다스리는' 임금과 신하의 행위를 구체적으로 지적한 점도 특징으로 들 만하다. 요컨대 <도솔가>가 꽃·미륵보살 등 추상적 인물 형상의 단정적인 행동 서술로 이루어져 있다면, <안민가>는 임금·신하·백성 등 구체적 사회 계층의 뚜렷한 행동 묘사를 중심으로 구성되었다.

이러한 표현 방식의 변화는 보다 넓은 계층의 수신자, 임금만이 아닌 신하, 백성 등 다양한 계층에 이르기까지 인식을 변화시켜 '공감'을 얻기 위한 전략으로 볼 수 있다. 이 전략의 효용에 수신자인 경덕왕은 높은 관심과 기대를 표명했으며, 이에 힘입어 충담사는 왕사의 지위를 얻게 된 것이다. 그러나 과연 경덕왕의 기대대로 <안민가>가 넓은 계층적 범위의 효용을 거두었는지는 섣불리 판단하기 어렵다.

---

10) 류렬(2003), 233면.

경덕왕대 향가의 또 다른 작품으로 <도천수관음가(禱千手觀音歌)>가 있다. 이 작품 역시 '오체투지'로 일컬어질 정도로[11] 구체적 행위의 묘사가 뚜렷하게 표현되어 있으며, 전제왕권보다 더 높은 초월자인 '신(神)'을 수신자로 상정하고 있다. '신'을 수신자로 상정한 작품으로는 다음 장에서 살펴볼 문무왕대(661~680)의 <원왕생가>도 있다. 그러나 <원왕생가>와 그 전승담이 피안(彼岸)으로의 초월을 향한 진지한 구도의 자세를 보이고 있는 것과는 달리, <도천수관음가>의 발신자는 차안(此岸)에서의 기복(祈福)을 강하게 추구하고 있다. 텍스트의 표현 방식이 보다 현실적인 쪽에 있었던 만큼 보다 넓은 범위의 수신자에게 공감과 호응을 얻을 수 있었을 것이다.

9세기에 접어들면 <우적가(遇賊歌)>(원성왕대 : 785~799)와 <처용가(處容歌)>(헌강왕 : 875~885)를 통해 '공감을 통한 수신자의 인식 전환'이 보다 뚜렷하게 나타난다. 이들은 어석이나 작품의 성격과 관련하여 많은 쟁점을 포함하고 있지만, 발신자가 수신자의 생각을 뒤바꾸고 각자의 입장을 조화·화해시키고 있다는 점은 전승담에 공통적으로 해당한다. <우적가>의 수신자인 군도(群盜)는 향가 텍스트에 감동한 나머지 작가를 좇아 지리산 운상원(雲上院)으로 동행하고 있으며, <처용가>의 수신자인 역신(疫神)은 처용의 화상만 보아도 물러나리라고 굴복하고 있다. 향가 텍스트의 문면에 공감·감동한 수신자들이 자신의 과거를 버리고 발신자에게 귀의(歸依)하는 장면은 두 작품의 공통 요소이다.

도적이 또 그 말에 감동되어 모두 그 가졌던 칼과 창을 버리고 머리를 깎고 영재의 도제(徒弟)가 되어 같이 지리산에 숨어 다시 세상에 나오지 않았다. 영재의 나이 90이니 원성대왕 때였다.[12]

---

11) 양희철(1997), 218~220면.
12) 『三國遺事』 권8 「避隱·永才遇賊」.

> 그 때에 역신이 형체를 드러내고 처용 앞에 꿇어앉아 가로되, "내가 공의 아내를 사모하여 지금 과오를 범하였는데 공이 노하지 아니하니 감격하여 아름다히 여기는 바다. 금후로는 맹세컨대 공의 형용을 그린 것만 보아도 그 문에 들어가지 않겠노라." 하였다.13)

언뜻 보아서는 <우적가>와 <처용가>는 전혀 무관한 문화사적 기반을 둔 텍스트이다. 그러나 이들의 효용성을 묘사한 장면은 상당히 유사하다. 이는 향가 텍스트의 효용에 대한 당시 수용자들의 공통된 인식을 반영한 것이라 할 수 있다. 특히 군도와 역신이 자신의 업(業)을 포기하고 발신자에게 귀의하는 데 있어서 향가의 역할은 결정적이다. 이러한 향가의 효용성은 <혜성가>에서 수신자의 인식 전환과 <안민가>에서 임금의 입장을 반영하기 위한 표현의 전략, <도천수관음가>에서 보다 많은 수신자의 공감을 얻기 위한 일련의 시도를 계승·지속한 것으로 볼 수 있다.

2.2. '아름다움[美]'을 수용하는 문맥을 통해 본 서정성의 성취

향가 텍스트는 수신자의 공감을 얻어 인식을 전환시키는 현실적 효용을 추구하기도 하지만, 전승담과의 긴밀성이 다소 약화된 상태에서 시적 화자의 서정성을 표현하기 위한 매체로서 기능하기도 한다. 신라 향가에는 '아름다움'을 수용하는 문맥과 관련하여 두 가지 층위의 서정성이 현존하고 있다. 그것은 <서동요>·<헌화가>의 ① 여성적 아름다움과 <모죽지랑가>·<찬기파랑가>의 ② 화랑의 정신세계가 지닌 아름다움이다.

---

13) 『三國遺事』 권2 「紀異·處容郎望海寺」.

　　먼저 <서동요(薯童謠)>나 <헌화가(獻花歌)>는 상고(上古) 사회의 '짝짓기' 유풍(遺風)을 간직하고 있다고 보아도 될 정도의 사랑 노래이다. 이들은 각기 진평왕대(579~631)와 성덕왕대(702~736)라는 시대 배경을 지니고 있지만, 딱히 그러한 문맥을 고려치 않더라도 서정시가로서 손색이 없다.

> 마가시(선화)공주님은 남몰래 새서방 얼어두고
> 마보(서동) 서방을 밤에 몰래 안고가다.[14]
>
> 　　　　　　　　　　　　　　　　　　　　　－<서동요>
>
>
> 붉은 바위가에서 암소 잡은 손 놓게 하시고
> 나를 부끄러워하지 않으신다면 꽃을 꺾어 드리오리다.[15]
>
> 　　　　　　　　　　　　　　　　　　　　　－<헌화가>

　　이들 텍스트에서 생각해볼 점은 여성이 지닌 아름다움[美]에 종교적 차원의 권능이 담겨 있다는 신라 문화사에서의 인식이다. 건국 초기 남해왕의 누이가 제사를 주관했다는 『삼국사기』・「신라본기」의 기록이나 『삼국유사』・『동국여지승람』 등에 전하는 선도산 성모설화를 떠올리지 않더라도 <서동요>와 <헌화가>의 전승 자체에 아름다운 여인의 종교적 권능에 대한 인식은 짙게 드리워져 있다. 가령 선화공주의 '아름다움'을 얻기 위한 서동의 노력이나 훗날 왕비로서 거대사찰 미륵사의 창건을 기획하는 선화공주의 모습, 수로부인의 '아름다움'을 얻기 위한 현실적・초월적 존재들의 행위와 사제(司祭)를 연상시키는 수로부인의 역할[16] 등이 그러하다. <서동요>와 <헌화가>를 그저 순박한 서정시로 이해할

---

14) 류렬(2003), 89면.
15) 류렬(2003), 154면.
16) 수로부인 설화와 신라인의 미의식과의 관련 양상은 이도흠, 「신라 향가의 문화기호학적 연구」(한양대 박사논문, 1993), 153~164면 참조.

수도 있다. 그러나 그것만으로는 이들 작품의 문화사적 역할을 온전하게
평가할 수 없다. 따라서 여성적 아름다움을 하나의 권능으로서 인지(認知)
하고, 그러한 문화적 바탕 위에 향가 텍스트를 발신·수신했던 향유 양
상에 보다 주목할 필요성이 있는 것이다.

한편 신라 문화에서 여성적 아름다움과는 다소 구별되는 특질의 아름
다움으로서 화랑의 정신세계를 유념할 만하다. 화랑을 소재로 한 향가는
『삼국유사』에 두 편이 수록되어 있다.

> 지난 봄 생각해 보니 그대 살아 있지 못한 것이야 울음과 시름
> 아름다움 ― 어진 마음 나타내시온 그 모습 해·달의 지남 ― 세월아 더
> 디 가자
> 눈 돌아칠 깜박사이에 그 분을 다시 만나 보게 되오리
> 그대여 그리워하는 마음에 다닐 길 다북덕쑥 구렁에 잘 밤 있으리.17)
> ― <모죽지랑가>

> 우러러 보는데 환히 비치는 밝은 달이
> 흰 구름을 좇아 떠 가는 것이 아닌가?
> 푸른 물 냇물에는 기바 화랑의 모습이 비쳐 있구나!
> 이로내(강)의 벼랑에
> 화랑이라 길이 전하여 지니게 되시온
> 마음의 그 끝을 좇아 가고 싶구나!
> 아으 잣가지처럼 그 뜻 높고
> 서리도 모르올 굳센 화랑이로다.18)
> ― <찬기파랑가>

통상 화랑하면 무사(武士) 또는 청소년 수련 집단으로서의 이미지가 강

---

17) 류렬(2003), 131면.
18) 류렬(2003), 255~256면.

하다. 그러나 우리에게 남아 있는 향가는 그런 쪽보다 '성자(聖者)'에 가까운 심상을 보여주고 있어, 쇠락기의 화랑 형상을 소재로 한 것이라는 평가도 있어 왔다.[19]

그러나 이들 향가를 정치적으로 쇠락해 가는, 그리하여 인격의 고매함 이외에는 내세울 게 없어진 나약한 화랑 형상을 그리고 있는 것으로만 평가할 수 있을까? <모죽지랑가>와 <찬기파랑가>는 앞서 살펴 본 효용성을 우선하는 향가들과는 달리, 불특정 다수의 수신자를 상정한 텍스트라 할 수 있다. 그렇다면 불특정 다수의 수신자에게 호소(呼訴)하여 공감을 얻을 만한 화랑의 형상은 무엇일까? 그것은 특수한 역사적 배경으로부터 형성된 무사 또는 수련 집단의 이미지보다는, 신라 문화사의 초기부터 자재(自在)했던 현실적 권능으로서 '아름다움'의 구현에 가까울 것으로 생각한다. 다만 여성적 아름다움을 소재로 삼은 향가에서 외면적인 쪽이 보다 부각되었다면, 화랑을 소재로 한 향가에서는 내면 정신세계의 아름다움을 시간 인식과 공간 관념을 통해 부각시키고자 한 점에서 차이가 있다.

<모죽지랑가>와 <찬기파랑가>는 모두 외면의 아름다움을 과거의 것으로 치부한다. "지난 봄"으로 형상화되거나 푸른 냇물을 바라보며 회상하는, 그들의 얼굴은 시간의 흐름 속에서 쇠락 또는 소멸하였다. 그러나 발신자는 시간의 흐름 속에 이들을 다시 만나리라 확신하고 있다. 텍스트의 마무리 부분을 보면 <모죽지랑가>가 "다북덕쑥 구렁"이라는 고난

---

19) 특히 <모죽지랑가>의 전승담과 관련하여 통일기 이후 화랑의 몰락을 반영한 것이라는 견해가 지배적이었다. 박노준, 「모죽지랑가」, 『신라가요의 연구』(열화당, 1982), 217~227면. 한편 이도흠, 「<모죽지랑가>의 창작배경과 수용의미」, 『한국시가연구』 3(한국시가학회, 1998), 159면에서 <모죽지랑가>의 구조를 "화랑이 몰락해버린 현실"과 "화랑의 부활을 꿈꾸는 이상" 사이의 대립으로 해석하여 정치사적 문맥을 작품 분석에 연결시키기도 하였다.

의 깊이를 중심에 둔 반면, <찬기파랑가>는 고난에 굴복하지 않는 "서리도 모르올 굳센" 신념의 높이를 강조한 차이가 있을 뿐이다. 이들의 재회는 언제, 어디에서 이루어질까? <모죽지랑가>는 "눈 돌아칠 깜박사이", <찬기파랑가>는 "이로내(강)의 벼랑에"서 기파랑의 "마음의 그 끝을 좇"으면서 재회하리라고 말한다. 초월적 시·공간이 아닌, 시(詩) 문면의 한 장면을 통해 이룰 수 있다고 본 것이다. 이런 일이 가능한 근거는 화랑의 형상이 '성자'에 가까운, 외면으로는 몰락했을 망정 여전히 훌륭한 정신적 가치를 지니고 있는 것으로 묘사되었기 때문이다. 따라서 죽지랑은 눈 깜짝할 사이의 짧은 시간에도, 기파랑은 하늘[상(上)]·물속[하(下)]·모르[중(中)] 등 상·중·하 어떤 공간에 시선을 두어도 존재할 수 있게 된다. 정신세계의 아름다움을 갖춘 '성자'에게는 시 속의 시·공간이 곧 초월적인 맥락을 지닐 수 있으며, 이들의 문화사적 권능은 과거의 여성 사제보다도 못하지 않을 것이다.

이러한 양상을 '서정성'의 힘이라면 다소 지나칠지도 모르지만, 서정시의 문화적 역할 가운데 하나로 간주할 여지는 있을 것이다. 우리가 신라 문화의 특질로서 여성성(女性性)과 화랑 형상을 온전히 이해하고자 한다면, 신라 당대인들이 여성과 화랑을 어떻게 인식했는지 검토해야 할 필요성이 크다. 그러한 인식의 증언이 될 수 있다는 점에도 향가 전승의 의의가 있다.

3. 효용성과 서정성의 조화와 서정주체의 본질

앞서 10여 편의 향가를 통해 『삼국유사』 향가에서 효용성과 서정성이 성취되는 면모를 각각 살펴보았다. 그 성취 과정에서 효용성과 서정성이 공존할 수 있는 가능성을 타진해볼 수 있을까? 여기서는 앞서 다루지 않은 작품들을 통해 서정성과 효용성이 수용의 문맥에서 조화하는 모습을 분석하고, 서정주체로서 향가 텍스트의 발신자와 수신자를 어떻게 보아야 할지 검토하고자 한다.

3.1. 서정성과 효용성의 공존 양상

서정성이 문면(text)에서 이루어지는 것이라면, 효용성은 문맥(context)을 함께 고려했을 때 드러나는 요소라고 할 수 있다. 그러나 신라 향가의 경우는 문면과 문맥이 병존(竝存)하고 있으며, 텍스트의 서정성을 문면만 놓고 이해하기에는 다소 어려운 점이 있을 수 있다.

① 텍스트의 서정성을 전승담이 보완하는 경우 : <풍요>, <원왕생가>
② 텍스트의 서정성을 전승담에서 현실적 효용성과 관련지은 경우 :
　　<원가>
③ 텍스트의 서정성이 전승담으로부터 독립하여 보편적 서정성을 얻은
　　경우 : <제망매가>

각각의 경우를 작품을 인용해 가면서 분석해 보자. 첫째, <풍요(風謠)>(선덕왕대 : 632~646)와　<원왕생가(願往生歌)>(문무왕대 : 661~680)를　살펴보겠다.

온다 온다 온다 온다 서럽더라
서럽다 이들이라 공덕 닦으러 온다.[20]

－<풍요>

---

20) 류렬(2003), 101면.

달아 이러히 서쪽으로 극락 다녀가시리오?
무량수불 부처 앞에 드릴 말씀 가져다 아뢰소서.
다짐 깊으신 부처님께 우러러 두 손 곧추 모아 사뢰여
가고 싶소이다 가고 싶소이다 그리워하는 사람 있다고 아뢰소서.
아라 이 몸 남겨두고 마흔여덟 온 소원 이루실가?[21]

-<원왕생가>

그 문면만을 놓고 보면, 이들을 종교적 구호의 나열로 간주할 여지도 있다. 그러나 『삼국유사』의 전승담을 통해 보면 수신자들이 이 작품을 받아들이는 과정은 생각만큼 그리 단순치 않으며, 종교시(宗敎詩)가 뛰어난 서정시가 될 수 있는 한 가지 단서를 보여준다고 할 정도이다.

먼저 <풍요>는 당시 유명한 미술가였던 양지(良志)의 진흙 조상 제작을 자발적으로 도왔던 "경성사녀"에 의해 전파된 작품이다. 양지는 『삼국유사』 편찬자에 의하면 지엽적인 재주 이외에 다른 것을 드러내지 않고 숨은 성자(聖者) 또는 은자(隱者)로서의 형상을 갖고 있기도 했지만, 당시 신라의 기술적 수준을 월등히 뛰어넘는 미술품의 작가로 알려져 있기도 하다.[22] 그렇다면 세련된 미술품의 창작 과정을 옆에서 지켜보며, 그 세련됨과는 현저하게 먼 인생의 "설움"을 자각하고, "공덕"으로써 그 미술품과 같은 장엄한 세계에 이르리라는 결심을 단순히 '민요풍'의 소산으로만 치부할 수는 없을 것이다.

비록 짤막한 구호의 반복·나열에 불과하더라도 <풍요>는 그 발신자·수신자들의 진한 감성이 배여 있는, 그리하여 발신자와 수신자의 구분 없이 모두가 공감과 감동을 느꼈던 '서정시'로서 기능했다고 보아야

---

21) 류렬(2003), 109면.
22) 양지의 미술품 관련 논저는 다음을 참조했다. 문명대, 「양지와 그의 작품론」, 『원음과 적조미』(예경, 2003), 13~35면. 문명대, 『한국불교미술사』(한언출판부, 1997), 146면. 장충식, 『한국불교미술연구』(시공사, 2004), 70면.

하지 않을까? <풍요>는 전승·향유 상황을 놓고 보면 손색없는 서정시의 역할을 한 것이다.

다음으로 <원왕생가>는 작자 논쟁 끝에 광덕으로 작자가 확정되었다. 그러나 원전의 분명한 기록에도 불구하고 엄장을 작자로 보려는 관점이 설득력을 얻었던 이유는, 본 작품의 시적 자아를 엄장으로 간주했을 때 훨씬 서정성의 진폭이 컸기 때문이기도 하다. 대다수의 수신자들은 광덕과 같은 견고한 마음을 지속해 온 경우보다, 엄장처럼 실수를 통해 더 큰 성취와 깨달음을 얻는 사례에 자신을 이입(移入, conversion)시켜왔을 것이다. 달의 수평적 움직임과 두 손을 곧추 세우는 수직적 동작, 무량수불 앞에서 말씀을 사뢰고 싶지만 속세의 때 묻은 몸으로 직접 대면하지 못하는 아쉬움은 광덕보다 엄장의 그것일 때 수신자에게 더 큰 공감을 줄 수 있다. 마지막 부분의 "이 몸 남겨두고 마흔여덟 온 소원 이루실가?"라는 구절을 생각해 보자. 광덕이 발신자라면 이 구절은 자신처럼 한결같은 마음으로 구도자의 길을 걸어온 사람을 내칠 리 없다는 자신감의 표현일 뿐이다. 그러나 엄장이 발신자라면 이 구절은 죄에 찌든 자신을 정말 내칠 것이냐는 애원으로 읽히게 된다. 어떤 마음이 더 간절하고, 수신자에게 공감을 줄 수 있는지는 이로써 분명해진다.

<풍요>와 <원왕생가>는 작가 자신만을 시적 자아로 한정하기보다는 수신자의 입장을 어느 정도 반영했을 때 텍스트의 서정성이 보다 잘 드러날 수 있다. 이는 전승담과 함께 향유되어 온 향가의 속성을 잘 보여주는 사례라 하겠다. 이렇게 수신자의 이입이나 관여를 통해 새로이 형성되는 향가의 발신자와 시적 자아를 '서정주체'라는 명칭으로 부르기로 한다.

둘째, 문면에서는 서정성에 치중하여 이루어진 텍스트가 전승담 속에서는 서정성이 아닌 주술성, 정치성 등의 사회적 효용에 큰 효과를 지닌

것으로 서술되는 경우가 있다. <원가(怨歌)>와 그 전승담을 보자.

> 줄기도 가지도 잎도 다 좋게 잣나무는 이 가을에도 시들어 이울어지지
> 않는데
> '너 어디로 가라고 하랴?' 하신 우러르던 그 모습 고쳐 버리신 터이리.
> 달의 그림자 내려 비친 못의 흘러가는 물 아래의 모래가 물을 이기듯이
> 원망스러움 이겨내고
> 전날의 그 모습이야 그대로 바라나 세상은 의연히 어둡구나.[23]
>
> — <원가>

<원가>는 한문문학에서 거론되어 온 '의경(意境)'[24]을 연상시킬 정도로 발신자의 자연물 소재에 대한 인식이 비교적 명료한 작품이다. 영속성을 지닌 자연물 소재로서 "잣나무"와 변화무쌍한 인간적 일상을 대표하는 "우러르던 그 모습"의 대조와 함께 과거의 마음과 현재의 원망 사이에서 균형을 잡고자 안간힘을 쓰는 발신자의 모습이 보인다. 이런 상황에서 "의연히 어두운" 세상의 모습을 본받지 않고, "물 아래의 모래가 물을 이기듯 원망스러움 이겨내"자는 신념은 부조리한 세계와의 타협을 거부하는 시적 자아의 태도이다.

그런데 전승담은 이와 같은 서정시로서의 성취보다는 일종의 언령(言靈)과도 같은 주술적 효용과, 그로 인해 유발되는 일련의 정치적 사태에 더 큰 관심을 보이고 있는 듯하다.[25] <원가> 텍스트는 적어서 붙이는 것만으로 잣나무를 죽이거나 소생시키는가 하면, 결국 이에 놀란 임금이 신충을 정치적으로 후원하게 되는 것이다. <원가> 전승담에는 신충의

---

23) 류렬(2003), 172면.
24) '의경' 개념에 대해서는 임준철, 「漢詩 意象論과 朝鮮中期 漢詩 意象 硏究」(고려대 박사 논문, 2003), 37~40면 참조.
25) 『三國遺事』 권5 「避隱·信忠 掛冠」.

정치적 부침(浮沈)에 대한 상세한 기록과 더불어 단속사(斷俗寺) 창건 관계 기록들까지 뒤섞여 있어, 결국 종교적인 쪽에까지 <원가>의 효용성을 확장시키려는 듯한 인상이다.

이러한 전승담의 기술 태도는 향가의 '주술성'을 강조하기 위한 것으로만 받아들여져 왔다. 따라서 <원가>는 주술가요임에도 서정성을 지향한, 다소 기이한 텍스트로 여겨지기도 했다. 그러나 그보다는 서정성의 성취를 온전하게 이룬 한 편의 서정시 텍스트가 주술, 정치, 종교 등 사회의 제반 영역에 걸쳐 골고루 효용성을 지닐 수 있다는 신라인의 인식 구조에 더 관심을 기울여야 하지 않을까 싶다. 이는 앞서 말한 바 '아름다움＝현실적 힘'으로 인식했던 신라 문화사의 일반적 동향과도 맞물린다. 말하자면 전승담의 기술 태도는 서정시로서 뛰어난 <원가>가 사회적 효용까지 겸비할 수 있다는 것으로 보아야 한다는 것이다.

마지막으로 <제망매가>는 혈육을 잃은 슬픔, 인생의 기원과 종말에 대한 핍진(逼眞)한 수목(樹木)의 비유, "생사로(生死路)"의 분열과 괴리가 "미타찰(彌陀刹)"의 만남으로 복구되는 등 다양한 서정적 성취를 지닌 작품이다. 이 작품은 전승담을 비롯한 여러 문맥을 고려하지 않아도 수신자가 발신자의 감성과 정서를 이해하기에 어려움이 없다. 그만큼 서정시로서의 자립성이 커진 텍스트로 평가할 수 있다.

이상으로써 『삼국유사』 향가에서 효용성과 서정성이 공존하는 뚜렷한 세 가지 경우를 각각 살펴보았다. 결론적으로 서정성은 효용성을 갖추기 위한 전제 조건에 해당하며, 문면에서 그것이 드러나지 않는 경우 전승담을 통해 보완되기도 한다는 점을 지적할 수 있다.

3.2. 서정주체로서 향가 텍스트의 발신자와 수신자

향가의 효용성이 발신자와 수신자 사이의 공감을 통해 마련된다면, 향가의 서정성은 '아름다움'에 대한 문화사적 인식을 통해 이루어진다고 하겠다.『삼국유사』의 향가는 수용자의 인식 전환과 여성·화랑 형상의 아름다움에 대한 전승담의 기록을 남겨 놓고 있다. 그런데 효용성과 서정성은 분리되는 개념이 아니라, 몇 편의 향가와 전승담을 통해 공존하는 양상을 띠기도 한다. 향가 텍스트의 서정성을 전승담이 보완하는 <풍요>, <원왕생가>나 텍스트의 서정성이 전승담에서 말하는 효용성의 요건이 되는 <원가> 등이 그러한 사례이기도 하다. <제망매가>는 혈육의 죽음에 대한 보편적 서정의 텍스트로 파악했다.

신라 향가에서 효용성의 실현 여부는 발신자와 수신자의 교감이 얼마나 잘 이루어지는지에 달려 있다.『삼국유사』에서 '감통(感通)' 편에 가장 많은 향가가 나오는 이유도 여기에 있을 것이다. 그러나 발신자와 수신자 사이의 교감이 주술이나 정치적 차원에만 그쳤더라면, 향가를 서정시 양식으로 보기 어려울 것이다. 향가의 서정성은 문화사적 토대, 다시 말해 대부분의 수신자가 숙지했을 만한 문화사적 배경을 토대로 발달했다. 여성적 아름다움이 지닌 주술적·종교적 권능을 소재로 삼거나 '성자'로서 화랑의 형상을 묘사한 근거가 여기에 있다. 이러한 문화적 공감대를 바탕으로 선화공주, 수로부인, 죽지랑, 기파랑 등의 인물 형상이 향가 텍스트와 전승담 속에서 구현되었으며, 많은 수신자들이 텍스트 속의 시적 화자와 주인공에 자기 자신을 이입시키는 계기가 되었을 것이다.

수신자들이 향가 텍스트의 화자로서 자신을 이입시키는 과정은 매우 중요하다. 일반적인 서정시 텍스트에서 문맥은 창작의 과정과 수용의 과정으로 양분될 뿐이지만, 향가는 다양한 성격의 수신자들이 자신을 시적 화자에 이입·전이시킴으로써 텍스트의 의미가 입체적으로 구성될 수 있기 때문이다. 이러한 과정이 다른 서정시 텍스트에서 전연 일어나지 않는다는 의미는 아니다. 하지만 향가의 경우 전승담 속의 수신자들이 이해의 방향을 굴절·전변시키는 경우를 좀 더 적극적으로 고려할 필요가 있다는 것이다. 어쩌면 향가의 이해에서 '작가의식'보다 중요한 것이 전승담에 기록된 수신자들의 반응이라 할 수 있다. 문면에는 서정성이 크게 드러나지 않았지만 서정시로서의 기능을 훌륭하게 수행한 향가(<풍요>, <원왕생가>), 또는 서정성의 층위, 즉 '아름다움'의 측면에서 뛰어난 성과를 거둔 작품이라야 주술성, 정치성 등의 현실적 효용성을 두루 갖출 수 있다는 인식(<원가>)은 수신자를 한 명의 시적 자아, 다시 말해 서정주체로 인정했을 때 보다 잘 드러날 수 있는 특질이다.

요컨대 '서정주체'란 전승담의 수신자까지를 시적 화자로 포괄·인정하는, 확장된 개념의 시적 자아라 할 수 있다. 이는 전승담에서 드러난 향가 전승의 발신−수신 과정을 좀 더 섬세하게 포착하고, 후대의 시가 양식과 향가의 동이(同異)를 파악하기 위해서도 필요한 범주일 것이다.

4. '서정주체' 개념의 재정립을 위하여

현존 신라 향가는 『삼국유사』에 수록되어 있다. 문헌 고증이 좀 더 필요한 『화랑세기(花郎世紀)』에도 향가가 실려 있지만, 『삼국유사』에 실린 향가와는 그 문화사적 배경이 크게 다르다. 여기서의 논의는 막연하게 배경설화로만 이해되어 온 향가의 전승담에 서정성과 효용성의 맥락에서 다양한 관련 정보가 수록되어 있다는 문제의식으로부터 출발하였다. 이어서 향가의 발신자와 수신자의 다층적인 관계 양상으로부터 현실적 효용성과 서정성이 조화를 이루는 작품세계를 정리했다. 이를 통해 향가의 서정성을 보다 섬세하게 분석할 수 있는 준거로써 '서정주체'라는 개념을 도입할 필요성을 개진하였다.

서정주체란 전승담에 기록된 수신자의 이입·전이 양상을 포함한 넓은 의미의 시적 자아이다. 이를 통해 향가 문면에 서정성이 다소 희박하더라도 전승담에 서술된 향유 상황을 통해 그것이 보완되는가 하면, 서정성을 온전히 구현한 텍스트가 여러 가지 층위의 현실적 효용성까지 함께 갖출 수 있다는 신라인의 독특한 문화 관념에 접근할 수 있는 단서를 마련하고자 했다.

앞으로의 과제는 '서정주체'의 개념을 보다 명백하게 설정함으로써 향가의 문면과 전승담의 관련 양상을 입체적으로 재검토하는 한편, 향가의 서정성을 신라 문화사 나아가 한국 문화사에서 보다 분명하게 자리매김하는 것이라 하겠다.

신라 향가의 '소멸' 모티프와 죽음 인식

1. 신라 문화에서 죽음 인식의 중요성

향가 연구의 방법론은 어석, 형식, 작가, 배경설화, 문학사상, 수록 문헌인 『삼국유사』의 편찬의식 등의 다양한 층위에서 이루어져 왔다.[1] 그러나 향가문학 전반에 관한 연구와는 별도로, 개별 작품을 연구 대상으로 삼는 경우에 있어서도 향가의 문학성 탐색을 목적으로 삼은 성과는 과제로 남아있다.[2] 근래에 향가의 문학세계가 이념에 물들지 않은 서정,

---

[1] 다양한 층위에서의 연구성과와 의의, 한계는 화경고전문학연구회 편, 『향가문학연구』(일지사, 1993)에서 상당 부분 참조할 수 있다. 이밖에도 임기중 외, 『새로 읽는 향가문학』(아세아문화사, 1998), 반교어문학회 편, 『신라가요의 기반과 작품의 이해(반교어문학총서 1)』(보고사, 1998) 등에서 연구성과 검토와 작품론이 병행해서 이루어졌다.

[2] '향가의 문학성'을 주제로 삼은 연구 저서는 다음과 같다. 이재선, 『향가의 이해』(삼성미술문화재단, 1979), 김사엽, 『향가의 문학적 연구』(계명대 출판부, 1985), 최철, 『향가의 문학적 연구』(새문사, 1989), 최철, 『향가의 문학적 해석』(연세대 출판부, 1990), 나경수, 『향가문학론과 작품연구』(집문당, 1995), 박노준, 「향가의 문학세계」, 『향가여요의 정서와 변용』(태학사, 2001).

격정에서 걸러낸 평담, 삶의 체취가 녹아든 생활 등으로 제기된 바 있다.3) 이는 다른 역사적 시가 장르와의 대조를 통해 드러난 것으로서, 향가 작품 자체에 관한 내재적 차원에서의 분석이 한편 요구된다.

현전 신라 향가 14수 중 다음 네 편에서는 죽음이나 개체의 쇠락·상실로 범주화할 수 있는 모티프가 보이고 있다. 이들을 한데 아울러 '소멸' 모티프라는 용어로 지칭하고자 한다.

① 원왕생가(願往生歌) / 광덕(廣德) / 신라 문무왕(新羅 文武王)(661~681)
② 모죽지랑가(慕竹旨郞歌) / 득오곡(得烏谷) / 신라 효소왕(新羅 孝昭王)(692~702)
③ 제망매가(祭亡妹歌) / 월명사(月明師) / 신라 경덕왕(新羅 景德王)(742~765)
④ 찬기파랑가(讚耆婆郞歌) / 충담사(忠談師) / 신라 경덕왕(新羅 景德王)(742~765)

여기서는 대상으로 삼을 '소멸' 모티프를 보이는 이들 작품은 일단 양적으로 현전 신라 향가의 1/3에 가까운 분량이다. 물론 현전 신라 향가 자체가 워낙 희소하기에 이 같은 비중에 의미성을 크게 부여할 수는 없을 것이다. 그러나 이들은 그 동안 연구사적으로 향가문학의 '대표작'으로 인정되어 온 작품들이다. 그것은 해당 향가의 작품 내용이 신라의 시대정신 혹은 사적 동향과 밀접한 관계를 지니고 있었다는 의미이기도 하다. 대상작품의 성향을 고려한다면 그것은 특히 죽음 인식이라는 측면에서 논의될 수 있을 것이다.

이와 같은 논의의 목적은 "어느 시대에도 변하지 않는 문학의 영원한 주제"4)로서 죽음을 인식하는 관점의 신라 당대적 양상과 '소멸' 모티프

---

3) 박노준, 「향가의 문학세계」, 『향가여요의 정서와 변용』(태학사, 2001), 17~30면.
4) 이재선, 「한국문학의 사생관」, 『한국문학주제론』(서강대 출판부, 1989), 227면.

의 관계를 구명하는 것이다.

2. 신라 향가의 '소멸' 모티프5)

앞서 제시한 네 작품 가운데 <원왕생가>와 <제망매가>는 죽음에 대한 종교적 인식을 보이고 있으며, <모죽지랑가>와 <찬기파랑가>는 화랑을 대상으로 삼은 작품으로서 힘 혹은 권능이 실질적으로 사라진 쇠락 혹은 소멸의 상황에서 가능한 층위의 정서를 보여준다.6) 이를 모티프의 층위에서 보았을 때 <원왕생가>와 <찬기파랑가>는 '달'의 작품 내적 역할이 시상 전개의 중심 축으로 제기될 수 있다. 또한 <모죽지랑가>는 작품 전반부에서 시적 대상이 쇠락의 과정을 거쳐 그 존재감을 상실하는 상황을 제시하고, 후반부에서는 시적 화자의 그에 대한 대처를 보이는 구조로 되어 있다. 마지막으로 <제망매가>는 죽음에 대한 종교적 대응을 보이고 있으나, 그것은 불교 교리적 층위이기보다 인간 보편의 정서에 호소하는 종교 일반의 차원에서 이루어지고 있다.

네 작품에서 '소멸' 모티프의 전개와 죽음에 대한 인식은 개별적으로 다른 층차를 보이기도 한다. 그러나 한편으로는 죽음의 보편성과 예측 불능성이라는 두 가지 주요 특성에 대하여 적극적·능동적 자세를 견지

---

5) 향가 자료는 高麗大 所藏 晩松文庫本과 崔南善 編, 『增補 三國遺事』(民衆書館, 1954)를 중심으로, 이동환 교감, 『三國遺事』(민족문화추진회, 1973)의 개별 판본 교감 성과를 참조했다. 향가의 어석은 김완진, 『향가해독법연구』(서울대 출판부, 1980)를 따랐다.
6) <찬기파랑가>와 <모죽지랑가>의 시적 상황은 대상의 사후(死後)의 것이어야 적절하다는 관점이 김동욱, 「신라가요의 불교문학적 고찰」, 『한국가요의 연구』(을유문화사, 1961) 이래로 쭉 있어왔다. 그러나 그것을 단언하기에는 관련 기록이 없거나, 달리 해석할 수 있는 여지를 보이고 있는 측면을 무시할 수 없다. 또한 연구사적으로 이에 대한 반론도 계속 전개되어 왔다. 때문에 이를 물리적 측면의 '죽음'으로 확정하지 않고자 하는 것이다.

하고 있다는 공통성을 보이기도 한다. 이것은 신라 당대의 죽음 인식과
도 상통하는 것이다. 그 구체적 양상을 작품 분석을 통해 살펴본다.

2.1. '소멸' 모티프의 전개에 있어 '달'의 역할

① 원왕생가(願往生歌)

月下伊底亦	드라리 엇뎨역
西方念丁去賜里遣	西方꾸장 가시리고.
無量壽佛前乃	無量壽佛前의
惱叱古音多可支白遣賜立	궂곰 함죽 솗고쇼셔.
誓音深史隱尊衣希仰支	다딤 기프신 모르옷 브라 울워러,
兩手集刀花乎白良	두 손 모도 고조술바
願往生 願往生	願往生 願往生
慕人有如白遣賜立	그리리 잇다 솗고쇼셔
阿邪 此身遺也置遣	아야 이 모마 기텨 두고
四十八大願成遣賜去	四十八大願 일고실가

　　<원왕생가>는 극락왕생을 간절히 바라는 주지(主旨)를 노래하고 있다.
세상을 '고해(苦海)'로 간주하는 불교적 사유를 토대로 이루어진 표현이지
만, 내생에 대한 기복적 측면보다는 기원의 결실을 어서 보고 싶다는 간
절한 마음이 더욱 절실하다. 본 작품에서 개체의 소멸로서 '죽음'의 의미
는 불교 교리에 의해 짙게 채색되어 있다. 슬픔이나 상실감보다는, 부정
되어야 할 현실의 생애를 이탈하여 도달할 수 있는 새로운 공간으로서
죽음이 제시되었다. 죽음은 보편적·숙명적인 속성을 지니지만 동시에
미지의 것이기에, 개체는 항상 불안할 수밖에 없다. 그에 대한 나름의 해
답 제시가 종교의 주요 기능임을 인정한다면, 종교에서 내세관의 확립은
필연적인 것이다. 본 작품에서 "서방(西方)"이라는 내세는 그러한 맥락에

서 희구의 대상이 되고 있다. 시적 화자는 그 곳에 직접 도달하기보다 서방사자인 달을 매개로 한 간접적 기원의 모습을 보이고 있다.

그간의 작품론에서 주목되어 온 것은 바로 현세와 서방의 매개라는 '달'의 기능이었다.[7] 기원의 결실이 이루어질 때 수행되는 달의 이 같은 역할은 개체적 층위의 소멸로서 죽음을 그 필연성을 인정하고 애상감으로써 바라보는 일반적인 태도와는 다른 시각을 부여한다. 여기서 죽음은 누구나 저절로 맞이하는 자연현상이라는 일반적 의미를 벗어난다. <원왕생가>에서 제기된 "왕생"으로서 죽음은 적극적·능동적 수행을 통해 성취할 결과가 된다. 그리고 사자(使者)로서 달의 역할은 시적 화자의 근기(根機)가 그 같은 성과에 합당한 수준이 되었을 경우에 한하여 가능한 것이다.

시적 화자는 간절하게 왕생을 빌고 있지만 한편으로 불안감에 젖어 있다. 이 불안은 종교를 수용하기 이전에 갖기 마련인 죽음의 세계에 대한 무지에서 촉발된 심정은 아니다. 그보다는 불교라는 종교의 교리가 제공하는, 죽음과 삶을 끊임없이 되풀이하면서 세계의 변화상을 체험하는 윤회의 세계에 계속 남아야 할지도 모르는 자기 존재에 대한 초조함에 가깝다고 볼 수 있다. 그 초조함마저 넘어선 궁극적 경지에 이르기 위해 '원왕생 원왕생(顧往生 顧往生)'을 읊조리며 간절히 기원하고 있다. 이렇게 간절히 기원하는 자신을 버려두고 '사십팔대원(四十八大願)'을 이룰지 의문을 품는 종결부의 독특한 자세도 그 초조함에서 기인한 것으로 볼 수

---

7) 이재선, 「신라향가의 어법과 수사」, 『향가의 어문학적 연구』(서강대 인문과학연구소, 1972)에서 서방사자로서 달의 시적 기능과, 서방정토의 염원을 직접 호소하지 않고 달에 비겨서 호소하는 시적 형상력의 깊이에 주목하였다. 또한 황패강, 「원왕생가 연구」, 『삼국유사와 문예적 가치 해명』(새문사, 1982)에서는 예토(濊土)의 나(광덕)와 정토의 아미타불 사이의 역동적 교신을 매개하는 기원 대상으로서 달에 주목하여, 무량광으로서의 달이 드러내는 은유의 깊이를 시적 구조의 차원에서 헤쳐냈다. 또한 윤영옥, 「원왕생가」, 『향가연구』(태학사, 1998), 305면에서도 기원의 간접적 양상에 주목했다.

있다. 따라서 이를 불교적 발언으로서 상투성과 집단적 발원으로서 타력신앙적 성격8)을 드러내는 것으로 보는 관점은 다시 생각해 볼 여지가 있다.

　<원왕생가>는 죽음의 의미에 대한 두 가지 맥락의 인식에 기초하고 있다. 우선 작품 문면에 나타난 '달'의 심상과 연계된 왕생으로서 죽음이 있다. 그러나 다른 한편으로 존재의 불안감을 떨치지 못하고 수동적으로 맞이할 수밖에 없는 죽음 역시 존재하는 것이다. 광덕(廣德)과 엄장(嚴莊)의 대칭적 구도담(求道譚)으로 구성되어 있는 <원왕생가> 전승담9)의 주제는 '어떻게 죽을 것인가?'의 문제에도 귀결된다고 할 수 있다. 광덕은 애초부터 왕생으로서 죽음을 위해 수도했지만, 엄장은 광덕 처를 만나고 <원왕생가>를 통해 인식체계를 변화시키는 일련의 과정을 통해 스스로의 죽음의 의미를 세속적인 것으로부터 종교적 차원으로 변모시켜 나갔다. 요컨대 엄장에게는 죽음의 의미에 대한 인식의 변화가 이루어지고 있으며, 그 중심에는 달에 대한 간접적 기원을 통해 근기를 성장시키는 계기로서 <원왕생가>가 기능하고 있다.

② 찬기파랑가(讚耆婆郞歌)

咽鳴爾處米	늣겨곰 ᄇ라매
露曉邪隱月羅理	이슬 불갼 ᄃ라리
白雲音逐于浮去隱安支下	힌 구룸 조초 ᄠ더간 언저레
沙是八陵隱汀理也中	몰이 가론 믈서리여히
耆郞矣皃史是史藪邪	耆郞익 즈이올시 수프리야
逸烏川理叱磧惡希	逸烏나릿 지벼긔
郞也持以支如賜烏隱	郞이여 디니더시온
心未際叱肹逐內良齊	ᄆᆞᅀᆞᄆᆡ ᄀᆞᆺᆯ 좃ᄂ라져
阿耶 栢史叱枝次高支好	아야 자싯가지 노포

---

8) 김승찬, 「신라의 정토왕생사상과 향가」, 『인문논총』 28집(부산대, 1985), 11~14면.
9) 『三國遺事』 권5 「感通」, <廣德 嚴莊>.

雪是毛冬乃乎尸花判也   누니 모둘 두폴 곳가리여

<찬기파랑가>는 작품 관련 서사 기록의 취약으로 인해 실증적 논의 보다는 작품 성격 자체의 구명에 초점을 둔 논의를 중심으로 연구가 이루어져 왔다.10) 본 작품에는 <원왕생가>의 경우와 마찬가지로 어딘가를 지향하여 움직이는 '달'이 등장한다. 앞서 살펴 본 <원왕생가>의 달은 우·열한 세계 사이의 매개체 구실을 하면서 시적 화자의 죽음 인식 형성과 상관관계를 맺는다고 할 수 있다. 한편 <찬기파랑가>의 화자가 흐느끼며 바라보는 달 역시 전체 시상의 출발점이 되면서, 그 시선과 심리에 영향을 끼치고 있다. 달에서 출발한 화자의 시선이 그 흔적인 '언저리–물가'를 바라보는 것처럼, 화자의 마음은 기파랑이 지녔던 마음을 상기하고 그 흔적인 '갓[邊]'을 좇고 있다.

"이슬 밝힌 달"은 순수하고 고귀한 존재로 상정되었다. 그러나 이미 흰 구름 따라 떠갔고, 감각의 대상이 될 수 있는 것은 그 남은 자취인 언저리일 뿐이다. "흰 구름 따라 떠간 언저리"는 흘러가는 존재의 중간을 비집고 수평적으로 이동한 자취라는 맥락에서 "모래 가른 물가"와 유사한 심상을 띠게 된다. 그 물가의 수풀에 — 작품 속의 세계에서는 이미 존재감이 없다시피 한 — "기랑의 모습"이 남아 있었고, 이것은 앞부분의 "달이 떠간 언저리"에 대응되고 있다. 시적 화자는 작품의 서두에서 흐느끼고 있었다. 그것은 기파랑의 부재를 암시하는 것이며, 이슬 밝힌 달이 이미 사라져 버린 상황과 부합하고 있다. 시적 대상의 부재에 따른

---

10) 어석적 측면을 제외하고도 미타신앙·미륵신앙·신비 주술·화랑도적 고찰과 상징론적·수사론적 고찰 등으로 기존의 성과는 분류될 수 있다고 한다. 이에 대한 상세한 검토는 조평환, 「찬기파랑가」, 『향가문학연구』(일지사, 1993), 426~436면 참조. 이밖에 혜공왕의 출생담을 <찬기파랑가>의 배경설화로 간주한 경우도 있었으나(최철, 「찬기파랑가」, 김승찬 편, 『향가문학론』, 새문사, 1986. 338면), 향가의 성격을 '발원문학'에 국한시킨 결과이므로 논외로 한다.

상실의 상황은 정적(靜的)인 세계에서 시선의 이동을 통해서 내용을 전개하는 본 작품의 특징과도 관련을 지닌다. 기파랑의 마음 언저리[邊]를 따르려고 하는 시적 화자의 노력도, 종결부에서 고깔의 위용을 강조하는 전환도 여기서의 상실감을 약화시키는 역할을 맡고 있지는 않다. 기파랑은 고결하고, 그의 정신세계는 강인하다. 그러나 그는 이미 져버린 달처럼 쇠락한 존재로서 작품 자체에서 존재감을 보이고 있지 않은 것이다. 이 같은 소멸 양상은 현실 혹은 물질적 층위의 세계라고 할 수 있는 영역에서 행위 능력과 권력의 상실로 이해할 수 있다.

5~8행에서 시적 화자는 기파랑의 마음을 직접 따르는 대신 그 자취인 "갓"을 따르겠다고 했다. 이를 기파랑의 높은 정신세계의 주변이라도 따르고 싶다는 숭배의 마음으로 이해할 여지도 있다. 그러나 작품이 촉발된 정서 자체가 슬픔(흐느낌)이었고, 지는 달의 흔적을 좇는 심사가 이 부분에까지 연계되어 있음을 염두에 두면, 역시 기파랑의 부재와 연관지어 이해해야 할 것이다.

종결부에서 기파랑은 "눈이라도 덮지 못할 고깔"로 숭배되고 있다. 9행의 "잣 나무 가지가 높아"에서 이미 고귀함은 충분히 지적되었다. 그러나 화자는 10행을 통해 여기에 강인함의 성격을 더하고자 한다. 이 상황은 '눈'이라는 시련을 이미 기파랑 혹은 시적 화자가 대면하고 있고, 강인한 성격을 통해 이것을 이겨내리라는 믿음이 기파랑의 마음의 흔적이나마 좇고 있는 화자를 지탱해주고 있음을 보여준다. 그러나 작품 전반부를 통해 이미 기파랑은 존재감이 없는 상태에 처한 시적 대상이라는 점이 드러났다. 눈이라도 덮지 못하리라는 강렬한 믿음에도 불구하고, 기파랑의 존재는 달과 마찬가지로 그 흔적만을 남기고 사라져갈 뿐이다. 그러나 소멸의 상태에도 불구하고 시적 화자는 기파랑의 마음이 결코 '눈'에 패배하지는 않았음을 천명하고 있다. 여기서 이루어진 전환은, 기파랑의 부재에 따른 상실감이 그 지절(志節)에 대한 존숭으로 전화(轉化)하는 일면도 갖고 있다. 그러나 기파랑의 실질 존재가 한 차례도 느껴지지 않았던 이 작품의 전개를 고려한다면, 그보다는 죽음·소멸의 상황에 굴복하지 않았던 불굴의 정신을 드러냈다는 쪽에서 이 시행의 작품 내적 역할을 찾아야 할 것으로 보인다.

<찬기파랑가>에서의 '달'의 역할은 현재 부재하는 시적 대상인 기파랑의 처지에 어느 정도 대응되고 있다. 기파랑의 부재 상황은 시적 화자에게 상실감을 유발시켰으며, 이는 마음의 주변이라도 따르겠다는 정신 자세와 눈에 덮여 시련에 굴복하지 않았던 강인함을 강조하는 원인이 되었다.

2.2. 쇠락의 정서와 <모죽지랑가(慕竹旨郎歌)>

去隱春皆理米	간 봄 몯 오리매
毛冬居叱沙哭屋尸以憂音	모둘 기스샤 울ᄆ롤 이 시름
阿冬音乃叱好支賜烏隱	두던 ᄃ룸곳 됴ᄒ시온
兒史年數就音墮支行齊	즈ᅀᅵ 히 혜나솜 헐니져
目煙廻於尸七史伊衣	누늬 도랄 업시 뎌옷
逢烏支惡知作乎下是	맛보기 엇디 일오아리
郎也慕理尸心未 行乎尸道尸	郎이여 그릴 ᄆᅀᆞ미 즛 녀올 길
蓬次叱巷中宿尸夜音有叱下是	다보짓 굴형희 잘 밤 이샤리[11]

<모죽지랑가>는 그 어석에 있어서도 많은 쟁점을 내포하고 있지만, 창작시기가 죽지랑 생전인지 사후인지 여부에 관한 논쟁도 오랜 동안 지속되어 왔다.[12] 여기서의 대상은 죽음을 포함한 '소멸' 모티프이기 때문

---

11) 어석은 김완진, 「모죽지랑가 해독의 반성」, 『선오당 김형기선생 팔질기념 국어학논총』 (창학사, 1985), 101~108면(『향가와 고려가요』(서울대출판부, 2000 재수록)) 참조

에, 작품 1~4행에 쇠락 혹은 죽음의 형상으로 볼 수 있는 부분이 있는 이상 어느 편이라도 논지에 손상을 주지 않는다.

<모죽지랑가>의 전승담[13]은 존경하던 술종공(述宗公)을 위해 아무 대가없이 길을 닦았던 죽지랑의 전생인 거사와, 하급 관료에게 수모를 당할 것을 무릅쓰고 아끼는 부하 득오를 보살펴주는 현생의 모습이 중첩되는 구조로 되어 있다. 윤회전생(輪回轉生)이라는 소재 자체로부터 종교적인 색채를 엿볼 수도 있지만, 의미 전생과 현세에 걸쳐 반복적으로 발생하고 있는 동일한 맥락의 사건이 죽고서 다시 태어나는 과정을 되풀이해도 변치 않을 죽지랑의 정신세계상을 드러내기 위해 기여하는 것으로도 볼 수 있다. 그러한 정신세계상은 개체의 쇠락이나 소멸을 이유로 사라지는 것은 아니라는 점에서 앞서 살펴본 <찬기파랑가>의 그것과 일면 상통한다. 그러나 두 작품 사이에는 부재의 상황에 대한 시적 화자의 인식이 달라지는 차이점 역시 존재한다. 또한 본 작품을 통해 시적 화자가 죽지랑을 추종하고자 했던 이유 역시 전승담에서 반복적으로 제시된 성격의 양상으로부터 찾을 수 있을 것이다.

작품의 전체적인 내용은 쇠락 혹은 이미 사망한 상황에 있는 죽지랑의 모습을 과거와 현재의 대조를 통해 제시한 다음, 눈을 돌려 그를 만날 수 있다면 어떤 고난도 감수하겠다는 자세를 보이는 비교적 명료한 상황으로 요약된다. 그러나 세부적으로 <모죽지랑가>는 어석의 난점 이외에도 표현 자체가 애매성을 띤 부분이 있다. 가령 2행은 어석자가 "살아 계시지 못하여"로 풀었지만, 향찰역에서는 현재 장소에 부재중이라는 맥락도 있는 것으로 보인다. 논자는 이를 위해 4행을 죽지랑의 화상(畵像)에

---

12) 양희철, 『향가 꼼꼼히 읽기』(태학사, 2000)에서 <모죽지랑가> 한 편만을 대상으로 어석과 창작시기에 대한 기존의 성과를 서술하고, 자기 어석과 입장을 밝혔다.
13) 『三國遺事』 권2 「紀異」, <孝昭王代 竹旨郎>.

대한 묘사로 이해하고 있지만, 이 부분은 죽지랑의 생존을 시사하는 곳으로 달리 이해할 수 있는 여지가 있다. 또 5행의 "눈의 돌음"이 구체적으로 무엇을 지칭하는 것인지,14) 6행의 "만나보기 어찌 이루리"는 실제 만남인지 상징적 표현인지 여부가 불분명하다.

세부적 불투명성에도 불구하고, 본 작품은 시적 대상의 고결한 정신과 대비되는 험난한 처지를 제시하고, 그를 추종하려는 시적 화자가 등장한다는 면에서 <찬기파랑가>와 유사한 구조를 취한다. 다만 <찬기파랑가>에서는 기파랑이 전혀 작품세계 안에서 존재감을 갖지 않는 완전 소멸에 가까운 상태인 데 비하여, <모죽지랑가>에는 실제이거나 혹은 시적 화자의 의식상이건 간에 죽지랑의 쇠락해가는 모습이 묘사되고 있다는 차이가 있다. 죽지랑은 작품세계 안에 나름의 존재감을 갖고 있는 것이다.

기파랑은 존재감이 없지만 약한 모습도 전혀 보이지 않고 있는 것과는 달리, 죽지랑은 지나간 봄이 돌아오지 못하듯 생기가 회복될 수 없음이 이미 1~2행에서 드러나고 있다. 정서가 촉발되는 지점에 있어 <찬기파랑가>는 '달'이라는 간접적인 대상을 취하고 있지만, <모죽지랑가>는 직접 대상의 현 상황을 묘사하는 것에서 출발하고 있음을 알 수 있다. 3~4행에서는 쇠락의 상황을 "눈두덩 볼두덩 좋으신 / 모습이 해가 갈수록 헐어 가도다"라 하여 과거—현재의 대비를 통해 직접 묘사하고 있다. 이어서 5~6행에서는 만남에 대한 희구를, 7~8행에서 시적 화자의 다짐을 드러내고 있다. 이렇게 보면 작품 전개는 1~2행과 5~6행이 '죽지랑

---

14) 김완진은 눈의 돌음을 눈앞의 현실을 피하는 것 곧 피안의 하늘로의 회향으로 간주했다. 김완진, 『향가해독법연구』(서울대 출판부, 1980) 184면. 양희철은 目煙을 '눈녀(눈안개)'로 풀고, "눈물이 눈에 고이기 직전에 눈시울이 뜨거워지는 순간이나 그 직전에 눈에 희뿌옇게 일어나는 안개"로 설명하기도 했다. 양희철, 『삼국유사향가연구』(태학사, 1997), 89면.

의 부재에 대한 탄식에 이은 만남에 대한 희망'으로, 3~4행과 7~8행이
'죽지랑의 쇠락에도 불구하고 추종을 결의해서 겪는 고난'의 두 축을 지
니게 된다. 부재·쇠락의 상황은 '소멸' 모티프와 일정 정도 관련이 있
다. 그 해소 방편으로 제기된 만남과 추종의 결의가 지닐 결말은 밝지
않다. 만남은 "눈의 돌음"이라는 행위가 전제되어야 하는데, 그것도 현재
의 어석을 따르면 실제일 가능성보다 희망에 그칠 가능성이 크다. 5~6
행의 각오는 종결부의 극한 상황을 만나게 된다. "다복 굴형"이라는 이
극한 상황은 시적 화자의 다짐을 더욱 강화시키는 역할을 한다. 그것은
"눈이라도 덮지 못할 고깔(<찬기파랑가>)"의 강인함을 연상시키기도 한다.
그러나 <모죽지랑가> 종결부에서의 비장한 각오는 시적 대상이 아닌
화자의 것이라는 점에서 <찬기파랑가>와는 본질적인 차이를 갖는다. 말
하자면 <찬기파랑가>의 시적 화자가 작자 충담사도 언급했던 바 기파
랑의 높았던 경지를 향한 발전으로서 추종을 수행하고 있다면, <모죽지
랑가>의 시적 화자는 쇠락하는 죽지랑을 향한 충성의 맥락에서 추종을
지속하고 있는 것으로 볼 수 있는 것이다.

　<모죽지랑가>는 실질적 힘의 소멸 혹은 쇠락의 상황에 직면한 화랑
이라는, <찬기파랑가>와 유사한 성격의 제재를 다루고 있다. 그러나 부
재의 상황에서 고귀하고 강인한 모습으로 표명되는 기파랑의 경우와는
달리, 죽지랑은 이미 쇠약한 존재로 그려지고 있다. 따라서 추종하는 대
상의 부재라는 동일한 상황에 처해 있으면서도 시적 화자의 추종의 상황
과 의미가 달라지게 되었다. 요컨대 <찬기파랑가>의 화자는 기파랑의
부재를 통해 그 빈자리의 숭고한 모습을 역설적으로 강조하고 그 강인함
을 중심으로 인식했다면, <모죽지랑가>의 화자는 무사의 충(忠) 관념과
도 어느 정도 겹치는 비장한 정조를 중심으로 시상을 전개하고 있다고
볼 수 있다.

2.3. 종교적 관념과 〈제망매가(祭亡妹歌)〉

生死路隱	生死 길흔
此矣有阿米次肹伊遣	이에 이샤매 머뭇그리고
吾隱去內如辭叱都	나는 가느다 말ㅅ도
毛如云遣去內尼叱古	몯다 니르고 가느닛고
於內秋察早隱風未	어느 フ술 이른 ㅂᄅ매
此矣彼矣浮良落尸葉如	이에 뎌에 쁘러딜 닙곧
一等隱枝良出古	ᄒᆞᆫ 가지라 나고
去奴隱處毛冬乎丁	가논 곧 모ᄃᆞ론뎌
阿也 彌陀刹良逢乎吾	아야 彌陀刹아 맛보올 나
道修良待是古如	道 닷가 기드리고다

<제망매가>의 죽음 인식은 일면 <원왕생가>에서의 불교적 인식과 거리가 있어 보이기도 한다. 작품의 종결부에 미타신앙과 관련된 부분이 보이기도 하지만, 그것은 본 작품의 정서적 일관성을 오히려 훼손하는 요소로 제기되기도 했다.[15] 그러나 본 작품의 전개 방향을 '누이의 죽음에 대한 개인적 고통(1~4행) → 생명적 존재 일반의 무상성에 대한 고뇌(5~8행) → 종교를 통한 정서적 고양과 해결(9~10행)'[16]으로 본다면 정서적 일관성의 훼손이라는 문제점은 해결된다. 또한 종교적 수준과 서정적 감성을 함께 구현한 작품으로서 <제망매가>의 향가문학으로서 성과 역시 긍정될 수 있다.

그러나 본 작품의 죽음 인식을 미타신앙이라는 불교 사상에 직접 연관시켜 온 연구 성과[17]에 대한 문제의식은 여전히 유효하다. 미타신앙은

---

15) 박노준, 「제망매가의 해석」, 『삼국유사와 문예적 가치해명』(새문가, 1982), 1~15면 참조.

16) 김홍규, 『한국문학의 이해』(민음사, 1986), 40면 참조.

17) 황패강, 「제망매가 연구」, 『벽사 이우성선생 정년기념 국어국문학논총』(창작과비평사, 1990), 241면.

서방정토에의 왕생을 목표로 하기 때문에 현세보다는 내세 중심적 속성이 강하다. 그러나 현실 중심적 성향이 매우 강한 것은 신라 미타신앙의 특징이었다. 그것은 통일신라시대에 이미 신앙영역이 매우 넓었던 미타신앙이 민족신앙으로서 위치를 굳건히 했던 것과, 한편으로 원시 자연신 숭배라는 관념을 불교가 계승한 것에 그 요인이 있다.[18] <제망매가>에서도 미타사상 자체에 입각한 뚜렷한 내세관이 제시되었다기보다는, 죽음 인식이 있는 인간이라면 누구나 품고 있는 망자를 위한 배려와 조치라는 실질적인 층위에서 시상(詩想)이 진행되고 있다. 이를 통해 좀 더 추론해 본다면, 본 작품 종결부의 죽음에 대한 태도는 미타신앙 자체에 그 연원을 두고 있다기보다, 불교 일반, 나아가 종교 일반론의 층위에서 파악될 여지가 있는 것이다. 미타신앙은 본 작품의 주제가 아닌 소재로서 원용된 것이다.

본 작품에서 뛰어난 심상으로서 꾸준히 지적되어 온 5~8행에 대해서는 작품 전반의 죽음 인식과 관련하여 "시간성의 문제인 죽음을 공간적이고 가시적인 심상으로 치환"[19]시켰다는 평가가 있었다. 이 부분에서 혈육을 한 가지에 난 잎에 비유한 것은 일면 관습화된 표현이며, 주목되는 부분은 "가는 곳 모르온저"라는 솔직한 고백이다. 이것은 종교적 발상에서의 의문이다. 그 "가는 곳"에 대한 응답과 인도가 종교의 근본 역할이기 때문이다. 가는 곳 모르고 죽은 상황에 대한 해답이 "미타찰"로 제기되었다. 하지만 이때의 미타찰은 미타신앙의 체계 안에서의 고유한 특질이라기보다, 내세관을 가진 모든 종교의 그것과 크게 다르지 않은 불교적 사후세계의 의미 맥락을 지니고 있다. "미타찰"은 작품의 수용자에게 위로와 희망을 주는 공간으로서 기능하고 있기는 하다. 그렇지만

---

18) 김영태, 「미타신앙」, 『삼국시대 불교신앙 연구』(불광 출판부, 1990), 119~163면 참조.
19) 구본기, 「제망매가의 시적 구성과 의미」, 『한국고전시가작품론 1』(집문당, 1992), 131면.

그 위로나 희망은 미타신앙 자체의 범주에서 유래한 것은 아니다. 요컨대 굳이 불교적 개념의 실질로서 "미타찰"을 파악할 필요성은 없다는 것이다.

월명사를 포함한 이른바 '국선지도(國仙之徒)'[20]들은 화랑을 미륵의 화신으로 간주하는, 이른바 미륵신앙을 중심으로 결속되었던 집단이라 할 수 있다. 진흥왕(眞興王)은 미륵이 도래하는 시대의 군주인 전륜성왕(轉輪聖王)을 이상적 군주 형상으로 인식하기도 했다.[21] 전륜성왕이 정치적 이상형이라면, 미륵은 종교적 이상형이라고 할 수 있다. 따라서 미륵의 화신으로서 화랑에게서는 군사적 도움 못지않게 정치력을 보좌하는 종교적 권능이 기대되기도 했을 것이다. 미륵신앙의 집결체인 화랑집단이라고 해서, 당시 매우 넓은 범위에서 신봉되었던 미타신앙과 관련이 없을 수는 없다. 그러나 그들에게 중요한 문제는 미타신앙의 내세관을 어떻게 인지하는지 여부가 아니라, 어떻게 그것을 현세 중심적으로 소화하는지 여부였을 것이다. 따라서 같은 작가의 <도솔가>에 보이는 미륵신앙이 그 본연적 모습과 크게 다르지 않은 면모를 보일 수 있었음에 비해, <제망매가>의 미타신앙은 미타찰이라는 공간보다 망자를 그리워하고 슬퍼하는, 강조점이 다른 변형된 모습으로 나타나게 된 것이다.

또한 수도(修道)의 행위 역시 <원왕생가>에서의 자기 존재에 대한 회의보다 특정한 동기에서 유발된 발원에 가깝다. 이런 측면도 역시 종교적 요소이기는 하다. 그러나 그것은 특수한 사상이라기보다 보편적 신앙으로서 종교라는 점에서, 미타신앙 자체의 특수성은 어느 정도 탈색되고 있다. 종교의식의 심도가 그리 투철하지 않았기에, 본 작품에서 종결부의 전환이 주는 파장은 그렇게 크지 않았다. 그러나 그것은 따라서 1~8

---

20) 臣僧但屬於國仙之徒, 只解鄕歌, 不閑聲梵. 『三國遺事』 권5 「感通」, <月明師 兜率歌>.
21) 김상현, 『신라의 사상과 문화』(일지사, 1999), 25면과 175면 참조.

행의 의미 비중이 9~10행에 의해 축소 혹은 변모하는 것으로 이해할 수는 없다.

이른바 10구체 향가의 의미 비중은 9~10행에 있는 경우가 많고, <제망매가> 역시 그 부분을 통해 나름의 반전을 시도하고 있기는 하다. 그러나 그것은 진지한 사상의 결과에서 말미암은 것은 아니다. 저승의 불교적 개념어라는 "미타찰"에 대한 사전 지식을 일단 논외로 하고 작품 내에서의 의미에 주목해 본다면, 그것은 일단 죽음이라는 인생에서 가장 큰 괴로움과 그로 인해 파생되는 고민에 대한 긍정적 위로의 공간이라 할 수 있으며, 이는 수용자에게 큰 위안과 희망을 준다. 소중한 사람을 다시 만날 수 없다는 가혹한 현실로부터 심리적으로나마 벗어날 수 있는 돌파구로서, "미타찰"은 사후의 재회를 약속한다. 작품의 전승담에서 지나가는 달조차 멈추게 했던,[22] 월명사의 감수성이 갖춘 초자연적 감응력은 그 자체의 권위를 내세우려고 등장했던 것은 아니다. 바람이 날려주어 미타찰까지 전하려고 했던 것은 지전뿐만이 아닌, 월명사의 마음이었을 것이다. 언젠가는 미타찰에서 만나리라는 다소 불안해 보이는 슬픈 독백이 있을 뿐, 한없는 윤회도, 집착과 번뇌가 부질없다는 인식도 여기에는 존재하지 않는다. 요컨대 9~10행의 역할은 정서의 승화보다는 전환에 있다 할 것이다.

종교시가로서 <제망매가>는 제 종교에 공통적으로 보이는 발원과 신앙의 요소를 더 크게 갖고 있다. 그러나 오히려 그런 성격으로 인해 미타신앙의 특수한 사생관보다 인간적 정감에 호소할 수 있는 죽음 인식을 확보할 수 있었다. 이를 본 작품에 종교적 서정이 구현될 수 있게 된 원동력의 하나로 볼 수 있다.

---

22) 明常居四天王寺, 善吹笛. 嘗月夜吹過門前大路, 月馭爲之停輪, 因名其路曰：月明里. 『三國遺事』 권5 「感通」, <月明師 兜率歌>.

3. 당대의 죽음 인식과 향가 작품세계

이상을 통해 신라 향가에서 '소멸' 모티프의 양상을 그 죽음 인식을 중심으로 각각 살펴보았다. 먼저 '달'의 역할이 보이는 <원왕생가>와 <찬기파랑가>를 대상으로 했다. <원왕생가>에서 죽음의 의미는 왕생(往生)이라는 성취 대상으로 나타났다. 이를 위해 근기를 성장시키는 계기로서 <원왕생가>가 기능하고, 그 방법은 서방사자로서 달에 대한 간접적 기원을 통했다. <찬기파랑가>에서 '달'의 역할은 시적 대상인 기파랑의 처지에 어느 정도 대응된다. 그것은 고결하고 강인하지만 존재감이 없는 소멸한 존재에 가깝다. <모죽지랑가>는 죽지랑의 쇠약한 모습을 묘사하는 가운데 시적 화자의 추종의 상황과 의미가 <찬기파랑가>와 달라지게 되었고, 나아가 종결부의 인물 대상도 차이를 띠게 되었다. <제망매가>는 불교문학이기보다 제 종교에 공통적으로 보이는 발원과 신앙의 요소를 더 크게 갖고 있다. 그리하여 죽음 인식에 있어 불교의 특수한 사생관보다 인간적 정감에 호소할 수 있는 여지를 확보할 수 있었다.

네 작품의 '소멸' 모티프 양상과 작품 세계는 나름의 층차를 보이고 있다. 그러나 죽음 혹은 소멸의 상황에 대한 능동적·적극적 자세를 견지하면서 그 자체를 긍정적으로 인식하는 신라 당대의 생사관을 반영하고 있다는 점에서는 공통적이라 하겠다. 이제 신라 사회의 죽음 인식을 보여주는 사료를 향가에서 죽음 인식의 사례와 관련하여 검토해 보기로 한다.

신라인의 생사관에서 특징적인 면은 죽음에 대한 적극적인 자세로 지칭되어 왔다. 물론 모든 경우의 죽음에서 일관된 태도를 보였던 것은 아니다. 가령 <조신몽(調信夢)>23)에서는 자식의 비참한 죽음을 슬퍼하는 통상적인 장면이 보인다. 신라 사회가 통일 전쟁의 과정에서 아무리 죽음을 존숭하고 미화했을 지라도, 오히려 이런 면이 당대의 일반적인 죽음 인식에는 가까울 것이다. 따라서 <제망매가>에서 육친의 죽음을 슬퍼하고 그것을 종교 일반의 문제에까지 확장시켜 나간 작품세계가 '아웃사이더적'인 것24)은 아니라 하겠다.

　죽음이 긍정되는 경우는 윤리·종교·호국 등 사회적인 이유에서가 많다. 예컨대 <손순매아(孫順埋兒)>25)나 박제상(朴提上)의 경우26) 부모를 위해 자식의 목숨을 끊으려 하거나 주군을 위한 충성의 방법으로 기꺼이 죽음을 선택하는 의식구조가 보이기도 한다.

> 　이에 제상을 가두고 물어 가로되, "네 어찌 몰래 왕자를 보냈느냐?" 대답하되, "나는 계림의 신하요, 왜왕의 신하는 아니므로 이제 우리 임금님의 뜻을 이루려고 함이니, 그대에게 무엇을 말하랴?" 왜왕이 노하여, "네 이미 나의 신하가 되었는데, 계림의 신하라고 하니, 그러면 반드시 다섯 가지 벌을 받을 것이요, 만일 왜국의 신하라 한다면 반드시 중한 벼슬을 상으로 주겠다." 하였다. 대답하되, "차라리 계림의 개와 도야지가 될지언정, 왜국의 신자가 되고 싶지는 않으며, 차라리 계림의 형장을 받을지언정, 왜국의 작록을 받고 싶지는 않다."고 하였다.
>
> 　왕이 노하여 제상의 다리가죽을 벗기고, 갈대를 베어 그 위로 걷게 하고 다시 묻기를, "네가 어느 나라의 신하냐?" 가로되 "계림의 신하"라고 하였다. 또 뜨거운 철판 위에 세우고, "네 어느 나라의 신하이냐"고 물었다. 가로되 "계림의 신하"라고 하였다. 왜왕이 그를 굽히지 못할 줄을 알고 목도란 곳에서 불태워 죽였다.27)

---

23) 『三國遺事』 권 3 탑상 4, <洛山二大聖 觀音 正趣 調信>.
24) 박노준, 「제망매가의 해석」, 『삼국유사와 문예적 가치해명』(새문사, 1982), 1~15면.
25) 『三國遺事』 권 5 효선 9, <孫順埋兒>.
26) 『三國史記』 권 45 列傳 <朴提上>, 『三國遺事』 紀異 제1 <奈勿王 金提上>.
27) 『三國遺事』 紀異 제1 <奈勿王 金提上>.

<모죽지랑가>에서 시적 화자가 낭을 위한 고난을 감수하는 종결부의 심적 태세는, 이 같은 극한적 의미의 충에 가까운 것에 결부될 가능성도 있다. 그러나 화랑과 낭도 간의 유대 관계는 그것만으로 한정지을 수 없는, 인간적 유대가 더해진 중층적인 것으로 이해해야 한다.

종교적 죽음의 경우 이차돈(異次頓)의 순교[28]에서와 같이 대승적 차원의 죽음이 있는 반면, 노힐부득(努肹不得)과 달달박박(怛怛朴朴)의 예화에서 보듯 구도자의 해탈과 같은 개인적 차원의 것이 있다.[29] 노힐부득과 달달박박은 성불에 이르는 두 가지 대조되는 양상을 통한 구도자의 길을 제시했다는 점에서 광덕·엄장의 설화와도 친연성을 가지는데, <원왕생가>와 같은 작품세계는 이러한 구도자의 생활을 토대로 이루어진 것이다.

다소 특이한 죽음 인식을 보이는 설화로 <검군(劍君)>을 들 수 있다.

劍君은 仇文 大舍의 아들로 沙梁宮 舍人이 되었다. 建福 44년 丁亥(眞平王 즉위 49년, 서기 627) 8월에 서리가 내려 각종 곡식을 해치고, 이듬해 春夏間에는 크게 기근이 들어 백성들이 자식을 팔아 먹고 사는 형편이었다. 이 때 궁중의 여러 舍人들이 공모하고 唱翳倉의 貯穀을 훔쳐서 나누었는데, 劍君만이 홀로 받지 아니하였다. 舍人들이 말하기를 "여러 사람들이 다 받는데 그대만이 거절하니 무슨 까닭인가? 만일 적다고 해서 그런다면 다시 더 주겠다"고 하였다. 劍君이 웃으며, "내가 近郎의 門徒에 이름을 두고 風月의 마당에서 수행하는데, 진실로 그 義가 아니면 비록 千金의 利라도 마음을 움직이지 않는다"고 하였다. 이 때 大日 伊飡의 아들이 花郎이 되어 이름을 近郎이라 하였기 때문에 그렇게 말한 것이다.

劍君이 궁에서 나가 近郎의 문에 이르렀는데, 舍人들이 비밀히 의논하기를 이 사람을 죽이지 않으면 반드시 말이 샐 것이라 하고 드디어 불러오게 하였다. 劍君은 그들이 자기의 살해를 도모하는 것을 알고, 近郎을 작별하며 말하기를 "금일 이후로는 다시 서로 만나지 못하겠소이다" 하

---

28) 『三國史記·新羅本紀』, <法興王條 異次頓>.
29) 『三國遺事』 권 3 탑상 4, <南白月二聖 努肹不得 怛怛朴朴>.

니, 郎이 물었지만 劍君이 말하지 아니하였다. 그러다가 재삼 물으므로 그
제야 대략 그 사유를 말하였다. 郎이 말하기를 "어찌하여 官司에 말하지
않는가" 하였다. 劍君이 "자기가 죽을 것을 두려워하여 여러 사람으로 죄
를 짓게 하는 것은 인정상 차마 할 수 없는 일입니다" 하였다. "그러면 어
찌 도망가지 않는가" 하니, 가로되 "저편이 잘못이요 나는 정직한데 도망
하는 것은 장부가 아닙니다" 하고 드디어 갔었다. 여러 숨人들이 술을 내
어 사죄하면서 비밀히 약을 섞어 먹였다. 劍君이 알면서도 억지로 먹고
그만 죽었다. 君子의 말에 劍君은 죽지 않을 데 죽었으니 泰山을 鴻毛보다
도 가벼이 할 수 있다고 하였다.[30]

검군은 죽음의 위협을 받게 되자, 관에 알리라는 권유는 자신이 살자
고 여럿에게 죄를 줄 수 없다고 거절하고, 달아나라는 권유도 저편이 잘
못되었고 나는 정직하다면서 거부한다. 결국 스스로 죽음을 선택하게 되
는데, 죽지 않을 데 죽었으니 태산(泰山)을 홍모(鴻毛)보다도 가벼이 여겼
다는 평을 얻는다. 명예와 신념을 목숨보다 우월하게 생각했고, 나아가
이 경우 죽음이 명예를 위해 반드시 선택해야 할 요소로까지 비쳐진다.
검군은 화랑의 문도였다. 따라서 통일 이전이기는 하지만 이를 통해 문
도들의 죽음에 대한 관념을 추정할 수 있다. 명예와 신념을 생명보다 중
시했던 이들 집단에서 기파랑이 힘을 상실한 소멸에 가까운 상태에 빠진
다거나, 죽지랑이 익선에게 수모를 받거나 혹은 쇠락해 가는 모습을 보
이는 장면에서 낭승과 문도 집단이 받았을 충격의 정도를 짐작하기는 어
렵지 않다. '소멸'의 범주에 드는 그 몰락의 상황에서 이들은 죽음보다
큰 감정에 빠졌을 것이고, 그것이 <모죽지랑가>와 <찬기파랑가> 창작
의 한 동인(動因)이 되었을 것으로 볼 수 있다.

이렇게 해서 신라 당대의 죽음 인식의 몇 가지 양상과 앞서 논의의 대

---

30) 『三國史記』 권 48 列傳 <劍君>.

상으로 삼았던 네 편의 작품을 간단하게 대응해 보았다. 그리하여 <제망매가>는 다소 보편적인 죽음 인식에, <원왕생가>는 불교에서도 개인의 수행·해탈과 관련된 쪽에 연결될 수 있었다. <모죽지랑가>와 <찬기파랑가>에서 향가 작자로서 낭승·문도와 검군이 보인 신념의 공유 관계를 가정할 수 있었다. 다양한 죽음 인식의 양상에도 이차돈과 같은 대승적 진리를 위한 순교나 윤리·호국 등의 맥락에서 긍정되는 경우는 현존 향가에는 남아있지 않았지만, 이들 역시 충분히 향가의 모티프로서 작용할 수 있는 것들이다.

4. '소멸' 모티프의 문화사적 의의

현존 신라 향가 14수 중 <원왕생가>, <모죽지랑가>, <제망매가>, <찬기파랑가>의 네 편은 죽음이나 개체의 쇠락·상실로 범주화할 수 있는 모티프가 보이고 있다. 여기서는 이들을 '소멸' 모티프로 범주화하고, 각 작품별로 그 양상과 의미를 살펴보았다.

<원왕생가>와 <찬기파랑가>에서는 '달'의 시적 기능이 주목되었는데, 이들은 각기 시상의 출발점이 되면서 우·열한 세계간의 매개자(<원왕생가>)와 시적 대상의 처지에 조응하는 모습(<찬기파랑가>)을 각기 보였다. <찬기파랑가>와 <모죽지랑가>는 실질적 힘을 상실한 화랑의 쇠락이라는 유사한 제제를 다루고 있다. 그러나 기파랑이 악화된 상황과 존재감이 상실된 처지에도 불구하고, 고결하고 강인했던 정신을 끝까지 유지하고자 하는 것과는 달리, <모죽지랑가>에서는 죽지랑의 미약한 존재감과 쇠락에도 불구하고 비장한 각오를 품고 추종하는 시적 화자의 비장한 각오가 정서의 중심축이 되었다. <제망매가>에서는 미타신앙의 틀을

넘어서는 종교 일반의 층위와 구별하기 어려운 불교적 사생관이 시적 화자의 감정과 융합할 수 있는 가능성을 알아보고자 했다.

이상을 통해 살펴본 신라 향가의 '소멸' 모티프가 지닐 수 있는 의의를 신라 당대의 죽음 인식과의 비교를 통해 알아보고자 했다. 이를 통해 신라 향가의 '소멸' 모티프가 결국 죽음 인식을 기초로 한 정서에서 유발되어, 시적 대상의 소멸 혹은 소멸 양태 자체에 대한 성찰을 수반하는 성격이 부각되었다 하겠다.

앞으로의 과제는 '소멸' 모티프와 죽음 인식의 상관성을 문학사적·비교문학적 관점을 통한 거시적 시각의 확보를 통해, 신라 향가 작품의 문학적 특질을 미시적으로 분석할 수 있는 안목을 확보하는 것이라 하겠다.

종교시로서 신라 향가와 T. S. 엘리엇 엮어읽기

1. 방법론의 근거

여기서의 논의는 신라 향가에서 서정성의 근간을 이루어 온 종교적 인식을 영미의 종교시인 Thomas Stearns Eliot(이하 '엘리엇'으로 약칭 : 1888~1965)의 작품세계와 견주어 읽음으로써 향가가 지닌 종교적 서정성의 본질에 접근하는 것을 목적으로 한다. 별개의 문화적 토양에서 이루어진 종교시와의 비교를 통해 서정시로서 향가의 개성에 대한 논의를 예각화(銳角化)하는 동시에, 동서양 문화의 보편적인 흐름 위에서 향가의 세계문학사적 위치를 가늠할 수 있는 단서를 마련할 수 있기를 바란다.

서구에서는 종교인들의 권력이 17세기까지도 상당했고, 문학 작가들은 "진지한 종교시의 창작을 통해 종교인들에게 우호적인 평가를 얻고"자 하였다. 나아가 "그 시가 편향적인 종교의 울타리를 뛰어넘어 일반성과 보편성을 획득함으로써, 비판적 논리가 아니라 순화된 감성을 통하여

문학과 종교의 거리를 단축"[1]시켰다고 평가받는 George Herbert(1593~
1633) 같은 시인이 등장하기도 하였다. 말하자면 르네상스와 종교개혁을
통해 예술과 신학의 큰 전환이 이루어지던 이 시기 문단에서는 문학의
종교적 가치를 입증하면서도 수용자의 감성을 자극하는 성과를 거두는
것이 주요 과제였다. 이후 영미의 종교시는 빅토리아 시대의 여성 작가
군[2]을 거쳐 발전한다.

　20세기의 시인이자 비평가인 엘리엇은 종교문학의 범주를 ① 종교에
관하여 쓴 글, ② 특별한 종교적 의식의 산물, ③ 종교의 대의(大義)를 전
파하기 위한 선전물 등의 세 가지로 나누어 정리했다.[3] 한국 고전시가에
서 경기체가와 불교가사가 ③에 해당한다면 게송(偈頌)과 선시(禪詩)는 ②
에, 경전(經傳)은 ①에 해당한다고 할 수 있다. 그렇다면 국문문학으로서
③보다 ②에 가까운 역사적 장르가 있을까? 저자는 향가의 시적 성취가
②에 해당한다고 평가하며, 영미의 종교시와 비교할 만한 대상으로 파악
하고 있다.[4] 그 근거는 향가가 도달했던 것으로 앞서 논의한 '종교적 인
식과 서정성의 심화', 말하자면 종교적 서정성[5]의 범주로 논의할 만한

---

1) 이준학, 「조지 허버트의 종교시에 나타난 보편적 의식」, 『문학과 종교』 12권 2호(문학과
　　종교학회, 2007), 64면.
2) 관련 논의는 송기호, 「크리스티나 로제티의 종교시」, 『신영어영문학』 39(신영어영문학회,
　　2008), 75~94면 참조.
3) T. S. Eliot, "Religion and Literature", Selected Essays, London : Faber&Faber, 1976, pp.389
　　~391, 이준학(2007), 64~65면 재인용.
4) 한편 종교시로서 향가의 특질에 대해서는 향가에 드러난 불교용어의 문학적 맥락에 주목
　　한 초기 연구 이래로, 현실적 주술성이 강한 밀교적 성향에 집중(김승찬, 장재진, 이연숙)
　　하거나 화쟁의 언술을 문화기호학 일반으로 확장시킨 성과(이도흠)가 있었다. 그러나 영
　　세한 숫자의 향가 작품을 대상으로 광범위한 종교이론, 문학론의 탐색을 병행하면서 논지
　　전개과정에서 작품이 소외되는 문제가 발생하기도 하였다. 근래에는 속요, 현대시와의
　　'엮어읽기'(박노준, 나정순)를 통해 이러한 문제의 극복이 시도되기도 했는데, 이러한 흐
　　름을 통해 다른 장르와의 '엮어읽기'가 자료부족에서 오는 문제점을 해결할 수 있는 방안
　　임을 알게 되었고, 종교문학으로서 향가와 가장 닮은꼴을 지닌 작가로서 T. S. 엘리엇에
　　주목하게 되었다.

영역이 Herbert가 시도한 '순화된 감성을 통한 문학과 종교의 거리 단축'을 연상시킨다는 것에만 있지 않다. <혜성가>·<서동요>의 주술성이 그 다음 세대에 <풍요>·<원왕생가>의 종교성이 되고, 결국 한 세대 더 지나 <모죽지랑가>의 서정성에 이르는 향가의 발전과정에서 종교의 역할을 중시했기 때문만도 아니다. 그보다는 기복적 욕망(祈福的 慾望)을 신앙(信仰)의 동기로 삼기를 거부하고 세속적 인생에 대한 환멸 탓에 죽음을 넘어선 새로운 삶을 희구(希求)하는 종교적 결단의 공통성을 더 큰 이유로 삼고자 한다. 바로 이 공통성의 영역이 향가와 엘리엇을 엮어 읽는 근거이다. '죽음에 대한 친근함과 예찬'은 비단 향가만이 아니라 신라인의 생사관 전반을 이루는 주제이기도 하다.

한편 엘리엇은 파스칼이 종교에 귀의하는 과정을 거론하며 이와 같이 말했다.

> 파스칼과 같은 사람에게는 그런 순간들은 가뭄이나 암흑의 밤에 비유될 수 있으며 이는 기독교 신비주의자가 되는 과정에서 꼭 필요한 단계이다. 허나 성격상으로 병든 자이거나 영혼이 非純粹한 자들이 이와 유사한 절망감을 느끼게 될 때에는 가장 비참한 결과를 낳을 수가 있다. …… 그러나 절망은 또한 믿음의 환희를 느끼기 위해서 필요한 序曲인 동시에 반드시 필요한 요소였다.6)

사변적인 인간이 종교에 이르는 과정으로서 '절망'의 체험이 필연적임을 제기하고 있다. '절망을 통한 환희'에는 '죽음 저편의 새로운 삶'과

---

5) 여기서 '종교적 서정성'이란 종교 텍스트가 기복적, 현실적 요소를 호소하는 수준을 벗어나 수신자와의 정서적 紐帶를 통한 공감, 감응의 형성을 목적으로 삼는 성향을 지칭한다. 종교문학의 목적이 一方的 교화가 아닌 정서의 쌍방향적 소통을 지향할 때, 그 본질은 서정시에 한결 가깝다는 점을 부각하기 위해 '종교적 서정성'이라는 술어를 사용한다.

6) T. S. Eliot, Selected Essays, London : Faber&Faber, 1976, p.412. 김명옥, 「엘리어트의 종교전환」, 『영미어문학연구총서 4－T. S. 엘리어트』(민음사, 1978), 91면 재인용.

상통하는 굴곡의 국면이 있다. 실상 서정시로서의 성취가 높다고 평가받
아 온 향가는 ‘나’의 곁에 머물던 존재의 쇠락·소멸·죽음과 그로 인한
‘나’의 ‘절망’을 주로 표현하고 있다. 과거의 무상감과 생사의 윤회는 생
명에 대한 절망에 이어진다. “태어나고 죽는 것이 다 고통[死生苦兮]”이라
는 사복(蛇福)의 짧게 줄인 게송은 생명의 본질에 대한 절망과 무력감의
토로이다.7) 엘리엇 식으로 말하자면 이런 류의 생사에 대한 절망이 종교
적 환희의 성취를 위해 필연적이다.

이와 같은 근거에서 죽음과 종교적 인식을 제재로 한 신라 향가와 엘
리엇의 작품을 비교하고자 한다. 향가와의 비교 대상으로 여러 종교시인
가운데 엘리엇을 선택한 이유는 앞서 거론했던 죽음을 넘어선 새로운 삶
을 희구하는 종교적 결단의 공통성 때문이다. 게다가 논의 과정에서 드
러났듯이 엘리엇은 시인이기도 했지만, 자신의 문학관과 사상에 대한 관
점을 분명하게 드러낸 이론가이기도 했다. 구체적인 비교는 ① 종교적
문제상황의 발생(<모죽지랑가>와 <J. A. 프루프록의 연가(戀歌)>), ② 종교적
공간과 시간의 중첩(<찬기파랑가>와 <성회(聖灰)수요일>), ③ 피안의 상징을
향한 움직임(<제망매가>와 <머리나(Marina)>)의 세 가지 사례를 중심으로
할 것이다.8)

---

7) 『三國遺事』 권4 義解 제5 <蛇福不言>.
8) 향가 어석은 류렬, 『향가연구』, 박이정, 2003을 따랐다. 이 어석을 선택한 이유는 최근의
   성과 가운데 가장 원전을 존중하면서 일관성을 지향했기 때문이다. 향찰 원문은 부기(附
   記)하지 않고 향찰역과 현대역만을 인용하되, 행 구분은 『삼국유사』 원전을 따랐다. 엘리
   엇 시의 번역은 이창배, 『T. S. 엘리엇 전집―시와 시극』(동국대 출판부, 2001)을 따랐으
   며, 이하 각주를 달지 않고 해당서의 면수만을 인용문 말미에 밝힌다.

2. 종교적 문제상황의 발생
　－〈모죽지랑가〉와 〈J. A. 프루프록의 연가〉

향가의 서정성은 〈모죽지랑가〉에 이르러 비로소 제 모습을 갖춘다. 이전 시기에서의 주술이나 종교 등의 다른 목적을 실현하기 위한 매개물이 아닌, 서정주체의 감성 표현물로서 독립적인 위치를 차지하게 된다. 북받치는 감정을 시로 표현하게 된, 이전의 향가에 없었던 일념(一念)의 계기는 무엇이었을까? 그것은 죽지랑의 쇠락 또는 죽음에 대한 안타까움이었다. 시간의 흐름 앞에 무상(無常)히 늙고 죽어가는 생명의 본질에 대한 '절망'이었다. 곁에서 자신을 돌봐주던 '사람을 향한 마음'을 통해 향가의 서정성이 구축되었다는 사실은 의미심장하다. 〈모죽지랑가〉의 전승담에서 죽지랑을 죽지령 거사(竹旨嶺 居士)의 후신(後身)이자 미륵(彌勒)의 화신이었던 것으로 파악했던 점9)을 되짚어보면, 죽지랑의 형상은 결국 종교적 '성자'와 크게 다르지 않다.

간봄 그리미	지난 봄 생각해보니
모두 사로사 우를이 시름	그대 살아있지 못한 것이야 울음과 시름
아롬 나시흥기시혼	어진 마음 나타내시온
지시 흐리니름 디디 니지	그 모습 해지남-세월아 더디가자
눈 도라딜 스리히	눈 돌아칠 깜박 사이에
맛보기라디 지소하리	그 분을 다시 만나 보게 되오리
나하 그릴 마스미 니홀 길	그대여 그리워하는 마음에 다닐 길
다보지시 굴히 잘 밤 이시하리	다북덕쑥 구렁에 잘 밤 있으오리.

어석(語釋)이 다소 불투명했던 부분들을 제외하더라도 이 작품은 다음

---

9) 『三國遺事』 紀異 제2 〈孝昭王代 竹旨郞〉.

과 같이 과거와 현재의 시간, 내면과 외면의 공간을 대칭시킨 것으로 구조화된다.

간 봄	(1행)－(과거) : 흘러간 과거의 시간 배경
계시지 못한 시름	(2행)－(현재) : 제재의 不在로 인한 현재의 "시름"
좋았던 과거의 모습	(3행)－(과거) : 아름다웠던 과거의 형상
늙어가는 현재의 모습	(4행)－(현재) : 쇠락해가는 현재의 형상
눈을 돌이키는 나	(5행)－(외형) : 서정주체의 움직임
만날 수 있음(확신) / 없음(불안)	(6행)－(내면) : 현재 상황에 대한 마음의 정리
님을 그리워하여 가는 길	(7행)－(외형) : 님을 향한 행동의 표현
다보짓 구렁에 잘 밤	(8행)－(내면) : 서정주체의 확신과 의지

이 대칭을 대립이 아닌 조화, 융회로 파악할 수 있는 근거는 서정주체와 죽지랑 사이의 교감, 수용자의 서정주체에 대한 공감에 있을 것이다. 이러한 '감(感)'의 소통은 서정시에서 매우 중요한 요소일 수 있지만, 여기서의 논의에서 보다 중요한 것은 인물 제재에 대한 감성이 '과거－현재－미래'라는 시간에 대한 지각(知覺)과 더불어, 주체의 내면과 외형 사이의 작용을 인식하게 하는 계기가 되었다는 사실이다. 요컨대 죽지랑의 부재(不在)는 서정주체가 자신이 처한 공간과 시간을 다시 바라보는 계기가 되었다.

엘리엇에게도 특정 인물의 형상화가 공간, 시간의 재인식에 이르는 모습은 초기 시부터 출현하고 있다. 가령 <J. A. 프루프록의 연가>는 엘리엇의 초기 습작시로 관능적 연애를 꿈꾸는 중심인물 프루프록은 청년 엘리엇의 자화상이라는 점에 이견이 없다.

그러면 우리 갑시다, **그대와 나,**
지금 **저녁**은 마치 수술대 위에 에테르로 마취된 환자처럼
하늘을 배경으로 펼쳐져 있습니다.

우리 갑시다, 거의 인적이 끊어진 **거리와 거리**를 통하여
값싼 일박여관에서 편안치 못한 **밤이면 밤마다**
중얼거리는 말소리 새어나오는 **골목으로** 해서
굴껍질과 톱밥이 흩어진 음식점들 사이로 빠져서 우리 갑시다.

Let us go then, you and I,
when the evening is spread out against the sky
Like a patient etherized upon a table ;

Let us go, through certain half-deserted streets,
The muttering retreats
Of restless nights in one-night cheap hotels
And sawdust restaurants with oyster-shells :

―<J. A. 프루프록의 연가>(이창배 역, 3면)

<J. A. 프루프록의 연가>는 '나'가 '그대'에게 말해주는 어조로 구성되었다. 그러나 '그대'와 '나'는 사실상 동일인으로[10] 세속적인 욕망을 거부하는 자신과 또 한편으로 그것을 동경하는 자신을 분열시킨 것으로 본다. 이와 같은 맥락의 이중성은 엘리엇의 특징으로 자주 거론되었던 것이기도 하다.

신성한 것과 희롱적인 것, 지적인 것과 정서적인 것, 현재적인 것과 영원한 것, 속된 것과 신성한 것―이러한 사물의 양면적 태도, 복합된 의미를 동시에 병치하는 것이 엘리어트시의 특질인데, 그는 그런 시적 방법을 프랑스의 상징주의 시에서 배웠고, 다시 그것을 영국의 17세기 형이상학파 시인들에게서 영향을 받은 것이다.[11]

---

10) "you and I"는 사실상 프루프록 한 사람의 분열된 양면임(이창배, 555면의 작품해설에 따름).
11) 이창배, 「엘리어트의 시세계」, 『영미어문학연구총서 4―T. S. 엘리어트』(민음사, 1978), 26면.

분열된 상태에서도 "Let us go"라 말하고는 함께 움직인다는 점에서 그대와 나는 둘도 아니고 하나도 아니다. <모죽지랑가>가 '성자'에 대한 선명한 그리움을 보인 것과는 대조적으로 이 작품에서 중심인물 프루프록에 대한 작가의 감정은 불투명하다. 그것을 청년기에 자아의 내면을 바라볼 때 일반적으로 느끼는 불안감에 연결시켜도 좋을지 생각해볼 만하다.

그러나 그 바로 다음 구절에서 "when the evening is spread out against the sky"라 하여 시간[evening]이 주는 느낌의 확산을 공간 소재[sky]와 대응시킨 부분이 주목된다. 분열된 두 개의 자아가 함께 머무는 시간은 하늘과 쌍을 이룰 만한 의미를 지닌다. 하지만 뒤이어 "Like a patient etherized upon a table"이라는 직유를 통해 이 시간과 공간은 결코 건강하지 않음을 강조한다. 그 이유는 서정주체 자신이 분열되어 정신적 긴장 상태를 지속하고 있기 때문이다. 분열된 두 개의 자아는 밤이면 밤마다 거리와 거리, 골목과 그 사이를 빠져나가면서 아슬아슬한 동행관계를 유지하고 있다. 저녁은 하늘과 대칭하는 정적(靜的)인 시간이라면, 밤은 이리저리 공간을 어지럽게 이동하는 동적(動的)인 시간이다.

향가와 엘리엇의 시에서 공히 인물 형상을 통해 공간과 시간에 대한 감성적 인식이 심화되는 모습을 찾을 수 있었다. 그러나 <J. A. 프루프록의 연가>에는 <모죽지랑가>와 같은 정돈된 대칭이 보이지 않고 간절한 마음의 표출로서의 이동["그리워하는 마음에 다닐 길"]과는 현저한 차이를 지니고 있다. 이 차이의 원인은 죽지랑은 '성자' 형상인데 반해 프루프록이 분열증 앓는 난봉꾼이라서만은 아니다. 보다 근본적인 이유는 <모죽지랑가>의 시간과 공간이 전체적·추상적이었던 것에 비해 <J. A. 프루프록의 연가>의 시간과 공간은 단편적·경험적이었던 것에 있다.

먼저 시간을 비교해 보자. 죽지랑의 늙어가는 모습은 서정주체에게 현재와 과거의 차이를 절감(切感)케 하였다. 그래도 과거는 '봄'으로 함축되었지만 현재는 부재(不在)의 시간이다. 과거와의 대비를 통한 현재의 재해석은 자연스럽게 미래에 대한 각오로 연결되어, 이 작품은 서정주체의 결단과 각오로 마무리되기에 이른다. 이와 같은 유기적 관계를 엘리엇에게서는 찾기 어렵다. 프루프록은 '저녁'과 '밤'을 겪지만 이들은 엇비슷한 정신상태가 때론 정적으로 때론 동적으로 연장, 반복되는 경향성을 의미할 따름이다. 프루프록의 욕망과 방황은 끝내 해결되지 않고, 초월 또는 달관, 체념 등에 수렴(收斂)되지도 않는다.

다음으로 공간을 비교해 보자. <모죽지랑가>에는 구체적 공간 인식이 없지만, '나'의 외면과 내면 사이의 조응(照應)에서 보이는 외면에 대한 시각을 넓은 의미에서 공간에 대한 관념으로 다루어 봄직하다. 외면의 움직임은 눈돌림으로부터 전신(全身)에 파급되고, 그에 따라 일말의 불안감은 영속적(永續的)인 신념으로 자리한다. 그 중심에 '성자' 형상으로서 죽지랑이 존재하고 있다. 죽지랑을 눈돌려 바라보는 '나'가 죽지랑을 향하여 움직이는 '나'가 되면서, 만남에 대한 불안은 재회를 향한 확신으로 탈바꿈한다. 프루프록의 외면을 향한 움직임은 거리와 거리, 골목과 골목 사이에서 분열된 자아들끼리의 긴장 가득한 동행의 반복으로 표현되었다.

그러나 <J. A. 프루프록의 연가>에서의 공간 또는 시간의 단편에 대한 성찰이 엘리엇에게 전혀 무의미한 것만은 아니었다. 오히려 세속적 욕망에 대한 강렬한 동경이 뿌리 깊은 절망으로 탈바꿈하는 과정을 통해, 엘리엇은 체험적 인식 저편에 엄존(儼存)하는 종교적 실재를 탐구하기 위한 의욕을 얻는다. <J. A. 프루프록의 연가>에서의 불안한 인물 형상은 작가에게 종교적 시·공간의 문제에 대한 성찰의 계기를 제공한다. 이 작품의 정서가 현대인의 불안 또는 미국적 황폐함에 연결될 수도 있지만, 여기서는 서정주체 개인에게 지닌 의미에 보다 주력하려는 것이다.

이것은 달리 말하면 시간의 단편의 의미에 대한 성찰이며, 이러한 단편
의 배후에 있는 실재성에 대한 탐구인데, 이것은 실제 엘리어트 시 전체
에 흐르고 있는 가장 중심적인 관심사인 것이다.[12]

한편 다음 작품에서 청년기의 엘리엇이 시간과 공간의 문제를 진지하
게 인식하기 시작한 흔적을 엿볼 수 있다.

만약 시간과 공간이, 성인들이 말하듯이,
존재할 수 없는 것이라면,
죽음을 알지 못하는 태양이
우리보다 더 위대할 것이 없지.
신이여 그래, 왜, 우리는 백세를 살기 위해
항상 기도해야 하나요?
하루를 사는 나비는
영원을 사는 것이지요.

If Time and Space, as Saged say,
Are things which cannot be,
The sun which does not feel decay
No greater is than we
So why, Love, should we ever pray
To live a century?
The butterfly that lives a day
Has lived eternity.[13]

---

12) 김우창, 「전통과 방법」, 『영미어문학연구총서 4 ─ T. S. 엘리어트』(민음사, 1978), 52면.
13) T. S. Eliot, Poems Written in Early Youth(New York : Farrar, Straus and Giroux, 1979),
　　p.9. 정갑동, 「엘리엇의 생애에 미친 인도의 영향」, 『T. S. 엘리엇의 시와 불교철학』(동
　　인, 2006), 43면에서 재인용.

<Lyric>이란 제목의 이 작품은 안정된 각운의 율조(律調)를 통해 서정시다운 일면을 느낄 수도 있다. 특히 본 논의에서 향가와의 주 대상으로 삼은 내용·주제적 측면을 유념하면, "The sun which does not feel decay / No greater is than we", 그리고 "The butterfly that lives a day / Has lived eternity."와 같은 부분에서는 동양철학의 영향을 받은 듯한 상대주의적 시간 인식이 드러나기도 한다.

신라 향가가 <모죽지랑가>의 성과를 바탕으로 이후의 세대에서 인물 제재, 공간과 시간에 대한 종교적 의미 부여를 비교적 일관성 있게 성취한 것과는 달리, 엘리엇은 세속적 욕망으로 인한 자아 분열과 그로 인한 좌절을 종교적 열망의 동기로 삼았다. 공간과 시간에 대한 인식을 중심으로 엘리엇의 열망이 향가와 만나고 갈라서는 부분을 논의하기로 한다.

3. 종교적 공간과 시간의 중첩
─〈찬기파랑가〉와 〈성회수요일〉

8세기 접어들어 '사람을 향한 진심'은 <찬기파랑가>와 <제망매가>를 통해 인물 형상에 공간적 의미를 부여하거나, 공간과 시간의 질적 전환에 따라 인물과의 관계를 재설정하는 등의 한결 미묘한 시적 장치로 전환한다. <찬기파랑가>는 다음과 같다.[14]

---

14) 월명사의 <도솔가>가 충담사의 <안민가>보다 먼저 지어졌기 때문에 월명사의 <제망매가>도 충담사의 <찬기파랑가>보다 먼저 지어졌으리라 추정하기 쉬운데, 꼭 그렇게 보아야 할 근거는 없다. 저자는 이들 작품의 선후 관계를 논하는 것에는 관심이 없다. 다만 <찬기파랑가>가 공간에 대한 관념을 토대로 시상(詩想)을 전개하고 있다면 <제망매가>는 공간과 시간에 대한 인식을 함께 지니고 있기 때문에 <찬기파랑가>를 먼저 다룰 뿐이다.

우루리 티미	**우러러 보는데**
나토신 다라리	환히 비치는 밝은 달이
힌구롬 조초 부더간 안디	흰 구름을 좇아 떠 가는 것이 아닌가
믈이 바론 나리하히	**푸른 물 내물에는**
기나 히 지시 이시고라	기바화랑의 모습이 비쳐 있구나
이로 나라시 비라라히	**이로내(강)의 벼랑에**
나라 디니기 다비시혼	화랑이라 길이 전하여 지니게 되시온
마스미 가시훌 조초노하뎌	마음의 그 끝을 좇아가고 싶구나
아으	아으
자시시 가지 놉디고	잣가지처럼 그 뜻 높고
서리 모룩느훌 가시한이라	서리도 모르올 굳센 화랑이로다

　이 작품은 가장 어석이 불투명한 향가 가운데 하나이다. 그러나 어석이 아무리 다르더라도 서정주체의 시선이 지나가는 방향은 달라질 수 없다. 주체는 '우러러보고[15](上) → 물속 또는 물가를 보고(下, 遠) → 벼랑을 보는(中, 近)' 방향으로 시선을 움직인다. 그 시선으로 바라보는 곳 어디에나 기파랑은 존재하고 있다. 하늘에는 기파랑의 상징물인 흰 구름, 물속에는 기파랑의 그림자, 강 벼랑에는 기파랑이 지니던 마음의 끝이 있다. '나'의 지기(知己)였던 기파랑의 육신은 소멸했지만, 오히려 육신이 소멸했기 때문에 그는 세상 어느 곳에나 존재하고 언제나 '나'와 함께 있을 수 있는 것이다. 늘, 어디서나 기파랑과 함께 하는 것을 인연(因緣) 삼아 '나'는 환히 비치는 달이 되어 기파랑의 뜻을 이어받고, 그 마음의 끝까지 잣가지처럼 높았던 굳세었던 그 뜻을 따를 수 있게 되었다.

　시기와 장소를 막론하고 지기의 죽음은 절망을 부른다. 그러나 <찬기파랑가>의 서정주체는 그 절망에 빠져 허무감으로 옮아가지 않고, 그의

---

15) 어석자에 따라 이 부분을 "열치매(양주동)", "흐느끼며 바라보매(김완진)" 등등으로 다르게 보지만, 다음 행에서 달을 바라보고 있으므로 시선이 하늘에 고정되었다는 점에 모두 동의하고 있다.

뜻과 자취가 '나'의 시선, '나'의 생명력과 늘 함께하고 있다고 자각한다. 심지어 그의 생명은 '나'의 눈이 닿는 모든 세상으로 확산(擴散)되었다고 신앙한다. 이 신앙을 통해 주체는 주변의 공간과 감성을 주고받으며, 하늘·물·벼랑은 심드렁한 공간적 배경이 아닌 의상(意象)의 역할을 맡게 된다. 한마디로 "그 뜻이 매우 높았던[其意甚高]" 성자 기파랑은 죽어서 이 세상, 우주(宇宙)가 되었다. 비상(非常)한 존재가 죽어 이 세상이 되었다는 시체화생(屍體化生)의 발상은 반고(班固)를 비롯한 창세신화에도 더러 보인다. 그러나 창세신화의 시체화생 화소(話素)로부터 주체의 객체 사이의 교감을 논의하기는 쉽지 않은 반면, <찬기파랑가>에서는 서정주체에 의한 인물 제재와 주변 공간의 재해석이 중요한 의미를 지닌다. 이 재해석에 따라 발생한 신앙은 절대자를 향한 일방적·단선적 믿음이 아니라, 자신의 체험을 통해 형성된 지각으로써 주변 공간을 새롭게 규정하는 한편, 그 주변 공간에 속하는 여러 사물들을 통해 자기 자신의 본성(本性, nature)도 새로이 만들어가는 쌍방향적(雙方向的)·다층적 상호작용(interaction)이라 하겠다. 재인식된 주변 공간과의 상호작용을 만드는 계기가 기파랑의 죽음으로 인한 상심(傷心)·절망이었다는 것이 주목할 만하다.

엘리엇의 작품 가운데 <찬기파랑가>와 마찬가지로 '공간'을 제재로 삼은 것은 찾지 어렵다. 그러나 공간과 시간의 중첩을 통해 공간에 대한 관념을 간접적으로 드러내는 성향은 자주 보인다. 다음의 <성회수요일>에서 시간과 장소에 대한 중첩된 언급은 일시성과 영속성에 대한 성찰로 이어지고 있다.

> 시간은 언제나 시간, 장소는 언제나
> 그리고 다만 장소일 뿐임을 나는 알 알 알
> 현실적인 것은 **다만 한때에만**
> 그리고 **다만 한 장소에서만** 현실적임을 나는 알기 때문에

나는 사물이 있는 그대로임을 기뻐하고
그 축복받은 얼굴을 거절하고
그 목소리를 거절한다.
나는 다시 돌이키기를 바라지 않기 때문에
결국 이래서 나는 기뻐한다. 기쁨의 토대가 될
무엇을 세워야 하기에

Because I know that time is always time
And place is always and only place
And what is actual is actual **only for one time**
And **only for one place**
I rejoice that **things are as they are and**
I renounce the blessed face
And renounce the voice
Because **I cannot hope to turn again**
Consequently I rejoice, having to construct something
Upon which to rejoice

시간과 공간이 실재[actual]할 수 있는 것은 그 속성이 "only for one time", "only for one place", 말하자면 고정된 본질을 유지하지 않으면서 끊임없이 변화하고 생멸(生滅)을 지속하기 때문이다. 생멸에 따른 고통을 피할 수 없음에도 사물의 시·공간적 제약이 절대 바뀌지 않는다는 "things are as they are"의 섭리를 기쁨[rejoice]으로 받아들일 수 있는 근거가 무엇일까? 화자는 한술 더 떠 축복의 얼굴과 목소리를 거절 [renounce]하고 "I cannot hope to turn again"이라고 과거에 느꼈던 절망을 직면하고 살아가기를 마다하지 않는다. 아니, 마다하기는커녕 그것을 기뻐한다[rejoice]고 강조하며 그로부터 기쁨의 토대를 만들리라["having to construct something / Upon which to rejoice"]고까지 선언한다. 이러한 역설을 바탕삼아 다음 연에서 엘리엇은 현세(現世)를 보는 관점을 시사(示唆)하고 있다.

> 우리에게 자비를 내리실 것을 **신에게 기도하고**
> 내 자신과 너무 많이 토론하고
> 너무 많이 설명하는 이런 문제들을
> 스스로 **잊게 해주십사** 비나이다
> 나는 다시 돌이키기를 바라지 않기 때문에
> 이런 말들로 하여금 행한 것과
> 다시 행해선 안 될 것에 대한 답이 되게 하시고
> 그 **심판이 우리에게 너무 가혹지 않게 하소서**

> And **prey to God** to have mercy upon us
> And I pray that **I may forget**
> These matters that with myself I too much discuss
> Too much explain
> Because I do not hope to turn again
> Let these words answer
> For what is done, not to be done again
> **May the judgement not be too heavy upon us.**
>
> —<성회수요일>(이창배 역, 69~70면)

이 부분은 앞 연에서의 역설적 기쁨[rejoice]의 근거라 할 만한, 신과 '나' 사의 관계 설정에 해당한다. 신이 관리하는 현세에서 나는 "may"로 시작하는 기도를 두 차례 올림으로써 신과 나 사이의 상호작용을 시도한다. 그러나 이 기도는 구체적 상황에서 주체의 의지를 드러낸다기보다, 신의 섭리로써 문제를 해결해주길 비는 일방적 간청(懇請)에 다소 가까워 보인다. 이 섭리 덕분에 앞에서의 기쁨이 가능했다고 정리하면 그만일까?

<찬기파랑가>의 문제적 상황은 서정주체와 공간 요소들 사이의 쌍방향적 상호작용에 의하여 해결되어 간다고 앞서 지적하였다. 그러나 엘리

엇은 그 대신 신에게 기도["prey to God"]라는 발화(發話) 방식을 선택하였다. 그런가 하면 <찬기파랑가>의 서정주체가 인물 제재를 영원히 잊지 않으리라 다짐하는 것과는 사뭇 달리 모든 논쟁의 망각[forget]을 간구(懇求)하고 있다. 좀 심하게 말하면 <성회수요일>에서의 현세는 신께 기도하고 다 잊을 수 있는 공간에 불과하다. 이어서 "I cannot hope to turn again"을 다시 한 차례 반복하고는 "May the judgement not be too heavy upon us"라 하였는데, 이 부분도 어떻게 보면 불철저(不徹底)한 자세의 반영으로 여겨진다.

그러나 이러한 자세는 일종의 겸허함으로 이해하는 편이 정당하다. 앞연의 기쁨[rejoice]과 거절[renounce]의 병행을 통한 역설적 깨달음이 '나'의 우월함에만 말미암은 소산이 아니라는 뜻이다. '나'의 모든 행동과 생각은 자유의지에 따라 이루어지는 것 같지만, 보다 높은 차원에서 이 모든 것을 주재(主宰)하여 '나'의 행동과 생각에 필연(必然)을 부여하는 존재가 있다. 어느 곳에 시선을 두어도 기파랑의 자취를 대면하여 그 마음의 끝까지 따를 수밖에 없듯이, 주체로 하여금 "I cannot hope to turn again"이라 말하면서 싸구려 축복을 거부하고 고통스런 사명을 기쁨으로 인지하게끔 하는 초월자(超越者)를 인정치 않을 수 없다. 서정주체의 인식과 행동에 필연적 의미를 부여하는 초월자라는 점에서 이제 기파랑과 신은 동의어가 된다.

이 겸허함은 '죽음'에 대한 인식에서 비롯된 것이기도 하다. 양 초월자들은 죽음의 문제로부터 자유롭다. 기파랑은 죽음 저편의 피안에 도달하여 우주가 되었으며, 신은 애초부터 불사의 영역에 머물러 있다. 그러나 다소간 종교적 깨달음에 다가갔더라도, <찬기파랑가>와 <성회수요일>의 화자가 죽음의 공포로부터 완전히 자유로웠다고 장담할 수는 없다. 실상 죽음을 꺼림칙하게 여기고 살아가는 탓에 사람의 마음은 작아지고,

사람에게 주어진 시간과 공간은 턱없이 협소하게만 느껴진다.

> **非實在의 도시,**
> 겨울날 새벽 갈색 안개 속으로
> 군중이 런던교 위로 흘러간다. 저렇게 많이,
> **나는 죽음이 저렇게 많은 사람을 멸망시켰다고는 생각지 못했다.**
>
> **Unreal city,**
> Under the brown fog of a winter dawn,
> A crowd flowed over London Bridge, so many,
> **I had not thought death had undone so many.**
> ―<황무지(wasteland)―I The Burial of the dead>(이창배 역, 49면)

앞서 살펴본 <성회수요일>은 시간과 공간의 '실재[actual]' 여부에 대한 평가와 그로 인해 파생되는 영속성의 문제, 신의 역할 등을 다루었다. 반면에 <황무지(wasteland)>의 이 부분은 "비실재(非實在)의 도시[Unreal city]"라는 표현으로 시작한다. 엘리엇은 시·공간은 생멸하기 때문에 '실재'인 반면, 죽음이 많은 사람들을 멸망시킨 현세의 공간은 도리어 '비실재'라고 표현했다. 군중이 런던교 위로 흘러가듯 사람은 누구나 죽음을 향해 한걸음씩 다가서고 있다. 이 관념은 너무나 현실적이라 현실로 인정하기 싫은 죽음의 공포에 대한 냉엄한 통찰을 포함하고 있다. 죽음에 대한 공포와 불안은 현실감각을 상실하게 할 뿐만 아니라 건전한 감각과 지각을 마비시킨다. 이 같은 공포는 광신도(狂信徒)를 부추기기 좋은 협박의 소재이기도 하다. 그러나 이 공포와 불안으로 인한 절망을 감내(堪耐)하면서 값싼 축복을 거절하는 쪽에 참다운 깨달음이 있다고 엘리엇은 말한다. 신은 ― 마치 기파랑이 그러했듯이 ― 어느 곳에나 자재하기에 '나'는 죽음 저편의 세계, '나'가 소멸한 이후의 시·공간에 대하여 불안해할 필요가 없다.

지금까지 <성회수요일>과 <황무지(wasteland)>를 통해 엘리엇의 현세에 대한 인식을 간취(看取)하고, 그의 신관(神觀)을 <찬기파랑가>의 서정 주체가 인물 제재에 대하여 지닌 태도와 연관시켜 설명하였다. 그 과정에서 '죽음'의 문제가 공간과 시간에 대한 관념을 뒤흔들 가능성을 제기하기도 했다. 이제 <제망매가>를 통해 누구나 공감할 만한 슬픔의 영역을 살펴본다.

4. 피안의 상징을 향한 움직임
─ <제망매가>와 <머리나(Marina)>

3.에서 <찬기파랑가>의 인물 제재와 엘리엇의 작품 속에 등장하는 신 사이에 초월자로서의 동질성이 있음을 전제하고, 그 전제를 바탕으로 시·공간의 일시성과 영속성의 문제, '죽음'에 대한 공포와 불안을 감내(堪耐)하면서 종교적 기쁨[悅樂]을 얻게 되는 과정을 서술하였다.

이제 보다 직접적으로 '죽음'과 관련한 시·공간의 질적 전환을 다룬 <제망매가>를 살펴보겠다. <제망매가>는 '누이의 요절(夭折)과 재회'라는 제재가 <머리나(Marina)>에 보이는 '딸의 죽음과 귀환(歸還)'이라는 화소(motif)와 일치하여 엘리엇 시와 엮어 읽을 여지(餘地)가 가장 크다.

죽살이 길흔	죽고살고 하는 길은
이리 이시하미 저흘이고	바로 이렇게 가까이 있어 두렵고
난 가ᄂ다 말도	난 간다는 말도
모듣 니르고 가ᄂ니시고	하지 못하고 가는 것인고
어느 가살 이른 바ᄅ미	**어느 가을 이른 바람에**

<table>
<tr><td>

이리더리 부더러딜 닙다비
ᄒ둔 가지라 나고
가논 곧 모ᄅ혼더
아으 아 미다덜아 마소나홀 나
길 다스라 기드리고다

</td><td>

이리저리 떨어질 나뭇잎처럼
한나무 한가지에서 떠나가도
가는 곳 모르는가
아미타 절에서 만날 나이나
길을 닦아 기다리리라.

</td></tr>
</table>

<제망매가>에서는 5~7행의 수목 비유가 가장 주목을 받아 왔다. 이 부분은 비유로서도 훌륭하지만, 1개의 문장만으로 현재["어느 가을 이른 바람"] — 과거["한가지에서 떠나가도"] — 미래["가는 곳"]를 압축한 "인과동시(因果同時)"[16]에 가까운 인식도 주목할 만하다. 엘리엇의 시세계에서도 과거 — 현재 — 미래의 대칭쌍은 나름대로 비중이 있다. 그러나 엘리엇은 이들을 선후·병렬관계라기보다 일종의 모순적 포함관계로 인식하였다.

현재의 시간과 과거의 시간은
아마 모두 미래의 시간에 존재하고,
미래의 시간은 과거의 시간에 포함된다.

Time present and time past
Are both perhaps present in time future,
And time future contained in time past.

　　　　　　—<네 개의 사중주(四重奏)> 中 <번트 노튼(Burnt Norton)>
　　　　　　　　　　　　　　　　　　(이창배 역, 121면)

역시 한 문장으로 과거·현재·미래 사이의 관계를 설명했지만, 이들은 서로가 서로를 포함하는 착종(錯綜)된 관계에 있다. 이렇게 착종된 시

---

16) 균여의 각종 저술에 여러 차례 등장하는 개념으로, 인(因) 또는 인연(因緣)이 생성되는 그 순간에 결과도 함께 만들어진다는 가설이다. 그러나 균여는 이를 숙명론보다는 일종의 예정설에 가깝게 활용하고 있다. 이에 관해서는 서철원(2001)의 관련 논의 참조.

제(時祭)들은 결국 '순환(順換, circulation)'의 구조를 보여주기 위한 장치로 보인다. 이와는 달리 <제망매가>의 수목 비유로부터 순환의 구조를 읽어낼 수는 없다. 수목 비유는 전반부의 "죽살이 길"과 후반부의 "미타찰"을 연결하면서 인식의 괴리(乖離)를 방지하고 있다.

여기서 "죽살이 길"은 윤회(輪回)의 길이다. 인연이 다하여 사별한 누이와 갈라질 수밖에 없는 길이다. 죽음과 삶이 공존하는 공간이자, 또 시간이기도 하다. 한편 "미타찰"은 왕생(往生)하여 '영원한 죽음[涅槃]'을 준비하는 공간이다. 그런데 서정주체는 이곳을 누이와 재회할 수 있는 공간이자, 또 시간으로서의 기능에 한정시켰다. "미타(彌陀)"에 "절[刹]"을 덧붙인 이 기묘한 합성어는 마땅히 불교 교리의 맥락에서 이해되어야만 한다. 그러나 서정주체는 불교의 목표인 '영원한 죽음[涅槃]'을 무시하고, 죽은 누이와의 재회를 통해 열반도 윤회도 아닌 새로운 삶이 열리는 공간으로 정토(淨土)를 재창조하였다. 미타찰은 <제망매가>의 시인이 신라 대중의 동의를 받아 창조한 세계이다. 여기서 무엇이 미타찰에 새로운 의미를 부여했던가 돌이켜 보면 그것은 누이를 향한, '사람을 향한 마음'이었다. <모죽지랑가>에서도, <찬기파랑가>에서도 '사람을 향한 마음'은 시상을 전개하는 큰 축이었다. 이제 <제망매가>에서는 누이의 죽음이라는 시간을 계기로 하여 태어난 이 마음이 불교를 벗어난 새로운 종교적 공간을 창조하기에 이르렀다.

엘리엇은 <제망매가>와 비교할 만한, 익사(溺死)한 줄만 알았던 딸을 그리워하다 되찾는 과정을 소재로 삼은 작품 <머리나(Marina)>를 창작하였다.17) <제망매가>에서 서정주체가 나중에 누이와 재회하는 모습이

---

17) 시의 제목 '머리나'는 셰익스피어의 전기적(傳奇的)인 시극(詩劇) <페리클리즈Pericles (1608)>에 등장하는 주인공 페리클리즈 왕의 딸의 이름이다. 그 이름 머리나는 바다(라틴어 mare)와 관계가 있다. 머리나는 바다에서 태어나서 어려서 아버지와 헤어져 죽은 줄 알았다가, 나중 성장해서야 역시 바다에서 산 모습으로 기적적으로 아버지와 재회한

이렇지는 않았을까 상상할 만하지만, 역시 미묘한 차이가 있다.

> ―이 곳이 어디냐, 어느 지역, 이 세상의 어느 부분이냐?
>   Quic hic locus. quae regio, quae mundi plaga

무슨 바다 무슨 해안 무슨 회색 바위 무슨 섬들
뱃전을 핥는 무슨 물
그리고 소나무 향기와 안개 속에서 노래부르는 티티새
무슨 영상들이 떠오르느냐
아 나의 딸이여.

What seas what shores what grey rocks what island
what water lapping the bow
And scent of pine and the woodthrush sing through the fog
What images return
O my daughter

1행에서의 나열은 마지막 연에서 다시 한 번 반복된다. 이 부분은 바다로부터 섬에 이르기까지 시선을 좌우로 이동시키면서 딸의 모습을 찾는 장면이다. 시선의 이동을 통한 전개는 <찬기파랑가>에도 등장한다. 그러나 서정주체의 시선이 어디를 향하더라도 기파랑의 자취를 목도(目睹)할 수 있었던 <찬기파랑가>와는 다르게, <머리나>에서는 딸의 모습이 바다로부터 "떠오르는 영상[What images return]"으로 집중된다. 기파랑 또는 <제망매가>의 누이는 이미 명계(冥界)로 떠나 다른 세상 사람이 되었지만, 머리나는 이 세상으로 귀환(歸還)하기 때문에 떠오르는 영상으로

다. 이것은 아버지 페리클리즈에게 있어서 죽은 딸의 재생(Rebirth)이라고 말할 수 있다. 최창호, 「머리나(Marina)」, 『T. S 엘리어트의 종교시―그 이해와 감상』(중앙대 인문학연구소, 1999), 75면.

묘사되었다. "미타찰" 같은 별개의 공간이 설정되지 않은 점은 <제망매가>와 <머리나>의 차이점이다. 머리나는 죽음을 통해 피안으로 가지 않고, 다시 돌아온 존재가 되었다.

> 결국 죽음인
> 개 이빨을 날카롭게 하는 자들
> 결국 죽음인
> 벌새의 영광으로 번쩍이는 자들
> 결국 죽음인
> 만족의 돼지우리에 앉아있는 자들
> 결국 죽음인
> 동물의 황홀에 빠지는 자들은
> 모두 바람에 소나무 숨결에
> 티티새 노래의 안개에 작아져 **무형화**한다,
> 장소에서 용화된 이 은총에

> Those who sharpen the tooth of the dog, meaning
> Death
> Those who glitter with the glory of the hummingbird,
> Death
> Those whosit in the sty of contentment, meaning
> Death
> Those who suffer the ecstacy of the animals, meaning
> Death
> Are become **unsubstantial**, reduced by a wind,
> A breath of pine, and the woodsong fog
> By this grace dissolved in place

'죽음'의 이중성을 더러운 육신(肉身)의 이미지["the tooth of the dog : 탐욕", "the glory of the hummingbird : 교만", "the sty of contentment : 나태", "the ecstacy of the animals : 성욕”]로 형상화시켰다. 여기서의 ‘죽음’은 다음 연에서 “무형화[無形化, unsubstantial]”라고 추상화되는가 하면 “By this grace dissolved in place”라 하여 은총(grace)과 관련된 것으로 표현되기도 한다. 이 부분은 유형(有形)의 것들을 소멸시키고 무형화된 대상들이 영적 재생을 이루게 되는 것으로 본다. <머리나>는 피안의 세계를 설정하지 않았으면서도 유형과 무형을 대립시키고 있다. <제망매가>에서 피안의 세계를 현세에서의 삶의 연장선상으로 파악한 것과는 대조적이다. 요컨대 <제망매가>가 현세의 인간관계[因緣]를 그대로 유지하면서 피안의 세계에 이르겠다는 생각이라면, <머리나>는 자아(自我)를 구성하고 있는 요소들 가운데 일부를 포기해야 은총(grace)이라는 선물을 얻을 수 있으리라는 관점의 차이를 지녔다.

이어지는 부분은 재회의 기쁨과 어리둥절한 표정을 묘사하고 있는데, 영(靈)·육(肉)의 차별적 인식은 다음 장면에까지 지속된다. 이와 같은 차별적 인식은 딸의 귀환이 완전한 것인지 여부를 의심하게 할 정도이다. 딸의 귀환이 완전한 것이라면, 왜 서정주체는 환희만 하지 않고 자신의 일부를 버려야 한다는 인식을 지속하는지 의문이다.

> 용골익판(龍骨翼板)은 물이 새고, 이음매는 틀어막아야 한다.
> 나를 초월한 시간의 세계에 살기 위하여 사는
> 이 형체, 이 얼굴, 이 목숨.
> **이 삶을 위하여 내 삶을 버리련다. 그리고 그 말 없는 것 소생한 것,**
> 벌린 입술, 그 희망, 그 새 배들을 위하여 내 말을 버리련다.

> The garboard strake leaks, the seams need caulking.
> This form, this face, this life
> Living to live in a world of time beyond me: let me
> **Resign my life for this life, my speech for that unspoken,**

The awakened, lips parted, the hope, the new ships.

삶을 위해 삶을 버리고 말을 위해 말을 버리겠다고 한다. 앞의 삶과 말이 영적(靈的)인 것이라면 뒤의 삶과 말은 육적(肉的)인 것에 가깝다. <제망매가>는 과거-현재-미래를 융회(融會)시켰을 뿐만 아니라 "죽살이 길"의 문제 해결을 위해 새로운 공간 인식에 이르기도 했는데, <머리나(Marina)>는 분별지(分別智)를 벗어나기 위한 시도를 보이지 않고 있다. 이러한 영·육의 철저한 구분과 밖으로부터 오는 은총의 강조는 부활한 인간은 예전의 자신이 지닌 어떤 특성을 포기해야 한다는, 육을 죽여야 영이 영원해질 수 있다는 교리(敎理) 본연의 내용에 충실하기 위한 자세가 아닐까 한다. 뒤이어 마지막으로 첫째 연을 되풀이하며 시를 끝맺고 있다.

<제망매가>와 <머리나>는 사뭇 대조적이다. <제망매가>가 미타정토(彌陀淨土)의 개념을 새롭게 인식하여 서정주체의 마음을 있는 그대로 풀어주기를 시도하고 있다면, <머리나>는 교리에 따라 영과 육을 구별하고 자아를 이루는 요소 가운데 후자를 버리는 쪽에 구원(救援)의 초점을 맞추고 있다. 또한 <제망매가>의 공간과 시간이 연쇄적으로 이어져 있는 것과는 달리, <머리나>는 과거·현재·미래, 이승과 저승, 영·육이 엄밀하게 구분되어 있다.

5. 종교시로서 신라 향가의 세계문학사에서의 위치

지금까지의 논의를 요약하고 앞으로의 과제를 제시한다.

첫째, 신라 향가와 엘리엇은 피안을 거친 새로운 삶을 희구한다는 공통점을 지녔다. 서정적인 향가는 대체로 '죽음 저편의 새로운 삶'을 지향하고 있는데, 여기에 T. S. 엘리엇이 종교의 동기로서 제시했던 '절망을 통한 환희'와 상통하는 굴곡의 국면이 있다.

둘째, 신라 향가와 엘리엇은 인물 제재에 대한 형상화를 통해 종교적 문제상황을 제시하고 공간, 시간에 대한 인식을 성장시켰다. <모죽지랑가>와 <J. A. 프루프록의 연가>는 성자 형상 혹은 자화상에 해당하는 인물을 통해 공간과 시간에 대한 감성적 인식을 심화시키고 있다. 그러나 이들 사이에는 전자의 시·공간이 전체적·추상적이었던 것에 반해 후자의 시·공간은 단편적·경험적이라는 차이가 있었다. 이 차이는 결국 서정주체의 태도를 대조적으로 만들기에 이른다.

셋째, 신라 향가는 <찬기파랑가>에서 공간 인식을, <제망매가>에서 공·시간 인식을 주제로 삼았다. <찬기파랑가>는 시선이 닿는 곳 어디에나 기파랑의 자취가 남아있다는 인식으로부터 기파랑의 마음의 끝을 좇겠다는 자신의 신념을 완성시켰다. 주변 공간 요소와의 상호 작용이 세계 인식의 틀을 바꾸고 서정주체 자신의 본성도 뒤바꾸었다. 엘리엇의 시 가운데 <성회수요일>에 드러난 현세관, 신관과의 비교를 통해 '죽음'의 문제를 부각시킬 수 있었는데, <제망매가>는 '죽음'의 문제를 "죽살이길"과 "미타찰"의 공간·시간적 변별성과 수목 비유의 개입으로써 그려내고 있다. 엘리엇의 머리나(Marina)>와의 비교를 통해 "삶을 버려 삶을 얻는다(Resign my life for this life)"는 주제의 의미를 분석하여 각각의 작품에서 구원의 의미 차이를 검토하였다.

신라 문학사상의 전개와 고전시가사의 관련 양상

1. 대상 자료와 연구의 범위

여기서의 논의를 통해 신라의 사상가 의상, 원효, 최치원 등 3인의 저술 가운데 언어와 문학의 본질과 효용에 관한 담론을 선별, 분석함으로써 초기 고전시가 텍스트의 창작 기반을 모색하는 것을 목적으로 한다. 이를 통해 자료의 부족 탓에 원활한 논의가 이루어지지 못했던 초기 서정문학사의 구도에 대한 체계적 이해를 시도하면서, 문학관에 대한 적극적인 인식을 보였던 사상가들의 성과를 포함시켜 문학 연구의 영역을 확장할 단서를 제시하고자 한다.

한국 고전시가사(古典詩歌史)에서 '신라'는 향가라는 서정문학의 원류를 탄생시킨 시대인 한편, 최치원을 비롯한 이른바 빈공제자(賓貢諸子)들을 중심으로 한 한시(漢詩)의 역량이 축적되기 시작한 때이기도 하다.[1] 아울러 불승(佛僧)들의 게송(偈頌)[2]과 각종 금석문(金石文), 가사 부전가요(歌詞

不傳歌謠) 등이 문학사의 단면을 엿볼 수 있도록 해주고 있다. 이들에 관한 연구는 개별 작품과 장르의 영역에서 활발하게 또는 간헐적으로 이루어져 왔다. 그러나 개별적, 미시적 측면의 연구가 활발해짐에 따라 이들을 산출(産出)한 공통 기반으로서 '신라'라는 현장의 실체는 점점 더 불투명해져가는 것이 아닌가 싶다. 향가의 창작 기반을 불교의 교리와 신앙[3] 또는 화랑의 풍월도(風月道)에서 찾으려는 일련의 시도[4]에서 한시나 게송을 비롯한 다른 문학사의 편린(片鱗)들은 크게 고려되지 않았던 것으로 보인다. 한시가 향가를 대체했던 것으로 보는 관점[5] 또는 한국서정시 전반을 화쟁기호학(和諍記號學)의 틀에 비추어 설명하려는 의욕[6]도 있었지만, 전자는 보편주의 문학의 형성 과정에 주목하고 후자는 통시적(通時的) 보편성의 검증에 주력함으로써 초기 서정문학의 실상과 신라문화와의 관련 양상에 집중하는 것을 선결 과제로 여기지는 않았던 듯하다.

이러한 연구 동향의 흐름은 무엇보다 자료의 부족에 기인한 것이다.

---

1) 신라 한시에 대한 본격적인 연구는 호승희, 「신라한시연구」(이화여대 박사학위논문, 1993), 93~170면과 이구의, 『신라한문학연구』(아세아문화사, 2002), 1~550면 등을 참조할 수 있다.
2) 게송 자료는 김상현, 「향가와 게송과 불교사상」, 『향가문학연구』(일지사, 1993), 248~270면을 참조할 수 있다.
3) 다음 논저들이 이와 같은 입장을 취했다. 김동욱, 『한국가요의 연구』(을유문화사, 1961) ; 김운학, 『향가에 나타난 불교사상』(동국역경원, 1978) ; 김종우, 『향가문학연구』(이우출판사, 1975) ; 장재진, 『신라향가의 연구』(형설출판사, 1994) ; 이연숙, 『신라향가문학연구』(박이정, 1999) ; 김승찬, 『신라향가론』(부산대 출판부, 1999) ; 김창원, 『향가로 철학하기』(보고사, 2004).
4) 유효석, 「풍월계 향가의 장르성격 연구」, 성균관대 박사학위논문, 1992, 1~226면과 김학성, 『한국고시가의 거시적 탐구』(집문당, 1997), 61~160면.
5) 장원철, 「향가와 한시─향가적 서정과 한시 미의식의 역사적 성립 양상을 중심으로」, 『한국한문학연구』 15(한국한문학회, 1995), 5~52면.
6) 이도흠, 「신라향가의 문화기호학적 연구」(한양대 박사학위논문, 1993), 1~296면과 이도흠, 『화쟁기호학, 이론과 실제』(한양대 출판부, 1999), 1~503면에서의 다소 복잡한 모형은 이도흠, 「화엄의 패러다임으로 향가와 현대시 엮어 읽기」, 『고전시가 엮어 읽기』(상)(태학사, 2003), 178~192면에서 다소 간결화되었다.

부족한 자료를 텍스트 또는 장르별로 분산하여 접근하기보다는, 공통의 창작기반 또는 작시원리를 모색하여 자료 이해의 파편화를 방지할 필요가 있다. 이들로부터 해당 텍스트를 좀 더 체계적으로 이해하고, 텍스트 또는 장르 사이의 계보 설정을 시도하려는 발상의 전환이 요청된다는 것이다. 눈을 돌려보면 여기서의 '공통의 창작기반 또는 작시원리'를 해명해줄 만한 문학론적 서술이 전혀 없는 것만은 아니다. 현존하는 신라의 문학론 관계 서술은 다음과 같다.

	수	명 칭	주요 출전	비 고
義湘 (625~702)	2	〈錐洞記〉 (일명 〈華嚴經問答〉), 〈華嚴一乘法界圖〉	『大正新修大藏經』 卷45, 『法界圖記總髓錄』	唐 賢首의 저술로 알려졌다가 의상의 것으로 밝혀짐.7)
元曉 (617~686)	2	『金剛三昧經論』 『大乘起信論疏』	『韓國佛敎全書』	
崔致遠 (857~?)	4	『四山碑銘(4편)』	金石文, 『崔文昌候全集』, 『東文選』	

이들은 사상사(思想史) 관련 서술의 대상이 되었던 자료들로서, 문학 연구에서는 원효의 『금강삼매경론』에서의 문학관8)과 반시(盤詩)로서 의상의 〈화엄일승법계도(華嚴一乘法界圖)〉, 최치원의 문학사상 등이 거론되어 왔다. 여기서는 사상사 연구의 대상으로서 주로 종교적 현장에서의 말하기와 글쓰기의 수사학적 전략을 거론했던 이들 논설에 문학 텍스트 창작의 방법을 시사하는 표현들이 잠재(潛在)할 것으로 판단하였다. 종교적 현장에서의 의사소통은 온갖 비유와 상징을 동원하여 수용자에게 설득과 공감을 추구하기 마련인데, 이는 문학 텍스트의 수용 과정과도 크게 다

---

7) 관련 내용은 2.1. 참조.
8) 조동일, 「원효」, 『한국문학사상사시론』(지식산업사, 1978), 44면.
   김성룡, 「원효의 글쓰기와 중세적 주체」, 『한국문학사상사 1』(이회, 2004), 64~90면.

르지 않다. 따라서 이들로부터 신라 문학사상사의 단면을 포착할 수 있으리라 추단(推斷)한 것이다.

여기서는 우선 위의 표에 따라 의상과 원효, 최치원의 문학사상을 각각 분석하고자 한다. 하지만 이들 사상가의 인식 전반을 다루는 것은 우리의 목적이 아니기에, 해당 논설에서 언어·문학 관련 부분만을 제한적으로 분석하고 사상과 관련한 전체적인 체계는 부차적으로 거론하고자 한다.

동시대인임에도 의상을 원효보다 먼저 거론한 이유는 해외 유학 체험이 있는 의상의 인식이 보다 보편적인 쪽이었다면, 당대 사회에서도 독특한 평가를 받았던 원효는 보다 특수한 경향에 있었으리라 가정했기 때문이다. 의상과 원효가 활동했던 시대가 현존 향가의 창작이 본격적으로 이루어졌던 때라면, 2세기가 지난 최치원의 활동기는 한시가 문학사의 중심이 되어가던 시기임은 분명하다. 따라서 최치원의 인식에 의상·원효와는 다른 지점이 존재한다면 그것은 문학사의 변화를 의미한다고 보아도 무방할 것이다.

다음으로 이들 3인으로부터 포착한 동질성과 차이점이 실존(實存)했던 서정시 텍스트에도 적용될 수 있는 것인지 여부를 검증하고자 한다. 이는 사상가의 언어·문학 관계 논설을 통해 텍스트를 재단(裁斷)하기 위한 시도가 아니라, 문학론과 텍스트의 상호작용을 통해 '신라'라는 문화현장의 실체를 일관성 있게 바라보기 위한 시도의 일환이다.

2. 의상의 문학관과 화엄일승의 시어

2.1. 〈추동기(錐洞記)〉의 문학관

의상(義相, 625~702)[9]의 언어인식은 근래에 발굴된 〈추동기〉(일명 〈화엄경문답(華嚴經問答)〉)와 〈화엄일승법계도〉(이하 〈법계도〉)를 통해 접근할 수 있다. 여기서는 〈추동기〉의 관련 내용을 통해 의상의 언어인식의 일단(一端)을 살펴보고, 그것이 〈법계도〉에서 구현되는 양상을 검토하겠다.

의상은 불완전한 소통체계인 언어에 의존[依言]하기보다 언어를 떠난[離言] 교감의 획득을 중시했던 사상가로 알려져 있다.[10] 이 때문에 그는 많은 저술을 남기지 않았다. 그러나 그런 가운데서도 반시(盤詩) 형태의 〈법계도〉를 남겨, 그가 언어를 떠난[離言] 경지로서 '시'의 효용에 주목했음을 알 수 있다. 논리적인 발화만으로 표현하기 어려운 진리를 함축적인 비유와 상징으로 보여줄 수 있는 전략으로서 시어의 활용과 실천에 주목한 것이다. 그러나 의상이 '시어'를 구체적으로 어떻게 인지하였는지를 알 만한 자료가 남아있지 않아 논의에 제약이 있었는데, 〈추동기〉가 알려짐으로써 의상의 언어인식에 접근할 수 있는 계기가 되었다.

〈추동기〉는 의상의 제자 진정(眞定)의 모친이 타계했을 때 의상이 했던 설법을 기록한 강의록이다. 『대정신수대장경(大正新修大藏經)』 권45에 의상의 동문(同門)인 당(唐)의 법장화상(法藏和尙) 현수(賢首)의 작(作) 〈화엄경문답〉이란 이름으로 실려 있다가, 고려 초 균여의 저술(著述)에 15차례

---

9) 의상의 법호(法號)에 대해서는 義相과 義湘의 이설이 있으나, 김지견, 「의상의 법휘고」, 『의상의 사상과 신앙 연구』(불교시대사, 2001), 44~100면의 성과에 따라 義相으로 표기하고자 한다.
10) 이는 원효가 『대승기신론소』에서 '의언'을 통해 '이언'의 경지에도 이를 수 있다고 본 것과는 사뭇 대조적이다.

인용된 <추동기>와의 대조를 통해 이본(異本) 관계의 동일 저술임이 밝혀졌다.11) 게다가 <추동기>의 언어관과 성기사상(性起思想)이 의상의 것들과 동궤(同軌)임도 드러났다.12) 따라서 현존하는 <추동기>를 의상의 소작(所作)으로 보아도 무리는 없다.

<추동기>에서 언어인식과 관련된 부분은 말이나 의미를 만들어 내거나[生] 또는 그렇지 않는 것[不生]에 대한 분별과 그 초월로부터 시작한다.

> "묻습니다. 이런 말이 있는데 이렇게 말씀하시는 까닭을 모르겠습니다."
> "답하겠다. 무릇 성스러운 가르침[聖敎]이 담긴 말은 모두 그 지취(志趣)가 근기와 인연에 맞추어서 있는 것이어서, **약으로서 능히 중생의 병을 다스릴 수 있다. 만약 생(生)으로써 다스릴 수 있으면 곧 생으로써 하고, 만약 불생(不生)으로써 다스릴 수 있다면 곧 불생으로써 하는 것이다.** 만약 법공(法空)이 생하거나 불생하다면, 생이 옳고 불생이 그르거나, 비생(非生)이 옳고 생이 그르다. 법이라는 것은 불생과 생이 있는 것이 아니기 때문이다. 이러한즉 생과 불생이 병을 고치는 데 아무런 장애가 없을 수 있다."13)

여기서 "생"은 문맥상 "성교(聖敎)"를 표현하기 위한 발화로 볼 수 있다. 가르침의 효용은 수용재[중생]의 병을 다스리는 것에 있다. 따라서 가르침을 반드시 의미를 갖춘 언어로만 표현할 필요는 없다. 수용자의 수준 또는 그 처한 상황에 따라 얼마든지 다른 수단을 취할 수 있는 것이다. 이어지는 부분에서는 오직 발화 여부에만 집착하여 물음을 계속하는 제자에게 "가르침은 상황에 따라 있는 것이지 법에 있는 것은 아니라"14)

---

11) 김상현, 「추동기의 성립과 그 이본 화엄경문답」, 『신라의 사상과 문화』(일지사, 1999), 338~353면.
12) 박태원, 「화엄경문답과 의상의 일승·삼승론」, 『원효와 의상의 통합사상』(울산대 출판부, 2004), 78~105면.
13) 『大正新修大藏經』 권45, 609면 a20행(이하 관례에 따라 "0609a20"과 같이 약칭한다. 번역은 박태원(2004)의 성과를 참조하고, 문맥이 어색한 부분을 약간 수정했다).

고 밝히고 있다.

여기에 그친다면 여느 승려의 방편설(方便說)과 크게 다르지 않다. 그러나 <추동기>는 가르침이 상황에 따라 있는 것이라고 하면서도, 어느 상황에나 적용될 만한 보편적 가치의 '법(法)'을 표현하고자 고심(苦心)한다.

> "묻습니다. 그 법이라는 것은 무엇입니까?"
> "답하겠다. 이것은 곧 모든 존재의 참다운 본성으로서 머묾이 없는 본래의 도리이다. 머묾[住]이 없는 본래의 도리이기 때문에 곧 가히 매임[約]이 없는 법이며, 가히 **매임이 없는 법이기 때문에 곧 분별상(分別相)이 없고, 분별상이 없기 때문에 곧 마음이 움직인 곳이 아니다.** 이것은 오직 증득한 자의 경지이고 아직 증득치 못한 자가 알 바는 아니니, 이것을 존재의 실상(實相)이라 부른다. 모든 존재가 그러하니, 여기가 십불(十佛)의 보현경계(普賢境界)이다."15)

머묾과 매임, 다시 말해 고정된 의미망에 대한 집착을 벗어나야 분별이 없어지고 "종득(證得)"의 경지에 이를 수 있다고 하였다. 증득의 다른 말인 "십불의 보현경계"란 『화엄경』 전체의 결론인 <보현행원품>의 경지를 이른 말이다. 주지하듯 『화엄경』은 언어로 표현 불가능한 경지를 가장 화려한 언어의 조탁(彫琢)을 통해 실현한 경전이다.16)

<추동기>에서는 『화엄경』의 결론을 언어의 이상적 경지로 보았는데, 그것을 유동적·가변적인 의미망의 무한 생성을 통한 증득으로 표현하였다. 『화엄경』의 화려한 언술은 무한한 의미망의 생성을 위한 장치라는 셈이다. 언어가 겉으로 드러나는 표현에 머물고 매인다면 보편적 가치를 표현할 수 없고, 그때그때의 상황에 따른 임시의 방편이 존재하리라는 것

---

14) "但言, 敎有於機緣所由不有於法."(『大正新修大藏經』 0609b01).
15) 『大正新修大藏經』 0609b07.
16) 가마다 시게오, 한형조 옮김, 『화엄의 사상』(고려원, 1987), 29~35면 참조.

이다. 다음 기록을 보면 언어에 대한 의상의 이원론적 인식이 드러난다.

> "묻습니다. 이미 보현의 경계라 한다면, 보현은 곧 상황[機緣]을 대함에 있어서 남기는 바가 없습니다. 이러한데도 또한 모든 존재의 실상이 곧 다른 사람들의 경계일 수 있습니까?"
>
> "답하겠다. 또한 그럴 수 있다. 보현은 자신이 증득한 법과 같이 상황에 남기는 바가 없기 때문이다. '정의(正義) 가운데는 의어(義語)를 따르고, 정설(正說) 가운데는 어의(語義)를 따른다.'고 하는 경전의 말이 그 뜻을 말하는 것이다."
>
> "묻습니다. 무슨 뜻인지 모르겠습니다."
>
> "답하겠다. 정의라 하는 것은 일승(一乘)의 뜻이고, 정설이라 하는 것은 삼승(三乘)의 뜻이다. 삼승의 뜻에서는 정식(情識)에 따라 안립(安立)하기 때문에 그 뜻이 단지 말 가운데 있을 뿐이다. 말로써 뜻을 포섭하기 때문에, 뜻이 곧 말에 있다. 일승에서는 언어가 곧 뜻의 언어[義語]이기 때문에 모든 언어가 뜻의 언어[義語]이고, 뜻이 곧 언어의 뜻[語義]이기 때문에 모든 뜻이 언어의 뜻[語義]이다. 언어가 곧 뜻이기 때문에 뜻치고 언어가 이르지 못하는 것이 없고, 뜻이 곧 언어이기 때문에 언어치고 뜻이 이르지 못하는 것이 없다. 뜻과 언어, 언어와 뜻이 무애자재(無碍自在)하고 원융무애(圓融無碍)하기 때문이다. 이런 까닭에 그 연기(緣起)의 머묾 없음을 나타낼 수 있게 말을 함에 있어, 종일토록 말하여도 말한 것이 없다. 말한 것이 없으므로 말하지 않은 것[不說]과 다름이 없는 말이다. 말이 이미 이러하니, 능히 듣는 것도 또한 이러하다. 하나를 듣는 것이 곧 일체를 듣는 것이니, 생각해 보면 알 수 있을 것이다."[17]

"정의"를 "의어"에, "정설"을 "어의"에 각각 대응시킨 다음, "정의"와 "정설"을 각각 일승과 삼승의 언어로 구별 짓고 있다. 일승의 언어라는 정의가 뜻의 언어, 곧 '義=語'의 경지를 이루는 것과는 달리, 삼승의 언어인 정설은 어의, 곧 사전적 의미의 재현에 충실하다는 의미이다. 일승

---

17) 『大正新修大藏經』 0609b12.

의 언어와 삼승의 언어에 대해서는 의상의 스승인 지엄(智儼)이 『화엄공목장(華嚴孔目章)』에서 제기한 이래로 통칭 삼승일승설(三乘一乘說)이라 하여 여러 가지 논의가 이루어져 왔다.[18] 관련 내용은 다음과 같이 정리될 수 있다고 한다.

> 불교에는 껍질과 알맹이가 있다. 말과 글과 이론과 형식은 그 껍질이며, 사심(私心) 없는 마음됨, 훌륭한 말과 행동이 저절로 뒤따르는 마음됨, 이러한 마음됨은 그 알맹이다. 전자를 또 불교에서는 삼승, 세 가지 가르침, 또는 세 가지 길이라고 하고, 후자를 삼매(三昧)에서 나오는 일승(一乘)이라고 부르기도 했다.[19]

말하자면 불교의 언술은 언어의 이론과 형식에 따른 껍질[삼승]과 종교적 가치를 지닌 마음됨[일승]으로 구성된다는 것이다. 이는 얼핏 보면 형식과 내용 사이의 표리(表裏)관계를 뜻하는 것일 수도 있지만, 여기서는 그보다 불교적 텍스트들 사이의 차별상을 거론한 것으로 이해하고자 한다.[20] 삼승의 언어가 말·글·이론·형식 등 인과적 상식의 논리에 어긋나지 않는 것이라면, 일승의 언어는 '삼매(三昧)'라 불리는 종교적 경지를 담보한 상태에서 초논리적인 원리에 의하여 발현된다고 볼 수 있다. 따라서 일승의 언어는 'A'이면서 'not A'일수도 있는, 삼승의 언어로서 표현 불가한 일종의 '시적'인 상태에 관한 진술이 될 수 있다. 따라서 삼승과 일승의 분별을 논리와 감성, 산문과 시의 차이에 대응하는 것으로

---

18) 智儼, 『華嚴孔目章』, 『大正新修大藏經』 0538a~0538b.

19) 이기영, 「화엄일승법계도의 근본정신」, 의상기념관 편, 『의상의 사상과 신앙 연구』(불교시대사), 2001, 253~254면.

20) 균여를 비롯한 화엄승려들의 교판론(敎判論)에서 『법화경』을 '삼승'으로, 『화엄경』을 '일승'으로 파악한 점은 그 언어에 차이가 있었기 때문이다. 알려진 바로는 『법화경』은 서사적 인과관계에 따라 산문적으로, 『화엄경』은 난해한 비유와 상징을 엮어 시적으로 구성된 텍스트이다.

간주하고자 한다. 일승에서의 '一'이 '多'를 포함한 '一'이라면, 그것은 문학적 상징의 기능과 다르지 않다.

<추동기>에서는 일상의 언어와 구별되는 성교를 담은 종교적 언어에도 일승과 삼승의 구별이 있다고 생각한 점이 특징이다. 그런데 이들을 우열관계에 가까운 것으로 파악한 점은 다음에 살펴볼 원효와의 차이점으로 볼 수 있다. 원효는 일상어와 종교적 언어를 각각 "문어(文語)"와 "의어(義語)"라는 명칭으로 불렀는데, 이들의 통합을 시도했던 것으로 보인다. 그러나 의상은 "하나를 듣는 것이 곧 일체를 듣는 것"이라는 진술을 통해 일승의 작용이 삼승과는 차별이 있음을 시사하고 있다.[21]

> "묻습니다. 이와 같이 능히 들을 수 있는 사람이라면, 하나를 듣는 것이 곧 일체를 듣는 것이고 일체를 듣는 것이 곧 하나를 듣는 것입니다. 그런데 만약 삼승의 법이 단지 언어만 있는 것이라면, 곧 나타내는 뜻이 없는 것입니까?"
>
> "답하겠다. 나타내는 뜻이 없는 것은 아니다. 그러나 그 나타내는 뜻은 단지 언어로 나누어놓은 것에만 있다. (삼승의) 일상법문(一相法門)이 말하는 있음[有]이란 것은 단지 있음 가운데 끝나니 있지 않음[不有]은 아니며, 있지 않음[不有]이란 것은 곧 있지 않음 가운데 끝나니 있음의 뜻은 아니다. 이와 같은 일상법문은 비록 이체(二諦)가 없고 상즉상융(相卽相融)하지만 그 사법(事法)에 즉(卽)하여 서로 원융자재(圓融自在)하지는 않기 때문이다. 따라서 언어와 뜻의 나타내는 것과 나타내지는 것이 나뉘어 섞이질 못한다. 그런데 일승의 정의에서는 이와 같지 않다. 일법을 거론함에 따라 일체법을 남김없이 포섭하기 때문이며, 즉(卽)과 중(中)의 관계 속에서 자재롭기 때문이니, 생각해 보면 알 수 있을 것이다."[22]

---

21) 의상이 <추동기>와 <법계도>를 통해 삼승과 일승의 차이를 통해 자신의 화엄사상을 설명하는 데 큰 비중을 두었고, 이와 같은 논의를 '삼승·일승론'으로 부르자는 제안도 있었다. 박태원, 『의상의 화엄사상』(울산대 출판부), 2005, 53면.

22) 『大正新修大藏經』 0609b27.

삼승의 언어로는 "소전지의(所詮之義)"를 갖출 수 없느냐는 질문에, 그런 것은 아니지만 의(義)가 어(語)에만 드러나 있을 뿐 소전(能詮)의 '語'와 소전의 '義'가 괴리되어 동일성을 지닐 수 없다고 답변한다. 일승의 언어가 '동일성'을 추구한다면 삼승의 언어는 어느 정도 괴리와 차별이 존재하는 바탕 위에서 언술을 진행한다는 것처럼 보인다. 이어서 일승의 언어만이 이런 한계를 벗어날 수 있다고 하는데, 그 근거로 "즉(卽)"·"중(中)"의 관계가 자유롭다는 것을 들고 있다.

일반적으로 "즉"은 동질관계, "중"은 포함관계를 뜻한다. "상즉(相卽)"과 "상입(相入)" 역시 이를 표현한 것이다. 은유는 동질관계, 환유는 포함관계를 통해 조직되는 비유의 수사방식으로 알려져 있다. "즉"과 "중"을 여기에 바로 대응시킬 수는 없겠지만, 이들의 대칭이 복합적인 의미망을 형성하면서 언어로 하여금 미묘한 기능을 맡도록 하는 것은 인정할 만하다. <추동기>에서는 요소와 요소들끼리의 즉·중, 관념과 관념들 사이의 동질관계와 포함관계로 얽힌 의미망의 완전성을 일승과 삼승을 구별하는 척도로 삼고자 하였다. 그렇다면 일승의 언어를 곧 '시어'에, 삼승의 언어를 논리적 인과성을 따르는 일상의 언어에 가깝다고 전제할 수 있을 것이다.

2.2. 〈법계도〉와 화엄일승의 시어

<법계도>에서는 삼승과 일승의 관계가 보다 명료하게 표현된다. 의상은 <법계도>의 도상(圖相)을 설명하면서, "도장의 모습에 따라 육상을 밝혀 일승과 삼승이 주(主)와 반(伴)으로 서로를 이루어 준다"고 하였다. 주와 반이라는 말이 평등한 동반자적 관계인지, 또는 일종의 주종관계에 대한 서술일지는 생각해볼 문제이다.

도장의 모습에 따라 육상을 밝혀 일승과 삼승이 주(主)와 반(伴)으로 서
로를 이루어 주며 진리의 체계를 나타냄을 보이고자 한다. (중략) 일승과
삼승도 이와 같아서 주와 반으로 서로 돕고, 일체도 아니요 떨어진 것도
아니며, 같은 것도 아니고 다른 것도 아니어서 비록 중생을 이롭게 하나
오직 중도에 머문다.23)

일승과 삼승의 관계는 언어로 표현하기 어려울 정도로 미묘한 것이지
만, 일승이 주가 되고 삼승이 반이 된다는 표현은 일단 문학적 수사(修辭)
인 비유와 상징, 초월적 관계의 설정이 <법계도>의 근간(根幹)을 이루는
한편, 논리적 수사방식은 문학적 수사를 보조하는 역할을 맡는다는 의미
로 여겨진다. 일단 <법계도> 본문에서 일승과 삼승 가운데 어느 쪽에
집중하고 있는지 살펴보자.

<법계도>는 총 30구 210자로 이루어져 있는데, 卍자의 도상을 그리
며 마지막의 불(佛)과 처음의 법(法)이 다시 연결되는 모습을 띠고 있어
그 자체로 하나의 완결된 순환 구조의 상징성을 보여준다. <법계도>에
서 <추동기>에 보였던 4구의 "증지(證智)"와 18구의 "십불보현대인경(十
佛普賢大人境)" 등의 개념어가 눈에 띄기도 한다. 그러나 언어인식과 관련
하여 좀 더 중요한 부분은 일승의 언어가 지닌 속성이라 하였던 중·즉
의 관계를 설명한 7~8구이다.

제7구 : 하나 가운데 일체가 있고, 많은 것 가운데 하나가 있으며
[一中一切多中一]
제8구 : 하나가 곧 일체이며, 많은 것이 곧 하나이다[一卽一切多卽一].24)

---

23) 의상, <화엄일승법계도>, 『한국불교전서 1』, 21~2면.
24) 번역은 김호성, 윤옥선의 『한글대장경』(동국대 역경원, 1994), 238권 수록본을 따랐으며,
이하 같다.

7·8구는 포함관계[中] 및 동질관계[卽]에서의 분별적 인식을 폐기할
것을 주장하고 있다. 이어지는 내용은 공간과 시간에 대한 분별적 인식
도 초월하라는 의미이다.

제9구 : 한 티끌 속에 시방을 포함하고	[一微塵中含十方]
제10구 : 모든 티끌 중에도 이와 같다	[一切塵中亦如是].
	─공간적 분별의 폐기

제11구 : 한량없이 오랜 겁이 곧 일념이요	[無量遠劫卽一念]
제12구 : 일념이 곧 한량없는 겁이다	[一念卽是無量劫].
	─시간적 분별의 폐기

13구 이하는 "처음 발심할 때가 곧 정각이요[初發心時便正覺](제15구)",
"생사와 열반은 언제나 함께 어우러져 있다[生死涅槃常共和](16구)" 등의 대
립적 소재들을 'A=B' 형식으로 연결시킨 명제들이 연이어 등장하고 있
다. 이들은 논리적 연관관계가 불투명하고, 따라서 어의가 확실치 않으
므로 일상적 인과성에 충실한 삼승의 언어라 하기는 어렵다. 그보다는
논리적 언어로는 밝히기 어려운 종교적·서정적 차원의 진실을 머금고
있다. 이렇게 즉·중의 관계 설정이 자유로운 표현이 <추동기>에서 일
승의 언어, 의어로 불렸던 것들의 사례이다.

이와 같은 초월적 인식은 화엄사상 일반에서 널리 보이는 요소이기도
하다. 그러나 의상은 이와 같은 진술을 사상적 담론의 범위에 국한시키
지 않고 '반시'라는 양식을 통해 표현시킴으로써 '즉'과 '중'을 서정시의
수사방식에 포함시켰다. 서정시 특유의 절제된 언어를 통해 오묘한 사상
을 표현할 수 있는 가능성을 제시한 것이다. 시를 통한 사상의 표현을
시도했다는 점이 의상의 문학사상이 지닌 실천적 측면이다.

<추동기>에 드러난 의상의 언어인식은 ① 일상어, ② 삼승의 언어(논리적 수사), ③ 일승의 언어(문학적 수사, 시어)를 각각 구별한 것에 그 특징이 있다. 이 가운데 포함관계와 동질관계를 혼융(混融)시켰던 시어에 독자적 가치가 있다고 보았으며, <법계도>를 통해 논리적 설명이 불가능한 종교적 경지를 시어로써 표현하고자 하였다. 이러한 구도는 원효의 것과 유사하면서도 미묘한 차이가 있다.[25]

3. 원효의 언어인식과 화쟁의 수사

원효(元曉, 617~686)의 언어인식은 『대승기신론소(大乘起信論疏)』의 이른바 "인언견언[因言遣言, 언어를 통해 언어를 떠남]"[26]으로 알려져 왔다. 여기서 한 걸음 더 나아가 "문어와 의어를 하나로 아우르는 것"에 원효사상의 본질이 있다는 주장도 있다.[27] 이 주장의 바탕에는 7세기 원효의 문학관을 각종 문학이론과 아울러 텍스트 분석의 준거로서 적극 활용해 온 '화쟁기호학'이 자리 잡고 있다. 그러나 비단 화쟁기호학이 아니더라도 원효의 글쓰기 전략을 분석하면서 "대립적 계기의 초월"[28]이 큰 비중을

---

25) 의상과 원효의 차이에 관해서는 김성룡(2004), 85면에서 시와 노래, 숭고와 비속, 정채로운 응축과 방박한 풀이 등으로 대비되었는데, 여기서는 언어인식의 동이(同異)만을 다루고자 한다. 김성룡의 추론을 활용한 이유는 논자에게 전적으로 동의해서라기보다 의상과 원효의 차이점을 비교적 분명하게 부각시킨 점 때문이다.

26) 원효, 은정희 역, 『대승기신론소·별기(大乘起信論疏·別記)』(일지사, 1991), 108면.

27) 이도흠, 「현대사회의 위기와 대안의 패러다임으로서 화쟁사상6 : 이성의 도구화와 언어와 진리의 불확정성─이성은 해방의 빛인가, 굴레인가 : 포스트모더니즘 대 인언견언(因言遣言)」, 『법회와 설법』, 대한불교조계종 포교원, 2001년 10월호 참조). 이도흠은 여기서 문어가 "일상 언어의 속성에 집착해 낱말이나 문맥에 얽매이는 세속의 말, 상투적 의미로 된 언어기호"라면, 의어란 "일상적으로 통용되는 의미와 문맥을 넘어서서 세계의 실체를 파악해 드러내는 말"을 이른다. "문어는 세계를 왜곡하지만, 우리는 의어를 통해 세계의 실체에 다가갈 수 있고, 또 이를 전달할 수 있는 것이다."라고 하였다.

두고 다루어진 것이나, 과거 국토통일원에서 원효에게 지녔던 관심[29] 등
을 돌이켜보면 원효 사상의 가장 큰 매력은 그 '통합적 인식' ─ 그것을
무엇이라 부르건 ─ 에 있어 보인다.

여기서는 앞서 거론한 의상과의 언어인식의 차이점만을 중심으로 원
효의 문학관을 살펴보고자 한다. 일단 원효의 통합적 인식을 '화쟁(和諍)'
으로 지칭해 온 기존 연구에 동의한다. 다만 여기서는 의상의 '화엄일승'
에 대비되는 술어(術語)로서 '화쟁'을 활용하고자 한다. 앞서 거론했듯이
의상은 일승의 언어[의어]와 삼승의 언어[어의]를 구분하고, 완전한 동질
성의 구축에 미치지 못했던 삼승의 언어를 부수적인 것으로 보았다. 원
효 역시 일승의 언어[부처의 설명 : 의어]와 삼승의 언어[중생의 설명 : 문어]를
개념적으로는 구분하는 것에는 동의했다.[30]

그러나 의상처럼 주와 반의 관계로서 이들을 서열화시키기보다, 일종
의 상대(相對)·연기(緣起)에 가까운 관계처럼 인식하였다. 앞서 들었던
"인언견언"이라는 계기적 표현도 그렇거니와, "말을 떠난 진리[이언진여
(離言眞如)]를 말에 기댄 진리[의언진여(依言眞如)]를 통해 설명할 수 있다"[31]
는 원효의 생각은 언어의 종류를 서열화했던 의상과의 시각 차이를 보여
준다. 반드시 일승의 언어가 아닐지라도 궁극적인 진여에 이르기 위한
방편으로서 훌륭한 역할을 기대할 만하다는 것이다. 이 차이를 의상의
'화엄일승'과 원효의 '화쟁' 사이의 거리로 파악하고자 한다.[32]

---

28) 김성룡(2004), 70면.
29) 국토통일원은 1987년 원효의 사상세계를 총괄하는 국제학술대회를 주관했다. 이 성과는
   김지견 편, 『원효성사의 철학세계』, 민족사, 1989)라는 이름으로 출간되기도 했다.
30) 문어와 의어의 관계에 관해서는 원효, 은정희·송진현 역, 『금강삼매경론(金剛三昧經論)』
   (일지사, 2002), 437~444면의 번역문 참조.
31) 원효, 은정희 역, 『대승기신론소』(일지사, 1991), 103~112면 참조.
32) 저자의 관점을 "의상이 일승에 초점을 맞추고 삼승을 근기에 따른 인과(因果)로 보고 있
   다면, 좀 더 언어의 속성에 대해 성찰한 원효는 삼승의 언어를 방편으로 허용하고 있을
   뿐"이라고 평가할 수도 있다. 그러나 여기서는 앞선 장에서 거론한바 의상이 자신의 사

널리 알려졌듯이 원효는 '화쟁'의 언어를 통해 여러 학파에게서 언어적으로 다양하게 나타나는 이론들을 화해시키고자 하였다. 『대승기신론소』 머리 부분에서 "대승의 체(體)는…오히려 백가의 언설 안에 있다"고 하여 여러 학파들이 다 나름대로의 가치가 있음을 인정하고 있다.[33] 여러 학파의 말이 다 의어일 수는 없다. 그렇다면 각 학파들의 우열(優劣)을 서열화하지 않으면서도 모든 주장의 정당성을 인정할 수 있는 논리의 틀은 무엇일까? 이에 대한 원효의 생각은 『열반경종요(涅槃經宗要)』를 통해 드러나고 있다.

> 마치 장님들이 각각 코끼리를 말하는데 비록 사실대로는 얻지 못하였지만 그러나 코끼리를 말하지 않은 것이 아닌 것처럼, 불성(佛性)을 말하는 것도 또한 그와 같아서 여섯 가지 진리[六法] 그대로를 말한 것은 아니지만, 여섯 가지 진리를 떠난 것도 아닌데 여기 여섯의 주장 또한 그러함을 알아야 한다.[34]

각각의 학파가 내세우는 주장은 장님이 코끼리를 만지듯 특정한 국면에만 해당하기 때문에, 부분적으로는 옳은 진리일 수 있지만 전체적·총체적인 깨달음과는 다소 차이가 있다는 말이다. 그러나 이러한 평가가 여러 학파의 말이 모두 의어가 아니라는 식의 부정만을 뜻하는 것은 아님에 유의해야 한다. 그보다는 "여섯 가지 진리를 떠난 것도 아닌데 여기 여섯의 주장 또한 그러함"이라고 했듯이 부분적인 진리값을 지니고

상을 시어를 통해 정교화하고, 시어로서 일승의 언어가 지닌 본질에 대하여 깊이 천착한 지점에 보다 주목하였다. 말하자면 원효가 방편으로써 활용한, 유식사상(唯識思想)에 기반한 화려한 논리적 산문의 수사로는 표현하지 '않았던' 일승의 시적 체현을 의상이 시도했던 것에 의의를 부여하고자 하였다. 이 때문에 기존의 이해와는 다소 다른 지점에서 의상과 원효의 사상을 주목하게 되었다.

33) 최유진, 「원효에 있어서 화쟁과 언어의 문제」, 『한국의 사상가 10인―원효』(예문서원, 2002), 373면.

34) 원효, 『열반경종요』, 『한국불교전서』 1책, 539a. 최유진(2002), 375면 재인용.

있다는 것에 생각의 무게중심이 있다.

원효는 이언[離言, 이치]과 의언[依言, 말]이 상호의존적인 관계라 하였고, 특히 "입을 다문 대사(大士)와 직접 눈길로 본 장부(丈夫)가 아니고서야 누가 능히 언설을 떠난 대승을 논할 수 있겠는가"[35]라고 하여 의언, 곧 언어적 체험의 미묘함과 그 중요성을 강조하였다.[36] 말은 국부적(局部的) 표현만이 가능하다는 한계를 지니고 있어 그 때문에 각 학파의 주장이 큰 차이를 지닐 수밖에 없지만, 논쟁으로써 화쟁(和諍)에 이르는 언어의 체험은 깨달음을 위해 필수불가결하다. 이러한 근거에서 원효가 삼승의 언어가 지닌 한계와 제약에도 불구하고 그 효용을 긍정했다고 보는 것이다.

논의의 편의를 위해 앞 장에서 거론했던 4가지의 요소와 언어관을 중심으로 의상과 원효의 차이를 표로 정리하면 다음과 같다.

구 분	의 상	원 효
依言·離言의 관계	의언을 부정하고 이언을 긍정한 것으로 평가받음.	의언을 통해 이언에 경지에 이를 수 있다고 봄(『대승기신론소』).
能詮·所詮의 관계	삼승에서는 괴리, 일승의 언어에서만 분별을 벗어날 수 있음(〈추동기〉).	진여는 능·소의 분별과 상응하지 않음(『대승기신론소』).
一乘·三乘의 역할	주종 또는 서열관계로 파악 (〈추동기〉·〈법계도〉).	文語와 義語를 하나로 아우름 (『금강삼매경론』).
卽·中에 대한 인식	일승의 언어가 갖추어야 할 요건 (〈추동기〉·〈법계도〉).	기본적인 차이는 없음.
언어관	華嚴一乘의 시어 중심 (서정성 중심).	和諍을 통한 논쟁적 상황의 합일 (서정성과 효용성의 병존).

의상의 사상은 일상적 의언보다 초월적 이언을 염두하고 이루어졌다. 그러나 원효는 『대승기신론소』에서 진여문(眞如門)을 설명하면서 "일법계(一法界) 대총상(大總相)의 법문체(法門體)"라는 초월적·전체적인 "이언"의

---

35) 원효, 『대승기신론소』, 『한국불교전서』 1책, 733b. 최유진(2002), 366면 재인용.
36) 최유진(2002), 364~366면.

측면과 더불어, "언설에 기대어[依言說]" 분별되어 "여실공(如實空)"과 "여실불공(如實不空)"으로 나뉘는 측면을 함께 진여(眞如)의 양면으로 보았다. 그러면서 "언설의 궁극이 **말에 의하여** 말을 버리는 것에 있음"을 강조하였고, 양면의 대립에 집착하기보다 "능·소의 분별과 상응하지 않는" 방식의 상대하여 성립하는 존재의 원리에 더 치중하였다.

원효에게 참되고 한결같은[진여] 진리란 의언과 이언의 측면을 함께 지닌, 요컨대 문어[삼승의 언어]와 의어[일승의 언어]를 하나로 아우른 본질인 것이다. 말하자면 삼승의 언어가 일승의 언어에 비해 다소 제약이 있음에도 나름대로 효용성을 발휘할 만한 영역이 있음을 인정한 것이 원효가 의상에 비해 갖는 차이점이라 하겠다. 이와 같은 언어의 효용성에 대한 긍정적 인식을 통해 온갖 쟁점[諍]의 독자성을 존중하면서도 그들 사이의 조화·공존[和]을 가능케 했던 '화쟁'의 수사가 발생할 수 있었으리라 본다.

정리하면 의상은 이언의 요건을 갖추고 언어의 한계를 벗어난 언어로서 화엄일승의 시어의 역할에 주목했으며, 시어가 아닌 종교적 언어의 수사방식은 다소 취약한 것으로 생각했다. 그러나 원효는 시어가 아닌 종교적 언어에도 일정한 역할이 있다고 보았으며, 이 역시 진리에 도달하기 위한 중요한 수단으로 파악했다. 양자는 모두 시어가 갖추어야 할 서정성의 중요성에는 동의했다. 다만 의상은 시어가 지닌 함축성을 보다 유효한 수사방식으로 여긴 반면, 원효는 시어와 일상어의 장점을 병존(竝存)시킨 수사의 전략에 더 비중을 두었던 것으로 요약할 수 있다.

4. 최치원의 사상적 모색과 풍류의 작용

원효와 의상은 비유와 상징성이 강한 어휘를 일승의 언어, 말하자면 시어로 간주하고 그 가치를 긍정했다는 공통점이 있다. 그러나 의상이 일승의 언어에 배타적 지위를 부여했던 것과는 다소 다르게 원효는 삼승의 언어, 논리적 수사방식을 갖춘 어휘에도 일정한 가치를 부여했다. 의상이 서정성의 발현에 보다 높은 가치를 부여했던 것과는 다소 달리, 원효는 서정성과 효용성의 병존을 지향한 것으로도 볼 수 있다.

최치원(崔致遠, 857~?)은 원효와 의상보다 약 200년 이후의 사상가였으며, 초기 한시사(漢詩史)의 대표적인 작가이기도 하다. 특히 포용적인 진리 인식과 관련하여 원효와 합치되는 언어·문자 인식을 보이고 있다.37) 최치원의 언어·문자 인식을 직·간접적으로 보여주는 자료는 『사산비명(四山碑銘)』이다. 『사산비명』이란 최치원이 찬술한 4편의 선승(禪僧) 또는 사찰의 비문으로, <대숭복사비명(大崇福寺碑銘)>과 <진감선사비명(眞鑑禪師碑銘)>, <낭혜화상비명(朗慧和尙碑銘)>, <지증대사비명(智證大師碑銘)> 등이다.38)

이 가운데 <대숭복사비명>에는 유자로서의 인식이, <지증대사비명>에는 불교 교리에 대한 이해가 돋보이는 한편 언어·문학론 관련 서술은 거의 없다. <진감선사비명>에는 유교와 불교의 공존(共存), 이언진여의 세계를 인정하는 등의 인식이 단편적으로 보인다.39) 그러나 『사산비명』 가운데 가장 장형으로서 무열왕에 필적할 만한 사회적 실천을 보인 낭혜화상 무염(朗慧和尙 無染, 800~888)의 비명에는 언어·문학과 사상의 역할

---

37) 최영성, 「고운의 문장과 사상표현의 문제」, 『최치원의 철학사상』(아세아문화사, 2001), 126면. 그러나 논자도 고백했듯이 이 둘 사이의 직접적 관련 양상을 입증할 만한 문헌 자료는 드물다. 다만 <낭혜화상비명>의 몇몇 구절로부터 최치원의 원효 독서 체험을 추정할 따름이다.
38) 『사산비명』에 관해서는 유영봉, 『사산비명연구』(성균관대 박사학위논문, 1993)의 종합적 고찰 이후로 최근의 최영성, 앞의 책과 이구의, 『최치원문학연구』(아세아문화사, 2004), 392~533면 등의 연구가 있다.
39) 이구의(2004), 445면과 458면.

을 비교한 독특한 서술이 보인다.

> 중국에 들어가 배운 것은 대사나 내가 피차 다름이 없건만, 스승으로 추앙 받는 이는 누구이며 일꾼 노릇하는 사람은 누구인가? 어찌하여 심학자(心學者)는 높고 구학자(口學者)는 수고롭단 말인가? 그러므로 옛날의 군자는 학문하는 것을 삼가서 하였다.
> 그러나 심학자가 덕을 세웠다면 구학자는 말을 남겼을 것이니, 저 '덕'이란 것도 혹 '말'에 의지하고서야 일컬어질 것이요, 이 '말'이란 것도 혹 '덕'에 기대어야 썩지 않고 오래도록 전할 것이다. 일컬어질 수 있다면 '마음'이 능히 먼 **후래자(後來者)**에게 알려질 것이요, 썩지 않는다면 '말' 또한 **옛사람들**에게 부끄러움이 없을 것이다.[40]

먼저 사상가[心學者]인 낭혜화상은 추앙을 받지만 문학가[口學者]로만 평가받는 자신은 일꾼 노릇만 하고 있다고 간접적인 불만을 토로하고 있다. 그러나 다음 단락에서 사상가의 성과와 문학가의 언어 텍스트가 상보적(相補的) 역할을 해야 함을 역설하고 있다. 사상가의 덕을 미래에 전하기 위해, 문학가의 텍스트가 과거에 부끄럽지 않기 위해, 한마디로 문학과 사상의 효용을 구족(具足)하기 위해서는 두 영역 모두에 걸친 소양이 필요하다는 말이다.

비록 짧은 기록이지만 최치원이 자신의 문학 창작에 어떤 의미를 부여하고 있었는지를 분명하게 보여주고 있다. 언어 텍스트는 과거의 사상을 미래에 전해주고, 미래의 수용자에게 과거의 가치를 돌아볼 수 있도록 해 주는 것이다. 따라서 사상가는 자신의 사상을 텍스트에 효과적으로 표현할 수 있도록 다층적인 수사의 전략을 구사할 수 있어야 하며, 문학가는 자신의 표현물에 수용자가 공감하고 감동할 수 있는 충실한 내용을

---

40) 최치원, 최영성 역, 『최치원전집 1 : 사산비명』(아세아문화사, 1998), 60면의 성과를 따랐다. 이하 같다.

갖추어야 한다는 것이다. 그렇다면 최치원의 입장은 원효의 '화쟁'과 크게 다르지 않은 것처럼 보이기도 한다. 그러나 사상가와 구별되는 '문인(文人)'의 입장을 토대로 언어의 효용을 보다 적극적으로 인식한 점에서 남다른 일면을 엿볼 수 있다.

최치원은 기존의 개념어에 새로운 가치를 부여함으로써 해당 개념어의 효용을 극대화하고자 한 적도 있다. 널리 알려졌듯이 그는 '풍류(風流)'라는 개념어를 통해 한국의 고유사상을 설명하였다. 풍류라는 고유사상에 실제로 삼교(三敎)의 장점이 온축(蘊蓄)되었을 가능성도 있지만, 3교를 포함하고 있다는 언술 자체는 다른 자료의 인용이라기보다는 최치원 자신의 평가에 가깝다. 게다가 '풍류'라는 용어 자체는 사상사적 술어라기보다 예술 감상 또는 유흥의 현장에서 더 자주 보이는 말이다.[41] 보다 중요한 것은 풍류의 개념 실질이 아니라, 이 개념이 당대인들에게 어떤 기억을 심어줄 수 있었는지 여부일 것이다.

> 최치원의 <난랑비서(鸞郎碑序)>에, "우리나라에 현묘(玄妙)한 도(道)가 있으니 풍류(風流)라 이른다. 그 가르침[敎]의 기원은 『선사(仙史)』에 자세히 실려 있거니와, **실로 이는 삼교(三敎)〔佛 · 仙 · 孔〕를 포함하고 중생을 교화한다.** 그리하여 ① 집에 들어오면 효도하고 나아가면 나라에 충성하는 것은 노사구[魯司寇, 孔子]의 주지(主旨) 그대로며, ② 또 그 함이 없는

---

41) 그러나 사상사에서의 담론과는 별개로 '음악사상'으로서 풍류에 주목한 연구성과도 있다. 한흥섭, 「풍류도, 한국음악의 철학과 뿌리」, 『한국고대음악사상』(예문서원, 2007), 26~28면에서 한국 음악사상의 원류로서 '풍류'라는 용어에 주목하고 화랑도의 활동과 향가의 역할까지 고려한 분석을 시도하였다. 논자는 풍류도 정신이 화랑의 이념으로 발전하여 "현세에서의 공동체의 조화"를 음악사상으로서 풍류의 역할로 강조하고, "향가의 사상적 배경을 통해 역으로 풍류도의 구체적 내용도 확인할 수 있을 시으로 기대할 수 있다(27면)."고 하였으며, "다양한 사상의 조화로운 혼융(28면)"을 그 구체적 내용으로 파악하였다. 다양성의 혼융을 풍류의 실질로 파악한 점은 시사하는 바 크다. 다만 "바탕풍류도가 삼교의 영향에 의해 화랑풍류도로 변모(61면)"했다는 등의 서술은 다소 불투명하여 논란의 여지가 있다.

일에 처하고 말없는 교를 행하는 것은 주주사[周柱史, 老子]의 종지(宗旨)
그대로이며, ③ 모든 악한 일을 하지 않고 착한 일만을 행함은 축건태자
[쯔乾太子, 釋迦]의 교화 그대로라.”고 하였다.[42]

3교의 장점을 거론하며 '풍류'는 이러한 장점을 모두 갖추고 있으면서
중생을 교화한다고 말하고 있다. 결국 '풍류'란 무엇보다도 중생을 교화
하는 사회적 효용성을 갖추었기 때문에 현묘한 도리로 평가받는 것이다.
여기서 인용문의 ①, ②, ③으로 구분해 놓은 3교의 가르침을 돌이켜 생
각해 보자. 이들은 다시 말해 ① 효도와 충성, ② 말을 앞세우지 않는 실
천, ③ 착한 행동으로 요약할 수 있다. 모두가 사회적 차원의 실천과 관
련이 깊다. 이 가운데 ②는 “처무위지사 행불언지교(處無爲之事 行不言之
敎)”라 하여 “무위(無爲)”와 “불언(不言)”이라는 개념적인 덕목을 “처(處)”와
“행(行)”의 실천적 영역으로 풀이한 점이 돋보인다. 게다가 ③은 꼭 불교
에만 국한된 가르침은 아닐 것임에도, '풍류'를 사회적 실천의 장에 연결
시키고 과거에도 뭇 백성을 교화했던 규범으로 기억시키기 위해 최치원
은 3교의 특질이 애초부터 풍류에 속해 있었다는 식으로 서술한 것이다.
　이는 개념어에 대한 기억이 지닌 사회적 파급력, 말하자면 언어의 효
용에 대한 인식을 토대로 갖추어진 수사방식이다. 최치원에 의해 당대인
들의 '풍류' 개념에 대한 재인식이 일어나고, 고유사상의 역할에 다시금
주목하는 계기가 되었다는 것이다.
　최치원은 사상가와는 구별되는 문학가의 역할을 담지하고, 텍스트를
과거와 미래의 것으로 확장시키기 위해 문학과 사상의 상호 작용이 중요
하다고 생각했다. 이를 위해 언어·문학의 사회적 효용성에 주목하고,
'풍류'라는 개념어에 새로운 가치를 부여함으로써 사회적 파급력을 높이

---

42) 『삼국사기』 권4. 신라본기 진흥왕.

고자 시도하기도 했다.

5. 고전시가사와의 관련 양상

지금까지의 서술을 통해 신라 문학사상의 전개 양상을 모색하였다. 그 결과를 정리하면 다음과 같다. 의상의 '화엄일승'이 시어와 그 밖의 언어를 구별하는 경향을 보여준다면, 원효의 '화쟁'은 대칭하는 언설들 사이의 합일을 추구한다는 차이가 있다. 의상의 언어 인식을 서정성의 추구라고 한다면, 원효의 수사방식은 문어와 의어의 통합, 서정성과 효용성의 병립을 통한 원융(圓融)에 그 특징이 있다고 할 만하다. 후대의 최치원은 언어의 사회적 효용에 더 큰 관심을 기울이고, '풍류'란 개념어를 재해석함으로써 그 사회적 역할과 작용을 극대화하고자 하였다. 이들 사이의 공통점과 차이점은 단순히 개인적 취향의 차이라기보다는 각각 당대의 문학 텍스트 창작에서 중시되었던 원리와 관념을 투영하고 있는 것으로 보인다. 그 구체적 양상을 이제부터 탐색하고자 한다.

먼저 향가의 역사적 전개 양상을 살펴보겠다. 아래의 표에서는 일단 이 시기의 작품들을 서정성과 효용성의 범주로 구분하였다. 여기서의 효용성은 여러 지층(地層)의 현실적 목적을 달성하기 위해 문학 텍스트를 그 매개로 삼는 일련의 시도를 말한다. 여기서의 효용성을 현존 향가 텍스트의 문화사적 역할을 고려하여 다시 종교성, 정치성, 주술성과 수사학(설득·감화)으로 세분하였다. 이 가운데 종교성은 수용자와의 교감이 중요하다는 점에서 서정성에 한결 가까운 것으로 파악했으며, 수사학(설득·감화)은 화자에게 적대적인 수용자 또는 불특정 다수를 대상으로 삼는다는 점을 기준으로 종교성과는 구별하였다. 짙은 색으로 표시된 부분이 의상과 원효, 최치원의 활동 연대와 겹치는 부분이다.

<table>
<tr>
<td rowspan="3">세
기</td>
<td colspan="2" rowspan="3">왕명/작가명
(연대)</td>
<td colspan="5">작 품 명</td>
<td rowspan="3">역사적 배경</td>
</tr>
<tr>
<td rowspan="2">서정성</td>
<td colspan="4">효 용 성</td>
</tr>
<tr>
<td>종교성</td>
<td>정치성</td>
<td>주술성</td>
<td>수사학
(설득·
감화)</td>
</tr>
<tr>
<td rowspan="5">7
세
기</td>
<td colspan="2" rowspan="2">진평왕
(579~631)</td>
<td></td>
<td></td>
<td></td>
<td colspan="2">혜성가</td>
<td rowspan="3">통일전쟁의
시작기,
불교미술의
발흥기</td>
</tr>
<tr>
<td></td>
<td></td>
<td></td>
<td>서동요</td>
<td></td>
</tr>
<tr>
<td colspan="2">선덕여왕
(632~646)</td>
<td></td>
<td>풍요</td>
<td></td>
<td></td>
<td></td>
</tr>
<tr>
<td colspan="2">문무왕
(661~680)</td>
<td></td>
<td>원왕생가</td>
<td></td>
<td></td>
<td></td>
<td rowspan="2">통 일 신 라
문화의 형
성기</td>
</tr>
<tr>
<td colspan="2">효소왕
(692~701)</td>
<td>모죽지
랑가</td>
<td></td>
<td></td>
<td></td>
<td></td>
</tr>
<tr>
<td rowspan="4">8
세
기</td>
<td colspan="2">성덕왕
(702~736)</td>
<td>헌화가
원가</td>
<td></td>
<td colspan="2">(원가)</td>
<td></td>
<td>전 제 왕 권
실현기</td>
</tr>
<tr>
<td rowspan="3">경덕왕
(742~764)</td>
<td>월명</td>
<td colspan="2">제망매가</td>
<td colspan="2">도솔가</td>
<td></td>
<td rowspan="3">정치적 격
동기,
미 술 사 의
황금기</td>
</tr>
<tr>
<td>충담</td>
<td>찬기파
랑가</td>
<td></td>
<td>안민가</td>
<td></td>
<td></td>
</tr>
<tr>
<td></td>
<td></td>
<td></td>
<td></td>
<td>도천수
관음가</td>
<td></td>
</tr>
<tr>
<td rowspan="3">9
세
기
이
후</td>
<td colspan="2">원성왕
(785~799)</td>
<td></td>
<td></td>
<td></td>
<td></td>
<td>우적가</td>
<td>독서삼품과
설치</td>
</tr>
<tr>
<td colspan="2">헌강왕
(875~885)</td>
<td></td>
<td></td>
<td></td>
<td></td>
<td>처용가</td>
<td>빈 공 제 자
(賓貢諸子)
귀국</td>
</tr>
<tr>
<td colspan="2">고려 광종
(949~975)</td>
<td colspan="2">(보현시원가)</td>
<td></td>
<td></td>
<td>보현시
원가</td>
<td>전 제 왕 권
실현기</td>
</tr>
</table>

이 표는 경우에 따라 전승담에 거론된 텍스트의 효과에 주목하기도 하고, 시어 자체의 정서적 효과를 중시한 것으로 보일 여지가 있다. 그러나 텍스트에 서정주체의 표현 욕구가 분명하게 드러나고 수용자에게 정서적 공감을 보일 여지가 큰 경우에 한하여 '서정성'을 중심적 효과로 우선 간주하고, 그렇지 않은 경우에 어떤 측면의 효용성을 보이고 있는지

를 차후에 고려한 것이다. 가령 <모죽지랑가>나 <제망매가> 등의 문면에서는 '슬픔'의 정서적 동기를 표현하여 독자와 공감을 얻을 여지가 큰데 반하여, <풍요>와 <원왕생가> 등은 정서보다 주술·종교의 목적성이 다소 크다. 이와 같은 문면의 차이와 텍스트-전승담 사이의 입체적 관계를 고려하자는 것이다. 그럼에도 불구하고 이 표는 <혜성가>와 <원가>처럼 효용성의 층위가 여러 부분에 걸쳐 있는 경우가 있고, 자의적으로 단순화한 부분이 없지 않다. 거시적으로 보았을 때 서정성과 효용성의 공존, 조화에 신라 문화의 특질이 자재한다는 것에 주안점이 있다.

이 표에 따르면 <혜성가> 또는 <서동요>와 같은 텍스트를 매개로 한 효용성을 겨냥했던 향가의 작품세계는 의상과 원효의 활동 연대인 7세기 중·후반 이후로 종교성과 서정성을 지향하는 흐름을 띤다. 특히 <원왕생가> 전승담에는 원효의 개입도 눈에 띈다.43) <풍요>와 <원왕생가>가 이룩한 정토신앙을 바탕으로 한 종교시의 작품세계는 인물 제재를 직접 선택했던 <모죽지랑가>에 이르러 곁에 있는 사람의 쇠락·소멸을 슬퍼하는 신라 향가 특유의 모티프를 형성하기에 이른다. 이후로 <제망매가>, <찬기파랑가>에 이르기까지 이 모티프는 지속·변주된다. 요컨대 의상과 원효의 시대에 구축된 종교성과 서정성의 발현이 죽음과 소멸에 침잠하는 신라 향가의 모티프 형성에 기여했다는 것이다.

한편 최치원의 시대를 전후하여 향가 전승담에는 도적, 역신(疫神) 등 화자에게 적대적인 수용자를 향가 텍스트를 통해 설득·감화시키는 화소가 등장하는데, 이는 언어 텍스트의 효용을 상대방에 대한 설득·감화로부터 찾게 되었다는 것을 의미한다. 사상을 전달하기 위한 수단으로서

---

43) 장(莊)이 부끄러워 물러가 곧 원효법사(元曉法師)에게로 가서 진요(津要)를 간구(懇求)하였다. 효(曉)가 쟁관법(錚觀法)을 지어 지도(指導)하였다(『三國遺事』5卷, 7. 感通 <廣德嚴莊>).

언어의 기능을 중시하는 한편 언어의 사회적 효용성에 주목했던 최치원의 사유방식과 무관하지 않을 것이다.

따라서 향가의 효용성이 주술성에서 종교성으로 전환하면서 서정성의 범위가 확장되고, 수용자를 설득·감화시키려는 수사방식이 주목받는 등 효용성의 중심이 이동하는 과정에서 의상·원효·최치원의 모색이 기여했던 바를 찾을 수 있다.

다음으로 신라 한시와 게송의 경우를 살펴보겠다. 만당풍(晩唐風)과는 구별되는 신라 한시의 독자성을 모색하기 위한 연구에서는 9세기 빈공 한시를 중심으로 '청징(淸澄)'한 경계 추구－김입지, '묘명(杳冥)'한 이상공간과 서정자아의 변주－박인범·최치원, '수염(愁艶)'한 서경(敍景)과 '달의(達意)'－최광유·최승우 등을 주요 논의 대상으로 삼았다.44) 특히 김입지의 시는 일본에서 편찬된 『천재가구(千載佳句)』에 주로 전하는데, 당시인에게서 좀처럼 발견되지 않는 철학성이 잠재된 시 정신이 일본인들을 매료시켰을 것이라 하며, 김입지가 이룩한 성과가 박인범, 최치원을 비롯한 후대의 문인들에게 전승되어 만당풍과 신라 한시의 차이점을 형성시켰다는 것이다.45)

앞서 살펴 본 <낭혜화상비명>에서 최치원이 자신을 문학가로만 바라보는 시선에 불만을 느끼고, 사상가로도 평가해주기를 은연중에 기대했던 모습이 떠오른다. '풍류'의 개념어를 재인식시켜 사상사의 구도를 다시 기억시키려던 시도 역시 이와 무관하지 않을 것이다. 현존하는 신라 한시에서 김입지의 수준에 필적할 만한 사상성을 후배 작가들에게서 찾기란 쉽지 않아 보이지만, 향가의 서정성이 이르지 못한 영역에 신라 한문문학의 개성이 존재했던 것은 인정할 수 있을 것이다.

---

44) 호승희(1998), 93~170면.
45) 호승희(1998), 115면.

마지막으로 게송은 앞서 <법계도>, 일명 <법성게>를 살펴 보기도 하였거니와, 자장·원효·의상·표훈·명효·태현 등 주로 7·8세기에 당 유학 경험이 있거나 유식·화엄·밀교 계통에 속하는 사상가들이 많이 창작하였다. 따라서 이들에게는 감성적, 비유적 표현은 그리 눈에 띄지 않고, 몇 가지 개념어를 중심으로 현재의 상황을 서술하거나, 현재의 상황을 벗어나기 위한 서원(誓願)과 실천의 자세를 강한 어조로 피력하는 등의 공통점을 지니고 있다. 그래도 이들은 향가와 같은 시기의 텍스트라는 점에서 중요하다 할 수 있는데, 감탄문 형태로 자신의 결심 혹은 경전의 내용을 요약하며 마무리하는 관습은 향가의 시상 종결 방식과 통할 여지가 있기도 하다.[46]

요컨대 신라 향가는 일승의 언어와 삼승의 언어 사이의 상호 작용과 침투를 통해 서정성과 효용성, 감성의 영역과 수사방식의 층위가 함께 발전할 수 있었다. 그러나 한시와 게송에서는 사회적 효용성의 목소리는 크게 느껴지지 않는 대신, 사상성의 구축과 종교적 인식의 심화를 통한 서정시로서의 개성이 한결 강해진다고 평가하고자 한다.

6. '신라문학사상사'와 '신라서정문학사'를 위하여

지금까지의 논의 결과를 요약하고 앞으로의 과제를 제시하면 다음과 같다.

첫째, 의상은 <추동기>를 통해 ① 일상어, ② 삼승의 언어(논리적 수사), ③ 일승의 언어(문학적 수사, 시어)를 구별하고, 특히 ③에 독자적 가치를

---

46) 명효(明晶), <해인삼매론>의 서게(序偈)와 말미의 회향게(廻向偈)와 태현(太賢), 『보살계본종요(菩薩戒本宗要)』의 서게와 말미의 회향게를 비롯한 몇 편의 게송이 그러하다.

부여하고자 하였다. 그 근거는 일승의 언어만이 포함관계와 동질관계를 혼융시킬 수 있다고 보았기 때문이다. 따라서 <법계도>를 통해 논리적 설명이 불가능한 종교적 경지를 화엄일승의 시어로 표현하고자 하였다.

둘째, 원효는 의상과는 달리 삼승의 언어가 일승의 언어에 비해 다소 제약이 있지만 나름의 효용성을 발휘할 만한 영역이 있음을 인정했다. 이와 같은 언어에 대한 통합적 인식을 통해 여러 가지 쟁점[諍]의 독자성을 존중하면서도 그들 사이의 조화·공존[和]을 가능케 했던 '화쟁'의 수사가 발생할 수 있었다.

셋째, 최치원은 사상가와는 구별되는 문학가의 역할에 주목하고, 텍스트를 과거와 미래의 시간으로 확장시키기 위해 문학과 사상의 상호 작용이 중요하다고 생각했다. 이를 위해 언어·문학의 사회적 효용성에 주목하고, '풍류'라는 개념어에 새로운 가치를 부여하기도 했다.

넷째, 이상의 문학론에 힘입어 신라 향가는 일승의 언어와 삼승의 언어 사이의 상호 작용과 침투를 통해 서정성과 효용성, 감성의 영역과 수사방식의 층위가 함께 발전할 수 있었다. 반면에 한시와 게송에서는 사회적 효용성의 목소리는 크게 느껴지지 않는 대신, 사상성의 구축과 종교적 인식의 심화를 통한 서정시로서의 개성이 한결 강해진다고 평가했다.

앞으로의 과제는 일단 소략하게 살펴본 사상가와 자료들에 대한 보다 충실한 분석을 수행하고, 그 성과를 바탕으로 초기 서정문학사의 입체적 지층을 조망하는 것에 있다. 특히 의상, 최치원에 비하여 상당히 저술을 남기고 있는 원효 사상의 전면에 대한 탐색과 함께, 김입지의 성과가 후대에 어떻게 계승되었는지, 동시대문학으로서 향가와 게송의 관련 양상은 어떠한지 등에 대한 추가적인 고찰이 필요하다.

Ⅱ

신라와 고려의 지속과 전변

- 균여의 작가의식과 〈보현시원가〉
- 〈항순중생가〉의 방편시학과 〈보현시원가〉의 배경
- 향가와 고려속요의 장르적 차이를 통해 본
  전변 양상의 단서
- 향가에서 속요로, 두 가지 서정성의 대칭과 융회

균여의 작가의식과 〈보현시원가〉

1. 연구동향과 방법론적 전제

현존 최고(最古)의 역사적 장르로서 향가는 중세 보편주의가 우리 문학사를 주동하기 이전, 차자문학의 형태로 국문시가의 주도적인 작품군으로서 역할을 맡고 있었다.

그러나 향가는 그 근본에 있어서 차자문학(借字文學)이었다. 자생적인 사상(事象)을 외래문자의 기틀을 빌어 표기하는 이 같은 방식은 어떻게 보면 하나의 미봉책에 불과하다고 할 수 있다. 향찰의 표기 체계 자체가 아직은 미비한 점이 많았고, 오늘날 그 해독에 있어 상당한 난점이 도사리고 있는 것도 대체로 여기서 기인하는 것이다. 심지어 『삼국유사』에 수록된 향가 사이에서도 향찰 표기의 차이점은 쉽게 찾아질 수 있으며, 후대의 향가인 균여의 〈보현시원가(普賢＋願歌)〉와는 그 차이가 더욱 심하다.1) 이 같은 양상에서 비롯되는 모호성을 중의·복의 등의 술어로서 설명하고자 하는 시도 또한 양희철에 의해 이루어진 바 있었다. 나아가 이를 일본의 가나[假名]가 그저 표기수단에 그친 것과는 달리, 우리 향가가 문학적 표현수단의 경지에까지 이른 것으로 평가하고 있기도 하다.[2] 가나 체계가 향찰의 영향을 받았다면, 가나가 향찰보다 정비된 모습을 지니고 있고, 그것이 표기수단으로서 장점으로 작용했다고 보는 것이 타당하다. 그러나 그것이 문학적 표현수단으로서 약점이 된다고 생각하기는 어려울 듯하다. 또한 양희철이 높이 평가한 문학적 표현수단으로서 중의·복의의 설정은 향가가 문자의 기본 기능인 표기를 통한 의사소통에 크나큰 결함을 지니고 있음을 간접적으로 드러내는 것에 불과하다.

　말하자면 향찰은 중세보편주의 문화를 아직은 전폭 긍정적으로 받아들일 수 없었던 특수한 상황 하에서 일어날 수 있는 과도기적인 체계였으며, 보다 발전된 형태로서 거듭나든지,[3] 사용층이 보편문자에 익숙해진 경우라면 그 필요성이 소멸하는 운명에 놓였던 것이다. 일반적으로 신라에 비해 한문화(漢文化)의 수준이 높았던 것으로 추정되는 고구려나 백제가 차자의 체계를 별도로 갖지 않았던 것도 이와 연관되는 현상일 것이다.

　따라서 한문학이 본격적으로 이식(移植)되기 시작한 나말 여초에 이르면 향가의 문학사적 위상은 급격히 실추하게 된다. 이것은 단순히 하나의 역사적 장르가 쇠퇴하는 것만을 의미하는 것이 아니다. 차자문학이 맡아온 기록문학의 상당한 영역이 한문문학으로 이행된 것을 의미하며,

---

1) 『삼국유사』 소재 향가와 균여 향가의 향찰 문자상의 차이는 약간의 비교를 거치면 분명히 드러나는 문제이다. 그러나 그것을 일일이 열거하기는 매우 복잡한 일이고, 또한 그들의 차이점을 논리화하기는 더욱 어려운 작업이다. 따라서 이들을 비교한 3.2에서는 주로 종결 방식과 관련지어 이 문제를 검토하기에 그쳤다.
2) 양희철, 『향찰문자학』(새문사, 1995)과 『삼국유사향가연구』(태학사, 1998).
3) 일본의 경우는 여기에 해당한다고 볼 수도 있다.

나아가 자생적 생활의 모든 영역이 모든 흐름이 중세 보편주의의 척도 아래 재편되어 간 고려 전기의 격동적인 제 양상과 분리해서 생각할 수 없는 것이다.

여기서의 목적은 이 같은 역사의 변혁 과정에서 시가 나아가 향가의 작가로서 고승 균여(923~973)의 면모를 살펴보고자 하는 데 있다. 균여의 주 활동기였던 광종대는 왕권과 호족 간의 대립·협력을 통해 전제주의 시대로 이행하던 때였다.4) 이 시기 균여는 불교계의 지도적인 위치에서 광종에게 협조했으며, 국가의 중심사상인 불교의 화엄사상을 포교하기 위해 향가의 양식을 원용하여 화엄경의 총결 부분에 해당한다고 할 수 있는 <보현행원품(普賢行願品)>을 시화(詩化)하여 <보현시원가>를 창작하기도 했다. 그러나 그 후에는 국왕과의 관계가 악화되어 이정수행(異情修行)한다는 의심을 받기도 하고, 외국사신과의 면담이 좌절되는 등 그리 순탄치 않은 말년을 보낸 것으로 여겨진다.5) 이 같은 일생의 경험을 통해 균여는 어떠한 의식 체계를 보유하게 되었고, 또 그것이 향가 작품에는 어떻게 반영될 수 있었는지 등의 양상을 알아보는 작업은 복잡다단한 고려 전기 문학사의 양상과 그 의미 파악에 다소 의의를 지닐 것으로 판단한다.

그간의 문학 연구에서 균여에 대한 접근은 <보현시원가>의 작가이기보다 『균여전』의 주인공이라는 측면에서 이루어진 경우가 많았다.6) 따

---

4) 여기서 전제주의라는 용어는 지배자가 국가의 모든 권력을 장악하여 아무 제한·구속이 없이 권력을 운용하는 정치체제로서, 특히 K. 뢰벤슈타인의 권력집중이라는 관점에서 이해한 것이다. 그리고 군주제의 시점에서 파악하면, 전제적 군주는 종교의 권능을 빌리는 신정적 군주제, 군주를 국가의 가장에 대응시키는 가부장적 군주제, 신민과 영토를 하나의 상속물로 파악하는 가산적 군주제가 있다.

5) <大華嚴首座圓通兩重大師均如傳>(이하 <均如傳>), 第九感應降魔分.

6) 다음의 논의들이 그런 관점을 취했다.
   김승찬, 「균여전고」, 『한국상고문학연구』(제일문화사, 1978).
   정하영, 「균여전의 전기문학적 성격」, 『한국언어문학』 20(한국언어문학회, 1981).

라서 균여에 대한 논의 역시 '불교적 영웅'[7]을 입전한 승전의 주인공으로서의 면모에 국한된 것이 대부분이었다. 역사 현실 속의 한 인간이기에 앞서 신이한 초월적 존재로서의 특징이 더욱 강조된 것이었다. 이것은 비단 서사문학으로서『균여전』을 고찰하는 경우에만 해당되는 문제는 아니었다. <보현시원가>를 논의하는 과정에서도 균여의 작품세계는 작가론적 측면을 고려하지 않은 지점에서 양희철에 의해 출발하였고,[8] 오늘날까지도 그러한 상황은 크게 변화하지 않았다.

균여의 위상을 시대 맥락과 연관하여 재정립하는 작업은 사학계의 김두진[9]에 의해 이루어졌다. 그는 균여 사상의 핵심을 성상융회사상(性相融會思想)으로 파악하고, 전제주의로의 역사 이행과정에 있어 왕권과 연관하여 그것이 정치사상으로서 입론되는 과정에 주목함으로써,『균여전』의 기록을 신화에 가까운 것들로 치부하는 단순성을 벗어날 수 있었다. 나아가 그 기록을 사료로서 적극 활용하여 균여가 활동했던 광종 당대를 이해하는 중대한 토대로 삼고 있다.『균여전』이외에 균여에 대한 별다른

이현수, 「균여전의 설화문학적 성격」,『시원김기동박사 회갑기념논총』(교학사, 1986).
김승호, 「승전의 서사체제와 문학성 검토―해동고승전을 중심으로」,『한국문학연구』10, (동국대 한국문학연구소, 1987).
______, 「초기 승전의 서사구조 양상―賢首傳과 균여전을 중심으로」,『한국문학연구』11 (동국대 한국문학연구소, 1988).
______, 「승전에 나타난 꿈의 기능」,『동국대 연구논집』18(동국대 대학원, 1988).
______, 「불교적 영웅고―승전류를 중심으로」,『한국문학연구』12(동국대 한국문학연구소, 1989).
______,『한국승전문학연구』(민족사, 1992).

이에 대한 詳述은 2.에서 별도로 이루어질 것이다.
7) 김승호, 「불교적 영웅고―승전류를 중심으로」,『한국문학연구』12(동국대 한국문학연구소, 1989).
______,『한국승전문학연구』(민족사, 1992).
8) 양희철,『고려향가연구』(새문사, 1988).
9) 김두진,『균여화엄사상연구』(일조각, 1983).

사료가 없는 현시점에서 김두진의 분석은 매우 유효한 것으로 여겨진다.10)

  〈보현시원가〉에 대한 논의는 1970년대까지 균여에 대한 인물론의 층위에서 다루어져 왔다. 김종우·김승찬에 의해서 처음으로 개별작품론이 이루어졌지만, 『균여전』에 대한 논의 뒤에 부록의 형태처럼 이루어졌고, 작품론이기보다는 원 경문인 〈보현행원품〉의 중요성을 강조하는 수준에 그치기도 했다.11) 그러다가 1986년 양희철12)에 의해 상세한 작품론과 시적 구성 원리에 대한 논의가 이루어지고, 이후 윤태현,13) 박옥미14) 등도 나름의 관점에서 본 작품을 살펴보았다. 본격적인 논의는 아니지만 정출헌15)에 의해 그 의의가 재해석되기도 했으며, 향가 양식 전반에 대한 저서에서 〈보현시원가〉를 정리한 것들도 있다.16)

  〈보현시원가〉의 본격적인 작품론의 선편을 잡은 양희철은 향가의 표기 원리, 내용의 범위, 형식 등에 대한 원론적 설정을 우선하고,17) 원전해독과 작품의 문학성 그리고 시문법 등을 논의했다. 그가 원전해독에서 주목한 것은 '문학적'인 측면이다. 그러나 여기서 '문학적' 측면이란 작품 전체의 해독에 있어 문학적 측면을 고려하겠다는 것이 아니라, 개별

---

10) 예컨대 김용선, 「광종의 개혁과 귀법사」, 이기백 편, 『고려광종연구』(일조각, 1981) 93~114면은 광조과 균여에 관한 사료 — 거의가 〈균여전〉에서 취한 것들이다 — 분석을 전적으로 김두진에게 의존하고 있을 정도이며, 송재주, 「균여의 화엄사상과 생애에 대하여—특히 현실정치참여를 중심으로」, 『장태진박사회갑기념 국어국문학논총』(삼영사, 1988)도 그 대의가 이와 비슷하다.
11) 김종우, 『향가문학연구』(삼우사, 1975), 109~129면.
    김승찬, 「균여전과 청전법륜가」, 『향가문학론』(새문사, 1986), 409~429면.
12) 양희철, 「균여의 원왕가 연구」(서강대 박사논문, 1986).
13) 윤태현, 「보현시원가의 문학적 성격」, 『동악어문논집』 30(동 연구회, 1995).
14) 박옥미, 「균여의 보현시원가 연구」(동국대 불교학과 석사논문, 1996).
15) 정출헌, 「향가의 민족문학적 성격과 그 문학사적 의의」, 『어문논집』 34(고려대 국어국문학연구회, 1996).
16) 양희철, 「원왕가」, 『향가문학연구』(일지사, 1993).
    임기중 외, 『새로 읽는 향가문학』(아세아문화사, 1998), 314~517면.
17) 이 부분은 후에 『향찰문자학』(새문사, 1995), 『삼국유사향가연구』(태학사, 1998) 등의 저서를 통해 상세화한다.

어휘 중 특히 문학적인 것들을 엄선해서 문학적으로 분석하겠다는 의미
이다. 그리고 여기서 ‘문학적으로’ 분석한다는 것은 훗날 그가 중의·복
의 등으로 부르는 ‘2차 언어’ 곧 ‘부가의미’를 추가시킨다는 것이다. 양
희철의 저서 전반에 걸쳐 이 같은 사례는 매우 많다. 그 가운데 <칭찬여
래가(稱讚如來歌)>의 7·8행(양희철에 따르면 4행) 부분 ‘際于萬隱德海肹 間王
冬留讚伊白制’의 해독 부분을 보면 다음과 같다.

> ‘于萬隱’·‘間王’·‘讚伊白制’ 등은 문학적 해독의 가능성을 보이는 것
> 들이다. ‘于萬隱’은 ‘움는’·‘가만(玄)’ 등으로 해독되고 있다. 모두가 의미
> 상으로는 ‘많음’을 표기하려 했다고 보는 해독이다. 그런데 문제는 ‘움는’
> 이나 ‘가만’의 뜻을 표기하려 했다면, 자신의 향찰표기 규범인 훈주음종에
> 따라 ‘無’와 ‘‘玄·‘黑’으로 표기하지, 왜 ‘于萬’으로 표현했느냐 하는 것이
> 다. 이 문제는 二次言語의 설명으로 가능하다. (중략)
> 　그런데 ‘于’와 ‘萬’은 ‘가다’와 ‘많음’을 뜻으로 한다. 이에 그 의미를 부
> 가의미로 계산하면 ‘際于萬隱德海肹’은 ‘가도가도(행해도 행해도) 끝이 없
> 는 공덕의 바다를’을 표현하고자 했다고 할 수 있다. 이렇게 부가 의미가
> 포함된 표현이기에, 1차적으로는 ‘于萬隱’이 ‘움는’을 표기하지만, 작자의
> 의도를 살리기 위해서는 ‘于萬隱’ 그대로 두는 것이 좋을 듯하다.18)

여기서는 ‘于萬隱’이라는 표기가 전달하고자 했던 의미를 자세하게 분
석하고 있다. 행 전체와의 연관성도 나름대로 고려되고 있다. 그러나 훈
주음종(訓主音從)의 원리는 필자도 말했듯이 ‘규범’에 불과하다. 귀납적으
로 보아 대체로 그러한 양상을 띤다는 것일 뿐 절대적인 것은 아니라는
의미이다. 그런데 그것을 위반한 부분을 ‘작가의 의도’하에 계획된 것으
로 이해하고 있다. 그리고 그 같은 표기가 철저히 계산된 것이라 간주했
을 때의 결과가 일반적 이해의 층위와 크게 달라지는 것도 아니다. ‘끝이

---

18) 양희철(1988), 124~125면.

없는 공덕의 바다'를 '가도 가도 끝이 없는 공덕의 바다'로 상술(詳述)한
다고 해서 다른 의미망이 추가되는지는 생각해 볼 문제이다. 오히려 이
같은 점은 시라고 하기에는 지나치게 자세한 묘사가 아닌가 한다. 이 같
은 문제점이 생기는 원인은 일부 어구의 해석에서 유효한 논지 전개 방
식을 짧지 않은 작품 전체의 논의로 확장했기 때문이다. 본서의 해당 부
분은 거의 다 '문학적 해독의 가능성이 있는 어구 추출→ 향찰 표기 검
증→ 2차적 의미의 계산→ 그 의미의 분석'이라는 구성을 취하고 있다.
이 같은 방법론은 일면으로 타당한 것이지만, 〈보현시원가〉 전체의 향
찰 구조가 이러한 도식으로 해명되어야 할 필연성이 있는 것이라고 여겨
지지는 않는다. 같은 표기가 항상 같은 의미를 갖지는 않는다는 향찰 문
자의 무원칙성으로부터는 가장 후대의 향가 작품이라도 예외일 수는 없
을 것이다.

또한 본서는 개별 작품의 문학성을 논의하면서 그 '계기적 구조'에 주
목하고 있다. 몇 가지 복잡한 양상을 띠지만 요약하면 '서(誓)'와 '원(願)'
이 교차하는 방식으로 〈보현시원가〉의 작품군을 분류하고 있는 것이다.
그리하여 '모체문장'이라는 하나의 문장으로서 작품의 통사구조를 단순
화하고 부처의 영역과 그에 속하지 않는 것들의 대립으로 작품의 배경을
삼는다. 이 같은 대립이 작품에 묘사된 행위 양상을 통해서 해소되는 것
이 작품의 구조라는 것이다. 가령 〈청불주세가(請佛住世歌)〉는 '부처가
주세하는 구제의 세계'와 '부처가 떠난 미혹의 세계'와의 대립이 청불주
세의 행위를 통해 해소되는 것이고,[19] 〈보개회향가(普皆廻向歌)〉는 미혹
자(迷惑者)와 각오자(覺悟者)의 대립이 회향의 서원을 통해 해소되는 구조
를 취한다는 것이다.[20] 이 같은 도식은 작품 이해에 일면 기여할 수도

---

19) 양희철(1988), 222면.
20) 양희철(1988), 251면.

있겠지만, 작품 구조를 다양한 시각으로 바라보고자 하는 시각을 염두에 두지 않는다는 측면에서 제약이 될 여지도 있다. 더구나 삼구육명의 꽉 짜인 구조 안에서 6행시라는 형식적 엄밀성의 척도 하에만 작품을 해석한 점은 다소 지나치지 않은가 싶다.

양희철은 다원성이 결여된 방법론으로 작품군을 재단하여, 논리적 타당성과 유연한 사고의 조화라는 과제를 남겼다. 그러나 고려 향가를 본격적으로 다룬 최초의 작품론이며, 그 방법론이 발전하여 필자의 다른 저서에도 꾸준히 반영되고 있는 점 등에 그 의의가 있다.

윤태현은 배경적 논의에서 균여의 포교적 동기를 의상의 <화엄일승법계도(華嚴一乘法界圖)> 저술과 같은 맥락에서 이해하였다. 보현보살의 서원이 <보현행원품>을 통해 선재동자에게 이루어지는 과정을, 균여의 서원이 <보현시원가>를 통해 중생에 이르는 과정과 동궤의 것으로 파악했다.[21) 김종우 · 임기중[22) 이래의 불교시로서 향가 문학을 이해하고자 하는 관점의 연장선상에서 논의를 구조화하고 있으며, <보현시원가>의 주기능을 불교적 포교시로 보는 일반적 시각을 벗어나지 않는다.[23) 작품의 구조는 1) 전제-주지 형, 2) 주지-부연 형으로 양분하여 유연한 작품해석을 보이고 있다. 특징은 <보현시원가>의 시문법을 '긍정조건부정형'[24)과 그 변형으로 보고 있다는 점이다. 여기서 /-하면/은 조건 · 전제

---

21) 윤태현(1995), 208~213면.
22) 임기중, 「향가문학과 불교홍법」, 『고전시가의 실증적 연구』(동국대 출판부, 1992), 38~62면.
23) 불교적 포교시는 우리 문학사의 다기(多岐)한 영역에서 등장하고 있다. 가령 초기 가사도 국문시가로서 불교적 포교시의 기능을 갖는다. 정재호, 「나옹론」, 『한국문학작가론』(현대문학, 1991), 225면 참조.
24) 이 용어는 임기중, 『신라가요와 기술물의 연구』(이우출판사, 1981), 317~328면에서 주사(呪詞)의 내면 구조에 따라 시문법을 '즉흥창작형-즉흥변이형', '위하형-예고형-기도형', '긍정조건 긍정형-부정조건 긍정형-부정조건 부정형' 등으로 나누어 살핀 것에서 기인하였다.

의 역할을 하며, /-하리라/의 종결부는 강한 의지를 표출하는 서법의 형태를 이룬다. 윤태현은 〈보현시원가〉와 〈보현행원품〉과의 비교를 통해 불교 교리의 문맥이 수사적으로 변이하면서도 그 본의는 손상되지 않는, 원 경문과 그 효과의 동일함을 제기하고 있다.[25] 이 점은 박옥미에게서도 동일하다. 원전 인용을 제외하면 본 작품론보다도 오히려 〈보현행원품〉과 균여의 화엄사상에 대한 서술이 더 깊이 있다고 할 수 있는 이 논문에서, 그는 〈보현시원가〉를 '균여대사가 불법으로 대중을 교화하기 위해서 지은 고려 초기의 향가'라 하여 '균여 자신의 간절한 願', '한 수 한 수에 세상 사람들이 이것에 의지하여 善業을 닦아 정토에 왕생할 것'을 바라는 마음이 드러나 있다고 한다.[26] 다소 감정적인 서술이 많고, 작품론이기보다 균여의 신앙심을 고구하고는 요소가 더 많아, 작품 해석의 수준에서는 양희철·윤태현에 미치지 못할 듯하다.

정출헌의 논의는 작품론을 직접 다루지는 않았지만, 민족문학사의 관점에서 — 다시 말해 역사적 맥락을 고려하여 — 〈보현시원가〉의 의의를 문학 연구에서는 최초로 다루었다. 그에 따르면 향가는 '민족어 의식의 진전이 일구어낸 결실'로서 '당대 민족문학의 총화'[27]이며, 고려 전기의 한문학이 그 세력을 확장하는 가운데서도 향가는 여전히 애호되었다는 것이다. 그러한 관점에서 최행귀의 〈보현시원가〉 한역은 중국문화의 일방적 수입을 거부하고 나아가 그 반대의 경우도 고려하는 행위로 간주되고, 광종이 균여와 최행귀를 집권 후반기에 숙청한 행위는 토착세력과

---

25) 논자에 따라 방법론상의 차이는 다소 있지만 임기중 외, 『새로 읽는 향가문학』(아세아문화사, 1998)도 어석을 정리한 부분을 제외한 작품의 문학성에 대한 논의는 〈보현행원품〉의 행원을 충실히 시로써 전화(轉化)했는지 여부에 초점이 맞추어져 있다. 그 성과들은 필요한 경우 부분적으로 언급하기로 한다.
26) 박옥미(1996), 69~71면.
27) 정출헌(1996), 23면.

고유문화의 도태를 꾀했던 고려 초의 상황과 맞물려 이해된다.[28] 토착세력과 외래문화의 대립 속에서 역사적 장르의 의의를 규명한 그의 시도는 균여와 그 작품을 역사적 층위에서 논하지 못했던 기존 연구 성과에 많은 것을 시사해 준다. 그러나 이 같은 역사상의 대립적 측면의 고찰에만 그치지 않고 문학 작품 내적인 설명 구도를 보다 다원화해야 할 필요성이 느껴지기도 한다.

여기서는 균여의 일생을 1차 자료인『균여전(均如傳)』을 중심으로 고찰하고자 한다. 우선『균여전』을 보는 연구자의 시각이 변화하는 추이에 대하여 정리하고, 사료로서 그 내용을 분석하고자 한다. 이어서 당대의 정치·사상사적 동향 안에서 균여의 위치와 태도, 그의 운명 등을 논의하겠다. 그 과정에서 그의 작가 의식과 정치적 입장이 전제주의로의 이행이라는 역사적 흐름과 연관성을 지니며, 아울러 균여의 정치·사상사적 입지가 이를 통해 부침(浮沈)하는 모습을 엿볼 수 있을 것이다.

이상의 배경론적 논의를 거쳐 균여의 작가 의식이 <보현시원가>의 문학사상으로 전화(轉化)하는 과정을 <보현행원품>의 시적 변주라는 측면에서 논의하고자 한다. 여기서 <보현시원가>가 포교적 효과뿐 아니라 시로서도 성공할 수 있었던 요인과 아울러 역사적 맥락 안에서 의미가 부여될 것이다. 그리고 전대 시가를 양식적·수사적으로 활용한 측면과 함께, 최행귀(崔行歸)의 한역이 균여와는 별개의 목적성과 그에 따른 효과를 거두고 있음을 밝힌다.

이어서 <보현시원가>의 작품세계를 독자를 배려한 구체적·일상적 표현의 활용과 불교사상으로서 융회적 사유 체계의 구축이라는 측면에서 살펴보겠다. 이 같은 부분의 고찰은 <보현행원품>과 표현상 편차를

---

28) 정출헌(1996), 42~43면.

보이는 부분들을 중심으로 이루어질 것이다.

2. 『균여전』을 통해 본 균여의 생애

2.1. 『균여전』의 내용 분석

2.1.1. 『균여전』 연구 관점의 변화

균여의 행적에 관한 자료는 현재로선 〈균여전〉이 유일하다 하겠다. 그러나 초기 연구에서 〈균여전〉을 승전 혹은 역사적 자료로서 인정하기보다는 서사문학 특히 영웅서사시와의 친연성을 부각시키는 경향이 짙었다. 따라서 균여의 행적 자체의 고구보다는 해당 삽화의 서사성을 우선시하였다. 그러다가 80년대 김승호 등의 연구에 의해 비로소 승전으로서 〈균여전〉의 작품론이 이루어졌으며, 사학계에서는 이에 앞서 김두진에 의해 〈균여전〉의 삽화들이 역사 연구의 자료로서 원용된 적이 있다. 그러므로 균여의 생애를 〈균여전〉의 관련 기록을 중심으로 살펴보기에 앞서 그 연구 중점의 변화 양상 및 의의를 살펴보도록 한다.

균여에 관한 전기적 사항의 정리는 양재연[29]에 의해 이루어졌다. 그는 균여에 관한 출생·저술·전의 찬자 등의 전기적 사항에 관한 통설을 형성했으며, 실증적 방법으로써 선학의 혼동을 벗어날 수 있었다. 그 성과를 바탕으로 〈균여전〉 연구가 무리 없이 전개될 수 있었는데, 〈균여전〉 작품론은 곧 균여의 생애에 대한 그 자신의 인물론이었다.

초기의 〈균여전〉 작품론은 본 작품을 영웅신화류의 구비서사문학의 구조와 연관시켜 설명하는 것이 대부분이었다. 김승찬은 〈균여전〉의 서

---

29) 양재연, 「균여대사연구」, 『논문집』 4(중앙대, 1959), 81~88면.

사 구조가 영웅담과 일치한다고 보고, <보현시원가>의 창작 동기를 불교적 포교에 있다고 단정했다. 또한 <보현시원가> 전체는 문학성이 빈약하지만 <청전법륜가(請轉法輪歌)>만이 왕생사상을 바탕으로 하여 <제망매가>에 뒤지지 않는 걸작이라 평하고 있다.30) 김승찬이 <균여전>을 영웅담의 구조로 본 것은, 다시 말해 균여의 생애를 설화적인 것으로 이해한 것이 된다. 꼭 그 영향이라 할 수는 없지만, 이후 문학연구 쪽에서는 균여에 대한 작가론도, <보현시원가>에 대한 작품론도 적어지게 된다.31)

김승찬의 전제는 정하영과 이현수에 의해 더욱 확실한 것으로 추정되기에 이른다. 정하영은 균여의 입전 이유가 균여의 비범성(非凡性)을 드러내는 바에 있다고 보아 균여론을 더욱 역사적 맥락으로부터 분리시켰으며, 나아가 전승방식·구조와 내용적 특성으로부터 <균여전>이 '영웅신화류의 신화적 전기유형이라는 점에서 고대소설과의 긴밀한 관계'가 있다고 단정한다.32) 그는 균여전의 소설 혹은 설화와의 친연성을 부각시키는 쪽에 초점을 두었으며, '역사적 전기유형이 아닌 신화적 전기유형'33) 이라는 구도를 설정하여 균여를 허구담의 주인공으로 치부했다. 이현수

---

30) 김승찬, 「균여전고」, 『한국상고문학연구』(제일문화사, 1978), 149~170면.
31) 작가론은 황패강, 「균여론」, 『한국문학작가론』 Ⅰ(형설출판사, 1977), 51~73면의 개론적 접근이 유일한 듯하고, <보현시원가> 작품론은 김종우, 『향가문학연구』(삼우사, 1975), 109~131면과 양희철, 『고려향가연구』(새문사, 1988)가 어느 정도 성과에 이르렀을 뿐이다.
32) 정하영, 「균여전의 전기문학적 성격」, 『한국언어문학』 20(한국언어문학회, 1981), 133~146면.
   이 글의 140면에 따르면 <균여전>의 형성과정은 다음과 같다.
   ① 균여라는 위인이 살았다. ② 그의 인품과 행적이 구전되면서 허구화한다. ③ 균여에 관한 자료들이 단편적으로 문자화한다. ④ 구전과 기록자료들을 종합하고 정리하여 체계화함으로써 전기화작업이 시도된다. ⑤ 혁련정이 균여전을 저작한다. ⑥ 균여전이 전승되면서 변이된다.
33) 정하영(1981), 143면.

는 애초부터 『균여전』 형성과정상의 전설적 전환에 주목하여, 균여의 일화들을 치병설화(治病說話)·희재설화(禧災說話)·신인응조설화(神人陰助說話) 등으로 분류하였다.34)

이상의 논의는 세부적 차이는 있으나 모두 입전 대상인 균여라는 인물의 성격보다는 〈균여전〉의 구비전승적 성격을 중심으로 전개되었다. 그 결과 균여라는 고승의 일생이 영웅설화의 요소에 의해 설화화되었던 현상 자체의 해명에 치우치고, 그 원인과 경과를 유기적으로 해명하려는 의도도, 시도도 보이지 않았다. 이 점은 입전 인물이 아닌 전 자체에 관한 연구라는 이유만으로 정당화될 수는 없다.

김승호는 〈균여전〉을 승전(僧傳)문학사의 맥락 안에서 고찰함으로써 〈균여전〉 이해의 새로운 방안을 제시했다.35) 그는 '형성기 승전'의 다음 단계를 증언해줄 수 있는 유일한 자료로서 〈균여전〉에 주목하고, 정통 승전의 서술적 전통 가운데 체재는 수용했지만 내용에서는 변격(變格)을 추구했다고 하였다.

정보의 수습(收拾)과 사실의 전수(傳授)라는 유교 열전적 서술방향에서 방향을 달리하여 인물전설 등에 큰 관심을 보이며 이른바 감각적 생(生)을 발견코자하는 노력이 『균여전』에 비등된다. 그러나 한편으로는 현실적 층위에 속하는 사실의 진실에 대한 애착을 포기하지 않음으로써 내용·체

---

34) 이현수, 「균여전의 설화문학적 성격」, 『시원김기동박사 회갑기념논총』(교학사, 1986), 415~433면.

35) 김승호, 「승전의 서사체제와 문학성 검토−해동고승전을 중심으로」, 『한국문학연구』 10 (동국대 한국문학연구소, 1987).
　　　＿＿＿＿, 「초기 승전의 서사구조 양상−현수전(賢首傳)과 균여전을 중심으로」, 『한국문학연구』 11(동국대 한국문학연구소, 1988).
　　　＿＿＿＿, 「승전에 나타난 꿈의 기능」, 『동국대 연구논집』 18(동국대 대학원, 1988).
　　　＿＿＿＿, 「불교적 영웅고−승전류를 중심으로」, 『한국문학연구』 12(동국대 한국문학연구소, 1989).
　　　＿＿＿＿, 『한국승전문학연구』(민족사, 1992).

재・서술방식 등에 이르기까지 폭넓은 서술의 '혼란(混亂)' 현상이 나타나
고 있다.36)

　　결국 그는 이를 통해 '승전이라 할지라도 문(文)으로서의 영역을 충분
히 확보할 수 있다는 사고가 혁련정(赫連挺) 대(代)에 이미 발흥했다'37)고
보고, 『해동고승전(海東高僧傳)』의 간략 명료한 전달 위주의 서술방식은
이에 대한 반발로서 형성된 것이라 한다.38) 김승호의 연구를 통해 <균
여전>의 모든 화소를 설화적 시각으로 재단하고자 하는 관점은 극복될
수 있었으나, 균여를 '불교적 영웅'의 형상화로 파악한 것은 아직 전대
연구의 한계에서 벗어나지 못한 것으로 여겨진다.

　　요컨대 <균여전>을 바라보는 시각 자체는 다변화될 수 있었지만, 균
여의 일생을 영웅적인, 설화적인 것으로 파악하여 그 생애를 신비화하고
그만큼 역사적 실체로부터 멀어지게 만든 문제점은 극복되지 않았던 것
이다. 말하자면 문학연구에서 균여는 작가로서 탐구되기보다 오히려
<균여전>의 작중 인물로서 취급될 때가 많았다.

　　그리하여 결국 실존인물이기보다는 영웅의 일생이라는 도식을 충족하
는 하나의 사례로서 간주되어지고, 그러한 인식이 온전한 작가론에의 모
색을 방해한 것 또한 사실이다. 이 같은 균여론의 한계는 사학계의 성과
에 힘입어서 극복될 수 있었다. 김두진은 <균여전> 기록의 중요성을 인
정하면서도, 그 일화의 해석에는 나름의 관점에 입각한 사상사적 맥락에
서 그 생애를 설명하고 있다.

　　본격적으로 균여의 생애를 고찰하기에 앞서, 과연 『균여전』에 기술된
그의 생애가 소위 말하는 '영웅의 일생' 구조에 합당했던 것인지 재검토

---

36) 김승호(1992), 142면.
37) 김승호(1988a), 275면.
38) 김승호(1987), 264~265면.

해 보자. 『균여전』의 서(序)와 제7 가행화세분(第七歌行化世分)의 기록39)을 미루어볼 때 『균여전』이 구비전승물 혹은 그 소산이라는 정하영의 관점은 일면 타당성을 지닌다. 이는 본 작품이 몇 번의 개찬 과정을 겪었으며, 그 과정에서 본래는 수록되지 않았을 〈보현시원가〉가 어떤 계기에 의해 첨가되었다는 의미이다. 그러나 그것이 『균여전』 자체를 전승과정에서 누차 구비전승의 영향을 받아 변이한 산물로 보는 근거가 되기는 어렵다고 생각한다. 『균여전』이 당대의 유전(遺傳)된 문헌사료와 구비전승적 자료들을 취택(取擇)하여 성립했음을 부분적으로 인정하더라도, 그 자체를 구비전승의 산물로 간주하는 것은 곤란하다는 것이다. 따라서 『균여전』과 고대의 구비서사문학으로부터 추출한 '영웅의 일생'40)이라는 구조가 부분으로 유사성을 지니더라도, 그것에 천착하는 태도41)는 그리 바람직하지 못하다. '영웅의 일생' 구조의 의미 또한 각 서사단락 사이의 긴밀한 연관상을 통해 재구될 수 있는 성질의 것이다. 몇 개의 유사 화소가 출현한다는 것만으로 그것을 바로 구조상의 특질로 상정하기는 어렵지 않을까 한다. 『균여전』에 보이는 '영웅의 일생' 구조의 화소는 개별적 일화로서 제시된 것으로, 각 화소들이 유기적으로 조직되어 영웅으로서 균여의 일생을 형상화하는 것은 아니다. '영웅의 일생' 구조에 『균여전』의 내용을 대입해보도록 하겠다.42)

---

39) 서(序)에 강유현(康惟顯)·창운(昶雲) 등이 균여를 입전(立傳)했다는 기록이 있다. 또 제7 가행화세분자(第七歌行化世分者) 말미에 '전에는 가사를 싣지 않았기에 이번 기회에 수록한다(傳中不載歌詞, 今錄付之).'는 말이 보인다.
40) 조동일, 「영웅의 일생, 그 문학사적 전개」, 『민중영웅 이야기』(문예출판사, 1992), 12~60면.
41) 정하영과 이현수가 이런 태도를 취했다.
42) 표에서 괄호 안의 번호는 각 장의 번호를 의미한다.

	영웅의 일생	균여전
A	고귀한 혈통을 지닌 인물이었다.	(1)
B	잉태나 출생이 비정상적이었다.	(1)
C	범인과는 다른 탁월한 능력을 타고났다.	(1), (3), (3), (10)
D	어려서 棄兒가 되어 죽을 고비에 이르렀다.	(1)
E	구출·양육자를 만나 죽을 고비에서 벗어났다.	(1)
F	자라서 다시 위기에 부딪쳤다.	(9)
G	위기를 투쟁적으로 극복하고 승리자가 되었다.	(9)

　표를 통해 보면 『균여전』의 '영웅의 일생' 구조는 (1)에 많이 나타나지만, 그것을 그대로 적용시키기에도 몇 가지 어려움이 있다.

　우선 A는 '고상한 뜻을 품고 이름을 숨기며 살았다.(尚志亡名)'고 되어 있어, 이 같은 피세 지향만으로 부모의 혈통 자체를 고귀한 것으로 보기는 어렵다. 다음 B는 모친이 60세 때 수태하여 칠삭만에 태어난 것을 두고 이른 것이다. 그러나 본래 B는 부계(혹은 모계)의 신이성과 관련하여 발생하는 경우가 많은데, 여기서는 두드러진 신이성이 보인다고 하기는 어렵다. C로서 탁월한 암기력이 제시되었다. 그러나 성장한 후 보이는 많은 이적(異蹟), 악인퇴치, 신적 존재의 출현과 보호는 주인공이 어렸을 때 보인 탁월한 능력과는 별다른 관계가 없다는 점이 걸린다. 또한 D·E에서 주인공을 버린 부모가 다시 구출·양육자가 되는 것도 다른 '영웅의 일생'과는 이질적이다. F·G도 중심 내용의 위치를 온전히 확보하지는 못하고 있으며, 단락이 종결된 후 균여의 지위가 변화하지도 않는다는 점에서 역시 여타 '영웅의 일생' 구조를 지닌 작품과는 구별된다.

　말하자면 『균여전』은 '영웅의 일생' 가운데 몇 가지 화소를 구비하기는 했지만, 이들은 (1)의 것들을 제외하면 화소 간에 긴밀성을 보이지도, 전체 작품 속에서 서사적 중요성을 획득할 수도 없다는 것이다. 따라서 『균여전』의 구비문학 혹은 영웅소설과의 친연성이란 몇 가지 화소에 제한되어 강조될 성질의 것일 뿐, 작품 전체의 구성원리를 그로부터 찾을 수는 없을 것이다. 다시 말해 균여라는 인물의 종교인으로서 면모를 신화적인 측면에서 고려한다면, 균여의 생애 전반을 사적으로 논의하기는 어려워진다는 것이다.

오히려 이 같은 주술 혹은 신화적인 삽화의 나열 역시 승전문학의 전통에서 이해하여야 할 것이 아닌가 한다. 한국 문학사 최초의 승전은 김대문의 『고승전(高僧傳)』[43]이지만 실전(失傳)되었다. 현존 최고(最古)의 승전은 최치원의 〈법장화상전(法藏和尙傳)〉이며, 『사산비명』[44] 역시 승전의 단초를 지닌 것으로 추가될 수 있을 듯하다. 최치원은 모두 네 편의 승전을 지었는데, 〈부석존자전(浮石尊者傳)〉과 〈석순응전(釋順應傳)〉·〈석이정전(釋利貞傳)〉은 각각 『삼국유사』와 『동국여지승람(東國輿地勝覽)』에 개요가 전할 뿐이고, 온전하게 남은 것은 〈법장화상전〉뿐이다. 본 작품은 중국 화엄종의 3대조 법장의 생애를 화엄삼매관(華嚴三昧觀) 직심(直心)의 십의(十義)[45]에 따라 재분하여 법장의 일생이 그 노정에 의하여 이루어지게 한 특징이 있다. 그런데 이 같은 구분법은 『균여전』의 그것과 상통하는 면이 있다.

　　…… 화엄삼매관(華嚴三昧觀)의 직심(直心) 중 십의(十義)에 비유하여 말
　　한다. 첫째 족성(族姓)에 광대(廣大)한 마음이요, 둘째 유학(遊學)에 몹시

---

43) 김부식, 『三國史記』 列傳 薛聰條.

44) ① 〈有唐新羅國故雙谿寺敎諡眞鑑禪師大空塔碑銘幷序〉, ② 〈有唐新羅國兩朝國師敎諡大朗慧和尙白月葆光塔碑銘幷序〉, ③ 〈大唐新羅國故曦陽山鳳巖寺敎諡智證大師寂照之塔碑銘幷序〉, ④ 〈有唐新羅國初月山大崇福寺碑銘幷序〉. 이 자료에 대해서는 이우성 역, 『新羅四山碑銘』(아세아문화사, 1995)과 김문기, 「최치원의 사산비명 연구」, 『한국의 철학』 15(경북대 퇴계학연구소, 1987)를 참조했다. 이 가운데 ①~③은 고승에 대한 비명으로 신이한 출생과정이 삽입되어 있으며, 특히 ③은 둘째 단락에서 지증대사 생애중에 일어난 六異(誕生, 宿習, 孝感, 勵心, 律身, 垂訓)와 六是(行藏, 報恩, 檀捨, 善心, 開發, 出處, 用捨)의 묘사 서술을 통한 서사적 구성양식을 취하고 있다.

45) 廣大心, 甚深心, 方便心, 堅固心, 無間心, 折伏心, 善巧心, 不二心, 無礙心, 圓明心.

깊은 마음이요, 셋째 삭염(削染)에 방편(方便)한 마음이요, 넷째 강연에 견
고한 마음이요, 다섯째 전역(傳譯)에 간단(間斷)없는 마음이요, 여섯째 저
술에 절복하는 마음이요, 일곱째 수신(修身)에 선교(善巧)한 마음이요, 여
덟째 제세(濟世)에 둘로 않는 마음이요, 아홉째 가르침에 막힘없는 마음이
요, 열째 시멸(示滅)에 원명(圓明)한 마음이다.……46)

10과(科)에 의한 생애 구분은 중국승전에서 흔한 사례지만, 대개 '통시
적 형태의 인물학 사전' 형태의 승전류에 많이 보이는 전개 방식이며, 한
인물을 입전한 승전에서 10과를 설정한 예는 흔치 않다.47) 한 인물의 생
애가 순차적으로 서술되지 않고 인위적 주제에 의하여 재분된다면, 자칫
서사 구조상의 혼돈을 초래하고 인물의 삶을 건조한 틀에 가둘 위험이
크기 때문이다. 그러나 최치원은 법장화상의 전생애가 '직심중십의(直心中
十義)'라는 주제적 구도에 부합하도록 이러한 이례적인 구조를 설정하였다.

이로써 입전 인물은 교리의 현실화에 기여하는 초역사적 '성자'로서
묘사되며, 그 같은 인간상을 구현하기 위해 법장의 신이한 능력이나 주
술적 설화와 유사한 삽화가 등장하게 된다. 이러한 서술 방식은 측천무
후 시대 법상종을 포섭하고 전제 왕권을 위한 포교에 힘썼던 그의 생애
와도 어느 정도 유관한 것이 아닌가 한다.

결국 법장은 고승이라기보다 시대를 초월하여 '인격화된 십의'의 성자
로서 입전되는 것으로 보여진다. 구조적으로는 『균여전』도 이와 크게 다
르지 않다. 하지만 <법장화상전>의 십의는 화엄삼매관 직심이라는 교리

---

46) …… 仍就藏所著華嚴三昧觀直心中十義, 而配譬言. 一族姓廣大心 ; 二遊學甚深心 ; 三削染
    方便心 ; 四講演堅固心 ; 五傳譯無間心 ; 六著述折伏心 ; 七修身善巧心 ; 八濟俗不二心 ; 九
    垂訓無礙心 ; 十示滅圓明心.…… 최치원, 『崔文昌侯全集』(성균관대 대동문화연구소, 1972),
    243면.

47) 김승호(1988a), 266~267면 참조. 논자에 따르면 한 인물을 입전한 승전에서 10과를 설
    정한 사례(大唐慈恩寺 三藏法師傳)는 물리적 시·공간에 의한 분류일 뿐 주제적 분류와
    는 거리가 있다고 한다.

적 준거에 의한 구조인 반면, 『균여전』의 십문(十門)은 균여의 생애 역정 자체로부터 추출된 준거에 의한 구조라는 차이가 있다. 따라서 전체적으로 입전 인물의 개성적 면모가 〈법장화상전〉에 비해 강한 것으로 파악되며, 인물의 형상화 과정에서도 법장화상의 성자적 면모와는 약간 다른 방식으로 전개되고 있다.

『균여전』 이후의 승전으로는 『해동고승전』과 매우 소설화된 승전인 〈부설전(浮雪傳)〉, 그리고 구한말의 『동사열전(東師列傳)』이 있으며, 『수이전(殊異傳)』의 〈아도전(阿道傳)〉·〈원광법사전(圓光法師傳)〉과 기이편(紀異篇)을 제외한 『삼국유사』 정도를 추가할 수 있을 듯하다. 이 중에서 『해동고승전』은 강한 역사주의 지향을 띠고 있어, 비합리적 신이담은 거의 등장하지 않고 명료한 기록과 보존에 더욱 치중하는 듯한 인상이다. 바로 이 점이 '전대 승전의 허구화된 서사방식에 대한 반발'이라 지적되었다.48) 그러나 『해동고승전』은 〈법장화상전〉이나 『균여전』과는 달리 이른바 '통시적 형태의 인물학 사전'의 형태를 취한 승전이다. 개별 인물을 입전한 승전과 서사방식이 같을 수는 없다.

이 점을 고려하지 않고 본 작품의 서사방식이 전대에 대한 반발이라 상정할 수는 없을 듯하다. 따라서 『해동고승전』이 많은 문헌사료를 인용하여 역사적 사실을 충실히 보존하고자 하는 편찬 의식의 소산이라 할 수는 있지만, 『균여전』류의 서사방식에 대한 반동(反動)이라 규정지을 수는 없다. 물론 이것이 다소 허구화될 위험까지 무릅쓰더라도 구비전승마저 적극 수용하여 개별 인물을 형상화하고자 했던 『균여전』 찬자의 자세와 구별되는 것만은 틀림없다. 하지만 이와 같은 의식차는 찬자의 입지차로 말미암았기보다는 편찬문헌의 성격 차이에 기인하는 것으로 보아

---

48) 김승호(1987), 265면 참조.

야 한다.

승전으로서 <균여전>은 이처럼 초기 승전의 다소 기이한 사건을 중시하는 편향을 계승하고 있는 것으로, 그 자체가 의도적으로 허구화를 추구했던 것은 아니리라 여겨진다. 이는 <법장화상전>의 경우와 마찬가지로 인물을 승전 문학으로서 형상화시키는 과정에서 빚어진 것으로, 자료의 신빙성 여부가 이로 인하여 평가 절하될 수 있는 것은 아닐 것이다.

2.1.2. 사료로서 내용의 분석

『균여전』을 사료로서 원용하기 위해 그 내용을 일단 요약해 보면 다음과 같다.

제3 자매제현분(第三姉妹諸賢分)49)까지는 시간의 흐름에 따라 기술되었으나, 그 이후의 내용은 꼭 그런 것으로 보이지는 않는다. 오히려 균여가 당대 현실 속에서 자신의 입지를 성취해가는 과정과 그 입지의 편폭을 중심으로 분단이 이루어진 듯 보이기도 한다.

    (1) 탄강영험분(降誕靈驗分)
       ① 雌雄雙鳳의 태몽
       ② 醜貌탓에 부모에 버려진 일화
       ③ 圓滿偈(『華嚴經』의 偈頌)를 잘 읽었음.
    (2) 출가청익분(出家請益分)
       ① 어려서 고아가 됨
       ② 識賢和尙과 義順公 모두에게 배움
       ③ 7일간 양식이 떨어져 열끼를 굶었으나 배움을 게을리하지 않음.
    (3) 자매제현분(姉妹齊賢分)
       ① 일시 귀향하여 부모님을 뵙고 누이 秀明과 지혜를 겨룸
       ② 수명은 菩提留支三藏의 화신에게 『法華經』을 배운 德雲比丘의

---

49) 이하 괄호 안에 해당 분단의 숫자를 표기하는 것으로 약칭한다.

화신이었음

③ 균여가 말한 모든 것을 수명은 5년이 지나서까지 기억하고 있음.

(4) 입의정종분(立義定宗分)

① 北岳의 법통을 이은 균여는 首座 仁裕와 함께 종파를 통일함

② 華嚴敎 30義記를 교정함.

③ 僧科에서 균여의 견해가 정통이 되었고, 많은 제자가 왕사·국사가 되었음.

(5) 해석제장분(解釋諸章分)

① 균여의 저서를 註記와 解釋 중심으로 소개함.

(6) 감통신이분(感通神異分)

① 왕후의 병을 고치고 대신 고생하는 스승 의순을 치료함(의순의 병은 균여에게 전염되지 않고 홰나무에게 옮음)

② 송에서 광종을 책봉하는 날에 난 홍수를 그침

③ 재변을 없애고자 강연하며 선배 悟賢徹達에게 예를 올리지 않아 오현이 불만을 품고 균여를 비방하자 어느 居士가 오현에게 균여가 그의 선조 義相의 제7화신임을 알려주어, 오현이 대중앞에서 잘못을 시인함

④ 균여의 눈빛과 염주에 신이한 징조가 있었음(광종의 목격).

(7) 가행화세분(歌行化世分)

① 균여가 사뇌가에 익숙하여 보현시원가를 지음

② 균여의 自序

③ 노래의 차자 표기

④ 노래가 治病의 위력을 지녔음을 드러내는 일화.

(8) 역가현덕분(譯歌現德分)

① 崔行歸에 대한 소개

② 최행귀의 서문(문화의 상대성을 주장하고 그 전파의 일방성에 대한 문제 제기로 이루어짐)

③ 노래의 한역 표기

④ 노래가 중국에 전해진 이후 송의 사신이 예를 올리고자 만나려 했으나 醜貌 탓에 기대에 어긋날까하여 피함(송의 사신은 '何處得見佛?'이라며 눈물을 흘림).

    (9) 감응항마분(感應降魔分)

        ① 正秀가 '異情修行'한다는 이유로 균여를 참소하여 광종이 균여
           를 해치려다 그만두었음

        ② 그러자 神人이 광종의 꿈에 나타나 法王을 욕보인 일을 책망하
           고, 松岳 북쪽의 수많은 소나무가 바람없이 저절로 쓰러져 결국
           정수 형제를 참수함.

    (10) 생사변역분(生死變易分)

        ① 균여의 入寂日에 毗婆尸가 나타나, 그동안 송악산 아래에서 '如'
           字로 불법을 폈으나 이제 일본으로 건너가리라고 말한 異蹟이
           있었음

        ② 變易分竟

        ③ 광종과 두터운 인연과 대사의 총명함 강조

        ④ 균여에 대한 추모와 입적지·제자 소개, 高挺의 甘露院記 인용.

    이상의 『균여전』의 내용을 그 사료적 성격에 주목하여 고찰해 보기로
한다. (3)까지는 균여의 성장에 관한 대목이고,[50] (4)부터 균여의 사회 활
동이 제시되고 있다. (4)는 균여가 법장화상(法藏和尙) 현수(賢首)의 계통에
있던 북악파의 수좌 인유(仁裕)와 함께 남악파를 포섭하여 종파상의 통일
을 완수하고, 승과(僧科)에서 그 견해가 정통이 되기에 이르렀다는 기록이
다. 종파 통일의 체험은 균여가 자신의 화엄사상을 성상융회적인 것으로
완성시키는 계기가 되었을 것이다. 중국 화엄종 제3대조 법장화상 현수

---

50) 이들의 서사적 역할을 간략히 정리하면 다음과 같다. (1)은 뒤에 일어나는 사건들에 대
   한 복선이 되고 있다. 자웅쌍봉(雌雄雙鳳)의 태몽은 (3)의 자매제현(姉妹齊現), 추한 용모
   탓에 부모에게까지 버려지는 일화는 (8)의 말미의 삽화, 화엄경의 게송을 잘 읽었다는
   것은 화엄 계통 사상가로서 대성하는 후일을 암시하고 있는 것이다. 일련의 복선은 모두
   '영험'에 의한 것으로 가정되고 있다. (2)는 강렬한 지식욕을 드러내는 사건들을 제시하
   고 있는데, (1)과는 달리 영험을 강조하는 요소가 크지 않다. (3)의 성격은 분명치 않다.
   누이 수명의 영민함을 강조하는 삽화들로 구성되었는데, <균여전> 전체의 서사 문맥과
   그리 큰 관련은 없다. 다만 <보현행원품>의 주인공 보현보살이 선재동자가 마지막으로
   방문한 인물이었던 것에 비해, 수명의 전신 덕운비구는 선재동자가 처음 방문한 인물이
   었다는 대비만 할 수 있을 뿐이다.

(647~714)가 당대 불교계를 화엄종 위주로 통일하는 이론적 계기로 삼았던 성상융회사상은, 그 역사적 역할로 보았을 때 화엄종을 근간으로 신흥사상 그 중에 특히 법상종을 통합시키려는 의도의 산물이었다.51) 화엄 남·북악을 통합하는 과정에서 사상적 구도 마련을 위한 모색을 통해 균여에게 성상융회라는 사고 체계는 내면화될 수 있었을 것이다. 김두진은 이에 대하여 다음과 같이 기술하고 있다.

> 균여의 화엄사상은 본래 북악의 융회불교의 입장에서 남악의 사상까지를 종합하여 화엄종교단의 종합을 시도하였다는 데에 그 의미를 가진다. 균여의 화엄사상 속에는 수전법(數錢法)의 사상이 담겨 있다. 곧 균여는 남악의 화엄사상을 받아들여 융합하고 있다. 그리하여 그는 화엄종교단의 통합은 물론 법상종 세력까지 흡수하려는 성상융회사상을 성립시켰다. 말하자면 교종 내부의 통합운동을 전개한 균여의 화엄사상은 보다 강력한 융합사상으로 형성되었고, 이 점은 광종대 전제정치를 옹호할 수 있는 것으로 되었다. 현실적으로 성상융회사상은 광종이 군소토호 이하의 세력을 흡수하여 왕권의 광범한 지지기반을 성립시키는 것과 연관된다.52)

또 승과에서 정통이 되어 많은 제자가 왕사·국사가 될 수 있었다고 현실적 출세를 자랑(?)하는 부분은 균여가 강한 정치적 권력을 지니기 시작했을 뿐만 아니라, 그 자신 그것을 부정하고자 하지 않고 나아가 적극적으로 원망(願望)했다는 의미가 된다. (5)에서 균여의 저술을 제시함으로써 이 같은 세속적 의미의 성공은 정당화되고 있는데, 그 직접적 원인은 종파간의 분열을 융회시키는 데 기여하고, 나아가 지방 호족과 왕권의 융회와 회통을 암시하는 데 이르렀던 성상융회사상을 배출한 것에 있으며, 그의 저술 역시 그 같은 맥락에서 광종이나 '후생(後生)'53)들에게 읽

---

51) 김두진(1983), 142~280면.
52) 김두진(1983), 336면.

했을 것이다. 그는 명실공이 종교·사상계를 대표하는 인물로서 입지를 강화할 수 있었고, 이를 통해 곧 (4)에서 이룬 종파 통일의 업적도 지속될 수 있었을 것이다. 왕권과 지방 호족 세력이 대립을 거두고 원만한 융회를 추구해야 한다는 사회관은, 바로 성·상의 정점에 해당하는 위치에 놓여있다 할 수 있는 균여 자신을 중심으로 한 남·북 교단의 통일 상태를 긍정하는 종교관에도 연계되는 것이었다.

(6)에서는 균여의 정치적 성공이 신통력에 기인하는 것으로 묘사되고 있다. 우선 대목왕후 황보씨의 병을 고친 스승 의순을 치료하는 내용이 나온다. 그러나 의순의 경우와는 달리 병마가 치병자 균여가 아닌 홰나무에게 옮아감으로써 그 신통력이 스승을 능가한다는 것을 암시하고 있다. 뒤이어 광종과의 첫 만남이 천지조화를 제어하는 능력을 매개로 이루어지고 있다. 심지어 의상의 제7화신으로 일컬어지기까지 하는데, 그 근거는 모두 신통력에 있다. 그러나 균여에게 있어 이 같은 신통력이란 주술이라기보다 종교적 신성성에 가까울 것이다.[54] 홍미로운 것은 균여의 염주에 신이한 징조가 있음을 광종이 목격하는 삽화인데, 군왕이 보증하는 신이성은 곧 정치적 권력의 확고한 토대를 뜻하는 동시에 그 종교적 권능을 세속적 영역에까지 확장시켜 주고 있기도 한 부분이다. 요컨대 균여의 정치·사상적 입지는 심원한 사상성, 신이한 주술성과 정치적 권력의 제 영역에 걸쳐 강성했음을 의미하는 것일 수도 있다.[55] 주술

---

53) 최승로의 상소문에 '비재(非才)', '남북용인(南北庸人)' 등으로 지칭되는 세력으로, 별다른 세력 근거지를 가지고 있지 않았기에 대귀족과 대립하여 왕권에 깊이 밀착될 수 있었고, 전제주의로의 개혁정치에 주도세력으로 참여했다. 이상은 이기백, 「고려 초기에 있어서 五代와의 관계」, 『고려광종연구』(일조각, 1981), 박용운, 『고려시대사』(상)(일지사, 1985), 57면 참조.

54) 다소 주술적인 신통력을 통해 고승의 신성성을 강조하는 수법은 <법장화상전> 등의 승전에서 흔히 볼 수 있는 것이다.

55) 바로 <법장화상전>에 묘사된 현수의 인물형이 이에 해당한다. <법장화상전>에는 별다른 정치 상황은 묘사되고 있지 않으나, 역시 열 단락에 의해 재단된 현수의 일생이 전기

성과 관련한 기록은 (9)에 한 번 더 나오는데, 균여의 처지는 여기에서 다소 변화를 보이고 있다.

> ······ 광종이 (정수의 참소를) 듣고 노하여 대사를 급히 불러 입궐하면 해치고자 했다. 대사가 왕의 처소에 이르러 어쩔줄 몰라하며 부복(仆伏)했다. 광종이 그 정상을 보고는 정직하다 여기고 칙령을 바꾸어 의관(醫官) 두 사람을 시켜 호송하게 했다. 곧 이어 승선(承宣) 석광(薛光)을 절로 보내어 위무케 했다.···(중략 : 왕의 꿈에 神人이 나타나 경고함.)···왕은 이에 후회스럽고 두려워 곧 대궐 안에 소재도량(消災道場)을 배설하고, 법관에게 명하여 저자에서 정수를 베고 그 방(房)을 못으로 만들었다. (정수의) 속형(俗兄)은 문서를 날조하여 아우와 하여금 무고케 한 죄로 정수와 한날 죽음을 당했다.······56)

광종이 균여를 완전히 신뢰할 수 없었던 동인이 무엇이었던가는 분명치 않다. 다만 김두진과 정출헌의 논의를 통해 추정을 할 수 있을 뿐이다. 우선 김두진은 이 삽화를 다음과 같이 해석하고 있다.

> 균여는 왕권과 밀착되어있는 한편으로 그의 고향인 황주의 강호인 황보씨 세력과도 연결 짓고 있었으며, 강호들의 동향에 늘 유의하였다. 그래서 광종은 귀법사(歸法寺)에 정수(正秀)를 머물게 하고 그로 하여금 균여를 비판하게 하였다. 정수가 균여에 대해 이정수행(異情修行)한다고 참소한 것이 그것이다. 균여의 화엄사상은 융회적(融會的)이어서 그 내에 법상종(法相宗) 사상의 포용은 물론 성속무애(聖俗無礙) 사상이 주장되기까지 한다. 순수교리적인 화엄사상가의 입장에서 볼 때 균여의 이와 같은 면은 이정수행(異情修行)으로 보일만 했다. 그리고 그런 균여에 대한 정수의 비

적(傳奇的) 신이성과 승려로서 고매함이 중첩되어 드러나고 있다.

56) ······ 光宗聞之, 怒促召師, 入欲害之. 師及御所, 惶懼仆地. 上見其狀, 以爲直, 飜勅醫者二人 護送之. 尋差降承宣薛光, 到寺慰撫······上乃悔懼, 便於大內, 持置消災道場, 命法官斬正秀 於市, 仍池其正秀房. 俗兄浪造文書, 令弟誣告, 及正秀同日被誅. ······ 최철·안대회, 『역주 균여전』(새문사, 1986), 110면.

판은 화엄사상의 교리면에서 정통성을 지니게 된다. 그러나 그 결과는, 황
보씨와 같은 지방호족들의 압력을 받아 정수가 처형되고 균여가 살아남
게 된다. 이것이 곧 당시 전제정치의 한 단면상이었다.[57]

황보씨는 균여의 고향 황주의 대호족으로, 균여의 스승 의순이 치병한
대목왕후가 바로 황보씨였다. 김두진은 이를 근거로 균여의 배후세력이
황보씨였을 것으로 보고 있다. 정수는 <균여전>의 제9장 감응항마분(感
應降魔分)에서 균여를 참소한 인물이다. 여기서 '이정수행(異情修行)'의 '이
정'은 보통 '반역의 마음' 혹은 '수상한 뜻'으로 해석하는데, 이것을 '사
상적으로 다른 정상(情狀)'이라 해석한다면 위와 같은 결론을 얻을 수 있
다. 정수의 일화는 여간한 참소(讒訴)로는 흔들리지 않는 균여의 강한 정
치적 입지를 보여주는 예화로서 원용될 가능성이 있으며, 동시에 많은
것을 시사해 준다. 그런데 이 논지에 따르면 균여는 왕권뿐만 아니라 지
방 대호족 세력과도 어느 정도 연계를 지니고 있던 것이 되는데, 이 같
은 태도 또한 그의 융회적 성향에 말미암은 것이면서, 동시에 정치적 수
완을 보여주기도 하는 일면이 아닌가 한다. 또한 이 설화는 균여의 정치
적 부침의 역정(歷程) 가운데 하나의 사례로서 지적될 수 있을 것이다.

또한 정출헌은 '광종이 한때 자신의 정치적 동반자였던 균여와 최행귀
를 집권 후반기에 숙청하고마는 것은, 이제 정치적으로 대립하고 있던
두 세력과 그들의 문화를 중재·조화해 보려던 세력마저 도태되기에 이
르렀음을 보여주는 상징적 사건'[58]으로 파악하고, 다음과 같이 보충 설
명하고 있다.

---

57) 김두진(1983), 111면.
58) 정출헌(1996), 43면.

이 사건은 이 논문의 논지에 중요한 의미를 지니는 것일텐데, 그 전말을 상세히 알려주는 기록은 남아있지 않다. 다만 귀법사 주지로 있던 균여가 968~75년 사이 정수의 참소로 죽을 뻔한 사건이 『균여전』에 전한다. 참소내용은 균여의 '이정수행'이었는데, 이는 기층민중과 밀착된 그의 세속적·신비적 불교관을 지목하고 있는 것으로 보인다. 아마도 균여는 신라시대 밀교의 영향을 어느 정도 수용하지 않았나 생각되는데, 그가 상주했던 총지원(摠持院)이 『삼국유사』 〈혜통강룡조〉에 보이듯이 밀교의 전통을 이어받은 사찰이라는 점에서 그러하다. 총지원의 '총지'란 다라니의 한역어인 것이다. 그리고 최행귀 역시 역모에 걸려 죽게 되는데, 그 까닭은 그가 신라적 체질을 강하게 지니고 있었던 데 원인이 있지 않은가 추측된다.[59]

정출헌의 논지에 따른다면 '이정수행'의 내용은 정통 화엄사상과는 다른 색체를 띤 세속적·신비적 층위의 불교관으로서 분명해진다. 균여가 밀교적 성향을 지니고 있었음을 추정한 것도 상당히 의미있는 부분이다. (1)과 (8)에 연거푸 등장하는 균여의 추악한 용모가 무엇에 대한 비유였을 지도 여기서 추측할 수 있을 듯하다. 그 의미는 무엇 하나로 제한될 수는 없는 것이겠으나, 밀교적 성향 혹은 고유사상의 층위에서 일컬어질 수 있는바 이정수행과 관련된 균여의 사상적 특징을 신체적 약점으로 상징화하여 표현한 것일 수도 있지 않은가 한다. 그리하여 균여는 종교적·사상적으로 정통(正統)이 되기는 어려운 처지에 놓일 수밖에 없었지만, 그럼에도 불구하고 생전에 정통의 위치에 오를 수 있었던 것이 균여의 독특한 경력이다. 그러나 그는 사후(死後) 철저히 무시되기에 이른다. 광종 사후 정치 세력의 교체와 더불어 광종의 치적은 부정되었으며, 지눌 등의 등장과 더불어 그의 사상도 평가절하되기에 이른다. 그와 꼭 관련된 일은 아닐지도 모르지만, 『고려사(高麗史)』에는 그의 이름도 수록되

---

59) 정출헌(1996), 44면.

지 않았고 평가도 이루어지지 않았다.

정출헌의 가설로서 다음 두 가지 사항에 재고의 여지가 생겨나게 된다. 첫째로 균여가 참소를 당해 생명의 위협을 느꼈을 때 구원해 준 세력은 김두진에 의하면 황보씨였을 가능성이 가장 크다. 그런데 황보씨는 황주에 기반을 둔 세력이었으므로, 균여와 동향임을 감안해도 친신라세력으로 보기는 어렵다. 따라서 그 구원세력이 황보씨가 아닐 가능성도 있다. 그렇다면 그들을 어떠한 세력으로 보아야 할지 의문이다. 둘째로 (8)의 다음 부분은 이 같은 구도 하에서 다시 설명되어야 한다.

> 오른쪽의 노래와 시가 만들어지자 그들은 다투어 베꼈는데 그 중의 한 본이 중국에 전해졌다. 송나라 군신이 보고서 말하기를, "이 사뇌가의 주인은 한 분의 참 부처님이 세상에 나오신 것이다" 하고 이에 사신을 보내어 대사께 예를 올리도록 하였다. 대사께선 용모가 이상하여 세상사람들이 공경하고 믿는 바가 아니었다. 그리하여 우리 군신은 저 중국사신이 가벼이 여기고, 사신의 기대에 어긋날까 두려워해서 (대사를) 뵙는 것을 허락치 않으려 했다. 사신은 이러한 사정을 눈치 채고 미복(微服)으로 총지원—총지원은 대사께서 항상 거처하던 곳으로 귀법사 안에 있었다— 에 찾아가서 먼저 역관을 보내어 의사를 통역하여 뵙기를 청했다. 대사께서는 가사를 갖추어 입고 맞으려 하다가 우리 군신의 마음을 먼저 눈치 채고 홀연히 자취를 감추었다. 사신이 이 소식을 듣고서 "어디에서 부처님을 뵐 수 있을건가?" 하며 눈물줄기를 흘리었다.[60]

최행귀의 <보현시원가> 한역은 문화의 일방적 소통을 극복하고자 우리 시가를 중국에 유포하려는 의도 하에 이루어졌다. 그리하여 중국 사

---

[60] 右歌詩成, 彼人爭寫. 一本乃傳於西國. 宋朝君臣見之, 曰："此詞腦歌主, 眞一佛出世." 遂使禮使. 師容貌異常, 非世人之敬信. 故我君臣, 恐彼西使輕之, 又未委客人之所懷, 將不許見. 客認此意, 潛服往詣摠持院(院是師常居處, 在龜法寺也.). 先遣象胥, 譯情求謁. 師整三衣, 將迎, 先觀我君臣心念, 忽然遁去. 客人聞之, 曰："何處得見佛?" 因泣下數行. 최철・안대회 (1986), 73면.

신이 실제로 방문한다. 그러나 자생적인 문화—이 부분과도 균여의 추한 용모는 연관되어 있다—를 부끄러워했던 광종은 균여와 중국 사신의 면담을 방해하고, 균여는 그 뜻을 따른다. 사신이 그 때문에 눈물을 흘렸다는 것은 균여·최행귀 등의 아쉬움을 그 주체를 전이(轉移)시켜 묘사한 것으로 볼 수 있다.

(9)의 기록 이후 『균여전』에는 짤막한 신통력 이야기 하나가 덧붙고 바로 (10)으로 이어지고 있다. 그런데 (10)은 '변역분경(變易分竟)'이라 하여 분단을 종결시키고는, 다시 균여와 광종의 인연이 두터웠음을 강조하는 글을 덧붙이고 있다. 이처럼 새삼스러운 강조는, 추측컨대 입적 당시의 균여와 광종의 관계가 매우 소원해졌기 때문에 이루어진 것은 아닐까 추정한다.

2.2. 당대 정치·사상적 동향과 균여의 자세

고려 광종대 중국으로부터 화엄 3대조 법장화상 현수(647~714)의 '성상융회사상(性相融會思想)'이 유입되었다. 현수는 측천무후 시대 지방 신흥세력의 종교였던 법상종을 자신의 화엄종 내에 편입시킴으로써 화엄종을 대성한 인물로 평가되고 있다. 성·상의 융회라는 이 사상의 요지는 이 같은 종파 통합의 의도에서 이루어진 것이었다. 균여 화엄사상의 대의 또한 바로 이 성상융회사상이었고, 균여 당대 역시 법상종이 신흥세력으로 대두되기 시작한 시점이었다.[61] 또 앞서 논했듯이 우연찮게 균여와 현수는 그 입전 방식에서도 유사점을 지닌다.

---

61) 김두진, 「균여의 성상융회사상」, 윤사순·고익진 편, 『한국의 사상』(열음사, 1984), 110~
    116면과 『균여화엄사상연구』(일조각, 1983) 참조.

    균여의 성상융회사상은 화엄사상을 근간으로 그 내에 법상종 사상을 융합하려는 것이다. 그것은 광종이 군소 토호세력을 왕실 측근세력으로 포섭하여 왕권을 강화해 나가는 전제정치와 표리관계에 있었다. 왜냐하면 화엄종이 전통적으로 왕실과 연결되어 있었다면 법상종은 통일신라 이래로 그 사회 중류 이하의 지식인, 즉 군소 토호층에 의해 수용되었기 때문이다. 자연 균여의 성상융회사상은 전제정치가 한창이던 광종대 중기의 왕실 이데올로기였다.[62]

    요컨대 고려가 성상융회사상을 유행시키고자 했던 이유는 법상종 계열로 대변되는 지식인·토호 세력을 사상적으로 화엄종에, 정치적으로 군왕에게 융회시킴으로써 종교적이자 가부장적인 전제 왕권을 확립하는 바에 있었다. 여기서 균여의 역할은 후삼국시대 중상류층의 중심사조이자 현 지배층과는 구별되는 사조인 법상종을 화엄종에 흡수하는 이론적 토대를 구축하는 일이었다.[63] 따라서 사나불(舍那佛)을 정점에 두고 이사(理事) 혹은 성상(性相)을 통합하여, 여기서 통합된 성상, 즉 이사는 존재의 유무를 초월한 혼연된 일체를 이루게 된다는 균여 사상의 논리적 구도의 의도가 엿보인다.

    또한 균여는 몸소 신라 화엄종의 주류였던 의상(義相) 화엄사상의 전통을 이어받은 원교(圓敎)라는 입장을 분명히 했기에 융회적 색채를 강하게 띤다. 이 융회적 성격은 대중불교적 신이함과 깊은 유대를 맺고 있는데, 불교가 대중속으로 파고들기 위해서는 순수 교리의 엄정함보다는 시원적(始原的) 신이함이 강조되었기 때문이다. 이러한 상황은 종종 대중교화를 위한 성속무애(聖俗無礙)라는 관점에 의해 정당화되는데, 이 또한 융회사상에 의한 발상으로 볼 수 있다고 한다.[64]

---

62) 김두진(1983), 345면.
63) 그 사상의 구체적 실상은 김두진(1983), 229~247면에 서술되어 있다.
64) 김두진(1984), 113~114면과 김두진, 『균여화엄사상연구』(일조각, 1983), 142~280면 참조.

　〈균여전〉의 주인공, 〈보현시원가〉의 작자로서 보이는 대중불교적 성향은 이러한 융회적 의식지향으로부터 설명될 수 있다. 국왕에 대한 그의 입장은 나중에 변화하기도 했지만, 일단 균여는 종교적이면서도 정치적 의도를 다분히 포함해서, 포교에 깊은 관심과 열정을 지니고 있었다. 그 과정에서 기층의 사유체계에까지 지배 이념을 내면화시키는 방향으로 전개되었던 전제 왕권의 성립에 어느 정도 기여하게 되었다. 〈보현시원가〉는 최행귀 한역이 이루어진 광종 18년(967)보다 약간 앞서는 시기,65) 특히 광종이 균여를 위해 귀법사를 창건한 시기(광종 14년 : 963)와 비슷한 무렵에 창작되었다. 균여로서는 국왕과의 친분이 가장 두터웠던 시기라 할 수 있고, 현실 참여의 의지와 사상적 발전의 깊이 역시 절정에 이른 때였다. 그의 저서 대부분이 역시 광종 9년에서 13년에 걸쳐 이루어졌다.

　전제정치론의 정치이념화를 위해 광종은 몇 차례의 모색을 거쳐 귀법사를 창건한다. 귀법사는 균여의 주거처였다. 애초 광종의 궁극적 목표는 유술적(儒術的) 전제정치의 확립에 있었을 것이나, 대호족과 훈구세력을 견제하고, 과거제 등의 각종 제도를 통한 추종 군소호족의 세력 강화를 위해서는 보다 광범위한 세력의 지지가 필요하게 된다. 불교를 신봉하는 기층민의 잠재적인 능력에 광종이 주목하였을 하나의 근거이다.

　그리하여 광종은 14년, 귀법사를 창건하고 이곳에 제위보를 설치하고 각종 법회와 재회를 개설하는 등 적극적인 불교정책을 시행해 나아갔다. 그러면서 이 귀법사를 통하여 호족의 세력에 반발하는 피지배계층을 포섭하였고 이들을 광종 자신의 개혁을 지지해주는 사회적 세력으로 삼게 되었던 것으로 여겨진다.66)

---

65) 967년(양주동), 958~967년(김사엽), 963~967년(김승찬) 등 여러 가지 견해가 있는데, 대체로 최행귀 한역보다 10년 이내 일찍 창작된 것에는 동의하고 있다.

말하자면 <보현시원가> 자체에 대하여 기존 연구들이 품어 온 '포교적 기능'이라는 효용 자체는 부정되지 않으나, 그 동기나 예상한 결과는 다른 각도에서 보아야 한다는 점이다. 균여의 <보현행원품> 각색은 광종대 전반기의 정치 상황 속에서 광범위한 계층에게 지배 이념으로서 자신의 성상융회사상을 설파하고자 하는 바에 그 목적이 있었으며, 각색 과정에서 문학적 장치를 통해 내면화되는 사상적 구도는 곧 현실 세계에서 국가를 상징하는 정점이 될 수 있는 국왕에 대한 지지 혹은 충성심으로 그 결과가 예견되었으리라는 것이다. 아직은 광종과 균여의 관계가 긴밀했기에 가능한 일이었으며, 결국 광종조의 개혁 내용이 고려 왕조를 귀족제에서 관료제로 이행시키는 계기가 되었다는 점을 염두에 두면, 그 사상적 주초가 되었던 성상융회사상을 수립하고 문학적 수사를 통해 기층민에까지 의식화시키고자 한 균여의 시도는 큰 의의를 지니는 것이다.

그리고 최행귀는 여기서 대중 독자를 위해 마련된 문학적 장치를 소거 혹은 재설치하여 한문 문화권에 더욱 익숙한 독자들에게까지 그 내용을 전달하고, 균여라는 사상가의 위대함을 알리고자 하였다. 또한 중국측은 최행귀의 의도대로 균여를 절실하게 만나고 싶어 했으나, 추한 용모라는 이유로 면담은 무산된다.

현전하는 사상서를 통해 본 균여 사상을 정치사적 의미를 중심으로 정리하면 다음과 같다.

> ① 균여는 궁극적인 '종(終)'이 원초적 '시(始)'로 이어지기 때문에 事의 종시는 구별할 수 없고, 그것들은 곧 무애(無礙)하다고 하면서도 사의 시를 강조하는 성기론적(性起論的) 사관을 주장했으며, 인연에 응하여 나타나는 리(理)의 차별성을 인식하고 분별없이 통하는 법신리(法身理)를 강조했다.

66) 김용선, 「광종의 개혁과 귀법사」, 이기백 편(1981), 113면.

② 모든 차별은 일승에 귀의하며, 리·사의 분별·차별이 진공(眞空)에 귀일하는 합의(合義)와, 그리하여 상(相)이 따로 존재하지 않게 되는 민의(泯義)가 있다. 이것이 이사무애(理事無礙)이다.

③ 성(性)은 리, 상(相)은 사에 해당하므로 성상무애는 곧 이사무애이다. 다시 말해 사상은 민멸됨으로써 진성(眞性)에 귀의할 수 있다.

④ 성은 화엄종, 상은 법상종이므로 성상융회사상이란 화엄종을 근간으로 법상종을 융합한 것이다. 그런데 화엄종은 중앙왕족과, 법상종은 지방호족과 연계된 경우가 많으므로 성상융회사상은 대호족의 견제를 위해 군소호족을 왕권에 포섭하는 형태를 띠게 된다.

⑤ 비로자나불을 정점에 놓고 성·상 혹은 이·사를 융합하는 성상융회사상이 비로자나불의 위치에 국왕을 놓도록 논리화된다면 전제왕권과 밀접한 연관을 갖게 된다.

⑥ 선교일치(禪敎一致)의 정치적 의미는 대호족의 권위를 인정하는 것이므로 균여의 사상과는 이해가 대치된다.[67]

다양한 측면에서 균여의 사상은 전제군주론과 많은 관련을 맺게 된다. 그의 의식 체계는 대립하는 두 존재를 통합하는 과정에 있어 융회적 측면을 중시하게 되었다. 특히 그것은 어느 하나를 정점에 두고 다른 하나를 흡수하는 성향이 강하게 되었다. 그의 일생에 있어 두 가지 큰 시도라 할 수 있는 불교 종파의 통일과 국가사상의 입론이 어느 정도 성과를 거두게 되면서 그의 화엄사상은 성상융회적 측면을 강조하는 방향으로 성립하였다. 광종대에는 왕권에 대립하는 대호족의 지위를 약화하고자 군소호족을 육성하는 정책이 시행되기도 했는데,[68] 균여는 한편으로는

---

67) 김두진(1983)의 정리된 부분(274~280면)을 참조하여 논의에 필요한 것만을 간추린 것이다.

68) 비교적 온건한 방법으로 대호족을 견제하던 광종은 956년 노비안검법을 통해 공신 중심의 호족 세력을 약화시키고, 958년 과거제도의 시행, 960년 관복의 정리 등을 통해 국왕 중심의 새로운 관료 집단을 형성하게 된다. 박용운, 『고려시대사』(일지사, 1985), 55~56면. 또한 극소수의 급제자만을 배출했던 당대의 과거제도에 있어 그 급제자는 지역별로 철저히 안배된 것으로 보인다. 『한국사』 13(국사편찬위원회, 1993), 368~370면.

황보씨 등 대호족과 친분을 유지하면서도 <보현시원가>를 지어 중생에 화엄사상을 전파하기에 힘썼다. 흔히 균여에게서 연상되는 이른바 '민중지향적인 면'이라든가 '주술사적인 모습' 또한 포교적 측면에서 말미암은 대중친화적인 모습에서 말미암은 것이라 하겠다.

균여 사상의 특징은 대립상의 원융, 특히 어느 한 축을 정점에 놓은 원융에 있었다. 가령 '성속무애'라면 성을 정점에 놓고 속을 원융시키는 것이다. 속이 곧 성의 영역에 포괄되는 것은 아니지만, 성에 이르는 방편으로써, 다시 말해 성의 완성에 기여할 경우에는 긍정될 수 있다. 이 점에서 대립항을 거쳐 제 3의 가능성에 이르는 변증법과 구별되며, 또한 선교일치 등과도 그 기본 발상이 다르다.

여기서 그 정점에 군왕이 놓이면 이는 강력한 전제사상이 된다. 모든 개체는 군왕을 위한 방편으로써 긍정되는데, 이는 다시 말해 군왕을 위한 방편이 아닌 존재는 존재 가치를 인정받지 못할 수도 있다는 표현에 다름 아니기 때문이다. 이 같은 사상 체계의 권위에 힘입어 균여는 광종과 친밀한 관계를 유지할 수 있었으며, 정치적 입지를 신장시킬 수 있었다. 이후의 정치상황에 따라 변화된 측면이 없지 않았겠지만,[69] 국왕을 종교상 우월한 위치에 배치함으로써 정치적 통합을 그로부터 이루고, 나아가 자신과 직접 연관된 사상사적 통합까지도 유도하고자 한 것이 이 시기에 주된 활동을 전개했던 균여의 근본 의도라고 생각한다. <보현시원가>가 경문을 문학적으로 형상화하고, 전대의 시가 양식이 보인 수법을 활용하면서 융회적 사유방식을 구축하고자 한 것은 모두 이 같은 근본적 의도를 염두에 두고 논의되어야 할 것이다.

---

69) 특히 <보현시원가> 등을 통해 볼 때 이 '정점'의 위치가 국왕에서 중생(衆生)으로 변화하고 있는 것이다.

3. 균여의 작가 의식[70)]

　〈화엄경〉은 선재가 보살행·보현행[71)]의 실천에 대한 의문을 풀기 위해 문수보살에게 가르침을 얻어 덕운 비구를 찾아가는 것에서 발단하여, 여러 곳을 거쳐 결국 보현보살에게서 〈보현행원품〉의 가르침을 마지막에 얻는 구조로 되어 있다. 따라서 보현행원품은 모든 보살행의 귀착점이라 하겠으며, 균여가 포교의 방편으로써 이의 시화에 집중한 것은 타당한 일이었다. 보현은 범어로 Samantabhadra(三滿多曼陀南 ; 遍吉)라 음역하고, 그 의미는 '무소부재(無所不在)의 광(光)', '무처불유(無處不有)의 자(慈)'이다. 보현보살은 문수보살과 함께 여래를 대신하여 화엄의 세계를 개시하는 사실상의 설자(說者) 역할을 담당하며, 화엄경 후반부에는 중생의 입장에서 그들을 인도하는 선지식으로 나타난다.[72)] 화엄의 의미와 관련지어 보면, '중생의 바다 가이없으므로'[73)] 무소부재·무처불유할 수밖에 없는 것이다. 말하자면 보현은 보살행의 귀착으로서 고매한 위치에 있으나, 그 영역에 있어서는 누구에게나 열려있는 개방적 체제를 취하고 있는 것이다. 이는 비단 사상의 적용 범위에 국한되는 것이 아니라, 그 내

---

70) 〈보현행원품〉 본문과 국역은 광덕 편역, 『보현행원품』(해인총림, 불기 2513)에 의거했다. 단 국역의 경우 非文이 더러 있어 약간 윤문을 하고 쉼표를 부분 부분 삽입했다. 〈보현시원가〉의 해독은 최행귀 한역시를 비교적 충실히 참조한 김완진, 『향가해독법연구』(서울대 출판부, 1980)의 것을 취하고, 이와 다른 관점을 취한 부분은 작품 해석과정에 제시한다. 작품 인용은 현대역을 제시하고, 향찰역은 각주에 명기하기로 한다.
71) 모든 보살행은 보현행에 귀결되므로 이 둘은 실상 같은 말이다.
72) 이상 박옥미(1996), 27면 참조.
73) 화엄경 〈보현행원품〉에 보현보살에 대해 다음과 같이 설명하고 있다.
　"보현의 신상(身相)은 허공과 같아서 진(眞)에 의지하고 국토 아닌 것에 머무르며, 여러 중생들의 마음이 하고자 하는 바를 따라 두루 몸을 시현함이 일체에 평등하네. 보현은 대원(大願)에 안주하여 이 무량한 신통력을 얻고 일체의 불신(佛身) 있는 찰(刹)에 모두 그 형상을 나타내어 그 곳에 나아가며, 일체 중생의 바다 가이없으니 몸을 나누어 저 곳에 안주하는 것 역시 무량하도다."(『大方廣佛華嚴經』 10, 34면 上).

용 범주에 있어서도 마찬가지이다. 분별지보다 융회적 시각의 앎을 강조하기에,[74] 제행의 개별성은 한 차원 높은 동질성으로 해석된다.

<보현시원가>는 <보현행원품>의 융회사상을 당대 정치·종교사상을 실질적으로 지배하고 있었던 균여의 사상 구도에 입각하여 시화한 작품이다. 여기서는 균여의 작가의식에 비중을 두고 1) <보현행원품>과의 비교, 2) 전대 시가의 양식적, 소재적 측면을 활용한 부분 그리고 3) 최행귀의 한역시는 어떠한 지점에 있는지 등을 논의해 보기로 한다. 원시의 순서에 따른 정리는 논의를 일단락지은 다음에 표로 정리하기로 하고, 본문에서는 세 가지 기준에 따라 분류하여 각각의 작품에 대한 논의를 구분했다. 논의 과정에서 작품제목에 <-歌>를 붙이지 않은 것이 <보현행원품> 원 경문에 대한 논의이다. 그리하여 다음의 순서로 작가 의식 및 작품에 대한 논의를 진행하기로 한다.

> 1) <보현행원품>과의 비교
> : <예경제불가>(제1수), <칭찬여래가>(제2수), <참회업장가>(제4수), <수희공덕가>(제5수), <청불주세가>(제7수), <상수불학가>(제8수), <총결무진가>(제11수).
> 2) 전대 시가 양식의 활용
> : <보개회향가>(제10수), <수희공덕가>(제5수).
> 3) 최행귀 한역 양상과의 비교
> : <광수공양가>(제3수), <참회업장가>(제4수), <수희공덕가>(제5수), <보개회향가>(제10수).

이 같은 구분은 해당 작품이 <보현행원품> 또는 최행귀의 한역과 함

---

74) 선남자여, 일체지지(一切智智)를 성취하려면 응당 결정코 참된 선지식(善知識)을 구해야 한다. 선남자여, 선지식을 구함에 있어서는 고달프고 게으른 마음을 내지 말고, 선지식을 보고는 만족함을 내지 말며, 선지식의 가르침을 다 응당 수순(隨順)하고 선지식의 교묘한 방편에 과실을 보지 말라(『大方廣佛華嚴經』 10, 334면 上).

께 논의되어야 작가 의식의 층위가 확연히 드러날 수 있는지의 여부에 따라 이루어졌다. 그 때문에 (1)과 (3)에 동일한 작품이 논의된 경우도 있으나, 그 층위는 다르기에 중복된 부분은 가급적 피하고자 했다. 또한 (2)를 (1)의 작가 의식 측면을 전대 시가 양식의 원용 양상과 관련하여 논의하기 위해 (1)의 뒤에 부연하게 되었다. 또한 〈광수공양가〉(제3구), 〈청전법륜가〉(제6수), 〈항순중생가〉(제9수)의 3편은 4.에서 별도로 다룬다. 이들은 작품 전체의 융회적 사유를 본격적으로 다루었다고 판단했기 때문이다.

3.1. 〈보현행원품〉의 시적 변주 동인과 그 의미

① 예경제불가(禮敬諸佛歌, 제1수)

선남자여, 모든 부처님께 예배하고 공경한다는 것은 진법계·허공계·시방삼세 일체불찰 극미진수 모든 부처님을, 내가 보현행원의 원력으로 눈앞에 대하듯 깊은 믿음을 내어서 청정한 몸과 말과 뜻을 다하여 항상 예배하고 공경하되, 낱낱 부처님 계신 곳마다 이루 말할 수 없이 많은 수의 몸을 나투고, 낱낱 몸으로 이루 말할 수 없이 많은 수의 부처님께 두루 예배하고 공경하는 것이니, 허공계가 다하면 나의 예배하고 공경함도 다하려니와 허공계가 다할 수 없으므로 나의 예배하고 공경함도 다함이 없느니라.[75]

마음의 붓으로	心未筆留
그리온 부처 앞에	慕呂白乎隱佛體前衣
절하는 몸은	拜內乎隱身萬隱

---

75) 普賢菩薩 告善財言 善男子 言禮敬諸佛者 盡法界虛空界 十方三世一切佛刹極微塵數 諸佛世尊 我以普賢行願力故 深心信解 如對目前 悉以淸淨身語意業 常修禮敬 一一佛所 皆現不可說不可說 佛刹極微塵數身 一一身 遍禮 不可說不可說 佛刹極微塵數佛 虛空界盡 我禮乃盡 以虛空界 不可盡故 我此禮敬 無有窮盡

법계 없어지도록 이르거라	法界毛叱所只至去良
티끌마다 부첫 절이며	塵塵馬洛佛體叱刹亦
절마다 뫼셔 놓은	刹刹每如激里白乎隱
법계 차신 부처	法界滿賜隱佛體
구세 내내 절하옵져	九世盡良禮爲白齊
아아 身語意業无疲厭	歎曰身語意業无疲厭
이리 宗志 지어 있노라	此良夫作沙毛叱等耶[76]

여기서 <예경제불>의 대의는 큰 변화 없이 해당 작품에서 요약되고 있다. 속세 어디에나 무수히 많은 부처님을 영구한 시간에 걸쳐 예배·공경하겠다는 시공을 초월한 강렬한 서원(誓願)은 문학 작품으로 변주되더라도 그리 크게 변화하지는 않는다. 다만 그 표현 방식이 훨씬 정제된 형태로 등장하는 것이다. 균여는 '마음의 붓'이라는 표현으로써 부처님께 대한 자신의 심회가 영구할 수 있는 이유는 마음의 붓으로써 그려졌기 때문이라는 비유적 표현을 취하고 있다. 화자가 부처를 인식하는 매개는 현상계에 놓여 있지 않다. 그것은 정신적 영역에 속하는 '마음'이 물질적 범주에 속하는 '붓'으로서 전화(轉化)하는 가운데 일어나는 은유로부터 말미암는 것이다. 이 같은 의미망의 추가로써 <예경제불가>는 <예경제불>에서와 같은 경구의 반복을 통한 강조에 의해서 얻어지는 효과보다는 더욱 절실하게 화자의 발원을 드러낼 수 있었다.

또한 '그리온 부처'라 한 부분은 '모(慕) / 화(畵)'라는 의미상의 중의를 드러내게 된다.[77] 결국 화자가 마음속에 모신 부처의 형상은 1행에서의 마음의 붓으로 '그리는' 실질적 행위로 묘사된 구체적 존재인 동시에, 화

---

76) ᄆᆞᅀᆞ미 부드로 / 그리ᄉᆞᆯ본 부텨 알픠 / 저ᄂᆞ온 모마ᄂᆞᆫ / 法界 업ᄃᆞ록 니르거라 / 塵塵마락 부텻 쳐ᅵ이역 / 刹刹마다 모리ᄉᆞᆯ본 / 法界 ᄎᆞ신 부텨 / 九世 다ᄋᆞ라 절ᄒᆞ숩져 / 아야, 身語意業无疲厭 / 이렁 ᄆᆞᄅ 지ᅀᅡ못ᄃᆞ야.

77) 양주동, 『증정 고가연구』(일조각, 1965), 676~677면.

자의 정신세계 속에서 끊임없이 섬기고 찬탄하는 정신적 존재가 될 수 있었던 것이다. 요컨대 <예경제불>에서는 부처의 존재와 화자의 발원이 항구적인 종교의 차원에서 서술되고 있다면, <예경제불가>는 화자의 '마음의 붓'이라는 밀착된 소재를 활용함으로써 이 같은 종교적 구도를 독자의 생활과 친근한 부분으로 유도하고자 했다고 볼 수 있다.

② 칭찬여래가(稱讚如來歌, 제2수)

선남자여, 또한 부처님을 찬탄한다는 것은 진법계 허공계 시방삼세 일체 세계에 있는 극미진의 그 낱낱 미진 속마다 일체 세계 극미진수 부처님이 계시고, 그 낱낱 부처님 계신 곳마다 한량없는 보살들이 둘러 계심에 내 마땅히 깊고 깊은 수승한 이해와 분명한 지견으로 각각 변재천녀의 혀보다 나은 미묘한 혀를 내며, 낱낱 혀마다 한량없는 음성을 내며, 낱낱 음성마다 한량없는 온갖 말을 내어서 일체 부처님의 한량없는 공덕을 찬탄하여, 미래세가 다하도록 계속하고 끊이지 아니하여 끝없는 법계에 두루하는 것이니라.[78]

오늘 部中이	今日部伊冬衣
남무불이여 사뢰는 혀에	南无佛也白孫舌良衣
무진변재人 바다	无盡辯才叱海等
일념중에 솟아나거라	一念惡中湧出去良
塵塵虛物 뫼시온	塵塵虛物叱激呂白乎隱
공덕신을 대하와	功德叱身乙對爲白惡只
갓 가마득한 덕해를	際于萬隱德海肹
醫王들로 기리옵져	間[79]王冬留讚伊白制

---

78) 復次 善男子 言 稱讚如來者 所有盡法界 虛空界 十方三世一切刹土所有極微 ――塵中 皆有 一切世界極微塵數佛 ――佛所 皆有菩薩海會圍遶 我當悉以 甚深勝解 現前知見 各以出過辯 才天女微妙舌根 ――舌根 出 無盡音聲海 ――音聲 出一切言辭海 稱揚讚歎 一切如來諸功 德海 窮未來際 相續不斷 盡於法界無不周遍

79) 이 문자는 '醫'의 오각임을 김완진이 초서의 어형을 비교하여 밝혀냈다. 김완진, 「향가 본문의 訂誤를 위하여」, 『관악어문연구』 3(서울대 국문과, 1978), 112면. 그러나 박재민,

아아, 반듯하게 一毛 덕도
못다 사뢴 너여

必只一毛叱德置
毛等盡良白手隱乃[80]弥[81]

<칭찬여래(稱讚如來)>에서 칭찬의 대상은 <예경제불>에서와 마찬가지로 추상적인 부처님이다. 시간적·공간적 한계를 전혀 지니지 않는 것으로 서술되고 있는 부처의 존재는 한계가 없다. 그러므로 특정한 술어로써 지칭할 수 있는 것이 아니다. 그러나 균여에게는 이 같은 초월적 면모가 공덕신·의왕이라는 다소 구체적인 존재로 묘사되고 있다. 원전의 화자에게 부처는 일체(一切)에 계신 한 분이자 다수이신 초월자로서 등장하고 있지만, 균여에게는 그것이 공덕신과 의왕이라는 유명(有名)한 구체적인 객체로 등장하고 있다.

더구나 의왕들은 원 경문의 보살들과는 달리, 극미진수 부처님을 보좌하는 위치에 있는 무한수의 존재라기보다 '일념 중에 솟아난 그의 공덕신을 대하여 기리는' 존재로 상정되어 있는 듯하다. 수(數)의 다소(多少)를 논할 수 없는 초월적인 존재에 대한 예찬의 기록이 시로 전화되면서 인식상 분열하고 있다. 한 분 부처님— 그래도 낱낱의 부처님 가운데 하나라는 의미이겠지만— 의 현신이라 할 수 있는 공덕신은 부중의 칭찬을 듣는 존재이지만, 낱낱의 보살인 의왕들[82]은 그 공덕신을 기리는 역할에 그치고 있다. 의왕들이라는 군집은 공덕신으로 상정된 존재를 기림으로

「삼국유사소재 향가의 원전비평과 차자·어휘변증」(서울대 박사논문, 2009)에 따르면 이렇게 볼 근거는 매우 박약하다고 한다.

80) 이 문자를 2인칭 대명사 '너'로 보는 것은 문맥에 맞지는 않는다. 오히려 지헌영·김선기 등의 경우처럼 '솖오뇌', '삷온내' 등으로 보는 편이 더 타당할 듯하다.

81) 오늘 주비둘희 / 南无佛이여 술볼손 혀라희 / 無盡辯才ㅅ 바둘 / 一念악희 솟나거라 / 塵塵虛物ㅅ 모리술본 / 功德ㅅ身을 對ㅎ술박 / ㅠ 가만 德海롤 醫王둘로 기리숧져 / 아아, 반둑 一毛ㅅ 德도 / 모돌 다ᄋ라 술본 너여.

82) 지헌영·김준영 같은 경우는 '간왕'의 의미를 알지 못했던 탓에 '의왕'을 '스님들'로 해석하기도 했다.

서 의의를 갖는 제한자의 지위에 그치고 있다. 물론 그렇다고 이들이 완전히 분열적 존재는 아니다. 부처와 보살의 상보적 측면은 여전히 유효할 것이다. 다만, 부처가 다수일 수 있는 측면은 그리 고려되지 않고, 다수의 보살이 한 분 부처를 기리는 부분적 측면만을 본 작품이 염두에 두고 있는 듯한 인상이다. 나아가 이 부분은 절대적 존재에게 실질적 층위의 존재들이 수렴되어진 것으로 보이기도 한다. 부처와 보살의 관계는 약간의 계층적 성격을 띠는 것으로 이해될 수도 있고, 해당 부분을 전제 왕권이 여러 대립 세력들로부터 공통된 지지를 얻고 있는 것으로 다소 모험적인 추론을 해 볼 수도 있겠다.

그런데 일부 해독에 따르면 의왕들을 '스님들'로 보기도 한다. 오늘날의 연구 성과에 따르면 이는 명백한 오독(誤讀)이지만, '스님들'을 의왕에 비유한 것이 균여의 의도였다고 보면 작품의 구조가 달리 이해될 여지가 있기도 하다. 균여가 자기 작품의 주된 독자층으로 상정했던, 옅은 지식을 가진 일반인들에게 있어 '많은 수의 부처님마다 더 많은 수의 보살이 보좌한다'는 문면을 그대로 전달하기보다는, 현실 세계의 유일 절대자에 가까운 존재를 많은 스님들이 기리는 장면을 연상시키는 편이 더욱 유효한 것으로 여겨진다.

③ 참회업장가(懺悔業障歌, 제4수)

선남자여, 또한 업장을 참회한다는 것은 보살이 스스로 생각하기를 "내가 과거 한량없는 겁을 지내오는 중에 탐내는 마음과 성내는 마음과 어리석은 마음으로 말미암아 몸과 말과 뜻으로 지은 모든 악한 업이 한량없고 가이없어, 만약 이 악업이 형체가 있는 것이라면 끝없는 허공으로도 용납할 수 없으리니, 내 이제 청정한 삼업으로 널리 법계 매우 많은 수의 세계 일체불보살 전에 두루 지성으로 참회하되 다시는 악한 업을 짓지 아니하고 항상 청정한 계행의 일체 공덕에 머물러 있으오리다"하는 것이니라.[83]

顚倒 여의어	顚倒逸耶
菩提 向한 길을 몰라 헤매어	菩提向言道乙迷波
짓게 되는 惡業은	造將來臥乎隱惡寸隱
法界 넘어 나 있다	法界餘音玉只出隱伊音叱如支
악한 버릇에 떨어지는 三業	惡寸習落臥乎隱三業
淨戒의 主로 지니고	淨戒叱主留卜以支乃遣 只
오늘 部衆 바로 懺悔	今日部頓部叱懺悔
十方 부처 증거하소서	十方叱佛體遣只賜立
아아, 衆生界盡我懺盡	衆生界盡我懺盡
來際 길이 造物 버릴지어다	來際永良造物捨齊[84]

<참회업장가(懺悔業障歌)>에서 균여는 악업을 무지의 소산으로 보고, 결구에 자신의 참회를 시방(十方) 부처에게 증거하라는, 기원 대상에게 소청하는 화법을 취하고 있다. 원래의 경문인 <참회업장> 자체가 한 보살의 자책을 인용하는 구성 방식을 취하고 있기는 하지만, 반성의 동인·상황 등이 상당히 추상적으로 이루어져 있어 일반인이 이를 접하고 감동하기에는 지나치게 담백한 내용이다.

<참회업장가>에서는 업보의 원인과 그로 말미암은 현재의 상황을 처음 4행에 걸쳐 설명한 점이 눈에 띈다. 악한 업의 원인을 무지의 소산으로 단정하고 있으며, 그 정도가 '법계 넘어나 있다'고 직설적으로 말한다. 무지한 탓에 고단한 삶을 살아가야 하는, 균여의 독자들인 중생의 처지를 염두에 두고 이루어진 표현이다. 그렇기 때문에 몸·말·뜻의 삼업(三業)이 악습에 젖어들게 되었지만, 참회의 과정을 통해 죄의 그릇이었던

---

83) 復次 善男子 言 懺悔業障者 菩薩 自念 我於過去無始劫中 由貪瞋癡 發身口意 作諸惡業 無量無邊 若此惡業 有體相者 盡虛空界 不能容受 我今 悉以淸淨三業 遍於法界極微塵刹 一切諸佛菩薩衆前 誠心懺悔 後不復造 恒住淨戒一切功德

84) 顚倒 여희야 / 菩提 아온 길흘 이바 / 지스려누온 머즈는 / 法界 나목 나님짜 / 머즌 비홋 디누온 三業 / 淨界ㅅ主로 디니ᄂ곡 / 오늘 주비 ᄇᄅ붓 懺海 / 十方ㅅ 부텨 마기쇼셔 / 아야, 衆生界盡我懺盡 / 來際 오랑 造物 ᄇ리져.

삼업은 정계(淨戒)의 주(主)로 거듭날 수 있게 된다. 참회의 행위 자체가 무지와 그로 말미암은 악업을 개선할 수 있는 근거로서 제시되고 있다.

자신의 참회를 시방 부처에게 증거해 달라고 하는 것은 원 경문에는 없는 새로 첨가된 부분이다. 업보는 그 자체가 죄라기보다 무지의 소산이며, 개인의 참회도 당사자에게는 온 땅의 부처가 증거할 만한 대사건이다. 이 부분에서 돋보이는 것은 균여 사상의 포용력과 상대주의적인 특질이라 하겠다. <참회업장가>에서 악업은 죄의식이 철저하지 못한 무지에서 비롯되는 것으로 본다. 악업에 얽매인 개체라 할지라도, 나아가 그 어떤 개체라도 자신의 삶을 그런 이유로 포기할 수는 없다는, 그 범위가 매우 넓은 포용력이 여기서 보인다. 바로 그 같은 포용의 척도에서 보았을 때 한 개체가 참회로써 악업과 무지를 벗어나는 과정은 전우주적 경사가 될 수도 있다.

그러나 중생계가 다해야 내 참회가 그치리라고 말하는 9행의 화자의 고백은 단순한 한 개체의 참회는 아닌 것으로 보여진다. 이미 그의 참회는 한 인간이 할 수 있는 참회의 수준을 넘어선, 종교적 존재들의 무지한 개체들을 위한 희생의 수준에 이르는 것으로 보이기까지 한다. 융회사상의 틀을 빌어 설명하자면 성·상을 포괄하는 절대자적 위치에 도달하고자 시도하는 것이다. 정점에 놓인 존재의 일부분으로 포함되는 과정은 화자 개인에게는 크나큰 상실감으로 다가올 수도 있고, 일반 독자에게 이 같은 세계는 더욱 막연한 것으로 느껴질 수도 있다. 균여는 시점을 1인칭화함으로써 이 같은 불안의 단서를 벗어날 것을 독자에게 요청하고 있는 것으로 보인다. 대중 독자들에게 이 같은 설정은 한 개체가 참회의 심적 과정을 통해 무명의 상태를 벗어나 악업을 깊이 자각하고, 그 같은 개체적 층위의 성취를 통해 화엄사상 전반의 지표가 성취될 수도 있다는 실상을 실감하게 하고, 개체적 층위의 성취와 우주적 층위의 각성을 동일시하게 한다. 말하자면 무애·원융적 경지에 이르도록 하는 것이다.

　그런데 이 작품의 내용과 관련하여 '참회'하는 '업장'의 내용을 '려초 계기(麗初 繼起)한 역사적 사건의 소재화'라는 측면에서 다룬 논의가 있었다.[85] <보현시원가>의 내용을 광종 당대의 복잡다단한 정치 배경과 연관지어 해석하고자 하는 관점 자체는 일면 타당한 것이다. 그러나 그것을 <참회업장가>라는 개별 작품과 연관시키려는 데에서 다소 무리가 엿보인다. 조선영은 <균여전>의 감흥항마분을 비롯한 광종대의 실상 가운데 특히 시위군(侍衛軍)의 증대와 노비안검법의 시행을 당대의 병리적 사회 현상으로 규정짓고, '통치자의 판단 오류가 곧 피통치자의 현실적 고통과 업보로 수용될 수밖에 없음을 생각해 볼 때, 통치자의 업보가 곧 국가와 국민의 업보'[86]라고 이해하고 있다. 나아가 균여가 <보현시원가>를 지은 것은 결국 <참회업장가>의 중요성에 기인한다는 결론에까지 이르고 있다.[87] 그렇다면 균여가 광종 당대의 정치·사회 상황을 매우 부정적으로 인식했음을 간접적으로 단정하는 셈이다. 그러나 균여는 당대 승과(僧科)를 주관하고, 왕사·국사의 지위에 이를 정도로 정치권력과의 관계가 밀접했으며, 훗날 그 양상이 다소 변하기는 하지만, 역시 <보현시원가>의 창작 연대는 균여와 광종의 관계가 가장 우호적이었던 시기로 추정되는 만큼, 이 작품에 국왕의 통치 실상을 비판하는 내용이 담겨 있다고 보기는 어렵다. 더구나 이 논의는 본 작품으로부터 추출된 것이 아니라 『고려사』의 정황 분석을 통해 이루어진 한계가 있으며, <참회업장가>가 본 작품에서 차지하는 위치 또한 그렇게까지 과중한

---

85) 조선영, 「업장을 참회하는 노래」, 『새로 읽는 향가문학』(아세아문화사, 1998), 384~394면.
86) 조선영(1998), 389면.
87) 조선영(1998), 395면.

것은 아니리라 여겨진다.

④ 수희공덕가(隨喜功德歌, 제5수)

선남자여, 또한 남이 짓는 공덕을 함께 기뻐한다는 것은 진법계, 허공
계, 시방삼세 일체 불찰 극미진수 모든 부처님께서 처음 발심하실 때로부
터 일체지를 위하여 부지런히 복덕을 닦되 몸과 목숨을 돌보지 않기를 이
루 말할 수 없이 많은 수의 겁을 지내고, 낱낱 겁마다 이루 말할 수 없이
많은 수의 두목과 수족을 버리고, 이와 같은 일체 난행 고행으로 가지가
지 바라밀문을 원만히 하며, 가지가지 보살지지를 증득하여 들어가며, 모
든 부처님의 위없는 보리를 성취하며, 열반에 드신 뒤에 이르러 사리를
분포하실 때까지의 모든 선근을 내가 다 함께 기뻐하며, 저 시방 일체 세
계의 육취 사생 일체 종류 중생들의 짓는 공덕을 한 티끌만한 것에 이르
기까지 모두 함께 기뻐하며, 시방삼세의 일체 성문과 벽지불인 유학 무학
들의 지은 모든 공덕을 내가 함께 기뻐하며, 일체 보살들이 한량없는 난
행 고행을 닦아서 無上正等菩提를 구하는 넓고 큰 공덕을 내가 모두 함께
기뻐하는 것이니라.[88]

<table>
<tr><td>迷悟同體를</td><td>迷悟同體叱</td></tr>
<tr><td>緣起人理에 찾아보니</td><td>緣起叱理良尋只見根</td></tr>
<tr><td>부처 되어 중생이 없어지기까지</td><td>佛伊衆生毛叱所只</td></tr>
<tr><td>내 몸 아닌 사람 있으리</td><td>吾衣身不喩仁人音有叱下呂</td></tr>
<tr><td>닦으심은 바로 내 닦음인저</td><td>修叱賜乙隱頓部叱吾衣修叱孫丁</td></tr>
<tr><td>얻으실 이마다 사람(-남[89])이 없으니</td><td>得賜伊馬落人米無叱昆</td></tr>
<tr><td>어느 사람의 선업들이야</td><td>於內人衣善陵等沙</td></tr>
</table>

---

88) 復次 善男子 言 隨喜功德者 所有盡法界虛空界 十方三世一切佛刹 極微塵數諸佛如來 從初
　　發心 爲一切智 勤修福聚 不惜身命 經 不可說不可說 佛刹極微塵數劫 一一劫中 捨不可說不
　　可說 佛刹極微塵數頭目手足 如是一切難行苦行 圓滿種種波羅蜜門 證入種種 菩薩智地 成就
　　諸佛無上菩提 及般涅槃 分布舍利 所有善根 我皆隨喜 及彼十方一切世界 六趣四生一切種類
　　所有功德 乃至一塵 我皆隨喜 十方三世一切聲聞 及 辟支佛 有學 無學 所有功德 我皆隨喜
　　一切菩薩 所修無量難行苦行 志求 無上正等菩提 廣大功德 我皆隨喜.
89) '사람'을 '남'으로 풀이한 것은 양주동에 따름.

기뻐함 아니 두리이까	不冬喜好尸置乎理叱過
아아, 이리 비겨 가면	伊羅擬可行等
嫉妬ㅅ 마음이 이르러 올까	嫉叱心音至刀來去[90]

남의 공덕을 기뻐하는 본 경문의 요지를 발전시켜 나·남의 구별을 무화(無化)하고, 모든 분별적 층위의 앎을 배격하는 융회적 사유가 중심축에 놓이고 있다. 그 정도는 최행귀의 한역에서 더욱 심하게 나타나고 있다.

聖凡眞妄莫相分	聖이니 凡이니 眞이니 妄이니 나누지 말라
同體元來普法門	그 실체는 같아서 본래 큰 진리의 안에 포섭됩니다
生外本無餘佛義	삶을 제치고야 부처님의 뜻은 어디에도 없으니
我邊寧有別人論	내게 남과 다르다 할 무엇이 있겠습니까
三明積集多功德	세 통찰력을 쌓으매 공덕은 늘어가나
六趣修成少善根	여섯 세계가 닦은대로 이루어지매 善根은 줄어갑니다
他造盡皆爲自造	남의 이룸이 모두 나의 이룸입니다
總堪隨喜總堪尊	모두 다 따르고 기뻐하며 모두 다 존경을 바쳐야 할 것이옵니다

한역에서 경련(頸聯)은 문장의 선후관계를 '공덕의 증가 → 세 통찰력의 축적', '선근의 감소 → 여섯 세계의 분별적 생성'으로 좀 달리 보아야 의미가 통할 수 있을 듯하다. '융통(融通)한 통찰력 / 업보에 따라 분별되는 세계'로 인식항이 구별되는 것이다. 그러나 중요한 것은 여섯 세계의 분별이 아니다. 그보다는 이러한 다양한 양상의 세계를 아우르는 융회적 사유 체계의 구축이다. 그러한 목적의식을 통해 '남＝나' 곧 '총(總)'의 경지에 이르게 된다.[91]

---

90) 迷悟同體ㅅ / 緣起ㅅ理라 차작 보곤 / 부텨뎌 衆生 업드록 / 내익 모마 안딘 사룸 이샤리 / 닷ㄱ시론 부릭봇 내익 닷굴손뎌 / 어드시리마락 사룩미 업곤 / 어느 사룩미 무룩둘솨 / 안둘 깃글 두오릿과 / 아야, 뎌라 비겨 녀든 / 嫉妬ㅅ 무슴 니를올가.

<수희공덕(隨喜功德)>은 균여와 최행귀가 각기 자신들의 독자 수준에 따라 '질투(嫉妬) / 분별지의 무용'으로 그 주제를 약간 달리 했다. 그러나 질투 또한 분별지의 소산이고 보면 사상적 의미 맥락은 유사하다 할 것이다. 본래 균여는 제9~10행에 걸쳐 경문에 없는 '이리 비겨 가면 嫉妬ㅅ 마음이 이르러 올까'라는 부분을 첨가했다. 다른 존재의 공덕을 기뻐하라고 권면하며 '질투하지 말라'고 당부하는 부분은 그만큼 교양수준이 낮은 독자를 대상으로 한 탓으로 볼 수 있지만, 일반 대중을 독자로 간주했다는 특수한 상황을 고려하지 않았을 경우, 균여라는 사상가의 수준이 저급한 것으로 오해될 가능성이 있는 것이다. 그 같은 오해의 방지 또는 보다 높은 경지의 독자가 천근한 이해에 안주하는 현상을 막기 위해 최행귀는 이와는 달리 문학적 장치를 설정한 것이 아닌가 한다.92)

⑤ 청불주세가(請佛住世歌, 제7수)

선남자여, 또한 부처님께 이 세상에 오래 계시기를 청한다는 것은 진법계 허공계 시방삼세 일체 불찰 극미진수의 모든 부처님께서 장차 열반에 드시려 하실 때와 또한 모든 보살과 성문 연각인 유학(有學) 무학(無學)과 내지 일체 모든 선지식에게 내 두루 권청하되 "열반에 드시지 말고 일체 불찰 극미진수겁토록 일체 중생을 이롭게 하여 주소서"하는 것이니라.93)

모든 부처   皆佛體

---

91) 그러나 구극적 경지가 늘 단일한 양상을 띠는 것은 아니다. 가령 의상의 횡진법계는 열 개의 십층석탑을 놓고 제2층을 불렀을 때 열 개의 제2층이 대답하는 형국이고, 법장의 수진법계는 한 개의 십층석탑을 놓고 제2층을 불렀을 때 나머지 역 개의 층이 제각기 이름을 말하는 형태이다. 또한 균여는 이들을 아우른 원융적인 주측(周側)을 제시하기도 했다(이상 박옥미(1996), 13~14면 참조.).
92) 이에 대해서는 3.3.에 詳述한다.
93) 復次 善男子 言 請佛住世者 所有盡法界虛空界 十方三世 一切佛刹 極微塵數 諸佛如來 將欲示現般涅槃者 及諸菩薩 聲聞緣覺 有學無學 乃至 一切諸善知識 我悉勸請 莫入涅槃 經於 一切佛刹極微塵劫 爲欲利樂一切衆生.

化緣 끝나 움직이시나	必于化緣盡動賜隱乃
손을 비벼 울려서	手乙寶非鳴良爾
세상에 머무르시게 하도다	世呂中止以友白乎等耶
밝는 아침 깜깜한 밤에	曉留朝于萬夜未
보리 향하시는 알아 고침이여	向屋賜尸朋知良闥尸也
저 사실 알게 되매	伊知皆矣爲米
길 몰라 헤매는 무리여 서러우리	道尸迷反群良哀呂舌
아아, 우리 마음 물 맑으면	吾里心音水淸等
佛影 아니 응하시리	佛影不冬應爲賜下呂94)

경문 <청불주세>는 중생의 이로움을 위해 부처는 열반에 들지 않는다는 간단한 언급으로 이루어져 있을 뿐, 특정한 상황의 제시나 중생이 그에 대해 고마움을 표시한다든지 하는 부분은 찾아볼 수 없다. 그러나 <청불주세가>에 이르면 원 경문의 내용은 이미 1~4행에서 소화되었고, 5~8행은 부처의 열반을 기뻐하기보다 오히려 자신들의 미혹함을 걱정하고 혼란에 빠지는 범용한 인간의 모습이 묘사되어 있다. 자기 입지의 절대적인 기반이 사라졌을 때 갈팡질팡하는 모습은 나약하다기보다 인간이 본원적으로 지니고 있는 모습에 해당하는 것이다. 그리하여 그들은 '서러우리'라고 말하는 것이다. 부처는 이들의 영혼으로부터의 혼란과 공포를 덜어주는 실천 행위를 완수하기 위해 자기 영혼의 영원한 안식을 포기하고 중생과 더불어 부대끼는 존재이다. 그리하여 그같은 행위에 대하여 무리는 '우리 마음의 물이 맑다면, 부처께서 (어째서) 아니 응하시겠는가?'라고 감사하는 것이다.

이처럼 절대자의 위치에도 놓일 수 있는 존재가 본성이 천근(淺近)한

---

94) 모든 부텨 / 비록 化緣 다아 뮈시나 / 소늘 부븨울어곰 / 누리희 머믈우술보드야 / 붉논 아춤 가만 바매 / 아ᄋ실 벋 아라 고티리여 / 뎌 알기 드뷔매 / 길 이반 몰아 셜보리여 / 아야, 우리 ᄆ숨믈 몰가든 / 佛影 안둘 應ᄒ샤리.

존재들을 위해 강한 구제의식을 보이는 시 작품은 나옹왕사(懶翁王師) 혜근(慧勤, 1320~1377)의 작품에 교화시(敎化詩)의 형태로 묘사되기도 한다.

원하노니 나는 세세 생생에	願我世世生生處
언제나 般若에서 물러서지 않고	常於般若不退轉
저 本師의 용맹스런 의지와	如彼本師勇猛志
저 毘盧舍那와 같은 깨달음의 열매와	如彼舍那大覺果
저 文殊菩薩과 같은 큰 지혜와	如彼文殊大智慧
저 普賢菩薩과 같은 광대한 행과	如彼普賢廣大行
저 地藏菩薩과 같은 끝없는 몸과	如彼地藏無邊身
저 觀音菩薩과 같은 三十의 應身으로	如彼觀音三十應
시방세계 어디에나 나타나	十方世界無不見
널리 중생들을 無爲에 들게 하며	普令衆生入無爲
내 이름을 듣는 자는 삼악도를 면케 하고	聞我名者免三途
내 형용을 보는 자는 解脫을 얻게 하여	見我形者得解脫
이와 같이 恒沙劫을 교화하여	如是敎化恒沙劫
마침내 중생에 미치지 않음이 없게 하소서(下略)	畢竟無不及衆生95)

부처님께 이 세상에 계셔주기를 청하는 〈청불주세가〉의 취지가 현실세계의 문제점을 외면하지 않으리라는 고승의 발원문과 전적으로 같을 수는 없다. 그러나 널리 중생들을 구제하는 과정을 통해 '마침내 중생에 미치지 않음이 없'는 경지를 이루겠다는 목표 의식의 측면에서는 동일하리라고 생각한다. 〈청불주세가〉는 이 같은 고귀한 목표 의식을 예찬하는 시가 작품이다. 그런데 본 작품은 혜근의 발원문과는 달리 그 혜택의 수혜자의 입장에서 시적 상황이 전개되고 있다. 그리하여 발원자 자신을

---

95) 혜근, 『나옹집(懶翁集)』, 400~401면. 인권환, 『고려시대 불교시의 연구』(고려대 민족문화연구소, 1983), 200~201면에서 작품 해석과 함께 재인용. 단 마지막 행의 해석은 '마침내 부처도 중생도 없게 하소서'라는 본서의 해석과 본문에 차이가 있어 약간 고쳤다.

화자로 선택하여 시상이 전개되고 있는 혜근의 작품군에서 볼 수 있는 다음과 같은 의식에는 <청불주세가>가 아직 이르지 못하고 있다.

> 그러나 혜근은 선승이기에 서방극락세계를 지향하는 것이 아니라, 진심수행(眞心修行)을 통한 유심정토(唯心淨土)를 내세우고 있다. 즉 피안에의 성생(性生)이 아니라 마음속에서 정토를 발견하라는 것이다.[96]

혜근은 '대승적 민중불교의 실현자'[97]이기는 하였으나, 그것은 그의 교화시의 대상이 그만큼 광범위했다는 의미일 것이다. 그러나 선시(禪詩)는 한자라는 문자적 측면과 선(禪)이라는 사상적 깊이로 인하여 민중으로부터의 직접적인 호응을 얻기가 그리 쉽지는 않았을 것으로 여겨진다.

요컨대 그의 작품은 화자의 심원한 사상적 의지에 의한 실천적 면모를 묘사하는 것이 그 중심에 놓여있다는 점에서, 아직 투철한 종교 사상에는 이르지 못한 대다수 군중 독자를 위하여 이루어진 균여의 작품과는 구별된다. 물론 그렇다고 해서 혜근의 실천성이 부족하다거나 균여의 작품에 사상적 깊이가 결여되어 있다든가 하는 의미는 아니다. 모든 작품은 작가가 처한 시대 상황과 그에 대한 나름의 인식 결과인 만큼, 초보자에게 화엄사상의 정수를 소개하려던 균여나, 내외 혼란기에 정통 불교의 구세적 사명을 선시를 통해 재확립하고자 한 혜근의 실천은 모두 소중한 것이다. 양자의 특징적 국면은 모두 현실계의 요구에 부응하는 것으로 이해될 수 있기 때문이다.

---

96) 인권환(1983), 204면.
97) 인권환(1983), 206면.

⑥ 상수불학가(常隨佛學歌, 제8수)

선남자여, 또한 항상 부처님을 따라 배운다고 하는 것은 이 사바세계의 비로자나 여래께서 처음 발심하실 때로부터 정진하여 물러나지 아니하고, 불가설 불가설의 몸과 목숨을 보시하시되 가죽을 벗기어 종이를 삼고, 뼈를 쪼개어 붓을 삼고, 피를 뽑아 먹물을 삼아서 쓴 경전을 수미산같이 쌓더라도 법을 존중히 여기는 고로 신명을 아끼지 아니하거든, 어찌 하물며 왕위나 성읍이나 촌락이나 궁전이나 정원이나 산림이나 일체 소유와 가지가지 난행고행일 것이며, 내지 보리수하에서 대보리를 이루시던 일이나, 가지가지 신통을 보이시사 가지가지 변화를 일으키시던 일이나, 가지가지 부처님 몸을 나투사 가지가지 중회에 처하시되, 혹은 모든 대보살 중회도량에 처하시고, 혹은 성문과 벽지불 등 중회도량에 처하시고, 혹은 전륜성왕 소왕권속 등 중회도량에 처하시고, 혹은 찰제리나 바라문이나 장자나 거사의 중회도량에 처하시며, 내지 천룡팔부와 인비인등 중회도량에 처하시면서 이러한 가지가지 회중에서 원만하신 음성을 마치 큰 우뢰 소리와도 같게 하여 그들의 좋아함을 따라서 중생을 성숙시키시던 일이나, 내지 열반에 드심을 나투시는 이와 같은 일체를 내가 다 따라서 배우기를 지금의 세존이신 비로자나불께와 같이 하는 것이니라.98)

우리 부처	我佛體
모든 옛누리 닦으려 하신	皆往焉世呂修將來賜留隱
난행고행원을	難行苦行叱願乙
나는 바로 쫓아 벋 지어 있도다	吾焉頓部叱逐好友伊音叱多
몸이 부서져 티끌되어 가매	身只良只塵伊去米
명을 시할 사이도	命乙施好尸歲史中置
그리 모든 것 하는 일 지니리	然叱皆好尸卜下里

---

98) 復次 善男子 言 常隨佛學者 如此 娑婆世界 毘盧遮那如來從初發心 精進不退 以不可說不可說 身命 而爲布施 剝皮爲紙 析骨爲筆 刺血爲墨 書寫經典 積如須彌 爲重法故 不惜身命 何況王位城邑聚落 宮殿園林 一切所有 及餘種種難行苦行 乃至樹下 成大菩提 起種種變化 現種種佛身 處種種衆會 或處一切諸大菩薩衆會道場 或處聲聞及僻支佛衆會道場 或處轉輪聖王 小王眷屬衆會道場 或處利利及波羅門長者居士衆會道場 乃至 或處天龍八部人非人等衆會道場 處於如是種種衆會 以 圓滿音 如 大雷震 隨其樂欲 成熟衆生 乃至示現 入於涅槃.

모든 부처도 그리 하시니로세	皆佛體置然叱爲賜隱伊留兮
아아, 불도 향한 마음이시여	城上人佛道向隱心下
딴 길 비켜가지 않을진저	他道不冬斜良只行齊[99]

이제까지와는 좀 다르게 <상수불학>은 경문의 장황한 행위 열거를 균여가 압축적으로 묘사하는 방식으로 이루어져 있다. <상수불학>에서는 비로자나 여래의 갖가지 고행을 나열식으로 소개하고 있는데, 중생에게 이 같은 초월자적 권능은 자기 처지에 그다지 절실하게 느껴지지 않고, 어쩌면 전혀 동떨어진 것으로 파악될 가능성이 있다. 그리하여 균여는 여래의 시각에 보다 근접해 있는 화자의 관점을 현재 고행을 하거나 여래의 도를 따르고자 하는 수행자의 그것에 근사할 수 있도록 시점을 변화하는 구성 방식을 취했다. 이로써 화자는 독자와 보다 가까운 거리에 놓여 있게 되며, 심지어 4행에서 1인칭 '나'로서 완전히 동화되기에도 이른다. 5행의 '몸이 부서져 티끌되어 가매' 등의 감각적 표현이 구사될 수 있었던 원인도 여기에 있다.

경문의 담백한 서술 방식을 벗어나 이 같은 수행의 실상에 가까운 국면에서의 묘사를 선택함으로써, <보현행원품>의 세계와 지향점은 독자에게 보다 친근하게 다가갈 수 있을 것이다.

⑦ 총결무진가(總結无盡歌, 제11수)

생계 다한다면	生界盡尸等隱
내 원 다할 날도 있으리마는	吾衣願盡尸日置人伊而也
중생 갱생시키고 있노라니	衆生叱邊衣于音毛
갓 모르는 원해이고	際毛冬留願海伊過

---

99) 우리 부텨 / 모둔 간 누리 닷ㄱ려시론 / 難行苦行ㅅ 願을 / 나는 ㅂㄹ붓 조초 벋뎜따 / 모믹 ㅂ숙 드틀뎌 가매 / 命을 施흘 ㅅᅴ힉도 / 그럿 모둔 흘 디녀리 / 모둔 부텨도 그럿 ᄒ시니로여 / 아야, 佛道 아ᄋ 무슴하 / 녀느 길 안둘 빗걱 녀져.

이처럼 여겨 저리 행해 가니	此如趣可伊羅行根
향한 곳마다 선업의 길이요	向乎仁所留善陵道也
저바 보현행원	伊波普賢行願
또 부처 일이도다	又都佛體叱事伊置耶
아아, 보현 마음에 괴어	阿耶普賢叱心音阿于波
저 밖의 다른 일 버릴진저	伊留叱餘音良他事捨齊[100]

본래 〈보현행원품〉에는 매분(每分)의 말미마다 약간의 어구 변화만 있을 뿐 거의 그대로 반복되는 구절들이 있는데, 예컨대 다음과 같은 것이다.

이와 같이 하여 허공계가 다하고, 중생계가 다하고, 중생의 업이 다하고, 중생의 번뇌가 다하여도 나의 항상 일체 부처님께 바른 법 설하여 주시기를 권청하는 것은 다함이 없어, 생각생각 상속하고 끊임이 없되 몸과 말과 뜻으로 짓는 일에 지치거나 싫어하는 생각이 없느니라.[101]

〈총결무진가〉는 10차례 되풀이되는 이 구절들의 대의를 시로 옮긴 것이다. 원 경문과 그다지 큰 차이점이 보이지는 않고, 매분의 결론에 해당할 부분을 모아서 전체의 결론으로 확장시킨 점이 구조상 독특하다 하겠다. 이 점은 최행귀도 그대로 따르고 있어, 이 같은 구조 전개 방식이 시문학으로서 매우 유용한 것임을 인정하고 있다.

장형의 시가가 반복구를 지닌다면 민요와 구별되는 면을 유지하기 어려울 것이다. 그렇다면 독자들이 최행귀서(崔行歸序)의 유명한 구절에서처럼 "얕은 곳에서 깊은 곳에 이르"기보다 얕은 곳에 머무르고 마는 성향

---

100) 生界 다올돈 / 내익 願 다올 날도 이시리마리여 / 衆生 가시오모 / ㄹ 모두논 願海이고 / 이 ㄹ 너겨 뎌라 녀곤 / 아온더로 므룬 길히여 / 뎌바 普賢行願 / 쏘 부텻 이리도야 / 아야, 普賢ㅅ 므슴마 ㄹ바 / 뎌롯나마 他事 브리져.

101) 如是 虛空界盡 衆生界盡 衆生業盡 衆生煩惱盡 我常勸請一切諸佛 轉正法輪 無有窮盡 念念相續 無有間斷 身語意業 無有疲厭 〈請轉法輪〉.

이 짙어지고, 나아가 시의 대의 자체가 변질될 수도 있었다. 이 같은 측면을 염두에 두어서인지 <보현시원가>는 기록된 형태로 전파되었고, 가창보다 암송에 의지하여 전승된 측면이 강하였다.

균여의 <보현시원가>는 이처럼 까다롭고 추상적인 경문 <보현행원품>을 독자의 처지·입장을 고려하면서 그 경문의 대의와 시적 감성을 저해하지 않는 지점에서 이루어진 문학 유산이다. 그러나 당대의 배경을 고려한다면, 본 작품에는 포교문학 이상의 의도가 포함되어 있을 것으로 보아야 한다.

전제정치론의 정치이념화를 위해 광종은 몇 차례의 모색을 거쳐 963년 귀법사를 창건한다. 균여는 그 주지로서 귀법사를 주거처로 삼았으며, 많은 저술을 집필하고 <보현시원가>를 창작한 것도 이 무렵이다. 광종이 대호족의 견제와 자신을 추종하는 군소호족의 세력 강화를 꾀하는 만큼, 균여도 왕사·국사의 권위를 인정받고 몸소 이룩한 종파 통일의 업적을 유지하기 위해 사회·종교적으로 전제주의적 색채가 강한 사회를 요구했을 것이다. 그 충족을 위해 이들은 화엄사상 가운데서도 법장화상 현수의 종파통일론이었던 성상융화사상을 기반으로 삼고자 했으며, 종교로서 불가의 권능을 신봉하는 중생의 광범위한 지지의 토대, 나아가 그들에게 전제주의를 향한 종교사상이자 정치사상으로서 성상융회사상을 내면화시킬 필요성이 대두하게 되었다. 귀법사 창건의 목적에 관한 다음 추론은 이 같은 가설의 신빙성을 더해줄 수 있다.

> 그리하여 광종은 14년, 귀법사를 창건하고 이곳에 제위보를 설치하고 각종 법회와 재회를 개설하는 등 적극적인 불교정책을 시행해 나아갔다. 그러면서 이 귀법사를 통하여 호족의 세력에 반발하는 피지배계층을 포섭하였고 이들을 광종 자신의 개혁을 지지해주는 사회적 세력으로 삼게 되었던 것으로 여겨진다.[102]

말하자면 균여가 추구한 '포교'란 종교적인 것일 뿐 아니라 정치사상의 전파라는 맥락을 동시에 지니고 있었으며, 〈보현시원가〉를 창작한 동기도 이로부터 벗어나지 않는 것이다. 원전 〈보현행원품〉을 시화하는 과정에서 보인 문학적 수사와 대중에게 친숙한 어구의 활용, 융회적 요소의 표현 등의 기법은 정치적 동기의 실현을 위한 것이기도 했다. 다만 사상을 직설적으로 드러내거나 강조하지 않고, 독자의 수준을 감안하여 그를 배려하고 하나의 문학작품으로서 차원 높은 시가 유산을 일구어낸 점이 작가로서 균여의 뛰어난 점이었다. 그리고 최행귀는 여기서 '저열한' 독자를 위해 마련된 문학적 장치를 소거하고 원전의 본래적 요소와 성상융회사상의 직설적 나열로 그것을 대치하여 한문 문화권에 더욱 익숙한 독자들에게까지 그 내용을 전달하고, 균여의 위대함을 알리고자 하였다. 그리하여 중극측은 최행귀의 의도대로 균여를 절실하게 만나고 싶어 했으나. 균여의 약점인 '추한 용모'라는 이유로 면담은 거부되기에 이른다. 또한 이정수행한다는 누명까지 쓰고, 광정과의 관계가 소원해지기도 한다.

하지만 광종대의 개혁 내용이 고려 왕조를 귀족제에서 관료제로 이행시키는 계기가 되었다는 점을 염두에 두면, 그 사상적 주초가 되었던 성상융회사상을 수립하고 문학적 수사를 통해 중생에까지 의식화시키고자 한 균여의 시도는 큰 의의를 지니는 것이라 하겠다.

3.2. 전대 시가 양식의 활용

비록 오늘날은 고려 초기의 향가 유산이나 관련 기록이 그리 많이 남아있지는 않지만, 실제로는 불교가요의 성격을 띤 작품들이 나름대로 성

---

102) 김용선, 「광종의 개혁과 귀법사」, 이기백 편(1981), 113면.

행했던 것으로 추정된다. 가령 현종(玄宗)이 부모의 명복을 빌기 위해 현화사(玄化寺)를 세우고 신하들과 함께 창작했다는 '향풍체가(鄕風體歌)'에 관한 기록이나, 혜심(慧諶)의 <기사뇌가(碁詞腦歌)>나 충지(沖止)의 <비단가(臂短歌)> 등을 통해 향가와 형식적으로 유사한 형태를 취하기도 한다.103) 이 가운데 혜심의 <기사뇌가>를 살펴본다.

그대 우희조를 보았나?	君看憂喜鳥
푸른 산마루에 높이 앉아 있더니	高在碧山嶠
세상의 우스운 일 듣고서	聞世可笑事
한 바탕 큰 소리로 웃더니만	放聲時一笑
우연히 고기 탐내는 솔개를 따라	偶隨貪肉鴟
동네로 멀리 나가 즐거이 놀다가	聚落遠遊嬉
문득 쳐놓은 그물에 걸려	忽爾入羅網
빠져나갈 기약이 없게 되었다네.	出身無可期
마음에서 생겨나는 생각, 모름지기 내 경계 지키며	心生須托境
깊은 골짜기에서 살아야 할 것을.	窮谷宜捿遲104)

이 작품의 형태는 5언 고시(古詩)를 취하고 있지만 내용상 분단이 '4행－4행－2행'으로 이루어져 있는 점과 그 제목으로 미루어보아 당대 유행하던 사뇌가의 형식을 여두에 두고 이루어진 것으로 볼 수 있다. 그러나 그 내용은 이른바 소악부(小樂府) 작품 가운데 하나인 <장암(長巖)>과 흡사하고, 그 내용은 풍자에 다소 근접해 있어, 일반적인 신라 향가의 작품 세계와는 어느 정도 차이를 보이고 있다. 그러나 이 같은 현상은 향가와 어조·내용상 약간 괴리된 작품도 '사뇌가'의 형식을 염두에 두고 이루어질 정도로 당대 향가의 유행성이 지대했음을 의미하는 것으로 볼

---

103) 인권환, 「불교시가의 역사와 변모양상」, 『한국불교문학연구』(고려대 출판부, 1999), 100면.
104) 인권환(1999), 100면에서 재인용.

수도 있다.

균여의 〈보현시원가〉는 정치사상의 전파라는 효과를 거두기도 했지만, 일차적으로는 역시 종교 사상의 포교를 목적으로 했던 만큼 전대에 유행했던 시가 양식, 특히 신라 향가와 향유방식, 시상 구조 등에서 일치점을 갖고, 향찰문자에 있어서는 다소 편차를 보이게 된다. 우선 향유 방식의 측면을 생각해 보기로 한다. 〈원가〉나 〈처용가〉 전승담을 통해 신라 시대 당시 향가가 향유된 실상의 편린을 엿볼 수 있다.

> 효성왕이 현사 신충과 더불어 궁정 잣나무 밑에서 바둑을 두더니, 일찌기 말하기를 후일에 만일 경을 잊으면 저 잣나무 같으리라하매 신충이 일어나 절하였다. 두어달 지난 뒤에 왕이 즉위하여 공신에게 상을 줄 새 신충을 잊어버리고 쓰지 아니하였더니, 신충이 원망하여 **노래를 지어 잣나무에 붙이매**, 나무가 홀연히 누렇게 말라 버렸다. 왕이 괴이히 여겨 살피게 하였더니, 노래를 바치매, 크게 놀라 말하기를 국사에 몰골하여 각궁을 잊을 뻔 하였다 하고, 불러들여 벼슬을 주니, 잣나무가 도로 살아났다. 이로 부터 양조에 걸쳐 두임금에게 총애를 얻어 등용되다가 경덕왕 22년 상대등으로 패관하였다.[105]

균여의 향가가 벽에 붙여지고 암송되었던 풍습은 이와 무관하지 않을 듯하다. 약간의 차이는 있으되 결국 주술적인 효과를 기대하는 심리에서 연유한 것은 둘 다 공통적이다. 애초부터 대중적인 시 양식으로서 향가를 선택했던 균여인 만큼 그 향유 혹은 전파 방식에 있어서는 전통적인 방식을 그대로 답습했을 가능성이 크다. 따라서 기록문학과 구비문학의 전파방식이 공존하는 이 같은 체계가 향가 향유의 일반적인 모습이 아니었을까 한다. 말하자면 균여는 향가의 양식만을 원용한 것이 아니라, 향가 전성기의 독자층에 대한 효과를 염두에 두고 그 전승 방식마저 동일

---

105) 『삼국유사』 권 5, 〈신충괘관조〉.

한 것으로 유지했던 것이다.

　다음으로 전대 시가의 수법을 원용한 측면은 윤태현이 지적한 바 주사적(呪詞的) 성격의 긍정조건 긍정형과 그 변형으로부터 찾을 수 있다. "~하면 … 하리라." 및 그 변이형은 <보현시원가> 여러 부분에서 찾을 수 있으며, 그것은 『삼국유사』 소재 향가에도 자주 보이는 부분이다.106)

　　　아, 중생 편안하다면 / 부처님 또한 기뻐하시리라
　　　　　　　　　　　　　　　　　　　　　　　　　　－<항순중생가>

　　　아, 중생계가 끝나야만 / 내 참회도 끝나리라
　　　　　　　　　　　　　　　　　　　　　　　　　　－<참회업장가>

　　　아, 우리 마음 맑으면 / 부처님의 모습 아니 응하시리
　　　　　　　　　　　　　　　　　　　　　　　　　　－<청주불세가>

　윤태현에 따르면 이상의 구절들은 <안민가>·<헌화가> 등의 다음 구절과 같은 맥락에서 이해할 수 있다고 한다.

　　　군답게 민답게 신답게 할지면, / 나라 안이 태평하리이다
　　　　　　　　　　　　　　　　　　　　　　　　　　－<안민가>

　　　나를 아니 부끄러 하시면, / 꽃을 꺾어 바치오리다
　　　　　　　　　　　　　　　　　　　　　　　　　　－<헌화가>

　얼마 남지 않은 향가의 작품군에 특정한 통사 구조가 산견(散見)된다면 그것은 하나의 특징이라 할 수도 있을 것이다. 그런데 윤태현은 "고승 균여가 작가이므로 발원의 대상인 부처에게 불손한 어투를 상요할 수

---

106) 윤태현(1995), 237~239면.

없"었기에 "〈보현시원가〉에는 주사적 시문법이 나오지 않고, 긍정조건 긍정형과 이에 가까운 그 변이형이 있을 뿐"이라고 단정했다. 긍정조건 긍정형이 일상적 통사 구조를 넘어서서 문학적 범주로서 의미를 지니려면, 적어도 작품내 특히 종결 부분에 그 같은 구절이 배치되면서 얻어지는 어떤 효과에 대한 언급이 있어야 할 것이다. 그런데 주사라는 상고문학의 기능으로부터 그것을 탐색하고자 한 임기중의 선행 연구의 틀을 원용하면서도 막상 그 실질을 부정하는 것은 재고의 여지가 있다. 그리고 다음 구절을 보면 균여가 '고승'의 태도만을 견지하여 심원한 창작 태도만을 견지했다고 보기도 어렵다.

아아, 절하옵는 부처도　　　　　　病吟禮爲白孫隱佛體刀
내 몸 접어놓고 딴 사람 있으리　　吾衣身伊波人有叱下呂
　　　　　　　　　　　　　－〈보개회향가(普皆廻向歌, 제10수)〉

아아, 이리 비겨 가면　　　　　　伊羅擬可行等
嫉妬ㅅ 마음이 이르러 올까　　嫉叱心音至刀來去
　　　　　　　　　　　　　－〈수희공덕가(隨喜功德歌, 제5수)〉

　〈보개회향가〉의 해당 부분은 〈원왕생가〉의 종결 부분인 '이 몸 남겨두고 사십팔대원 이루실까 저어라'와 상당히 흡사하다. 또한 〈보개회향〉의 취지는 시적 화자의 모든 공덕을 중생에게로 회향하는 바에 있으므로, 이 같은 개체의 구원을 확정·예지하는 구절107)로써 종결될 작품은 아닌 것이다.108) 그리하여 결국 〈보개회향가〉는 종결부에 이르러 언어적 긴장감을 드러내게 된다. 굳이 이렇게 본 작품이 마무리된 원인은 전대 시가의 수법을 적극 원용하고자 한 창작자의 태도에 기인하는 것이

---

107) 이 같은 예지는 간접적으로 예고형 주사의 기능을 한다고 볼 수도 있다.
108) 또한 이 부분을 다르게 해독할 수 있는 여지도 현재로선 없다.

아닌가 한다.

<수희공덕가>의 종결부도 상당히 이해하기 어려운 표현으로 이루어져 있다. 일체중생의 모든 공덕을 자기자신의 공덕처럼 기뻐해야 한다는 취지를 지닌 <수희공덕>의 내용을 시화하면서, 서두도 아닌 결말부에 '질투의 마음'이 생겨날 리 없다는 표현을 사용하고 있다. <수희공덕>에서 이 같은 마음 상태는 이미 작자와 독자 사이에서 전제되었어야 할 것이다. 마지막에 다시 강조할 내용은 아니다. 원 경문에는 당연히 이런 표현은 보이지 않는다. 이 부분은 교양 수준이 그리 깊지 못했던 독자층을 세심히 고려한 결과로 보여진다. 윤태현도 지적했듯이 이 부분은 긍정조건 긍정형의 문장이 활용된 경우이다.

<보현시원가>는 그 종결 방식에 있어 향찰 문자상으로는 전대 향가와 구별되는 특징을 갖는다. 향가의 종결방식은 통상 직서형 '-다(如)'나 의문형 '-고(故)'로 끝맺는 경우가 많다. 화랑에 대한 찬미라는 특수한 시적 상황에서 말미암아 의지형(郎 그리는 마음의 모습이 가는 길 / 다복 굴형에서 잘 밤 있으리109) : <모죽지랑가>)이나 감탄형(눈이라도 덮지 못할 고깔이여110) : <찬기파랑가>)으로 맺는 경우도 있지만, 대체로 단조로운 종결 방식을 갖게 된다.111) 또한 의문형의 경우도 대답이 미리 확정된 것을 확인하는 예가 많다. '이에 어울릴 무슨 혜성을 함께 하였습니까?112)(<혜성가>)', '사십팔대원(四十八大願) 이루실까?113)(<원왕생가>)', '어디에 쓸 자비라고 큰고?114)(<도천수대비가>)', '빼앗은 것을 어찌하리오?115)(<처용가>)' 등이

---

109) 郎也慕理尸心未 行乎尸道尸 蓬次叱巷中宿尸夜音有叱下是.
110) 雪是毛冬乃乎尸花判也.
111) 단순종결방식은 <風謠>(功德 닦으러 온다 : 功德修叱如良來如), <遇賊歌>(아직 턱도 없습니다 : 安支尚宅都乎隱以多) 등에서 볼 수 있다.
112) 此也友物北所音叱彗叱只有叱故.
113) 四十八大願成遣賜去.
114) 於冬矣用屋尸慈悲也根古.

그러하다. 이를 통해 볼 때 향가의 종결 방식은 비교적 단조로운 유형이었다고 하겠다. 많이 사용되었을 듯한 -야(耶), -라(良) 등의 문자는 시행 중간의 문장의 종결에조차 잘 쓰이지 않고 있을 정도이다.

그러나 〈보현시원가〉에 이르면 상황은 달라진다. 如·故라는 향찰문자 자체가 눈에 띄지 않는다. 직서형 문장은 찾아보기 어렵고, '-여(兮)'(〈칭찬여래가〉)·'-여(也)'(〈광수공양가〉, 〈청전법륜가〉)·'-져(齊)'(〈참회업장가〉)·'-리(呂)'(〈청불주세가〉) 등의 감탄종결사로써 다양한 문장종결 방식을 보이고 있다. 요컨대 등장하는 종결어미와 그 방식에 있어서 신라 향가의 전통과는 다소 다른 측면을 보이는 것이다. 이 같은 종결방식은 오히려 고려가요에 더 근접한 것이다.

여요는 연장체 시가는 차치하고라도, 가장 생경한 작품이라 할 수 있는 〈처용가〉조차 '-ᄒᆞ샷다', '-세니오', 'ᄒᆞ니여', '-주쇼셔' 등의 다양한 어미를 활용하고 있다. 마찬가지로 〈보현시원가〉도 '못다 사뢴 너여'116)(〈칭찬여래가〉)에서 호격으로써 전체 작품을 종결한다든지, '불영(佛影) 아니 응(應)하시리'117)(〈청불주세가〉)처럼 뒤의 '-잇가'를 생략한다든지 하는 등의 다양한 종결 수법을 보이고 있다.118)

문장 종결 방식을 놓고 보았을 때, 신라 향가와 〈보현시원가〉의 시적 구조상의 거리는 현격한 것일 수도 있다. 그러나 앞서 살펴보았듯이 보다 중요한 시상을 종결하는 방식에 있어서 균여는 다소 무리를 하면서도 전대의 전통에 가까운 모습을 취하고자 했다. 또한 그 전파 방식 역시 신라 시대와 동일하게 이루어졌다. 이것은 대중에게 익숙한 방식으로 작품을 꾸려나가고자 한 균여의 의도에 의한 것이다. 대중에게 익숙한 양

---

115) 奪叱良乙何如爲理古.
116) 毛等盡良白手隱乃兮.
117) 佛影不冬應爲賜下呂.
118) 이상의 발상은 본서의 Ⅱ부와 Ⅲ부에 재수록된 향가·속요 형식론의 전제라 할 수 있다.

식을 통해 작품을 창작하더라도 그 시상 전개의 방식, 향유 상황 등이 일치하지 않는다면 호응을 얻기가 곤란했을 것이다. 반면에 문장 종결 방식이나 자주 쓰이는 표기 문자 등은 향가 시인에게는 중대한 것이겠지만, 향유층에게는 그리 심각한 문제로까지 작용하지는 않는다.

실제로 신라 향가 14수의 표기 체계 자체가 그리 엄정한 것은 아니었고, 작자가 다른 경우 그것은 큰 편차를 보이기도 하기 때문이다. 표기 체계 연구의 과정에서 중의·복의가 하나의 원칙으로 파악119)될 정도로 향찰 체계의 — 의사 소통 수단으로서 — 결점은 심각한 것이었다. 그렇기에 이 부분에 대하여 균여가 나름의 체계에 따라 전대와 구별되는 표기 방식을 새로이 의도했다고 가정(假定)하고자 한다.

3.3. 최행귀 한역 양상과의 비교

최행귀의 한역은 중국과의 일방적 흐름의 문화 소통을 지양하고 나아가 자생적 문화의 가치를 한학이 존숭되던 당대 풍토에 알리고자 하는 시도에서 비롯되었다. 그러나 그는 상당 부분에서 나름의 첨삭을 가하여, 전반적으로 그의 한역은 <보현시원가>의 번역물이라기보다 <보현행원품>을 기반으로 때때로 <보현시원가>의 시상 전개를 차용한 번안물에 가까운 듯한 인상이다. 그는 <보현시원가>에서 시적 형상화가 이루어진 부분을 원 경문 본래의 취지로 복귀시키는가 하면, 작자 균여가 독자를 배려하여 지나치게 깊이 있는 서술은 회피한 부분을 본격 화엄사상에 가까운 내용으로 변화시켜 서술하기도 했다.

그 이유는 서(序)에도 보이듯이 '중국사람이 보려할 때는 서문 외에는 알기 어렵고, 우리나라 선비들이 들을 때에는 노래에 빠져 쉽게 외우고

---

119) 양희철(1995)와 양희철(1997), 양희철(2000) 참조.

는 그만'120)인 세태를 계몽하려는 취지에서였다. 즉 '모두가 반쪽의 이로움만 얻을 뿐 온전한 공을 놓치는'121) 상태에서 한역을 통해 중국에 균여라는 사상가의 존재를 알리는 동시에, 〈보현시원가〉의 천근(淺近)함에만 경도되어 심원(深遠)한 〈보현행원품〉의 세계에 나서지 않는 국내 지식인들의 자세를 개정하고자 한 것이다.

① 광수공양가(廣修供養歌, 제3수)

불줄 잡고	火條執音馬
불전등을 고치는데	佛前灯乙直體良焉多衣
등주는 수미이요	灯炷隱須彌也
등유는 대해 이루었네	灯油隱大海逸留去耶
香은 법계 없어지기까지 하며	手122)焉法界毛叱色只爲旀
香에마다 법공으로	手良每如法叱供乙留
법계 차신 부처	法界滿賜仁佛體
불불 온갖 공 하옵저	佛佛周物叱供爲白制
아아, 불공이야 많지만	阿耶法供沙叱多奈
저를 체득하여 최승공이여	伊於衣波最勝供也123)

至誠明照佛前燈	지성으로 부처님전 등불을 밝히오니
願此香籠法界興	이 향연이 법계서도 피어오르길 바랍니다
香似妙峯雲靉雲帶	향은 오묘한 산봉우리에 구름이 피어오르듯 하고
油如大海水洪澄	기름은 큰 바다에 물결이 일렁이듯 합니다

---

120) 而唐人見處, 於序外以難詳. 鄕士聞詩, 就歌中而易誦.

121) 皆沾半利, 各漏全功.

122) 이 부분과 아래 행의 '手'는 草書 문자를 잘못 판각한 것에서 유래한 '香'의 오각임을 김완진이 최행귀 한역시와의 비교를 통해 밝혔다. 그러나 근래의 박재민, 「삼국유사소재 향가의 원전비평과 차자·어휘변증」(서울대 박사논문, 2009)에 따르면 이렇게 볼 근거는 매우 박약하다고 한다.

123) 블 줄 자ᄇ마 / 佛前燈을 고티란딕 / 燈炷는 須彌이요 / 燈油는 大海 이루거야 / 香ᄋ 法界 업드록 ᄒ며 / 香아마다 法ㅅ供ᄋ로 / 法界 ᄎ신 부텨 / 佛佛 온갖 供 ᄒ솗져 / 아야, 佛供앗 하나 / 뎌를 니버 最勝供이여.

攝生代苦心常切	중생을 건져 그 괴로움 대신할수록 이 마음은 매양 간절해지고
利物修行力漸增	만물을 이롭게 하여 수행을 닦을수록 나의 힘은 점점 불어갑니다
餘供取齊斯法供	나머지 공양이 요 법공양에 맞서려 하고
直饒千萬總難勝	천만가지 다 대어도 이길 것은 없으리이다

최행귀에게서 <광수공양>은 균여와는 약간 다른 방식으로 연출되었다. 균여가 불전등(佛前灯)을 고치는 행위를 통해 최선의 공양은 자신의 체득에 있다 하여 다소 간접적인 태도를 취했던 것과는 달리, 최행귀는 항련(頃聯)에서 중생과 만물을 구원할수록 화자의 권능이 강화한다고 하여 주체의 강렬한 희생의지와 그에 따른 보상의 내용을 첨가했다. 균여가 말한 체득[體得, 니베]이란 교리에 대한 간접적인 앎으로부터 얻을 수 있는 체득일 것이다. 그렇기에 최행귀는 향불로 공양 올리는 부분의 의미를 다소 교리적으로 풀이하여 온 세상 — 곧 대아(大我) 나아가 분별이 소멸된 상태에서의 진공(眞空) — 을 위해 희생하고자 하는 대승적인 의지로 묘사했던 것이다.

② 참회업장가(懺悔業障歌, 제4수)

顚倒 여의어	顚倒逸耶
菩提 向한 길을 몰라 헤매어	菩提向言道乙迷波
짓게 되는 惡業은	造將來臥乎隱惡寸隱
法界 넘어 나 있다	法界餘音玉只出隱伊音叱如支
악한 버릇에 떨어지는 三業	惡寸習落臥乎隱三業
淨戒의 主로 지니고	淨戒叱主留卜以支乃遣只
오늘 部衆 바로 懺悔	今日部頓部叱懺悔
十方 부처 증거하소서	十方叱佛體遣只賜立
아아, 衆生界盡我懺盡	衆生界盡我懺盡

來際 길이 造物 버릴지어다　　　　來際永良造物捨齊

自從無始劫初中　　　無始劫 과거로부터
三毒成來罪幾重　　　세 가지 독을 지어오니 죄가 얼마나 무거울건가?
若此惡緣元有相　　　이 악업의 인연에 본디 體相이 있다 하면
盡諸空界不能容　　　나를 받아들일 허공계는 하나도 없으리
思量業障堪惆愴　　　업보를 생각하니 슬프온대
罄竭丹誠豈墮慵　　　온 정성 다할 뿐 어찌 태만하리오
今願懺除持淨戒　　　이제 참회하노니 淨戒를 지켜서
永離塵染似靑松　　　푸른 솔처럼 영원히 티끌세상 떠나려 하네

이 역시에서 최행귀는 〈참회업장가〉의 구성 방식을 무시하고 〈보현행원품〉 원문을 그대로 옮겨 놓았다. 균여가 이룩했던 문학적 장치는 모두 사라지고, 딱딱한 경전이 다시 복귀했다. 식자층만을 수신자로 설정했던 만큼 이 같은 회귀 현상은 당연한 일이었다.

달리 말하면 〈보현시원가〉의 애초 의도였던 교리 전파의 방편으로서 대중성의 구현은 최행귀에게 있어 주된 목적은 아니었다는 것이다. 뒤의 〈보개회향가〉 한역에서도 역시 누락되는 부분은 대중 독자를 대상으로 한 표현들이다.124) 최행귀의 목적은 〈보현시원가〉의 내용 자체를 충실히 한역하여 독자에게 읽히는 것보다는, 균여라는 인물의 사상적 수준을 제대로 파악하지 못하는 부류를 위한 〈보현행원품〉 원의에 충실한 번안과 〈보현시원가〉만으로는 미처 드러날 수 없었던 작자의 사상적 수준을 중국에 알리는 일에 주로 있었다.

---

124) 가령 '악한 업도 보배'일 수 있다는 역설적 표현이나, '이 몸 접어 두고 딴 사람 있으리'와 같은 원시 기원요의 특징적 결구 같은 부분들이 누락되었다.

③ 수희공덕가(隨喜功德歌, 제5수)

迷悟同體를	迷悟同體叱
緣起入理에 찾아보니	緣起叱理良尋只見根
부처 되어 중생이 없어지기까지	佛伊衆生毛叱所只
내 몸 아닌 사람 있으리	吾衣身不喩仁人音有叱下呂
닦으심은 바로 내 닦음인저	修叱賜乙隱頓部叱吾衣修叱孫丁
얻으실 이마다 사람(–남125))이 없으니	得賜伊馬落人米無叱昆
어느 사람의 선업들이야	於內人衣善陵等沙
기뻐함 아니 두리이까	不冬喜好尸置乎理叱過
아아, 이리 비겨 가면	伊羅擬可行等
嫉妬人 마음이 이르러 올까	嫉叱心音至刀來去

聖凡眞妄莫相分	聖이니 凡이니 眞이니 妄이니 나누지 말라
同體元來普法門	그 실체는 같아서 본래 큰 진리의 안에 포섭됩니다
生外本無餘佛義	삶을 제치고야 부처님의 뜻은 어디에도 없으니
我邊寧有別人論	내게 남과 다르다 할 무엇이 있겠습니까
三明積集多功德	세 통찰력을 쌓으매 공덕은 늘어가나
六趣修成少善根	여섯 세계가 닦은대로 이루어지매 善根은 줄어갑니다
他造盡皆爲自造	남의 이룸이 모두 나의 이룸입니다
總堪隨喜總堪尊	모두 다 따르고 기뻐하며 모두 다 존경을 바쳐야 할 것이옵니다

<수희공덕가>에서 최행귀는 결말 부분을 삭제하고, 원경문 <수희공덕>의 수준도 넘어서는 본격적 수준의 융회사상을 첨가하여 번안한다. 최행귀의 작가의식이 가장 강하게 침투된 역시가 아닌가 한다. 역시에 따르면 제행(諸行)의 분별은 '큰 진리'의 안에 포섭된다. 단순한 혼합이 아닌 화합에 가까운 것으로, 나·남이 '큰 진리'의 범주 안에 포섭되는

---

125) '사람'을 '남'으로 풀이한 것은 양주동에 따름.

융회적 면모의 실상이 그대로 드러나 있다. '삶을 제치고야 부처님의 뜻은 어디에도 없'다고 하여 이 같은 융회가 추상적 차원에 국한되는 것은 아님을 드러내고 있다.

앞서 〈청불주세가〉를 논의하는 과정에서 검증되었듯이, 일체의 차별상 심지어 부처와 중생의 차이마저도 융회되는 불국토의 세계가 현실 세계의 차원에서 이루어지는 것이다. 그러나 이 같은 요소는 역시 〈수희공덕가〉 자체에서는 그다지 강하게 언급되지 않고 있다.

④ 보개회향가(普皆廻向歌, 제10수)

모든 나의 닦을손	皆吾衣修孫
일체 선업 바로 돌려	一切善陵頓部叱廻良只
중생 바다 가운데	衆生叱海惡中
미혹한 무리 없이 깨닫게 하려노라	迷反群无史悟內去齊
부처 바다 이룬 날은	佛體叱海等成留焉日尸恨
참회하던 악한 업도	懺爲如好仁惡寸業置
법성 집의 보배라	法性叱宅阿叱寶良
예로 그러하시도다	舊留然叱爲事置耶
아아, 절하옵는 부처도	病吟禮爲白孫隱佛體刀
내 몸 접어놓고 딴 사람 있으리	吾衣身伊波人有叱下呂[126]

從初至末所成功	처음부터 끝까지 이룬 공덕을
廻與含靈一切中	영을 가진 이에게 모두 돌려주리라
咸覬得安難苦海	모든 사람이 안락을 누려 고해를 벗어나고자 하는데
總斯消罪仰眞風	그 길은 죄를 씻고 참된 교화를 우러러보는 데 있도다
同時共出煩塵域	모두 함께 번뇌의 세계에서 뛰쳐나와
異體咸歸法性宮	다른 만물까지도 모두 진리의 궁전에 들어서기를

---

126) 모돈 내익 닷굴손 / 一切 무른 브릭봇 돌악 / 衆生人 바돌아기 / 이반 물 업시 씨두르거져 / 부텻 바돌 이론 나론 / 懺ᄒ더온 머즌 業도 / 法性 지밧 寶라 / 녀리로 그럿 ᄒ시도야 / 아야, 절ᄒ술볼손 부텨도 / 내익 모마 뎌버 사롬 이샤리.

我此至心廻向願　　나의 이 지극한 회향의 서원은
盡於來際不應終　　미래제가 다하도록 그치지 않으리

<보개회향>에서 균여는 '미혹한 무리 없이 깨닫게 하려노라'라고 하여 화자의 처지가 독자보다는 약간 우위에 있음을 전제하고, 중생이 미혹함의 세계를 벗어나 각오(覺悟)의 경지에 이르도록 하겠다는 화자의 결심을 노래하고 있다. 그리하여 중생의 지난날 악업도 '법성(法性) 집의 보배'일 수 있고, 마지막까지 '질투의 마음'을 품지 말 것을 종용하고 있다. '-라', '-리' 등으로 문장을 종결짓는 어조도 다소 정서적인 성격이 크다.

그러나 최행귀는 균여와 마찬가지로 중생 계도에의 결심을 노래하고 있지만, 미련(尾聯)의 내용을 보면 그것은 의지라기보다 필연에 말미암은 것으로 여겨진다. 서원의 지속성이 '미래제'라는 시간의 층위에서 항구적인 것으로 이루어져 있기 때문이다. 경문의 내용전개 순서 또한 그대로 지키고 있기에 <보현행원품>과의 거리는 균여의 작품에 비하면 매우 가깝다.

말하자면 최행귀의 한역 작업은 평이한 사상을 높은 시적 경지를 통하여 전달하고자 했던 <보현시원가>의 체계를, <보현행원품> 원문의 사상성 전달이라는 포교시 본연의 역할에 치중하려는 의도 하에 재구성한 산물이라 할 수 있다. 그러나 주 독자층이 달랐음을 고려하더라도 그의 번역은 '번안'의 측면에 더욱 가까웠다고 할 정도로 균여의 작품과는 별개의 양상을 보이고 있었다. 이 같은 편차는 문맹층에 해당하는 다수 독자를 배려한 균여의 일차 의도가 원 경문 자체의 전달보다는 당대 지배 이념으로서 절실히 요구되었던 화엄 사상, 그중에서도 특히 현수가 성립한 성상융회적 측면을 중점적으로 전달하는 것이었던 반면에, 최행귀의 한역은 교양층을 대상으로 균여 사상의 정수(精髓)에 해당하는 요소를

〈보현행원품〉의 충실한 해석을 통해 주목시키고자 하는 바에 있었음에 기인하는 것으로 여겨진다.

요컨대 〈보현시원가〉가 〈보현행원품〉을 시화한 방식은 다음의 세 가지 정도로 구분된다. 1) 원전의 내용을 그대로 옮긴 경우, 2) 경문구의 형식은 취했으되 독자를 배려한 경우,[127] 3) 비유적 표현으로 제시되어 원전을 완벽하게 시화했다고 볼 수 있는 경우가 그것이다. 세 가지 경우들은 수적으로 각기 3,4수 정도로서 비슷한 비중이라 하겠지만, 균여가 주안점을 둔 부분은 원전의 내용을 변개한 2)와 3)의 경우에 있다 하겠다. 따라서 여기서는 이들을 중심으로 〈보현시원가〉의 작품세계를 논의해 보고자 했으며, 최행귀 한역시의 경우 또한 그것이 다른 두 가지와 변별되는 부분을 중심으로 논의하고자 했다.

마지막으로 그 국면을 표로 정리해 보면 다음과 같다.

	普賢行願品	普賢十願歌	崔行歸 漢譯詩
1) 禮敬諸佛	모든 부처에게 열심히 예경한다.	차이 없음.	차이 없음.
3) 稱讚如來	무수히 많은 부처님을 무한수의 보살들이 온갖 말로써 영원히 찬양한다.	功德身·醫王들 등 기원 대상의 구체화·계층화	한결같은 '나무불'의 외침 (一唱). 기원 대상이 단일물로 집중.
3) 廣修供養	여러 보살에 다양한 공양을 올리는 것이 여래께 공양을 성취하는 길이다.	공양하는 장면을 직접 묘사했다.	주체의 희생 의지를 담은 부분 첨가 (攝生代苦心常切 利物修行力漸增)
2) 懺悔業障	身口意를 발하여 지은 악업을 제불과 보살 앞에 참회한다.	악업의 원인을 '길을 모름 (무지)'에 두고, 참회를 '十方부처'에게 증거하라 함.	經文에 충실한 가사로 회귀.

---

127) 대중과 친근했을 위협적인 경구를 사용하거나, 독자의 지적 수준을 고려하여 내용을 소박한 수준으로 풀어 소개한 경우 등이 여기 해당한다.

	普賢行願品	普賢十願歌	崔行歸 漢譯詩
2) 隨喜功德	제불·보살뿐 아니라 일체 중생의 모든 공덕을 다 기뻐한다.	질투의 마음이 생겨날 리 없다는 내용(9·10행) 첨가.	9·10행 삭제. 성상융회적 사상성을 강화함.
3) 請轉法輪	극미진수의 광대 불찰 중 각각 찰의 일체 제불·보살이 다양한 방법으로 묘법륜을 굴려주기를 청한다.	불회에 나가 法雨를 비는 개인적 상황의 묘사.	비유적 표현. 법륜을 굴리는 것을 能人의 일로 표현.
1) 請佛住世	극미진수 지나도록 열반에 들지 말고 중생을 돌보기를 청한다.	차이 없음.	차이 없음.
1) 常隨佛學	일체 여래의 행동·사고를 빠짐없이 배우겠다.	차이 없음.	차이 없음. (약간 구체적 표현)
2) 恒順衆生	모든 중생의 개별성을 인정하고 그들을 환희하게 만드는 것이 여래를 환희하게 만드는 길이다.	중생과 함께 하겠다는 의지를 표현하고 있으나, 자신을 우위에 놓는다.	〈보현시원가〉와 유사한 구조. '자신'의 자리에 부처님을 놓고 있다.
2) 普皆廻向	모든 공덕은 중생에게 회향되어야 한다.	'악한 업도 보배' '이 몸 접어 두고 딴 사람 있으리' 등의 내용 첨가.	경문에 가까운 가사로 회귀.
1) 總結無盡	해당 부분 없음.	중생이 가이없어 나의 원은 끝이 없다. (각색에서 빠진 경문의 반복구)	차이 없음.

4. 〈보현시원가〉의 작품세계와 융회적 사유체계

불교의 전래는 우리나라의 전통적 인간관에 인과응보의 관념과 깨달음[覺]의 인식, 보살행(菩薩行) 등을 통한 차원 높은 인간에의 지향과 참된 삶에 대한 각성 등의 영향을 끼쳤다. 중생에게 누구나 최고의 존재[覺者]가 될 수 있는 불성(佛性)이 내재되어 있다는 관념도 불교의 영향으로서 모든 인간의 무한한 가능성에 대한 획기적인 자각을 일깨워 준 불교의

영향이라 할 수 있는 것들이다.128)

불성의 중요성을 인식한다면 아무리 근기가 약한 인간이라도 무시·소외되는 일은 불가하다. 깨달음의 여부는 단지 선후 관계의 문제일 뿐, 그 누구라도 불성의 영역에서 제외되는 것은 아닌 까닭이다. 그러므로 고승대덕일수록 지적으로 박약한 대중이 구제받는 문제에 대하여 깊은 관심을 쏟아온 것이며, 균여의 〈보현시원가〉 창작 또한 이러한 의미 맥락에서 이루어진 업적이다. 따라서 독자의 처지를 배려하여 원 경문에 비해 구체화된 표현을 자주 사용했고, 이에 대해서는 앞 장에서도 부분적으로 논의되었다.

또한 전제 왕권으로의 이행기에 있어 현수의 성상융회를 중심으로 한 화엄사상을 기층에 내면화시키려는 의도 또한 본 작품이 성립된 간접적 계기라 할 수 있다. 따라서 작품이 전달하고자 하는 종교 사상의 주된 취지는 그 융회적 측면에서 엿볼 수 있다. 이에 여기서는 이상의 두 가지 성격을 중심으로 개별 작품을 다시 살펴보고자 한다.

4.1. 구체화한 표현 방식과 독자에 대한 배려

앞서 살펴보았듯이 〈보현시원가〉는 많은 부분에서 교양 수준이 그리 높지 않은 독자층의 지성 수준을 감안하여 구체적 표현과 쉬운 비유를 통한 구체적 상황 설정을 활용하고 있다. 세 편의 개별 작품을 통해 이같은 성격을 좀 더 고찰하기로 한다.

---

128) 인권환, 「한국인의 정신에 투영된 불교적 사고」, 『한국불교문학연구』(고려대 출판부, 1999), 42면 참조.

① 광수공양가(廣修供養歌, 제3수)

(전략)

선남자여, 모든 공양 가운데는 법공양이 가장 으뜸이 되나니, (그것은) 이른바 부처님 말씀대로 수행하는 공양이며, 중생들을 이롭게 하는 공양이며, 중생을 섭수하는 공양이며, 중생의 고를 대신 받는 공양이며, 선근을 부지런히 닦는 공양이며, 보살업을 버리지 않는 공양이며, 보리심을 여의지 않는 공양이니라. 선남자여, 앞에 말한 많은 공양으로 얻는 공덕을 일념 법공양의 공덕에 비한다면 백분의 일도 되지 못하며, 천분의 일도 되지 못하며, 백천구지 나유타분과 우파니사타분의 일도 또한 되지 못하느니라. 무슨 까닭인가? 모든 부처님께서는 법을 존중히 하시기 때문이며, 말씀대로 행하면 많은 부처님이 출생하시기 때문이며, 또한 보살들이 법공양을 행하며 곧 여래께 공양하기를 성취하나니 이러한 수행이 참된 공양이 되기 때문이니라.[129]

불줄 잡고	火條執音馬
불전등을 고치는데	佛前灯乙直體良焉多衣
등주는 수미이요	灯炷隱須彌也
등유는 대해 이루었네	灯油隱大海逸留去耶
香은 법계 없어지기까지 하며	手[130]焉法界毛叱色只爲㫆
香에마다 법공으로	手良每如法叱供乙留
법계 차신 부처	法界滿賜仁佛體
불불 온갖 공 하옵저	佛佛周物叱供爲白制
아아, 불공이야 많지만	阿耶法供沙叱多奈
저를 체득하여 최승공이여	伊於衣波最勝供也[131]

---

129) 善男子 諸供養中 法供養 最 所謂如說修行供養 利益衆生供養 攝受衆生供養 代衆生苦供養 勤修善根供養 不捨菩薩業供養 不離菩提心供養 善男子 如前供養無量功德 比法供養一念功德 百分不及一 千分 不及一 百千俱지那由他分 迦羅分 算分 數分 喩分 優波尼沙陀分 亦不及一 何以故 以諸如來尊重法故 以如說行 出生諸佛故 若諸菩薩 行法供養 則得成就供養如來 如是修行 是 眞供養故.

130) 이 부분과 아래 행의 '手'는 '香'의 오각임을 김완진이 최행귀 한역시와의 비교를 통해 밝혔다. 김완진(1980), 110면.

131) 블 줄 자ㅂ마 / 佛前燈을 고티란뎌 / 燈炷는 大海 이루거야 / 香온 法界 업ᄃ록 ᄒ며 /

원전은 물질을 허상으로 간주하고 진정한 공양은 정신적인 측면에서 구하여야 한다는 역설(力說)이다. 그러나 균여는 '향(香)'으로 지칭되는 법공양의 우월성을 인정하면서도, 불전등을 고치는 실천적 측면의 수행이 지니는 가치도 인정함으로써 물질 공양의 의의를 부분적으로 긍정하고 있다. 그리하여 정신 우위의 형이상학적 사유를 바로 드러내기보다는 가시적인 간절한 기원의 상황을 묘사하기에 주력하고 있어, 일반민의 수준에서 이해할 수 있도록 배려하고 있다. 또한 균여의 화엄사상이 지니고 있던 현실계에 대한 참여의식도 이 같은 실천 수행의 가치에도 중요성을 부여하는 발상의 한 원인이 될 것이다.

② 청전법륜가(請轉法輪歌, 제6수)

선남자여, 또한 설법하여 주시기를 청한다는 것은 진법계 허공계 시방 삼세 일체 불찰 극미진마다 각각 이루 말할 수 없이 많은 수의 광대한 부처님세계가 있으니, 이 낱낱 세계에 염념 중에 이루 말할 수 없이 많은 수의 부처님이 계셔서 등정각을 이루시고, 일체 보살들로 둘리워 계시거든 내가 그 모든 부처님께 몸과 말과 뜻으로 가지가지 방편을 지어 설법하여 주시기를 은근히 권청하는 것이니라.[132]

저 잇따르는	彼仍反隱
法界의 佛會에	法界惡之叱佛會阿希
나는 바로 나아가	吾焉頓叱進良只
法雨를 빌었느니라	法雨乙乞白乎叱等耶
無明土 깊이 묻어	无明土深以埋多
煩惱熱로 대려 내매	煩惱熱留煎將來出米

香아마다 法ㅅ供으로 / 法界 츠신 부텨 / 佛佛 온갖 供 ᄒᆞᆸ져 / 아야, 佛供ㅅ 하나 / 뎌를 니버 最勝供이여.

132) 復次 先男子 言 請轉法輪者 所有盡法界虛空界十方三世一切佛刹 極微塵中 一一各有 不可說不可說佛刹極微塵數廣大佛刹 一一刹中 念念有不可說不可說佛刹極微塵數一切諸佛 成等正覺 로 圍遶 而我悉以身口意業 種種方便 慇懃勸請 轉妙法輪.

<table>
<tr><td>善芽 못 기른</td><td>善芽毛冬長乙隱</td></tr>
<tr><td>衆生 밭을 적심이여</td><td>衆生叱田乙潤只沙音也</td></tr>
<tr><td>아아, 菩提 열매 온전해지는</td><td>菩提叱菓音烏乙反隱</td></tr>
<tr><td>覺月 밝은 가을 즐겁도다.</td><td>覺月明斤秋察羅波處也[133]</td></tr>
</table>

이 작품은 '신맞이 구조'와의 친연성이 부각되기도 했다.[134] 무가의 일반적 구성인 '부정(不淨)—청배(請拜)—공수—찬신(讚神)—축원—송신(送神)'의 구조에 입각하여 분석하고, '법우'를 비는 화자의 바램을 '감로왕'에 해당하는 아미타불을 청배하는 것으로 본 것이다. 그리하여 그같은 분석의 근거를 균여가 화엄종 북악파로서 정토사상을 하나의 방편으로 수용한 화엄사상을 이은 것에 기인한다고 주장한다. 조현설에 따르면 본 작품이 '신맞이 구조'를 취하고 있다는 사실은 다음과 같은 의미를 지니게 된다.

청전법륜가에 무가의 신맞이 구조가 표출되고 있다는 것은 이 사뇌가가 보현시원가의 다른 각편들과는 유달리 민중의 생활상에서 우러나온 소박한 기원의 형식을 수용하고 있다는 뜻이다. 이는 달리 말하면 다른 어느 각편보다도 현세적 현실을 인정하고 긍정하고 있다는 의미이다. 내세의 왕생보다는 현생의 '깨달음의 달빛이 훤히 비치는 마음의 평안'을 추구하고 찬미하고 있는 것이다.[135]

조현설의 가설에는 어느 정도 일리가 있다. 그러나 이 같은 의미 부여를 굳이 '신맞이 구조'와의 상관성을 통해 바라보아야 할지는 재고의 여

---

133) 뎌 지즐는 / 法界아깃 佛會아히 / 나는 ㅂ롯 나삭 / 法雨를 비솗옷도야 / 無明土 기피 무더 / 煩惱熱로 다려내매 / 善芽 모둘 기른 / 衆生ㅅ 바롤 적셔미여 / 아야, 菩提ㅅ 여름 오올는 / 覺月 볼근 ㄱ술 라봉디여.

134) 조현설, 「설법해 주기를 청하는 노래」, 『새로읽는 향가문학』(아세아문화사, 1998), 423~429면.

135) 조현설(1998), 428면.

지가 있다. 그가 부여한 왕생보다 현실을 중시한다는 시적 의미망은 굳이 신맞이 구조로부터만 찾을 수 있는 것은 아니기 때문이다. 오히려 작품 한 편의 특이한 구조보다는 작품 전체에 내재된 작가 균여의 민중친화적 요소와 불교 자체의 인간관으로부터 그 같은 사항은 이미 전제될 수 있는 것으로 여겨진다.

〈청전법륜(請轉法輪)〉은 본래 단순한 청유문으로서, 청유하는 대상이 많아 문장이 장황해진 것이었다. 그런데 균여는 본문에 얽매이지 않고 이를 마음의 밭을 경작하는 농부가 법우(法雨)를 기다리는 상황으로 상징화하였고, 최행귀는 '불타의 길 따르기 원한다'는 서론과 '이슬과 향이 번뇌의 열·죄악의 먼지를 식히고 없애준다'는 비유적 표현을 거쳐 우보(雨寶)가 내린 후에 아무도 미혹된 이 없으리라는 결론에 이르고 있다. 균여의 상황 설정이 보다 일상적이고 친근하다면, 최행귀의 비유는 보다 논리적으로 구성되어 있다. 이것은 대상 독자에 따른 차이로 보아야 할 것이다. 균여의 경우 법우가 내린 뒤의 상황은 〈참회업장가〉에 이미 제시되었다.

원 경문은 일반적 서술로 간단히 이루어진 데 비해, 균여는 무명토 깊이 묻힌 중생의 번뇌열을 삭일 법우를 빈다는 구체적 상황 속에서 법륜의 기능을 설명하고 있다. 또 법륜이라는 지칭 자체도 변화하고 있다. 나아가 극미진수의 일체 제불·보살에게 빈다는 원 경문의 중심 사고 자체가 원용되지 않고, 중생의 번뇌와 그 해소 과정이 농경사회의 기우(祈雨) 모습으로 나름의 장면화를 이루었다. 교리 자체가 일방적으로 전달되기보다 일상적 체험의 방편으로 형상화되어 간접 제시되는 것이다.

③ 보개회향가(普皆廻向歌, 제10수)

　선남자여, 또한 지은 공덕을 널리 회향한다는 것은 처음에 부처님께 여

배하고 공경하는 것으로부터 중생을 수순하는 것까지의 모든 공덕을 진
법계 허공계 일체 중생에게 남김없이 회향하여, 중생으로 하여금 항상 안
락하고 일체 병고는 영영 없기를 원하며, 악한 일을 하고자 하면 하나도
됨이 없고, 착한 업을 닦고자 하면 다속히 성취하여 일체 악취의 문은 닫
아버리고, 인간에나 천상에나 열반에 이르는 바른 길은 열어 보이며, 모든
중생이 그가 지어 쌓은 모든 악업으로 인하여 얻게 되는 일체의 극중한
고보(苦報)는 내가 다 대신 받아서 저 중생으로 하여금 모두 해탈케 하여
마침내 무상보리를 성취하게 하는 것이니라.136)

모든 나의 닦을손	皆吾衣修孫
일체 선업 바로 돌려	一切善陵頓部叱廻良只
중생 바다 가운데	衆生叱海惡中
미혹한 무리 없이 깨닫게 하려노라	迷反群无史悟內去齊
부처 바다 이룬 날은	佛體叱海等成留焉日尸恨
참회하던 악한 업도	懺爲如好仁惡寸業置
법성 집의 보배라	法性叱宅阿叱寶良
예로 그러하시도다	舊留然叱爲事置耶
아아, 절하옵는 부처도	病吟禮爲白孫隱佛體刀
내 몸 접어놓고 딴 사람 있으리	吾衣身伊波人有叱下呂137)

'회향(廻向, 回向)'의 본래 의미는 자신이 닦은 선근·공덕을 남에게 미
치게 하여 그를 구제한다는 것이다. 그것을 여기서는 '보개(普皆)-'라는
수식어를 첨가함으로써 개인의 개인에 대한 개별적인 회향의 의미를 넘
어서서 모든 개체가 서로를 위해 회향하는 대승적인 범주로 확장하고 있

---

136) 復次 善男子 言 普皆廻向者 從初禮拜 乃至隨順 所有功德 皆悉廻向盡法界虛空界 一切衆
生 願令衆生 常得安樂 無諸病苦 欲行惡法 皆悉不成 所修善業 皆速成就 關閉一切諸惡趣
門 開示人天涅槃正路 若諸衆生 因其積集諸惡業故 所感一切極重苦果 我皆代受 令彼衆生
悉得解脫 究竟成就無上菩提 菩薩.
137) 모든 내의 닷굴손 / 一切 므른 브르봇 돌악 / 衆生ㅅ 바둘아기 / 이반 물 업시 찌두르거
저 / 부텻 바둘 이론 나론 / 懺ᄒ더온 머즌 業도 / 法性 지밧 寶라 / 녀리로 그럿 ᄒ시
도야 / 아야, 절ᄒ술봊손 부텨도 / 내의 모마 뎌버 사롬 이샤리.

다. 나와 남의 구별 나아가 모든 차별상과 분별지가 무화되는 경지에 이르렀기에 이 같은 융회적 사유 체계는 가능해지는 것이다.

〈보개회향〉과는 달리 균여는 '악한 업도 보배', '내 몸 접어놓고 딴 사람 있으리'라는 등의 어구를 첨가했다. '악한 업도 보배'라는 말은 사회적 지위가 낮은 독자의 처지를 배려하여 지난날 혹은 현재의 처지에서 겪은 악업과 고통이 모두 장래의 회향을 위해서는 긍정될 수 있을 것이라는 의미이다. 원 경문에는 등장하지 않는 부분을 첨가하고 있는 것이다. 선업과 악업, 기쁨과 고통의 분별이 보개회향이라는 종교 사상의 층위에서 서로 구별되지 않고 포용되고 있다. 말미의 '내 몸 접어놓고 딴 사람 있으리'라는 어구는 〈원왕생가〉의 한 구절을 연상시킨다.138) 이 부분도 전대의 시가 유산인 향가의 구절을 부분 원용한 대중친화적 표현이라 하겠다.

4.2. 융회적 사유 방식의 구축

균여 사상의 대의는 화엄사상이었고, 그 요체는 성·상의 융회적 측면에 있었다. 성과 상이 한 차원 높은 층위의 절대적 논의에서 포괄하리라는 구도는 전제왕권의 등장과 깊은 유대를 맺게 되었지만, 결국 국왕도 성의 위치에 놓일 뿐이었다. 일단 상에 비하면 높은 층위에 놓일 수 있었고, 융회의 주체가 될 수도 있었겠으나, 국왕 자체가 절대적 원리로서의 역할을 해낼 수는 없었다. 그리하여 고승 균여에게 그 절대적 원리로서 사상적 기반을 구축하는 역할이 부과되었다. 그러나 융회적 사유는 모든 개체의 다양한 생명의 흐름을 인정하는 다원적인 측면에 가까운 것이었다. 균여의 작품 가운데 이 같은 융회적 측면이 큰 비중을 차지하는

---

138) 아야, 이 모마 기뎌 두고 / 四十八大願 일고실가.

것으로 <항순중생가(恒順衆生歌)>(제9수)가 있다.

선남자여, 또한 항상 중생을 수순한다는 것은 진법계 허공계 시방세계에 있는 중생들이 가지가지 차별이 있으니 이른바 알로 나는 것, 태로 나는 것, 습기로 나는 것, 화해서 나는 것들이, 혹은 지수화풍을 의지하여 살기도 하며, 혹은 허공이나 초목에 의지하여 살기도 하는 저 가지가지 생류와, 가지가지 몸과, 가지가지 형상과, 가지가지 모양과, 가지가지 수명과, 가지가지 종족과, 가지가지 이름과, 가지가지 심성과, 가지가지 지견과, 가지가지 욕망과, 가지가지 행동과, 가지가지 거동과, 가지가지 의복과, 가지가지 음식으로 가지가지 마을이나 성읍이나 궁전에 처하며, 내지 모든 천룡팔부와 인비인 등과 발 없는 것, 두 발 가진 것과 여러 발 가진 것들이며, 빛깔 있는 것, 빛깔 없는 것, 생각 있는 것, 생각 없는 것, 생각 있는 것도 아니요 생각 없는 것도 아닌 이러한 여러 가지 중생들을 내가 다 수순하여 가지가지로 받아 섬기며, 가지가지로 공양하기를 부모와 같이 공경하며, 스승이나 아라한이나 내지 부처님과 조금도 다름없이 받들되, 병든 이에게 어진 의원이 되고, 길잃은 이에게는 바른길을 가리키고, 어두운 밤중에는 광명이 되고, 가난한 이에게는 보배를 얻게 하나니, 보살이 이와 같이 평등히 일체 중생을 이익하게 하는 것이니라. 어찌한 까닭인가? 만약 보살이 능히 중생을 수순하면 곧 모든 부처님을 수순하며 공양함이 되며, 만약 중생을 존중히 받들어 섬기면 곧 여래를 존중히 받들어 섬김이 되며, 만약 중생으로 하여금 환희심이 나게 하면 곧 일체 여래로 하여금 환희하시게 함이니라.(후략)139)

---

139) 復次 善男子 言 恒順衆生者 謂盡法界虛空界 十方刹海 所有衆生 種種 差別 所謂卵生胎生 濕生化生 或有依於 地水火風 而生住者 或有依空 及諸卉木 而生住者 種種生類 種種色身 種種形狀 種種相貌 種種壽量 種種族類 種種名號 種種心性 種種知見 種種欲樂 種種意行 種種威儀 種種衣服 種種飮食 處於種種村營聚落城邑宮殿 乃至 一切天龍八部人非人等 無足二足 四足多足 有色無色 有想無想 非有想 非無想 如是等類 我皆於彼 隨順而轉 種種承事 種種供養 如敬父母 如奉師長及阿羅漢 乃至如來 等無有異 於諸病苦 爲作良醫 於失道者 示其正路 於暗夜中 爲作光明 於貧窮者 令得伏藏 菩薩 如是平等饒益一切衆生 何以故 菩薩 若能隨順衆生 則爲隨順供養諸佛 若於衆生 尊重承事 則爲尊重承事如來 若令衆生 生 歡喜者 則令一切如來 歡喜.

보리수왕은   覺樹王焉

미혹을 뿌리삼으시나이까   迷火隱乙根中沙音賜焉逸良

대비 물로 젖어서   大悲叱水留潤良只

이울지 아니하는 것이더라   不冬萎玉內乎留叱等耶

법계 가득 구물구물   法界居得丘物丘物叱

하거늘 나도 동생동사   爲乙吾置同生同死

念念相續无間斷   念念相續无間斷

부처 되려 하느냐 공경했도다[140]   佛體爲尸如敬叱好叱等耶

아아, 중생 편안하면   打心衆生安爲飛等

부처 바로 기뻐하시리로다   佛體頓叱喜賜以留也[141]

〈항순중생〉의 원 경문은 모든 중생의 개별성을 인정하고, 그에 맞추어 개체의 자아 완성을 도와 그들을 환희하게 만듦으로써 여래를 기쁘게 하는, 일체(一切)되는 경지에 이른다는 구도로 되어 있다. 이 같은 '항순중생'의 측면이야말로 모든 개체에게 고루 해당될 수 있는 융회적 측면에 가까운 것이다. 그러나 균여는 '보리수왕(菩提樹王)은 미혹(迷惑)을 뿌리 삼으시니라'고 한 뒤 온 법계에 구물구물한 어리석은 중생과 동생동사(同生同死)하리라는 결심으로 그 내용을 변화시키고 있다.[142] 시적 화자로서 의지가 매우 강하게 드러난 부분이다.

중생과 화자가 분별되어선 모두 진공(眞空)에 귀일할 수 없으므로 그들과 운명을 같이 하겠다는 말이지만, 중생의 존재를 그 자체로 인정하는 것이 아니라 교화되어야 할 대상으로 보았다. 이 점은 화자를 중생보다 다소 우월한 위치에 놓고 자신을 통해 중생이 융회될 것을 바라는 쪽의

---

140) '공경했도다'라는 의미 전달을 위한 것으로 보기에는 동원된 문자가 너무 많아 이 부분의 해석은 재론을 요구한다.

141) 菩提樹王온 / 이보늘 불휘 사ᄆ시니라 / 大悲ㅅ믈로 저적 / 안둘 이보ᄂ오롯ᄃ야 / 法界ㄱ득 구믈ㅅ구믈ㅅ / 하야눌 나도 同生同死 / 念念相續无間斷 / 부텨 ᄃ빌다 고맛 홋ᄃ야 / 아야, 衆生 便安ᄒ눌든 / 부텨 ᄇ롯 깃그시리로여.

142) 여기서의 '吾'는 기원자를 지칭하는 다른 부분의 '吾'와는 분별된다.

성향이 더 짙은 것이라 하겠다. 요컨대 융회의 양상에 있어 화자의 노력을 통해 중생들을 포섭하고자 하는 것이다.

5. 정치와 구도 사이의 기로와 균여의 선택

차자문학으로서 향가가 그 문학사적 기능을 종결해 가던 시기에, 현존 최후의 향가라 할 수 있는 <보현시원가>의 작자 균여는 어떠한 의식의 기반 하에 작품을 창작했는지에 대한 의문에서 이 논의는 출발하였다. 본 연구의 출발점에서부터 접하게 된 것은 기존 연구 성과를 통해 축적된 상식적 층위의 균여 혹은 그 생애 관련 자료로서 <균여전>에 대한 이해가 많은 부분에서 수정 또는 보완이 이루어져야 했다는 것이다.

특히 초기 서사문학사의 자료로서 <균여전>이 원용된 과거의 연구 성과와, 『고려사』 등의 사료에서는 균여에 관한 기록은 전혀 찾아볼 수 없다는 점이 많은 난점으로 작용했다. 이 점은 균여의 생애 특히 광종과의 관계가 소원해지기 시작한 시점인 감응항마분의 기록 이후 그의 생애를 재구성하는 작업을 불가능하게 했다.

그러나 김승호·김두진 등의 연구 성과를 통해 <균여전>이 승전 문학의 사적 전통의 한가운데 있음이 확인되었고, 균여의 면모가 그저 고승대덕에 그치는 것이 아닌, 당대 역사 현실 속에서 자신의 입지를 구축하고, 나아가 전제 왕권으로의 이행기에 '성상융회'라는 사상적 토대를 제공한 인물임이 밝혀질 수 있었다. 이러한 성과를 바탕으로 균여가 신라 향가를 양식적으로 차용하여 독자의 지적 수준도 세심히 배려한 포교 문학으로서 <보현시원가>를 창작한 작가 의식이 그 같은 정치적 상황과 균여의 자세에도 어느 정도 기인함을 밝히고자 했다.

여기서 포교문학 나아가 하나의 시가 문학으로서 〈보현시원가〉의 우수성이 부정되는 것은 아니다. 다만 그것을 긍정하는 토대 위에 본 작품이 균여와 광종이 가장 친근했던 시기인 귀법사 시절에 이루어졌다는 점으로부터 종교 사상의 포교가 정치사적으로도 어느 정도 의의를 지닐 수 있을지의 가능성을 제기하고자 한 것이다. 경문인 〈보현행원품〉과 그 한역시의 비교·대조, 그리고 전대 시가와의 구조상 유사점을 제시하여 그같은 가능성을 작가 의식이라는 층위에서 암시하고자 했다. 그리하여 균여의 작가의식에 비중을 두고 1) 〈보현행원품〉과의 비교, 2) 전대 시가의 양식적, 소재적 측면을 활용한 부분 그리고 3) 최행귀의 한역시는 어떠한 지점에 있는지 등을 논의하였다. 원래의 배열에 따른 정리는 말미에 표로 정리했고, 본문에서는 세 가지 기준에 따라 분류하여 각각의 작품에 대한 논의를 구분했다. 그 결과 특히 최행귀의 한역시는 오히려 균여의 작품보다도 더욱 화엄 사상 본연에 충실했음이 드러났는데, 이는 독자층의 요구 혹은 작가가 독자에게 기대한 시적 성취의 지점이 달랐기 때문이다.

이상의 작가 의식의 소산인 작품의 주된 시상 전개 방식은 1) 원 경문보다 구체화한 표현 방식을 통해 독자를 배려하고, 2) 융회적 사유 방식을 작품의 주된 심상으로 제시하는 방식으로 드러났다. 이 같은 방식은 본 장이 예시한 작품에만 해당하는 것은 아니지만, 여기서는 앞 장에서 논의하지 못한 작품을 논의하기 위하여 이 같은 항목을 따로 정하게 되었다. 그리하여 앞서의 분산되고 간접화된 작품론을 집약시키고자 했다.

균여는 근기가 천근한 대중의 처지를 세심히 배려한 고승이었다. 또한 동시에 자신의 종교 사상에 매우 투철하였고, 그것을 정치 의론화하려는 시도를 평생의 목표로 삼을 정도의 활동가였다. 〈보현시원가〉는 활동가로서 균여가 자신의 신념으로 삼고 있었던 화엄사상의 귀결점으로서

<보현행원품>을 시화하여 포교문학의 효과와 시가 문학으로서 성취도를 동시에 구현한 수작(秀作)이다. 모든 개체의 다원성을 인정하면서도 그 통합지점을 마련해 두는 융회적(融會的) 세계관을 그 사유의 핵심으로 삼고 있는 균여의 화엄사상은 당대로서는 전제 왕권과 통합할 수도, 또는 보다 민중에게 친연한 성격의 사상으로 전환할 가능성도 동시에 지니고 있었던 것이다. 그런 점에서 균여의 사상은 정치사상인 동시에 종교사상이었다고 규정할 수도 있다. 그러나 이 같은 양방향적 가능성은 균여만이 지닌 고유한 사상가적 특질이라기보다 화엄사상의 본래적 측면에서 연유한 것으로 보아야 한다. 다만 그 같은 가능성을 자신의 시대 상황 속에서 전생애에 걸쳐 성실히 모색했던 것으로부터 균여의 개성을 찾을 수 있을 것이다.

여기서 문제는 균여의 사상에서 '융회'의 구조가 두 가지 맥락을 동시에 지닌다는 것이다. 그것은 첫째, 어느 한 정점(頂點)을 중심에 놓고 모든 존재의 구성 원리를 그로부터 해명하고자 한다는 측면과, 둘째, 다양한 의미와 가치를 지닌 모든 존재의 위상을 균등하게 인정한다는 요소이다. 모든 개체를 동질적으로 인식하는 것을 목적으로 삼는다는 점에서 두 맥락은 동일한 의미망을 지니게 된다. 그러나 여기서 존재 원리의 핵심이라 할 수 있는 정점을 실질적 힘을 지닌 것으로 설정하게 된다면 첫 번째 측면은 왕권 절대 신봉의 사상과도 연결될 가능성을 지니게 된다. 유가(儒家)의 리(理)가 존재의 궁극적 위치를 차지하고 있으면서도 실질적 힘은 거의 지니지 못한 존재로 상정되었던 것과는 달리,143) 화엄 나아가 불교의 절대자는 실질적 힘을 지닌 것으로 묘사될 수 있었다. 물론 그것

---

143) 리의 보존 혹은 계발은 전적으로 인간 개인의 수양에 달린 문제였다. 이 점에서 유가의 인간 긍정의 정도를 알 수 있지만, 상대적으로 초월적 힘의 존재를 인정하지 않는 측면 또한 엿볼 수 있다.

은 하나의 정밀한 비유 체계를 통해 등장하는 것으로, 통상 종교의 경전들에서 직접적으로 묘사되고 있는 초월적 힘과 신성성 등과는 구별되어야 할 것이다. 또한 이 힘은 제존재를 획일화·규격화시키기 위한 것도 아니다. 〈보현행원품〉의 〈항순중생〉에도 묘사되어 있듯이 어느 주체의 개성이든 소중한 것이며, 그것은 우열을 가릴 수도, 가려서도 안 되는 것이다.

그러나 이 같은 종교사상의 지점이 복잡한 역사 현실 속에서 성취되기란 매우 어렵다. 그리하여 역사적으로 화엄사상은 정치와 밀착하여 다원적 개체보다는 그것들을 귀결시키는 정점의 역할을 강조한 적도 있었으며, 흔히 그 정점은 전제군주의 자리로 설명되기도 했다. 그러나 그것은 어디까지나 하나의 방편이었을 뿐, 그렇다고 해서 화엄사상의 긍정적 측면이 사라진 것은 아니었다.

여기서 〈보현시원가〉의 경우는 그 창작 배경을 놓고 보면 전제군주의 등장에 협조할 가능성이, 실제 작품의 내용을 검토해 보면 민중과 친연한 관계에 이를 가능성이 상대적으로 크다고 할 수 있다. 저자는 이 같은 두 가지 층위에서 균여의 작가의식과 〈보현시원가〉의 관련성을 주목하고자 했으며, 이를 통해 강한 실천 지향성을 지닌 사상가이자 화엄사상의 성상융회적 측면에 투철한 고승대덕으로서 균여의 면모를 드러내고자 했다. 또한 시대 배경이 작가에게 미치는 영향을 고려하고자 했으며, 그 과정에서 광종 그리고 전제군주제의 성립과 작가의 생애를 연관시켜 해명하였다. 이 같은 구도의 설정으로 종교인으로서 균여에 대한 논의는 많이 축소될 수밖에 없었고, 당대 불교계의 동향이나 균여의 활동에 대한 역사적 평가 등도 이루어지지 못하였다. 이러한 부분은 앞으로 보다 심도 있는 사색과 노력이 이루어져야 하리라고 생각한다.

위에서 언급한바 다양한 가능성이 말년의 균여에게 문학 혹은 사상의 층위에서 어떠한 형태로 귀결되었는지 알 수 있는 자료는 현전하지 않는다. 그러나 고려 전기 지성사(知性史)와 또 다른 연구 성과가 축적되었을 때, 균여가 선택했던 길은 우리에게 또 다른 의미로 다가올 것이라 믿는다.

〈항순중생가〉의 방편시학과 〈보현시원가〉의 배경

1. 〈항순중생가〉에 주목하는 근거

이 논의의 목적은 이른바 방편시학(方便詩學)의 층위에서 〈보현시원가〉가 지닌 포교성·대중성의 의미를 재고(再考)하고, 이를 통해 본 작품의 특징과 기반을 이해하는 시각의 단초를 마련하는 것이다. 이를 위해 시적 화자와 대중의 관계를 제재로 다룬 〈보현시원가〉 아홉째 작품인 〈항순중생가〉를 중심으로 논의하고자 한다.

〈보현시원가〉 연구는 1980년대 중반까지 작가 균여(923~973)에 대한 인물론의 층위에서 보조적으로 다루어졌다. 최초의 개별 작품론 역시 김종우·김승찬이 『균여전』을 해설하고, 말미에 부론(附論)의 형태로 서술한 성과이다.[1] 그러나 이는 원전인 『보현행원품』의 중요성을 강조하고,

---

1) 김종우, 『향가문학연구』(삼우사, 1975), 109~129면.
　　김승찬, 「균여전과 청전법륜가」, 『향가문학론』(새문사, 1986), 409~429면.

이를 대중에게 전달하기 위한 방편시학(方便詩學)으로서 <보현시원가>의
위치와 균여의 작가의식에 주목한 관점이었다. 따라서 작품 자체가 지닌
특질보다는 불전(佛典)의 내용을 쉽게 풀이한 포교의 수단으로서 성격만
이 강조되었으며, 이러한 경향은 오랜 기간 유지되었다. 이러한 경향이
지닌 타당성 자체를 부정할 수는 없다. 그러나 한편으로 소박한 "포교의
수단"이라는 관점으로부터 진전된, 작품이 포함하고 있는 내적 질서와
작가의식, 작품 당대의 정치사·사회사적 배경을 포함하는 작품론을 통
한 시각의 확충이 요구된다.

   80년대 후반의 양희철은 인물론적 측면을 탈피하여 어석과 문학적 해
석에 치중하는 작품 분석을 이루었다.2) 논자는 향가의 표기 원리, 내용
의 범위, 형식 등에 대한 원론적 전제 위에,3) 원전해독과 작품의 문학성
그리고 시문법 등을 논의했다.『보현행원품』의 서술방식과의 비교는 본
작품의 맥락 이해에서 진일보한 성과를 보였으며, 포교문학의 대중 지향
성에서 나아가 불교문학의 사상성의 층위에서 균여와 <보현시원가>를
이해할 수 있는 토대가 마련되었다. 그러나 작품 당대의 역사적 배경, 작
가의식 등의 영역에 대한 논의는 확충될 여지를 남기기도 했다. 90년대
의 윤태현은 균여의 포교 동기를 의상(義相)의 <화엄일승법계도> 저술과
같은 맥락에서 이해하고, 보현보살(普賢菩薩)의 서원(誓願)이 <보현행원
품>을 통해 선재동자(善財童子)에게 이루어지는 과정을, 균여의 서원이
<보현시원가>를 통해 중생에 이르는 과정과 동궤의 것으로 파악했다.4)
이러한 관점은 포교라는 대중 지향성의 층위로 본 작품을 조명한 것이
다. 그러나 이는 불교사의 범주에서 이루어진 <보현시원가>의 성격 구

---

2) 양희철,『고려향가연구』(새문사, 1988).
3) 이것은 후에『향찰문자학』(새문사, 1995),『삼국유사향가연구』(태학사, 1998) 등의 저서로
   확대된다.
4) 윤태현,「<普賢十願歌>의 문학적 성격」,『동악어문논집』30(동연구회, 1995), 208~213면.

명이며, 문학사적 맥락에서 〈보현시원가〉의 성취와 한계를 부각시킨 것
은 아니었다. 그리고 이승남에 의해 어석과 문학적 해석의 전반적 검토
또한 이루어졌으나, 서술상의 명확한 집약점을 보이지는 않았다.5) 이밖
에 균여의 작가의식을 중심으로 〈보현시원가〉의 문학사상을 구명하고
자 시도한 논의도 있었으나, 역사적 배경에 집착하면서도 그것을 작품
분석에 제대로 접맥시키지 못한 한계를 보였다.6)

따라서 작품 당대의 배경을 고려하여 〈보현시원가〉의 방편시학으로
서 대중 지향성, 불교문학으로서 사상성을 고찰하는 관점의 성립은 앞으
로의 과제라 할 것이다.

2. 〈항순중생가〉의 방편시학

2.1. 〈보현시원가〉 전체 맥락에서 〈항순중생가〉의 위치

〈보현시원가〉는 연작으로서 『보현행원품』이라는 원전(原典)도 지닌
만큼, 11수의 작품 자체를 하나의 통일체로 볼 수 있다. 그러나 원전을
지녔기 때문에 개별 작품에 따라 원전과 큰 차이를 보이는 것도, 원전을
그대로 옮겨놓은 것도 있다. 여기서 일단 원전과 차이를 띠는 작품은 작
가 나름의 의도가 반영된 것으로, 여러 작품에 보이는 요소라면 특히 작
가가 강조한 부분으로 볼 수 있을 것이다.7)

---

5) 이승남, 「중생의 뜻에 수순하겠다는 노래」, 『새로 읽는 향가문학』(아세아문화사, 1998).
6) 서철원, 「均如의 작가의식과 〈普賢十願歌〉」(고려대 석사논문, 1999).
　　서철원, 「〈普賢十願歌〉의 수사방식과 사상적 기반」, 『한국시가연구』 9(한국시가학회, 2001).
7) 이러한 시각에서의 작품 구분은 서철원(2001)에서 이루어졌고, 여기서는 논지 전개를 위
　　해 요약적으로 제시한다. 그 성과는 서철원, 「신라 향가의 서정주체상과 그 문화사적 전
　　개」(고려대 박사논문, 2006)에 포함되기도 했다.

<보현시원가> 11수 가운데 <예경제불가(禮敬諸佛歌)>(제1수), <칭찬여래가(稱讚如來歌)>(제2수), <청불주세가(請佛住世歌)>(제7수), <상수불학가(常隨佛學歌)>(제8수)의 4수는 원전인 『보현행원품』의 해당 내용과 큰 차이를 보이지 않는다. 이들은 부처님에 대한 예경(禮敬)·칭찬(稱讚), 부처님이 세상에 머물기를 청원하고 항상 배우겠다는 자세를 보이는 내용으로, 종교적 서원에 대한 전제·기초에 해당하는 부분이다. 따라서 작가의식이 개입할 여지가 크지 않은 요소이다.

원전과 차이를 띠는 작품들은 그 강조점에 따라 다음의 두 가지로 구분된다.

> ① 인과적 계기성의 나열에 의한 연쇄법
> : <참회업장가(懺悔業障歌)>(제4수), <청전법륜가(請轉法輪歌)>(제6수)
> ② 분별을 초월하는 사유방식
> : <광수공양가(廣修供養歌)>(제3수), <수회공덕가(隨喜功德歌)>(제5수), <항순중생가(恒順衆生歌)>(제9수), <보개회향가(普皆廻向歌)>(제10수), <총결무진가(總結無盡歌)>(제11수)

연쇄법과 분별을 초월한 지(知)의 강조는 불경(佛經)에서 흔히 구사되는 서술 방식이라 할 수 있으며, 작가 균여도 『십구장원통기(十句章圓通記)』·『교분기원통초(敎分記圓通鈔)』 등의 저서에서 자주 구사했다. 인과적 계기성을 강조한 작품은 "업장(業障)"·"법륜(法輪)" 등 인과응보(因果應報)와 윤회(輪回)의 덕목을 제기한 것으로 드러나는데, 악업의 원인을 무지(無知)로 파악하고 법륜을 청하는 상황을 1인칭의 묘사로 바꾼 점 등이 원전과 달라진 것들이다. 요컨대 다소 추상적인 원전의 서술을 경험적·체득적 차원으로 끌어내려 독자에게 실질감을 주고자 했으며, 이러한 수사방식이 근기(根機)가 약한 대중을 배려하는 동시에 본래의 사상 수준을 저하시키지 않는, 이른바 방편시학으로서 특질이 될 것이다.

또한 여기서 특기할 점은 11수 가운데 5수에서 분별의 초극을 강조했다는 것이다. 화엄사상가에게 보이는 분별의 초극, 융회적 사유방식의 지향은 대개 통일신라 이래로 전제왕권을 중심으로 한 중앙집권적 통치체제의 구축에 일조(一助)한 것으로 이해되어 왔다.8) 의상의 일곱째 화신(化身)으로 일컬어질 정도로 화엄사상에 정통했던 균여의 사상 역시 성상융회사상이라는 다소 불투명한 논제 아래 그런 성격을 지닌 것으로 그동안 재단되어 왔다.9) 정치사의 틀로 사상가의 위치를 한정짓는 인식의 정당성 여부는 차치하더라도, 5수의 작품 내용이 사상가로서 균여의 인식을 상당히 반영하고 있는 것은 분명하다. 5작품 가운데 〈광수공양가〉·〈수희공덕가〉가 시적 청자에 해당하는 일반 신도에게 요구되는 신앙 자세를 묘사한 것이라면, 〈항순중생가〉와 〈보개회향가〉는 시적 화자로서 승려가 갖추어야 할 태도를 정리한 것이라 할 수 있다. 단순히 포교를 목적으로 한 노래와는 달리, 〈보현시원가〉는 시적 화자와 청자가 함께 동반인으로서 인식의 발달을 이루는 구조를 취하고 있으며, "항순중생"을 제목에 명기한 본 작품에 주목해야 할 이유가 여기에 있다.

2.2. 〈항순중생가〉에서 방편시학의 의미

〈항순중생가〉는 말 그대로 "중생의 뜻을 따르겠다는 노래"이다. 여기서 중생은 〈안민가(安民歌)〉에서와 같은 시혜(施惠)를 베풀어야 할 존재도 아니고, 〈도천수관음가(禱千手觀音歌)〉에서와 같은 타력신앙(他力信仰)에의

---

8) 이기백, 「통일신라와 발해의 문화」, 『한국사강좌』 1 고대편(일조각, 1982), 375~376면.
　　김두진, 「통일신라의 역사와 사상」, 『전통과 사상』 Ⅱ(한국정신문화연구원, 1986), 66면.
9) 균여의 사상에 관한 최초의 단독 저술인 김두진, 『균여화엄사상연구』(일조각, 1983) 이래로 이 관점은 유지되어 왔다.

의존을 바라는 존재도 아니다. 굳이 여래장(如來藏)의 평등성을 들먹이지 않더라도 불성을 머금었다는 점에서 모든 존재에 대한 차별적 인식은 모두 종결되어야 한다. <보현시원가>의 서술 의도는 광종 당대 전제왕권의 귀족권 견제를 위한 애민의식이라는 목적성의 종교적 승화일 가능성도 있다. 그렇지만, 작품의 지향을 그러한 층위에만 국한시켜 이해할 수는 없다. <보현시원가>의 작품세계는 이미 그러한 좁은 시각의 범주를 벗어나서 형성되고 있기 때문이다.

여기서는 먼저 원전인 『보현행원품』의 해당 부분을 인용하고, 본 작품을 1~4행, 5~8행, 9~10행으로 세분하여 고찰하겠다.

선남자여, 또한 항상 중생을 수순한다는 것은 진법계 허공계 시방세계에 있는 중생들이 가지가지 차별이 있으니 이른바 알로 나는 것, 태로 나는 것, 습기로 나는 것, 화해서 나는 것들이, 혹은 지수화풍을 의지하여 살기도 하며, 혹은 허공이나 초목에 의지하여 살기도 하는 저 가지가지 생류와, 가지가지 몸과, 가지가지 형상과, 가지가지 모양과, 가지가지 수명과, 가지가지 종족과, 가지가지 이름과, 가지가지 심성과, 가지가지 지견과, 가지가지 욕망과, 가지가지 행동과, 가지가지 거동과, 가지가지 의복과, 가지가지 음식으로 가지가지 마을이나 성읍이나 궁전에 처하며, 내지 모든 천룡팔부와 인비인 등과 발 없는 것, 두 발 가진 것과 여러 발 가진 것들이며, 빛깔 있는 것, 빛깔 없는 것, 생각 있는 것, 생각 없는 것, 생각 있는 것도 아니요 생각 없는 것도 아닌 이러한 여러 가지 중생들을 내가 다 수순하여 가지가지로 받아 섬기며, 가지가지로 공양하기를 부모와 같이 공경하며, 스승이나 아라한이나 내지 부처님과 조금도 다름없이 받들되, 병든 이에게 어진 의원이 되고, 길잃은 이에게는 바른길을 가리키고, 어두운 밤중에는 광명이 되고, 가난한 이에게는 보배를 얻게 하나니, 보살이 이와 같이 평등히 일체 중생을 이익하게 하는 것이니라. 어찌한 까닭인가? 만약 보살이 능히 중생을 수순하면 곧 모든 부처님을 수순하며 공양함이 되며, 만약 중생을 존중히 받들어 섬기면 곧 여래를 존중히 받들어 섬김이 되며, 만약 중생으로 하여금 환희심이 나게 하면 곧 일체 여

래로 하여금 환희하시게 함이니라.(후략)

菩提樹王온	覺樹王焉
이보늘 불휘 사무시니라	迷火隱乙根中沙音賜焉逸良
大悲ㅅ믈로 저적	大悲叱水留潤良只
안둘 이보ㄴ오롯ㄷ야	不冬萎玉內乎留叱等耶
法界 フ둑 구믈ㅅ구믈ㅅ	法界居得丘物丘物叱
ㅎ야눌 나도 同生同死	爲乙吾置同生同死
念念相續无間斷	念念相續无間斷
부텨 ᄃ빌다 고맛 훗ᄃ야	佛體爲尸如敬叱好叱等耶
아야, 衆生 便安ㅎ눌든	打心 衆生安爲飛等
부텨 ᄇ롯 깃그시리로여.	佛體頓叱喜賜以留也

『보현행원품』의 관련 부분은 "다양한 중생의 특성 열거→ 부처님의 그들에 대한 자비심→ 따라서 중생은 부처님의 뿌리이므로 공양해야 한다"는 기본 구성이 광범위한 열거법을 통해 전개·확장되고 있다. 그러나 〈항순중생가〉에서는 전우주적 범위에서의 추상적·원리적 진술을 간략히 하는 대신, 중생의 미혹함이야말로 진정한 불성의 뿌리라는 역설적 인식을 작품 서두에 먼저 제기하고, "나"라는 1인칭대명사를 활용함으로써 이 상황을 시적 자아에게 밀착된 현실적 맥락에 두고자 했다. 반복적 상황제시는 생략하고 그 대신 "념념상속무간단(念念相續无間斷)"이라는 시간적 영속성을 강조했다. 복잡한 과정보다 명쾌한 결론을, 공간적 확장보다 시간적 의미에 중점을 두고 이루어진 변주(變奏)는 역시 교리의 엄밀성보다는 현실적 효능에 관심을 가진 작가의식 때문이라 하겠다.[10]

---

10) 공간적 확장보다 시간적 의미에 중점을 둔 서술을 '현실적'이라고 파악한 근거는, 어떤 현상이 공간적으로 얼마나 큰 범위를 갖는지 관심을 갖는 것보다 이곳의 현상이 얼마나 지속될 것인지에 고심하는 것이 보다 현실적 고민이라 판단했기 때문이다.

① 1~4행 : 역설적 진술

菩提樹王온	覺樹王焉
이브늘 불휘 사므시니라	迷火隱乙根中沙音賜焉逸良
大悲ㅅ믈로 저적	大悲叱水留潤良只
안둘 이브느오롯ᄃ야	不冬萎玉內乎留叱等耶

지혜의 상징인 보리수왕(釋迦如來)은 미혹을 뿌리삼아 존재한다고 한다. 여기서 '미혹'은 미혹한 사람들 곧 일체중생(一體衆生)을 의미한다.11) 불완전한 존재가 완전한 존재의 기반이 된다는 역설을 보이고 있다. 데바달다[提婆達多]의 끊임없는 훼방이 석가여래가 깨달음을 얻는 중요한 계기가 되었듯(『法華經』), 보리수왕의 대비(大悲)의 물은 중생의 미혹을 뿌리로 삼아 생겨난 것이기에 중생의 시들지 않고 싶다는 갈망12)에 부응할 수 있는 것이다. 또한 『본생경(本生經)』 류의 경전에서 말하듯이 석가는 인간의 몸으로 여러 번 태어났기에, 인간의 고뇌(苦惱)를 누구보다 절감하고 있기에 깨달음을 얻었다고도 볼 수 있다.

불교적 화술 자체에 이런 모순어법은 흔히 나타나는 것이다. 그렇지만 작가 균여는 특히 성속무애법계(聖俗無礙法界), 이사무애법계(理事無礙法界)라 하여 고매한 추상적 원리와 현실적 상황이 구별되지 않을 뿐만 아니라 실재로 같은 것임을 그 저서에서 여러 차례 강조하고 있다. 그리하여 시간적으로 연속되는 계기,13) 인과관계의 인(因)과 과(果) 역시 동시적인 것으로서 그 분별이 무의미하다는 입장14)을 취하고 있다.

모순되는 대상을 바탕 삼아 정반대의 성취를 이룬다는 방식의 역설적

---

11) 양주동, 『增訂 古歌研究』(일조각, 1965) 834면.
12) 이 부분을 중생의 시들지 않고 싶다는 갈망의 표출로 해석한 것은 양희철, 『고려향가연구』(새문사, 1988), 244면의 성과이다.
13) 『教分記圓通鈔』 卷5(한국불교전서 4, 396中).
14) 『旨歸章圓通鈔』 卷下(한국불교전서 4, 157上・下).

진술은 다음 작품인 <보개회향가>와 <참회업장가>에도 보인다.

부텻 바둘 이론 나룬	佛體叱海等成留焉日尸恨
懺ᄒ더온 머즌 業도	懺爲如好仁惡寸業置
法性 지밧 寶라	法性叱宅阿叱寶良
녀리로 그럿 ᄒ시도야	舊留然叱爲事置耶

-<보개회향가>(제10수)

머즌 비홋 디누온 三業	惡寸習落臥乎隱三業
淨界ㅅ主로 디니ᄂ곡	淨戒叱主留卜以支乃遣 只
오늘 주비 ᄇ르봇 懺海	今日部頓部叱懺悔
十方ㅅ 부텨 마기쇼셔	十方叱佛體遣只賜立

-<참회업장가>(제4수)

<보개회향가>에서는 불성을 이룬 날, 참회했던 그 험악한 업(業)이 보배가 될 수 있으며, 그것은 옛날부터 그래 왔다고 말한다. 말하자면 악업을 완전 부정하기 위해 수행하는 것이 아니라, 그 업까지도 보배로 삼기 위해 득도한다는 것이다. <참회업장가>에서는 신(身)·구(口)·의(意)라는 존재자로서 숙명적 한계에 해당하는 삼업(三業)을 정계의 주인으로 지니고, 개체로서 자아의 참회를 시방 부처께서 증거하실 큰 사건으로 파악하는 역설을 보이고 있다. 보다 큰 인식의 범주에서는 다른 것도 같아진다는 정도가 아니라, 완전히 다르다는 바로 그 이유로 인해서 동일시될 수 있다는 것이다. 이 같은 역설은 작가가 상당히 자주 사용한 진술 방식이라 할 수 있는데, 여기서 "큰 지혜는 미혹한 대중을 기반으로 이루어진다", "깨달음을 이루면 악행조차 보배가 된다"는 표현은 양쪽 극단 사이의 회통(會通)이라는 상대주의를 위한 것만은 아니다. 그보다는 화엄 절대 교판론(華嚴 絶對 敎判論)을 추구했던 균여의 사상적 기반과 상통하는

요소이다.

> 소목(所目)에는 보법(普法)과 무진법수(無盡法數)가 얘기되는데, 그것은
> 화엄경(華嚴經)의 내용과 같은 것이다.[15] 하지만 소목을 정확하게 반영하
> 지 못한 하사교(下四敎)도 그것이 소목에 의거하여 성립되는 점에 있어서
> 는 화엄경과 마찬가지라고 할 수 있다. 비록 불완전한 반영이긴 하지만
> 하사교의 교법(敎法)도 해인정(海印定) 소목의 반영이기 때문이다. **균여가
> 화엄경이 아닌 다른 경전들도 해인정 소목의 발현이므로 화엄경이라고
> 얘기할 수도 있다고 하는 것도**[16] **이러한 관점에서 얘기한 것이다.**[17]

인용한 부분은 최연식의 연구성과에서 균여 교판론에 대한 결론에 해
당하며, 원전에 대한 요약 진술로 구성되었다. <보현시원가>의 소의경
전(所衣經典)인 『보현행원품』은 사십화엄(四十華嚴)인 『입법계품』의 결론인
동시에 전체 『화엄경』의 결론이고, 나아가― 화엄종의 임장에서는 ― 불
교 자체의 귀결점이라고도 할 수 있다. 따라서 화엄 절대 교판론이란 균
여만의 입장은 아니다.

그러나 논자에 따르면 "『화엄경』만이 유일한 진리"라고 하지 않고,
"모든 경전은 『화엄경』"이라고 한 것이 균여 교판론의 특징이다. 여기서
『화엄경』과 다른 경전을 계층적 관계로 파악했던 교판의 관점은 희석되
고, 원전(原典)과 방편 사이의 차별도 무화된다. 상위개념인 결론(지혜, 깨
달음, 원전)은 하위개념인 전제(미혹, 악행, 방편)를 모두 포함하고 있기 때문
에, 하나의 하위개념만으로 상위개념에 도달할 수 있고, 따라서 굳이
상·하위개념을 구별할 필요가 없다는 입장이다. 말하자면 논리적 포함
관계나 시간적 선후관계를 의식하지 않고 "지혜＝미혹", "깨달음＝악행",

---

15) 『敎分記圓通鈔』 卷1(한국불교전서 4, 262上).
16) 『敎分記圓通鈔』 卷2(한국불교전서 4, 290中下).
17) 최연식, 『균여화엄사상연구』(서울대 국사학과 박사논문, 1999), 168면.

"어려운 경전=쉬운 방편"의 구조를 성립시키려는 것이 균여의 서술 방식이라 할 수 있다.

② 5~8행 : 동생동사의 선언

法界 ㄱ둑 구믈ㅅ구믈ㅅ	法界居得丘物丘物叱
ㅎ야눌 나도 同生同死	爲乙吾置同生同死
念念相續无間斷	念念相續无間斷
부텨 드빌다 고맛 훗드야	佛體爲尸如敬叱好叱等耶

5~8행은 "나"라는 시적 화자가 표면에 노출되었으며, 이를 통해 "중생과 더불어 살고 죽겠다는 시적 자아의 다짐"[18]을 노래하는 한편, 『보현행원품』에서 무려 40가지로 표현된 "시방세계에 있는 갖가지 차별이 있는 중생의 형상"을 "구물구물"이라는 넉 자로 압축했다.[19] 중생과 동생동사하겠다는 표현과 "나"라는 1인칭이 직접 표출된 상황은 본 작품의 의도가 오로지 일반 대중에의 포교에만 있었던 것은 아니라는 점을 보여 준다. 균여 당대는 광종의 전제왕권, 지방 군소호족, 화엄종으로 이루어진 왕당파와 대호족과 법상종(法相宗) 세력으로 이루어진 반왕당파가 정치적으로 대립하는 동시에, 사상사적으로 선종을 비롯한 신흥 사조와 화엄종이 대립하던 때였다. 균여는 광종의 협력자이자 한 사람의 사상가로서 종단(宗團) 자체의 변혁을 촉구해야 하는 위치에 있었으며, 이를 위해 중생과 더불어 살고 죽어야 한다는 선언이 필요했던 것이다. 따라서 〈보현시원가〉의 방편시학으로서 위치는 순수한 종교적 의도와 정치에 종속된 역할 가운데 어느 하나만을 부각시켜서는 드러나지 않을 것이다. 요컨대 정치적 요구, 종단의 필요, 순수한 의도가 융회하여 "동생동사"의

---

18) 양희철(1988), 245면.
19) 이승남(1998), 479면.

선언을 이끌어냈다. 나아가 이 넘(念)은 계속 이어져 그치지 않고, 모든 중생이 부처가 되도록 공경하겠다는 의지에 연결되고 있다.

균여 당시에는 지방에 근거지를 둔 선종의 위력이 지대했다. 화엄종과 법상종을 비롯한 교종 계열의 사찰들이 선종 계열로 개종하는 일이 잦았는데, 특히 중심적 사조였던 화엄종은 선종과의 사상적 유사성으로 인하여 그 타격이 더욱 컸다. 화엄종은 반왕당파였던 대호족들이 신봉했던 법상종과의 정치적 대립과는 별도로, 종교적 영역에서는 선종의 성장에 신경써야 할 처지였다. 화엄종은 이를 극복하기 위해 고승들의 전(傳)을 짓고 결사(結社)를 조직하는 등의 활동을 전개하였으며, 대중신앙과 관련하여 화엄종의 영향력을 확대하려는 노력도 기울었다 한다.[20]

균여의 방편시학으로서 <보현시원가> 창작의 배경에는 이 같은 화엄종의 위기의식도 존재했던 것이며, 대중 지향의 포교의식에는 이 같은 맥락이 자리잡고 있었다. 기층민의 지지는 왕권만이 아니라 화엄종단에게도 절실히 요구되는 것이었다. 그러나 저자는 <항순중생가>에서 "동생동사"의 선언이 당대사의 배경 속에서 형성된 것이기 때문에 종교적 진실성을 갖지 않는다고 말하려는 것은 아니다. 그보다는 종교적 서원 역시 현실의 배경을 바탕으로 이루어질 때 더욱 절실한 공감대를 형성할 수 있는 것이며, 이것이 중생을 단순한 교화의 대상으로 간주하고 명령형으로만 구성되는 포교시에 비해 <보현시원가>가 높은 성취와 효과를 거둘 수 있는 배경으로 작용했다고 해석하고자 한다.

③ 9~10행 : 중생에 대한 인식

아야, 衆生 便安ᄒᆞ눌둔   打心 衆生安爲飛等
부텨 ㅂ룻 깃그시리로여.   佛體頓叱喜賜以留也

---

20) 최연식(1999), 22~23면 참조.

지금까지의 해석은 1~4행의 역설적 진술은 모든 대상의 우열관계를 무화시킨 성속무애를 추구했던 균여 교판론의 포용적 절대주의의 실상을 반영하고 있고, 5~8행은 중생의 지지를 얻어야 했던 당대의 정황을 배경으로 이루어졌다는 것이었다. 요컨대 작품 내의 진술방식이 일반적 사례와 다르지 않다 하더라도, 작가가 처한 배경과 그 인식을 고려하면 다소 다른 맥락에서의 이해도 가능하다는 취지였다. 작품의 귀결이라 할 수 있는 9~10행은 "중생이 편안하면 부처님께서 기뻐하리라"는 조금은 막연하고 흔해 보이는 구성으로 되어 있다.

그러나 1~4행을 돌이켜 보면 "중생=부처"에 해당하며, 5~8행에서 "중생"의 시대적 역할을 감안하면 "중생을 편안히 한다"는 말은 그저 구호만이 아닌 실질적 의미로 받아들여진다. 말하자면 9~10행에서 지금까지의 작품 이해 방식이 모두 함께 유효한 것이다.

중생을 편안하게, 어려운 개념어 때문에 고민하지 않고 "세인희락지구(世人喜樂之具)"인 향가와 같은 노래의 방편을 통한 도인(導引)이야말로 부처께서 기쁘게 여길 일이다. 다만 아무리 깨달음에 있어 우열관계가 없는 것일지라도, 방편을 통하는 길과 원전을 통하는 길마저도 같은 것일지는 의혹의 여지가 있을 수 있다. 이에 대해서는 "얕은 곳에서 깊은 곳으로" 나아간다는 『균여전』의 유명한 언급이 있다. 그러나 여기서 "깊은 곳"은 꼭 『보현행원품』 원전을 의식한 서술만은 아닌 것으로 보인다.

'하근기의 열등한 중생을 위하여 다함이 없이 설하는 가운데에서 이러한 것들을 대략 취하여 결집하고 유통하였기 때문에 이러한 일부의 경전이 있는 것이다.'라고 답하였다. 그것을 보고 듣게 하여 방편으로 끝이 없는 가운데 끌어들인 것이 마치 창문의 틈으로 보아도 끝이 없는 쪽을 보는 것과 같으니, 여기에서의 도리(道理)도 또한 그러함을 마땅히 알아야 하는 것이다. 그러므로 이 일부의 경전을 보아도 가이없는 법해(法海)를 보는 것이다. 모아져서 두루 통하는 글은 분제(分際)가 없었기 때문에 하나를 설한 것이 곧바로 일체를 설한 것이 되기 때문이다"라고 하였다.[21)]

이 단락은 항본경(恒本經)과 약본경(略本經)을 따로 두고 읽는 행위에 대한 '전체를 모르고 어찌 일부만 알 수 있겠는가?'라는 물음에 대한 답변이다. 방편을 통하여 전체에 이를 수 있는지 여부에 대한 물음과 상통한다 하겠다.

여기서의 논법에 따르면『화엄경』과 같은 두루 통하는 글이라면 일부분만을 읽어도 전체에 그 뜻이 통할 수 있어야 한다. 그렇다면 설령 <보현시원가>가 그 일부를 축약한 것이었다 할지라도『화엄경』 전체를 보여주기에 충분한 방편이 될 수 있다. 나아가 <보현시원가>는『화엄경』의 집결(集結)인『보현행원품』을 바탕으로 이루어졌고, 단순한 축약이 아닌 나름의 작가의식 하에 이루어진 작품이라면 그 효능은 원전에 필적하고도 남을 것이다. 균여가 저와 같은 논지로 본 작품을 창작했다면, 그는 원전과 동일한 효능과 권위를 갖는 방편으로서 역할을 <보현시원가>에게 기대했을 것이다. 다시 말해 <보현시원가>는 근기가 낮은 이에게 단순히『화엄경』을 이해시키기 위한,『화엄경』에 종속된 방편이 아니라『화엄경』과 같은 위상을 지닌 방편으로서 그 의미를 부여해야 한다. 적어도 당대적 배경을 통해 형성된 균여의 작가의식을 고려한 층위가 유의미하다면 '방편으로서 <보현시원가>=『화엄경』'인 셈이다.

④ 최행귀의 한역

이상에서 제기한 요소가 한역의 과정에서 변화한 양상을 정리해 본다. 최행귀의 한역은 균여의 변주라기보다는『보현행원품』 원전이나 균여의

---

21) 균여, 김두진 역,『釋華嚴教分記圓通鈔』(동국역경원, 1997), 9면.

저술 자체에 가까운 표현이 많다. 가령 <참회업장가>나 <보개회향가>의 한역을 보면 균여의 작가의식 아래 변형된 부분을 모두 원전에 복귀시켰고, <수희공덕가>의 "聖凡眞妄莫相分 同體元來普法門"은 원전과 향가에는 보이지 않지만 균여의 저술에 산견(散見)되는 융회적 요소를 첨가한 부분이다. 이는 식자층(識者層)을 주요 독자층으로 상정했기 때문으로 보인다.

樹王偏向野中榮	나무의 왕(부처님)께서 들판의 번영 바라고 있음은
欲利千般萬種生	수많은 중생들 이롭게 하려는 것이네.
花果本爲賢聖體	꽃과 열매는 본디 불보살의 몸이요,
幹根元是俗凡精	줄기와 뿌리는 본디 범부의 정기라.
慈波若洽靈根潤	자비의 물결이 영혼의 뿌리 흠뻑 적시면
覺路宜從行業成	깨달음의 길 마땅히 좇아 行業 이루리.
恒順遍敎群品悅	항상 따르고 두루 가르쳐 중생 마음 기쁘니
可知諸佛喜非輕	모든 부처의 기쁨이 가볍지 않음을 알리로다.

우선 달라진 부분을 살펴 보겠다. "중생을 뿌리로 삼는다"는 표현은 "중생을 이롭게 한다"는, 표현상 분명하지만 함축성이 없는 표현으로 바뀌었다. 중생과 함께 하겠다는 선언 역시 빠지고, 자비와 행업이라는 추상적 구호가 그 자리를 대신하고 있다. 중생의 마음이 기쁘면 부처의 기쁨도 클 것이라는 종결은 변함이 없다. 당대의 정황을 반영한 구체적 표현은 모두 사라졌지만, 꽃·열매·줄기·뿌리에 보살과 범부의 관계를 대응시킨 비유가 대신에 추가되었다. 생략된 표현들 가운데 서로 모순되는 대상끼리 융회적으로 통합하는 부분은 변개되어 살아남았지만, "중생"에 대한 절실한 선언이 사라짐으로써 실질감이 손상되었다. 이것 역시 독자층이 달라진 것이 그 한 가지 이유가 될 것이다.

그러나 그보다는 당대의 정황보다 경전의 근본성에 충실하여 경전의 맥락을 변개치 않으려던 최행귀의 한역의식을 원인으로 제기할 수 있을 것이다. 따라서 한역을 통해 "원 작품의 의미를 한층 부각시켰다"[22]는 해석이 가능하기 위해서는 "자세한 부연"과 "과감한 압축"을 통해 균여의 작가의식에 최행귀가 근접한 양상을 조명해야 할 것이다. 일단 여기서는 최행귀의 한역의식 역시 균여의 경우 못지않은 독자성을 띠고 있다는 방향으로 정리하고자 한다.

<항순중생가>는 시적 화자와 중생의 동류의식을 제재로 삼았다. 그러나 그 동류의식은 불교의 교리 전개 과정에서보다 시대적 배경을 염두에 두었을 때 보다 명확하게 드러날 수 있었다. 그리고 방편시학으로서 의미는 소박한 애민의식을 포함하는 한편 작가의 사상적 성취, 시적 화자의 절실한 필요에 의한 종교적 서원, 정치적 의도와 계산을 간접적으로 반영하는 등등의 다양한 층위에서 조명할 수 있는 가능성을 개진하고자 했다. 이제 장을 달리 하여 <보현시원가>의 정치사적 배경을 정리한다.

3. <보현시원가>의 배경

고려 4대 광종(在位, 949~975)대의 정치상황은 국왕과 균여, 군소호족을 비롯한 화엄종 계열과 대호족층을 중심으로 한 법상종 계열의 대립이 증폭되는 모습을 띠는 한편, 이 같은 상황을 지양하고 전제왕권이 강화된 정치 체계로 이행하는 흐름을 보이게 된다.[23] 이 시기 중국으로부터 화엄 3대조 법장화상 현수(647~714)의 '성상융회사상'이 유입·주목받았는

---

22) 신재홍, 『향가의 해석』(집문당, 2000), 409면.
23) 김두진(1983), 63~108면 참조.

데, 현수는 측천무후 시대 지방 신흥 세력의 종교였던 법상종을 자신의 화엄종 내에 편입시킴으로써 화엄종을 대성시킨 인물이다. 현수에게서 성·상의 융회는 화엄종을 중심으로 한 법상종의 통합을 통해 측천무후(測天武后)의 전제왕권을 강화시킨다는 다분히 정치적인 취지를 가지는 것이며, 이는 균여가 처한 상황과 어느 정도 동질성을 지닌 것이었다. 균여는 광종과의 긴밀한 유대 하에 현수의 성상융회사상을 근간으로 자신의 정치사상적인 사유체계를 구축해 나갔다.

> 균여의 성상융회사상은 화엄사상을 근간으로 그 내에 법상종 사상을 융합하려는 것이다. 그것은 광종이 군소 토호세력을 왕실 측근세력으로 포섭하여 왕권을 강화해 나가는 전제정치와 표리관계에 있었다. 왜냐하면 화엄종이 전통적으로 왕실과 연결되어 있었다면 법상종은 통일신라 이래로 그 사회 중류 이하의 지식인, 즉 군소 토호층에 의해 수용되었기 때문이다. 자연 균여의 성상융회사상은 전제정치가 한창이던 광종대 중기의 왕실 이데올로기였다.[24]

김두진의 연구 결과에 따르면 균여의 사상은 광종의 전제왕권을 위한 이데올로기로 자리 잡았다. 광종과 균여가 성상융회사상을 유행시키려 했던 이유는 당대 법상종 계열로 대변되는 지식인·토호 세력을 사상적으로 화엄종에, 정치적으로 군왕에게 융회시킴으로써 종교적이면서 정치적 절대성을 지니는 전제 왕권을 확립하는 바에 있었다. 여기서 균여의 역할은 후삼국시대 중·상류층의 중심사조이자 현 지배층과는 구별되는 사조인 법상종을 화엄종에 흡수하는 이론적 토대를 구축하는 일이었다. 따라서 화엄종이 법상종·선종 등의 사상과의 경쟁에서 생명력을 지니기 위한 의도하에 화엄종과 큰 관계가 없었던 오대산신앙(五臺山信仰)·문

---

24) 김두진(1983), 345면.

수신앙(文殊信仰) 등이 화엄적으로 윤색되었고, 『화엄신중경(華嚴神衆經)』을 비롯한 『화엄경』의 내용에 의거한 대중신앙이 널리 유포되기도 한다.25)

균여의 <보현시원가> 창작은 당대의 정치적 상황이 요구한바 융회적 의식지향을 그 바탕의 한편에 두고 있다. 국왕에 대한 그의 입장은 정치적 처지에 따라 변화하기도 했지만, 일단 균여의 포교에 대한 관심은 종교적·정치적 의도를 다분히 포함하는 것이었다. 그 과정에서 기층의 사유체계에까지 지배 이념을 내면화시키는 방향으로 전개되었던 전제 왕권의 성립에 어느 정도 기여하게 되었다. <보현시원가>는 광종이 균여를 위해 귀법사를 창건한 시기(광종 14년, 963)와 비슷한 무렵에 창작되었다.26) 이 시기는 균여로서도 국왕과의 친분이 가장 두터웠던 시기라 할 수 있고, 현실 참여의 의지와 사상적 발전의 깊이 역시 절정에 이른 때였다. 그의 저서 대부분이 광종 9년에서 13년에 걸쳐 이루어진 점도 이와 관련해서 주목된다.

<항순중생가>를 고찰한 결과와 이상의 사실을 고려한다면 <보현시원가>의 '방편시학'의 동기나 효과는 일반적 종교시가의 경우와는 달리 파악해야 한다. 균여의 <보현행원품> 변주는 광종대 전반기의 정치 상황 속에서 광범위한 계층에게 지배 이념으로서 화엄의 사유체계를 설파하는 것이 그 목적이었으며, 이를 통해 화엄종의 위치 자체도 확고해질 수 있었을 것이다.

---

25) 남동신, 「慈藏의 불교사상과 불교치국책」, 『한국사연구』 76(한국사연구회, 1992), 18~22면. 남동신, 「나말여초 화엄종단의 대응과 <(華嚴)神衆經>의 성립」, 『외대사학』 5(외대사학회, 1993).
26) 967년(양주동), 958~967년(김사엽), 963~967년(김승찬) 등 여러 가지 견해가 있는데, 대체로 최행귀 한역보다 10년 이내 일찍 창작된 것에는 모두 동의하고 있다.

4. 작품성과 대중성의 공존근거로서 방편시학

여기서는 이른바 방편시학의 층위에서 제기되어 온 〈보현시원가〉가 지닌 포교성·대중성의 의미를 재고하여 본 작품의 특징과 기반을 이해하는 시각의 단초를 마련하고자 했다. 이를 위해 시적 화자와 대중의 관계를 제재로 다룬 〈보현시원가〉 아홉째 작품인 〈항순중생가〉를 논의했다.

〈항순중생가〉는 분별의 초극을 강조한 〈보현시원가〉의 다섯 작품 가운데 시적 화자로서 승려가 갖추어야 할 태도를 정리한 것이다. 1~4행을 통해 작가가 자주 사용한 역설적 진술의 의미를 사상적 배경을 중심으로 살펴보았다. 결국 원전과 방편, 나아가 모든 상·하위개념을 구별할 필요가 없다는 균여의 입장을 정리하고, 이것이 작품에 반영된 것으로 이해했다.

5~8행에서는 중생과 동생동사하겠다는 선언을 정치사·종교사의 흐름 속에서 의미를 부여했다. 이를 통해 종교적 서원 역시 현실의 배경을 바탕으로 이루어질 때 더욱 절실한 공감대를 형성할 수 있고, 이것이 〈보현시원가〉가 높은 성취와 효과를 거둘 수 있는 배경으로 작용했다고 해석했다.

9~10행은 앞서의 해석 방법을 모두 적용하여 중생에 대한 인식을 밝혔는데, 근기가 낮은 중생이 방편을 이용하여 깨달음을 얻더라도 그것이 전혀 열등하지 않다고 본 균여의 발상이 갖는 근거를 생각해 보았다.

최행귀의 한역은 균여의 성과를 원전에 회귀시키는 방향으로 정리할 수 있는데, 이는 달라진 독자층과 변화된 시대의 요구에 어느 정도 기인한다고 본다.

〈보현시원가〉의 정치사적 배경은 왕당파－반왕당파 간의 대립이라 요약할 수 있는데, 여기에는 정파간의 대립만이 아니라 법상종·선종의 도전에 직면한 화엄종의 위기의식도 일정 정도 작용했다고 정리했다. 위기에 대한 타개책으로서 결사활동 등을 벌이는 한편, 왕권과 화엄종에 대한 지지를 기층민에게 호소했던 것이다. 다만 이런 정황 때문에 순수한 종교적 발원으로서 가치가 떨어진다는 것은 아니고, 현실의식을 포함한 작품성과 종교성을 동시에 성취했다는 것이 저자의 입장이다.

앞으로의 과제는 균여 당대의 배경으로부터 나아가 불교문학사 전반의 층위를 통해 <보현시원가>의 의의를 조명하는 작업이라 하겠다. 타력신앙의 발원(發願)이 자력신앙의 구도(求道)로 발전하는 과정에 본 작품의 역할은 상당했다고 본다. 또한 국문시가보다는 불교한시에 가까운 작품의 특징도 비교 분석을 통해 이루어져야 한다. 아울러 향가의 여진(餘震)이 고려속요, 불교계 한시 등에 남아있는 요소들도 본 작품의 형식과 수사방식을 고찰함으로써 보다 섬세하게 분석될 수 있으리라 생각한다.

향가와 고려속요의 장르적 차이를 통해 본
전변 양상의 단서

1. 향가와 속요의 장르적 차이

이 논의는 향가의 소멸과 고려속요의 형성이라는 전환기 고전시가사의 국면1)을 시형(詩形)의 변천 양상을 중심으로 논의하기 위해 이루어졌다. 이를 통해 향가의 양식적 전통과 정서의 흐름이 고려속요로 전변(轉變)하는 과정을 조명하고, 단선적 '지속'을 넘어서 고전시가사의 단면을 입체적으로 포착할 수 있는 단서를 마련하고자 한다. 아울러 향가와 고려속요의 형식적·형태적 차이가 이들의 정서·주제의 차이와 맺는 연

---

1) 고려속요의 본격적인 향유·전승은 조선 전기 이후를 기반으로 하는 것인 만큼, '신라의 시가'로 이해되곤 하는 향가와 고려속요를 직접 비교하는 방법론에는 다소 무리가 있을 수 있다. 그러나 고려속요의 기반이 되는 가악의 레퍼토리 형성은 건국 초기까지 소급될 수 있는 것인 만큼(임주탁, 「고려시대 국어시가의 창작 및 전승기반 연구」, 서울대 박사 논문, 1999, 9~115면), '나말 여초'라는 전환기를 향가와 고려속요의 교체기로 보아도 큰 무리는 없으리라 판단했다.

관성을 밝힐 수 있는 기반에 나아갈 것이다.

그간의 시가사(詩歌史)에서 향가와 고려속요는 역사적 장르로서 '교체(交替)'를 이룬 것처럼 서술되기도 했다. 그러나 그러한 통념에 비하면 향가와 고려속요의 관련 양상을 시학적 측면에서 고구(考究)한 성과는 흔치 않다. 박노준2)에 의해 향가는 "평담(平淡)", 속요는 "격정(激情)"의 지향이 우세한 것으로 정리된 바 있지만, 주제를 중심으로 한 고찰이었으며 텍스트의 구조나 형식은 주된 관심의 대상이 아니었다. 이에 비하면 향가와 고려속요 각각을 대상으로 한 형식론은 비교적 풍성한 편이다. 향가의 경우 『삼국유사』 원전의 분절 양상과 <보현시원가>의 시행(詩行)이 지닌 규칙성 등을 통해 "삼구육명(三句六名)"의 의미를 밝히고자 한 시도3)가 지속되어 왔으며, 고려속요는 형태, 율격 현상, 어휘·표현기법 등 수사적 차원까지 논의가 이루어지고 있다.4)

향가와 고려속요 각각의 층위에서 거론되었던 양자(兩者)의 관련 양상은 양태순5)에 의해 비로소 구명되었다. 논자는 "삼구육명"의 의미를 '세

<hr>

2) 박노준, 「향가와의 대비로 본 속요의 정서」, 『향가여요의 정서와 변용』(태학사, 2002), 62~93면.
　　이 밖의 주제사적 관점의 향가·속요 비교론의 성과는 다음과 같다.
　　김풍기, 「향가와 고려속요의 서정 표출 양상과 그 의미」, 『한국고전시가교육의 역사적 지평』(월인, 2002), 53~76면 ; 이형대, 「<원가>와 <정과정>의 시적 인식과 정서」, 『한성어문학』 18(한성대 국문과, 1999), 110~111면.
3) 김완진, 「향가 표기에 있어서의 자간 공백의 의의」, 『향가와 고려속요』(서울대 출판부, 2000), 105~116면 ; 양희철, 「향가의 분절에 관한 연구─삼국유사에 수록된 11 분절 향가의 원전 비평적 검토」, 『한국언어문학』 47(한국언어문학회, 2001), 155~183면 ; 양희철, 「향가 형식론의 기반 일각─『삼국유사』의 기사분절에 대한 원전비평의 일부」, 『한국시가연구』 10(한국시가학회, 2001), 31~59면 ; 신재홍, 『향가의 해석』(집문당, 2000), 20~23면 ; 신재홍, 『향가의 미학』(집문당, 2006), 117~146면.
4) 고혜경, 「고려속요 시형 연구」, 『고전문학연구』 10(한국고전문학회, 1995), 101~120면 ; 최철, 『고려국어가요의 해석』(연세대 출판부, 1996), 35~106면 ; 최철, 「고려국어가요의 율격 현상과 텍스트 확정」, 『문학 한글』 13(한글학회, 1999), 5~25면 ; 성호경, 「고려시대 시가작품의 시적 형태 복원」, 『고려시대 시가 연구』(태학사, 2006), 25~50면.
5) 양태순, 「삼구육명의 새로운 뜻풀이(3)─그 음악적 해명」, 『한국고전시가의 종합적 고찰

토막 형식[三句]'의 '여섯 가지 음악적 형태[六名]'로 가정하고, '삼구(三句)'
가 '삼진작(三眞勺)', 곧 <정과정(鄭瓜亭)>을 거쳐 시조(時調)의 3장 형식에
까지 연결된다고 보았다. 일단 음악적 차원에서 향가와 고려속요의 지속
성(持續性)이 밝혀진 것은 주목할 만한 성과이다. 그렇지만 문학 텍스트로
서 향가와 고려속요의 관련 양상 해명은 앞으로의 과제라 할 수 있다.
음악적 차원에서뿐만 아니라 문학 텍스트로서 향가와 고려속요의 전
변·지속 양상이 입체적으로 조명될 수 있을 때, 고전시가사의 구도 또
한 명료해질 것이다. 따라서 향가와 고려속요의 시어, 시행, 시 형식의
차이를 통해 이들의 전변 양상을 검토하고, 이를 통해 그 정서·주제의
변천 양상까지 거론할 만한 총체적 접근 구도를 마련할 필요성이 있다.
　그러나 향가 혹은 고려속요의 형식적 본질이 구체적으로 무엇인지에
대한 합의점은 아직 찾지 못한 상황이다. 따라서 이들의 전변 양상을 다
루기 위해서는 포괄적, 종합적 비교에 앞서, 일단 하나의 시학적 자질을
포착하여 이에 대한 각론(各論)을 전개할 필요성이 있다. 이에 여기서는
우선 향가와 고려속요의 시어 가운데 문장의 종결 방식, 곧 종결어미의
차이에 주목하고자 한다.6) 시 텍스트에서 문장의 종결어미는 화자의 어
조에 직결되는 중요한 표지(標識)이며, 시의 언술·문체가 지닌 특질로서
시적 화자의 정서, 세계관 등의 연구에서 중시되기도 하였다.7) 따라서
향가와 고려속요의 문장 종결 방식에서 변별점을 찾을 수 있다면, 향가

(민속원, 2003), 119~144면.
6) 고전시가 가운데 시조의 종결 방식에 착안한 연구 성과는 제출된 바 있다.
　양희철, 「시조 생략종결의 함축 연구」, 『한국시가연구』 22(한국시가학회, 2007), 207~
240면.
7) 오형엽, 「만해와 타골의 시의식 비교 연구―'되다'와 '하소서'의 시학」, 『한국문학논총』
29(한국문학연구학회, 2001), 225~244면 ; 김동근, 「영랑시의 담론주체와 언술 특성」, 『한
국언어문학』 37(한국언어문학회, 1996), 473~490면 ; 문호성, 「백석 시의 언술 특성―문
체를 중심으로」, 『한국언어문학』 38(한국언어문학회, 1996), 359~376면 ; 이경수, 「백석
시의 반복 기법 연구」, 『상허학보』 7(상허학회, 2001), 347~381면.

혹은 고려속요에만 국한된 형식론에 비해 이들의 관련 양상 해명에 보다 도움이 될 것이다. 문장 종결 방식의 차이를 분석하면서, 아울러 한 편의 작품이 갖는 구성 방식의 차이를 고찰하고자 한다.8) 요컨대 신라 향가와 고려속요의 문체·어조가 두드러지게 다르고, 그것이 종결어미라는 사례들을 통해 발견될 수 있다면, 작품 전체의 정서·세계인식이 지닌 차이 또한 이들을 통해 고찰할 수 있을 것으로 예상한다. 이를 통해 작품의 미학적 자질을 밝혀낼 수 있는 유의미한 형식론의 실마리를 모색하고자 한다.

2. 향가의 어조와 이미지 구성 방식―'연속'과 '대칭'

2.1. '연속'의 문장 종결 방식과 어조

향가의 시학적 특질을 논의하는 관점에서 텍스트에 포함된 문장, 곧 구문(構文)의 성격을 분석하는 작업의 중요성은 이미 지적된 바 있다.9) 여기서는 먼저 향가 텍스트를 이루는 낱낱의 문장에서 종결어미들을 창작 시기별로 일별(一瞥)하도록 한다. 종결어미는 시적 화자의 어조와 밀접한 관계를 지녔으므로, 한 편의 텍스트에서 종결어미들을 나열하면 작품의 정서가 변화하는 양상을 보다 쉽게 포착할 수 있을 것이다. 여기서는 우선 신라 향가의 문장 종결 방식을 시기 순으로 살펴보겠다.

---

8) '문장 종결'을 기준으로 작품을 분석했기 때문에 종래의 "사뇌가 3단 구조설"과는 다르게 텍스트 분절이 이루어진 경우도 있을 수 있다. 그러나 그렇다고 해서 음악적 혹은 문학적 표지로서 3단 구조설 자체를 전적으로 부정하는 입장을 취하는 것은 아니다.

9) 신재홍(2006), 207~225면에서 향가 텍스트의 '인용 구문'을 "서사시에서 서정시로의 전개"라는 초창기 시가사의 흐름 속에서 "서정시이면서 서사시의 전통을 간직한" 양상으로 파악한 바 있다.

2.1.1. 7세기 향가 : 〈혜성가〉, 〈서동요〉, 〈풍요〉, 〈원왕생가〉, 〈모죽지랑가〉

신라 향가의 문장 종결방식을 시기별로 검토해 보자. 우선 7세기의 향가 다섯 편을 살펴보겠다. 행 구분은『삼국유사』원전의 분절 양상을 따랐는데, 이하 다른 부분도 마찬가지이다.

일반적으로 신라 향가는 어석자에 따른 해독 결과의 차이가 매우 크기 때문에 작품 분석에 어려움이 많다고 알려져 있다. 그러나 대개 난해어구를 중심으로 한 편차이며, 문장 단위의 분절이나 작품 전체의 구조를 뒤바꿀 만한 쟁점은 생각보다 많지 않다.[10] 게다가 **향가의 어석 결과에서 '종결어미'는 어석자에 따른 차이가 거의 없는 부분이었다.** 문장의 종결어미를 중심으로 향가의 형태 또는 주제에 접근할 수 있다고 가정한 근거는 여기에도 있다.

舊理東尸汀叱 / 乾達婆矣遊烏隱城叱肹良望良古 /	
倭理叱軍置來叱多烽燒邪隱邊也藪耶	[감탄]
三花矣岳音見賜烏尸聞古 / 月置八切爾數於將來尸波矣 /	
道尸掃尸星利望良古 / 彗星也白反也人是有叱多	[감탄]
後句[11] / 達阿羅浮去伊叱等邪	[감탄]
此也友物比所音叱彗叱只有叱故	[의문]

—〈혜성가〉[12]

---

10) 이에 대해서는 서철원,「신라 향가의 서정주체상과 그 문화사적 전개」(고려대 박사논문, 2006), 70~72면에서 〈모죽지랑가〉를 사례로 들어 지적했다. 이 시점에서 최선의 학문적인 방법은 기존의 향찰 연구에 대한 치열한 비판적 논증을 통해 향찰을 확정한 후 종결방식을 따지는 것임은 저자도 자각하고 있으며, 추후 어석에 대한 깊은 고민을 통해 이를 보완하고자 한다.

11) 이른바 "차사"로 불리는 향가 후반부의 감탄어구는 독립된 문장으로 보지 않는다.

12) 이 작품의 어석은 다음과 같다. 이하 선택한 어석의 출전은 어석자의 이름과 연도만을 표기하고, 향찰역만을 든다.
　　"녀리 술 믈곳 건달바의 놀온 자싯흘랑 브라ー고 여릿 굴도 옷다 烽 다히얀 ᄀ시야 슈야 세 곳의 오롬 보시올 듣고 둘두 불굿이 헤어렬[思, 破] 결의 길 술 비리 브라ー고 술 비리야 술반야 사룸이 잇다 後句 달[1] 아라 드가 덧드야 이야 友物[벋갓, 우믈] 디숌叱 술

善化公主主隱 / 他密只嫁良置古 / 薯童房乙夜矣卯乙抱遺去如

[평서-(감탄)]

-<서동요>13)

나란히 진평왕대(眞平王代, 579~631)에 이루어진 것으로 알려진 <혜성가(彗星歌)>와 <서동요(薯童謠)>에서 문장의 종결 방식을 검토해 보자.

우선 <혜성가>는 감탄어구[嗟辭]로 볼 수 있는 표현인 "후구(後句)"를 제외하면 4개의 문장으로 나눌 수 있다. 그런데 대개의 어석은 이들을 '耶(감탄)-多(감탄)-邪(감탄)-故(의문 : 설의법)'의 구조를 지닌 것으로 파악해 왔다.14) 혜성의 출현에 대한 병사의 외침, 그 외침에 대한 시적 화자의 부정과 예성의 소멸에 대한 알림 등이 모두 감탄의 어조를 통해 표현되었으며, 마지막에 혜성이 없다는 확신을 설의법으로 드러내고 있다. <혜성가> 어석상의 심각한 대립에도 불구하고, 문장의 종결어미를 통해

叱 기 잇고"(양희철, 1997).

개별 어석의 취택 기준과 근거는 다음과 같다.

① 어학적 타당성만이 아닌 작품의 구조·미학적 가치에 관한 고려가 적절히 반영되었는가?

② 난해어구의 경우 의미에 크게 영향을 끼치는 체언·용언보다는 관계언·수식언 등으로 처리되었는가?

③ 의훈차 또는 벽훈 등 복잡한 다단계의 추론을 거쳐야 가능한 어석을 보이고 있지 않은가?

④ 같은 향찰문자를 적어도 같은 작품 안에서는 동일하게 해독했는가?

⑤ 연구자의 편의에 따라 오각·결자의 가능성을 남발하고 있지 않은가?

이상의 기준을 유념할지라도 해독의 선본(善本)을 작품마다 달리 파악한 것은 앞으로 반드시 극복해야 할 필자의 문제점이며, 필자 자신의 어석적 근거를 확충해야 할 필요가 있다.

13) 션쫘 공쥬님안[온] 남기시기 얼일아 도고 薯童房乙夜矣卯乙抱遺去如 쑈똥 빵알 밤애 몰 안겨 가다(김선기, 1993).

14) <혜성가>의 어석 22개에서 문장의 구분 또는 종결어미 관련 어석 부분은 모두 일치하고 있었다. 비단 <혜성가>만이 아니라 대개의 향가 어석에서 이 부분들은 큰 대립이 없었다. 다시 말해 문장 종결방식에 대한 검토는 향가의 시성(詩性)을 객관적으로 밝히기 위한 현실적인 방법론이기도 하다.

본 작품의 정서 혹은 시상의 전개 방향에서는 나름대로 합의점을 지니고 있다는 의미이다.

그러나 여기서 더욱 주목할 만한 점은 의문형 종결어미를 통한 일종의 설의법으로 시상을 마무리하기 이전까지, <혜성가>에는 단일한 성격의 종결어미가 연속해서 등장하고 있다는 것이다. 일단 "(A) 烽燒邪隱邊也藪耶"는 "봉홧불 사른 ○○가 있다[있구나]"라고 해독되어 왔다. 어떻게 보면 평서형이기도 하지만, 왜군의 존재를 알린 누군가가 있었다는 점을 강조하고자 한 시적 화자의 의식을 염두에 둔다면 감탄형의 성격도 지닌 것으로 풀이하는 편이 낫다. 다음 문장의 "(B) 彗星也白反也人是有叱多"와 대칭을 이루기 위해서도 그렇다. 한편 "多"라는 문자는 이미 3행의 "倭理叱軍置來叱多"라는 인용 구문에서 감탄형 종결어미의 표기에 활용되기도 했다. 요컨대 감탄형 종결어미 2개의 대칭을 통해 누군가의 2번에 걸친 착각을 드러낸 것이다. 이는 각각 "(C) 達阿羅浮去伊叱等邪"와 "(D) 此也友物比所音叱彗叱只有叱故"에 연결되어, '(A)-(C)', '(B)-(D)'로 연결되는 인과 관계를 취한다.[15] (C)와 (D) 역시 감탄 혹은 의문형 종결방식을 취한다는 점은, 결국 <혜성가> 전체가 하나의 단일한 정서 혹은 주제를 연속·심화시키는 전개방식을 지녔다는 의미이다.[16]

감탄형의 문장 종결 방식을 되풀이함으로써 <혜성가>의 화자는 현재 심각한 오해가 벌어지고 있으며, 수용자들은 시급히 인식의 전환을 이루어야 한다는 사실을 부각시키고자 하였다. 그런데 이와 같은 '인식의 전환'은 <서동요>에서도 시도되었다. 여느 단형(短形)의 향가가 그러하듯

---

15) <혜성가>가 2개의 분절을 통한 실상과 허상의 도식으로 이루어져 있다는 점은 류수열, 「<彗星歌>의 발상과 표현」,『고전문학과 교육』4(청관고전문학회, 2002), 155면에서 거론된 바 있다.
16) 다만 <혜성가> 전체 텍스트가 지향하는 단일한 정서 혹은 주제의 실체는 어석에 따라 달라질 수 있다.

<서동요>는 단일문(單一文)으로 이루어졌지만, “薯童房乙夜矣卯乙抱遣去如”는 백제와 신라의 관계에 대한 시각을 바꿀 정도였다.[17] <서동요>의 “-多” 또한 평서형이면서 일부분 감탄의 어조를 지녔다는 점에서 <혜성가>의 “烽燒邪隱邊也藪耶”와 비슷한 구문으로 보인다.

그렇다면 ‘감탄형 종결 방식의 연속’을 7세기 향가에서 시상 전개 방식의 특징으로 보아도 좋을까? 다음 시기의 <풍요(風謠)>(善德女王代 : 632~646)는 이와 관련하여 흥미로운 자료이다.

來如來如來如 / 來如哀反多羅 / 哀反多矣徒良 / 功德修叱如良來如[감탄×7]

-<풍요>18)

<풍요>는 민요와의 형태적 유사성 탓에 ‘향가’에 속하는지 여부까지도 논란이 되었던 작품이다.[19] 다른 단형 향가가 복문(複文) 1문장으로 이루어진 것과는 달리, 짤막한 감탄절 7개로 구성된 점 또한 독특하다. 그런데 여기서 주목하고자 하는 것은 <풍요>가 향가인지 여부의 문제가 아니라,[20] ‘如(감탄, 4회 반복)-羅(감탄)-良(감탄 또는 呼格)-如(감탄)’으로 이루어진 구성 방식이다. 비교적 단순한 구성 방식 때문에, “來如”라는 표현이 연속되면서 심화되는 종교적 의미에 대한 해석 또한 있어 왔다.[21]

---

17) 서동설화의 백제-신라간 통혼(通婚) 사실은 진평왕-무왕의 관계상 생각하기 어려운 일이었기 때문에, ‘무왕’, 곧 서동이 실제로 누구인가는 그동안 많은 논쟁을 야기한 문제였다. 그러나 ‘진평왕대’라는 시기가 구체적으로 거론되었고, 서동설화 자체가 실제 역사에 대한 나름의 해석 행위로 볼 수 있기 때문에, 서동을 ‘무왕’으로 보는 입장이 가장 타당하지 않을까 한다. ‘서동의 정체’에 관한 서술은 본서의 Ⅳ부에 재수록된 서철원, 「<서동요> 전승의 형성과 사상적 배경」 참조.

18) 오가 오가 오가 오가 섧다라 섧다 주비네아 功德 닥가아 오가(양희철, 1997).

19) 나경수, 『향가문학론과 작품 연구』(집문당, 1995), 270~276면.
    김학성, 「향가의 장르체계론」, 『한국고시가의 거시적 탐구』(집문당, 1997), 59면.

20) <풍요>가 향가임이 확실하다면 저자의 가설은 더욱 설득력을 얻을 수 있겠지만, 설령 향가가 아니라 해도 ‘단일 정서의 심화’는 신라 서정시가의 성격 일반에까지 확장될 수 있을 것이다.

그러나 문장의 종결 방식을 통해 드러나는 '단일 정서의 심화'는 <풍요>만의 특징은 아니었다. 앞서 <혜성가>의 경우를 들어 살펴 본 바 있지만, <원왕생가(願往生歌)>(文武王代 : 661~680)의 경우에도 그것은 크게 다르지 않다.

> 月下伊底亦 / 西方念丁去賜里遣　　　　　　　　　　　[감탄-(의문)]
>
> 無量壽佛前乃 / 惱叱古音多可支白遣賜立　　　　　　　[청유]
>
> 誓音深史隱尊衣希仰支 / 兩手集刀花乎白良願往生願往生 /
>
> 慕人有如白遣賜立　　　　　　　　　　　　　　　　　[청유]
>
> 阿邪此身遺也置遣 / 四十八大願成遣賜去　　　　　　　[의문]
>
> 　　　　　　　　　　　　　　　　　　　　　　　　　－<원왕생가[22]>

<원왕생가>의 문장은 모두 청유문과 의문문으로 되어 있다.[23] 둘째, 셋째 문장의 경우는 신앙의 대상에게 간청(懇請)하는 청유형으로 되어 있어, "원왕생(願往生)"의 비원(悲願)이 느낌표가 연달아 붙을 만한 문장들을 되풀이하며 심화되어가고 있다. 특히 둘째 문장에선 "말씀을 사뢰어 달라"고 핵심만을 부탁한 화자가 셋째 문장에서 두 손 곧추세운 자신의 신체를 묘사하고, 이어서 "원왕생 원왕생" 그리워하는 이가 있다고 사뢰어 달라 하여 둘째 문장의 "말씀"을 상세화한 부분은 '단일 정서의 심화'와 관련하여 주목된다. 화자의 발원이 '달'을 통해 간접적으로 전달되고, 그러면서 발화의 중첩(重疊)이 이루어지는 점 또한 흥미롭다.

지금까지 살펴 본 네 편의 향가는 정치적(<혜성가>), 주술적(<서동요>),

---

21) 양희철, 『삼국유사 향가 연구』(태학사, 1997), 362~367면.

22) ᄃᆞ라리 엇뎨역 西方ᄭᅟᅡ장 가시리고 無量壽佛前의 ᄀᆞ곰 함죽 ᄉᆞᆲ고쇼셔 다딤 기프신 ᄆᆞᆯ옷 ᄇᆞ라 울워러 두 손 모도 고조술ᄫᅡ '願往生 願往生' 그리리 잇다 ᄉᆞᆲ고쇼셔 아야 이 모마 기뎌 두고 四十八大願 일고실가(김완진, 1980).

23) 1행의 "月下伊"가 주격인지 호격인지 여부가 아직 논쟁중이기에, 이 부분을 독립된 감탄문으로 처리하지 않았다.

종교적(<풍요>·<원왕생가>) 효용성을 추구하는 성향이 강하다. 이들에
비하면 현존하는 7세기 마지막 작품인 <모죽지랑가(慕竹旨郎歌)>(孝昭王
代: 692~701)는 역사적 문맥 속의 개인적 서정시로서의 성향이 한층 강
한 것으로 평가받아 왔다.24)

去隱春皆理米 / 毛冬居叱沙哭屋尸以憂音　　　　　　　 [명사형 종결]
阿冬音乃叱好支賜烏隱 / 兒史年數就音墮支行齊　　　 [감탄]
目煙廻於尸七史伊衣 / 逢烏支惡知作乎下是　　　　　 [감탄]
郎也慕理尸心未□行乎尸道尸 / 蓬次叱巷中宿尸夜音有叱下是 [의지]
　　　　　　　　　　　　　　　　　　　　　　　 －<모죽지랑가>25)

<모죽지랑가>에서는 『삼국유사』 원전의 공백과 관련하여 앞의 2행이
전승과정에서 탈락됐을 가능성이 제기되기도 하였는데,26) 대부분의 어석
에서 현존 시형에서 3~6행의 연결보다는 1~4행의 연결이 더 자연스럽
다는 점을 유념할 필요가 있다. 첫째 문장은 특이하게 "憂音"이라는 명
사형으로 종결되어 있지만, 둘째 문장부터는 '齊(감탄)－是(감탄)－是(의지)'
의 종결 방식을 취하고 있다. 죽지랑의 쇠락에 대한 한탄과 다시 만나고
싶다는 열망이 모두 감탄형 종결어미를 통해 드러나고 있는 것이다. 이
한탄과 열망이 시적 화자를 강인한 의지로 이끌고 있기도 하다. 작품의
서정적 성취에는 다소 차이가 있을 수 있지만, 다른 7세기 향가와 마찬
가지로 감탄형의 종결 방식을 중심으로 하여, 첫 문장에서 환기한 "憂

---

24) 이도흠, 「<慕竹旨郎歌>의 창작배경과 수용의미」, 『한국시가연구』 3(한국시가학회, 1998),
　　153~159면.
25) 간 봄 그리미 모든 사룬사 우를이 시름 아롬 나시흐기시혼 지시 흐리니름 디디 니지 눈
　　도라딜 스리히 맛보기라디 지소하리 나하 그릴 마스미 니홀 길 다보지시 굴히 잘 밤 이
　　시하리(류렬, 2003).
26) 박재민, 「<慕竹旨郎歌>의 10구체 가능성에 대하여」, 『한국시가연구』 16(한국시가학회,
　　2004), 5~26면.

音"의 배경을 상세화하고 있다.

이상 다섯 편의 7세기 향가를 통해 '유사한 문장 종결 방식의 연속'을 통해 '단일 정서를 심화'시키는 양상을 살펴보았다. 몇 편 남지 않은 초기 향가이긴 하지만, 각 편마다 유사한 구조적 특징 — 감탄형을 중심으로 한 종결 방식이 연이어 출현하는 — 을 찾을 수 있다는 점은 전기(前期)의 향가 나아가 신라 서정시가와 관련하여 주목해야 할 사실이 아닐까 한다.

2.1.2. 8세기 향가 : 〈헌화가〉, 〈원가〉, 〈제망매가〉, 〈두솔가〉, 〈찬기파랑가〉, 〈안민가〉, 〈도천수관음가〉

다음으로 8세기 향가의 문장 종결 방식을 살펴보자. 먼저 성덕왕대(聖德王代, 702~736)의 ＜헌화가(獻花歌)＞와 효성왕대(孝成王代, 737~742)의 ＜원가(怨歌)＞를 보자.

紫布岩乎過希執音乎手母牛放教遣 / 吾肹不喩慚肹伊賜等 /
花肹折叱可獻乎理音如   [의지]
　　　　　　　　　　　　　　　　　　　　　　　　　－＜헌화가＞[27]

物叱好支栢史 / 秋察尸不冬爾屋支墮米 / 汝於多支行齊教因隱 /
仰頓隱面矣改衣賜乎隱冬矣也   [감탄]
月羅理影支古理因淵之叱 / 行尸浪 / 阿叱沙矣以支如支 / 皃史沙叱望阿乃 /
世理都 / 之叱逸烏隱苐也   [감탄]
後句亡
　　　　　　　　　　　　　　　　　　　　　　　　　－＜원가＞[28]

---

27) 지뵈 바회 ᄀ새 자ᄇ몬손 암쇼 노히시고 나ᄅᆞᆯ 안디 붓그리샤ᄃᆞᆫ 고ᄌᆞᆯ 것거 바도림다(김완진, 1980).

28) 가시 마기 자시 가ᄉᆞᆯ 안ᄃᆞᆯ 이볼히 디머 너 어더기 니지ᄒᆞ시ᄂᆞᆫ 우럴던 나시 고디시혼도히라 다라리 그림히 나린 모다시 닐믈 아리 모시히 이기다히 지실사 ᄇᆞ라나 누리도 지시리 가몬더라(류렬, 2003).

<헌화가>는 단일 문장으로 구성되어 화자의 의지를 보여주는 종결어미 '如' 하나가 보일 뿐이다. <원가>의 경우 인용 구문을 제외하면 2개의 문장으로 되어 있는데, 모두 감탄형 종결어미 '也'를 취하고 있다. 인용 구문 안의 "汝於多支行齊"의 "-齊" 역시 감탄형이다. 그렇다면 8세기 초엽에도 화자의 정서와 관련한 감탄형의 문장 종결 방식이 대세를 이루었다고 볼 수 있지 않을까?

이어서 단일세대로는 가장 많은 5편의 향가가 현존하는 경덕왕대(景德王代, 742~764)의 작품을 살펴보자.

生死路隱 / 此矣有阿米次肹伊遣 / 吾隱去內如辭叱都 / 毛如云遣去內尼叱古
[의문-(감탄)]
於內秋察早隱風未 / 此矣彼矣浮良落尸葉如一等隱枝良出古 /
去奴隱處毛冬乎丁　　　　　　　　　　　　　　　　[의문-(감탄)]
阿也 / 彌陀刹良逢乎吾 / 道修良待是古如　　　　　　[의지-(명령)]
－<제망매가>29)

今日此矣散花唱良巴寶白乎隱花良汝隱 / 直等隱心音矣命叱使以惡只 /
彌勒座主陪立羅良　　　　　　　　　　　　　　　　[명령]
－<도솔가>30)

먼저 현존 향가의 대표작으로 일컬어져 온 <제망매가>이다. 앞서 <원왕생가>가 청유형의 종결 방식을 중심으로 시상을 전개한 것과는 달리, <제망매가>는 감탄형에 가까운 의문형 또는 의지형31)을 보이고

---

29) 생사로[生死路]는 예 이샤매 버글이고 나는 가느다 말쏘 몯다 닏고 가느닛고 어느 ᄀᆞᆯ 이른 ᄇᆞᄅᆞ매 이에저에 ᄠᅥ딜 닙다이 ᄒᆞᄃᆞᆫ 가재 나고 가논 곧 모ᄃᆞ온뎌 아으 미타찰애 맛보호 내 도 닷가 기드리고다(신영명, 2005).

30) 오늘 이의 산해[散花] 브르아 자보 ᄉᆞᆲ온 곶아 넌 고돈 ᄆᆞᅀᆞᆷ의 시깃 브리-악 미륵자쥬[彌勒座主] 모셔라(양희철, 1997).

31) 이 부분은 '수도(修道)'의 주체를 작가 자신으로 보면 '의지형'이 되지만, 작가의 누이로

있다. 생사의 향방에 대한 의문과 한탄, 인생의 기원과 종말에 대한 본질적 의문, 그럼에도 불구하고 한 곳에 다시 만나야 한다는 강인한 확신 등 '죽음'에 대한 종교적 서정이 유사한 종결어미의 연속을 통해 점점 더 깊어가고 있다. <원왕생가>의 청유형이 왕생에의 간절한 마음과, 그 마음을 모든 중생이 함께 지녀주기를 의미하는 것이라면, <제망매가>의 의문형에는 개체(個體)의 실존에 대한 의문과 함께 인간적인 슬픔에 대한 깊은 통찰이 드러나 있다. 이 변화가 집단적 신앙에서 개인적 종교로의 상승(上昇)을 뜻한다면 다소 지나칠지 모른다.

그러나 종교의 성격이 이처럼 변화하고 있는 것과는 별도로, 전대(前代)와 마찬가지로 단일한 문장 종결의 방식과 그에 따른 정서의 심화가 여전히 이루어지고 있다는 점은 유념할 만하다. 이는 단일한 감성의 침잠(沈潛)·심화(深化)로서 뒤에 거론할 고려속요에서의 감성의 진폭·진동과는 대비된다. 이는 속요의 문장 종결 방식이 단일한 어형의 연속과는 다른 구성 원리를 선택했기 때문이다.

한편 같은 월명사의 <도솔가(兜率歌)>는 짧은 감탄문과 명령문으로 이루어져 있으며, 문장의 종결에는 모두 "良"이라는 문자를 사용하였다. 그러나 짧은 감탄문 부분은 꽃을 부르는 호격(呼格)이기 때문에, 전체 시상은 꽃에 대한 하나의 명령으로 이루어졌다고 보아도 무방하다.

咽鳴爾處米 / 露曉邪隱月羅理 / 白雲音逐于浮去隱安支下　　　[의문]
沙是八陵隱汀理也中 / 耆郎矣皃史是史藪邪　　　　　　　　[감탄]
逸烏川理叱磧惡希 / 郎耶持以支如賜烏隱 / 心未際叱肹逐內良齊 [의지]
阿耶 / 栢史叱枝次高支好 / 雪是毛冬乃乎尸花判也　　　　　 [감탄]

—<찬기파랑가>32)

보면 '명령형'의 맥락이 된다. 여기서는 일단 작가인 월명사 자신으로 보았다.
32) 우루리 티미 나토신 다라리 힌구룸 조초 부더간 안디가 물이 바른 나리하히 기나 히 지

<찬기파랑가(讚耆婆郎歌)>는 지금까지의 향가와는 달리 '下(의문)－邪(감탄)－齊(의지)－也(감탄)'이라는 중층적(中層的) 구성으로 되어 있다. 첫 문장은 해석하기에 따라 감탄으로 볼 가능성도 있지만, 달과 구름 사이의 추종(追蹤)을 기파랑과 시적 화자 사이의 그것에 대응시키고자 한다면 의문형으로 보는 편이 더 잘 어울린다고 생각한다. "기랑의 모습"과 그것을 좇는 시적 화자의 모습에 대한 감탄과 더불어 "기랑의 마음의 끝"을 좇으리라는 의지가 뒤를 이어 등장하고 있다. 이러한 '의문－감탄－의지'의 정서가 맞물려, 마지막 부분에서 기랑의 이미지에 대한 감탄으로 귀결되는 것이다. 여기서는 감탄형이 둘째, 넷째 문장을 종결시키고는 있지만, 단일한 문장 종결 방식의 연속에 의한 시상의 전개 관습은 일단 깨진 셈이다. 요컨대 <찬기파랑가>에서는 문장 종결 방식의 연속을 찾을 수 없다. 그러면 같은 작가의 <안민가> 역시 그러한지 살펴보자.

君隱父也	[평서]
臣隱愛賜尸母史也	[평서]
民焉狂尸恨阿孩古爲賜尸知民是愛尸知古如	[평서]
窟理叱大肹生以支所音物生此肹喰惡支治良羅	[평서]
此地肹捨遣只於冬是去於丁	[감탄]
爲尸知國惡支持以 / 支知古如後句	[평서]
君如臣多支民隱如 / 爲內尸等焉國惡太平恨音叱如	[감탄]

－<안민가>[33]

시 이시고라 이로 나라시 비라라히 나라 디니기 다비시혼 마ᄉᆞ미 가시홀 조초노하져 아ᄋᆞ 자시시 가지 놉디고 서리 모ᄅᆞᄂᆞ홀 가시한이라(류렬, 2003).

33) 님검은 아비야 알바ᄃᆞᆫ 듯오실 어시야 일거-ㄴ 얼ᄒᆞᆫ 아히고 ᄒᆞ실디 일건이 듯올 알고다 理窟]ㅅ 한흘 살이기 솜 物生[갓살, 生物이] 이흘 자-ㅂ 다술아라 이 다흘 ᄇᆞ리곡 어돌이 니거-뎌 흘디 나라-기 디니이기 알고다 後句 님검답 알바ᄃᆞᆫ답 일건답 ᄒᆞ놀ᄃᆞ언 나라-ㄱ 太平ᄒᆞᆫ음叱다(양희철, 1997).

정치적 언술로 이루어진 작품으로서 <안민가>는 평서형 5개에 감탄형 2개로 구성되어, 지나치게 평서형 위주로 이루어진 것이 아닌가 하는 느낌이 든다. 그러나 본 작품이 수신자인 왕의 진지한 고민에 대한 시적 화자의 답변이었고, 수신자의 요청이 지닌 간절함과 본 작품의 정치·사회적 효과의 파급력 등을 고려한다면 <안민가>의 무게중심은 5행과 7행의 감탄형 종결어미에서 찾아야 할 것이다. <찬기파랑가>가 형상화된 '풍경'을 보여주고 있는 것과는 대조적으로, <안민가>는 군·신·민의 개념과 역할을 분명히 하고 있다. 그렇다면 <안민가>와 <찬기파랑가>는 수사방식상 대칭점을 보이고 있으며, 추정하건대 이와 같은 수사학적 실험(實驗)에 충담사의 작가의식이 있다고도 볼 수 있다.

膝肹古召㫆 / 二尸掌音毛乎支內良 / 千手觀音叱前良中 /
祈以支白屋尸置內乎多   [평서]
千隱手□叱千隱目肹 / 一等下叱放一等肹除惡支 / 二于萬隱吾羅 /
一等沙隱賜以古只內乎叱等邪阿邪也   [청유]
吾良遺知支賜尸等焉 / 於冬矣用屋尸慈悲也根古   [의문]
                                    −<도천수관음가>34)

<도천수관음가(禱千手觀音歌)>는 먼저 자신이 기원(祈願)하는 장면을 구체적으로 묘사하는 평서형으로부터 출발하여, 기원의 내용을 직접 드러내는 청유형이 등장시키고, 기도의 대상에 대한 의문35)으로써 구성을 마무리하고 있다. 텍스트의 성격상 '기원'의 내용이 상당 부분 인용 구문의 형태로 포함되어 있으며, 비슷한 유형의 문장 종결 방식이 나열되지 않

---

34) 무룹흘 고됴며 두블 손바담 모흡ᄂ아 천슈관음叱 전아힁 비롭 숣올 두ᄂ오다 즈믄 손앗 즈믄 눈흘 ᄒᆞᆮ핫 놓… ᄒᆞᆮ흘 덜압 두블 ᄀᆞ문 나라 ᄒᆞᆮ사 그슥주시이 고기ᄂ옷ᄃ야 아야− 나아 깃딥 주실ᄃ언 어둘의 스올 자비야 근고(양희철, 1997).

35) 이와 같은 종교적 의문의 성격은 양희철, 「향가의 주가성을 다시 생각해 본다」, 『한국시가연구』 8(한국시가학회, 2000), 5~32면에 의해 '구속주술'로 정리된 바 있다.

았다. 작품 구성상의 대칭도 눈에 띄지 않는다. 요컨대 <도천수관음가>는 지금껏 살펴 본 향가 일반의 수사방식과는 다소 다른 모습을 띠고 있다. 이는 경덕왕대의 다른 향가들이 나름대로 견고한 작가의식을 토대로 창작된 것과는 대조적으로 <도천수관음가>는 민간(民間)의 기복신앙을 바탕으로 만들어진 데 그 한 원인이 있지 않을까 한다.

말하자면 <풍요>·<원왕생가> 등의 '왕생(往生)'을 기원했던 향가 작품이 보다 일관된 정서의 연계를 지향하고 있다면, <도천수관음가>는 기복의 염원에 대한 정서의 굴곡이 다소 크고 불균형한 모습을 띤다고 정리할 만하다.

2.1.3. 9세기 향가 : <우적가>, <처용가>

마지막으로 9세기 향가의 문장 종결 방식을 살펴보자. 9세기의 향가는 <우적가(遇賊歌)>(元聖王 : 785~799)와 <처용가>(憲康王 : 875~885)의 2편이 남아 있다.

自矣心米 / 兒史毛達只將來呑隱日遠鳥逸□□過出知遣 / 今呑藪未去遣省如
    [평서]
但非乎隱焉破□主次弗□史內於都還於尸郎也 / 此兵物叱沙過乎好尸日沙也
內乎呑尼   [?]
阿耶 / 唯只伊吾音之叱恨隱潃陵隱安攴尙宅都乎隱以多   [평서]
－<우적가>36)

東京明期月良夜入伊遊行如可入良沙寢矣見昆脚烏伊四是良羅 [평서]

---

36) 저의 ᄆᄉ미 즈시 모둘 기려둔 날 멀시 잃은 적 디나 알고 열둔 숨메 가고쇼다 "다ᄆ 그르오" 숨언 破邪主 버그볼 이시ᄂ어도 돌얼 朗[볼금, 郎]야 "이 잠갓사 디나오" 됴홀 ᄀ룸사 야ᄂ오ᄃ니 아야 오딕이 내소리읫 측은 渲陵[믈드르, 낯선 큰 언덕에] 숨압 尙宅[놉힌 집, 오히려 집] 都[모도, 도]-ㄴ이다. [오딕이 내소리읫 측은 善두듥은 안디 尙宅 ᄃ외나다](양희철, 1997).

二肹隱吾下於叱古二肹隱誰支下焉古   [의문]
本矣吾下是如馬於隱奪叱良乙何如爲理古   [의문-(체념)]
                                         -<처용가>37)

이 시기 향가에 관해서는 어석 및 작품 분석과 관련한 쟁점이 상당히 많은 편이다. 그러나 <우적가>의 경우는 시적 화자의 움직임에 대한 서술과 자신의 마음가짐에 대한 평가 등이 평서형을 통해 담백하게 서술되었으며, <처용가>는 "-古"라는 의문형 종결어미를 중심으로 시상이 전개되고 있다는 점 등을 찾을 수 있다. 여기서는 일단 단일한 성격의 종결어미가 나열된다는 점만을 지적하고자 한다.

지금까지 살펴 본 신라 향가의 총 문장 수는 48개에 이른다. 여기서 단일하거나 유사한 종결 방식이 연속되는 형태상의 특질을 '연속'의 양상이라 부르기로 한다.

2.2. '대칭'의 이미지 구성 방식

7세기 향가에서 <혜성가>는 두 가지 층위 사이의 대칭이, <원왕생가>는 화자와 달 사이의 발원의 중첩이 이루어졌다고 했다. 일종의 비유 혹은 유추라 할 수 있는 수사방식이 적용되었는데, 이를 텍스트 구성 방식에서의 '대칭'으로 범주화(範疇化)하고자 한다.

이러한 경향은 8세기 향가에도 이어지고 있다. <헌화가>에는 노인과 수로부인, 철쭉과 암소가, <원가>에는 변질과 불변, 자연사와 인간사가 한 편의 텍스트 속에서 대칭·중첩의 양상을 띠고 있다. 향가의 수사방식에서 비유·상징이 갖는 비중은 이미 지적된 바 있지만,38) 이와 같은

---

37) 東京 볼기 드라라 밤드리 노니다가 드러ᅀᅡ 자리 보곤 가로리 네히러라 두보른 내해엇고 두보른 누기핸고 본더 내히다마른논 아ᅀᅡ놀 엇디ᄒᆞ릿고(김완진, 1980).

유추(類推)에 의한 대칭이 나타나는 빈도와 그 시적 의미는 앞으로 탐구할 만한 과제가 아닐까 한다.

生死路隱	(A)생사로〔生死路〕는
此矣有阿米次肹伊遣	예 이샤매 버글이고
吾隱去內如辭叱都	(B)나는 가느다 말쏘
毛如云遣去內尼叱古	몯다 닏고 가느닛고
於內秋察早隱風未	어느 ᄀᆞ술 이른 ᄇᆞ르매
此矣彼矣浮良落尸葉如一等隱枝良出古	이에저에 뼈딜 닙다이 ᄒᆞ돈 가재 나고
去奴隱處毛冬乎丁	가논 곧 모두온뎌
阿也	아으
彌陀刹良逢乎吾道修良待是古如	(A″)미타찰애 맛보호 (B″)내도 닷가 기드리고다39)

특히 <제망매가>는 "생사로"와 "미타찰"의 대칭이 시상 전반을 이끌어가는 가운데, 자연계와 인간계, 화자와 누이, 나아가 영속적인 존재와 무상한 존재 사이의 대칭·중첩이 이루어지고 있다. 이와 같은 '대칭'의 수사방식은 현존 향가 가운데 <제망매가>가 서정시로서 성취가 가장 높다는 평가의 한 원인이기도 하다.

咽嗚爾處米	우루리 티미
露曉邪隱月羅理	나토신 (A)ᄃᆞ라리
白雲音逐于浮去隱安支下	힌구룸 조초 부더간 안디가
沙是八陵隱汀理也中	물이 바론 나리하히
耆郎矣皃史是史藪邪	(B)기나 히 지시 이시고라

---

38) 신재홍(2006), 226~284면.
39) 신영명, 「<제망매가>, 회향의 노래」, 『고전문학 사회사의 탐구』(새문사, 2005), 39면.

逸烏川理叱磧惡希　　　　　이로 나라시 비라라히
郎也持以支如賜烏隱　　　　나라 디니기 다비시혼
心未際叱肹逐內良齊　　　　(A″)마〃미 가시홀 조초노하져

阿耶　　　　　　　　　　　아으
栢史叱枝次高支好　　　　　자시시 가지 놉디고
雪是毛冬乃乎尸花判也　　　(B″)서리 모〃〃흘 가시한이라40)

앞서 논의했듯이 <찬기파랑가>에는 '연속'의 관습이 활용되지 않았다. 그럼에도 불구하고 대칭·중첩에 의한 구성은 여전히 유효하다. 우선 첫째─셋째 문장 그리고 둘째─넷째 문장은 각각 '기파랑의 존재에 대한 탐색과 그 확인'이라는 일종의 문답구조(問答構造)를 갖추었다. "다라리"와 "마〃미 가시"를 각각 기파랑의 남은 자취라 한다면, "기나 히 지시"와 "서리 모〃〃흘 가시한"은 화자가 탐색하여 찾은 기파랑의 모습이다. 그리고 작품의 주제는 제목에도 나와 있듯이 기파랑에 대한 찬사(讚辭)인데, 평면적인 찬사가 아닌, 화자의 시선(視線)을 상하로 움직이면서 기파랑의 형상을 주변 풍경에 중첩시키고, 기파랑의 마음이 주변 인물들의 마음에 내재화되는 입체적인 시상을 지향한다.41)

이상 <제망매가>와 <찬기파랑가>의 사례를 통해 '대칭'에 의한 텍스트 구성이 향가의 서정성과 깊은 관계를 맺고 있음을 알 수 있다. 한편 9세기 향가 두 편에는 '연속'의 관습이 뚜렷이 보이기도 하지만, 다른 한 편으로는 화자와 적대적인 관계의 상대─<우적가>의 '도적'이나 <처용가>의 '역신' ─ 와의 조화(調和)·화해(和諧)가 중요한 화두로 등장하고 있다는 점을 부각하고자 한다. <우적가>에서 내 마음의 모습[自矣

---

40) 류렬(2003).
41) 서철원(2006), 124~133면.

心米兒]과 다만 그릇된 파계주[但非乎隱焉破□主],[42] <처용가>에서 동경(東京)의 번화한 모습과 화자의 침실 속에서의 파국이 대칭된 점도 유의할 만하다.

지금까지 살펴 본 문장 구조 혹은 텍스트의 구성에서 대비, 대립, 유추, 대칭 등의 속성이 나타나는 경우를 '대칭'의 양상이라 부르도록 한다.

2.3. <보현시원가>에서 '연속'과 '대칭'

고려 광종대(光宗代, 949~975), 곧 10세기 중엽의 향가인 <보현시원가>는 신라 향가의 잔영(殘影) 정도로 취급되기도 했으나, 근래의 연구에서 나름의 시적 성취를 지닌 것으로 평가받고 있다.[43] <보현시원가>의 문장 종결 방식을 검토해 보자. <보현시원가>는 한역시의 존재로 인해 어석상의 쟁점이 비교적 적을 뿐더러, 4행을 단위로 한 문장의 구분 단위 역시 명료한 편이다.

넷째 작품인 <참회업장가>까지는 '연속'의 원리가 뚜렷이 적용되지 않은 것처럼 보이지만, 다섯째 작품인 <수희공덕가>부터는 유사한 방식의 문장 종결 표지가 뚜렷이 보이고 있다. 그러다가 열째 작품인 <보개회향가>부터 다시 문장 종결 방식의 연속이 사라지고 있다. 요컨대 각 편에 따라 '연속'의 관습이 나타나기도 하고, 그렇지 않기도 하다. 따라

---

42) "破□主"의 공백에 대해서는 異說이 많으나, 여기서는 일단 가장 널리 선택되는 '破戒主'로 생각하고자 했다.

43) 김승찬, 「<均如傳>과 <請轉法輪歌>」, 『향가문학론』(새문사, 1986), 409~429면.
윤희철, 『고려향가연구』(새문사, 1988).
윤태현, 「<普賢十願歌>의 배경과 문학적 성격 연구」(동국대 석사논문, 1995).
임기중 외, 『새로 읽는 향가문학』(아세아문화사, 1998), 314~517면.
서철원, 「均如의 작가의식과 <普賢十願歌>」(고려대 석사논문, 1999). 본서 Ⅱ부에 재수록.
서철원, 「<普賢十願歌>의 수사방식과 사상적 기반」, 『한국시가연구』 10(한국시가학회, 2001), 207~228면.

서 11편 전체를 4 : 5 : 2으로 나누어, '연속'의 관습과 詩想의 전개가 갖는 관련성을 살펴보겠다.

心未筆留 / 慕呂白乎隱佛體前衣 / 拜內乎隱身萬隱 / 法界毛叱所只至去良 / 塵塵馬洛佛體叱刹亦 / 刹刹每如邀里白乎隱 / 法界滿賜隱佛體 / 九世盡良禮爲白齊 / 歎曰 / 身語意業无疲厭 / 此良夫作沙毛叱等耶

—<禮敬諸佛歌>44)

今日部伊冬衣 / 南无佛也白孫舌良衣 / 无盡辯才叱海等 / 一念惡中湧出去良 / 塵塵虛物叱邀呂白乎隱 / 功德叱身乙對爲白惡只 / 際于萬隱德海肹 / 間王冬留讚伊白制 / 隔句 / 必只一毛叱德置 / 毛等盡良白手隱乃兮

—<稱讚如來歌>45)

火條執音馬 / 佛前灯乙直體良焉多衣 / 灯炷隱須彌也 / 灯油隱大海逸留去耶 / 手焉法界毛叱色只爲 旀 / 手良每如法叱供乙留 / 法界滿賜仁佛體 / 佛佛周物叱供爲白制 / 阿耶 / 法供沙叱多奈 / 伊於衣波 最勝供也

—<廣修供養歌>46)

顚倒逸耶 / 菩提向言道乙迷波 / 造將來臥乎隱惡寸隱 / 法界餘音玉只出隱伊音叱如支 / 惡寸習落臥乎隱三業 / 淨戒叱主留卜以支乃遣只 / 今日部頓部叱懺悔 / 十方叱佛體遣只賜立 / 落句 / 衆生界盡我懺盡 / 來際永良造物捨齊

—<懺悔業障歌>47)

---

44) <普賢十願歌>의 어석은 최행귀 한역시와의 비교에 유의한 성과인 김완진(1980)을 따른다. "ᄆᆞᅀᆞ미 부드로 그리ᄉᆞᆯ본 부텨 알ᄑᆡ 저ᄂᆞ온 모마는 法界 업ᄃᆞ록 니르거라 塵塵마락 부텻 刹이역 刹刹마다 모리ᄉᆞᆯ본 法界 ᄎᆞ신 부텨 九世 다ᄋᆞ라 절ᄒᆞ솜져 아야, 身語意業无疲厭 이렁 ᄆᆞᄅ 지ᅀᅡ못ᄃᆞ야".
45) 오늘 주비들히 南无佛이여 ᄉᆞᆯᄫᆞᆯ손 혀라히 無盡辯才ㅅ 바ᄃᆞᆯ 一念악히 솟나거라 塵塵虛物ㅅ 모리ᄉᆞᆯ본 功德ㅅ身을 對ᄒᆞᄉᆞᆯᄫᅡ ᄀᆞ 가만 德海ᄅᆞᆯ 醫王들로 기리솜져 아야, 반ᄃᆞᆨ 一毛ㅅ 德도 모ᄃᆞᆯ 다ᄋᆞ라 ᄉᆞᆯ본 너여.
46) 블 줄 자ᄇᆞ마 佛前燈을 고티란더 燈炷는 大海 이루거야 香ᄋᆞᆫ 法界 업ᄃᆞ록 ᄒᆞ며 香아마다 法ㅅ供ᄋᆞ로 法界 ᄎᆞ신 부텨 佛佛 온갖 供 ᄒᆞ솜져 아야, 佛供앗 하나 뎌를 니버 最勝供이여.
47) 顚倒 여히야 菩提 아ᄋᆞ 길흘 이바 지ᅀᆞ려누온 머즈는 法界 나목 나님짜 머즌 비홋 디누온 三業 淨界ㅅ主로 디니ᄂᆞ곡 오늘 주비 ᄇᆞᄅᄫᆞᆺ 懺海 十方ㅅ 부텨 마기쇼셔 아야, 衆生

이들 4편 모두 각각 3개의 문장으로 이루어져 있으며, 4행과 8행에서 문장의 종결이 이루어지는 면 또한 동일하다. 이들의 문장 종결 방식을 요약하면 다음과 같다.

	1~4행	5~8행	9~11행
〈禮敬諸佛歌〉	良 : 명령	齊 : 감탄	耶 : 의지－(명령)
〈稱讚如來歌〉	良 : 명령	制 : 의지	兮 : 감탄
〈廣修供養歌〉	耶 : 감탄	制 : 의지	也 : 감탄－(평서)
〈懺悔業障歌〉	支 : 평서	立 : 청유	齊 : 의지

정리하고 보면 대체로 감탄형, 명령형이 자주 등장하기는 해도, 같은 종결방식이 2회 이상 연달아 등장하는 사례는 보이지 않는다. 그러나 수사방식에서는 화자와 불보살(佛菩薩) 사이의 대칭적 관계가 뚜렷한 점층적 구성을 통해 드러나고 있다. <예경제불가(禮敬諸佛歌)>에서는 “마음의 붓[心未筆]”으로 그린 부처의 모습이 온 법계(法界)까지 확장되는 점층적 과정이 잘 드러나 있으며, <칭찬여래가>는 “나무불”이라 사뢰는 혀를 끝없는 덕(德)의 바다의 보살들[間王][48]이 기리고 있다. <광수공양가>는 등불을 돋우는 법공양의 행위를, <참회업장가>는 과거의 악업을 뉘우치는 행위에 대하여 시방 부처가 인정하는 모습이다. 요컨대 화자의 공덕(功德)을 신들이 축원하는 구성을 취하고 있으며, 결국 이 작품의 수용자들에게 그 같은 행위를 하도록 촉구하고 있는 셈이다.

따라서 <보현시원가> 전반부 4편에서 ‘연속’은 찾을 수 없었지만, ‘대칭’은 지속적으로 드러나는 양상을 확인할 수 있었다. 특히 화자와 불보살의 대칭 관계가 명확하다.

界盡我懺盡 來際 오랑 造物 ㅂ리져.

48) “間王”에 대해서는 未詳이며, 논쟁이 진행중이지만, 여기서는 일단 “醫王”으로 본 김완진(1980)의 입장을 따랐다.

迷悟同體叱 / 緣起叱理良尋只見根 / 佛伊衆生毛叱所只 / 吾衣身不喩仁人音
有叱下呂 / 修叱賜乙隱頓部叱吾衣修叱孫丁 / 得賜伊馬落人米無叱昆 / 於內人衣
善陵等沙 / 不冬喜好尸置乎理叱過 / 後句 / 伊羅擬可行等 / 嫉叱心音至刀來去

―<隨喜功德歌>49)

彼仍反隱 / 法界惡之叱佛會阿希 / 吾焉頓叱進良只 / 法雨乙乞白乎叱等耶 /
无明土深以埋多 / 煩惱熱留煎將來出米 / 善芽毛冬長乙隱 / 衆生叱田乙潤只沙
音也 / 後言 / 菩提叱菓音烏乙反隱 / 覺月明斤秋察羅波處也

―<請轉法輪歌>50)

皆佛體 / 必于化緣盡動賜隱乃 / 手乙寶非鳴良爾 / 世呂中止以友白乎等耶 /
曉留朝于萬夜未 / 向屋賜尸朋知良閪尸也 / 伊知皆矣爲米 / 道尸迷反群良哀呂
舌 / 吾里心音水淸等 / 佛影不冬應爲賜下呂

―<請佛住世歌>51)

我佛體 / 皆往焉世呂修將來賜留隱 / 難行苦行叱願乙 / 吾焉頓部叱逐好友伊
音叱多 / 身只良只塵伊去米 / 命乙施好尸歲史中置 / 然叱皆好尸卜下里 / 皆佛
體置然叱爲賜隱伊留兮 / 城上人 / 佛道向隱心下 / 他道不冬斜良只行齊

―<常隨佛學歌>52)

覺樹王焉 / 迷火隱乙根中沙音賜焉逸良 / 大悲叱水留潤良只 / 不冬萎玉內乎

---

49) 迷悟同體ㅅ 緣起ㅅ理라 차작 보곤 부텨뎌 衆生 업두록 내이 모마 안딘 사룸 이샤리 닷
ㄱ시론 ㅂㄹㅅ봇 내이 닷ㄱ손뎌 어드시리마락 사ㄹ미 업곤 어느 사ㄹ미 ㅁㄹ둘ㅿ 안둘 깃
글 두오릿과 아야, 뎌라 비겨 녀든 嫉妬ㅅ ㅁ슘 니를올가.
50) 뎌 지즐는 法界아깃 佛會아히 나는 ㅂ롯 나ㅅ 法雨를 비숣옷도야 無明土 기피 무더 煩惱
熱로 다려내매 善芽 모둘 기른 衆生ㅅ 바롤 적셔미여 아야, 菩提ㅅ 여름 오올는 覺月 볼
ㄱ ㄱ술 라ㅂ딕여.
51) 모든 부텨 비록 化緣 다아 뮈시나 소놀 부븨울어곰 누리히 머믈우술ㅂ오ㄷ야 붉는 아춤
가만 바매 아ㅇ실 번 아라 고티리여 뎌 알기 드뵉매 길 이반 몰아 셜ㅂ리여 아야, 우리
ㅁ슘믈 몰가돈 佛影 안둘 應ㅎ샤리.
52) 우리 부텨 모든 간 누리 닷ㄱ려시론 難行苦行ㅅ 願을 나는 ㅂㄹㅅ봇 조초 벋덤따 모믹 ㅂ
숙 드틀뎌 가매 命을 施홀 스쇠힉도 그럿 모든 홀 디녀리 모든 부텨도 그럿 ㅎ시니로여
아야, 佛道 아ㅇ ㅁ슘하 녀느 길 안둘 빗걱 녀져.

留叱等耶 / 法界居得丘物丘物叱 / 爲乙吾置同生同死 / 念念相續无間斷 / 佛體 爲尸如敬叱好叱等耶 / 打心 / 衆生安爲飛等 / 佛體頓叱喜賜以留也

— <恒順衆生歌>

이들 5편에서 각 문장의 종결 방식은 다음과 같다. 다만 이 가운데 <청불주세가(請佛住世歌)>와 <항순중생가>는 4문장으로 이루어졌다.

	1~4행	5~8행	9~11행
〈隨喜功德歌〉	呂 : 의문(반어)	過 : 의문(반어)	去 : 문(반어)
〈請轉法輪歌〉	耶 : 평서	也 : 감탄	也 : 감탄
〈請佛住世歌〉	耶 : 감탄－(의지)	也 : 감탄(2회)	呂 : 의문(반어)
〈常隨佛學歌〉	多 : 평서	兮 : 평서	齊 : 의지
〈恒順衆生歌〉	良, 耶 : 평서	耶 : 의지	也 : 평서

<수희공덕가>는 특이하게 설의법을 활용한 의문형 3개가 연속되어 있다. '연속'의 지향이 매우 강하다 할 수 있다. 김완진(1980)에 따르면 이 부분의 어석은 각각 다음과 같다.

　… 내이 모마 안딘 사롬 이샤리
　… 안둘 깃글 두오릿과
　… 嫉妬ㅅ 모슴 니를올가

이들을 평서형으로 바꾸면 각각 "(남들이라 할지라도) 나의 몸이 아닌 사람이 없다", "기쁜 마음을 아니 둘 수 없다", "질투의 마음이 이르지 않을 것이다" 정도가 될 것이다. 말하자면 앞의 4작품이 화자와 불보살의 관계를 대칭으로 취했다면, <수희공덕가>에서 문제가 되는 것은 나와 남의 관계라 할 수 있다. 따라서 수용자의 인식 전환을 통해 현실적 효용성을 극대화하고자 했던 7세기 향가와 마찬가지로 '연속'의 관습을 뚜렷이 보이고 있는 듯하다. 이렇게 남과 나를 동일시하는 종교적 인식의 성장을 통해 <보현시원가>의 향유층은 점차 확산되고, "세인희락지구(世人喜樂之具)"로서 향가의 효능 역시 성취되었을 것이다.

<청전법륜가>는 <보현시원가> 11편 가운데 비유·상징의 구사가 가장 뛰어난 작품으로 인정받아 왔다.[53] 마음[佛田]의 종교적 성장 과정을 농사의 과정에 비유하여 "법우(法雨)", "보리(菩提)"와 "무명토(無明土)", "번뇌열(煩惱熱)"의 대칭으로 그려냈다. 이들의 대칭이 한 자리에 만나는 시·공간을 "깨달음의 달이 밝은 가을 밭[覺月明斤秋察羅波處]"으로 집약시켰다. 한편 문장의 종결방식을 정리하면, 화자 자신이 불회(佛會)에 나가는 장면을 평서형으로 전개하고, 불심(佛心)의 성장 과정은 감탄형 2개를 연속하는 '연속'의 관습을 통해 묘사하였다. 이는 곧 설법을 통해 굴린[轉] 법륜(法輪)의 효용이며, 남들의 마음까지 모두 "보리(菩提)"의 경지에 이르기를 촉구한 것이다.

<청불주세가>는 길 잃은 무리들을 위해 부처를 머물게 하고 싶다는 화자의 발원이, <상수불학가>는 부처의 난행·고행을 화자 자신이 받아들이겠다는 결심이 각각 감탄형과 평서형의 연속을 통해 드러나 있다. 한편 <항순중생가>는 중생과 더불어 "동생동사"하리라는 화자의 의지형 표현을 중심으로 부처와 중생의 관계에 대한 평서형 문장의 연속으로 이루어졌다.

<보현시원가>의 다섯째~아홉째 작품들은 화자 자신과 주변의 중생과의 관계, 부처와 중생과의 관계, 화자와 부처와의 관계가 '연속'의 관습을 통해 표현되었으며, 인물들 사이의 대칭관계 또한 지속적으로 드러나 있다.

---

53) 김승찬(1986).

皆吾衣修孫 / 一切善陵頓部叱廻良只 / 衆生叱海惡中 / 迷反群无史悟內去齊 /
佛體叱海等成留焉日尸恨 / 懺爲如好仁惡寸業置 / 法性叱宅阿叱寶良 / 舊留然
叱爲事置耶 / 病吟 / 禮爲白孫隱佛體刀 / 吾衣身伊波人有叱下呂

—〈普皆廻向歌〉54)

生界盡尸等隱 / 吾衣願盡尸日置人伊而也 / 衆生叱邊衣于音毛 / 際毛冬留願
海伊過 / 此如趣可伊羅行根 / 向乎仁所留善陵道也 / 伊波普賢行願 / 又都佛體
叱事伊置耶 / 阿耶 / 普賢叱心音阿于波 / 伊留叱餘音良他事捨齊

—〈總結無盡歌〉55)

마지막 부분에서 〈보개회향가〉는 3개의 문장으로 되었고, 〈총결무진
가〉는 모두 4개의 문장으로 구성되었다. 초반부에 있었던 '연속'의 관습
은 부분적으로 다시 등장하고 있지만, 그보다는 '평서—의지—감탄'의
묶음이 이루는 '반복'의 성향이 더 크다.

	1~4행	5~8행	9~11행
〈普皆廻向歌〉	齊 : 의지	耶 : 평서	呂 : 감탄
〈總結無盡歌〉	也 : 평서	也 : 감탄	耶 : 감탄　齊 : 의지
(연결어미 종결)			

이들 두 편은 중생제도에 대한 화자의 의지, 종교의 보편적 진실에 대
한 굳건한 믿음과 그에 따른 예찬으로 이루어져 있다. 〈총결무진가〉 중
반부에 감탄형의 연속이 일어나고는 있지만, 뒷부분이 앞부분에 대한 부

---

54) 모든 내이 닷굴손 一切 므르 브르븟 돌악 衆生ㅅ 바둘아기 이반 물 업시 찌ᄃ르거져 부
　　텻 바둘 이론 나론 懺ᄒ더온 머즌 業도 法性 지밧 寶라 녀리로 그럿 ᄒ시도야 아야, 절
　　ᄒ슬ᄫ손 부텨도 내이 모마 뎌버 사롬 이샤리.
55) 生界 다올돈 내이 願 다올 날도 이시리마리여 衆生 가시오모 ㄹ 모ᄃ논 願海이고 이 ᄀ
　　녀겨 뎌라 녀곤 아온디로 므르 길히여 뎌바 普賢行願 쏘 부텻 이리도야 아야, 普賢ㅅ 모
　　ᅀᆞ마 ᄀᄫᅡ 뎌롯나마 他事 ᄇ리져.

연에 그치고 있다. 그보다는 화자를 중심으로 한 중생과 부처의 대칭이 지속적으로 나타나는 점이 더 눈에 띈다.

요컨대 <보현시원가>는『삼국유사』소재 향가에 비하면 시형이 비교적 정연한 형태로 구분되어 있어, 11편의 향가가 총 36개의 문장으로 되어 있다. '연속'의 관습은 부분적으로 희석되어가고 있으며, '대칭'은 화자를 사이에 두고 부처와 중생 사이에서 여러 차례 이루어지고 있다.

말하자면 향가는 비슷한 문장 종결 방식의 '연속'과 문장 구조상의 대칭을 통해 단일한 시상을 침잠·심화시키는 수사방식을 지향하고 있다는 것이다. 이제 현존 고려속요를 통해 향가의 '연속'·'대칭'의 작시(作詩) 관습이 어떤 양상으로 전변하는지 살펴보기로 하자.

3. 고려속요의 어조와 이미지 구성 방식-'반복'과 '굴곡'

3.1. '반복'의 문장 종결 방식과 어조

흔히 향가와 고려속요의 전변 양상에서 주목된 작품들, <도이장가(悼二將歌)>나 이른바 향가계 고려속요들, <기사뇌가>와 같은 선시 계통의 작품들이 있다.56) 이들부터 거론하여 향가와 속요의 관계를 추적해 나가는 것이 순리일 것이다.

---

56) 이들에 대한 근래의 논저는 다음과 같다.

유승민, 「빈공제자와 향가 소멸과의 관련성에 대한 시고」,『동아어문논집』3(동아대학교, 1993), 33~51면 ; 유영봉, 「혜심의 <기사뇌가>에 대하여」,『한국한문학』20(한국한문학회, 1997), 27~40면 ; 박경주, 「고려시대 향가 전승과 소멸 양상에 관한 고찰-<普賢十願歌> 이후를 중심으로 하여」,『한국시가연구』4(한국시가학회, 1998), 183~210면 ; 김명준, 「<정과정>과 향가의 거리」,『우리문학연구』14(우리문학회, 2001), 131~152면(『한국 고전시가의 모색』, 보고사, 2008에 재수록).

그러나 여기서는 이들을 일단 논외로 하고, 향가와 속요의 차별상(差別相)을 보다 직접적인 대비를 통해 드러내고자 한다. 이는 향가의 여진이라 할 수 있는 저 작품들을 충분한 단계로 소화하여 검증할 만한 준비가 되지 못한 탓이기도 하지만, 그보다는 양자의 형식적 특질이 완전히 구별되지 못한 상태에서 과도기적 징후들을 분석하려는 시도는 시기상조일 수밖에 없다는 판단에 말미암은 바가 더 크다. 따라서 앞서 향가 형식론의 논점을 지속해서, 고려속요 텍스트에서의 문장 종결 방식과 시상 전개의 구조를 생각해 보기로 한다. 여기서는 이른바 연장체, 단련체, 향가계 고려속요 등의 범주에 속한다고 거론되어 온 몇 편의 텍스트를 인용하여 고찰하고, 고려속요 전체의 문장 종결 방식은 다음 장에서 표로 정리하여 살펴보고자 한다. 가급적 각각의 계열별로 한 편씩 거론함으로써, 여기서 거론한 '반복'의 관습이 연장체, 단련체, 향가계 고려속요 등에 두루 통하는 것임을 강조하고자 한다.57)

먼저 향가의 전통과는 지역적으로 무관한, 백제의 시가 유산일 가능성도 있는 단련체 가요 <정읍사(井邑詞)>를 살펴보자.

(前　腔)	돌하	[호칭]
	노피곰 도드샤 / 어긔야 머리곰 비취오시라	[명령]
	어긔야 어강됴리	
(小　葉)	아으 다롱디리	
(後　腔)	즌져재 녀러신고요	[의문]
	어긔야 즌더를 드더욜세라	[평서(근심)]
	어긔야 어강됴리	
(過　編)	어느이다 노코시라	[청유]
(金善調)	어긔야 내 가논 더 졈그롤세라	[평서(근심)]

---

57) 다만 이것이 '반복'의 관습을 고려속요만의 독자성으로 평가하고자 하는 의도는 아니며, 아직은 향가에 대비하여 연장체 시가로서 지닐 수 있는 개연적 특질 정도로 보고자 한다.

　　　　어긔야 어강됴리

(小　葉)　　아으 다롱디리58)

─<정읍사>

　　<정읍사>의 문장 종결 방식은 '호칭─명령─의문─평서─청유─평서'로 이루어져 있다. '연속'의 관습은 활용되지 않았으며, 그 대신 '의문─평서(근심)'의 종결 방식의 반복이 이루어지고 있다. 말하자면 기원의 대상인 달에게 간청하고, 그럼에도 불구하고 의문을 갖다가 근심하고, 다시 또 의문과 함께 간청하는 모습이 되풀이된다. 이른바 연장체로 이루어진 고려속요가 지닌 반복적 구성은 그동안 여러 차례 지적되어 왔다.59) 여기서는 그와 같은 반복이 텍스트 내에서 문장 사이에서도 일어나고 있음을 언급하고자 하는 것이다. 이를 향가의 '연속'의 관습과 구별되는 '반복'의 원리라 부르고자 한다.

　　雙花店에 雙花사라 가고신딘 / 回回아비 내손모글 주여이다　　[평서]

　　이말숨미 이店밧긔 나명들명 / 다로러거디러

　　죠고맛감 삿기광대 네마리라 호리라　　　　　　　　　　　　[의지]

　　더러둥셩 다리러디러 다리러디러 다로러거디러 다로러 /

　　긔자리예 나도 자라 가리라　　　　　　　　　　　　　　　[의지]

　　위 위 다로러거디러 다로러 / 긔잔디 ᄀᆞ티 덦거츠니 업다60)　　[평서]

─<쌍화점, 부분>

　　삭삭기 셰몰애 별헤 나는 / 삭삭기 셰몰애 별헤 나는 /

　　구은밤 닷되를 심고이다　　　　　　　　　　　　　　　　　[평서]

　　그바미 우미 도다 삭나거시아 / 그바미 우미 도다 삭나거시아 /

---

58) 『樂學軌範』 卷5. 時用鄉樂呈才圖儀. 舞鼓.

59) <서경별곡>, <만전춘별사>, <가시리> 등의 작품이 이러한 사례에 해당한다. 이들은 語句의 일부분이 반복되거나, 행에 따라 문장 성분이 조금씩 늘어나는 구성을 취하고 있다.

60) 『樂章歌詞』.

有德ᄒ신 님믈 여희ᄋ와지이다[61]   [의지]
                                        −<정석가, 부분>

　연장체 가요인 <쌍화점>과 <정석가>는 동일한 모티프의 나열과 함
께 '평서형−의지형'으로 엮어진 종결 방식이 반복되고 있다. <쌍화점>
의 4개 연, <정석가>의 6개 연 가운데 4개 연이 모두 이와 같은 방식을
취했다.

　그러나 고려속요 자체가 단일한 성격의 역사적 장르가 아니었기 때문
에,[62] '반복'의 관습이 모든 텍스트에 두루 통용되는 것은 아니다. 개중
에는 향가의 관습이었던 '연속'의 징후가 아직 남아 있는 작품들도 있다.
이른바 '향가계 고려속요'로 알려진 <정과정>을 살펴보면, 총 9개의 문
장이 '평서−평서−의지−의문−평서−감탄−감탄−의문−명령'의 순
으로 되어 있다. 평서형과 감탄형의 '연속'이 보이기는 하지만, 이것만으
로 향가와의 상관 관계를 바로 논의하기에는 다소 무리가 있다. '연속'의
관습이 보다 뚜렷한 작품은 연장체로서는 <청산별곡>, <동동>과 단련
체로서는 <이상곡>, <가시리> 등이 있다. 여기서는 <청산별곡>과
<이상곡>을 살펴보겠다.

　　살어리 살어리랏다 / 靑山애 살어리랏다 / 멀위랑 ᄃ래랑 먹고 /
　　靑山애 살어리랏다   [의지]−[의지]−[의지]
　　우러라 우러라 새여 / 자고 니러 우러라 새여 / 널라와 시름한 나도 /
　　자고 니러 우니로라   [감탄]−[감탄]−[호격]−[감탄]−
　　　　　　　　　　　　　　　　　　　　[호격]−[평서]

<hr>

61) 『樂章歌詞』.
62) 정기호, 「고려속요의 형태론적 연구」, 『동악어문논집』 11(동악어문학회, 1978), 129~
　　161면 ; 김흥규, 「고려속요의 장르적 다원성」, 『욕망과 형식의 시학』 1(태학사, 1999),
　　97~114면.

가던 새 가던 새 본다 / 믈아래 가던 새 본다 / 잉무든 장글란 가지고 /
믈아래 가던 새 본다   [감탄]−[감탄]−[감탄]
이링공 뎌링공 ᄒᆞ야 / 나즈란 디내와 숀뎌 / 오리도 가리도 업슨 /
바므란 ᄯᅩ 엇디호리라   [감탄]−[의문]
어듸라 더디던 돌코 / 누리라 마치던 돌코 / 믜리도 괴리도 업시 /
마자셔 우니노라   [의문]−[의문]−[평서]
살어리 살어리랏다 / 바ᄅᆞ래 살어리랏다 / ᄂᆞ 무자기 구조개랑 먹고 /
바ᄅᆞ래 살어리랏다   [평서(의지)]−[평서(의지)]−[평서(의지)]
가다가 가다가 드로라 / 에정지 가다가 드로라 / 사스미 짒대예 올아셔 /
奚琴을 혀거를 드로라   [감탄]−[감탄]−[감탄]
가다니 비브른 도긔 / 설진 강수를 비조라 / 조롱곳 누로기 미와 /
잡ᄉᆞ와니 내 엇디ᄒᆞ리잇고63)   [감탄]−[의문(체념)]

−<청산별곡>

비오다가 개야 아 눈 하 디신나래 / 서린 석석사리 조본 곱도신 길헤 /
다롱디우셔 마득사리 마두너즈세 너우지 / 잠ᄯᅡ간 내니믈 너겨 /
깃돈 열명길헤 자라오리잇가   [의문]
종종霹靂 아 生 陷墮無間 / 고대셔 싀여딜 내 모미 /
종종霹靂 아 生 陷墮無間 / 고대셔 싀여딜 내 모미 /
내님 두ᅌᅩ고 년뫼롤 거로리   [의문]
이러쳐 뎌러쳐 / 이러쳐 뎌러쳐 期約이잇가   [의문]
아소 님하 ᄒᆞᆫ디 녀젓 期約이이다64)   [평서−(의지)]

−<이상곡>

연장체 <청산별곡>은 1개의 문장이 반복, 부연되면서 1개의 연을 이
루고 있는데, 각 연에 따라 처음 보이는 문장 종결 방식이 여러 차례 되
풀이되는, 향가에 있었던 '연속'의 관습이 지속되고 있는 것처럼 보이기
도 한다. 다만 이러한 특질은 향가의 유산이라기보다 민요형 구조의 도

---

63) 『樂章歌詞』.
64) 『樂章歌詞』.

입 등에 말미암은 것이기도 하다. 한편 <청산별곡>과 마찬가지로 1문장이 1개의 연을 구성하고 있는 <동동> 역시 평서형과 감탄형을 중심으로 한 '연속'의 관습을 유지하고 있다. <이상곡>은 총 8개의 문장으로 구성되었는데, 특히 의문형 종결 방식이 여러 차례 보이고 있다. 이는 <가시리>에도 보이는 특징이다. 따라서 <정과정>, <청산별곡>, <동동>, <이상곡> 그리고 <가시리>는 향가와 마찬가지로 '연속'의 관습이 지속되고 있다고 볼 수 있다. 이들은 <정읍사>, <쌍화점>, <정석가> 등과는 형식적으로 구별되는 텍스트라 할 수 있다.

고려속요에서는 복수(複數)의 문장 종결 방식이 반복되는 형태를 띠고 있는 점이 향가에서의 '연속'과는 구별되는 형식적 특징이라 하겠다. 그러나 고려속요는 단일 장르가 아닌 관계로65) 다양한 문장 종결 방식을 모두 포괄하여 체계화할 수는 없었으며, 여기서는 일단 향가의 문장 종결 방식 관습과는 구별되는 원리로서 '반복'의 징후가 있음을 드러내기에 그쳤다.

3.2. '굴곡'의 이미지 구성 방식

고려속요의 '반복'은 향가의 '연속'과는 질적으로 다른 시상 전개 방식이다. 향가가 유사한 문장 종결 방식의 연속을 통해 단일한 정서를 침잠, 심화시키는 전개로 나아간다면, 고려속요는 두 가지 이상의 종결 방

---

65) 그렇다면 여기서 鄕歌는 단일 장르인지 여부가 문제가 된다. 향가 역시 신라 서정문학의 凡稱이었던 만큼, 단일 장르가 아닐 가능성이 더 크다. 그러나 고려속요가 『악장가사』·『악학궤범』·『시용향악보』 등 성격을 달리 하는 여러 문헌에 전승된 것과는 달리, 신라 향가는 『삼국유사』 소재작만 남아 있다. 이 때문에 현존 향가가 현존 고려속요에 비하면 단일성이 좀 더 크다고 전제한 것이다. 요컨대 향가도 고려속요와 마찬가지로 다양한 장르적 다원성을 지니고 있었겠지만, 현존 문헌의 단일성 때문에 오늘날의 우리가 확인할 수 있는 양상은 단일한 층위에 가까울 수밖에 없다는 것이다.

식이 엮어진 '군(群)'을 반복시킴으로써 좀 더 복잡하고 변화의 진폭이 큰 정서를 담아낼 수 있는 것이다. 이렇게 다양한 정서의 진폭(振幅)을 되풀이함으로써 시상을 갈무리하는 수사방식을 '굴곡(屈曲)'의 텍스트 구성 방식이라 부르기로 한다.66)

정서의 '굴곡'은 특정 정서의 강약 혹은 천심(淺深)이 텍스트 내에서 일정한 간격을 두고 되풀이되는 양상으로 드러난다. 앞서 살펴 본 <정읍사>에서 남편에 대한 근심의 정서가 달과의 관계 속에서 커졌다 작아졌다 하는 양상을 살펴볼 수 있다. 이렇게 특정한 대상에 대한 마음의 강약 변화를 통해 시상을 전개하는 방식은 <제망매가> 등의 향가에서 보였던 단일한 애상(哀傷)의 정서를 침잠·심화시키는 것과는 다소 구별되는, 들쑥날쑥한 정서적 긴장(緊張) 상태라 할 수 있다.

가령 연장체 <동동>에서는 화자의 님에 대한 마음이 월령(月令)을 거치면서 송축, 그리움, 원망 등의 다채로운 양상으로 발현되고 있는데, 이에 따라 문장 종결 방식이 다양하게 변화하고 있다. '굴곡'이란 이렇게 종결 방식이 다양해지면서 나타나는 정서 층위의 차이를 말하는 것이며, 이는 향가에서 유사한 문장 종결 방식이 연속되면서 이미지의 대칭을 이루는 것과는 구별되는 양상이다. 향가계인 <처용가>는 '호격-명령'의 구조가 종종 눈에 띄는데, 이를 통해 신으로서 처용의 위엄과 권능이 다양한 양태(樣態)로 묘사되고 있다. 다음으로 역시 향가계인 <정과정>에서 임금과 화자 자신과의 신의(信義), 연장체 <청산별곡>에서 세상과 화자 사이의 조화, 그밖에 애정을 중심으로 한 크고 작은 문제들은 단일한

---

66) 여기서의 정서적 '굴곡'에 대응되는 고려속요의 특질을 연구한 성과로 박진태, 「속요의 연 구성에 나타난 대립과 대칭」, 『국어국문학』 91(국어국문학회, 1984), 23~49면을 들 수 있다. 이 논문에서 <동동>의 텍스트 구성 방식 분석 결과를 들면 다음과 같다. "고독(1월)-사랑(2월)-사랑(3월)-고독(4월)-사랑(5월)-고독(6월)-고독(7월)-사랑(8월)-사랑(9월)-고독(10월)-고독(11월)-사랑(12월)".

상황을 노래했다기보다 다층적인 정서가 미묘한 긴장을 이루고 있는 양상, 말하자면 '굴곡'의 징후를 보이는 것이다.

여기서 제기한 정서의 '굴곡'을 민간 가요의 채집에 따른 이른바 집가(集歌), 곧 합성가요의 면모로 파악할 수도 있다.[67] 그러나 다양한 성격의 혼재만으로 고려속요의 작품세계를 단정하기보다, 문장 종결과 텍스트 전개 방식에 따라 형성되는 새로운 특질의 하나로서 파악할 수 있는 가능성을 제기하고자 한다.

4. 향가에서 고려속요로의 전변 양상 규명을 위한 단서

여기서는 신라 향가, 〈보현시원가〉, 고려속요의 장르적 차이를 정리하고, 이로써 이들의 장르적 전변 양상에 대한 단서까지 생각해 보도록 한다. 이 과정에서 지금까지의 논의에 대한 근거가 요약 제시될 것이다.

먼저 신라 향가의 경우를 표로 보이면 다음과 같다.

작 품 명		'연속'의 양상	'대칭'의 양상	종 결 방 식 (숫자는 출현 횟수)						
				평서	감탄	의지	의문	명령	청유	기타
7세기	〈혜성가〉	감탄형	천상 : 지상		4		1			
	〈서동요〉	X(1문장)	선화공주 : 서동	1						
	〈풍요〉	감탄형	설움 : 공덕		7					
	〈원왕생가〉	청유형	화자 : 무량수불 ('달'의 매개 · 중첩)		1		1		2	
	〈모죽지랑가〉	감탄형	과거 : 현재 현재 : 미래		2	1				1

---

67) 윤성현, 『속요의 아름다움』(태학사, 2007), 35~44면에서 속요의 장르적 특질과 관련하여 민간 가요를 통한 속요 장르의 형성 과정이 다루어졌다.

작 품 명		'연속'의 양상	'대칭'의 양상	종 결 방 식 (숫자는 출현 횟수)						
				평서	감탄	의지	의문	명령	청유	기타
8세기	〈헌화가〉	X(1문장)	노옹 : 수로 철쭉 : 암소			1				
	〈원가〉	감탄형	자연 : 인간		2					
	〈제망매가〉	의문형	화자 : 누이 解脫 : 未明			1	2			
	〈도솔가〉	X(1문장)	꽃 : 미륵좌주						1	
	〈찬기파랑가〉	X (적용 안 됨)	탐색 : 확인		2	1	1			
	〈안민가〉	평서형	군 : 신 : 민	6	1					
9세기	〈도천수관음가〉	X (적용 안 됨)	화자 : 천수관음	1			1		1	
	〈우적가〉	평서형	내 마음 : 도적의 마음	2						1
	〈처용가〉	의문형	東京 : 침실	1			2			
계				11	19	4	8	1	3	2

신라 향가의 문장 종결 방식은 감탄형(19)과 평서형(11)이 대체로 우세하다. 그러나 감탄형은 <풍요>에서 7차례, 평서형은 <안민가>에서 6차례 집중되었다. 따라서 보다 중요한 것은 전체적으로 어떤 종결방식이 우세한지가 아니라, 작품별로 하나의 종결방식이 2회 이상 집중적으로 분포하는 경향을 띤다는 점이다. 이를 편의상 '연속'이라 지칭하고, 신라 향가에서의 관습적 징후로 보고자 하였다. 아울러 문장 구조 혹은 텍스트 구성에서의 대칭적 면모에도 주목하였다.

<보현시원가> 연작의 경우는 다음과 같다.

작 품 명		'연속'의 양상	'대칭'의 양상	종 결 방 식 (숫자는 출현 횟수)						
				평서	감탄	의지	의문	명령	청유	기타
10세기	〈예경제불가〉	없음	마음 : 부처		1	1		1		
	〈칭찬여래가〉		혀 : 부처		1	1		1		
	〈광수공양가〉		법공양 : 부처		2	1				
	〈참회업장가〉		참회 : 부처	1		1			1	
	〈수희공덕가〉	의문형	화자 : 중생				3			
	〈청전법륜가〉	감탄형	해탈 : 미명	1	2					
	〈청불주세가〉	감탄형	중생 : 부처		3		1			
	〈상수불학가〉	평서형	화자 : 부처	2		1				
	〈항순중생가〉	평서형	화자 : 중생	3		1				
	〈보개회향가〉	없음	화자 : 중생	1	1	1				
	〈총결무진가〉		화자 : 중생	1	2	1				
계				9	12	8	4	2	1	0

우선 〈예경제불가〉부터 〈참회업장가〉까지 4편은 '연속'의 관습이 적용되지 않았다. 반면에 '대칭'의 면모는 확연히 드러난다. 이 부분은 모두 화자의 외면 혹은 행위와 부처의 존재가 대칭하는 구성을 지녔다. 다음으로 〈수희공덕가〉에서 〈항순중생가〉까지의 5편은 '연속'의 관습이 적용되었으며, 〈청전법륜가〉에서의 해탈과 미명의 변증법적 관계가 각 편의 전체를 관통하고 있다. 따라서 중생과 부처, 화자와 부처, 화자의 중생의 관계가 화자를 가운데 놓고 역동적으로 펼쳐질 수 있었던 것이다. 마지막으로 〈보개회향가〉, 〈총결무진가〉는 '연속'의 관습이 다시 등장하고 있으며, 시적 화자의 강인한 결심과 종교의 영속적(永續的) 진리에 대한 강한 믿음을 표방하고 있다.

전체적으로 〈보현시원가〉는 신라 향가에 비해 의문형의 종결 방식이 줄어들었고, 대신에 의지형 종결 방식이 늘었다. 감탄형의 비율이 조금 줄어들고, 평서형의 비율이 상대적으로 늘어났다. 이는 신라 향가의 형식적 특질이었던 '연속'의 관습이 해체되고, 화자의 정서 또는 의지의 강약 변화에 따라 종결 방식을 자유롭게 선택할 수 있게 되었다는 의미로 보인다. 종결 방식을 놓고 보면 대체로 향가는 감탄형, 평서형의 비중이 높은 가운데 10세기 이후로 의지형이 다소 늘어나는 모습이다.

다음으로 고려속요의 경우를 살펴보자.

작품명	'반복'의 양상	'굴곡'의 양상	종결 방식 (숫자는 출현 횟수)						
			평서	감탄	의지	의문	명령	청유	기타
〈동동〉	평서-감탄-의문	애정 정서	5	7		1			
〈정읍사〉	명령-감탄	근심		2		1	2		1
〈처용가〉	호격-명령	처용의 위엄	4	1	1	7	4		10
〈정과정〉	평서, 감탄 ('연속'의 관습)	신뢰감	3	2	1	2	1		
〈정석가〉	평서-의지 (모티프 반복)	X	7		5	2			4
〈청산별곡〉	의지, 감탄, 평서 ('연속'의 관습)	세상과의 조화	8	6	6	3			2
〈서경별곡〉	어구의 반복	애정 정서	1		1	4			2
〈사모곡〉	X (단형)	X	1	2					
〈쌍화점〉	평서-의지 (모티프 반복)	X	8		8				
〈이상곡〉	의문 ('연속'의 관습)	X	1			3			
〈가시리〉	의문 ('연속'의 관습)	애정 정서	1			3	1		4
〈만전춘별사〉	명령, 의문, 평서	애정 정서	3	2	2	4		3	4
〈유구곡〉	X (단형)	X	1						
〈상저가〉	X (단형)	X							1
계			43	22	24	30	8	3	28

고려속요는 향가처럼 체계화의 얼개가 잘 잡히지 않는다. 이는 속요 자체가 단일한 장르가 아닌 점에 그 원인이 있다. 향가와는 달리 감탄형,

의지형보다 평서형과 의문형의 비중이 더 크고, 호격(呼格)이 상당수 나타나기도 한다.

향가의 관습이었던 '연속'이 그대로 활용되기도 하지만, 일부 작품은 향가와는 구별되는 '반복'의 문장 종결 방식을 취하고 있다. 여기서 '반복'은 어구 또는 문장의 단순 반복이 아닌, '명령－평서' 등과 같은 특정한 유형이 모인 종결 방식의 '군'이 텍스트 전체에서 반복되는 현상을 뜻한다. 한편 고려속요는 텍스트 구성 방식으로서 특정한 정서적 국면이 들쑥날쑥하게 강해졌다 약해졌다 하는 모습을 띠기도 하는데, 이를 '굴곡'이라는 범주로 설정하였다. 위의 표에서 2가지 문장 종결 방식이 크게 우세한 작품들—<동동>, <처용가>, <청산별곡>, <쌍화점>—은 굴곡의 성향이 비교적 쉽게 눈에 띄는 것들이다.

고려속요에는 향가의 특질이 지속되는 부분도 있지만, 그에 비하면 차이점을 띠고 있는 국면이 더 크다. 이들이 단순한 차이에 그칠 뿐인지 서정시로서 미학적 자질의 차이에까지 이어질지 구명하는 작업이 앞으로의 과제라 하겠다.[68]

5. 시가사의 변모 과정에 대한 추론

지금까지의 논의는 향가에서 고려속요에 이르는 고전시가사의 전환 혹은 전변의 양상을 고찰한 것이었다. 그러나 향가와 고려속요의 시성(詩性) 자체에 관한 합의점이 아직 명료하게 드러나지 않은 상황이었기에,[69]

---

68) 정기선, 「고려시가의 정서와 그 표현방식 연구」(서강대 석사논문, 2007)의 방법론이 이와 관련하여 참조할 만하다.

69) 물론 이에 주목한 연구 성과가 없는 것은 아니었으나, 향가와 속요 각론(各論)에 집중되었고, 본격적인 비교 연구의 실마리는 아직 나오지 않았다고 할 수 있다.

과도기적 형태의 시가 작품을 구체적으로 분석하기보다는 향가와 속요의 '차이' 자체를 드러내는 쪽에 착안하였고, 이를 위해 텍스트 속에서의 문장의 종결 방식과 문장들을 엮어가면서 나타나는 시상 전개의 면모 등을 중심축으로 삼아 논지를 전개하였다. 그 결과 향가에서는 '연속'의 종결 방식과 '대칭'의 전개 양상을, 고려속요에서는 '반복'의 종결 방식과 '굴절'의 전개 양상을 대체적인 징후로 가늠할 수 있었다.

지금까지의 형식론을 바탕으로 모티프 혹은 주제사적 논의의 가능성을 모색할 수도 있다. 이를 통해 향가와 속요 사이의 전변만이 아닌, 시가사의 동질성과 연속성 또한 드러날 수 있을 것으로 기대한다. 예컨대 향가의 '대칭'과 속요의 '굴곡'이라는 시상 전개 방식을 통해 인물 형상 및 시·공간의 인식 지향적 양상에 관한 논의도 활발해질 수 있다. 향가에 등장하는 초월적 권능을 지닌 인물 형상 — 기파랑 같은 '성자'[70] 혹은 선화공주·수로부인 같은 '미녀'[71] — 과 고려속요의 도회적(都會的) 인물 형상은 대조할 만한 변별성이 있다. 또한 공간 인식의 측면에서 향가는 문화사적 공간으로서 '의경(意境)'[72]에 대한 인식을 보이지만, 속요는 사람들이 부대끼며 살아가는 '도시(都市)'[73]에서 이루어진 텍스트이다.

양희철, 「향가의 향찰적 시성 연구」, 『한국문학이론과 비평』 1(한국문학이론과 비평학회, 1997), 245~268면 ; 최철, 『고려국어가요의 해석』(연세대 출판부, 1996), 35~106면.
70) 서철원, 「진평왕대의 <혜성가>와 <서동요> 비교」, 『고전문학연구』 30(한국고전문학회, 2006), 117~146면.
71) 이도흠, 「신라 향가의 문화기호학적 연구」(한양대 박사논문, 1993), 153~164면.
나경수, 「헌화가, 사랑의 세레나데」, 『향가문학론과 작품 연구』(집문당, 1995), 401면 ; 김승찬, 『신라향가론』(부산대 출판부, 1999), 165면 ; 여기현, 「<헌화가>의 제의성」, 『신라 음악상과 사뇌가』(월인, 1999), 223~272면 ; 길태숙 외, 「여성의 모습으로 나타난 관음」, 『삼국유사와 여성』(이회문화사, 2003), 240~268면 ; 신재홍(2006), 409~423면.
72) 임준철, 「漢詩 意象論과 朝鮮中期 漢詩 意象 研究」(고려대 박사논문, 2003), 37~40면.
73) 정출헌, 「고려가요의 층위와 그 전승양상—여말선초 시가사의 구도에 유의하여」, 『민족문학사연구』 13(민족문학사학회, 1998), 174~206면 ; 안상렬, 「고려속요의 공간 연구」, 『도남학보』 16(도남학회, 1997), 85~126면.

시간 인식 역시 향가는 삶과 죽음의 종교적 시간[74]을 다루고 있지만, 속요는 만남과 이별의 세속적 시간이 드러나 있다.[75]

시형의 세밀한 분석을 통해 이러한 텍스트의 제 요소들이 지닌 본질과 그들 사이의 상관 관계에 도달할 수 있을 것이다. 향가와 속요의 서정성이 지닌 대조적 국면은 단순한 텍스트의 성격만의 차이에 기원하지 않는다. 그보다는 향가와 속요의 향유·소통 공간의 변별성, 나아가 신라와 고려의 문화사적 계보의 차이까지 고려하는 연구 방향의 전환이 요청된다.

그러나 본격적인 장르 비교론이 되기 위해서는 아직 해결해야 할 요소들이 많다. 향가·속요 연구에서는 무엇보다 기본적인 텍스트 해석부터 원만한 합의점이 이루어져야 할 것이며, 텍스트 문면의 형식과 구조에 대한 확정은 그 다음 단계에서 이루어질 수 있는 것이다. 이러한 제약 때문에 저자의 문제의식과 방법론에는 일정 부분 한계가 있을 수밖에 없었지만, 저자 자신이 어석에 대한 명징(明澄)한 안목을 갖춤으로써 해결할 수 있기를 기약한다.

---

74) 조연숙, 「향가의 시간의식 연구」, 『고시가연구』 13(한국고시가문학회, 2003), 249~269면.
75) 이런 차이에 주목한 후속논의가 본서 바로 다음 부분에 이어지는 「향가에서 속요로, 두 가지 서정성의 대칭과 융회」이다.

향가에서 속요로, 두 가지 서정성의 대칭과 융회

1. 향가와 속요가 갖춘 서정성의 결들

이 논의는 향가와 속요의 문면에서 서정성이 구현되는 양상을 시간의식과 인물형상을 중심으로 비교함으로써 이들 역사적 장르 사이의 관계를 조명하기 위해 이루어졌다. 이를 통해 한국 고전시가에서 '서정성'의 개념적 본질과 그 다층적 역할 및 사적 전개 양상에 관한 본격적인 접근의 단서를 마련하고자 한다.

'서정성'이란 폭넓고도 추상적인 개념이다. 이에 여기서는 서정성 전반을 대상으로 삼다 "서정시가 언제나 '순간[1]에 관련'되어 있으며 어떤 '현재적 상황'을 언급한다는 사실"[2]에 착안하여 시적 화자의 현재에 대

---

1) 여기서 '순간'은 철학적으로 다음과 같이 정의될 것이다. "영원은 순간 속에 있으며, 순간은 무상한 지금이 아니며, 관찰자가 지나가면서 보는 한 찰나가 아니다. 그것은 과거와 미래와의 상충일 뿐이다."(M. Heidegger, Nietzsche. 소광희, 『시간의 철학적 성찰』, 문예출판사, 2001, 61면의 번역문 참조).

한 시간의식을 중심으로 논의하고자 한다. 한편 "서정시의 주체는 결코 개인일 필요가 없으며, 대화화된 서정적 발화는 항상 '2인칭에 대한 말붙임'이었다"는 점도 아울러 고려하여3) 작품 문면의 청자·화자·시적 대상 등의 인물 형상도 함께 다루고자 한다.

향가와 속요의 '서정성'을 밝히기 위한 시도는 여러 가지 방법론적 모색을 통해 이루어져 왔다. 넓게 보자면 '어석' 관련 논의의 모든 지향점이 서정성을 밝히는 것에 있었다. 향가는 김열규·이재선·정상균 등에 의해 서구의 문예이론을 통한 작품 분석4)이 시도된 이후 김진국이 시간의식과 종교적 인식을 중심으로 한 "도(道)의 시학"5)을 구성했다. 나아가 "화쟁기호학",6) "풍월도적 패러다임"7)이나 근래의 향가 미학론8) 역시 향가의 서정성을 하나의 체계 안에 포섭시키고자 한 일련의 시도였다. 이 '체계'를 신라문화사의 콘텍스트 나아가 한국문화의 원류에 연관시키고자 한 점을 이들 연구의 의의로 들 수 있다. 반면에 고려속요의 경우 형식·율격에 대한 관심9)이나 악장·현대시 등 후속 장르와의 연관성10)

---

2) 디이터 람핑, 장영태 역, 『서정시 : 이론과 역사―현대 독일시를 중심으로』(문학과 지성사, 1994), 124면.
3) 디이터 람핑, 위의 책, 125면.
4) 김열규, 「향가의 문학적 연구 일반」, 『향가의 어문학적 연구』(서강대 인문과학연구소, 1972) ; 이재선, 『향가의 이해』(삼성문화미술재단, 1979) ; 정상균, 『한국고대시문학사연구』(한신문화사, 1984).
5) 김진국, 『향가의 해석학적 연구』(예림기획, 2003).
6) 이도흠, 『화쟁기호학, 이론과 실제』(한양대 출판부, 1999).
7) 김학성, 『한국고시가의 거시적 탐구』(집문당, 1997), 61~160면.
8) 신재홍, 『향가의 미학』(집문당, 2006).
9) 고혜경, 「고려속요 시형 연구」, 『고전문학연구』 10(한국고전문학회) ; 박진태, 「속요의 연구성에 나타난 대칭과 대립」, 『국어국문학』 91(국어국문학회, 1981) ; 최미정, 「고려속요의 율격 양식과 분련체의 관련 양상 고찰」, 『한국문학이론과 비평』 19(한국문학이론과 비평학회, 2003) ; 최철, 「고려국어가요의 율격 현상과 텍스트 확정」, 『문학한글』 13(한글학회, 1999).
10) 조규익, 「고려속가의 형성과 존재론적 근거」, 『고전시가의 변이와 지속』(학고방, 2006) ; 김수경, 「속요의 현대화, 그 몇 가지 양상에 관한 시론」, 『한국시가연구』 19(한국시가학

을 꾸준히 거론하여 왔으며, '지금 여기'의 긍정 혹은 부정으로서 시간·공간의식에 대한 연구11)도 이루어졌다. 속요의 서정성은 장르 전체보다는 개별 작품의 문면을 중심으로 논의된 적이 많았으며, 향가와 같은 체계화의 시도는 흔치 않았다. 그 원인은 속요가 다원적인 기원을 지닌 장르12)로 여겨진 것에도 있을 것이다.

이 논의는 향가와 속요의 서정성을 함께 거론하기 위한 일련의 작업 가운데 하나이다. 향가와 속요 개별 작품의 어조 특히 '종결어미'를 중심으로 이들의 형식적 전변 양상을 검토하는 과정에서, 속요는 향가의 관습을 일면 지속하면서도 여러 가지 장르 관습의 실험 또한 병존했음을 알게 되었다.13) 이에 따라 현존 속요 가운데 비교적 이른 시기의 <정읍사>를 중심으로 고려속요가 향가와는 대조적인 형식적 기원을 두기도 했음을 추정했다.14) 저자는 지금까지의 형식적·장르론적 모색이 암시했던 바를 통해 정서·주제 차원의 접근을 시도하고자 한다. 구체적인 논의는 형식적 차이에 대한 분석 결과를 요약 제시하고, 시간의식과 인물형상을 중심으로 향가와 속요의 정서와 작품세계를 비교하는 순으로 이루어질 것이다.

여기서 첨언(添言)할 점은 필자는 '종결어미'의 문법적 직능보다는 문맥을 통해 형성·구축되어가는 정서적 기능에 보다 집중하고자 했다는 것이다. 가령 <혜성가>에서 '-다[多]'라는 종결어미를 문법론 일반의 평서

회, 2006)과 박노준, 『향가여요의 정서와 변용』(태학사, 2002)과 나정순, 『우리 고전 다시 쓰기』(삼영사, 2005)에 수록된 일련의 논의들이 있다.
11) 조연숙, 『고려속요 연구』(국학자료원, 2004), 11~162면.
12) 김흥규, 「고려속요의 장르적 다원성」, 『한국시가연구』 1(한국시가학회, 1997), 37~55면.
13) 서철원, 「향가와 고려속요의 장르적 차이를 통해 본 전변 양상의 단서」, 『한국시가연구』 23(한국시가학회, 2007), 5~48면, 본서의 Ⅱ부에 재수록 ; 서철원, 「고려속요의 어조를 통해 본 장르 관습의 양상」, 『고시가연구』 21(한국고시가문학회, 2008), 223~244면, 본서의 Ⅲ부에 재수록.
14) 서철원, 「백제문화권의 <정읍사>와 고려가요의 기원」, 『국어문학』 44(국어문학회, 2008), 265~283면, 본서의 Ⅲ부에 재수록.

형 종결로만 기계적으로 처리하지 않고, 문맥에 따라 감탄 등의 역할을 한 것으로 보았다거나, <정과정곡>에서 '업소이다'와 '괴오쇼셔'를 모두 화자의 원상복귀에 대한 강렬한 확신을 담은 것으로 일괄 해석한 점 등이 그러하다. 이는 어석상의 정리 자체보다 서정성을 체계화하기를 우선했기 때문이었다. 범주화된 문법적 지식을 따르기보다 문맥 속에서 시어의 기능을 분석하는 편이 서정성의 체계화를 위해 보다 필요하리라 판단했다.

2. 향가와 속요의 형식적 차이[15]

향가와 속요의 정서적 차이에 대하여 향가가 '평담(平淡)'한 반면 속요는 '격정(激情)'을 띠고 있다는 간명한 결론이 있다.[16] 이는 작품의 내용 분석을 통해 규명된 사실이지만, 텍스트의 문장 종결방식을 통해서도 입증 가능하다.

작 품 명		'연속'의 양상	'대칭'의 양상	종 결 방 식 (숫자는 출현 횟수)						
				평서	감탄	의지	의문	명령	청유	기타
7세기	〈혜성가〉	감탄형	천상 : 지상		4		1			
	〈서동요〉	X(1문장)	선화공주 : 서동	1						
	〈풍요〉	감탄형	설움 : 공덕		7					
	〈원왕생가〉	청유형	화자 : 무량수불 ('달'의 매개·중첩)		1		1		2	
	〈모죽지랑가〉	감탄형	과거 : 현재 현재 : 미래		2	1				1

---

15) 이 장은 저자의 선행 논의 가운데 이 글의 서술을 위해 필요한 부분을 요약 제시한 것이다. 자세한 내용은 바로 앞에 수록된 「향가와 고려속요의 장르적 차이를 통해 본 전변양상의 단서」 참조.

16) 박노준(2002), 63~82면.

작 품 명		'연속'의 양상	'대칭'의 양상	종 결 방 식 (숫자는 출현 횟수)						
				평서	감탄	의지	의문	명령	청유	기타
8세기	〈헌화가〉	X(1문장)	노옹 : 수로 철쭉 : 암소			1				
	〈원가〉	감탄형	자연 : 인간		2					
	〈제망매가〉	의문형	화자 : 누이 解脫 : 未明			1	2			
	〈도솔가〉	X(1문장)	꽃 : 미륵좌주						1	
	〈찬기파랑가〉	X (적용 안 됨)	탐색 : 확인		2	1	1			
	〈안민가〉	평서형	군 : 신 : 민	6	1					
9세기	〈도천수관음가〉	X (적용 안 됨)	화자 : 천수관음	1			1		1	
	〈우적가〉	평서형	내 마음 : 도적의 마음	2						1
	〈처용가〉	의문형	東京 : 침실	1			2			
계				11	19	4	8	1	3	2

위의 표에 의하면 7세기 향가에서 작품의 첫째 문장의 종결어미를 마지막 문장까지 '연속'시키는 경우가 자주 보인다. 이를 일반화시키기에는 현존 향가의 수가 지나치게 적다. 그렇지만 8·9세기 이후에도 〈찬기파랑가〉와 〈도천수대비가〉를 제외하면 한 작품 안에서 3개의 문장이 있을 경우 적어도 2개 이상을 같은 성격의 종결방식으로 처리하고 있다. 이 같은 현상은 특히 인접한 문장들 사이에서 일어난다는 점에서 '연속'이라고 부를 수 있다. 유사한 어조가 되풀이되는 작품들의 정서는 '평담'할 수밖에 없으며, 고독·불안 등 굴곡의 정서가 개입하기 어렵다. 세계에 대한 경이를 표현하기 위한 종교시, 초월적 존재와의 소통·교감을 확신하는 주가(呪歌)에 적합하다 하겠다.

舊理東尸汀叱 / 乾達婆矢遊烏隱城叱肹良望良古
倭理叱軍置來叱多烽燒邪隱邊也藪耶　　　　　　　[감탄]

三花矣岳音見賜烏尸聞古 / 月置八切爾數於將來尸波矣

道尸掃尸星利望良古 / 彗星也白反也人是有叱多　　　[감탄]

後句[17] / 達阿羅浮去伊叱等邪　　　　　　　　　　　[감탄]

此也友物比所音叱彗叱只有叱故　　　　　　　　　　　[의문]

─<혜성가>[18]

月下伊底亦 / 西方念丁去賜里遣　　　　　　　　　　[감탄─(의문)]

無量壽佛前乃 / 惱叱古音多可支白遣賜立　　　　　　[청유]

誓音深史隱尊衣希仰支 / 兩手集刀花乎白良願往生願往生 / 慕人有如白遣賜立

[청유]

阿邪此身遺也置遣 / 四十八大願成遣賜去　　　　　　[의문]

─<원왕생가>[19]

그러나 '연속'의 관습은 <보현시원가>에 이르러 부분적으로 붕괴되고 있다.

작품 명		'연속'의 양상	'대칭'의 양상	종 결 방 식 (숫자는 출현 횟수)						
				평서	감탄	의지	의문	명령	청유	기타
10세기	〈예경제불가〉	없음	마음 : 부처		1	1		1		
	〈칭찬여래가〉		혀 : 부처		1	1		1		
	〈광수공양가〉		법공양 : 부처		2	1				
	〈참회업장가〉		참회 : 부처	1		1			1	

---

17) 여기서는 이른바 "차사"로 불리는 향가 후반부의 감탄어구는 독립된 문장으로 보지 않는다.

18) 이 작품의 어석은 다음과 같다. 이하 선택한 어석의 출전은 어석자의 이름과 연도만을 표기하고, 향찰 직역만을 든다.
"녀리 술 믈爻 건달바의 놀온 자싯흘랑 브라─고 여릿 굴도 웃다 烽 다히얀 ㄱ시야 슈야 세 곳의 오룜 보시올 듣고 둘두 불긋이 헤어릴[思, 破] 결의 길 술 비리 브라─고 술 비리야 술반야 사롬이 잇다 後句 달 아라 드가 덧드야 이야 友物[벋갓, 우믈] 디숌叱 술叱 기 잇고."(양희철, 1997)

19) 드라리 엇뎨역 西方ㅆ장 가시리고 無量壽佛前의 爻곰 함즉 숣고쇼셔 다딤 기프신 모른 옷 브라 울워러 두 손 모도 고조술바 '願往生 願往生' 그리리 잇다 숣고쇼셔 아야 이 모마 기뎌 두고 四十八大願 일고실가(김완진, 1980).

작 품 명		'연속'의 양상	'대칭'의 양상	종 결 방 식 (숫자는 출현 횟수)						
				평서	감탄	의지	의문	명령	청유	기타
10세기	〈수희공덕가〉	의문형	화자 : 중생				3			
	〈청전법륜가〉	감탄형	해탈 : 미명	1	2					
	〈청불주세가〉	감탄형	중생 : 부처		3		1			
	〈상수불학가〉	평서형	화자 : 부처	2		1				
	〈항순중생가〉	평서형	화자 : 중생	3		1				
	〈보개회향가〉	없음	화자 : 중생	1	1	1				
	〈총결무진가〉		화자 : 중생	1	2	1				
계				8	8	4	4	0	0	0

그리하여 고려속요 작품군에 이르면 '연속'의 관습 대신 2개 이상의 문장 종결방식이 하나의 '군'을 이루어 '반복'되는 양상이 드러난다. 종결방식의 '군'이 반복되고 하나의 군이 갖는 독립성이 점차 커지면서 분련체 가요로서 고려속요의 특질 또한 선명해졌을 것이다.

작 품 명	'반복'의 양상	'굴곡'의 양상	종 결 방 식 (숫자는 출현 횟수)						
			평서	감탄	의지	의문	명령	청유	기타
〈동동〉	평서-감탄-의문	애정 정서	5	7		1			
〈정읍사〉	의문(청유)-감탄	근심		2		1	2		1
〈처용가〉	호격-명령	처용의 위엄	4	1	1	7	4		10
〈정과정〉	평서, 감탄 ('연속'의 관습)	신뢰감	3	2	1	2	1		
〈정석가〉	평서-의지 (모티프 반복)	X	7		5	2			4
〈청산별곡〉	의지, 감탄, 평서 ('연속'의 관습)	세상과의 조화	8	6	6	3			2
〈서경별곡〉	어구의 반복	애정 정서	1		1	4			2
〈사모곡〉	X (단형)	X	1	2					
〈쌍화점〉	평서-의지 (모티프 반복)	X	8		8				
〈이상곡〉	의문 ('연속'의 관습)	X	1			3			

작 품 명	'반복'의 양상	'굴곡'의 양상	종 결 방 식 (숫자는 출현 횟수)						
			평서	감탄	의지	의문	명령	청유	기타
〈가시리〉	의문 ('연속'의 관습)	애정 정서	1			3	1		4
〈만전춘별사〉	명령, 의문, 평서	애정 정서	3	2	2	4		3	4
〈유구곡〉	X (단형)	X	1						
〈상저가〉	X (단형)	X							1
계			43	22	24	30	8	3	28

　이와 같은 방식을 처음 시도한 작품은 향가인 〈찬기파랑가〉였다. 이를 작가 충담사의 장르적 실험에 의한 것으로 생각할 수도 있다. 그러나 백제가요로 추단(推斷)되는 〈정읍사〉 또한 이와 같은 양상을 지니고 있으며 '의문(청유) 감탄' 군의 반복은 고대의 주술 경향 가요에서 흔히 보이는 사례라는 점 등을 고려하면 이러한 방식은 보다 오랜 것으로 여겨진다.

　속요는 향가의 '연속'을 지속하는 한편, 문장 종결방식의 '군'을 반복시키는 모습을 띠기도 한다. 현존 속요 가운데 가장 앞선 시기에 해당하는 〈정읍사〉와 〈정과정곡〉을 살펴보자.

(前腔)	둘하	[호칭]
	노피곰 도드샤	
	어긔야 머리곰 비취오시라	[청유]
	어긔야 어강됴리	
(小葉)	아으 다롱디리	

[감탄형 근심의 '묶음' ①]

(後腔)	즌져재 녀러신고요	[의문]
	어긔야 즌딕롤 드딕욜세라	[평서(근심)]
	어긔야 어강됴리	

[감탄형 – 근심의 ‘묶음’②]

(過編)	어느이다 노코시라	[청유]
(金善調)	어긔야 내 가논 디 졈그롤셰라	[평서(근심)]
	어긔야 어강됴리	
(小葉)	아으 다롱디리	

－<정읍사>, 『악학궤범(樂學軌範)』

(前腔)	내님믈 그리스와 우니다니	
(中葉)	山졉동새 난 이슷호요이다	[평서]
(後腔)	아니시며 거츠르신들 아으	
	(附葉) 殘月曉星이 아르시리이다	[평서]

[탄식 – 의문 – 확신의 ‘群’ ①]

(大葉)	넉시라도 님은 혼디 녀져라 아으	[감탄]
(附葉)	벼기더시니 뉘러시니잇가	[의문]
(二葉)	過도 허믈도 千萬 업소이다	[평서]

[탄식 – 의문 – 확신의 ‘群’ ②]

(三葉)	물힛마러신뎌 / (四葉) 술읏브뎌 아으	[감탄]
(附葉)	니미 나를 호마 니즈시니잇가	[의문]
(五葉)	아소 님하 도람 드르샤 괴오쇼셔	[청유]

－<정과정곡>, 『악학궤범』

‘감탄형－의문－확신’으로 이어지는 일런의 정서적 굴곡 상태를 ‘탄식－의문－확신’으로 연결되는 ‘군’을 통해 정리하고 있다. <정읍사>에서는 화자의 정서가 의문, 청유 등 감탄문 형식을 통한 상승과, 자신과 남편의 안위에 대한 근심의 어조를 통한 하강과 대조되고 있다. <정과정곡>은 ‘간절한 바람－존재에 대한 의문－원상복귀에 대한 확신’이라는 어조의 순환이 두 차례에 걸쳐 반복되고 있다. 이로써 복잡한 정서의 양상을 더욱 다채롭게 묘사할 수 있었다. 이것이 속요가 굴곡의 어조를 통해 '격정(激情)'의 정서를 구축했던 토대이다. 이러한 수사방식의 연원이 속요의 원천으로 거론되어 온 민요로부터 유래한 것인지 여부는 단언하기 어렵다. 다만 단련체와 분련체를 막론하고 이와 같은 양상이 보이고 있다는 점은 향가와 대비되는 특징이다.

향가와 속요 사이에서 수사방식의 차이가 의미심장한 근거는 단지 '다르다'는 것 자체에만 있지 않다. 그보다는 이 차이가 상당히 대조적인 작품세계를 만들어가고 있으며, 이들 작품세계 사이의 대칭과 융회를 고전시가의 관념적·현실적 인식의 원류·원천 가운데 하나로 볼 수 있다는 쪽을 강조하고자 한다. 여기서 관념적·현실적 인식 가운데 시간의식과 인물 형상을 중심으로 향가와 속요의 서정성을 비교해 보자.

3. 향가와 속요의 시간의식

3.1. 향가의 시간의식 – 소멸을 통한 재생

현존 신라 향가는 "삶과 죽음의 종교적 시간의식"[20]을 띤다고 지적된 바 있으며, 신라 향가 14편 가운데 <원왕생가>, <모죽지랑가>, <제망매가>, <찬기파랑가>의 4편은 개체의 쇠락·상실·죽음을 소재로 한 '소멸' 모티프를 지니고 있다.

향가의 화자들은 개체의 시공간 인식이 그 죽음으로써 단절된다기보다 다른 차원의 시공간으로 전이·초월된다고 보고 있다. 죽음을 '소멸을 통한 재생'(rebirth through death)[21]으로 간주하는 것이다. 이러한 인식은

---

20) 조연숙, 「향가의 시간의식 연구」, 『고시가연구』 13(한국고시가문학회, 2003), 249~269면.

'왕생(往生)'(<원왕생가>) 또는 '미타찰'(<제망매가>)이라는 다소 추상적인 표현을 통해 드러나는 한편, 위대한 화랑을 시적 대상으로 삼아 그 존재의 영속성을 묘사하기 위해서 활용되고 있다. 향가에서 '왕생'과 '미타찰'이 불교 교리상의 원의(原義)와는 다소 다른 맥락에서 파악되며, 죽지랑과 기파랑의 생사 여부가 불투명하여 논란이 되는 이유는 여기에도 있다.

먼저 '왕생'과 '미타찰'에 대하여 생각해 보자.

月下伊底亦	ᄃ라리 엇뎨역
西方念丁去賜里遣	西方ᄭ장 가시리고.[감탄(의문)]
無量壽佛前乃	無量壽佛前의
惱叱古音多可攴白遣賜立	ᄀᆺ곰 함죡 ᄉᆞᆲ고쇼셔.[청유]
誓音深史隱尊衣希仰攴	다딤 기프신 ᄆ름옷 ᄇ라 울워러,
兩手集刀花乎白良願往生 願往生	두 손 모도 고조ᄉᆞᆲ바 '願往生 願往生'
慕人有如白遣賜立阿邪	그리리 잇다 ᄉᆞᆲ고쇼셔 아야[청유]
此身遺也置遣	이 모마 기뎌 두고
四十八大願成遣賜去	四十八大願 일고실가[의문]

-<원왕생가, 김완진 역>

<원왕생가>는 포교를 목적으로 하는 여느 종교시와 다름없이 감탄과 청유의 연속으로 이루어져 있는 것처럼 보인다. 그러나 작자인 광덕뿐만 아니라 1차 수용자였던 엄장에 이어 모든 중생을 시적 화자로 포섭시키기 위하여 마지막 문장은 존재에 대한 의문을 드러내는 종결어미로 끝맺고 있다. 존재의 근원과 죽음 이후의 시공간에 대한 주체의 '의문'이야말로 종교의 기원이기 때문이다. 신앙의 대상("無量壽佛")이 명확하고 올바른 수행의 과정("두 손 모도 고조ᄉᆞᆲ바 '願往生 願往生'")을 확신하기 때문에

---

21) 이 표현은 T. S. Eliot의 종교시 분석에서 많이 활용되는 것으로, 특히 Eliot의 문학사상을 불교와 연관시킬 때 흔히 쓴다. 본서 I부에 재수록된 서철원, 「종교시로서의 신라 향가와 T. S. Eliot 엮어읽기」 참조.

"이 몸" 즉 화자 자신을 차안(此岸)의 세계에 남겨놓지 않을까 두려워하면서도 神에게 은근한 위협을 가할 수 있었다.

'왕생' 이후의 세계는 시간적으로는 죽음의 간극(間隙)을 넘어서야 가능하지만, 공간적으로는 현재의 장소를 기준으로 서방(西方)으로 옮겨 가면 다다를 수 있는 곳으로 묘사되어 있다. 차안과 피안은 본질적으로 다른 곳이지만 공간적으로 연결되어 있기에 시간적 괴리가 문제시되지 않고, '소멸'은 영원한 죽음이 아니라 '재생'을 통해 영속적 시간을 얻는 단서가 된다. 요컨대 공간적 연속성을 부각시킴으로써 소멸(죽음)이라는 시간상의 단절을 극복하고자 하는 모습이다. 이와 같은 모습은 <제망매가>에 이르러 차안과 피안의 시간적 연속성까지 인정하는 모습으로 확장한다.

生死路隱	생사로〔生死路〕는
此矣有阿米次肹伊遣	예 이샤매 버글이고
吾隱去內如辭叱都	나는 가ᄂ다 말ㅅ도
毛如云遣去內尼叱古	몯다 닏고 가ᄂ닛고[의문(감탄)]
於內秋察早隱風未	어느 ᄀ술 이른 ᄇᄅ매
此矣彼矣浮良落尸葉如一等隱枝良出古	이에저에 ᄠ러딜 닙다이 ᄒᄃᆫ 가재 나고
去奴隱處毛冬乎丁	가논 곧 모ᄃ온뎌[의문(감탄)]
阿也	아으
彌陀刹良逢乎吾道修良待是古如	미타찰애 맛보호 내 도 닷가 기드리고다22)[의지 / 명령]

―<제망매가, 신영명 역>

<원왕생가>가 청유형을 연속시키다가 마지막에 존재의 '의문'을 제

---

22) 신영명, 「<제망매가>, 회향의 노래」, 『고전문학 사회사의 탐구』(새문사, 2005), 39면.

기하고 있는 것과는 상반되는 모습으로, <제망매가>는 존재의 '의문'을 여러 차례에 걸쳐 지속하다가 마지막에 자신의 의지를 드러내면서 마무리하고 있다. 시적 화자와 대상과의 거리가 '생사로'의 괴리에서 '미타찰'의 합일에 이르는 과정도 흥미롭지만, 이 작품에서 보다 흥미로운 특징은 5~7행에서 단 1개의 문장으로 모든 존재의 과거·현재·미래를 정리한다는 점에 있다.

> 어느 ᄀᆞ술 이른 ᄇᆞᄅᆞ매 / 이에저에 ᄠᅥ딜 닙다이 : 현재—분열의 상태
> ᄒᆞᄃᆞᆫ 가재 나고　　　　　　　　　　　　 : 과거—조화의 상태
> 가논 곧 모ᄃᆞ온뎌　　　　　　　　　　　　 : 미래—생사로의 윤회
> 　　　　　　　　　　　　　　　　　　　　　 / 미타찰의 열반

　분열되고 불안한 현재와는 대조적으로 과거와 현재는 모두 조화롭다. 그러나 과거의 조화가 미맹(未萌)으로 인한 것이라면, 미래의 조화는 종교적·사상적 깨달음을 통해 도달한 것이라는 차이가 있다. 전이성(前理性)과 초이성(超理性)의 관계와 흡사하다 하겠다. 죽음을 지켜봐야 하는 상황은 한없이 슬프지만, 그 상황에서 언젠가 자신 또한 '죽음'을 통해 모든 망자(亡者)를 다시 만나고 세계의 이치에 다다를 수 있으리라고 생각하는 것이 인간이다. 이런 점에서 '소멸(죽음)'은 보다 큰 개념의 생명에 이르기 위한 수단이 된다. "한 가지"로부터의 분리·죽음이 나와 누이에게 생명의 시작이 되었듯이, 현생으로부터의 죽음은 보다 큰 차원에서의 삶이 될 수 있는 것이다.

　이런 맥락에서 향가는 화랑들을 소멸·쇠락·상실을 통해 보다 큰 생명을 획득해가는 인물 형상으로 묘사하고 있다. <모죽지랑가>와 <찬기파랑가>에서 시적 대상인 화랑의 생사 여부가 작품의 서정성과는 밀접한 관련이 없어 보이는 이유도 여기에 있다.

去隱春皆理米　　　　　　　　간 봄 그리미
毛冬居叱沙哭屋尸以憂音　　　모두 사ᄅ사 우를이 시름[명사형 종결]
阿冬音乃叱好支賜烏隱　　　　아름 나시ᄒ기시혼
兒史年數就音墮支行齊　　　　지시 ᄒ리니름 디디 니지[감탄]
目煙廻於尸七史伊衣　　　　　눈 도라딜 스리히
逢烏支惡知作乎下是　　　　　맛보기라디 지소하리[감탄]
郎也慕理尸心未□行乎尸道尸　나하 그릴 마ᄉ미 니홀 길
蓬次叱巷中宿尸夜音有叱下是　다보지시 굴히 **잘 밤** 이시하리[23][의지]

─＜모죽지랑가, 류렬 역＞

<모죽지랑가>의 시적 화자는 "간 봄"에의 슬픔을 죽지랑에 대한 마음으로 연결시키고 있다. 이어지는 감탄문들은 과거와 현재의 대조를 통해 비참한 현실을 되풀이하여 묘사하고 있다. 이와 같은 전개는 미래에 다가올 고난을 피하지 않겠다는 화자의 의지를 통해 반전한다. <모죽지랑가>에서 고난은 현재와 미래에 걸쳐 반복되고 아름다움은 현재에는 없는, 과거와 미래의 것이다. 말하자면 과거의 아름다움은 '어진 마음'이 외면에 드러난 형태였다면, 미래의 아름다움은 여기에 고난을 견디는 내면적 강인함을 덧붙인 것이다.

<모죽지랑가> 전승담에서 죽지랑은 하급 관료에게 갖은 굴욕을 당하면서 참는 '인욕(忍辱)'의 존재로 형상화되었고, 이는 화랑의 정치적 몰락을 드러내는 징후로 해석되기도 했다. 그러나 '인욕'을 통해 죽지랑에게 미소년 혹은 무사로서 화랑과는 구별되는 형상의 미덕 한 가지가 추가되고 있다. "다북덕쑥 구렁에 잘 밤"을 견디리라는 화자의 맹세는 이와 같은

---

23) 이 어석의 현대역은 다음과 같다. "지난 봄 생각해보니 그대 살아있지 못한 것이야 울음과 시름 아름다움─어진 마음 나타내시온 그 모습 해달의 지남─세월아 더디가자 눈 돌아칠 깜박 사이에 그 분을 다시 만나 보게 되오리 그대여 그리워하는 마음에 다닐 길 다북덕쑥 구렁에 잘 밤 있으오리"

죽지랑의 미덕에 감화되어 그것을 본받고 따르리라는 의식의 표현이다.

　정리하면 과거의 아름다움에 현재의 고난을 더해 '고난을 견디는 비장미(悲壯美)'를 시적 대상과 화자 자신에게 연결시킨 것으로부터 본 작품의 시간의식을 조명할 수 있을 것이다. 이렇게 확장된 화랑 형상은 <찬기파랑가>에 이르면 보다 초절적(超絶的)인 것으로 변모한다.

咽鳴爾處米	우루리 티미
露曉邪隱月羅理	나토신 다라리
白雲音逐于浮去隱安支下	힌구룸 조초 부더간 안디개[의문]
沙是八陵隱汀理也中	물이 바론 나리하히
耆郎矣皃史是史藪邪	기나 히 지시 이시고라[감탄]
逸烏川理叱磧惡希	이로 나라시 비라라히
郎也持以支如賜烏隱	나라 디니기 다비시혼
心未際叱肹逐內良齊	마ᄉ미 가시홀 조초노하져[의지]
阿耶	아으
栢史叱枝次高支好	자시시 가지 놉디고
雪是毛冬乃乎尸花判也	서리 모ᄅᆞᄂᆞ흘 가시한이라24)[감탄]

-<찬기파랑가, 류렬 역>

　<찬기파랑가>는 기파랑이 저 하늘의 달과 흰 구름의 움직임 속이나 푸른 냇물 속 등 어디에나 존재하고 있다고 말한다. 그리고 화자는 벼랑에 새겨진 기파랑의 마음 끝자락을 따르리라 다짐한다. 기파랑은 세상 모든 곳에 편재(遍在)하는 '신'이 되었다고 할 만하여, 그의 뜻은 매우 높은 것[其意甚高]으로 평가받게 되었다. 이 작품 속의 시간은 뚜렷이 한정

---

24) 이 어석의 현대역은 다음과 같다. "우러러 보는데 환히 비치는 밝은 달이 흰 구름을 좇아 떠 가는 것이 아닌가 푸른 물 내물에는 기바화랑의 모습이 비쳐 있구나 이로내(강)의 벼랑에 화랑이라 길이 전하여 지니게 되시온 마음의 그 끝을 좇아가고 싶구나 아으 잣가지처럼 그 뜻 높고 서리도 모르올 굳센 화랑이로다"

시킬 수 없는 초월적인 것에 가깝고 공간 역시 기파랑의 편재를 드러내기 위한 것일 뿐, 그 이상의 역사성 혹은 현실성을 부여하기는 어렵다. 이것을 향가의 시공간의식이 다다른 정점의 하나로 평가하고자 한다.

향가의 시간의식은 '소멸'의 양상을 통해 드러난다. 화자는 소멸의 시간을 통해 더 높은 존재방식에 이르리라 생각하고 있다. 특히 화랑의 인물 형상과 그에 대한 화자 자신의 심회를 비장하고 초절적인 것으로 묘사함으로써 '소멸'의 의미를 종교사상의 수준으로 격상시키고 있다.

3.2. 속요의 시간의식 – 과거에의 집착과 이별의 격정

무가 계열을 제외한 현존 고려속요의 대다수는 남녀간의 만남과 이별을 소재로 하고 있다. 여기서는 이들 가운데 "열명길"이라는 독특한 공간 관념이 등장하는 <이상곡>과 대상과의 거리에 따른 심리 변화 양상이 치열한 <서경별곡> 두 편을 대상으로 논의를 전개하기로 한다.

> 비오다가 개야 아 눈 하 디신나래 / 서린 석석사리 조본 곱도신 길헤 /
> 다롱디우셔 마득사리 마두너즈세 너우지 / 잠싸간 내니믈 너겨 /
> 깃든 **열명길**헤 자라오리잇가　　　　　　　　　　　　[의문]
> 죵죵霹靂 아 生 陷墮無間 / 고대셔 싀여딜 내 모미 /
> 죵죵霹靂 아 生 陷墮無間 / 고대셔 싀여딜 내 모미 /
> 내님 두숩고 년뫼를 거로리　　　　　　　　　　　　　[의문]
> 이러쳐 뎌러쳐 / 이러쳐 뎌러쳐 期約이잇가　　　　　[의문]
> 아소 님하 흔디 녀졋 期約이이다　　　　　　　　[평서(의지)]
> 　　　　　　　　　　　　　　－<이상곡>, 『악장가사(樂章歌詞)』

여기서 "열명길"은 <모죽지랑가>의 "다보지시 굴"과 마찬가지의 '고난'에 해당한다 할 것이다.[25] 그러나 화자는 그 고난을 이기지 못하고 쓰러지게 된다는 점에서 앞서의 경우와 구별된다. 이어지는 의문문들은 미래에 대한 화자의 불안을 거듭 보여준다. ① 열명길에서 죽음에 이를까? ② 다른 님을 선택할까? ③ 님과의 '기약' 자체에 대한 의문 등 화자는 여러 가지 심리적 방황에 휩싸여 있다. 그러나 그 구원의 방향으로서 미래가 아닌 과거의 '기약'을 되새기는 쪽을 선택했다. <모죽지랑가>처럼 비장하고 아름다운 미래를 만들기보다는, 돌아올 수 없는 과거에 침잠하기에 기울어진 것이다. 과거의 '기약'을 믿고 집착한 선택이 어떤 결말을 부를지는 <정과정곡> 전승담을 통해서도 확인할 수 있다. 신앙·사상의 수행을 통한 초월적 미래에 기대를 거는 향가와는 달리 아름다웠던 과거에 집착하며 현재의 이별을 부정해야 하는 속요의 정조(情調)를 고려한다면 이와 같은 시간의식은 일면 당연한 것일 수도 있다.

한편 <동동>이나 <정석가>의 경우처럼 송축의 문맥 속에서 영속적인 시간을 다룬 사례도 있다. 그러나 만남과 이별의 찰나에 따른 정서적 급변(急變)과 굴곡을 보여주는 쪽이 속요에서는 보다 일반적이다. <서경별곡>을 보겠다.

> ① 西京이 아즐가 / 西京이 셔울히 마르는 / 위 두어렁셩 두어렁셩 다링디리 / 닷곤디 아즐가 / 닷곤디 쇼셩경 고요ㅣ 마른 / 위 두어렁셩 두어렁셩 다링디리 / 여히므론 아즐가 / 여히므론 질삼뵈 브리시고 / 위 두어렁셩 두어렁셩 다링디리 / 괴시란디 아즐가 / 괴시란디 우러곰 좃니노이다 / 위 두어렁셩 두어렁셩 다링디리
> (西京이 셔울히 마르는 닷곤디 쇼셩경 고요ㅣ 마른 여히므론 질삼뵈 브리시고 괴시란디 우러곰 좃니노이다)　　　　　　[평서]

---

25) '열명길'에 대한 어석은 '무서운 길'(양주동, 박병채), '깃돈＋열명길헤'를 '깃[襟]으로 여는[開] 길에'로 풀이하는 등 다양하지만(이상은 김명준, 『악장가사 주해』, 다운샘, 2004. 119면 참조), '최철·박재민, 『석주 고려가요』(이회, 2003), 281면에 따르면 미상(未詳)이라 한다. 여기서는 뒷부분의 "고되서 쓰러질 내 몸이"와의 맥락을 고려하여 고난의 의미로 생각했다.

② (…) / 구스리 바회예 디신돌 / (…) / 긴힛똔 그츠리잇가 나눈 / 즈믄히
를 외오곰 녀신돌 / (…) / 信잇돈 그츠리잇가 나눈 / (…) [의문]
③ (…) / 大同江 너븐디 몰라셔 / 비내여 노혼다 샤공아 / (…) / 네가시 럼
난디 몰라셔 / (…) / 널비예 연즌다 샤공아 / (…) / 大同江 건넌편 고즐
여 / 비타들면 것고리이다 나눈 / (…)   [평서(근심)]
－<서경별곡>, 『악장가사』

②의 이른바 <구슬사>는 <정석가>에서는 영속적 시간 속의 송축을
기원하는 문맥을 위해 활용되었다. 그런데 여기서는 여성화자의 간절한
마음에 대한 남성화자의 입에 발린 소리처럼 보이고 있다. 설령 이와 같
은 분석에 동의하지 않더라도, ②는 <서경별곡>의 문맥에 상당히 어울
리지 않는다. <서경별곡>은 이별의 순간 과거에 집착하거나 현재를 부
정하면서 혼란스러워지는 감성을 있는 그대로 보여주고 있다. 짤막한 시
간 속의 한 단면을 통해 과거의 심리 상태(①)와 변화하는 상황의 현장
묘사(③)까지 모두 담아냈다. 이렇게 화자의 감성이 온축되어 있을 때 순
간을 통해 영원을 담고자 하는 서정시의 시간의식이 가능할 것이다.

향가가 현재를 부정하면서도 그것을 극복·초월해가는 과정을 통해
미래를 비장하고 아름다운 것으로 그려내고자 했다면, 속요는 과거의 아
름다운 사랑을 회복하려는 욕망의 좌절을 통해 혼란스러운 격정에 이르
고 있다.

향가의 ‘성자에 가까운 화랑’ 형상과 속요의 ‘이별하는 여인들’의 형
상은 이렇게 해서 이루어졌다. 다음으로 향가와 속요의 인물 형상을 좀
더 직접적으로 비교해 본다.

4. 향가와 속요의 인물 형상

4.1. 향가의 인물 형상 – 권능으로서 '미'의 형상

전승담과 결합되어 향유·전승되어 온 향가의 특성상, 시적 화자는 서정성의 구현뿐만 아니라 전승담의 맥락 속에서 발휘해야 하는 여러 가지 현실적 층위의 효과를 지향했다. 서정시로서 높은 성취를 이룬 <원가>가 미학적 완성도와 더불어 정치적·주술적 효과도 지니게 된 배경이 여기에 있다. 이와 같은 향가의 역할은 기실 현존 최고(最古)의 작품인 <혜성가>로부터 보여 온 것이었다. 화자가 지닌 주사(呪師)로서의 역할을 중심으로 <혜성가>를 살펴본다.

[A] **지상의 인식**

舊理東尸汀叱 　　　　　　　　　　　 녀리 술 믈ʓ
乾達婆矣遊烏隱城叱肹良望良古 　 건달바의 놀온 자싯흘랑 브라―고
倭理叱軍置來叱多烽燒邪隱邊也藪耶 　 여릿 굴도 웃다 烽 다히얀 ᄀ시야
　　　　　　　　　　　　　　　　　 슈애[감탄]

[B] **천상의 작용**

三花矣岳音遣賜烏尸聞古 　　 세 곳의 오롬 보시올 듣고
月置八切爾數於將來尸波衣 　 둘두 불긋이 헤어릴[思, 破] 결의

[C] **지상의 인식**

道尸掃尸星利望良古 　　 길 술 비리 브라―고
慧星也白反也人是有叱多 　 술 비리야 술반야 사룸이 잇다
　　　　　　　　　　　　 [감탄]

[D] **천상의 작용**

後句	後句
達阿羅浮去伊叱等邪	달26) 아라 드가 덧드애[감탄]
此也友物北所音叱慧叱只有叱故	이야 友物[벗갓, 우믈] 디숌叱 술叱
	기 잇고27) [의문]

-<혜성가, 양희철 역>

<혜성가>라는 향가 한 편이 혜성의 변괴를 소멸시키고 왜병도 퇴치하는 등, 천상계와 지상계 전반에 걸쳐 복합적 효과를 거두었다. 이와 같은 효과를 거두기 위해 '지상계의 인식－천상계의 작용'을 쌍으로 구성하고, 지상계에서 인식의 옳고 그름이 천상계를 좌우한다는 인식에 이르고 있다. 여기서 지상의 인식을 뒤바꿀 수 있는 존재가 <혜성가>의 화자였다. 이 작품의 화자처럼 지상계와 천상계를 넘나들며 교섭하고 텍스트 수용자의 인식을 뒤바꿀 수 있는 존재가 '천사(天師)'였다. <혜성가>의 작자 융천사는 그와 같은 권능을 지닌 존재였다.

'천사'의 권능이 어디에 근거하고 있었는지는 알 수 없다. 그러나 <혜성가>가 화랑단을 토대로 이루어진 창작물임을 굳이 거론하지 않더라도, 이와 같은 역할은 화랑들에게는 앞서 살펴 본 내면적·인격적 아름다움 못지 않게 중요한 직능이었다. 군사조직화하기 이전 화랑단의 본래

---

26) 선택한 어석에 따르면 "達=山"이다. 그러나 여기서는 종래의 어석대로 "달[月]"로 보고자 한다. 앞의 5행에서 달을 "月"로 표기한 사례가 있지만, "山"을 표기하고자 획수도 많고 복합적 해석과정이 필요한 "達"을 썼을지 의문인 탓이다. "달"의 표기가 같은 작품에서 달라진 원인은 같은 면에서 같은 글자를 쓰지 않고자 했던 필사 규범에 기인한 것으로 추정한다.

27) 양희철의 어석을 선택한 이유는 말미의 "北"을 『삼국유사』의 판각 용례 전체를 고려하여 일관성 있게 풀이하였기 때문이다. 현대역은 다음과 같다. "옛날 동쪽 물가 건달바의 놀온 성을란 바라아고 왜의 군대도 왔다 烽火 올린 변방이사 있소냐 세 화랑의 금강산 보시올을 듣고 달도 밝긋이 헤어렬 결에 길 쓸 별을 바라아고 혜성야 사뢴사 사람이 있다 아야 달* 아래 떠가 졌다야 이야 벋 뒤에(/우물거리며) 있음의 혜성의 것 있을꼬."

역할이 산천에 노닐며[遊] 일종의 사제 역할을 했던 것임과, 신라의 원시
신앙으로서 영육일체관(靈肉一體觀)28)이 상당히 중요했음을 인정한다면,
내면적 아름다움 못지않게 외면적 아름다움은 화랑의 권능을 위한 전제
로서 중요했을 것이다.

　그런데 향가에서도 외면적 아름다움을 통해 현실적 권능과 위세를 발
휘했던 인물 형상이 있다. 이들은 주로 여성들이었기 때문에 '미녀(美女)'
형상이라 부르고자 한다.

善化公主主隱　　　　　　　　　썬콰 공쥬님안[온]
他密只嫁良置古　　　　　　　　남기시기 얼일아 도고
薯童房乙夜矣卯乙抱遣去如　　　쑈뚱 빵알 밤애 몰안겨 가다29)[평서]
　　　　　　　　　　　　　　　　　　　－<서동요, 김선기 역>

紫布岩乎邊希執音乎手母牛放敎遣　지뵈 바회 ᄀᆞ새 자브몬손 암쇼 노히
　　　　　　　　　　　　　　　　시고
吾肸不喩慚肸伊賜等　　　　　　나롤 안디 붓그리샤둔
花肸折叱可獻乎理音如　　　　　고줄 것거 바도림다[의지]
　　　　　　　　　　　　　　　　　　　－<헌화가, 김완진 역>

　<서동요> 전승에서 서동은 선화공주를 만남으로써 황금을 부의 수단
으로 다시 인식하고, 왕위에도 오르게 되었다. 서동과 선화가 만남을 갖
게 된 계기는 선화의 외면적 아름다움[美] 때문이었다. 서동은 선화가 아
름답다는 소문을 듣고 신라로 간 것이다. 그리하여 트릭스터(trickster)다운

---

28) 이병도, 『한국의 고대사회와 그 문화』(서문당, 1973), 279~292면.
29) 김선기(1993)의 어석을 선택한 이유는 선화공주를 행위의 주체로 파악하고 서동이 그녀
　　에게 '안기는' 상황을 재구한 점이 여기서의 작품 분석과 상통하기 때문이다. 논자도 지
　　적했듯이 이 부분을 "안고"라 풀면 누가 누구를 안고 간다는 것인지 이해하기 어렵다.
　　다만 "遣"을 '겨'로 푼 점이 타당해 보이더라도 종래의 어석과 사뭇 다른 점은 유의해야
　　할 것이다.

기지(機智)까지 발휘하면서 미녀를 얻게 되지만,30) 실제로는 황금도 못 알아보는 백치에 가까운 상태였다. 그런 인물이 미녀를 얻어 재화를 알아보고 왕위에도 오른다. 그것도 현세의 왕으로 그치는 것이 아니라, 선화의 발원에 따라 미륵사를 창건하여 종교적 의미의 성인왕[轉輪聖王]의 형상까지 얻게 되는 것이다. 서동의 성공은 외면적 아름다움에 현실적·주술적 힘을 부여해 왔던 신라문화권의 기반을 통해서 이해해야 한다.

<헌화가>에 등장하는 수로부인 역시 미녀였다. 수로부인 설화에서 노인과 해룡의 이야기는 외면적 아름다움에 대한 신라인의 갈망을 보여주는 것으로 이해할 수 있다. 이 설화의 수용자들은 헌화가의 시적 화자 곧 노인에게 자신을 이입시키기도 하고, 해룡과 같은 적대자가 되어서라도 수로부인의 미를 얻고자 했을 것이다.31) 수로부인을 여성 사제로 본 기존의 논의는 이런 점에서 시사하는 바 크다.32) 다만 사제로서의 역할을 지방 교화보다는 외래화된 경주 문화권에서 사라진 고대 문화의 잔재를 흡수하고자 했던 쪽에서 찾아야 하지 않을까 싶다.33)

정리하면 향가에는 지상과 천상, 현실과 신비의 세계를 오가며 초월적 권능을 지닌 인물 형상이 나타나기도 하는데, 이를 '천사' 형상으로 부르고자 한다는 것이다. 본래는 종교집단의 역할을 맡았을 화랑에게는 현존 향가에서 이런 성격이 드러나지 않는다. 그 대신 '미녀'가 지닌 외면적 아름다움에 권능을 부여하는 문화사적 징후가 곳곳에서 보인다. 그런데 고려속요에서 여성의 역할은 이들과 크게 달라졌다.

---

30) 최선경, 『향가의 제의적 이해』(한국학술정보, 2006), 50면.
31) 적개자가 되어서라도 미녀를 얻고자 한 신라인들의 욕망은 志鬼說話 등에 보인다.
32) 최선경(2006), 73면.
33) 이에 대해서는 후고를 기약한다.

4.2. 속요의 인물 형상 – 여성화자의 등장과 '미'의 새로운 역할

현존 향가에는 여성화자가 좀처럼 등장하지 않는다. <서동요>나 <헌화가>처럼 그 전승담에서 여성의 역할이 매우 중요하고 여성의 '미'가 주술에 가까운 권능을 발휘하는 경우라 할지라도, 시가의 화자는 여성의 목소리를 띠지 않았다. <도천수관음가>의 작자인 희명(希明)을 모성을 발현한 여성으로 볼 수도 있지만, 실제 가창자는 어린아이였다는 점에서 텍스트의 '화자'를 여성으로 인정하기 어렵다. 실전(失傳) 신라 향가 가운데 일부는 여성화자의 가능성이 보이지만, 이들이 개념적으로 '향가'에 속할지는 속단할 수 없는 문제이다.34)

현존 속요 가운데 여성화자의 것으로 볼 수 있는 작품은 <동동>, <정읍사>, <정과정곡>, <서경별곡>, <쌍화점>, <이상곡>, <가시리>, <만전춘별사> 등 8편이 있다. 이는 무가계열을 제외한 14편 가운데 절반 이상에 해당하는 숫자로서, **여성화자의 유무를 향가와 속요를 구별 짓는 기준이라 해도 좋을 정도이다.** 이들 가운데 단일 화자의 <정읍사>와 복수 화자의 것으로 판단되는 <만전춘별사>를 살펴본다.

(前腔)	돌하	[호칭]
	노피곰 도드샤 / 어긔야 머리곰 비취오시라	[청유]
	어긔야 어강됴리	
(小葉)	아으 다롱디리	
(後腔)	全져재 녀러신고요	[의문]
	어긔야 즌디롤 드디욜세라	[평서(근심)]
	어긔야 어강됴리	
(過編)	어느이다 노코시라	[청유]

---

34) 논란의 여지가 있는 필사본 『화랑세기』에는 미실이 지었다는 이른바 <청조가>가 있어 여성화자의 향가를 보여주고 있다. 그러나 여기서는 확실히 신빙할 수 없는 자료이므로 논외로 한다.

(金善調)	어긔야 내 가논 딕 졈그롤셰라	[평서(근심)]
	어긔야 어강됴리	
(小葉)	아으 다롱디리	

-<정읍사>, 『악학궤범』

향가의 '미녀' 형상과는 달리 <정읍사>의 여성은 현실적 권능으로서 '미'를 지녔는지 여부가 분명치 않다. 그 때문인지는 몰라도 전근대사회의 평범한 서민 여성이 그렇듯이 남편을 기다리며 고독에 시달리는 모습이다. 그렇지만 향가 이래로 꾸준히 친근하게 불려왔던 "달"에게 높이 멀리 비춰달라거나 어느 곳에든 놓아달라는 등의 청유를 지속하는 한편, 남편의 안위(安危)에 대한 걱정과 변심에 대한 불안 사이에서 갈등하고 있다. 이와 같은 '두 마음' 사이의 갈등은 향가에는 없던 것이다. 향가와 같이 유사한 문장 종결 방식을 연속시키면서 단일한 정서에 깊이 침잠하는 수사방식을 통해서는 볼 수 없는 갈등이다. 어떻게 보면 이런 정서의 원활한 처리를 위해 여성화자가 등장한 것은 아닐까도 싶다.

이번에는 <만전춘별사>를 통해 복수의 여성화자가 등장하는 경우를 살펴본다.

① 어름우희 댓닙자리 보와 님과 나와 어러주글만뎡 / 어름우희 댓닙자리 보와 님과 나와 어러주글만뎡 / 情둔 오놄밤 더듸 새오시라 더듸 새오시라 [명령]

② 耿耿孤枕上애 어느 즈미 오리오 / [감탄]
西窓을 여러ᄒᆞ니 桃花ㅣ 發ᄒᆞ두다 / [평서]
桃花ᄂᆞᆫ 시름업서 笑春風ᄒᆞᄂᆞ다 笑春風ᄒᆞᄂᆞ다 [평서]

③ 넉시라도 님을 ᄒᆞᆫ딕 녀닛景 너기다니 / 넉시라도 님을 ᄒᆞᆫ딕 녀닛景 너기다니 / 벼기더시니 뉘러시니잇가 뉘러시니잇가 [의문]

④ 올하 올하 아련 비올하 / 여흘란 어듸 두고 소해 자라 온다 / [의문]

  소콧 얼면 여흘도 됴ᄒ니 여흘도 됴ᄒ니   [감탄]
 ⑤ 南山애 자리보와 玉山을 벼여 누어 / 錦繡山 니블안해 麝香각시를 아
  나 누어 / 南山애 자리보와 玉山을 벼여 누어 / 錦繡山 니블안해 麝香
  각시를 아나 누어 / 藥든 가슴을 맛초ᄋᆞ사이다 맛초ᄋᆞ사이다 /
                                [감탄]
 ⑥ 아소 님하 遠代平生애 여힐술 모ᄅᆞᆸ새   [평서(겸손)]
                      −<만전춘별사>, 『악장가사』

  <만전춘별사>는 자신이 처한 시·공간에 대한 부정적인 시선을 지속
한다는 점35)이 특징으로 거론되기도 했다. 복수의 시적 화자가 다양한
어조를 보이고는 있지만, 한결같이 부정적인 시선을 유지하고 있다는 점
이다. 그렇다면 이들이 지향하는 서정성 자체도 과연 부정적인 것일지
생각해 보자.

  ①의 화자는 '죽음'조차 개의치 않는 강렬한 마음을 지니고 있으며,
그 마음의 힘으로 "情둔 오ᄂᆞᆳ밤"에 시간이 정지하는 효과를 거두고 싶어
한다. 여기서 '죽음'을 기꺼이 받아들이겠다는 마음의 자세는 향가의 그
것과는 상당히 다르다. 향가의 화자는 '죽음'을 보다 높은 차원의 생명으
로 가는 매개처럼 생각했기 때문에 긍정할 수 있었지만, <만전춘별사>
의 화자는 죽음을 개체의 완전소멸로 단정하더라도 기꺼이 받아들일 태
세이다. 종교 신앙을 통해 얻을 수 있는 용기보다 더 큰 감성의 발현이
라 할 만하다. 그 간절함 때문에 향가의 화자는 생각하지 못했던 '시간의
정지'를 욕망하기에까지 이른 것이다.

  그러나 ①의 강렬한 서정은 이후의 작품에까지 이어지지는 않는다. ②
는 '시름'의 유무에 따라 처지가 달라진 도화와 화자 자신을 대조하고

---

35) <만전춘별사>의 시·공간 관념을 서정성과 맞물려 해석한 성과로 조연숙, 「<만전춘별
  사>에 나타난 시공의식」, 『고려속요 연구』(국학자료원, 2004), 217~236면이 있다.

있으며, ③과 ④는 격언(格言)처럼 어울리는 상황에 따라 대입될 수 있는 작품들로 여겨진다. ⑤와 ⑥은 이 작품이 풍류공간36)과 궁중악 등 여러 단계의 걸쳐 형성되었음을 추정케 한다. <서경별곡>의 경우 3개의 연에 걸맞은 하나의 상황을 유추할 수 있지만, <만전춘별사>의 6개 연은 '다양한 배경'만을 이야기할 수 있을 뿐이다. 다만 이들의 공통점을 들면 욕망의 대상이 되거나 욕망의 주체가 되는 여성의 다채로운 목소리가 드러난다는 점에 있다. 이것을 여성적 아름다움[美]의 새로운 역할이라 보아도 좋을 것이다.

속요의 여성화자는 진폭(振幅)이 크거나 단일하게 집약시키기 어려운 정서를 표현하는 데 유리하다. 고려속요의 창작 집단을 기녀(妓女)로 보는 연구37)가 가능했던 것은 이러한 성향에 기인할 것이다. 속요의 여성은 향가에서 그러했듯 권능을 지닌 초월적 존재의 역할을 지속할 수는 없었지만, 시적 대상으로만 그치지 않고 작품의 화자로서 자신의 '목소리'를 내기 시작했다. 이런 변화에는 적지 않을 의의가 있을 것이다.

5. 향가와 속요 텍스트의 질적 차이

향가는 신라의 수도 경주를 중심으로 한 중앙문화권을 기반으로 하고 있는 반면에, 속요는 민요를 비롯하여 지역적 특색이 강한 작품을 토대로 궁중악의 속성에 맞게 재구성된 작품세계를 지니고 있다. 따라서 이들은 역사적 장르로서 그 개념이 다를 뿐만 아니라, 서정시로서도 대칭되는 속성을 지니고 있다.

---

36) 이영태, 「<만전춘별사>와 영업기」, 『고려속요와 기녀』(경인문화사, 2004), 15~32면.
37) 이영태(2004), 같은 곳.

여기서는 향가의 '평담'과 속요의 '격정'이 구현되는 형식적 원리에 대한 전제로부터, 서정시에서 중요한 자질인 시간의식과 인물 형상을 중심으로 이들의 대칭적인 면모를 밝히고자 했다. 향가의 시간의식은 '소멸을 통한 재생'이라는 미래에 대한 의지로서, 속요의 시간의식은 과거를 회복하고자 하는 욕망과 이별의 격정으로 정리했다. 이 과정에서 성자로서 화랑과 이별하는 여성의 인물 형상을 중요한 것으로 파악했고, '미'에 대한 인식의 차이를 통해 향가와 속요 사이의 거리를 가늠하고자 했다. 이들 사이의 대칭이 그것만으로 끝맺지 않고 활발한 교섭·융회를 통해 후대의 시가사를 위한 밑거름이 되고 있음을 다른 한편으로 강조하고자 하였다.

그러나 개별 작품의 차이를 지적하는 데 그치고 변천의 양상을 역동적으로 서술하지 못한 점은 텍스트의 부족만으로 변명할 수 없는 한계였다. 이에 대한 보완을 추후의 과제로 삼고자 한다.

Ⅲ

속요와 시조의 전통과 전승

- 백제 문화권의 〈정읍사〉와 고려속요의 기원

- 고려속요의 어조를 통해 본 장르 관습의 양상

- 『교주 가곡집』을 통해 본
  20세기의 고시조 향유와 전승 양상

백제 문화권의 〈정읍사〉와 고려속요의 기원

1. '백제'의 문화사적 비원(悲願)

이 논의는 고려속요 〈정읍사〉를 '백제 문화권'에서 이루어진 텍스트로 파악함으로써 일실(逸失)된 백제 시가문학의 모습에 다가갈 수 있는 단서를 마련하고, 백제 시가문학과 고려속요의 관련 양상을 조명하기 위해 이루어졌다. 이러한 관점을 통해 백제의 문학 유산으로서 〈정읍사〉의 시·공간적 배경을 명료하게 이해할 수 있는 단서를 마련하는 한편, 향가와 경주 문화권 위주로 그려져 온 한국시가문학사의 초기 양상에 대한 새로운 이해도 가능할 것이다.

'백제(百濟)'의 문화유산 하면 우선 웅진·사비 시대의 미술사 관련 자료들이 떠오른다. 좀 더 생각하면 고대 일본의 문화재 상당 부분이 백제와 긴밀한 관계가 있다. 게다가 『만엽집』을 비롯한 일본의 시가문학 문성에 그들이 끼쳤을 영향도 무시할 수 없을 정도이다.[1] 그러나 유려한 표현 양식과 폭넓은 해양성으로 집약되는 백제문화사의 영광에 비하면, 오늘날 남아 있는 문학 작품은 편린(片鱗)이라 하기에도 지나치게 적은 상황이다.2) 특히 고전시가에 해당하는 것으로서 가사가 전하는 작품은 <정읍사>와 <산유화(山有花)> 2편에 불과하며, 가장 많이 논의되어 온 <정읍사>는 그 창작시기가 백제설과 고려설로 나뉘어 한때 쟁점이 되기도 했다.3)

근래에는 <정읍사>의 창작 시기 논쟁을 벗어나 방법론적 반성,4) 상징과 화자 등을 통한 텍스트의 서정성 고찰5)과 문화적 배경 탐구,6) 지역 문화 텍스트로서 활용 가능성7) 등이 다채롭게 이루어지고 있기도 하다. 그러나 대체로 <정읍사>의 창작 시기를 백제로 인정하면서도 백제 문화와의 관련 양상은 구체적으로 해명되지 않은 경우가 대부분이며, 정읍의 지역 문화로서 부활 가능성을 언급한 경우가 있기는 하지만 이는 "순수 학문적 연구를 지양"8)한 관점에서 이루어진 것이다.

---

1) 이연숙, 『일본고대한인작가연구』(박이정, 2003) ; 황명천, 『만요슈와 한인계 시가 연구』(보고사, 2005).
2) 안동주, 『백제문학사론』(국학자료원, 1997), 39~174면에 따르면 한문학은 금석문 4편과 문헌문 6편, 가요는 詞傳 3편, 不傳 4편이 있을 따름이다. 일부분만 전하는 문헌문을 모두 계산해도 20편이 채 되지 않는다.
3) 안동주(1997), 108~120면과 조재훈, 「백제가요의 연구」(고려대 박사학위논문, 1998), 72~78면을 비롯하여 최근의 연구 성과는 창작 시기를 백제로 보는 것에 대체로 동의하고 있다.
4) 이등룡, 「<정읍사> 연구-방법론의 반성」, 『인문과학』 33(성균관대 인문과학연구소, 2003), 7~20면.
    도수희, 「<정읍사>의 해석과 감상」, 『백제의 언어와 문학』(주류성, 2004), 207~222면.
5) 유경환, 「<정읍사>에 나타난 달의 원형적 상징」, 『새국어교육』 61(국립국어연구원, 2001), 239~268면.
    이수곤, 「<정읍사>의 여성 화자 태도와 그 의미에 대한 시론적 고찰」, 『한국고전여성문학연구』 14(한국고전여성문학회, 2007), 385~416면.
6) 이연숙, 「<정읍사>의 불교적 성격 연구」, 『한국문학논총』 38(한국문학회, 2004), 5~30면.
7) 박진태, 「<정읍사>의 확산과 지역 축제로의 회귀」, 『고전문학과 교육』 10(한국고전문학교육학회, 2005, 195~218면.
8) 박진태(2005), 197면.

<정읍사>를 백제 문화권의 유산으로 이해하기 위해서 우선 백제시가 전체의 맥락 속에서 <정읍사>의 위치를 가늠해야 할 것이다. 그런데 현존 백제시가는 <정읍사>와 <산유화가>의 2편에 불과하며, 창작 배경만 소개된 것이 4편 더 있을 따름이다.9) 그래도 이들 작품군과 <정읍사>의 공통된 요소가 무엇일지 생각해 보고, 아울러 이들이 향가와 다른 면도 검토하고자 한다. 이렇게 백제문화권의 텍스트로서 <정읍사>의 성격을 전제한 다음, 이어서 그 수사방식과 서정성의 양상을 통해 향가와는 다른 지층(地層)에 놓인 것으로 판단되어 온 고려속요의 형식적 기원으로서 그 특징을 조명하고자 한다.

2. 백제 문화권의 〈정읍사〉

2.1. 백제 문화권의 시가와 〈정읍사〉

『고려사・악지(高麗史・樂志)』 삼국속악조(三國俗樂條)는 백제시가로서 <선운산(禪雲山)>, <무등산(無等山)>, <방등산(方等山)>, <정읍(井邑)>, <지리산(智異山)> 등의 5편에 대한 간략한 해제가 실려 있으며, 이 가운데 이 논의의 주요 대상인 <정읍>은 <정읍사>라는 제목으로 『악학궤범』에 그 전문이 실려 전한다. 한편 『증보문헌비고(增補文獻備考)』 권246에 백제가곡(百濟歌曲)으로서 <산유화가(山有花歌)>가 실려 있기도 하다. <정읍사>를 제외한 나머지 시가 작품을 먼저 살펴보자.

---

9) 이 외에 "宿世結業 同生一處 是非相問 上拜白來"라는 내용의 4−4句의 시가에 가까운 형태를 지닌 목간이 발견된 사례도 있지만, 여기서는 일단 논외로 하였다. 이에 대해서는 이용현, 「한문자의 사용−목간」, 『백제의 문화와 생활』(충청남도 역사문화연구원, 2007), 293면 참조. 한편 고운기, 「사뇌가 형식 발생론 서설」, 『한국고전시가와 근대』(보고사, 2007), 42면에서는 이 텍스트를 <숙세가(宿世歌)>라는 이름의 고전시가로 취급하였다.

① <선운산> : 장사 사람이 부역을 나갔는데, 기한이 지났는데도 돌아
오지 않았다. 그의 아내가 그리워하여 선운산에 올라가 바라보며 부
른 것이다.

② <무등산> : 무등산은 광주의 진산이며, 광주는 전라도의 큰 고을이
다. (A) **이 산에 성을 쌓아서** 백성들이 의지하며 편안하게 여겼으니
이를 기뻐하여 노래한 것이다.

③ <방등산> : 방등산은 나주의 속현이며 장성의 경계에 있다. (B) **신
라 말에 도적떼가 크게 일어나서** 이 산을 근거지로 삼았다. 양가의
자녀들이 납치되어 끌려온 바가 많았는데 장일현에 사는 여자가 이
노래를 지어 그 남편이 즉시 와서 구해주지 않음을 풍자한 것이다.

④ <지리산> : 구례현 사람의 딸이 얼굴이 고왔고 지리산에 살았는데
집은 가난했으나 부녀자의 도리를 다했다. **백제왕**이 그 미모를 듣고
는 거두어 들이고자 하였으나 여자가 이 노래를 지어 죽기를 맹세
하고 따르지 않았다.

⑤ <산유화가> : 산유화가 한 편은 남녀상열지사인데, 음조가 처량하
여 옥수후정화와 짝을 이룰 만하다고 했다. (이상은 백제가곡인데
아마도 지금 많이 전해지지 않는 것인가 한다.)

『고려사악지』 소재 백제시가 4편의 성격으로는 평민문학으로서 남녀
간의 섬세한 정서를 윤리적 내용을 빌어 담았다거나,10) "부녀자와 관련
된 노래가 많은 것이 특색인데, 주로 정절을 강조하거나 교화를 강조하
고 있다는 점에서 여기 충효열(忠孝烈)의 범주를 벗어나지 않았"다는 견해
가 있다.11)

백제시가에서 여성 화자의 역할에 주목한 점은 타당하다. 그렇지만 여
기서 충효열의 범주를 벗어나지 않았다고 단정할 수 있는 작품은 <지리
산> 1편만이 확실해 보인다. <선운산>, <산유화가>는 서정성이 짙은

---

10) 조재훈(1998), 216~219면.
11) 김영수, 「삼국의 부전가요 연구」, 『고대가요연구』(단국대 출판부, 2007), 83면.

이별노래에, 〈방등산〉은 남편에 대한 풍자에 가깝다. 게다가 〈무등산〉의 주제를 충으로 단정하기도 어렵다. 한편 〈지리산〉에 대해서는 "삼국 이래 열녀설화에서 왕명(王命)에의 거역을 노래로 나타낸 예가 없는 만큼, 지리산에 결부된 독특한 풍류와 저항을 겸"[12]하였다 하여 그 독특함이 주목되어 왔다. 요컨대 〈지리산〉은 삼국시대 설화의 일반적 특징과는 다르다는 것인데, 따라서 삼국시대보다는 후대의 것일 가능성이 크다. 도미설화 등 백제왕을 폄훼(貶毀)하는 방향으로의 설화 윤색이 백제 멸망 후 신라 쪽의 문인에 의한 연극 대본 창작을 통해 이루어졌을 가능성의 제시[13]는 많은 것을 시사한다.

뿐만 아니라 인용문의 (A)와 (B)를 유심히 본다면, 『고려사악지』 소재 백제시가에서 '백제'라는 명칭은 '백제시대'라는 시간적 배경보다는 '백제의 문화를 지속하고 있는 공간'으로서의 의미가 더 강한 것처럼 보인다. 우선 (A)의 산성에 비견될 만한 광주 무등고성지(無等古城趾)는 대체로 통일신라 하대에 축조되어 고려 초까지 사용했을 것으로 추정해 왔으며,[14] (B)에서는 창작배경을 통일신라 하대로 파악하고 있다. 〈지리산〉에서 '백제왕'이 등장하지만 앞서 거론했듯이 이처럼 백제왕을 폄훼하는 설화는 삼국시대의 것으로 인정하기 어렵다.

요컨대 『삼국사악지』의 백제시가에서 '백제'는 '시대'보다는 문화적 '권역' 개념에 한결 가깝다. 이 때문에 『악지』 편찬자는 『삼국유사』 편찬자가 향가에 그러했듯이 독립된 작품명을 부여하기보다는, 유통 지역

---

12) 안동주(1997), 157~158면.
13) 황인덕, 「백제사와 설화」, 『백제의 문화와 생활』(충청남도 역사문화연구원, 2007), 148면. 덧붙여 이와 같은 윤색은 백제의 영웅인 '무왕(武王)'을 신라공주의 미의 탐색자로서 수동적인 인물인 '서동'으로 형상화시키는 신라인의 관점과 일맥상통한다. 이에 대해서는 서철원, 「〈서동요〉 전승의 형성과 사상적 배경」, 『고시가연구』 17(한국고시가문학회, 2006), 205~226면(본서 Ⅳ부에 재수록) 참조.
14) 문화재청(http://www.ocp.go.kr) 제공 DB 참조.

의 명칭을 그대로 작품명으로 선택한 것이다. 그렇다면 통일신라, 그것도 하대에 이루어졌을 이 노래들을 어떻게 백제문화권의 유산(遺産)으로 인정할 수 있는지가 의문일 수도 있다. 백제 멸망 이후로도 '백제어(百濟語)'는 1세기 이상 더 유지되었을 것이라는 추정[15]은 '백제문학'의 경우에도 유효할 수 있지만, 점령국 '통일신라'에 복속된 문화권의 독립성을 얼마나 인정할 수 있을지 의문이 들 수 있다.

그러나 '백제 문화권'의 독립성에 대한 의문은 '통일신라' 사회의 속성을 통해 해결 가능하다. 근래의 연구에 따르면 후기 신라는 왕성인(王城人)과 지방민(地方民)을 경위(京位)와 외위(外位)로써 철저히 분리하여 통치한 사회였으며,[16] 지방 이주는 곧 족강(族降)과 몰락으로 이어졌다. 하급 귀족으로서 실세 관료였던 6두품조차 포용하지 못했던 신라의 폐쇄적 사회구조가 '후고구려', '후백제'라는 과거사의 재기(再起)를 통해 무너졌다는 것은 시사하는 바가 크다. 신라의 지배체제 하에서도 고구려·백제 지역은 과거의 문화사를 연장·지속해 온 것이며, 결국 경주 중심의 신라 정치체제를 몰락시키는 데 일조한 것이다. 따라서 이들 작품이 비록 백제시대에 이루어지지 못했다 하더라도, '백제문화권'의 특징이 지속되는 가운데 창작·향유됐음은 인정할 만하다.

<정읍사>도 이들과 마찬가지로 『고려사악지』 속악조에 기재(記載)된, '백제문화권'의 유산이다. 종래의 연구는 이 작품이 조선초 또는 고려말의 창작물이 될 수 없음에만 초점을 맞춰 왔다. 그 결과 <정읍사>의 창작 시기가 다른 고려속요보다 훨씬 앞서는 것이리라는 개연적 추론은 가능했지만, '백제의 문학'으로서 어느 시기에 귀속시켜야 할지 확정하지

---

15) 도수희, 「백제말의 시대별 특징」, 『백제의 언어와 문학』(주류성, 2004), 56면.

16) 전덕재, 『한국고대의 신분제와 관등제』(아카넷, 2000) ; 전덕재, 『한국고대사회경제사』(태학사, 2006).

는 못했다. 그와 같은 확정은 현존 문헌이나 유물로부터는 불가능해 보인다. 따라서 여기서는 〈정읍사〉 관련 최초 기록이 『고려사악지』에 있음에 착안하여, 같은 기록의 다른 작품들과 마찬가지로 통일신라 말기의 '백제문화권'에서 이루어졌을 것으로 추단한다.

2.2. 〈정읍사〉의 형식적 특징과 향가

백제문화권의 시가 가운데 현존하는 것은 〈정읍사〉와 〈산유화가〉 2편이다. 이 가운데 〈산유화가〉는 민요 형태로 그 잔영이 남아있을 뿐, 사실상 〈정읍사〉가 유일하다 할 것이다. 앞서 우리는 〈정읍사〉가 통일신라 말기에 백제문화권에서 창작되었을 가능성을 개진하였다. 그렇다면 이 작품이 '신라의 노래 – 향가'와 '고려의 노래 – 고려속요17)'를 잇는 가교(架橋) 역할을 할 수 있을까? 이를 밝히기 위해서는 향가와 〈정읍사〉의 형식적 차이를 규명하고, 〈정읍사〉에 보인 형식적 변화상이 후대의 고려속요 작품에 수용·전변되는 모습을 드러낼 수 있어야 할 것이다.18)

여기서는 그러한 일련의 전변 양상을 드러낼 수 있는 지표로써 문장의 종결 방식을 살펴보고자 한다.

```
(前 腔)  들하                              [호칭]
         노피곰 도드샤
         어긔야 머리곰 비취오시라
```

---

17) 고려속요의 향유는 조선시대를 중심으로 전개되어 왔음이 상식이다. 그러나 여기서의 관심사는 고려속요의 향유가 아닌 발생론이었기 때문에, 고려속요를 '고려의 노래'로 지칭했다.

18) 향가와 속요의 형식적 차이와 지속·전변 양상에 대한 자세한 논의는 서철원, 「향가와 고려속요의 장르적 차이를 통해 본 전변 양상의 단서」, 『한국시가연구』 23(한국시가학회, 2007), 5~48면(본서 Ⅱ부에 재수록)에서 이루어졌다.

	어긔야 어강됴리	[명령]
(小　葉)	아으 다롱디리	
(後　腔)	즌져재 녀러신고요	[의문]
	어긔야 즌딕롤 드딕욜셰라	[평서(근심)]
	어긔야 어강됴리	
(過　編)	어느이다 노코시라	[청유]
(金善調)	어긔야 내 가논 딕 졈그롤셰라	
	어긔야 어강됴리	[평서(근심)]
(小　葉)	아으 다롱디리[19)	

-<정읍사>

<정읍사>의 문장 종결 방식은 '호칭-명령-의문-평서-청유-평서'로 이루어져 있다. 다시 말해 '의문-평서(근심)'의 종결 방식의 반복되는 것이다. 기원의 대상인 달에게 간청하고, 그럼에도 불구하고 의문을 갖다가 근심하고, 다시 또 의문과 함께 간청하는 모습이 되풀이된다. 이는 그동안 지적되어 온 연장체 고려속요가 지닌 반복적 구성을 연상시킨다.[20) <정읍사>를 통해 그와 같은 '반복'이 단일 텍스트의 문장 사이에서도 일어날 수 있음을 알게 된다.

그렇다면 향가의 문장 종결 방식은 이와는 어떻게 다른 것일까? 현존 신라 향가는 7~9세기에 걸쳐 남아 있는데, 7세기에 5편, 8세기 7편, 9세기 2편씩이 있다. 여기서는 작품의 숫자가 비교적 많이 남아 있는 7·8세기의 것들을 살펴보겠다. 우선 7세기를 보자.

舊理東尸汀叱 / 乾達婆矣遊烏隱城叱肹良望良古 /
倭理叱軍置來叱多烽燒邪隱邊也藪耶 /　　　　　　[감탄]

---

19) 『樂學軌範』 卷5. 時用鄕樂呈才圖儀. 舞鼓.
20) <서경별곡>, <만전춘별사>, <가시리> 등의 작품이 이러한 사례에 해당한다. 이들은 어구의 일부분이 반복되거나, 행에 따라 문장 성분이 조금씩 늘어나는 구성을 취하고 있다.

三花矢岳音見賜烏尸聞古 / 月置八切爾數於將來尸波矣 /

道尸掃尸星利望良古 / 彗星也白反也人是有叱多 / ［감탄］

後句21) / 達阿羅浮去伊叱等邪 / 　　　　　　　　［감탄］

此也友物比所音叱彗叱只有叱故 　　　　　　　［의문］

－〈혜성가〉22)

현존 최고(最古)의 〈혜성가〉는 감탄형 종결어미를 중심으로 나열하고 의문형으로 텍스트를 마무리하는 구성을 띤다. 이러한 종결 방식은 다음 세대의 〈풍요〉에서 한결 강화된다.

來如來如來如 / 來如哀反多羅 / 哀反多矣徒良 / 功德修叱如良來如

［감탄×7］

－〈풍요〉23)

이러한 양상은 〈모죽지랑가〉, 〈원왕생가〉 등 다른 7세기 향가에서도 정도의 차이는 있지만 대체로 유사하다. 다음으로 8세기의 작품들을 보자.

生死路隱 / 此矣有阿米次肹伊遣 / 吾隱去內如辭叱都 /

毛如云遣去內尼叱古 / 　　　　　　　　　　［의문－(감탄)］

於內秋察早隱風未 / 此矣彼矣浮良落尸葉如一等隱枝良出古 /

---

21) 이른바 "차사"로 불리는 향가 후반부의 감탄어구는 독립된 문장으로 보지 않는다.

22) 이하 선택한 어석의 출전은 어석자의 이름과 연도만을 표기하고, 편의상 향찰역만을 든다. 작품마다 어석자가 다른 이유는 비교적 어석이 자연스러운 것을 선택하고자 했기 때문이다. 그런데 '종결어미' 부분은 향가 어석에서는 드물게도 어석자에 따른 편차가 거의 없다. 이 작품의 어석은 다음과 같다.
　"녀리 술 믈곶 건달바의 놀온 자싯흘랑 브라-고 여릿 굴도 웃다 烽 다히얀 ᄀ시야 슈야 세 곳의 오롬 보시올 듣고 둘두 불긋이 헤어렬[思, 破] 겷의 길 술 비리 브라-고 술 비리야 술반야 사룸이 잇다 後句 달 아라 드가 덧ᄃ야 이야 友物[벋갓, 우믈] 디솜叱 술叱 기 잇고."(양희철, 1997)

23) "오가 오가 오가 오가 셟다라 셟다 주비네아 功德 닥ᄀ아 오가."(양희철, 1997).

去奴隱處毛冬乎丁 /   [의문-(감탄)]

阿也 / 彌陀刹良逢乎吾 / 道修良待是古如 [의지-(명령)]

-<제망매가>²⁴⁾

君隱父也 /   [평서]

臣隱愛賜尸母史也 /   [평서]

民焉狂尸恨阿孩古爲賜尸知民是愛尸知古如 / [평서]

窟理叱大肹生以支所音物生此肹喰惡支治良羅 / [평서]

此地肹捨遺只於冬是去於丁 /   [감탄]

爲尸知國惡支持以 / 支知古如後句 /   [평서]

君如臣多支民隱如 / 爲內尸等焉國惡太平恨音叱如 [감탄]

-<안민가>²⁵⁾

<제망매가>에서는 의문형이, <안민가>에서는 평서형이 연속되고 있다. 다른 8세기 작품도 대체로 같고,²⁶⁾ 충담사의 <찬기파랑가>만이 '의문-감탄' 구조의 반복을 보이고 있다.²⁷⁾

요컨대 향가는 대체로 텍스트 첫째 문장의 종결방식을 연속시키면서 단일한 정서를 심화시키는 쪽으로 어조를 형성하고 있다. 그러나 <정읍사>는 의문 혹은 청유문과 근심의 평서문을 결합시키면서 남편의 안위를 걱정하는 어조의 강약과 굴곡을 그려내고 있다. 향가의 '연속'이 평담

---

24) "생사로[生死路]는 예 이샤매 버글이고 나는 가느다 말쏘 몯다 닏고 가느닛고 어느 フ술 이른 ㅂ르매 이에저에 뻐딜 닙다이 흐든 가재 나고 가논 곧 모드온뎌 아으 미타찰애 맛보호 내 도 닷가 기드리고다."(신영명, 2005).

25) "님검은 아비야 알바돈 둣오실 어시야 일거-ㄴ 얼훈 아히고 흐실디 일건이 둣올 알고다 理窟]ㅅ 한흘 살이기 숌 物生[갓살, 生物이] 이흘 자-ㅂ 다슬아라 이 다흘 ㅂ리곡 어둘이 니거-뎌 홀디 나라-기 디니이기 알고다 後句 님검답 알바돈답 일건답 흐놀ㄷ언 나라-ㄱ 太平훈 음叱다."(양희철, 1997).

26) 자세한 것은 서철원(2007) 참조.

27) 말하자면 충담사의 <찬기파랑가>는 餘他 향가와는 다른, 일종의 양식적 실험을 하고 있다 할 만하며, <정읍사>를 비롯한 후대의 고려속요 텍스트와 흡사한 어조를 띠게 되는 것이다. 이러한 향상의 의미는 훗날 다시 생각하고자 한다.

한 정서를 깊이 파 들어가는 양상이라면, 〈정읍사〉의 '반복'은 남편의 안(安)과 위(危)에 따라 이리저리 흔들리는 시계추 같은 정서의 진폭을 담기에 적절하다는 것이다.

이러한 차이는 무엇을 의미하는 것일까? 향가는 경주 지역, 특히 불교라는 정신문화를 배경으로 '죽음'과 관련된 추상적·종교적 차원의 서정성을 중심 테마로 삼고 있다.[28] 따라서 한정된 소재에 대한 집중된 정서를 표출하기에 유리했을 것이다. 그러나 〈정읍사〉를 비롯한 백제 문화권의 작품들은 한결 현실적 인간 감성에 가깝고, 중앙이 아닌 지방색을 문화적 토대로 삼았으며, 여러 가지 대상에 대한 다채로운 정감을 드러내는 것을 목적으로 한다.

추정하건대 이는 곧 중앙 집중형의 전제주의와 더불어 '화엄'을 표방한 경주−신라 문화권과 권력 분산형 다핵(多核) 국가를 지향한 백제 문화권의 차이를 암시하는 것은 아닐지 생각해 본다. '일(一)'로 집중하려는 사회와 '다(多)'로 확산하려는 사회의 문화적 기반이 같을 수는 없기 때문이다.

3. 〈정읍사〉와 고려속요의 기원

3.1. 〈정읍사〉의 수사방식과 서정성의 양상

〈정읍사〉의 수사방식을 살펴보고, 서정성이 드러나는 양상을 다른 고려속요 작품과 대조하여 살펴보겠다.

---

28) 현존 신라 향가 14편 가운데 죽음 혹은 소멸을 주제로 삼은 것은 〈원왕생가〉, 〈모죽지랑가〉, 〈제망매가〉, 〈찬기파랑가〉, 〈도천수관음가〉의 5편이다. 이에 관하여 본서 Ⅰ부의 「신라 향가의 '소멸' 모티프와 죽음 인식」 참조.

(前　腔)	둘하	[호칭]
	노피곰 도드샤	
	어긔야 머리곰 비취오시라	
	어긔야 어강됴리	[명령]
(小　葉)	아으 다롱디리	
(後　腔)	全져재 녀러신고요	[의문]
	어긔야 즌딕롤 드딕욜셰라	[평서(근심)]
	어긔야 어강됴리	
(過　編)	어느이다 노코시라	[청유]
(金善調)	어긔야 내 가논 딕 졈그롤셰라	
	어긔야 어강됴리	[평서(근심)]
(小　葉)	아으 다롱디리29)	

-<정읍사>

　화자는 우선 '달'을 불러서 청자로 삼는다. 여기서 '달'을 신화적 모티프의 원형상징으로 보는 견해도 제출된 바 있지만30) 그보다는 텍스트가 담은 메시지를 수신해서 현실적 효용성을 발휘할 수 있는 대상으로서 선택된 것으로 보는 편이 작품의 맥락을 이해하기에 도움이 될 것으로 보인다. 달의 현실적 효용성인 "멀리 비춰주는 것"이 그 다음 문장에 바로 제기되었기 때문이다. 이어서 남편의 처소를 물으며 그 자취를 근심하고, 남편과 자신을 포함해서 어디든 놓아달라고 부탁하고는 달이 저물까 근심하고 있다. '감탄문(의문, 청유)＋평서문(근심)'의 구성을 2회 반복하고 있는 것이다. 이를 통해 남편의 평안을 달에게 기원하면서 안심하는 화자의 행동과, 그것을 끊임없이 걱정하는 화자의 내면 사이의 대칭이 굴곡 있는 서정성의 모습으로 드러나는 것이다.

　이와 같은 2개 이상의 문장 구성을 반복하는 방식은 고려속요에서 종

---

29)『樂學軌範』卷5. 時用鄕樂呈才圖儀. 舞鼓.
30) 유경환(2001).

종 보이는 것인데, 특히 연장체 시가에서 자주 드러난다. <정석가(鄭石歌)>를 보자.

> 삭삭기 셰몰애 별혜 나는 / 삭삭기 셰몰애 별혜 나는 / 구은 밤 닷 되를 심고이다
> 그 바미 우미 도다 삭나거시아 / 그 바미 우미 도다 삭나거시아 / 有德ᄒ신 님믈 여희ᅀᆞ와지이다
>
> 玉으로 蓮ㅅ고즐 사교이다 / 玉으로 蓮ㅅ고즐 사교이다 / 바회 우희 接柱ᄒ요이다
> 그 고지 三同이 퓌거시아 / 그 고지 三同이 퓌거시아 / 有德ᄒ신 님 여희ᅀᆞ와지이다
>
> 므쇠로 텰릭을 몰아 나는 / 므쇠로 텰릭을 몰아 나는 / 鐵絲로 주룸 바고이다
> 그 오시 다 헐어시아 / 그 오시 다 헐어시아 / 有德ᄒ신 님 여희ᅀᆞ와지이다
>
> 므쇠로 한쇼를 디여다가 / 므쇠로 한쇼를 디여다가 / 鐵樹山에 노호이다
> 그 쇠 鐵草를 머거아 / 그 쇠 鐵草를 머거아 / 有德ᄒ신 님 여희ᅀᆞ와지이다
> ―<정석가> 부분

‘평서문＋의지문’의 구성 방식이 2~5연의 4개 연에 걸쳐 반복되고 있다. 악곡상(樂曲上)의 요소를 고려했을 뿐만 아니라, 통사적 구성을 통한 정서의 굴곡 변화상도 일치하도록 하고 있는 것이다. 역시 터무니없이 불가능한 행동을 의도하는 화자의 외면과, 자신이 사랑하는 대상이 영속성(永續性)을 얻기를 희구하는 애틋한 마음의 대비가 돋보인다. 그리고 그와 같은 영속성의 불가능함을 알면서도 바라는 마음의 모순이 서정성의 굴곡을 띠게끔 한다.

　이러한 특징은 <쌍화점>에서도 보인다. <쌍화점>은 ‘평서문＋의지

문+의지문+평서형’의 조합이 3개의 연에 걸쳐 되풀이되고 있다. 첫째 연만을 인용해 본다.

> 雙花店에 雙花사라 가고신뒨 / 回回아비 내손모글 주여이다 /
>   [평서]
> 이말슴미 이店밧긔 나명들명 / 다로러거디러 죠고맛감 삿기광대 네마리 라 호리라 /   [의지]
> 더러둥셩 다리러디러 다리러디러 다로러거디러 다로러 / 긔자리예 나도 자라 가리라 /   [의지]
> 위 위 다로러거디러 다로러 / 긔잔딕 ㄱ티 덦거츠니 업다[31]
>   [평서]
>   —<쌍화점, 부분>

반면에 향가계 고려속요로 일컬어지는 <정과정>은 평서문의 연속에 감탄문이 하나 들어가 있는 형태를 띠고 있다는 점에서 이들과 구별되기도 한다. 이는 고려속요의 장르적 다원성[32]을 보여주는 사례라 하겠다.

요컨대 <정읍사>에서 2개 이상의 문장 구성 방식을 반복시키는 수사 방식을 통해 서정성의 강약 혹은 굴곡을 드러내는 수법은 연장체 고려속요를 통해 계승되고 있다. <정읍사>가 현존 고려속요보다 시기상으로 앞서 있다는 종래의 설을 인정할 수 있다면, 고려속요의 양식적 기원을— 향가와는 별개의 — 백제문화권으로부터 찾아야 한다고 보아야 할 것이다.

3.2. 고려속요의 기원 문제

지금까지의 논의는 나말여초 백제 문화권에 이루어진 <정읍사>를 중

---

31) 『樂章歌詞』.
32) 김흥규, 「고려속요의 장르적 다원성」, 『욕망과 형식의 시학』(태학사, 1999), 97~114면.

심에 놓고, 신라 문화권의 향가와의 형식적 차이를 지적하고 고려속요와의 관련 양상을 시사한 것으로 요약할 수 있다. 이는 한 마디로 '백제시가가 고려속요의 기원'이라는 의미이다. 그러나 고작 〈정읍사〉 한 편으로 이와 같은 대담한 추론을 하기에는 무리가 있을 뿐더러, 〈정읍사〉를 백제 당대의 텍스트라고 확신하기도 아직은 무리이다.

　이러한 문제를 해결해줄 수 있는 단서가 『만엽집』에 있으리라 판단하고 있다. 『만엽집』 작가 가운데 한국계로 밝혀진 인물은 167명인데, 이는 『만엽집』 전체 작가의 32%에 해당하며, 그 가운데 백제계는 145명에 이른다.33) 이들이 바로 백제인이거나, 이들의 작품이 곧 백제시가인 것은 아니다. 그러나 백제의 문화를 일본이 계승, 지속하는 맥락에서 탄생한 것이 『만엽집』이라면, 『만엽집』과 백제시가의 친연성(親緣性)은 부정하기 어렵다.

> 　좀 지나치게 쓰는 것 같아서 주저되지만 저 백촌강의 싸움이 없었다면 만엽집도 없었을지 모르겠다. 천지2년(663), 당에 대해서 최후의 저항을 한 백제는 일본의 도움도 소용없이 크게 패하고 말았다. 따라서 정부의 고관들은 일본으로 망명, 일본의 조정은 그들을 맞이하여 후퇴한 전선을 일본에 구축한 것이 되었다. 각지의 축성(築城), 수도의 이동, 그리고 군사 교련이 행하여졌으나, 다행히 당(唐)의 내습(來襲)은 없었다. 그 결과, 백제의 문화를 일본이 계승하는 형식으로 역사가 흘러갔다. 그 속에 탄생한 것이 만엽집이다.34)

　종래에는 『만엽집』과 시기적으로 대응되는 향가를 비교 대상으로 삼아 연구가 이루어져 왔다. 그러나 만가(輓歌) 몇몇 작품 이외에는 주제·소재적으로 대응되는 작품이 많지 않았다. 무엇보다 『만엽집』은 지방색

---

33) 이연숙(2003), 168면.
34) 中西進, 『萬葉の時代と風土』(角川書店, 1980), 106~107면. 이연숙, 앞의 책, 11면 재인용.

이 강하고 사랑, 이별, 그리움 등 인간의 보편적 정서를 그린 작품이 많아, 향가와의 직접 비교가 적절치 않다. 『만엽집』의 1번 작품을 보자.

> 1.
> 광주리도 예쁜 광주리 가지고 호미도 예쁜 호미 가지고
> 이 두덩에서 나물 캐는 아기 네 집이 어딘고 묻고져라 일러다오
> 야마도[大和] 나라는 모두 다 내가 거느리며 빠짐없이 죄다 다스리도다
> 나한테만은 일러다오 집이랑 이름이랑[35]

이 작품은 덴노[天皇]의 어제가(御製歌)라고 전해진다. 일국의 군주도 소년같은 조급한 마음으로 자신의 주체할 수 없는 사랑을 노래하고 있다. 이와 같은 작품세계를 향가와 비교할 수 있는 여지는 매우 적다. 향가와 『만엽집』을 비교하기 어려운 것은 단순히 4,500 : 14라는 작품 수의 차이 때문만은 아니다. 서정성의 결 자체가 다른 것이다. 그리고 이 서정성은 우리가 지금까지 살펴 본 백제문화권의 작품과 고려속요에 한결 더 가깝다.

> 743.
> 내 사랑은 (이를 수 있다면), 천 사람이 이끄는 바위를 일곱 덩어리조차도
> 목에다 (걸라고 겸님이 말하시면) 걸겠나이다 오로지 겸님의 분부대로

743번 작품은 고려속요 <정읍사> 혹은 사설시조 <불굴가>를 연상시키는, 이른바 불가능 모티프를 보이고 있다. 극한 상황 속의 격정적 정서는 향가에서는 '죽음'과 관련하여 더러 보인다. <모죽지랑가>의 결말 부분에서 무덤 곁에 머물 고난을 감수하겠다는 시적 화자의 태도가 그러

---

35) 번역은 김사엽, 『韓譯 萬葉集 : 김사엽 전집 8~12권』(박이정, 2004)과 황명천(2005)의 성과 참조.

한 사례이다. 반면에 고려속요의 화자들은 '송축'과 '사랑'의 시점에서 이러한 격정을 발현시킨다는 점이 다르고, 죽음에 이르기보다 끝끝내 감내(堪耐)하겠다는 태도에서 확연하게 구별된다.

4086.
등불의 불빛 속에 보이는 내 꽃갈 이 백합이 흐뭇도 하구나.

4143.
아가씨들이 떠들며 물 긷는 절 우물 그 절 우물물의 얼레지꽃

4086에서 〈동동〉 2월령에서 '나의 님'을 등불에 비유한 표현을, 4143의 "우물"에서는 〈쌍화점〉의 배경을 떠올릴 만하다. 4086은 등불이라는 소재를 통한 송축의 기쁨을, 4143은 여성들의 자유분방한 생활공간을 묘사하고 있으며, "꽃"이 사람과 사람 사이에 통하는 정서를 전달하는 매개체가 된다는 점이 공통된다. 이러한 요소는 희박한 숫자의 현존 고려속요로부터도 얼마든지 찾을 수 있을 것이다.

그러나 이와 같은 소재적 유사성만이 아니라, 어조·정서·수사방식과 시간·공간 관념 등 다채로운 층위에서의 비교가 요청된다. 물론『만엽집』의 총 작품수는 4,500여 수에 이르고, 다양한 양식과 모티프를 포함하고 있기도 하다. 짤막한 작품 몇 수의 인용만으로 고려속요의 기원이『만엽집』에 남은 백제문화의 자취에 있다고는 말하기 어렵다. 그러나『만엽집』이 신라 문화권의 시가 작품과는 잘 대응되지 않고, 오히려 백제시가 또는 고려속요에 가까운 서정성의 결을 포함시키고 있다는 점은 예사로이 보아 넘길 수 없지 않을까 한다.

4. 백제문학사의 재구성과 복원을 위하여

<정읍사>는 『고려사악지』 소재 백제시가를 고려할 때 통일신라 말기의 '백제 문화권'에서 이루어졌을 가능성이 크다. 여기서 '백제 문화권'은 경주를 중심으로 한 통일신라 문화권과 구별되는 문화사를 지속해 왔던 공간적 배경이다. <정읍사>의 문장 종결 방식은 '의문—평서' 구조의 반복으로서, 이는 신라 향가가 단일한 종결어미를 텍스트 전체에 걸쳐 연속시킨 것과는 확실히 구별되는, 고려속요의 어조에 한결 가까운 것이다. <정읍사>는 신라의 노래 '향가'와 고려의 노래 '속요'를 잇는 가교인 것이다. 나아가 고려속요의 문화사적 기원으로서 백제시가를 제기할 가능성을 모색할 수 있다.36) 이는 백제의 영향력이 깊이 스며 있는 『만엽집』 등 일본시가문학까지 아우르는 거대한 도전이 될 것이다.

'백제'란 이름은 한국문화사의 비원(悲願)이다. 백제의 전성기에 한국의 대륙성과 해양성은 절정에 이르렀으며, 한국문화는 동아시아의 주인공이 될 수 있었다. 백제는 비참하게 멸망했지만 그 문화유산은 백제 문화권을 통해 지속되어 갔으며, <정읍사>라는 짤막한 노래 한 편을 통해 그러한 실상에 접근할 수 있다. 이 작품을 중심으로 문학사의 구도를 세우고, 일본으로 흩어진 백제 시인들의 자취를 모아서 '백제문학사'를 온전히 구성하는 것이 앞으로의 과제라 할 것이다.

---

36) 고려 태조는 나주 일대를 포섭시킴으로써 후백제와의 경쟁에서 우위를 점하는 계기를 만들었으며, 후계자 혜종의 외가 또한 이 일대의 호족이었다. 따라서 훈요십조 등 후대의 정치논리에 의해 격하되기는 했지만, '고려문화'의 **초기 형성과정에서 백제문화권의 역할은 충분히 검토할 만한 논제이다.** 아울러 세계적인 문화재인 고려불화와 백제 불교미술의 유사성도 보다 섬세한 고찰이 요구되는 과제라 할 것이다.

고려속요의 어조를 통해 본 장르 관습의 양상

1. '장르 관습'이라는 개념 범주의 필요성

이 논의는 현존하는 고려속요 작품들 사이의 몇 가지 계열 관계를 일종의 '장르 관습'으로 이해하고, 이들의 차이가 형식상의 요소와 더불어 정서의 표현 방식에서의 차이에도 기인하고 있음을 드러내기 위해 이루어졌다. 이를 통해 역사적 장르로서 고려속요의 성격을 바라보는 적절한 시각을 논의하는 한편,[1] 향가를 비롯한 고려속요와 악장·경기체가·시조·가사 등으로 이어지는 근세시가(近世詩歌) 사이에서 고려속요의 사적 (史的) 위치[2]를 명확하게 파악할 수 있는 단서에 이르고자 한다.

---

1) 김홍규, 「고려속요의 장르적 다원성」, 『욕망과 형식의 시학』(태학사, 1999), 97~114면을 통해 고고학(考古學)의 비유와 현존 고려속요 연행 자료를 통해 고려속요는 "고려 궁지 출토품"의 군집이며, 민요적 특질과 가무희로서 전문성을 지닌 작품군이 각각 별개로 존 재함을 인정해야 한다고 강조했다.
2) 고려속요의 시가사적 위치와 관련하여 이를 '악장'과 같은 성격의 장르 또는 동일한 장르

역사적 장르로서 고려속요의 장르성에 대한 관점은 궁중악 또는 악장 문학으로서 그 장르적 일관성에 대한 집중3)과 민요로부터 전문 가무희에 이르기까지 그 장르적 다원성에 대한 주목4)으로 양분된다. 이들의 차이는 '장르'라는 개념에 대한 기준 차이에 그 원인이 있다. 전자는 고려속요 전체의 역할·목적이 단일했기 때문에 단일 장르로 보아야 한다는 쪽이며, 후자는 개별 작품의 기원과 서정성의 본질이 각각 다르기 때문에 다양한 작품군의 '군집'으로 보아야 한다는 것이다. 이 문제는 비단 고려속요에만 국한된 것이 아니라, 정형성이 다소 느슨한 것으로 알려진 한국 고전시가의 어느 장르에나 해당하는 것이다.

여기서는 고려속요가 하나의 뚜렷한 '장르'라거나, 온갖 성격의 작품군이 모인 군집이라는 관점 가운데 굳이 어느 한 편을 선택하고자 하지 않는다. 그보다는 고려속요 자체를 다소 느슨한 형식적 규격과 정서·내용상의 공통된 흥미 요소가 얽힌 '관습'적 체계로서 이해하고자 한다. 이 때문에 고려속요를 장르로서 단정하는 대신 '장르 관습'이라는 편의상의 용어를 선택하려는 것이다.

게다가 장르론의 중요성이 어떤 작품이 어떤 형식적 틀에 귀속된다는 점을 입증하는 쪽에만 있다고는 생각지 않는다.5) 그보다는 '서정성'이라

로 보는 입장들이 있어 왔다(조만호, 「고려가요의 정조와 악장으로서의 성격」, 『고려가요 연구의 현황과 전망』. 집문당, 1996, 111~144면). 또한 근래에는 고려속요가 수록된 주요 문헌인 『樂章歌詞』의 연구와 관련하여 이 점이 언급되기도 했다. 김명준, 『악장가사 연구』 (다운샘, 2004)의 머리말에서 "소재 작품들의 악장문학으로서의 의미, 시가사에서의 궁중 시가의 전개 등을 다루지 못했다."는 표현은 고려속요 연구와 악장 연구의 긴밀성을 시사한다.

3) 이에 속하는 논자는 김학성, 「속요란 무엇인가」, 윤채환 편, 『고전문학의 이해』(우리문학사, 1993), 118면이다.

4) 정기호, 「고려속요의 형태론적 연구」, 『동악어문논집』 11(동악어문학회, 1978), 129~161면과 김흥규(1999)의 견해가 이에 속한다 할 것이다.

5) 고려속요의 '형식적 틀'에 대한 탐구는 성호경, 「고려시대 시가 작품의 시적 형태 복원」, 『고려시대 시가연구』(태학사, 2006), 25~52면과 성호경, 「고려시대 시가의 유형과 장르」,

는 시가 장르의 본질을 구현하기 위해 ① 작가는 어떤 수사방식과 어조·표현을 활용하고 있는가, 그리고 ② 작가의 그와 같은 선택을 통해 작품의 화자와 수용자는 어떤 관계를 맺고 있는가 등을 보다 중요한 논의 대상으로 본다. ①과 ②를 논의하기 위한 시학적 자질로서 문장의 종결 방식, 곧 종결어미에 주목하고자 한다. 종결어미는 시적 화자의 어조에 직결되는 중요한 표지로서, 시의 언술과 문체가 지닌 특질로서 정서 및 세계관의 연구에서 중시되어 왔다는 데 그 근거가 있다.[6] 또한 문장의 종결 방식에 대한 논의를 통해 시형 구성 방식과 장르적 특질에 대한 논의도 가능할 것이다.

　이상의 연구 방법을 통해 단련체와 분련체 고려속요를 각각 나누어 검토하고, 고려속요에서 서정성의 구현 양상을 정리할 수 있는 단서를 제시하고자 한다.

2. 단련체 고려속요의 어조와 장르 관습

　현존하는 단련체 고려속요는 <정읍사>, <처용가>, <정과정곡>,

　앞의 책, 265~308면에서 이루어졌다. 논자의 노력을 통해 그 다양성만이 막연하게 거론되었던 고려속요 장르론은 본 궤도에 오를 수 있었다.

　한편 박연호, 『가사문학 장르론』(다운샘, 2003), 296~305면에서 가사문학 장르를 논의하면서 각각 조선 전·중·후기로 나누고 '정서와 내면의 표출', '경험적 현실의 객관적 제시', '확장과 포용'으로 그 특성을 정리하고, 장르에 대한 발신자·수신자의 '기대지평'을 중심으로 장르의 개념과 관계를 다시 논의한 업적은 새로운 장르론을 위한 좋은 단서라 할 수 있다.

6) 오형엽, 「만해와 타골의 시의식 비교 연구―'되다'와 '하소서'의 시학」, 『한국문학논총』 29(한국문학연구학회, 2001), 225~244면 ; 김동근, 「영랑시의 담론주체와 언술 특성」, 『한국언어문학』 37(한국언어문학회, 1996), 473~490면. ; 문호성, 「백석 시의 언술 특성―문체를 중심으로」, 『한국언어문학』 38(한국언어문학회, 1996), 359~376면.

　이경수, 「백석 시의 반복 기법 연구」, 『상허학보』 7(상허학회, 2001), 347~381면.

<사모곡(思母曲)>, <이상곡(履霜曲)>, <유구곡(維鳩曲)> 등의 6편이 있다. 이들 가운데 <처용가>, <정과정곡>, <이상곡> 등은 향가를 비롯한 다른 시가 양식과의 공통점이 강조되어 왔으며, <정읍사>, <사모곡>, <유구곡> 등은 민요에 그 기원을 두고 있다.[7] 여기서는 이들을 문장 종결 방식의 특징에 따라 ① 유사한 종결 방식이 연속되는 경우와 ② 문장 종결 방식의 변모가 일어나는 경우로 나누어 검토해 보겠다. 여기서 ① 은 단일한 어조를, ②는 복합적인 어조를 띤 것으로 파악하고자 한다.

2.1. <이상곡>·<정과정곡>과 향가 형식의 남은 자취

향가계 고려속요로서 많이 논의되어 온 것은 <정과정곡>이지만, <이상곡> 역시 전대의 향가 양식과 구성 방식에서 보다 동질적인 것으로 평가받아 왔다.[8] 그 동질성은 문장 종결 방식에서 더욱 잘 드러난다.

> 비오다가 개야 아 눈 하 디신나래 / 서린 석석사리 조본 곱도신 길헤 / 다롱디우셔 마득사리 마두너즈세 너우지 / 잠짜간 내니믈 너겨 / 깃돈 열명 길헤 자라오리잇가   [의문]
> 　종죵霹靂 아 生 陷墮無間 / 고대셔 싀여딜 내 모미 / 죵죵霹靂 아 生 陷墮 無間 / 고대셔 싀여딜 내 모미 / 내님 두읍고 년뫼를 거로리
> 　　　　　　　　　　　　　　　　　　　　　　　　[의문]
> 이러쳐 뎌러쳐 / 이러쳐 뎌러쳐 期約이잇가   [의문]
> 아소 님하 훈디 녀젓 期約이이다   [평서(의지)]
> 　　　　　　　　　　　　　　　−<이상곡>, 『악장가사』

---

7) 윤성현, 『속요의 아름다움』(태학사, 2007), 35~44면에서 속요의 장르적 특질과 관련하여 민간 가요를 통한 속요 장르의 형성 과정이 다루어졌다.
8) <이상곡>의 형식으로부터 향가에서 속요로의 형식적 변천을 논의한 성과는 최미정, 「<이상곡>의 종합적 고찰」, 『고려속요의 전승 연구』(계명대 출판부, 1999), 232~258면과 최미정, 「고려속요의 유절양식과 분련체의 관련 양상 고찰」, 『한국문학이론과 비평』 19(한국문학이론과 비평학회, 2003), 363면 참조.

<이상곡>은 변치 않는 자신의 태도를 '열명길'과 '함타무간(陷墮無間)'이라는 초월적 시·공간의 범위로 확장시키는 한편 '기약(期約)'이라는 언어적 구속에 집약시키고 있다. 확장과 집약은 의문형 종결어미, 곧 설의법의 연속을 통해 이어지다가 마지막 행에서 "혼디 녀졋 期約"에 대한 화자의 의지를 통해 다시금 확인된다. 하나의 작품에서 한 가지 종류의 문장 종결 방식이 연속되는 현상은 향가의 시상 전개 방식의 특징이며,9) 향가에 정서적 굴곡이나 긴장 상태가 뚜렷이 드러나지 않고 죽음과 소멸, 종교와 주술을 중심으로 한 단일한 정서의 심화가 자주 이루어진 요인이기도 하다. <이상곡> 역시 초월적인 시·공간을 통해 죽음과 소멸을 넘어서는 '기약'의 강렬함을 단일한 종결어미의 연속을 통한 반복·강조로써 효과적으로 전달하고 있다.

　반면에 <정과정곡>은 '향가계 고려속요'로서 많이 논의되어 왔지만, 시 작품으로서 형식만을 놓고 보면 오히려 향가와는 다소 거리가 있음이 주목되기도 했다.10)

> (前腔) 내님믈 그리ᄉ와 우니다니 / (中葉) 山졉동새 난 이슷ᄒ요이다
> 　　　　　　　　　　　　　　　　　　　　　　　　　[평서]
> (後腔) 아니시며 거츠르신돌 아으 / (附葉) 殘月曉星이 아르시리이다
> 　　　　　　　　　　　　　　　　　　　　　　　　　[평서]

　[탄식 – 의문 – 확신의 '묶음' ①]

> (大葉) 넉시라도 님은 혼디 녀져라 아으　　　　　　　　[감탄]

---

9) 서철원, 「향가와 고려속요의 장르적 차이를 통해 본 전변 양상의 단서」, 『한국시가연구』 23(한국시가학회, 2007), 9~21면(본서의 Ⅱ부에 재수록). 이 논문에 따르면 7세기 향가에서는 감탄 혹은 청유형의 연속이, 8세기 향가에서는 감탄 혹은 평서형의 연속이, 9세기 향가에서는 평서형과 의문형의 연속이 통계적으로 다소 우세하다고 한다.

10) 김명준, 「<정과정>과 향가의 거리」, 『우리문학연구』 14(우리문학회, 2001), 131~152면 (『한국고전시가의 모색』(보고사, 2008)에 재수록).

(附葉) 벼기더시니 뉘러시니잇가   [의문]

(二葉) 過도 허믈도 千萬 업소이다   [평서]

[탄식 - 의문 - 확신의 '묶음' ②]

(三葉) 물힛마러신뎌 / (四葉) 술읏브뎌 아으   [감탄]

(附葉) 니미 나를 ᄒᆞ마 니즈시니잇가   [의문]

(五葉) 아소 님하 도람 드르샤 괴오쇼셔   [청유]

-<정과정곡>, 『악학궤범』

<이상곡> 화자의 '기약'에 대한 확신, 굳은 신념과 비교해 보면 <정과정곡> 화자는 흔들림과 불안의 기색이 역력하다. 불안감은 화자의 어조가 단일하지 않은 데에서도 드러난다. <정과정곡>의 1·2번째 문장은 평서형의 연속으로 되어 있는 것에 반해 셋째 문장인 5행 이후로는 종결어미가 계속 달라지고, 그에 따라 3~4개의 행을 단위로 하여 화자의 '탄식-의문-확신'이 하나의 '묶음[群]'을 형성한다. 이 '묶음'이 두 차례 반복되면서 화자는 믿음과 못미더움 사이에서 방황하는 태도를 보이고, 정서의 굴곡이 짙게 드러난다. 이렇게 보면 비록 <정과정곡>이 '삼진작(三眞勺)' 형식으로서 향가와 음악적 계승 관계임을 인정한다고 할지라도,11) 문장을 엮는 수사방식이나 어조에서는 향가의 관습을 상당 부분 일탈하고 있다 할 만하다.

이렇듯 서정시 텍스트에서 행과 연을 구성하는 과정에서 문장 종결 방식의 같고 다름은, 화자가 하나의 어조로써 작품 전체를 통괄(統括)할지 둘 이상의 어조를 취하여 정서의 대립·긴장을 유발시킬지 여부와 관련하여 중요하다. 한 편의 텍스트 안에서 그 어조가 크게 변화하지 않는

---

11) 양태순, 「삼구육명의 새로운 뜻풀이(3)-그 음악적 해명」, 『한국고전시가의 종합적 고찰』 (민속원, 2003), 119~144면.

것이 향가의 특징이었다면, 여러 가지 종결어미의 '묶음'을 반복시킴으로써 불안한 화자의 정서적 긴장 상태를 표현한 것은 고려속요의 성취로서 평가할 만하다. 그렇다면 이와 같은 수사방식의 내원(來源)을 생각해 보자.

2.2. 〈정읍사〉와 단련체·분련체의 관련 양상

여러 가지 종결어미의 '묶음'은 고려속요 특히 분련체에서 흔하게 드러나는 특징이다. 그런데 앞서 살펴 본 이른바 '향가계 고려속요'라는 〈정과정곡〉과 더불어 〈정읍사〉에도 이렇게 분석할 만한 부분이 눈에 띈다. 이 특징이 의미심장한 이유는 〈정읍사〉가 '백제 문화권'의 시가로서, 다른 고려속요에 비해 앞선 창작연대에 속하기 때문이다.[12] 나아가 백제문화와 고려속요의 관련성을 추단할 여지도 있다.

(前腔)	돌하	[호칭]
	노피곰 도ᄃᆞ샤 / 어긔야 머리곰 비취오시라	[청유]
	어긔야 어강됴리	
(小葉)	아으 다롱디리	

[탄식 – 근심의 '묶음'①]

(後腔)	즌ᄀ져재 녀러신고요	[의문]
	어긔야 즌ᄃᆡ를 드ᄃᆡ욜세라	[평서(근심)]
	어긔야 어강됴리	

---

12) 『고려사악지』의 삼국속악조에 따르면 〈정읍사〉를 비롯한 〈선운산〉, 〈무등산〉, 〈방등산〉, 〈지리산〉 등의 이른바 백제시가들은 8~9세기 신라 말엽을 배경으로 '백제문화권'에서 이루어진 것으로 보인다. 이에 대해서는 본서의 III부에 재수록된 서철원, 「백제문화권의 〈정읍사〉와 고려속요의 기원」 참조.

[탄식-근심의 '묶음'②]

(過編)	어느이다 노코시라	[청유]
(金善調)	어긔야 내 가논 디 졈그롤셰라	[평서(근심)]
	어긔야 어강됴리	
(小葉)	아으 다롱디리	

-<정읍사>, 『악학궤범』

    <정읍사>는 기원의 대상인 '달'을 간절히 부르고 직접 청원(請願)하면서 시작했다. 기원의 대상인 '달'을 수신자로 삼아서 '탄식-근심'의 어조를 두 번 반복해서 전달하고 있다. 그런데 탄식형 어조가 약간 차이를 보인다. 앞의 "즌 져재 녀러신고요"는 남편의 행방에 대한 의문과 불안의 표출이라면, 뒤의 "어느이다 노코시라"는 달이 뭔가 행동해주기를 촉구하는 성격이 짙다. 따라서 같은 근심이라도 남편의 행동에 대한 근심[즌 디롤 드디욜셰라]과 세계의 변화에 대한 근심[졈그롤셰라]으로 달라지게 된다. 근심의 대상이 인물의 행동으로부터 세계 전반으로 달라지면서, 작품의 배경인 밤의 어둠 역시 남편만의 고통으로부터 화자 자신도 동참하는 불안 요소로 그 의미가 변화했다. 결국 이와 같은 미묘한 차이가 시적 화자와 시적 대상 사이의 공감 형성에 기여할 수 있는 것이다.

    지금까지 살펴 본 어조의 반복 구성은 분련체 시가의 경우 보다 빈번하게 나타난다. <쌍화점>과 <정석가>를 살펴보자.

[상황묘사-화자의 의지]

雙花店에 雙花사라 가고신딘 / 回回아비 내손모글 주여이다

[평서]

이말숨미 이店밧긔 나명들명 / 다로러거디러 죠고맛감 삿기광대 네마리라 호리라

[의지]

[화자의 의지 - 상황묘사]

　더러둥셩 다리러디러 다리러디러 다로러거디러 다로러 / 긔자리예 나도
자라 가리라   [의지]
　위 위 다로러거디러 다로러 / 긔잔딕 ᄀ티 덦거츠니 업다 [평서]
　　　　　　　　　　　　　　　　　　　　　－<쌍화점(부분)>, 『악장가사』

　<쌍화점>은 시적 공간의 유흥성이 가장 크게 주목받아 왔으며,13) 최
근에는 원(元) 문화의 유입과 관련한 논의14)도 있었다. 문장의 종결 방식
만을 놓고 보면 '평서-의지'형의 도치와 반복으로 구성되어 있다. 상황
에 대한 묘사를 처음과 마지막 부분에 인과적으로 구성하고, 비밀을 지
키면서 쾌락도 체험하고픈 화자의 욕망이 연거푸 강조되고 있다. 하나의
'묶음'을 나란히 적으면서 도치시키고, 상황만 달리 하여 여러 개의 연을
나열한 것은 그만큼 <쌍화점>의 작가가 복합적인 극적 구성을 지향한
것으로 보인다.

　반면에 <정석가>의 경우는 한결 소박한 반복적 구성을 보인다.

　삭삭기 셰몰애 별헤 나ᄂ / 삭삭기 셰몰애 별헤 나ᄂ / 구은밤 닷되를 심
고이다   [평서]
　그바미 우미 도다 삭나거시아 / 그바미 우미 도다 삭나거시아 / 有德ᄒ신
님믈 여희ᄋ와지이다   [의지]
　　　　　　　　　　　　　　　　　　　　　－<정석가(부분)>, 『악장가사』

　<정석가>에서 1개의 연은 화자의 '행동-소망'이 평서문과 의지문의

---

13) 정출헌, 「고려가요의 층위와 그 전승양상－여말선초 시가사의 구도에 유의하여」, 『민족
　　문학사연구』 13(민족문학사학회, 1998), 174~206면 ; 안상렬, 「고려속요의 공간 연구」,
　　『도남학보』 16(도남학회, 1997), 85~126면.
14) 김명준, 「<쌍화점> 형성에 관여한 외래적 요소」, 『동서비교문학저널』 14(한국동서비교
　　문학학회, 2006), 7~29면(『한국고전시가의 모색』(보고사, 2008) 재수록).

결합으로 이루어져 있으며, 이 구성은 몇 개의 연에 걸쳐 반복되고 있다.

<쌍화점>이나 <정석가>는 <정과정곡>과 <정읍사> 등의 작품에서 보였던 정서의 굴곡이나 시적 화자와 대상 사이의 공감 등은 보이지 않았다. 그러나 몇 개의 연에서 특정한 어조의 구성을 반복 배치시킴으로써 분련체의 고려속요가 형성하는 과정에서 중요한 역할을 했을 것으로 추정할 수 있을 것이다.

3. 분련체 고려속요의 어조와 장르 관습

현존하는 분련체의 고려속요는 <가시리>, <동동(動動)>, <서경별곡(西京別曲)>, <만전춘별사(滿殿春別詞)>, <청산별곡(靑山別曲)>과 앞서 살펴본 <쌍화점>, <정석가> 등 7편이 있다. 2.에서 종결어미를 중심으로 어조의 단일성과 복합성을 제시한 성과에 따라, <가시리>와 <동동>은 단일한 정서의 심화로, <서경별곡>과 <가시리>는 격정적인 정서의 굴곡으로서 정리할 것이다. 다만 <청산별곡>의 경우는 다소 미묘한 국면이 있어 장을 달리 하여 논의하고자 한다.

3.1. 단일한 정서의 심화 : 〈가시리〉, 〈동동〉

2장에서 살펴 본 <이상곡>의 경우처럼, 고려속요에는 동질적인 종결어미가 연속됨으로써 단일한 어조를 구성하는 경우가 있다. 분련체 가운데는 <가시리>가 이러한 구성 방식을 유지하고 있다.

① 가시리 가시리잇고 나는 / 브리고 가시리잇고 나는 / 위 증즐가 太平

聖代 [감탄]

② 날러는 엇디 살라 ᄒ고/ᄇ리고 가시리 잇고 나ᄂ/위 증즐가 太平
聖代 [감탄]
③ 잡스와 두어리 마ᄂᄂ/선ᄒ면 아니올셰라/위 증즐가 太平聖代
[감탄]
④ 셜온님 보내ᄋᆸ노니/나ᄂ 가시ᄂᆮ듯 도셔오쇼셔 나ᄂ/위 증즐가 太
平聖代 [감탄]
―<가시리>, 『악장가사』

총 4연 각 3행으로 이루어진 <가시리>는 감탄문의 연속으로 이루어
져 있다. 시간의 단계적 추이에 따라 점점 깊이 침잠하는 슬픔의 정서가
단일 어조의 반복을 통해 핍진(逼眞)하게 드러났다. 따라서 "가시ᄂᆮ듯 도
셔오쇼셔"라는 화자의 절박한 마음에도 불구하고 정서적 전환의 폭은 그
리 크지 않은 듯 보이기도 한다.

이렇게 모든 연이 단 하나의 문장 종결 방식을 보이는 구성 방식을 다
소 탈피한 작품이 <동동>이다. <동동>은 연 구성에서 대립·대칭을
중심으로 '사랑―고독' 사이의 정서적 긴장 관계가 지적되기도 했다.[15]

[평서문의 연속] 화자 주변의 상황과 처지의 前提

① 德으란 곰비예 받줍고/福으란 림비예 받줍고/德이여 福이라 호ᄂᆯ/
나ᅀ라 오소이다/아으 動動다리 [평서(겸손)]
② 正月ㅅ 나릿 므른/아으 어져 녹져 ᄒᄂ디/누릿 가온디 나곤/몸하
ᄒ올로 녈셔/아으 動動다리 [평서]

―――――――――

15) 박진태, 「속요의 연 구성에 나타난 대립과 대칭」, 『국어국문학』 91(국어국문학회, 1984),
23~49면을 들 수 있다. 이 논문에서 <동동>의 텍스트 구성 방식 분석 결과를 들면 다
음과 같다. "고독(1월)―사랑(2월)―사랑(3월)―고독(4월)―사랑(5월)―고독(6월)―고독(7
월)―사랑(8월)―사랑(9월)―고독(10월)―고독(11월)―사랑(12월)".

[감탄문의 연속] 대상의 예찬과 자신의 비참한 처지 묘사 ①

③ 二月ㅅ 보로매 / 아으 노피현 燈ㅅ블 다호라 / 萬人 비취실 즈싀샷다 /
  아으 動動다리   [감탄]

④ 三月 나며 開혼 / 아으 滿春돌 욋고지여 / ᄂᆞ믹 브롤 즈슬 / 디녀 나샷
  다 / 아으 動動다리   [감탄]

⑤ 四月 아니 니저 / 아으 오실셔 곳고리새여 / 므슴다 錄事니믄 / 녯나롤
  닛고신뎌 / 아으 動動다리   [호칭－감탄]

[평서문의 연속] 대상과의 간극을 좁히기 위한 노력

⑥ 五月 五日애 / 아으 수릿날 아츰 藥은 / 즈믄힐 長存ᄒᆞ샬 / 藥이라 받줍
  노이다 / 아으 動動다리   [평서(겸손)]

⑦ 六月ㅅ 보로매 / 아으 별해 ᄇᆞ룐 빗 다호라 / 도라 보실 니믈 / 젹곰 좃
  니노이다 / 아으 動動다리   [평서(겸손)]

⑧ 七月ㅅ 보로매 / 아으 百種 排ᄒᆞ야 두고 / 니믈 ᄒᆞᆫ디 녀가져 / 願을 비
  ᄉᆞᆸ노이다 / 아으 動動다리   [평서(겸손)]

[감탄문의 연속] 대상의 예찬과 자신의 비참한 처지 묘사 ②

⑨ 八月ㅅ 보로몬 / 아으 嘉俳니리마론 / 니믈 뫼셔 녀곤 / 오늘낤 嘉俳샷
  다 / 아으 動動다리   [감탄]

⑩ 九月 九日애 / 아으 藥이라 먹논 黃花 / 고지 안해 드니 / 새셔가 만ᄒᆞ
  얘라 / 아으 動動다리   [감탄]

⑪ 十月애 / 아으 져미연 ᄇᆞ롯 다호라 / 것거 ᄇᆞ리신 後에 / 디니실 ᄒᆞᆫ부
  니 업스샷다 / 아으 動動다리   [감탄]

⑫ 十一月ㅅ 봉당 자리예 / 아으 汗衫 두퍼 누워 / 슬홀스라온뎌 / 고우닐
  스싀옴 녈셔 / 아으 動動다리   [감탄]

[평서문의 마무리] 노력(⑥～⑧)의 결과

⑬ 十二月ㅅ 분디남ᄀᆞ로 갓곤 / 아으 나슬盤잇 져다호라 / 니믜 알픠 드
  러 얼이노니 / 소니 가재다 므르ᄉᆞᆸ노이다 / 아으 動動다리
                                          [평서]
                              －<동동>, 『악학궤범』

<동동>은 사랑과 고독 사이의 정서적 대립이 텍스트 전개의 골격을 이루고 있는 작품이다. 그러나 어조를 놓고 보면 '평서문의 연속'과 '감탄문의 연속'이 되풀이되는 방식으로 되어 있다. ①은 화자 주변의 상황을, ②는 화자 자신의 처지를 각각 전제하고 있다. 이어지는 ③~⑤는 시적 대상에 대한 찬탄(2개 연)과 자신의 처지에 대한 한탄(1개 연)으로 이루어져 있다. 대상과 화자의 처지가 극과 극으로 대비되어 있는 것이다. 따라서 ⑥~⑧은 보다 겸손한 태도와 행동을 통해 대상과의 간극을 해소하고자 하는 표현들로 이루어졌다. ⑨~⑫ 역시 시적 대상을 비유적으로 예찬하고(1개 연) 자신의 초라함을 강조(2개 연)하고 있다. 이 부분은 ③~⑤와 유사하다. 마지막으로 ⑬에서는 노력에도 불구하고 끝내 合―될 수 없는 시적 대상과 자신의 관계를 한탄하고 있다. ⑬의 결말이 ⑥~⑧에서의 노력의 결말이라고 본다면 시적 화자의 절망은 끝이 없다.

<가시리>와는 달리 <동동>은 같은 어조가 연속된 연들을 하나의 단락으로 놓고 보았을 때 총 5개 단락으로 이루어졌으며, 단락에 따른 정서의 굴곡도 어느 정도 드러날 수 있었다. 그러나 전체적으로 '절망'의 정서에 깊이 침잠되어 있다는 점에서 단일한 정서의 심화로 해석했다.

3.2. 격정적인 정서의 굴곡 - <서경별곡>, <만전춘별사>

2장에서 <정읍사>와 함께 거론한 <쌍화점>과 <정석가>는 동질적인 문장 종결 방식의 '묶음'을 반복시키는 전개 방식을 보이고 있었다. 그러나 이제부터 살펴 볼 <서경별곡>과 <만전춘별사>는 이들과는 또 다른 어조를 보이고 있다.[16]

---

16) <서경별곡>은 편의상 1연 이후로 반복된 표현들을 '(…)'로 표기했다.

① 西京이 아즐가 / 西京이 셔울히 마르는 / 위 두어렁셩 두어렁셩 다링
　　디리 / 닷곤디 아즐가 / 닷곤디 쇼셩경 고요ㅣ마른 / 위 두어렁셩 두어
　　렁셩 다링디리 / 여히므론 아즐가 / 여히므론 질삼뵈 ㅂ리시고 / 위 두
　　어렁셩 두어렁셩 다링디리 / 괴시란디 아즐가 / 괴시란디 우러곰 좃
　　니노이다 / 위 두어렁셩 두어렁셩 다링디리
　　(西京이 셔울히 마르는 닷곤디 쇼셩경 고요ㅣ마른 여히므론 질삼뵈
　　ㅂ리시고 괴시란디 우러곰 좃니노이다)　　　[평서]
② (…) / 구스리 바회예 디신돌 / (…) / 긴힛쫀 그츠리잇가 나는 / 즈믄히
　　를 외오곰 녀신돌 / (…) / 信잇돈 그츠리잇가 나는 / (…)
　　　　　　　　　　　　　　　　　　　　　　[의문]
③ (…) / 大同江 너븐디 몰라셔 / 비내여 노혼다 샤공아 / (…) / 네가시 럼
　　난디 몰라셔 / (…) / 녈비예 연즌다 샤공아 / (…) / 大同江 건넌편 고즐
　　여 / 비타들면 것고리이다 나는 / (…)　　　　[평서(근심)]
　　　　　　　　　　　　　　　　　－〈서경별곡〉, 『악장가사』

　　〈서경별곡〉은 음악적 요소의 지배를 크게 받은 텍스트의 모습이다.
일찍이 가극(歌劇) 혹은 희곡적 요소를 찾고자 한 시도의 타당성은 여기
에 있다. ①과 ③의 어조가 크게 다르고, 그 사이에서 ②의 역할을 개연
적으로 구성하기 위해 남녀 사이의 대화로 보는 해석도 있어 왔다. 이
작품을 단일한 시적 화자에 의한 것으로 인정하기 어렵다 할지라도, 절
망적인 체험 단 하나로 인해 만들어지는 여러 가지 '격정(激情)'의 스펙트
럼을 다채롭게 표현했다는 점은 유념할 필요가 있다. 이와 같은 격정적
인 정서의 굴곡이 앞서 살펴 본 작품들의 장르 관습을 통해 가능할 수
있었음을 부언(附言)하고자 한다.
　　〈만전춘별사〉는 〈서경별곡〉과 함께 복수의 시적 화자를 지닌 것으
로 상정되어 온 작품이다. 각각의 연이 한 문장 혹은 여러 문장으로 되
어 있어 연 구성의 일관성도 다소 희박하다.

① 어름우희 댓닙자리 보와 님과 나와 어러주글만뎡 / 어름우희 댓닙자
리 보와 님과 나와 어러주글만뎡 / 情둔 오늜밤 더듸 새오시라 더듸
새오시라   [명령]

② 耿耿孤枕上애 어느 즈미 오리오 /   [감탄]
西窓을 여러ᄒᆞ니 桃花ㅣ 發ᄒᆞ두다 /   [평서]
桃花논 시름업서 笑春風ᄒᆞᄂ다 笑春風ᄒᆞᄂ다   [평서]

③ 넉시라도 님을 ᄒᆞᆫ디 녀닛景 너기다니 / 넉시라도 님을 ᄒᆞᆫ디 녀닛景
너기다니 / 벼기더시니 뉘러시니잇가 뉘러시니잇가   [의문]

④ 올하 올하 아련 비올하 / 여흘란 어듸 두고 소해 자라 온다 /
                                                           [의문]

소콧 얼면 여흘도 됴ᄒᆞ니 여흘도 됴ᄒᆞ니   [감탄]

⑤ 南山애 자리보와 玉山을 벼여 누어 / 錦繡山 니블안해 麝香각시를 아
나 누어 / 南山애 자리보와 玉山을 벼여 누어 / 錦繡山 니블안해 麝香
각시를 아나 누어 / 藥든 가슴을 맛초ᄋᆞᆸ사이다 맛초ᄋᆞᆸ사이다 /
                                                           [감탄]
⑥ 아소 님하 遠代平生애 여힐술 모ᄅᆞᆸ새   [평서(겸손)]
                                    −<만전춘별사>, 『악장가사』

<만전춘별사>의 해석에서 눈에 띄는 점은 자신이 처한 시·공간에
대한 부정적인 시선을 지속한다는 것이다.[17] 시적 화자가 복수임을 인정
한다면, <만전춘별사>는 부정적인 시·공간 인식을 지닌 화자의 모임으
로 엮인 작품이다. ①은 1개의 문장을 통해 화자가 시간에게 명령을 내
리고 있으며, ②는 화자의 상황을 먼저 드러내고 "도화(桃花)"의 "소춘풍
(笑春風)"과 그 처지를 대비하고 있다. ③과 ④는 의문문·감탄문을 통해
시적 대상을 풍자하고, ⑤는 가장 간절하고 겸손한 어조를 통해 자신의
행동에 의미를 부여하고 있다. 한마디로 상당히 다양한 층위의 어조와

---

17) <만전춘별사>의 시·공간 관념을 서정성과 맞물려 해석한 성과로 조연숙, 「<만전춘별
사>에 나타난 시공의식」, 『고려속요 연구』(국학자료원, 2004), 217~236면이 있다.

표현이 뒤섞여 있다.

별개의 작품이 결합되었을 것으로 추정되기도 하는 <서경별곡>과 <만전춘별사>로부터 단일한 정서의 심화 혹은 종결어미의 '묶음'이 반복되는 징후를 찾기는 어렵다. 그러나 이와 같은 다채로운 정서의 굴곡이 한 편의 텍스트 안에서 가능할 수 있게 된 바탕에는, 지금까지 살펴본 다른 작품들이 지닌 어조와 정서의 배치가 상당 부분 그 배경으로서 작용했을 것이다.

3.3. 정서의 '심화'와 '굴곡'이 지닌 의미

지금까지의 논의를 통해 개별 시가 작품이 단일 정서의 심화를 위해 한 가지 어조를 지속하거나, 복합적인 정서의 표출을 위해 어조를 '묶음' 단위로 반복시키는 방식 가운데 어느 하나를 선택한다는 가설에 이르렀다. 그러나 <서경별곡>과 <만전춘별사>를 통해 보았듯이 복합적인 정서의 표출을 위해 여러 편의 작품이 결합하면서 좀 더 복잡한 모습에 이르기도 했다.

<청산별곡>은 1개 연 안에서는 동일한 종결어미의 연속이 우세하지만, 작품 전체의 여러 연을 통해서는 여러 가지 성격의 정서적 굴곡이 드러난다. 요컨대 정서의 '심화'와 '굴곡'을 함께 보이는 작품이라 할 만하다. 이런 점에서도 서정시로서 <청산별곡>의 성취는 고려속요를 대표한다고 할 수 있다.

[화자의 의지 – 시적 대상과의 대비 – 좌절①]

① 살어리 살어리랏다 / 靑山애 살어리랏다 / 멀위랑 ᄃ래랑 먹고 / 靑山애 살어리랏다

[평서(의지)] – [평서(의지)] – [평서(의지)]

② 우러라 우러라 새여 / 자고 니러 우러라 새여 / 널라와 시름한 나도 /
자고 니러 우니로라

[감탄]-[감탄]-[호격]-[감탄]-[호격]-[평서]

③ 가던 새 가던 새 본다 / 믈아래 가던 새 본다 / 잉무든 장글란 가지고
/ 믈아래 가던 새 본다

[감탄]-[감탄]-[감탄]

[외부와의 단절 / 외부와의 갈등]

④ 이링공 뎌링공 ᄒᆞ야 / 나즈란 디내와 숀뎌 / 오리도 가리도 업슨 / 바
ᄆᆞ란 쏘 엇디호리라

[감탄]-[의문]

⑤ 어듸라 더디던 돌코 / 누리라 마치던 돌코 / 믜리도 괴리도 업시 / 마
자셔 우니노라

[의문]-[의문]-[평서]

[화자의 의지 - 시적 대상과의 대비 - 좌절②]

⑥ 살어리 살어리랏다 / 바ᄅᆞ래 살어리랏다 / ᄂᆞᄆᆞ자기 구조개랑 먹고 /
바ᄅᆞ래 살어리랏다

[평서(의지)]-[평서(의지)]-[평서(의지)]

⑦ 가다가 가다가 드로라 / 에졍지 가다가 드로라 / 사스미 짒대예 올아
셔 / 奚琴을 혀거를 드로라

[감탄]-[감탄]-[감탄]

⑧ 가다니 비브른 도긔 / 설진 강수를 비조라 / 조롱곳 누로기 미와 / 잡
스와니 내 엇디ᄒᆞ리잇고

[감탄]-[의문(체념)]
-<청산별곡>, 『악장가사』

우선 ①-②-③과 ⑥-⑦-⑧을 보자. ①과 ⑥은 화자의 의지를 중
심으로 한 평서문의 연속으로 이루어졌다. 이어서 ②와 ⑦은 감탄문의
연속을 통해 화자와 '새', 화자와 '사슴'의 상황을 대비시키고 있다. ③과

⑧도 마찬가지로 감탄문의 연속인데, 좌절 혹은 체념이라는 비슷한 정서에 이르고 있다. 그렇다면 <청산별곡>은 ④와 ⑤를 중간에 두고 '평서(의지)－감탄(화자와 시적 대상 사이의 대비)－감탄(좌절과 체념)'이라는 문장 종결 방식의 '묶음'을 반복시키고 있다. 그러는 한편, 1개 연 안에서는 단일한 문장 종결방식의 연속을 뚜렷이 보여준다.

화자가 절대 고독에 몸부림치는 ④·⑤를 사이에 두고 이와 같은 반복이 이루어졌다는 점 또한 의미가 있다. 화자는 강한 의지를 지니고 있다가 특정한 계기를 거쳐 좌절하고, 무언가를 멍하니 바라보거나 술에 탐닉하는 모습을 보인다. ④에서 이런 화자에게 시간은 가혹할 만치 흘러가지 않는데, 그 이유는 아무도 찾아오는 사람이 없을 정도로 외부와 단절되었기 때문이다. 그러나 ⑤에서 또 다른 한 편으로는 "돌"로 형상화된 외부 세계와의 갈등이 화자의 고독·슬픔의 원인이 되기도 한다. <청산별곡>의 시적 화자가 지식인일 가능성이 꾸준히 제기된 것은 바로 이 때문이 아닐까 한다. 자신만의 세계[청산, 바다]를 꾸준히 추구하여 외부 세계로부터 단절을 추구하지만, 또 그러면서도 외부 세계에 대한 관심을 버리지 못하고 갈등하는 모습은 '처사(處士)'로 불리어 온 지식인의 형상을 많이 닮았기 때문이다.

<청산별곡>의 어조는 향가의 '평담'과 고려속요의 '격정'을 모두 포함하고 있다. 1개 연 안에서는 향가의 단일한 정서를 따르고자 했지만, 여러 개의 연에서 반복적 구성을 통해 속요의 들쑥날쑥한 정서적 대칭·대립도 포함하고자 한 것이다. 여기서의 반복적 구성이 화자의 고독을 사이에 두고 이루어졌다는 점에서 <청산별곡>이 지식인 화자의 작품일 가능성도 모색하고자 했다.

4. 속요의 어조상 굴곡이 지니는 의미

향가가 종교·주술을 중심으로 한 단일하고 평담한 정서를 중심으로 전개된 것과는 달리, 고려속요의 정서는 매우 다양한 층위를 지니고 있는 것으로 알려져 있다. 이 다양한 층위들을 체계화시켜 이해할 수 있는 가능성을 개진하기 위해 문장의 종결방식을 중심으로 화자의 어조를 단련체와 분련체로 나누어 고찰했다.

단련체는 향가의 단일한 어조를 유지하는 경우(<이상곡>)도 있었지만, 향가와는 달리 몇 가지 문장 종결 방식의 '묶음[群]'을 반복하는 방식[<정과정곡>, <정읍사>]이 새롭게 등장했다. 이들은 창작 시기도 다른 속요 작품보다 앞선 것으로 알려졌는데, 이러한 '묶음'은 분련체 시가[<쌍화점>, <정석가>]에서도 보인다.

분련체 역시 단일한 어조를 지속[<가시리>]하기도 했지만, 다소 변형하거나[<동동>] 복수 시적 화자의 여러 가지 어조의 나열을 통해 격정적인 정서의 굴곡을 표현[<서경별곡>, <만전춘별사>]하기도 했다. 고려속요 가운데 서정성의 성취가 우뚝한 것으로 알려진 <청산별곡>은 각 연마다 단일한 어조를 지속시키는 한편, 작품 전체를 통해 다양한 어조와 정서적 굴곡을 드러냈음이 주목되었다. 반복의 사이에 놓인 2개 연을 통해 지식인 시적 화자의 가능성도 모색하였다.

지금까지의 논의는 향가와 고려속요의 장르적 차이를 통해 그 서정성의 변별점을 파악하려는 시도의 일환이었다. 시형 구성에 대한 단상(斷想)을 넘어서 인물 형상, 시·공간 의식, 문화사적 의의 등을 보다 입체적으로 조명하는 것이 앞으로의 과제라 하겠다.

『교주 가곡집』을 통해 본
20세기의 고시조 향유와 전승 양상

1. 가집 자료 집성과 '가집사'의 문제

저자는 20세기 초 고시조 자료 집성으로서 마에마 교사쿠[前間恭作 : 1868~1942]의 『교주 가곡집(校註 歌曲集)』에서의 편찬의식을 통해 당대의 고시조 향유와 전승 양상에 접근하기 위한 단서를 마련하고자 한다. 이를 통해 시조 자료의 집성을 통해 시조사의 구도를 마련하고자 했던 초기 연구의 방향이 당대의 시조에 대한 관념, 인식과 맺는 관계를 조망할 수 있을 것이다.

18~20세기의 시조사를 거론하면서 '가집사(歌集史)'라는 표현을 쓰는 경우가 간간이 눈에 띈다. 문집 편찬의 역사를 '문집사(文集史)'라고 부르는 경우가 흔치 않은 것에 비하면 상당히 독특한 표현이다. 그러나 '-史'라는 말을 붙일 만큼 가집들 사이의 계열 관계가 선명하게 밝혀지거나,

표기 방법이나 악곡상의 편제 등을 따져서 선후 관계를 따질 수 있게 된 것은 아직 아니다. 그럼에도 불구하고 이 용어가 용인되는 배경에는 더 이상 낱낱의 텍스트나 개별 작가에 대한 천착만으로는 시조 연구가 다음 단계로 도약할 수 없으리라는 위기의식이 놓여있을지도 모른다. '가집사'를 밝히는 일, 풀어 말하자면 가집들의 종적 선후관계와 횡적 계열 관계를 밝히는 작업의 중요성은 여기에도 있다. 따라서 기존 가집들의 집성을 시도한 현존 최초의 저작물인『교주 가곡집』에 주목해야 할 필요가 있다는 것이다.

18, 9세기의 몇몇 가집들은 이른바 '이본(異本)'을 지니고 있다. 18세기의 『청구영언(靑丘永言)』과『해동가요(海東歌謠)』나 19세기의『가곡원류(歌曲源流)』 등은 각각 수 종 혹은 십수 종에 이르는 이본들이 있으며, 나름의 기준에 따라 '선본(善本)'을 상정할 수 있다.1) 그러나 보다 많은 가집들은 '시조', '가곡' 등의 단순한 이름을 붙이거나 혹은 아예 붙이지 않은 상태에서 몇 수 혹은 몇십 수를 편찬자 임의대로 메모한 모양으로 남아 있다. 이렇게 '군소 가집'이라 할 만한 문헌들에는 기존 시조 텍스트의 '이형태(異形態)'라 부를 만한 것들이 다수 존재하며, 이들 이형태를 통해 시조 텍스트가 향유, 전승되어 온 모습을 입체적으로 이해할 수 있다. 단, 가집들의 편찬 연대만 분명하다면 말이다. 그러나 대부분의 가집들의 편찬 연대는 분명치 않다. 다만 악곡상의 구분이『가곡원류』에 비해 느슨하거나 없고, 이중모음이나 'ㆍ'의 음가가 혼란스러운 점 등으로 미루어 19세기 말 또는 20세기 초엽이 아닐까 추정할 수 있을 따름이다. 애국계몽기의 신문에 실린 시조들 역시 가창을 전제한 것이리라는 추

---

1) 이와 관련하여 다음의 논의들을 참조할 만하다. 김용찬,『18세기의 시조문학과 예술사적 위상』(월인, 1999)에서『청구영언』과『해동가요』를, 신경숙,「朝鮮後期 女唱歌曲의 硏究」(고려대 박사논문, 1995)에서 19세기 가집의 여창 관련 서술을, 황인완,「가곡원류의 이본 계열 연구」(고려대 박사논문, 2007)에서 가곡원류의 계열에 관한 체계화 과정을 볼 수 있다.

론2)은 가창 양식으로서 시조의 생명력이 생각보다 길었던 사실을 보여 준다. 그러나 이들은 다양한 주제와 형식적 실험, 모색으로 애국계몽기를 보냈던 것인 만큼 예전의 가집들과는 성격이 판이하게 달라졌다.

이와 같은 애국계몽기의 열정은 식민지 시대에 이르러서는 의고적(擬古的) 양상으로 전환한 것처럼 보이기도 한다. 그러나 열정의 실종만을 안타까워하기보다는, 고시조의 문화적 역할이 왜, 어떻게, 무엇을 위해 달라져야 했던가를 모색하는 편이 보다 생산적인 논의를 위한 단서가 될 것이다.

이를 논의하기 위한 단서로서 기존의 가집, 요컨대 한국인이 편찬한 가집과는 다소 상이(相異)한 체계와 원리를 갖춘 『교주 가곡집』을 논의 대상으로 삼았다. 이 가집을 논의 대상으로 삼은 근거는 다른 가집과는 다소 편찬 방식을 통해 시조 텍스트의 사적(史的) 체계화를 시도한 흔적이 보이기 때문이었다. 논의의 전개는 편찬자와 편찬 방식을 검토하고, 편찬 과정에서 드러난 향유와 전승의 요소들을 개별 텍스트들을 사례로 삼아 정리한 뒤, 20세기의 고시조 문헌 정리 과정에서 『교주 가곡집』의 위치 등을 살펴보는 순서로 이루어질 것이다.

2. 『교주 가곡집』의 편찬자와 편찬 방식

2.1. 『교주 가곡집』의 편찬자

이 가집은 일본인 마에마 교사쿠[前間恭作 : 1868~1942]가 편찬한 것으

---

2) 고은지, 「애국계몽기 시조의 창작배경과 문학적 지향—대한매일신보를 중심으로」(고려대 석사논문, 1997), 47면.

로 알려져 왔다.3) 마에마 교사쿠는 쓰시마 섬 이즈하라[嚴原] 출생으로 1891년 게이오의숙[慶應義塾]을 졸업한 후, 한국 유학생으로 내한하여 1894년부터 인천영사관에 근무하였고, 1900년 시드니로 전임하였다가 이듬해 다시 한국으로 돌아와서 공사관의 2등 통역관이 되었다. 이토 히로부미[伊藤博文 : 1841~1909]의 을사늑약 조인에 협력했고, 『한어통(韓語通)』(1909), 『용가고어전(龍歌古語箋)』(1924), 『계림유사려어고(鷄林類事麗言攷)』(1924) 등의 한국어 자료 관계 저술을 작성하거나 신라왕의 명칭과 관련한 한국 고대사 관련 논문을 집필하기도 한 초기 한국학자였다. 마에마의 대표적인 업적은 한국의 서지(書誌) 2,031종의 서발문을 정리하고 해제를 덧붙인 『고선책보(古鮮冊譜)』(1934 ; 1956 ; 1957) 3권이다.4) 『교주 가곡집』에는 다른 가집과는 달리 작가, 작품에 대한 상세한 설명과 주석이 덧붙여져 있는데, 이는 현재 동양문고에 소장된 『고선책보』의 편찬 과정에서 수집한 수천 여 종의 한국 고서들을 통해 이룬 성과로 볼 수 있다. 마에마는 근대 한국어만이 아니라 고, 중세의 한국어에도 능통하여 여말선초의 이문(吏文) 훈독(訓讀)을 최후의 순간까지 연구했다고 한다.5) 이러한 자세는 『교주 가곡집』의 텍스트를 정리하며 한자음의 이중모음이나 'ㆍ'까지 고려하여 일관성 있게 표기하려 했던 시도에 연결된다. 어문규정이 확립되지 못했거나 널리 쓰이지 않았던 시기에 어형과 형태소를 고려하여 시조 텍스트를 표기하려 한 시도에는 적지 않은 의의가 있다.

---

3) 경성제국대학 재직 당시의 소작이라는 각종 백과사전의 설명이 있지만, 京都大學 문학부 국어학국문학연구실 편, 『前間恭作著作集』(京都大學 國文學會, 1974 : 태학사 영인) 2권 말미의 소전(小傳)에서는 경성제대 재직 시절이나 『교주 가곡집』 관련 기록이 없다. 다만 마에마가 "조선의 풍물 특히 詩文과 관련된 園池와 樓亭 보기를 즐겼다(앞의 책, 569면)."는 표현이 있을 따름이다.

4) 이홍직, 「前間恭作 編 : 古鮮冊譜(三冊－東洋文庫 刊)」, 『아세아연구』 2(고려대 아세아문제 연구소, 1958), 174~178면 참조.

5) 이홍직(1958), 175면.

　『교주 가곡집』의 편찬은 한국인 학자에게도 큰 자극이 되었던 것으로 보인다. 손진태가 일본 동양문고에 근무했던 1929~1930년 사이에 『가곡대전(歌曲大典)』이라는 고가요 연구서를 준비했던 사실이 밝혀졌는데, 이와 같은 사실은 마에마가 손진태에게 보낸 10여 장의 엽서가 발굴되면서 알려진 것이다.6) 이 엽서들은 1929년에서 1931년까지 이르고 있는데, 발견자에 따르면 연구서의 기획과 출판에 대하여 손진태가 마에마에게 자문을 구한 사항들에 대한 답변이 대부분이라고 한다. 그렇다면 1929년 이전에 손진태는 마에마가 편찬한 『교주 가곡집』을 보았거나, 적어도 그 모본(母本)에 해당하는 저술을 열람했을 가능성이 있다. 마에마가 단순히 고서 소장가이기보다 시조집 편찬자였기 때문에 손진태의 질문이 이처럼 깊이 있는 수준까지 이루어졌을 것이다. 그러나 『교주 가곡집』에는 1929년 출간된 최남선의 『시조유취』가 포함되었으므로, 현존하는 형태의 『교주 가곡집』은 1929년 이전에 존재할 수 없다. 그렇기에 『교주 가곡집』의 모본이나 선행 형태가 마에마의 1920년대 일본 체류 시기부터 존재했을 가능성을 생각할 필요가 있다. 게다가 마에마는 『고선책보』 발간을 위해 자신의 수집 상황 전반을 『조선(朝鮮)의 판본(板本)』(1937)이라는 소책자로 먼저 정리한 적도 있으므로, 고가요 정리를 위해서도 같은 시도를 했을 개연성은 있다.

　연대 미상의 『시조 범례(時調 凡例)』 혹은 일부 가집의 속표지나 여백 등에 시조 이론에 관한 단편적인 언급은 있어 왔지만, 그래도 만일 손진태의 『가곡대전』이 발견된다면 『교주 가곡집』의 자료 집성이 근대 한국 학자의 연구의 단초를 마련하는 흥미로운 성과로 평가될 것이다.

---

6) 최광식, 「『손진태 유고집』의 내용과 성격」, 『한국사학보』(한국사학회, 2008), 257~258면.

2.2. 『교주 가곡집』의 편찬 체계

『교주 가곡집』은 총 17권 17책으로 되어 있으며, 시조 1,745수, 가사 37편, 잡가(雜歌) 7편 등 도합 1,789수가 실려 있다. 편찬자는 『청구영언』, 『고금가곡(古今歌曲)』,[7] 『남훈태평가(南薰太平歌)』, 『가사육종(歌詞六種)』, 『여창가요록(女唱歌謠錄)』, 『가곡원류』, 『가요(歌謠)』, 『정선조선가곡(精選朝鮮歌曲)』과 『시조유취(時調類聚)』(1929)에 이르는 기존 가집을 모두 검토하여 같은 작품이 여러 종류의 가집에 분포하는 상황을 작품마다 간략히 보이고 있다. 따라서 『교주 가곡집』에 같은 작품이 두 차례 이상 등장하는 경우는 없지만, 작품에 따라 "이문(異文)"이라 하여 가집에 따라 작품의 어구가 달라지는 부분들을 소개하고 있다. 말하자면 '이본 대교(異本 對校)'의 모습을 띠고 있는 것이다. 『교주 가곡집』 17책은 전집 8권, 후집 9권으로 나누어지는데, 전체 편제를 보이면 다음과 같다.

	전 집	후 집
	流傳編 一	流傳編 一
권1	羽調中大葉 四首 後庭花 一首 羽調初數大葉 二首 羽調長數大葉 七首 羽調中擧數大葉 十首 羽調平擧數大葉 八首 羽調頭擧數大葉 十七首 羽調衰數大葉 一首 羽調二數大葉合記 十五首 羽調二數大葉 十四首 栗糖數大葉 五首 界面中大葉 一首 界面初數大葉 一首	羽調中大葉 一首 後庭花 二首 羽調初數大葉 二首 羽調中擧數大葉 八首 羽調平擧數大葉 四首 羽調頭擧數大葉 九首 羽調二數大葉合記 十二首 羽調三數大葉 四首 界面中大葉 一首 界面長數大葉 三首 界面中擧數大葉 十九首 界面平擧數大葉 十五首 界面頭擧數大葉 十八首

---

7) 이 『고금가곡』은 1928년 마에마 교사쿠가 일본에서 손수 필사한 본을 활용한 것으로 추정된다. 성무경, 『대동문화연구 가집자료총서2 ─ 고금가곡』(보고사, 2007), 10면 참조.

	전 집	후 집
권1	界面長數大葉 十一首 界面中擧數大葉 二十七首 界面平擧數大葉 三十首	界面二數大葉合記 八十五首
권2	流傳編 二 界面頭擧數大葉 二十三首 界面二數大葉合記 五十二首 界面三數大葉 八首 曲調末攷短篇時調合記 百十首	流傳編 二 界面三數大葉 十一首 曲調末攷短篇時調合記 八十 九首 騷聳 九首 羽弄 八首 旕弄 十六首
권3	流傳編 三 羽弄 八首 旕弄 十六首 界弄 三十五首 羽樂 二十九首 旕樂 十八首	流傳編 三 界弄 六十首 羽樂 四首 旕樂 八十首 界樂 十四首
권4	流傳編 四 編數大葉 十八首 編樂 三首 曲調末攷蔓淸類合記 九首 平디름 二首 사슬디름 一首 雜歌 一首 白鷗詞 歌詞 四首 春眠曲 相思別曲 處 士歌 樂民歌	流傳編 四 編數大葉 二十五首 編樂 四首 勸酒歌 四首 曲調末攷蔓淸類合記 二十三 首 平디름 五首 사今디름 五首 雜歌 五首 小春香歌 軍樂 竹 枝詞 首陽山歌 孟嘗君歌 歌詞 十七首 香山錄 回心曲 未完
권5	作家編 一 松江前錄 成宗大王 一首 / 李賢輔 九首 歌詞有漁父詞 / 朴英 一首 / 李彦迪 一首 / 徐敬德 一首 / 尙震 一首 歌詞 感君恩 / 李滉 十四首 歌詞有 還山別曲, 相杵歌 / 曹植 二首 / 周世鵬 十九 首 歌詞有竹溪別曲, 道東曲, 六賢歌, 儼然曲, 太平曲 / 洪暹 一首 / 宋寅 二首 / 林晉 一首 / 李後白 九首 / 李陽元 一首 / 柳自新 一首 / 李珥 十首 / 李濟臣 一首 / 笑春風 三首 / 眞伊 四首 / 紅粧 一首	流傳編 五 歌詞 續 觀燈歌 花柳詞 閨怨相思曲 寡婦歌 鳳凰曲 黃鷄詞 惜春詞 王昭君怨嘆 老人歌 老 處女歌 安宅歌 未完
권6	作家編 二 松江錄 鄭澈 八十四首 歌詞有關東別曲, 思美人曲, 續美人曲, 星山別曲, 又有將進酒辭	流傳編 六 歌詞 再續 農家月令歌 玉樓宴歌 歸去來辭 襄 陽歌

	전 집	후 집
권7	作家編 三 松江後錄上 車天輅 一首 歌詞江村別曲 / 金玄成 一首 / 徐益 二首 / 鄭逑 一首 / 趙存性 四首 / 權韠 二首 / 林悌 二首 / 洪迪 一首 / 李恒福 三首 / 李德馨 一首 / 李廷龜 一首 / 申欽 二十首 / 李安訥 一首 / 金瑬 一首 / 趙纘韓 一首 / 洪瑞鳳 一首 / 具仁垕 一首 / 朴仁老 四首 / 金光煜 十四首 / 金堉 一首 / 尹善道 七十三首 未完	作家編 一 近代錄上 **肅宗大王** 一首 / 兪崇 二首 / 尹斗緒 一首 / 尹游 二首 / 張鵬翼 一首 / 儒川君 一首 / 尹淳 一首 / 申靖夏 三首 / 具志禎 一首 / 趙顯命 一首 / 李鼎輔 一首 / 朱義植 十四首 / 金三賢 五首 / 許橿 一首 / 朴後雄 一首 / 金裕器 八首 / 金聖器 五首 / 金時慶 七首 / 金致羽 一首 / 金斗性 十首 / 金振泰 十二首 / 金友奎 九首 / **英宗大王** 一首 / 趙明履 四首 / 李廷燮 二首 / 李在 一首 / 李渶 三首 / 金敏淳 十三首
권8	作家編 四 松江後錄 下 尹善道 續 / 鄭斗卿 二首 / 蔡裕後 一首 / 鄭太和 一首 / 李浣 一首 / 姜栢年 一首 / 宋時烈 二首 / 曹漢英 二首 / 柳赫然 一首 / 孝宗大王 五首 / 坪大君 一首 / 許珽 二首 / 李華鎭 二首 / 李貴鎭 一首 / 張炫 一首 / 南九萬 一首 / 金盛最 二首 / 朗原君 八首 / 金昌業 三首 / 權益隆 十四首 / 李澤 二首 / 積城君 一首 / 朴明賢 一首 / 金應鼎 一首 / 李仲集 一首 / 許氏 一首 歌詞閨怨歌 / 小栢舟 一首 / 寒雨 一首 / 求之 一首 / 梅花 一首 雜歌 梅花歌 / 松伊 一首 / 多福 一首 / 千錦 一首 / 明玉 一首	作家編 二 近代錄中 申光秀 一首 歌詞登岳陽樓, 歎關山戎馬 / 李廷藎 十一首 / 吳擎華 三首 / 申喜文 十四首 / 金兌錫 一首 / 鄭壽慶 二首 / 趙慶濂 一首 / 松桂煙月翁 十四首 / 金尙玉 一首 / 金壽長 百十七首 未完
권9		作家編 三 近代錄下 金壽長 續 / 金天澤 五十七首 / 金祖淳 一首 / 李勉升 一首 / 金煐 七首 / 金重悅 一首 / 李德涵 三首 / 朴熙瑞 一首 / 朴文郁 一首 / 任義直 六首 / 李象斗 一首 / 金汶根 一首 / **翼宗大王** 七首 / 朴英秀 四首 / 朴孝寬 十三首 / 宋宗元 七首 / 安玟英 十九首
계		右總十七卷千七百八十九首

이상의 편제를 통해 드러나는 이 가집의 특성과 편찬의식은 다음과 같다.

첫째, 작품의 창작 시기를 우선 고려하여 그에 따라 전, 후집을 별도로 구성하였다. 전집의 작가 중 김응정(1527~1620)과 후집에 맨 처음 나오는 작가 숙종(1661~1720)을 놓고 보면 편찬자는 전, 후집을 구분한 기준을

18세기로 삼은 것이다. 작가별 배열 순서는 전집의 경우 '왕족 → 귀족 → 기녀'의 순서를 따르는 『청구영언』 이후의 관습을 대체로 준수하고 있지만, 후집에서는 숙종과 영조 사이에 숙종대의 작가 20여 명을 삽입하였고, 중인에 속하며 생몰연대가 불분명한 여항육인(閭巷六人) 주의식, 김성기 등이 문신(文臣)으로 알려진 김두성, 김우규(1691~?) 등보다 먼저 등장한다. 신분을 무시하고 주 활동연대를 고려하여 시기순으로 배열한 것이다. 영조와 익종(순조의 세자, 헌종의 아버지) 사이에도 해당 시기의 작가들이 다수 수록되었는데, 생몰 연대가 불분명한 경우도 있지만 대체로 시기순으로 나열되었다. 이로 미루어 이 가집의 편찬자는 기존의 가집과 달리 시조 텍스트의 창작 시기에 따른 배열을 다른 무엇보다 우선했으며, 창작 시기를 알 수 없는 경우라 할지라도 적어도 18세기 이전 혹은 이후인지를 가설의 차원에서라도 정리하고자 한 것으로 보인다. 물론 이 '창작 시기'를 가르는 지표가 되는 것은 국왕 작가가 된다.

　이와 같은 편찬 의식은 기존의 가집들이 지녀 온 음악적 요소 혹은 작가의 신분을 중심으로 편찬 당대의 문화적 동향을 보여주고자 했던 지향과는 상당히 다르다. 과감한 추론이 허용된다면, **편찬자는 시조 텍스트의 정렬(整列, sort)을 통해 '시조사'를 보여주고자 한 것**이 아니었을까 싶다. 가집에 따라 모양이 달라지는 "이문"들을 꼼꼼하게 정리해 둔 것에는 그러한 이유도 있었을 것이다.

　편찬자가 무명씨 시조를 전, 후집에 나누어 수록하게 된 배경을 정확하게 단정해서 말하기는 어렵다. 그렇지만 후술하겠거니와 전집의 작품들은 후집의 그것에 비하면 초기의 가집들로부터 오랜 연원을 지닌 것으로 평가받아 온 것들이 다수 있다. 이로 미루어 편찬자는 나름의 원칙을 지니고 이들을 18세기 이전과 이후의 것으로 구분한 듯하다. 그 원칙이 무엇이었는지 판단하기는 어렵지만, 전, 후집의 악곡 배열이 거의 일치하는 것으로 보아 음악적 기준도 어느 정도 고려하지 않았을까 싶다. 그러나 18세기 이전의 악곡을 그 이후의 것들과 똑같이 편성할 수 없다는 사실을 편찬자가 몰랐을지 좀 더 생각해볼 문제이다. 유전편에 수록된 작품들을 가집별로 낱낱이 검토하고 최선의 형태를 재구한 솜씨를 보건대 악곡별 사적 전개 양상에 익숙했을 가능성이 더 높다.

둘째, 악곡을 중심으로 무명씨 작품을 '유전편(流傳編)'이라 하여 먼저 배열하고, 작가가 알려진 작품은 작가별로 구분하여 전집은 '송강(松江)', 후집은 '근대(近代)'라 하여 나중에 배열하였다. 앞서 말했듯이 편찬자는 작가가 밝혀진 작품의 경우 신분보다는 작가의 생몰연대를 고려한 창작 시기를 중심으로 정렬하고자 하였으며, 무명씨 작품은 악곡에 따라 구분하되, 18세기 이전과 이후를 똑같은 편제 하에 구성함으로써, 현재의 상식으로 이해하기 어려운 모습을 보이고 있다. 분명한 것은 편찬자가 작가, 곧 창작 시기와 함께 시조에서 가장 중요한 정보는 그 악곡의 편성 여하였다고 본 점이다. 요컨대 무명씨 시조에서는 가창 상황에서의 악곡이, 유명씨 시조에서는 해당 작가와 시기에 대한 귀속을 중시했다는 것이다.

무명씨 시조를 유명씨의 것보다 앞세웠던 점이 시조 향유층이 작가 정보보다 악곡에 치중했던 당대의 정황을 반영하는 것이라고 한다면 지나친 추론일 것이다. 그러나 이것 하나만 제외하고 보면 편찬자는 독서물로서 시조 감상을 온전하게 할 수 있는 방향을 추구하고 있다. 이 가집의 어느 페이지를 펼쳐도 작품보다 훨씬 많은 주석이 달려 있다. 가령 텍스트에 "초대 운우회(楚臺 雲雨會)"라는 표현이 나온다면, 초대의 위치로 추정되는 장소와 운우지정의 고사 등을 백과전서 형식으로 방대하게 묘사, 서술하고 있는 모습이다. 또한 한자음을 부기하면서 당시에 잘 쓰지 않았던 옛 음운에 따른 것 또한 시조를 당시 발음대로 창(唱)하기 위한 교본이 아닌, 원래 형태대로 정확하게 읽기 위한 목적을 드러내는 것이다. 편찬자는 독서물로서 시조를 정확하게 읽고 그 창작 연대와 전승 과정을 가집의 분포 상황과 '이문'을 통해 접할 수 있는 것이다.

그럼에도 불구하고 편찬자는 시조의 본질이 가창에 있었음을 애써 부인하지 않는다. 아니, 오히려 그것을 보다 적극적으로 보여주고자 하였다. 18세기 이전과 이후의 무명씨 시조가 우조와 계면조를 모두 포괄하여 우조 중대엽으로부터 계면조의 엇락, 계락에 이르는 모든 악곡이 빠짐없는 구성을 나란히 갖추었다는 점이 그 증거이다. 이러한 시각을 보여주기 위해 18세기 이전에는 존재하지 않았을 악곡까지 포함하여 18세기 이전 시조들의 모습을 '가곡 한바탕'의 유사 형태로서 인위적으로 재구성하지 않았을까 추측해 본다.

셋째, 편찬자는 말미에 '어구검색(語句檢索)'이라는 란을 마련해서 같은 의미의 어구가 다른 방식으로 표기되는 사례들을 모두 밝히고 있어, 시조 텍스트의 표기상의 차이를 체계화하고자 한다. 이는 일종의 통계 처리 혹은 시소러스의 초기형이라 할 만하며, 자신이 기록해놓은 표기의 신뢰성을 높이고 국어학 연구를 위한 자료로써 활용할 것 또한 기대한 것으로 보인다.

정리하면『교주 가곡집』의 편찬자는 독서물로서, 다시 말해 문학 텍스트로서 시조의 사적 전개 양상을 보여주기 위한 시도로서 유명씨들의 작품을 시기순으로 정리하고자 했다. 그 과정에서 18세기를 사적 전환의 단계로 인지하여 가집을 전, 후집으로 구분하게 되었다. 그러나 편찬 당대 이전까지는 시조가 가창물로서 널리 향유되었고, 당대에도 일정 부분 그 역할은 사라지지 않았기에 무명씨 시조는 해당 시기에 존재치 않았을 악곡까지 고려하여 모든 악곡 편제별로 정렬하고 유명씨 시조보다 앞선 자리에 배치했던 것이다. 지금까지의 가설은 이 가집에 실제 수록된 텍스트의 양상과 부합해야 의미를 지닐 것이다. 아직은 1,745수의 절반에 이르는 「유전편」 텍스트 모두를 검토하지 못했지만, 이 가설에 한계가 있다면 그 한계를 통해 앞으로의 연구 방법을 다시 모색할 것이다.

3. 편찬 과정에서 드러난 향유와 전승의 요소

3.1. 가창물로서의 향유 양상과 시조의 본질

가창물로서 시조 텍스트의 악곡 편제를 가장 명료하게 보여주는 가집은 19세기의 박효관, 안민영이 편찬한 『가곡원류』(1876)로 알려져 있다. 현재까지 알려진 『가곡원류』 이본은 모두 14종에 이르러 현존 가집 가운에 가장 많은 숫자이다.8) 따라서 '『가곡원류』 계열'이라는 명칭으로 불리기도 하는데, 국악계에서는 일반적으로 국악원본을 선본으로 인정하고 있다. 『가곡원류』 국악원본의 체계를 남창과 여창으로 구분하여 보이면 다음과 같다.

男 唱			女 唱		
羽 調	初中大葉	3수(1-3)	羽 調	中大葉	1수(1)
	長大葉	1수(4)			
	三中大葉	2수(5-6)			
界面調	初中大葉	1수(7)	界面調	二中大葉	1수(2)
	二中大葉	1수(8)		後庭花	1수(3)
	三中大葉	1수(9)		臺	1수(4)
	後庭花	1수(10)		將進酒	1수(5)
	臺	1수(11)		臺	1수(6)
羽 調	初數大葉	13수(12-24)	羽 調	二數大葉	14수(7-20)
	二數大葉	37수(25-61)		中擧	11수(21-31)
	中擧	19수(62-80)		平擧	7수(32-38)

---

8) 황인완(2007), 1면.

（男唱）			女唱		
	平擧	23수(81-103)		頭擧	15수(39-53)
	頭擧	21수(104-124)			
	三數大葉	22수(125-146)			
	搔聳伊	14수(147-160)			
栗糖數大葉		5수(161-165)	栗糖數大葉		2수(54-55)
界　面	初數大葉	4수(166-169)	界面調	二數大葉	16수(56-71)
	二數大葉	81수(170-250)		中擧	21수(72-92)
	中擧	54수(251-304)		平擧	21수(93-113)
	平擧	65수(305-369)		頭擧	13수(114-126)
	頭擧	68수(370-437)			
界　面	三數大葉	24수(438-461)			
	蔓橫	25수(462-486)			
	弄歌	60수(487-546)		弄歌	15수(127-141)
	界樂	31수(547-577)			
	羽樂	19수(578-596)		羽樂	19수(142-160)
	旕樂	28수(597-624)			
	編樂	7수(625-631)		界樂	12수(161-172)
	編數大葉	22수(632-653)		編數大葉	18수(173-190)
	旕編	12수(654-665)		歌畢奏臺	1수(191)

이렇게 놓고 보면 『교주 가곡집』 전, 후집 「유전편」(무명씨 시조 부분)의 악곡 편제는 남, 여창을 구분하지 않았다는 점이 우선 눈에 띄고, 다음으로 『가곡원류』가 '대엽(大葉)'을 먼저 나누고 그 안에서 우조와 계면조를 구분한 것과는 달리 『교주 가곡집』은 우조와 계면조를 먼저 구분하고 '대엽'을 그보다 하위의 요소로 생각하고 있다는 점에서 19세기 이래의 악곡 편제에 대한 일반적인 인식과는 궤를 달리 하는 것으로 보인다. '대엽'에 의한 시조 텍스트의 세분화는 『청구영언』 이래로 악곡 편제가 있는 가집에서 뚜렷이 보여 온 전통이었다.

그런데 『교주 가곡집』의 편찬자는 남, 여창에 따라 달라지는 텍스트의 향유 양상이나 '대엽'을 통해 드러나는 빠르기의 순서보다는 우조와 계면조에 따라 달라지는 악곡과 정서의 결이 만들어내는 차이가 시조를 세분하는 과정에서 가장 우선되어야 할 요소라고 생각한 듯하다. 이러한 편제 방식의 차이에 지나치게 큰 의의를 부여할 필요는 없겠지만, 기존의 편제 방식을 따르면 '○조 ○대엽'으로 명칭에서는 조(調)가 먼저 나옴에도 불구하고 편제상으로는 대엽을 우선 기준으로 삼은 탓에 우조와 계면조의 명칭이 계속 교체되면서 나오는 점을 모순이라고 생각했던 것이 아닐까 한다.

다음으로 전집과 후집의 「유전편」이 갖는 차이가 무엇인지 생각해 보자. 여기서는 일단 각각 첫머리에 등장하는 10수를 비교, 대조함으로써 이들이 시기적으로 차이가 있을 수 있는지 검증하기로 한다.9) 작품 번호는 가집에 실제 수록된 것을 따랐다.

前　集	後　集
1. 오늘이 오늘이쇼셔 每日(미일)의 오늘이쇼셔 졈그디도 새디도 마르시고 새남아 晝夜(듀야) 長常(댱샹)의 오놀이쇼셔. 2. 空山(공산)이 寂寞(적막)ᄒ되 슯히 우ᄂᆞᆫ 뎌 杜鵑(두견)아 蜀國(촉국) 興亡(흥망)이 어제 오놀 아니어든 至今(지금)의 피나게 우러 슬든 애를 긋ᄂᆞ니. 3. 이바 楚(초)ㅅ 사름들아 네 님군 어듸 가니 六里(륙리) 靑山(쳥산)이 뉘 ᄯᅡ히 되닷 말꼬 우리ᄂᆞᆫ 武關(무관) 다든 後(후)ㅣ니 消息(쇼식) 몰나 ᄒᆞ노라. 4. 浮虛(부허)코 셩거올손 아마도 西楚霸王(셔초피왕) 깃둥 天下(텬하)야 어드나 못 어드나	883. 소곰술위 메여시니 千里馬(쳔리마)ㄴ 줄 뎨 뉘 알며 돌 속의 ᄇ려시니 天下寶(텬하보)닌 줄 뎨 뉘 알니 두어라 아리 알디니 恨(호)홀 줄 이 이시랴. 884. 아자 내 黃毛(황모) 試筆(시필) 먹을 무쳐 窓(창) 밧긔 디거고 이제 도라가면 어더올 법 잇건마ᄂᆞᆫ 아모나 어더 가져셔 그려보면 알니라. 異文 아자아자 나 쓰던되 黃毛(황모) 試筆〔　〕 首陽(슈양) 梅月(미월) 검게 ㄱ라 흠벅〔　〕의 언젓더니 딁딃글 구우러〔　〕 이제 도라가면 어〔〕 아모나 어더가〔　〕.

<hr>

9) 이와 같은 검증은 해당 부분의 텍스트 전체를 놓고 이루어져야 마땅하다. 그러나 논의 과정의 집중을 위해 텍스트 전체를 대상으로 한 검증은 추후의 별고(別考)로 다루고자 한다.

前　集	後　集
千里馬(쳔리마) 絶代佳人(절딕가인)을 누를 주고 니거니.	885. 秦淮(진회)예 빅를 미고 酒家(쥬가)를 챳자가니 隔江(격강) 商女(샹녀)는 亡國恨(망국호)을 모로고셔 煙籠水(연롱슈) 月籠沙(월롱사)홀 제 後庭花(후명화)만 부르더라.
5. 누운들 잠이 오며 기딕린들 님이 오랴 이제 누어신들 어늬 잠이 하마 오리 출하리 안즌 고딕셔 긴 밤이나 새오쟈.	
6. 金烏(금오) 玉兎(옥토)들아 뉘 너를 좃니관대 九萬里(구만리) 長空(댱공)의 허위허위 둣닉눈다 이 後(후)란 十里(십리)예 호 번식 쉬여 더듸더듸 니거라.	886. 南薰殿(남훈뎐) 둘 붉은 밤의 八元八愷(팔원팔개) 다리시고 五絃琴(오현금) 一聲(일셩)의 解吾民之慍兮(히오민지온혜)로다 우리도 聖主(셩쥬) 뫼옵고 同樂太平(동락태핑)호리라.
7. 南八(남팔)아 男兒(남ㅇ)ㅣ 死爾(ᄉᆞ이)언뎡 不可爲不義屈矣(불가위불의굴의)니라 웃고 對答(딕답)호딕 公(공)이 有言(유언) 敢不死(감불ᄉᆞ)아 千古(쳔고)의 눈물 둔 英雄(영웅)이 몃몃 줄을 디은고.	887. 天皇氏(텬황시) 지으신 집을 堯舜(요슌)이와 灑掃(쇄소)ㅣ러니 漢唐宋(한당)風雨(풍우)의 기울언디 오래도다 우리도 聖主(셩쥬) 뫼옵고 重修(즁슈)홀가 호노라.
8. 간 밤의 부던 보름의 滿庭(만뎡) 挑花(도화) 다 디거다 혬 업슨 아히들은 다 쓰러 브리거다 落花(락화)닌들 고지 아니랴 쓰러 므슴.	888. 天地大(텬디대) 日月明(일월명)호신 우리예 堯舜(요슌)聖主(셩쥬) 普土(보토)生靈(싱령)을 壽域(슈역)의 거느리샤 雨露(우로)의 沛然(패연)鴻恩(홍은)이 及禽獸(급금슈)를 호샷다.
9. 綠楊(록양)은 실이 되고 黃鶯(황잉)은 북이 되야 渭城(위셩) 三春(삼츈)의 쓰느니 내이 시름 뉘라셔 綠陰(록음) 芳草(방초)를 勝花時(승화시)라 호더니.	889. 山頭(산두)의 돌 떠오고 溪邊(계변)의 게 누린다 魚網(어망)의 술瓶(병) 걸고 柴門(쇠문)을 나셔 가니 히이셔 몬져 간 아히들은 더듸 온다 호더라.
10. 간 밤의 우던 여흘 슮히 우러 디나거다 이제 와 싱각호니 님이 우러 보내도다 뎌 물이 거스리 흐르고뎌 나도 우러 보내리라.	890. 梧桐(오동)의 月上(월상)호고 楊柳(양류)의 風來(풍릭)홀 제 水面(슈면)天心(텬심)의 邵堯夫(쇼요부)를 마조 본 듯 이中(듕)의 一般(일반) 淸意味(쳥의미)야 어늬 그지 이시랴.

前　集	後　集
	891. 눈 마자 휘여딘 대를 뉘라셔 굽다턴고 굽을 節(절)이면 눈 속의 푸로르랴 아마도 歲寒(세한)孤節(고절)은 너섂인가 흐노 라. 892. 滄浪(창랑)의 낙시 너코 扁舟(편쥬)의 실녀시니 落照(락됴)淸江(쳥강)의 비소릐 더옥 됴타 柳枝(류지)예 玉鱗(옥린)을 쎄여 들고 杏花村 (힝화촌)을 츠즈리라.

편찬자가 밝힌 이들의 출전을 순서대로 표시하면 아래와 같다. 저자는 가집에 따른 약칭을 사용하고 있다. 가령 "類"는 『시조유취』, "古"는 『고금가곡』, "靑"은 『청구영언』, "南"은 『남훈태평가』, "精"은 『정선조선가곡』, "海"는 『해동가요』, "源"은 『가곡원류』, "女"는 『여창가요록』이라는 식의 약칭이다. 현재로선 이와 같은 방식의 약칭은 마에마 교사쿠가 최초로 시도한 것으로 보인다. 오늘날의 시조 연구에서는 심재완, 『역대시조전서』(1972) 이래로 여기에 이본 명칭을 덧붙여서 "청진"하면 『청구영언』 진본, "해주"하면 『해동가요』 주시경본 등을 지칭하고 있다.

前　集	後　集
1. 類.	883. 精.
2. 古,靑,南,源,女,歌,精,類.	884. 海.
3. 古,靑,類.	885. 靑,源,女,類.
4. 海,靑,源,精,類.	886. 靑,南,源,精,類.
5. 古,海,靑,南,源,女,精,類.	887. 靑,源,精,類.
6. 古,靑,源,精,類.	888. 靑,源,精,類.
7. 海,靑,源,類.	889. 源,精,類.
8. 古,靑,南,源,女,精,類.	890. 靑,源,精,類.
9. 古,靑,南,女,歌,精,類.	891. 靑,南,女,精,類.
10. 靑,南,源,女,精,類.	892. 靑,南,源,精,類.

이들 10수만 놓고 보면 전집이 후집보다 많은 가집에 수록된 작품을 대상으로 삼은 것처럼 보이기도 한다. 그러나 전집 역시 뒷부분으로 가면서 古, 靑, 類의 세 가집이 압도적으로 많이 나오며, 후집도 海, 源의 비중이 전집보다 크긴 하지만 가집별 분포 상황에 큰 의미는 없어 보인다. 게다가 현존 최고(最古)의 가집 『청구영언』이 18세기 후반에 편찬된 것이고 보면, 텍스트의 가집별 분포를 통해 18세기 이전과 이후를 구분했다고 하기는 어렵다.

그렇다면 『역대시조전서』의 이본 대교를 통해 이들 작품의 출현 상황을 검토해 보겠다. 우선 1번 작품은 이른바 "오ᄂᆞ리" 노래로서 시조의 기원과 관련하여 많은 주목을 받아왔던 텍스트인데,10) 총 7종의 가집에 등장하며, 이 가운데 『병와가곡집』(10번)과 『악부 서울대본』(3번)을 제외한 5종의 가집에 모두 1번으로 등장하여 가집 편찬자들이 시조의 원조격(元祖格)으로 인정했고, 『교주 가곡집』의 편찬자 역시 이를 긍정했던 것으로 보인다. 2번 작품은 35종의 가집에 등장하는데, 이 가운데 『가곡원류』계열의 11종은 남창과 여창에 모두 수록하고 있는데, 모두 우조 중대엽에 속하여 기원이 오랜 노래임을 밝혀두고 있다. 3번 작품은 모두 16종의 가집에 출현하는데, 선행 가집 6종에서는 이중대엽으로, 나머지 가집에서는 계면조 평거 등으로 악곡이 다양하게 수록되었다. 4번은 26종의 가집에서 대체로 이중대엽이나 삼중대엽으로 나온다. 5번은 29종의 가집에서 '북전 → 이삭대엽 → 후정화'로의 변모 양상을 보인다. 이하의 작품들도 대체로 오랜 시간 전승되면서 악곡을 유지 혹은 변천시킨 작품들로 되어 있다.

다만 문제는 후집 초반부의 10작품의 정황이 이와 뚜렷한 대조를 보

---

10) 김기형, 「<오ᄂᆞ리> 유형의 기원과 전승 양상」, 『한국민속학』 30(한국민속학회, 1998), 5~22면.

인다고 아직 단정하기 어렵다는 점에 있다. 883번 작품은『시가』,『영언유취』,『대동풍아』 등 비교적 후대의 가집 3종에만 등장한다. 884번 작품 역시 이문을 합치면 29종의 가집에 등장하지만 대체로 만횡청류에 속하기 때문에 18세기 이후에 창작된 것으로 보아도 무방하다. 그러나 885번 작품은 27종의 가집에 수록되었고 고려 후기 이래로 존재해 왔던 악곡인 '북전'에 속한다고 되어 있는가 하면, 16세기의 고경명(1533~1592)이 창작했다는 가집들도 있어 문제가 된다. 그러나 편찬자가 참고한 4종의 가집 가운데 청, 원, 여 등 3종의 가집에서는 악곡이 없거나 계면조나 대가(臺歌)에 속한다고 되어 있고, 후대의『시조유취』에만 북전으로 되어 있어 편찬자가 이 작품을 18세기 이후의 것으로 판단했을 가능성은 남아 있다. 886번 역시 많은 가집에 나오지만 편찬자가 참고한 자료에는 삼삭대엽으로 되어 있다. 이하의 작품들도 사정은 마찬가지이다. 따라서 후집에 등장하는 작품들을 전집보다 후대의 것으로 판정했는지 여부는 단정하기 어렵고, 편찬자가 열람한 자료의 악곡별 배치 상황을 나름대로 참조해서 창작 시기를 추정하고자 시도했을 가능성을 생각해볼 수 있을 따름이다.

이상의 추론을 통해 볼 때『교주 가곡집』의 편찬자는 상당히 섬세하고 복잡한 추론을 통해 무명씨 시조들을 전, 후집으로 나누어 처리한 것으로 보인다. 여기서는 유명씨 부분과 마찬가지로 '시기'에 따른 구분이 있을 가능성을 긍정하는 방향으로 논의를 전개하였는데, 후집에서는 현존 가집의 정황과는 잘 맞지 않는 부분이 더러 있지만 편찬자가 참조한 가집들만을 대상으로 놓고 보면 그 가능성이 전혀 없지는 않다는 것이다. 더구나 전집과 후집 사이에 겹치는 작품이 단 한 차례도 없다는 점은 편찬자가 작가 고증에 얼마나 치밀했는지를 엿볼 수 있는 증좌일 것이다.

3.2. 유명씨 시조의 시기별 정렬과 시조 전승의 과정

『교주 가곡집』의 전집 권5와 후집 권7이하의 7책에서는 작가가 밝혀진 작품들을 시대별로 정렬하였다. 해당 시기의 국왕이 창작한 작품이 있다면 그것을 먼저 내세우고, 전집은 사대부와 기녀의 순으로, 후집은 작가의 신분과 관계없이 활동 연대순으로 배열하였다. 수록된 작가 집단의 시기별 분포는 다음과 같다.

---

① 송강전록 : 19명
　－성종대왕(1457~1494), 이현보(1467~1555)~황진이(중종대), 홍장(?~?)

② 송 강 록 : 1명
　－**정철**(1536~1593)

③ 송강후록(상) : 21명
　－차천로(1556~1615)~윤선도(1587~1671)

④ 송강후록(하) : 34명
　－윤선도(1587~1671)~명옥(?~?)

　　　　　　　　　　　　　　　　　　－이상 전집(18세기 이전) : 75명

---

⑤ 근대록(상) : 28명
　－숙종(1661~1720)~이유(1674~1720), 김매순(1776~1840)

⑥ 근대록(중) : 10명
　－신광수(1712~1775), 이정진(1724~1776)~생몰년 미상 작가들, 김수장
　　(1690~?)

⑦ 근대록(하) : 17명
　－김수장(1690~?), 김천택(?~?)~송종원(?~?), 안민영(1863~1907)
　　　　　　　　　　　　　　　－이상 후집(18세기 이후) : 55명

: 총 130명

　본서는 총 130명에 이르는 작가의 작품을 수록하고 있다. 참고로『교본 역대시조전서』(1972)에 수록된 시조 작가는 446명에 이른다. 그러나『역대시조전서』보다 40여 년 이전에 이루어진 성과임을 감안한다면, 본서는 당대의 상황으로서는 최선을 다한 자료 집성이라 할 만하다.

　위의 분포를 통해 편찬자는 '시조사'를 ① 15세기~정철, ② 정철~18세기 이전, ③ 18세기~안민영의 세 시기로 나누어 이해한 것으로 볼 수 있다. 편찬자는 정철을 매우 중요한 시조 작가로 생각해서 근대 이전의 권명(卷名)에 모두 '송강(松江)'이라는 표현을 집어넣었다. 그리하여「송강전록」은 정철 출현 이전,「송강록」은 정철의 작품집,「송강후록」은 정철 이후의 작가들을 윤선도를 기준 삼아 상하로 나누어 수록했다. 또한 편찬자는 신뢰할 수 있는 최초의 작가집단을 성종과 이현보 이후로 파악했는데, 이는 시조가 개인 문집에 수록되기 시작한 시기가 15세기 이후라는 점을 고려한 것으로 보인다. 그 이전의 작가 관련 기록은 문집이 아닌 후대의 가집에만 기록되었기에 믿을 수 없다고 본 듯하다. 그리고 18세기 이후를 근대시조의 시기로 보았는데, 이는 숙종, 영조대를 거치며 시정문화가 발달하고 가집 편찬의 준비 단계가 진행되는 양상을 감안한 시각으로 보인다.

　한편 생몰 연대가 미상인 작가들은 근대록(중)의 후반부부터 나열되어 있는데, 김수장의 경우도 생몰 연대가 미상이라고 판단한 듯하다. 김매순의 생몰 연대가 18세기 후반인데도 상권 마지막에 수록된 것은 착각이 아닐까 싶다.

정리하면 유명씨 작품 수록 부분은 시대별로 정렬되었을 뿐 아니라 편찬자의 시조사에 대한 관점도 반영하고 있다. 송강 정철을 18세기 이전의 시조사의 시금석(試金石)으로 이해한 점이나, 숙종대 이후의 시조에 '근대(近代)'라는 명칭을 부여한 점 등은『교주 가곡집』을 통해 마에마 교사쿠가 의도한 것이 무엇이었던가를 알게 해준다. 그는 자료집을 꼼꼼하게 만드는 것에 그치지 않고,『고선책보』에서 그러했듯이 자료에 대한 평가와 체계화까지도 유념했던 것이다. 그는 올바르게 시조를 읽고 문학 텍스트로서 온전히 감상하기 위해 필요한 자료를 제공하는 한편, 시조의 향유 전통과 시조사에서의 전승 양상도 온전하게 보여주고자 했다.

최남선이 시조 부흥을 위해『시조유취』에서 21개의 주제에 따라 작품을 배열한 것과는 전혀 다른 의도에서 그는 가집의 편제를 보다 합리적으로 변용하고 그 안에서 새로운 질서를 만들어 과거의 텍스트를 집대성한 것이다. 비록 젊은 시절 침략자로서 그의 인상을 지울 수 없다 하더라도, 한국학자로서 그의 노력과 성과도 이젠 객관적으로 평가받아야 하지 않을까 한다.

4. 20세기의 고시조 문헌 편찬 과정에서『교주 가곡집』의 위치

비록 단정이 아닌 추론의 수준에 불과하지만, 여기서 밝혀진『교주 가곡집』의 성격과 20세기의 시조 문헌 편찬 과정에서의 위치는 다음과 같다.

첫째,『교주 가곡집』의 편찬은 마에마 교사쿠의 경성제대 재직 시기보다 다소 이른, 1929년 손진태에게 고가요 연구에 관한 자문을 해주었던 일본 동양문고 재직 시절에 상당 부분 진척되었던 것으로 볼 수 있다. 1929년 출간된 최남선의 『시조유취』가 이 『교주 가곡집』의 선행 형태에 포함되어 현존 『교주 가곡집』의 체제가 완성되었고, 손진태는 마에마의 성과를 토대로 『가곡대전』이라는 시조 연구서를 기획하였다.

둘째, 『교주 가곡집』은 독서물[문학 텍스트]로서 시조의 사적 전개 양상을 보여주기 위한 시도로서 유명씨 작품을 시기순으로 정리하여 18세기를 기준으로 구분하고, 전, 후집의 후반부에 배치했다. 상당한 분량의 주석과 안정된 표기 체계에 대한 관심은 시조를 잘 부르기보다 실제 발음과 의미 해석의 측면에서 정확하게 '읽는' 것에 그 목적이 있었다. 편찬자가 18세기를 사적 전환의 단계로 인지했다는 점도 나름의 의미가 있다.

그러나 편찬 당대 이전까지는 시조가 가창물로서 널리 향유되었고, 당대에도 일정 부분 그 역할은 사라지지 않았기에 무명씨 시조(유전편)는 해당 시기에 존재치 않았을 악곡까지 고려하여 모든 악곡 편제별로 정렬하고 유명씨 시조보다 앞선 자리에 배치했던 것이다. 이와 같은 배치와 악곡 편제에 대한 인식은 지금까지의 가집과는 확연히 구별되는 것이며, 가집 약칭의 활용과 이본 대교의 방식, 불안정하고 그때그때 달라지는 시조의 표기를 체계화하기 위한 '어구검색' 등은 시조 연구 방법론으로서 선진적인 것이었다 할 만하다. 이는 최남선이 『시조유취』에서 21개의 주제만을 통해 시조 창작의 전범을 마련하고자 한 것과는 상당히 대조적이다.

다만 여기서는 후집의 유전편이 전편의 그것보다 시기적으로 뒤질 것이라는 가설을 입증하기 위해 여러 차례의 추정을 거듭하여 편찬자의 시각을 현존하는 결과로 환원시켰다는 한계가 있다. 이는 몇 백여 수에 이르는 해당 부분의 시조 전체의 이본 상황을 대교하고 악곡을 비교 검토하면 좀 더 명료해지리라 본다.

IV

고대 서사문학의 문면과 문맥

- 〈광개토왕릉비문〉의 수사방식과 세계인식
- 대가야 건국신화와의 비교를 통해 본
  백제 건국신화의 인물 형상과 그 의미
- 〈서동요〉 전승의 형성과 사상적 배경
- 진표 전기의 설화적 화소와 '성자' 형상

〈광개토왕릉비문〉의 수사방식과 세계인식

1. 역사의 윤색과 문학적 형상화

저자의 목적은 〈광개토왕릉비문(廣開土王陵碑文)〉(이하 〈능비문〉)을 '사실(史實)'의 반영물이 아닌, 역사적 사실에 대한 고구려인 나름의 윤색과 형상화가 이루어진 텍스트로 파악함으로써 〈능비문〉의 자료적 가치에 대하여 적절히 자리매김 하려는 쪽에 있다.

말하자면 고구려인의 시각이 투영됨으로써 굴절된 세계상(世界像)을 텍스트 작자와 수용자의 역할과 당대에 형성된 문맥을 통해 살펴보자는 것이다. 이러한 방법은 고대사료(古代史料)가 단순 사실의 반영물일 뿐 아니라, 당대인들의 인식구조를 투영한 문학적 텍스트로서 기능해 왔다는 점에 착안한 것이다. 특히 신화적 성격을 반영한 사료일수록, 문·사·철 모든 영역에 관심사가 되어 오기도 했다. 한국고대사의 양대 사료집인 『삼국사기』·『삼국유사』 소재(所載) 텍스트의 다수가 그 문학성을 일찍이 평가받아 왔으며, 고승전(高僧傳)이나 금석문(金石文) 등 사(史)·철(哲) 영역의 자료들에 문학 연구자가 해결해야 할 몫이 있음이 다양한 경로에서 지적되어 왔다. 본고 한 편으로 '한국고대문학사'의 외연이 확장될 수는 없지만, 고대문학에서 '문학적 텍스트'의 범위를 어디까지 인정해야 할지 고민하는 계기가 되기를 바란다.

광개토대왕(廣開土大王)은 한국사에서 정복군주의 인물로서 독보적인 위치를 지니며 형상화되어 왔다. 고려 이후 한국의 대외관계사가 몽골 침략, 임·병 양난을 비롯한 이른바 '국난 극복' 위주로 서술될 수밖에 없었다는 점을 유념한다면, 고구려와 광개토대왕의 형상은 정치사·문화사에서 큰 의미가 있다. 특히 고구려가 5호16국 시대 후연(後燕)과 우열을 계속 겨루었다는 기록이나, 광개토대왕이 한족(漢族)을 제외한 여러 민족을 하나의 '천하(天下)'로 포섭하고자 한 시도는 한국사에서 다시 이루어지지 않았던 장면이었다. 따라서 우리의 고구려 이해와 광개토대왕에 대한 관점은 역사의 실제 상황보다는 문학적으로 형상화된 '민족의 영웅'에 가까운 쪽으로 이루어져 왔다 하겠다.

문제는 이와 같은 인식의 고착이 고구려 당대로부터 있어 왔을 가능성에 있다. <능비문>이 국가 공식 기록문임에도 다소 어색하거나 받아들이기 어려운 문맥적 요소가 포함된 것은 이 때문일 것이다.

<능비문>에는 중국을 배제하고 고구려 중심으로 재배치·조정(arrange-ment)된 고구려인의 '천하관념(天下觀念)'이 투영되었다. 이와 같은 인식은 당대의 실상을 반영한 것이 아니라, 고구려인 나름의 독자적 세계관을 반영하고 있다. 따라서 <능비문>을 사료로서 가감 없이 수용해서 당시 국제 정세의 역학관계를 추론하기란 무리가 아닐까 한다. 그럼에도 <능비문>에 관한 사학계(史學界)의 연구에서 가장 큰 화두는 '왜(倭)'를 중심으로 한 국제 정세였다. 이른바 <신묘년조>에서 임나일본부설(任那日本府

說)을 연상시키는 "百殘新羅, 舊是屬民, 由來朝貢. 而倭以辛卯年, 來渡□破百殘□□[新*]羅以爲臣民." 구절을 어떻게 해석해야 하며, 당시의 사실과는 어떻게 부합하는가, 요컨대 한반도 남부에 왜족(倭族)이 존재했던가 등의 문제와 관련하여 많은 논쟁이 있어 왔다.[1] 최근 한국사학계의 동향은 이 비문의 목적이 '사실의 전달'에 있지 않았으며, 따라서 1차 사료로서의 활용에 많은 문제점이 있다는 점을 인정하는 쪽으로 기울어 가고 있다.[2]

다시 말해 〈능비문〉은 역사적 사실의 과장 혹은 윤색과 문학적 형상화 등이 이루어졌던 텍스트로 볼 여지가 있다. 이와 같은 '형상화'를 통한 현실의 재해석은 『삼국유사』와 같은 텍스트의 집성에서 이루어진 바 있으며, 이 과정은 흔히 '역사의 설화화'로 일컬어져 왔다. 〈능비문〉에

---

[1] 한국의 〈능비문〉 연구는 재일 한국학자 이진희에 의해 촉발된 비문조작설을 중심으로, 그렇다면 비문이 어떻게 조작되었으며, 원형은 무엇이었을까에 주된 관심을 기울여 왔다 (이진희, 「한일고대사의 제문제―광개토왕릉비에 대한 연구와 그 후의 동향」, 『일본학연구소 개소 20주년 기념 이진희교수 초청강연회』, 동국대 일본학연구소, 1999, 1~8면). 그러나 비문 전체에 대한 고증을 통해 이 비문이 사실 관계보다는 고구려인의 독특한 인식 체계를 반영하고 있으며, 의도적인 비문 훼손은 일어나지 않았다는 점이 밝혀진 이후(시라사키 쇼우이찌로우, 권오엽·권정 역, 『광개토왕비문의 연구』, 제이앤씨, 2004, 1~422면), 고구려의 남진경영을 위한 선전문으로서 사실의 과장이 들어갔다거나(이도학, 『고구려 광개토왕릉비문 연구』, 서경, 2006, 1~593면) 사실이 아닌 신화적 성격의 텍스트(권오엽, 『광개토왕비문의 세계』, 제이앤씨, 2007, 13~509면)라는 등의 인식 전환이 이루어지고 있다.
　　이러한 발상의 전환은 〈능비문〉의 표면 진술을 인정할 경우 임나일본부설을 연상시키는 한반도 남부의 '왜'를 인정할 수밖에 없으며, 영산강 일대의 전방후원분(前方後圓墳)이나 가야의 철기문화 등 고고학적 유물도 이와 연관하여 아귀가 잘 맞는다는 곤혹스러움을 바탕에 깔고 있다. 게다가 『삼국사기』는 의외로 4~6세기의 한반도 남부의 상황에 대하여 딱 부러지는 묘사나 설명을 해주고 있지 않다. 고고학적 유물의 분포 상황을 고려한다면 왜족은 한반도 남부에 그 기원이 있으며, 이들은 고대 한국의 모태가 된 삼국과는 다른 문화권에 속한다고 보는 편이 사리에 맞을 것이다. 그렇다면 고대 한국을 일본의 문화적 기원으로 볼 수 없을 뿐만 아니라, 고대 일본이 한반도 남부를 경영했다고 인정할 필요도 없을 것이다.
[2] 말하자면 역사학계에서는 〈능비문〉을 더 이상 1차 사료로서 활용하지 않겠다는 합의에 이르렀다고 볼 수 있다.

서 이루어진 역사적 사실의 형상화가 '설화화'의 수준까지는 아닐지라도, <능비문>을 사실과 직결되는 '사료(史料)'로만 이해하는 관점은 한계에 이르렀다. 문제의 초점은 고구려인의 관점에 의한 텍스트의 형상 과정에서 어느 정도까지 허구적 성향이 반영되었는지 여부이다.[3] <능비문>은 여느 금석문이 그러하듯 1차 사료가 아니라, 고구려인의 문학적 수사와 세계관의 한 단면을 보여주는 자료인 것이다.

논의의 순서는 다음과 같이 하겠다. 우선 작자의 수사방식을 통해 문학 텍스트로서 <능비문>의 성격을 살펴보고자 한다. 여기서 살펴볼 '수사방식'이란 수용자의 격정을 불러일으키기 위한 단락 배치나 자구 수정 등의 전략적 요소를 말한다. 따라서 <능비문> 전체의 단락을 구분하고, 작자가 '왜'를 비중 있게 다룬 이유를 추정함으로써 그 의도를 밝히고자 할 것이다. 이어서 이러한 작가의식이 당대인들의 세계관과 현대인들의 역사인식에 끼칠 수 있는 영향을 돌이켜 보고, <능비문>뿐만 아니라 고대 한국의 '텍스트'를 바라보는 관점을 시사함으로써 마무리하고자 한다.

2. <광개토왕릉비문>과 작자의 수사방식

2.1. <광개토왕릉비문>의 구조와 단락 구분

<능비문>은 통상 '① 고구려 건국 과정을 담은 동명신화, ② 광개토대왕의 정복 활동, ③ 수묘인(守墓人, 왕릉을 지키는 여러 부족민들) 관련 서술'의 3단 구성으로 이루어져 있다고 거론되어 왔다. 능비문 전체를 하

---

3) 권오엽(2007), 13~509면은 이러한 전제에서 이루어진 일문학자의 섬세한 고찰에 해당한다. 논자는 특히 일본의 『고사기』 텍스트와의 유사성을 치밀하게 거론하고 있다.

나의 신화적 구조로 이해해야 한다는 관점도 있어 왔다. 그러나 여기서는 1,800여 자에 이르는 〈능비문〉 전체를 단일한 속성에 집약시키기보다, 우선 그동안 쟁점이 되었던 부분들로부터 작자의 의도를 재구성하는 보다 귀납적인 연구 방향을 선택하고자 한다.

여기서는 〈능비문〉이 '① 과거-② 현재-③ 미래'의 인과적 연대기의 구성을 취하면서, 과거는 '신화적 시간'으로, 현재는 실제와는 다소 다른 '기념비적 사건 중심의 재구성'으로, 미래는 '새롭게 편성된 인물들의 신분과 임무를 서술'하는 구조로 이루어졌다는 점에 주목하고자 한다. 이러한 관점에서 정리한 〈능비문〉의 구조와 단락 구분은 크게 다음과 같다.4)

① 과거 : 고구려의 건국과정과 추모왕을 비롯한 선조 왕들의 신이성
  ([A]동명신화-[B]고구려 왕의 계보-[C]광개토대왕의 略傳)
② 현재 : 고구려의 '천하' 성립 과정과 광개토대왕의 위대함
  ([D]서방 정벌 : 패려-[E]제1차 남방 정벌의 배경-[F]제1차 남방 정벌 : 백제-[G]북방 정벌-[H]제2차 남방 정벌 : 신라 복속-[I]제2차 남방 정벌 : 왜의 격퇴-[J]왜의 반격에 대한 1차 격퇴-[K]왜의 반격에 대한 2차 격퇴-[L]동방 정벌 : 동부여)
③ 미래 : 고구려의 '천하'에 복속된 수묘인들과 그 임무
  ([M]수묘인 명단-[N]수묘인 제도의 정착 배경-[o]고구려왕 묘제 확정)

이렇게 정리하면 각각 추모왕 등의 선조(先祖) 왕들, 광개토대왕, 수묘

---

4) 〈능비문〉 원전은 『역주 한국고대금석문』 1(가락국사적개발원, 1992), 3~35면을 토대로 시라사키 쇼우이찌로우, 앞의 책, 1~422면과 임기중, 「새로 찾은 호태왕비 원석초기탁본 해독 문제」, 『한국고전문학과 세계인식』(역락, 2003), 562~600면, 임기중, 「호태왕비탁본과 비문 연구」, 『한국고전문학과 세계인식』(역락, 2003), 601~616면 등을 참조하였다. 앞으로의 원전 인용은 이상 4종의 성과를 토대로 이루어진 것이며, 자구별 판독에 대한 논쟁 상황은 관련 논저에 미루고 일일이 밝히지 않기로 한다.

인 등 특정 인물군의 역할을 토대로 <능비문>의 단락이 이루어졌음을 알 수 있다. 세 유형의 인물군은 실존 인물이기도 하지만, <능비문>의 서사 문맥을 통해 새롭게 형상화된 존재이기도 하다. 따라서 이들이 몸담고 있는 시간과 공간의 의미망을 실제 문면의 분석을 통해 검토할 필요성이 있다.

2.1.1. 과거 : 고구려의 건국과정과 추모왕을 비롯한 선조 왕들의 신이성

[A] 동명신화

옛적 시조(始祖) 추모왕(鄒牟王)이 나라를 세웠는데 (王은) 북부여(北夫餘)에서 태어났으며, 천제(天帝)의 아들이었고 어머니는 하백(河伯 : 水神)의 따님이었다. 알을 깨고 세상에 나왔는데, 태어나면서부터 성(聖)스러운 … 이 있었다(5字 不明). 길을 떠나 남쪽으로 내려가는데, 부여의 엄리대수(奄利大水)를 거쳐가게 되었다. 왕이 나룻가에서 "나는 천제(天帝)의 아들이며 하백(河伯)의 따님을 어머니로 한 추모왕(鄒牟王)이다. 나를 위하여 갈대를 연결하고 거북이 무리를 짓게 하여라"라고 하였다. 말이 끝나자마자 곧 갈대가 연결되고 거북떼가 물위로 떠올랐다. 그리하여 강물을 건너가서, 비류곡(沸流谷) 홀본(忽本) 서쪽 산상(山上)에 성(城)을 쌓고 도읍(都邑)을 세웠다. 왕이 왕위에 싫증을 내니, (하늘님이) 황룡(黃龍)을 보내어 내려와서 왕을 맞이하였다. (이에) 왕은 홀본(忽本) 동쪽 언덕에서 용의 머리를 디디고 서서 하늘로 올라갔다.[5]

[B] 고구려왕의 계보

유명(遺命)을 이어받은 세자(世子) 유류왕(儒留王)은 도(道)로서 나라를 잘 다스렸고, 대주류왕(大朱留王)은 왕업(王業)을 계승하여 발전시키었다.[6]

---

5) 惟昔始祖鄒牟王之創基也, 出自北夫餘, 天帝之子, 母河伯女郎. 剖卵降世, 生而有聖□□□□□. □命駕, 巡幸南下, 路由夫餘奄利大水. 王臨津言曰, 我是皇天之子, 母河伯女郎, 鄒牟王, 爲我連葭浮龜. 應聲卽爲」連葭浮龜. 然後造渡, 於沸流谷, 忽本西, 城山上而建都焉. 不樂世位, 因遣黃龍來下迎王. 王於忽本東罡, 履龍頁昇天.

6) 顧命世子儒留王, 以道興治, 大朱留王紹承基業.

[A]에서 고구려의 건국 과정은 그 자체가 신이(神異)한 사건으로 그려져 있으며, 그 신이함의 근거는 추모왕의 혈통에 있다. 추모왕은 "我是皇天之子, 母河伯女郎"이라고 선언한다. 이러한 인식은 [B]로 이어져 유류왕의 "도", 대주류왕의 "왕업"은 추모왕의 신이한 인물 형상을 바탕 삼아 지속되어 왔으며, 17세손에 이르기까지 이어진다. 고구려왕은 하늘과 물의 아들로서 땅[天下]을 통치하는 역할을 부여받은 신성한 존재이며, 17대 국왕에 이르기까지 그에 대한 도전은 없었다고 한다.

물론 이는 역사적 사실과 다르며, 자국 역사에 대한 고구려인의 일종의 신화적 인식을 보여준다 할 만하다. 한편 〈능비문〉의 목적은 백제에 살해된 고국원왕의 복수를 완성했음을 밝히는 것이라는 주장도 있어 왔는데,[7] 〈능비문〉에 고국원왕 관련 사실이 전혀 언급되어 있지 않다는 점에서, 이러한 주장은 설득력이 떨어진다. 복수의 통쾌함보다는 전대의 국왕이 지녀야 했던 신성함을 훼손시키지 않은 쪽을 선택한 것이다. 이렇게 사실 여부와는 전혀 별개의 가치를 존중하는 것이 작자의 의식지향으로서 뚜렷하다.

[C] 광개토대왕의 略傳

17세손(世孫)에 이르러 국강상광개토경평안호태왕(國岡上廣開土境平安好太王)이 18세에 왕위에 올라 칭호를 영락대왕(永樂大王)이라 하였다. (王의) 은택(恩澤)이 하늘까지 미쳤고 위무(威武)는 사해(四海)에 떨쳤다. (나쁜 무리를) 쓸어 없애니, 백성이 각기 그 생업에 힘쓰고 편안히 살게 되었다. 나라는 부강하고 백성은 유족해졌으며, 오곡이 풍성하게 익었다. (그런데) 하늘이 (이 백성을) 어여삐 여기지 아니하여 39세에 세상을 버리고 떠나시니, 갑인년(甲寅年) 9월 29일 을유(乙酉)에 산릉(山陵)으로 모시었다. 이에 비를 세워 그 공훈을 기록하여 후세에 전한다. 그 말씀[詞]은 아래와 같다.[8]

---

7) 이도학(2006), 1~593면.

[B]에는 추모왕으로부터 17세손 광개토대왕에 이르기까지의 시간이 압축되어 있으며, [C]에 이르러 광개토대왕의 치적을 특화시키고 있다. 이전의 선조 왕들의 인물 형상은 추모왕의 그것을 반복·심화시켜 온 것이라는 인식에서 압축 제시하고 있다. 그러나 광개토대왕은 고구려의 천하에 끼친 위기를 극복하고, 추모왕 이래의 질서를 회복한 우뚝한 인물로 묘사했다. 그의 업적을 "恩澤洽于皇天, 武威振被四海"라 하였는데, 이는 곧 추모왕의 아버지[皇天]와 어머니[四海][9]의 신성성에 연결되는 표현이다. 광개토대왕은 추모왕 이래로 지속되어 온 고구려왕의 권위에 대한 위협을 물리침[10]으로써 백성을 편안하게 했다는 점에서 높은 평가를 받고 있는 것이다. 백제에 대한 보복이나 왜구 축출 등의 군사적 업적도 이러한 맥락에서 이해할 필요성이 있다.

2.1.2. 현재 : 고구려의 '천하' 성립 과정과 광개토대왕의 위대함

[D]~[L]에 걸친 현재 관련 서술에서 광개토대왕의 정복 과정은 다음과 같은 순서로 서술되었다. 후술하겠지만 이것은 고구려의 천하 사방에서 각각 '땅끝'을 의미하는 것으로 볼 수 있다.

패려[서방] → 백잔, 신라, 왜[남방] → 숙신[북방] → 동부여[동방]

---

8) 遝至十七世孫國罡上廣開土境平安好太王二九登祚, 號爲永樂大王. 恩澤洽于皇天, 武威振被四海. 掃除□□, 庶寧其業. 國富民殷, 五穀豊熟. 昊天不弔, 卅有九, 寔駕棄國, 以甲寅年九月卄九日乙酉遷就山陵. 於是立碑, 銘記勳績, 以示後世焉. 其詞曰.

9) 추모왕의 어머니는 하백의 딸로서 수신(水神)의 속성을 지니고 있기 때문에 이와 같이 판정했다. 물론 '수신'을 '해신(海神)'과 동일한 신격으로 볼 수 있는지 여부는 문제가 될 것이다. 그러나 여기서는 '하늘'과 '물'의 융합으로 고구려 시조가 탄생했다는 모티프 구조를 의식해서, 일단 사해와 하백을 동궤(同軌)로 해석했다.

10) 권오엽(2007), 167면에서 이를 대대손손 이어져 온 고구려왕의 권위라는 측면에서 "시간을 초월하는 조상과 후손의 동질성"이라 정리했다.

‘서방의 끝’을 패려로 정했기 때문에 중국과 유목민족 국가들은 천하에 속하지 않는 권외세력이 되었다. 이는 고구려가 실질적인 우위를 점하지 못했고, 때로는 열등한 처지에 속하기도 했던 국가들에 대하여 아예 언급하지 않고 넘어갈 수 있는 수사적 장치이다. 반면에 ‘남방의 끝’에 해당하는 왜족의 경우 확실한 군사적 우위를 점하여 멸절(滅絶)시킬 수 있었기에 권역 안에 속하는 존재로 묘사할 수 있었던 것이다.11) 실제 정황상 왜족이 백제, 신라의 종주국이 될 수 없음에도 강대한 세력처럼 묘사된 이유 또한 여기에 있다. 그것은 ‘왜’가 남방의 끝자락을 차지하고 있는 세력으로서 광개토대왕에게 마지막까지 저항했기 때문이다.

[D] 서방 정벌 - 패려

패려(稗麗)가 고구려인에 대한 (노략질을 그치지 않으므로), 영락(永樂) 5년 을미(乙未)에 왕이 친히 군사를 이끌고 가서 토벌하였다. 부산(富山), 부산(負山)을 지나 염수(鹽水)에 이르러 그 3개 부락(部洛) 600~700영(營)을 격파하니, **노획한 소·말·양의 수가 이루 다 헤아릴 수 없었다.** 이에 王이 행차를 돌려 양평도(襄平道)를 지나 동으로 ▨성(▨城), 역성(力城), 북풍(北豊), 오비▨(五備▨)로 오면서 영토를 시찰하고, 수렵을 한 후에 돌아왔다.12)

광개토대왕의 첫째 정벌 대상은 ‘패려’였다. ‘패려’는 거란의 일종으로 추정되고 있으며, 서방 정벌이라 할 수 있다. 뒤에 나오는 숙신 정벌과 더불어 영토적 복속보다는 경제적 침탈 위주로 서술되어 있다. 뒤이어

---

11) 권오엽(2007), 120면에서는 ‘왜’를 권외의 세력이라서 추방된 것으로 파악하고 있는데, 여기서는 고구려인들이 ‘왜’ 역시 자신들의 천하에 포함되는 것으로 보지 않았을까 한다. 그 이유는 권외의 세력, 가령 중국은 <능비문>에 전혀 서술되어 있지 않은데, 왜 역시 권외였다면 마찬가지로 배제되었을 것이기 때문이다.

12) 永樂五年歲在乙未, 王以稗麗不□□人, 躬率往討. 過富山負山, 至鹽水上, 破其三部洛六七百營, 牛馬群╵羊, 不可稱數. 於是旋駕, 因過襄平道, 東來□城, 力城, 北豊, 五備□, 遊觀土境, 田獵而還.

고구려의 직접 통치 지역을 순시하고 '수렵'까지 행하는 등, 마치 패려 정벌은 보다 큰 군사 활동을 위한 일종의 모의 훈련처럼 비쳐지기도 한다. 그렇다면 패려 정벌은 이어지는 백제, 신라, 왜에 대한 남방 정벌의 모의 훈련 성격이 짙다고 볼 수도 있다. 여기서 짚고 넘어가야 할 점은 '사방(四方)'을 모두 정벌한 인물 형상으로서 광개토대왕을 형상화하고자 했다면, 고구려와 꾸준히 경쟁해 온 '후연'에 대한 우위를 이 시기부터 확보했다는 더 좋은 사례가 있음에도 불구하고 굳이 외진 곳의 '패려'를 든 이유가 무엇일까 하는 문제이다. 후연과의 관계가 호의적으로 바뀌었기 때문이기도 하겠지만, 그보다는 고구려의 천하 인식에서 '서방 영토의 끝'으로 '패려'가 인식되었고, 후연은 중국과 함께 '권외세력'으로 파악하여 서술 대상에서 배제했기 때문이 아닐까 한다.13)

> **[E] 제1차 남방 정벌의 배경**
>
> 백잔(百殘), 신라(新羅)는 옛부터 고구려 속민(屬民)으로 조공(朝貢)을 해 왔다. 그런데 **왜가 신묘년(辛卯年)(391년)에 건너와 백잔(百殘)을 파(破)하고 (2字缺) 신라(新羅)** … 하여 신민(臣民)으로 삼았다.14)

[E]는 그동안 해묵은 쟁점의 대상이 되어 온 단락이다. 우선 백제와 신라가 고구려의 속민으로 조공을 해왔다는 표현은 뒤에서 살펴 볼 [I]의 신라 매금이 처음으로 고구려에 청명(聽命)하고 조공을 바쳤다는 서술과도 어긋날 뿐만 아니라, 일반적인 역사 상식과도 부합하지 않는다.

이렇게 사실과는 무관한 표현이 이루어진 이유는 <능비문>이 고인의 위업을 다소 과장, 윤색하여 기록하는 유묘문 양식에 속하는 텍스트이기

---

13) 패려 지역 '염수'의 위치가 요하 이서(以西)로 추정되고 있는데, 요하는 전통적으로 한족(漢族)과 다른 유목민족 간의 경계 지역이었다고 한다.

14) 百殘新羅, 舊是屬民由來朝貢. 而倭以辛卯年, 來渡海破百殘□□新羅以爲臣民.

때문이기도 하다. 따라서 실제로는 작은 침범에 불과한 사건도 심각한 것으로 과장하고 있다. 이와 같은 성격의 침범은 아무리 사소한 것일지라도, 추모왕 이래의 고구려왕이 지닌 "我是皇天之子, 母河伯女郎"으로서 천하의 주인임을 보장받았다는 권위에 대한 도전이기 때문이다. 이는 한족이나 후연과는 달리, '왜'는 일단 고구려의 천하 권역에 포함되는 세력이라는 의미이기도 하다.

그렇다면 고구려왕의 '천하'는 어디까지일까? 일단 이 텍스트에서 중국이 아예 배제되었다는 점에서 서쪽으로는 '패려'가 '천하의 끝'으로 간주되었다고 볼 수 있다. 하지만 남방의 경우는 역시 '왜'의 존재 때문에 명확하게 선을 긋기가 어렵다. 어떠한 이유인지 '왜'는 고구려와 동등한 세력으로서 백제와 신라를 복속시킬 만한 존재로 그려지고 있으며,15) 광개토대왕에 의해 격멸(擊滅)되어야 할 대상으로 인식되고 있다. 이것이 특정한 역사적 정황의 반영 혹은 굴절인지 여부를 선뜻 단정할 수는 없다. 다만 '왜'가 백제 혹은 신라의 경우와 마찬가지로 단일한 국가의 명칭인지 여부는 음미할 만하다. 이와 관련한 논의는 [H]~[K]를 살펴볼 때 상술하기로 한다.

[F] 제1차 남방 정벌 – 백제

영락(永樂) 6년(396년) 병신(丙申)에 왕이 친히 군을 이끌고 백잔국(百殘國)을 토벌하였다. 고구려군이 (3字 不明)하여 영팔성, 구모로성, 각모로성, 간저리성, ▨▨성, 각미성, 모로성, 미사성, ▨사조성, 아단성, 고리성, ▨리성, 잡진성, 오리성, 구모성, 고모야라성, 혈▨▨▨▨성, ▨이야라성, 전성, 어리성, ▨▨성, 두노성, 비▨▨리성, 미추성, 야리성, 태산한성, 소가

---

15) 이른바 '비문 변조설'에 대해서는 김병기, 『사라진 비문을 찾아서』, 학고재, 2005, 105~118면에서 실증한 성과가 있다. 결론적으로 서체만 놓고 본다면 비문 변조의 가능성은 거의 확실시된다는 것이다. 그러나 여기서는 일단 기존 판독의 성과들을 존중하면서 그와 같은 수사방식이 형성된 요인·배경 등을 추론해 나가고자 한다.

성, 돈발성, ▨▨▨성, 루매성, 산나성, 나단성, 세성, 모루성, 우루성, 소회
성, 연루성, 석지리성, 암문▨성, 임성, ▨▨▨▨▨▨▨리성, 취추성, ▨발
성, 고모루성, 윤노성, 관노성, 삼양성, 증▨성, ▨▨노성, 구천성 … 등을
공취(攻取)하고, 그 수도(首都)를 … 하였다. 백잔(百殘)이 의(義)에 복종치
않고 감히 나와 싸우니 왕이 크게 노하여 아리수를 건너 정병(精兵)을 보
내어 그 수도(首都)에 육박하였다. (百殘軍이 퇴각하니 …) 곧 그 성을 포
위하였다. 이에 백잔주((百)殘主)가 곤핍(困逼)해져, 남녀(男女) 생구(生口) 1
천 명과 세포(細布) 천 필을 바치면서 왕에게 항복하고, 이제부터 영구히
고구려왕의 노객(奴客)이 되겠다고 맹세하였다. 태왕은 (百殘主가 저지른)
앞의 잘못을 은혜로서 용서하고 뒤에 순종해 온 그 정성을 기특히 여겼
다. 이에 58성 700촌을 획득하고 백잔주(百殘主)의 아우와 대신 10인
을 데리고 수도로 개선하였다.16)

[F] 단락부터 백제, 신라, 왜를 복속시키는 과정을 각각 하나씩의 단락
을 통해 서술하고 있다. 첫째로 '백잔주'는 무력을 통해 정벌하였다. 여
기서 백잔주가 저지른 '잘못'은 문맥상 고구려의 '천하'로부터 일탈하여
왜의 신민이 되었다는 것으로 볼 수 있지만, 실제 역사에서는 건국 이래
수백년간 고구려와 '천하'를 놓고 경쟁했다는 점이 더 큰 요인이었다. 백
제의 위상을 이렇게 축소시키고 있는 점을 고구려인의 독특한 세계관에
따른 과장 혹은 굴절로 볼 수 있다.

편찬자는 뒤의 [I]의 동부여와 함께 백제의 경우에만 58성 700촌을 획

---

16) 以六年丙申, 王躬率□軍, 討伐殘國. 軍□□首攻取寧八城, 曰模盧城, 各模盧城, 幹氐利城,
□□城, 閣彌城, 牟盧城, 彌沙城, 舍蔦城, 阿旦城, 古利城, □利城, 雜珍城, 奧利城, 勾牟城,
古模耶羅城, 頁□□□□城, □而耶羅城, 琢城, 於利城, □□城, 豆奴城, 沸□□利城, 彌鄒
城, 也利城, 太山韓城, 掃加城, 敦拔城, □□□城, 婁賣城, 散那城, 那旦城, 細城, 牟婁城,
于婁城, 蘇灰城, 燕婁城, 析支利城, 巖門□城, 林城, □□□□□□□利城, 就鄒城, □拔城,
古牟婁城, 閏奴城, 貫奴城, 彡穰」城, 曾□城, □□盧城, 仇天城, □□□□, □其國城. 殘不
服義, 敢出百戰, 王威赫怒, 渡阿利水, 遣刺迫城. □□歸穴□便圍城, 而殘主困逼, 獻出男女
生口一千人, 細布千匹, 跪王自誓, 從今以後, 永爲奴客. 太王恩赦□迷之愆, 錄其後順之誠.
於是得五十八城村七百, 將殘主弟幷大臣十人, 旋師還都.

득했다는 전과와 함께 새로 획득한 영토의 이름을 낱낱이 밝히고 있다. 고구려왕의 정통성을 위협할 만한 부여 계통 국가였던 백제와 동부여의 경우에만 영토 점령을 실시하고 있으며, 부여족 세력권에 해당하지 않았던 서·북방은 정치적 복속보다 경제적 약탈 중심으로 서술된 듯한 인상이다. 특히 국력이 강성하여 고구려를 위협하기도 했던 백제의 몰락을 매우 상세하게 언급했다. 같은 부여족에 속하는 백제와 동부여의 제압은 '부여족의 천하'를 고구려만의 것으로 만들기 위해 필수였기 때문이기도 하다.

　[G] **북방 정벌**

　　영락 8년(398년) 무술(戊戌)에 한 부대의 군사를 파견하여 백신(帛愼 :息愼, 肅愼) 토곡(土谷)을 관찰(觀察), 순시(巡視)하였으며 그 때에 (이 지역에 살던 저항적인) 모▨라성(莫▨羅城) 가태라곡(加太羅谷)의 **남녀 삼백여 인을 잡아왔다.** 이 이후로 (帛愼은 고구려 조정에) 조공(朝貢)을 하고 (그 내부의 일을) 보고하며 (고구려의) 명(命)을 받았다.[17]

북방의 숙신 점령 과정은 앞서 살펴 본 서방의 패려 정벌과 마찬가지로, 고구려의 천하에서 북방의 '끝'을 구획하기 위한 과정으로 보인다. 영토 점령이 아닌 순시를 중심으로 했으며, 남녀 300명을 잡아 노비로 만드는 경제상의 목적의 침략 성격이 짙다. 앞서 영토의 서방 한계선을 돌아보고 남방의 백제를 제압했듯이, 이번에는 북방 한계선에 대한 영유권을 확실히 하고 다시 남방 정벌에 나서고 있다. 이는 남방 정벌의 의도는 서·북방의 경우와는 달리 경제적 약탈만이 아닌 완전한 정치적 복속에 있었기 때문이다.

---

17) 八年戊戌, 敎遣偏師, 觀帛愼土谷, 因便抄得莫□羅城加太羅谷, 男女三百餘人. 自此以來, 朝貢論事.

그러나 남방은 백제·가라·신라 등 고대국가의 면모를 갖춘 세력권에, 덧붙여 왜족의 출현도 빈번한 형세였기에 여러 차례에 걸쳐 힘든 정복 과정을 거쳐야 했다. 고구려 입장에서는 형세의 변화 혹은 우군(友軍)의 존재가 절실했다는 것이다.

[H] 제2차 남방 정벌 — 신라 복속

영락(永樂) 9年(399년) 기해(己亥)에 백잔(百殘)이 맹서를 어기고 왜(倭)와 화통하였다. (이에) 왕이 평양으로 행차하여 내려갔다. 그때 신라왕이 사신을 보내어 아뢰기를, "왜인(倭人)이 그 국경(國境)에 가득 차 성지(城池)를 부수고 노객(奴客)으로 하여금 왜(倭)의 민(民)으로 삼으려 하니 이에 왕께 귀의(歸依)하여 구원을 요청합니다"라고 하였다. 태왕(太王)이 은혜롭고 자애로워 신라왕의 충성을 갸륵히 여겨, 신라 사신을 보내면서 (고구려 측의) 계책을 (알려주어) 돌아가서 고하게 하였다.[18]

[H]는 신라가 복속되어 오는 과정을 묘사하고 있다. 백제를 무력으로 제압시킨 것과는 달리, 신라에는 군사적 은혜를 베풂으로써 고구려의 천하 속에 포함시키고 있다. 같은 부여 계통 국가로서 '천하'를 놓고 겨룬 백제·동부여나 세상의 서쪽·북쪽 끝에 위치한 드센 야만인으로 여겨지는 패려·숙신에 비하면, 스스로 복속해 온 신라의 지위가 초라해 보일지 모른다. 그러나 <능비문>의 문맥에서 신라의 역할은 왜를 정벌할 출병(出兵)의 명분을 제공하는 것일 따름인 만큼, 여기서 신라가 더 큰 비중을 차지할 필요성은 없다. 따라서 이 기록을 통해 당시 신라의 실제 국력 수준을 지나치게 과소평가해서도 안 될 것이다.

---

18) 九年己亥, 百殘違誓與倭和通, 王巡下平穰. 而新羅遺使白王云, 倭人滿其國境, 潰破城池, 以奴客爲民, 歸王請命. 太王恩慈, 矜其忠誠, □遺使還告以□計.

[Ⅰ] 제2차 남방 정벌 – 왜의 격퇴

10년(400년) 경자(庚子)에 왕이 보병과 기병 도합 5만 명을 보내어 신라를 구원하게 하였다. (고구려군이) 남거성(男居城)을 거쳐 신라성(新羅城 : 國都)에 이르니, 그곳에 왜군이 가득하였다. 관군(官軍)이 막 도착하니 왜적이 퇴각하였다. (고구려군이) 그 뒤를 급히 추격하여 임나가라(任那加羅)의 종발성(從拔城)에 이르니 성(城)이 곧 항복하였다. 안라인 수병(安羅人戍兵) … 신라성(新羅城) ▨성(▨城) … 하였고, 왜구가 크게 무너졌다. (이하 77자 중 거의 대부분이 불명. 대체로 고구려군의 원정에 따른 임나가라지역에서의 전투와 정세변동을 서술하였을 것이다). 옛적에는 신라 매금(寐錦)이 몸소 고구려에 와서 보고를 하며 청명(聽命)을 한 일이 없었는데, 국강상광개토경호태왕대(國岡上廣開土境好太王代)에 이르러 (이번의 원정으로 신라를 도와 왜구를 격퇴하니) 신라 매금이 … 하여 (스스로 와서) 조공(朝貢)하였다.[19]

고구려인들에게 ‘신라왕’은 고구려에 조공하여 복속된 ‘매금’으로 꾸준히 일컬어지고 있다. 그러나 백제와 함께 구체적인 인물로서 군주가 등장하고 있다. 〈능비문〉에서 군주는 백제・신라에만 존재하고 있다. ‘세상의 끝’에 존재하는 패려와 숙신에는 항복하는 임금조차 없었다. 이들보다 백제・신라가 더 강성했다기보다, 어떤 이유 탓에 〈능비문〉의 작자에게 이들은 국가로 인정받지 못했다고 볼 수 있다. 이들은 ‘성(城)’을 단위로 반항할 뿐, 왕이나 도성의 개념은 존재하지 않는 듯 보이기도 한다.

그런데 여기서 ‘왜군’, ‘왜구’ 등으로 묘사되는 왜 세력도 왕이나 도성의 개념이 없기는 마찬가지이다. "임나가라 종발성"이 그 본거지처럼 묘

---

19) 十年庚子, 敎遣步騎五萬, 往救新羅. 從男居城, 至新羅城, 倭滿其中. 官軍方至, 倭賊退. □□背急追至任那加羅從拔城, 城卽歸服. 安羅人戍兵新羅城□城, 倭寇大潰. 城□□□盡□□□安羅人戍兵新□□□□其□□□□□□□□言□□□□□□□□□□□□□□□□□□□□□□□□辭□□□□□□□□□□□□□□□□□潰□□□□安羅人戍兵. 昔新羅寐錦未有身來論事, □國罡上廣開土境好太王□□□□寐錦□□僕勾□□□□朝貢.

사되었지만, 전체적인 문맥이 명료하지 않다. 종발성이 왜의 근거지라면 [E]에서 바다를 건너와 백제와 신라를 점령했다는 기록과 모순되기 때문이다. 게다가 [J]에서 왜가 대방군에 출정할 수 있었던 근거도 모호하다. 〈능비문〉에 등장하는 '왜' 세력은 임금도 도성도 없고, 근거지도 불확실할 따름이다. 그러면서도 신라와 백제를 신민으로 삼을 만한 능력을 지니고 있다는 것이다. 요컨대 '왜'는 사회조직과 정치구조를 갖춘 강성한 국가적 실체로서 등장한다기보다, 다른 세상에서 온 정체불명의 괴물 집단처럼 비쳐지는 것이다. 다음 기록은 이러한 심증을 더욱 굳혀준다.

[J] 왜의 반격에 대한 1차 격퇴

14년(404년) 갑진(甲辰)에 왜(倭)가 법도(法度)를 지키지 않고 대방(帶方) 지역에 침입하였다. … 석성(石城) (을 공격하고 …), 연선(連船 : 水軍을 동원하였다는 뜻인 듯) … (이에 왕이 군대를 끌고) 평양을 거쳐 (… 로 나아가) 서로 맞부딪치게 되었다. 왕의 군대가 적의 길을 끊고 막아 좌우로 공격하니, **왜구가 궤멸하였다. (왜구를) 참살한 것이 무수히 많았다.**[20]

종발성의 함락과 함께 크게 몰락했던 '왜'가 이번에는 대방 지역에 침략했다고 한다. 부산 혹은 고령 일대로 추정되는 임나가라 종발성과는 반대편 지역에서 갑작스럽게 출현했다. 왜가 단일한 국가적 실체였다면 이렇게까지 동분서주할 수 있었을까? 영토를 무시한 왜의 활동 영역은 『삼국사기』 초기 기록에서 백제·신라·가야·마한 등과 모두 겨루었던 한반도의 선주족 말갈[21]을 연상시키기도 한다.

왜가 광범위한 활동 영역을 지닐 수 있었던 밑바탕에 백제의 협조가 있었다고만 판정하기는 석연치 않다. 그렇다면 왜 〈능비문〉 작자가 백

---

20) 十四年甲辰, 而倭不軌, 侵入帶方界. □□□□□石城□連船□□□, 王躬率□□, 從平穰□ □□鋒相遇. 王幢要截盪刺, 倭寇潰敗. 斬煞無數.
21) 문안식, 『한국고대사와 말갈』, 혜안, 2003, 281~298면.

제를 배제하고 왜만을 주체로 삼아 서술했는지 문제가 되기 때문이다. 따라서 〈능비문〉의 '왜'는 단일 국가로 보기 어렵고, 오늘날의 일본 열도에 해당하는 세력으로 보기도 쉽지 않다. 그보다는 오히려 『삼국사기』 초기 기록의 말갈이 그러했듯이, 성분이 다른 여러 부족의 통칭(通稱) 정도로 이해하는 편이 무난하지 않을까 한다.

다소 조심스럽긴 하지만 한반도의 선주족이었던 '말갈족'의 명칭 가운데 하나였던 '예(濊)'의 음가가 '왜'와 통할 수도 있지 않을까 추정해 본다. '왜'의 옛 음가가 '예'이기도 했기 때문이기도 하지만, 뒤에 살펴볼 [N]에서 고구려를 이루는 부족 성분을 '한인(韓人)'과 '예인(濊人)'으로 구분한 점도 간과할 수 없다. 여기서 '예인'이 고구려에 멸망당한 '왜'와 모종의 관계가 있지 않을까?

백제나 신라와는 달리 왜는 고구려의 천하에 복속되지 않고 '궤멸'의 길을 걸었다.22) 이것이 왜 세력의 선택일지 고구려의 강요에 의한 것일지 여부는 알 수 없지만, 결과적으로 '왜'는 고구려의 천하주의를 거부한 남방 정벌 최후의 적으로 기록되었다. 무슨 이유와 근거에서 〈능비문〉의 저자는 '왜'의 세력을 실상보다 크게 그려야 했을까? 동·서·북방에 비하면 가장 발달된 형태의 국가들과 상대해야 했던 남방 정벌에서 고구려에 최후까지 대항한 세력이 '왜'였기 때문이었다. 천하의 남쪽 끝을 왜족이 차지하고 있었기 때문이었다는 것이다.

이 '왜'를 일본 열도의 그들로 보아야 할지는 단언할 수 없다. 그러나

---

22) "倭寇潰敗. 斬煞無數."를 왜가 현재 일본의 영토로 축출되는 모습의 과장으로 볼 것인지, 실제로 왜족을 '궤멸'시킨 것인지 판단해야 할 문제가 남아 있다. 여기서는 실제 일어났던 사실을 재구성하는 것보다는 고구려인의 인식이 형성되는 과정에 보다 주목하기 위해 이 부분을 (적어도 한반도 남부지역 내에서의) '왜의 궤멸'로 해석하고자 한다. 왜족의 한반도남부 기원설과 관련하여 井上秀雄 외, 김기섭 역, 『고대 한일관계사의 이해─倭』(이론과 실천, 1994), 339~544면 참조.

당시 한반도 남부가 국사 교과서의 설명처럼 반듯하게 정돈된 것이 아니라, 다양한 성분의 세력들이 이합집산하면서 백제, 신라 또는 고구려의 강대국들과 싸워 온 역사를 지니고 있었음을 이 '왜'라고 일컬어진 부족들의 활동 영역으로부터 엿볼 수 있지 않을까 한다. 이들과 영산강 유역의 마한 세력과의 상관 관계를 추적하는 것도 흥미로운 과제일 것이다.

> **[K] 왜의 반격에 대한 2차 격퇴**
>
> 17년(407년) 정미(丁未)에 왕의 명령으로 보군과 마군 도합 5만 명을 파견하여 … 합전(合戰)하여 **모조리 살상하여 분쇄하였다.** 노획한 (적병의) 갑옷이 만여 벌이며, 그 밖에 군수물자는 그 수를 헤아릴 수 없이 많았다. 또 사구성(沙溝城) 루성(婁城) ▨주성(▨住城) ▨城▨▨▨▨▨▨城을 파하였다.23)

이 전투의 상대는 분명치 않다. 다만 갑옷 만여 벌을 빼앗길 만한 국력을 갖춘 국가라면 '백제'일 수밖에 없다고 추정하는 경우가 많다. 그러나 여기서는 이들을 '왜' 혹은 왜 부족으로 보고자 한다. 그 근거는 고구려와 두 차례 군사 경쟁에서 대패한 백제에 대규모 군사 행동을 단독으로 벌일 만한 국력이 남아있을 것으로는 보기 어렵기 때문이다. 게다가 신라를 비롯하여 고구려에 복속당한 다른 국가일 수 없고, 다음에 등장하는 동부여일 가능성도 크지 않다. "갑옷 만여 벌"은 이들이 왜족이라는 부족적 공통성을 갖춘 여러 지방정권의 결집이었기 때문에 가능했으며, [K] 후반부의 여러 성들은 이들 지방정권들 각각의 본거지가 아니었을까 한다.

---

23) 十七年丁未, 敎遣步騎五萬, □□□□□□□□□師□□合戰, 斬煞蕩盡. 所獲鎧鉀一萬餘領, 軍資器械不可稱數. 還破沙溝城, 婁城, □住城, □□城, □□□□□□□城..

[ㄴ] 동방 정벌 - 동부여

20년(410년) 경술(庚戌), 동부여는 옛적에 추모왕의 속민(屬民)이었는데, 중간에 배반하여 (고구려에) 조공을 하지 않게 되었다. 왕이 친히 군대를 끌고 가 토벌하였다. 고구려군이 여성(餘城 : 동부여의 왕성)에 도달하자, 동부여의 온나라가 놀라 두려워하여 (투항하였다). 왕의 은덕이 동부여의 모든 곳에 두루 미치게 되었다. 이에 개선을 하였다. 이때에 왕의 교화를 사모하여 개선군(凱旋軍)을 따라 함께 온 자는 미구루압로(味仇婁鴨盧), 비사마압로(卑斯麻鴨盧), 타사루압로(楯社婁鴨盧), 숙사사압로(肅斯舍鴨盧), ▨▨▨압로(▨▨▨鴨盧)였다. 무릇 공파(攻破)한 성(城)이 64개, 촌(村)이 1,400이었다.[24]

마지막으로 동방의 동부여를 점령하였다. 옛적 추모왕의 속민이라 표현한 것은 백제·신라의 경우와 상통하는데, 여기서는 점령의 과정을 무혈(無血)인 듯 묘사함으로써 왕의 덕화(德化)를 내세우고 있다. 전공과 점령지역이 상세하게 기술된 것은 백제의 경우와 동일한데, 이는 이들이 고구려와 경쟁 관계인 부여 계통 국가였기 때문이다. 그러나 이 시기의 동부여는 사실상 국가 기능이 마비되어가는 단계였다고 한다. 그럼에도 불구하고 동부여에 대한 서술의 비중이 작지 않은 것은 천하 사방의 체계에 대한 서술을 완성하기 위해서였다.

2.1.3. 미래 : 고구려의 '천하'에 복속된 수묘인들과 그 임무

[M] 수묘인 명단

(왕릉을 지키는) 수묘인(守墓人) 연호(烟戶)(의 그 出身地와 戶數는 다음과 같이 한다.) 매구여(賣句余) 민은 국연(國烟)이 2가(家) …(하략)…[25]

---

24) 廿年庚戌, 東夫餘舊是鄒牟王屬民, 中叛不貢. 王躬率往討. 軍到餘城, 而餘□國駭□□□□ □□□□□王恩普覆. 於是旋還. 又其慕化隨官來者, 味仇婁鴨盧, 卑斯麻鴨盧, 楯社婁鴨盧, 肅斯舍鴨盧, □□□鴨盧. 凡所攻破城六十四, 村一千四百.

25) 守墓人烟戶. 賣句余民國烟二看……

[N] 수묘인 제도의 정착 배경

국강상광개토경호태왕(國岡上廣開土境好太王)이 살아 계실 때에 교(教)를 내려 말하기를, '선조(先祖) 왕들이 다만 원근(遠近)에 사는 구민(舊民)들만을 데려다가 무덤을 지키며 소제를 맡게 하였는데, 나는 이들 구민들이 점점 몰락하게 될 것이 염려된다. 만일 내가 죽은 뒤 나의 무덤을 편안히 수묘하는 일에는, **내가 몸소 다니며 약취(略取)해 온 한인(韓人)과 예인(穢人)들만을 데려다가 무덤을 수호·소제하게 하라**'고 하였다. 왕의 말씀이 이와 같았으므로 그에 따라 한(韓)과 예(穢)의 220가(家)를 데려다가 수묘케 하였다. 그런데 그들 한인과 예인들이 수묘의 예법(禮法)을 잘 모를 것이 염려되어, 다시 구민(舊民) 110가(家)를 더 데려왔다. 신(新)·구(舊) 수묘호를 합쳐, 국연(國烟)이 30가(家)이고 간연(看烟)이 300가(家)로서, 도합(都合) 330가(家)이다.26)

[O] 고구려왕 묘제의 확정

선조(先祖) 왕들 이래로 능묘에 석비(石碑)를 세우지 않았기 때문에 수묘인 연호(烟戶)들이 섞갈리게 되었다. 오직 국강상광개토경호태왕(國岡上廣開土境好太王)께서 선조(先祖) 왕들을 위해 **묘상(墓上)에 비(碑)를 세우고 그 연호(烟戶)를 새겨 기록하여 착오가 없게 하라**고 명하였다. 또한 왕께서 규정을 제정하시어, '수묘인을 이제부터 다시 서로 팔아넘기지 못하며, 비록 부유한 자가 있을 지라도 또한 함부로 사들이지 못할 것이니, 만약 이 법령을 위반하는 자가 있으면, 판 자는 형벌을 받을 것이고, 산 자는 자신이 수묘(守墓)하도록 하라'고 하였다.27)

수묘인 관련 기록에도 중요한 표현들이 많이 있지만, 우리가 주목할 점은 [N]에서 사방의 정벌을 통해 포섭된 여러 민족 세력이 광개토대왕

---

26) 國岡上廣開土境好太王, 存時教言, 祖王先王, 但教取遠近舊民, 守墓洒掃, 吾慮舊民轉當羸劣. 若吾萬年之後, 安守墓者, 但取吾躬巡所略來韓穢, 令備洒掃. 言教如此, 是以如教令, 取韓穢二百卄家. 慮其不知法則, 復取舊民一百十家. 合新舊守墓戶, 國烟卅看烟三百, 都合三百卅家.

27) 自上祖先王以來, 墓上」不安石碑, 致使守墓人烟戶差錯. 唯國岡上廣開土境好太王, 盡爲祖先王, 墓上立碑, 銘其烟戶, 不令差錯.」又制, 守墓人, 自今以後, 不得更相轉賣, 雖有富足之者, 亦不得擅買, 其有違令, 賣者刑之, 買人制令守墓之.

의 묘를 지키기 위해서 동원되었다는 점과, [O]의 광개토대왕 이후로 비로소 고구려왕의 세계와 묘제가 확립되었다는 사실이다. 한 마디로 광개토대왕의 시신(屍身)을 중심으로 천하사방의 인민이 모여 있는 형태를 통해, 국왕의 혈통과 권위의 신성성을 강조하는 한편 국가적 상징체계도 완성할 수 있었던 것이다. 요컨대 <능비문>의 수묘인 항목은 고구려왕을 중심으로 고구려인의 천하에 한·예의 모든 부족이 동심원 구조로 모여있는 도상(圖像)을 구현·묘사하고 있다. 이렇게 함으로써 고구려왕의 무덤은 '한인'과 '예인' 사이의 다민족 연맹체로서 '천하'의 모습을 시각적으로 구현한 상징물이 될 수 있었다.

2.2. 수사방식을 통해 본 작자의 의도

서방으로는 요하 이서의 패려 지역까지, 남방으로는 한반도 남부의 온갖 세력[백제, 신라, 왜], 북방으로는 숙신과 동방으로는 동부여까지, 광개토대왕은 무력과 회유를 번갈아 사용하며 서·북방의 유목민족은 경제적으로, 남·동방의 여러 국가들은 정치적으로 복속시켰다. 이러한 정복 활동을 통해 비로소 고구려의 천하를 완성하고, 국가적 상징으로서 묘역을 정돈한 점이 고구려인들이 생각한 광개토대왕의 위업이었다.

이와 같은 메시지 전달을 위해 껄끄러운 외교적 대상이었던 중국과 유목민족 국가들은 모두 생략되었다. 마치 그런 국가들이 존재하지도 않았던 것처럼 말이다. 중국과 후연은 다음과 같이 묘사된 '고구려의 천하'에 포함되는 대상이 아니었다. 다만 왜족은 고구려의 천하에 포함되는 대상이었으나, 실제로는 열도로 축출시켜놓고 기억 속에서는 격렬한 저항을 제압하여 궤멸시켰다고 인식한 점이 독특하다.

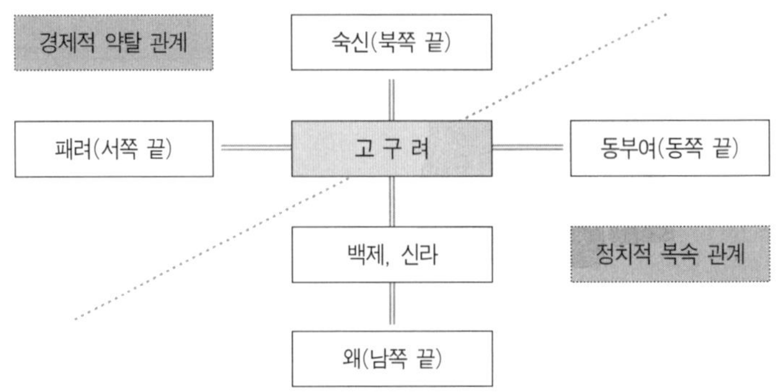

  이렇게 형성된 사방(四方) 관념의 세계관에서 패려가 위치했던 요하는 중국과 고구려의 경계이며, 요하 이서는 중국을 중심으로 한 별개의 권역, 말하자면 '별개의 천하'에 속한 땅이었다. 동·서·북방에 비하면 남방의 국가와 세력들은 만만치 않아 여러 차례에 걸쳐 힘겨운 전쟁을 거듭해야 했다. 서방과 북방을 경제상의 이유로 침략하여 국력을 축적하고, 평화적 왕화(王化)의 대상이 될 만큼 동부여와의 관계를 조정한 이후 백제를 무력으로, 신라를 군사적 협력 관계를 통해 복속시켰으며, 왜 세력은 결국 복속치 않고 궤멸하기에 이르렀다. 작자가 왜 세력을 비중 있게 묘사한 것은 이들이 백제·신라와는 달리 천하의 남쪽 끝에 자리 잡고 광개토대왕에게 끝까지, 치열하게 저항하는 길을 선택했기 때문이었다. 따라서 이들은 실제로 국가적 실체라 할 수 없는 단계였음에도 불구하고 실제 이상으로 그 위세가 과장되기에 이른 것이다. 마치 백제, 신라의 배후에 더 큰 세력으로서 '왜'가 존재했던 것처럼 말이다.

  그러므로 <능비문>의 작자는 이들을 왕과 도성을 갖춘 국가로서 인정하지 않으면서도, 출병의 근거이자 남부의 완전 점령을 위해 반드시 궤멸시켜야 할 존재로 인식했다. 고구려인들에게 왜 또는 왜 부족은 정치적 구심점 없이도 백제·신라에 뒤지지 않는 군사적 힘을 지녔다고 서술되어 왔다. 이들을 『삼국사기』 초기 기록의 말갈 또는 삼한(三韓) 특히 마한 세력과의 연관성을 생각해봄 직하지만, 더 이상의 추론은 상상의 공간에서나 가능할 듯하다.

이들 세력이 일본 열도로 건너 가 새로운 천하 인식을 통해 고대국가로 거듭났던 일본의 기원인지 여부는 곧바로 판단할 수 없다. 그러나 〈능비문〉 작자가 백제·신라보다 왜 세력을 우월한 것처럼 과장해서 묘사한 근거는 여기서 어느 정도 분명해지지 않았는가 한다.

3. 〈광개토왕릉비문〉과 수용자의 세계관

〈능비문〉은 고구려의 과거로부터 현재로 지속되어 온, 한때 위협 받았지만 광개토대왕에 의해 복원된 천하 질서에 대한 관념을 지속시킬 수 있었다. 한때 종주국이었을 동부여, 수백 년 동안 큰 위협이었던 백제를 제압한 것은 중국 동쪽의 ‘부여족의 천하’가 오로지 고구려인만의 것이라는 국가적 긍지에까지 연결되었을 것이다. 〈능비문〉 작자가 백제와 동부여로부터 거둔 전과만을 구체적으로 숫자까지 상세히 지적한 모습에는 그런 배경이 있다.

〈능비문〉을 통해 당대의 수용자는 고구려의 과거, 현재, 미래에 걸친 시간적 추이를 일목요연하게 살펴볼 수 있는 동시에, 사방 동서남북으로 성장하는 공간적 확장의 단계도 실감할 수 있었을 것이다. 오랜 기간 경쟁해 온 중국과 유목민족 국가는 별개의 천하 권역으로 인식하게 되었지만, 복속에 저항했던 왜족을 궤멸시켜 남방 영토를 완전 평정했다는 언술은 왕의 권력을 정당화시키고 고구려인의 자긍심을 높이는 사회통합적 기능을 맡기에는 충분했을 것이다. 왜의 역할이 실제 이상으로 과장되고, 한반도 남부가 그 영향권에 있는 듯한 표현들은 백제, 신라와는 달리 왜가 최남단 지역에서 마지막까지 광개토대왕의 왕화에 저항하여 궤멸된 세력이었기 때문일 것으로 보았다. 실제로는 이들을 일본 열도로 축출한 것일지라도, <능비문>의 문맥에서는 이들이 궤멸되어야 했을 것이다. 다시 말해 '일본 열도로의 축출=고구려의 천하에서의 일탈·탈출'이라 해도 좋지 않을까 한다.

한편 자국을 중심에 놓고 '사이(四夷)'를 설정하는, 중국의 것에 가까운 천하주의는 백제에도 그 흔적이 있다. 백제는 신라를 '동이(東夷)', 마한을 '남만(南蠻)'으로 불렀음이 『일본서기(日本書紀)』 등을 통해 간접적으로 확인된다. 그러나 사이관을 바탕으로 한 중국의 천하주의는 근본적으로 배타적인 것이다. 그렇다면 고구려의 그것은 중국에 비해 포용력이 다소라도 있는가? 패려와 숙신을 경제적으로 약탈한 것을 두고 그렇게 평가하기는 무리이겠지만, 동부여와 백제, 신라에 대한 관용과 화해는 그렇게 볼 가능성과도 연결되지 않을까 한다.

고구려는 주변을 '사이'로 파악하기보다는 자신의 왕에게 주어진 세상의 끝자락으로 이해하는 성향이 더 컸던 것으로 추정하고자 한다. 따라서 중국처럼 문화적 차이를 곧 야만으로 몰아세우기보다는, 어느 정도 차이를 인정하는 '다민족 공동체'로서의 면모를 지녔다고 본다. 이것이 고구려가 중국의 거대제국의 침략에 상당 시일을 버틸 수 있었던 동인의 하나가 아닐까 한다.

그런 점에서 <능비문>의 수묘인 연호 부분이 중요하다. 다채로운 민족 성분으로 이루어진 국민이 고구려왕을 정점에 두고 모이는 모습은 그리 자발적이지는 않다. 그러나 그렇다 하더라도 제 민족 간의 활발한 문화 교류와 국가적 통합은 고구려를 동북아시아의 강자로 올려놓을 수 있었다. 광개토대왕의 업적을 군사적 측면 일변도로 평가하기보다 "國富民

殷, 五穀豊熟”으로 요약할 수 있는 근거도 여기에 있다.

그렇다면 현재의 우리들에게 〈능비문〉은 어떤 의미가 있을지 생각해 보자. 서론에서 거론하였듯 〈능비문〉 연구의 화두는 '실제로 어떤 일이 일어났는가'였다. 좀 더 좁혀보면 '임나일본부설은 사실인가?'일 것이다. 그러나 〈능비문〉 작자와 당대 수용자들의 관심사는 '광개토대왕은 어떻게 고구려의 천하를 회복할 수 있었는가'에 가까웠다. 따라서 사실상 최후의 적수였던 왜 세력에 초점을 맞추고 텍스트를 전개하였으며, 그들의 실력을 실제 이상으로 과장해서 기술한 것이다.

요컨대 이와 같은 과장 혹은 윤색을 통해 고구려인들은 자신들을 천하의 중심에 놓고, 중국을 배제하고 왜를 배척하는 방식을 통해 하나의 세계상을 구현할 수 있었다고 할 수 있다. 하나의 뚜렷한 세계상을 구축하고, 그것을 전체 사회 구성원에게 내면화시키는 기능을 한 텍스트에 문학성이 전혀 없다고는 말할 수 없다. 오늘날의 문학 범주의 외연을 적용하여 고대문학사의 자료적 범위를 부정하기만 한다면, 한문산문의 많은 부분 역시 문학의 논의 대상에서 제외될 것이다. 이 논의는 한국 고대문학사에서 '자료'에 대한 아쉬움에서 출발하였으며, 〈능비문〉에 보이는 인식을 역사만이 아닌 문학 연구의 영역에서도 온당하게 평가하고자 하였다.

4. '위서(僞書)'를 위한 변명

지금까지 〈능비문〉에 드러난 작자의 의도, 〈능비문〉의 수용자들이 받아들인 세계관 혹은 역사인식을 중심으로 한 편의 텍스트가 사실을 과장·굴절시키는 정황을 고찰하고자 했다. 요컨대 〈능비문〉을 1차 사료로 볼 수 없다 해도 그것 자체만으로 충분한 문화사적 의의가 있으며, 역사 사료로서 이해하기보다는 그 문학적 형상화 과정을 분석함으로써 그 온전한 자리매김이 가능하리라는 의미이다.

1980년대 후반 즈음 우리는 『규원사화』와 『환단고기』라는 두 편의 '위서(僞書)'를 만났다. 위서의 사학사적 가치란 유의해야 할 문제이겠지만, 전자는 구한말 우국지사의 격정적인 애국심을, 후자는 일제의 극우 단체 흑룡회의 '대동아경영권'을 교묘하게 위장하여 이루어졌다. 이들이 사학사적으로 모두 거짓일지라도, 『규원사화』는 한 편의 문화사 텍스트로서 긍정할 수 있는 반면, 『환단고기』는 수용자에게 이른바 '환독(桓毒)'을 끼치고 대외관계에도 악영향을 초래하는 텍스트인 것이다. '텍스트'로서 『규원사화』 작자에게는 공감·감동할 수 있더라도, 『환단고기』에 동조하는 것은 재고(再考)를 요한다. 거짓된 역사인식으로는 아무 것도 이룰 수 없다. 하지만, 그 '거짓'조차 아쉬웠던 절박한 시대 상황은 『규원사화』를 위한 변명이 될 여지도 있지 않을까 한다. 그리고 그와 같은 성격의 '거짓'은 <능비문>의 성격과 관련하여 시사하는 바가 적지 않다.

대가야 건국신화와의 비교를 통해 본
백제 건국신화의 인물 형상과 그 의미

1. 백제의 국가기원에 대한 두 가지 시각

여기서는 백제와 대가야의 건국신화에 등장하는 인물 형상의 동질성과 차이점을 비교 분석하고, 이와 같은 인물 관계 구조의 형성을 통해 백제 건국신화가 '무엇을' 말하고자 했는지 모색하고자 한다. 이와 같은 모색은 한반도 남부 건국신화에서 여성 형상의 속성을 보다 명확하게 거론하기 위한 전제에 해당한다.[1]

백제의 건국신화는 문학과 역사의 영역에서 함께 연구되어 왔는데, 문학 쪽에서는 고구려와 신라의 신화와 대비하여 신이성이 드러나지 않는 이유와 형제 갈등 양상의 분석[2] 또는 곰나루 전설이나 후대의 야래자(夜

---

1) 건국신화에서 여성의 역할에 대한 최근의 연구는 신라와 가야의 것만을 대상으로 하기는 했지만, 박상란, 『신라와 가야의 건국신화』(한국학술정보, 2005), 137~165면에서 다루어졌으며, 논자는 이를 성모신화와 선주민 신화라는 두 가지 틀을 통해 설명하고 있다.

來者) 설화를 중심으로 한 연구가, 역사 쪽에서는 고구려와 공유하고 있는 동명신화, 『삼국사기』에 등장하는 온조 전승과 비류 전승, 해외 사서의 구태(仇台)3) 전승 등을 검토하여 고대국가의 성장 과정과 맞물리는 백제신화의 변천 과정4)을 해명하는 쪽이 주류였다.

특히 역사학계에서는 온조의 건국과 비류의 도태, 구이의 즉위 등 일련의 사건들을 서로 다른 집단에 의한 왕족 교대와 연관된 것으로 보고 있으며, 이런 견해는 백제 건국신화가 '초기형─한성 몰락 직후─웅진─사비시대'를 거쳐 지속적으로 변화해 갔다는 가설에 이어지기도 하였다.5) 마치 신라의 건국신화가 왕성(王姓)의 교체에 따른 권력관계의 변동을 정당화시키기 위해 박·석·김 각 부족의 시조들 사이를 인연 맺어주는 과정과도 흡사하다. 그러나 신화 전승 과정에서의 변모 양상이 당대의 정치적 이해관계를 반영하여 이루어진 것이라는 관점은 자칫 설화

---

2) 최래옥, 「현지조사를 통한 백제설화의 연구」, 『한국학논집』 2(한양대 한국학연구소, 1982), 126~140면 ; 서대석, 「백제신화연구」, 진단학보 60(진단학회, 1985), 239~246면 ; 김화경, 「온조신화연구」, 『인문과학』 4(영남대 인문과학연구소, 1983), 1~24면 ; 임재해, 「온조의 백제 건국과정과 부여족 신화의 건국문법」, 『민족신화와 건국영웅들』(민속원, 2006), 167·194면 ; 지병규, 「백제의 시조신화에 대한 고찰」, 『한국서사문학사의 연구 Ⅱ』(중앙문화사, 1995), 457~498면 ; 강현모, 「백제 건국신화의 전승 양상과 의미」, 『비교민속학』 24(비교민속학회, 2003), 307~338면.
3) '仇台'는 '구태' 또는 '구이' 모두로 읽을 수 있는데, 여기서는 최근의 경향에 따라 '구태'로 읽고자 한다.
4) 노명호, 「백제 건국신화의 원형과 성립 배경」, 『백제연구』 20(충남대 백제연구소, 1989), 55~67면 ; 김두진, 「백제 건국신화의 복원시론」, 『한국고대의 건국신화와 제의』(일조각, 1999), 168~200면 ; 김두진, 「백제시조 온조신화의 형성과 그 전승」, 『한국고대의 건국신화와 제의』(일조각, 1999), 201~225면 ; 한미옥, 「백제 건국신화로서 비류설화」, 『우리말글』 27(우리말글학회, 2003), 133~176면 ; 문안식, 「백제의 시조전승에 반영된 왕실교대와 성장과정 추론」, 『동국사학』 40(동국사학회, 2004), 23~53면 ; 윤용구, 「구태의 백제건국 기사에 대한 재검토」, 『백제연구』 39(충남대 백제연구소, 2004), 1~15면 ; 박현숙, 「백제 건국신화의 형성과정과 그 의미」, 『한국고대사연구』 39(한국고대사학회, 2005), 31~55면 ; 이장웅, 「백제 한성기 왕실의 변동과 건국신화의 변화 과정」(고려대 석사논문, 2006), 46~57면.
5) 강현모(2003), 307면.

의 문맥을 정치사적 해석으로 환원하는 관점으로 이어질 가능성이 크다. 물론 기존의 연구 가운데 환원주의의 위험을 벗어난 건설적인 성과들도 많이 있었지만, 여기서는 이들처럼 백제신화가 '어떻게' 이루어졌는지에 집중하기보다 '무엇을' 이야기하기 위해 이런 구조를 갖추게 되었는지를 먼저 고민하고자 한다.

백제 건국신화 가운데 양적으로 가장 풍부한 사례는『삼국사기』백제 본기의 서두에 등장하는 온조 전승과 비류 전승이다. 이들은 형제로 설정되어 있으며, 고구려 건국 과정에도 깊이 개입했다고 알려진 여걸(女傑) 소서노의 아들들이라 한다. 그런데 소서노와 같이 특별한 권능을 지닌 여인이 2개 국가의 시조를 낳았다는 전승의 구조는 대가야 건국신화, 일명 정견모주(正見母主) 신화의 구조와 일치하고 있다. 이 신화는 정견모주의 두 아들이 각각 대가야와 금관가야의 시조가 된 것으로 나와 있는데, 초기 가야연맹의 맹주가 대가야였는지 혹은 금관가야였는지 여부는 쉽게 판정하기 어려운 문제이기는 하지만, 이들이 맹주 자리를 놓고 경쟁한 것 역시 비류 집단과 온조 집단의 갈등 과정과 유사하다.

그러나 백제와 대가야의 건국신화가 유사한 구조를 보인다고 해서 이들이 동일 집단 내지 혈족이거나, 백제가 대가야에 정치적·문화적 지배력을 행사했다는 의미는 아니다. 여기서의 관심사는 실제 일어났던 역사적 사실을 추적하는 데 있지 않고, 이와 같은 구조 설정을 통해 신화 전달자가 '무엇을' 말하려 했던지 모색하는 쪽에 있기 때문이다.

여기서 보다 집중하는 쪽은 '형제왕의 어머니', 여걸 혹은 여신의 형상이다. 소서노와 정견모주는 상당히 유사한 인물 형상이라 할 수 있는데, 이들은 신라 건국신화의 선도산 성모 이야기, 나아가 동명신화의 유화를 비롯한 다른 건국신화의 여성상과도 크고 작은 공유점이 있을 것이다. 이 공유점을 탐색하는 것 또한 흥미로운 주제이겠으나, 여기서는 서사구조를 중심으로 한 인물 형상의 고찰에 보다 집중하고자 한다.

구체적인 논의는 대상으로 삼은 백제와 대가야의 건국신화를 개관하고, 어머니 형상에 대한 차이와 형제간의 갈등 관계를 중심으로 모·자의 관계를 분석하는 순서로 이루어질 것이다.

2. 건국신화 자료의 개관

2.1. 백제 건국신화 관련 자료

백제의 건국신화는 『삼국사기』 백제본기 첫머리에 실려 있다. 그렇지만 고구려와 신라의 신화가 신격(神格)의 출현과 신이한 사건들 중심으로 서술된 것과는 다른 '현실적인' 모습인 데다가, 편찬자는 온조 혹은 비류 가운데 누구인지 확정짓지 못하고 두 설을 공존시키고 있으며, 해외 사서에 소개된 구태 시조설도 함께 수록했다.

① 백제의 시조 온조왕(溫祚王)은 그 아버지가 추모(鄒牟)니 혹은 주몽(朱蒙)이라고도 한다. 주몽은 북부여에서 도망하여 졸본부여의 환인(桓仁)으로 왔는데, 졸본부여의 왕은 아들이 없고 세 딸만 있었다. 주몽이 보통 인물이 아님을 알고 그의 둘째딸로 아내를 삼았다. 얼마 안 되어 왕이 돌아가니 주몽이 그 위를 이었다. 두 아들을 낳았는데 장자는 비류(沸流)라 하고 둘째아들은 온조(溫祚)라 하였다. [혹은 주몽이 졸본에 와서 건너편 월군(越郡)의 여자를 취하여 두 아들을 낳았다고도 한다] 주몽이 북부여에 있을 때 낳은 아들(琉璃)이 와서 태자가 되자 비류와 온조는 태자에게 용납되지 못할까 두려워하여 마침내 오간(烏干)·마려(馬黎) 등 열 명의 신하와 함께 남행(南行)하였는데, 따라오는 백성이 많았다. 드디어 북한산에 이르러 부아악(負兒嶽)에 올라 가히 살만한 곳을 바라보았다. 비류는 해변에 살

기를 원하였으나 열 명의 신하가 간하기를, "생각건대 이 하남(河南)의 땅은 북은 한수(漢水)를 띠고, 동은 고악(高岳)을 의지하였으며, 남은 옥택(沃澤)을 바라보고, 서로는 대해(大海)를 격하였으니, 그 천험지리(天險地利)가 얻이르러 부아(負兒)지세라, 여기에 도읍을 이루는 것이 좋겠습니다"고 하였다. 그러나 비류는 듣지 않고 그 백성을 나누어 미추홀(彌鄒忽)로 가서 살았다. 온조는 하남위례성(河南慰禮城)에 도읍을 정하고 열 신하로 보익(輔翼)을 삼아 국호를 십제(十濟)라 하니, 이때가 전한(前漢) 성제(成帝)의 홍가(鴻嘉) 3년이었다. 비류는 미추홀(彌鄒忽)의 땅이 습하고 물이 짜서 안거(安偋)할 수 없으므로 돌아와 위례(慰禮)를 보았는데 도읍이 안정되고 백성이 편안한지라 참회하여 죽으니, 그 신민(臣民)이 모두 위례에 돌아왔다. 올 때에 백성이 즐겨 좇았으므로 후에 국호를 백제(百濟)라고 고쳤다. 그 세계(世系)가 고구려(高句麗)와 한가지로 부여(扶餘)에서 나왔기 때문에 부여로써 성씨를 삼았다.

② 혹은 이르기를, 시조는 비류왕(沸流王)으로서, 아버지는 우태(優台)니 **북부여왕(北扶餘王) 해부루(解扶婁)**의 서손(庶孫)이며, 어머니는 소서노(召西奴)니 졸본인(卒本人) 연타발(延陀勃)의 딸이다. 소서노가 처음 우태에게 시집가서 두 아들을 낳았는데, 장자(長子)는 비류(沸流)요 차자(次子)는 온조(溫祚)였다. 우태(優台)가 죽자 소서노는 졸본에서 과부로 지내었다. 뒤에 주몽이 북부여에 용납되지 못하여 전한(前漢) 건소(建昭) 2년(B.C. 37) 2월에 남으로 졸본에 이르러 도읍을 세우고 국호를 고구려라 하고 소서노를 취하여 비로 삼았다. 소서노가 건국에 내조의 공이 매우 많았기 때문에 주몽의 총애가 특히 두터웠고, 비류 등을 마치 친아들과 같이 대우하였다. 주몽이 부여에 있을 때 예씨(禮氏)에게서 낳은 아들 유류(孺留)가 오자 그를 태자로 세우고 위를 잇게 하였다. 이에 비류가 온조에게 말하기를, '처음 대왕이 부여에서 난을 피하여 여기로 도망하여 오자, 우리 어머니께서 가재(家財)를 기울여서 도와 방업(邦業)을 이룩해 그 근로(勤勞)가 많았다. 대왕이 세상을 떠나자 나라는 유류의 것이 되었으니 우리는 한갓 여기에 있어 혹과 같아 답답할 뿐이다. 차라리 어머니를 모시고 남쪽으로 가서 땅을 택하여 따로 국도(國都)를 세우는

것만 같지 못하다' 하고 드디어 아우와 함께 무리를 거느리고 패수
(浿水)와 대수(帶水)의 두 강을 건너 미추홀(彌鄒忽)에 가서 살았다
한다.

③ 『북사(北史)』와 『수서(隋書)』에는 모두 이르기를 동명(東明)의 후손
(後孫)에 구태(仇台)란 이가 있어 인신(仁信)에 돈독(頓篤)하였다.
처음 대방고지(帶方故地)에 나라를 세웠는데 한(漢)의 요동태수(遼東
太守) 공손도(公孫度)가 딸을 맞이하여 그 아내를 삼았다. 드디어 동
이(東夷)의 강국(强國)이 되었다고 한다.

④ 그 건국설(建國說)에 있어 어느 편이 옳은지 알지 못하겠다.6)

①은 온조 전승, ②는 비류 전승, ③은 중국 사서에 전하는 구태 전승
이며, ④를 통해 편찬자는 이들 가운데 어느 것이 옳은지 알 수 없다고
고백하고 있다. 그래도 제목을 '시조 온조왕'으로 표기한 것을 보면 온조
전승이 가장 우세했던 것으로 보이며, 실제로 온조 시조설은 오랫동안
통념이 되어 왔다. 그러나 온조 전승이 건국의 과정에 초점을 맞춘 것과
는 대조적으로 출국의 동기를 구체적으로 표현하고 형으로서 비류의 결
단력을 묘사한 비류 전승이 많은 매력을 지닌 것 또한 부정할 수 없다.
고대 국가 성립의 과정에서 패배한 부족의 신화는 도태하기 마련이라면,
비류 집단과 온조 집단의 경쟁이 고대 국가 성립까지 몇 세대에 걸쳐 지
속되었기 때문에 이처럼 별개의 전승이 존재하는 것일 수 있다.

두 전승의 공통점은 다른 건국신화와 같은 신비주의의 면모가 눈에 띄
지 않는다는 것에 있다. 이는 고구려나 신라에 비해 왕권이 안정되어서7)
라기 보다, 오히려 경쟁집단이 인접해 있었기 때문에 벌어진 현상이 아
닐까 한다. 말하자면 안정된 왕권의 찬양을 위해서 신비주의의 양념을

---

6) 『三國史記』 卷 23. 百濟本紀 1. 始祖 溫祚王.

7) 임재해(2006), 171면. 게다가 초기 백제왕권의 불투명성, 불완전성이란 여기서 굳이 거론
할 필요가 없을 정도이다.

잔뜩 치기보다는, 인접한 집단보다 자신들이 우월하다는 현실적 힘 또는 인식의 틀을 만드는 쪽에 더 주력해야 했다는 것이다. 이러한 인식의 필요성은 백제가 고대국가로 성립하는 과정에서 해당 신화의 수용자들이 처한 상황과도 관련이 있다.

이 때문에 두 편의 전승은 모두 같은 사항을 다루되, 완전히 대조적인 모습을 띠게 된다. 우선 온조 전승(이하 ①)은 주몽이 왕위에 오르는 과정을 전왕을 평화롭게 계승한 것으로 보았고, 온조의 친아버지로 보아 고구려를 '아버지의 나라'로 인식하고 있는 것과는 달리, 비류 전승(이하 ②)은 주몽이 비류의 친아버지가 아니었다고 하며 주몽의 후계자 결정을 소서노 집단에 대한 배신으로 규정하고 있다. 이와 같은 시각 차이는 온조 집단의 근거지 위례성이 고구려와 국경을 인접하게 되면서 발생한 것이다. 말하자면 경쟁집단에 대한 우월성을 담보하기 위하여 ①은 북방의 강대국 고구려와 연계한 현실적 힘을 내세웠다면, ②는 고구려 시조의 무도함을 지적하고, 고구려의 건국 또한 자신들의 능력에 말미암은 것임을 강조한다는 것이다.

다음으로 도읍지 선택 과정에서 드러난 국가의 발전 방향에 대한 시각 역시 대조적이다. ①에서 온조가 위례성을 선택한 이유는 그 '천험지리(天險地利)'가 얻기 어려울 정도로 좋았기 때문이다. 다시 말해 성읍국가로서 농토를 지켜가면서 방어 위주의 군사력을 갖추는 쪽을 국가가 나아가야 할 방향으로 생각했다. 반면에 ②에서 비류는 물이 짜고 습한 것을 감수하면서 미추홀을 선택했다. 과연 미추홀이 고대국가가 성립하기 어려운 곳이었는지 여부를 판정하기란 어렵다. 그러나 비류의 선택은 해안을 중심으로 한 무역과 상업력 쪽에 있었다는 것으로, 이러한 해양성은 백제가 강국이 되는 초석이었음이 분명하다.

말하자면 훗날 형성된 백제의 국가상(國家像)은 온조가 추구한 성읍국가의 성격만이 아닌, 비류가 지향한 해양국가의 면모 또한 함께 지니고 있었음을 주목해볼 필요가 있다는 것이다. 백제의 정치 구조에 22담로가 있었다는 말이나, 어떤 형태로든 요서·산동·운남 등지에 백제인의 해상 활동이 지속했음을 부정할 수 없다면 비류 전승은 단순히 온조와는 별개의 전승으로서 존재해 왔던 것뿐만 아니었고, 비류 집단이 건국 과정에서 일방적으로 탈락했던 것만은 아니라는 것이다.

흥미로운 점은 이들 시조왕의 성격의 왕 자신의 직접적인 목소리를 통해 표현되고 있다는 점이다. 온조는 성읍국가의 지도자로서 도시의 방어력을 중시하는 신중하고 현명한 모습을 보이고 있다. 또한 비류는 사리를 따져서 부조리함을 지적하고, 위험을 벗어나기 위해 생각을 과감하게 행동에 옮기는 결단력을 보여주고 있다. 이것은 각각 성읍과 해양 세력의 지도자가 반드시 갖추어야 할 덕목으로 보인다. 다시 말해 이들의 인물 형상은 성읍 혹은 해양의 세력에게 이상적인 지도자의 형상으로 그려지고 있다.

다음으로 백제의 시조에 관한 해외 사서의 관련 기록을 살펴보자. ③의 '구태'는 ②에서 비류·온조의 생부(生父)로 소개된 '우태(優台)'와 동일인물로 볼 수 있는데, '동명의 후손'이라 한다. 한편 외교적으로 백제와 가장 친근했던 일본에서는 『속일본기(續日本記)』를 통해 "대저 백제 태조 도모대왕(都慕大王)은 일신(日神)이 강령하여 부여 땅을 차지하고 개국(開國)하였다"고 하여 '도모대왕'이라는 인물을 내세우고 있다(이 설을 ④로 부르기로 한다). 실제로 부여 땅을 차지하고 나라를 세운 인물은 고구려 시조에 해당하기 때문에 '도모'는 '추모' 혹은 '주몽'을 표기한 것으로 추정되었고,8) 이는 백제와 고구려의 연관을 드러내는 가설이기도 하다.

---

8) 이병도, 『한국사(고대편)』(을유문화사, 1959), 344면. 그러나 일본의 『신찬성씨록(新撰姓氏錄)』에서는 백제의 도모와 고구려의 추모를 명확히 구분하고 있기 때문에 이 가설에는 다

　말하자면 ③은 ②에서, ④는 ①에서 백제왕의 부계 혈통으로 인정되는 인물들을 시조로 내세운 설로 보려 한다. 구태 전승은 주몽과의 혈연을 부정하고 북부여왕 해부루와의 혈연을 강조함으로써 고구려와 다른 독자성을 내세우고자 했던 비류 집단에서, 도모 전승은 주몽과의 혈연을 긍정하고 고구려와의 연계를 중시했던 온조 집단에서 내세웠을 가능성이 크다. 해외 사서의 백제 시조 전승 역시 두 가지 계열이 함께 존재했던 만큼, 비류 집단과 온조 집단의 병존(竝存) 시기는 생각보다 더 길었을 가능성이 있다.

　백제 건국신화의 계통을 도해(圖解)하면 다음과 같다.

　비류 집단과 온조 집단의 혈연적 유대는 부계보다는 모계인 소서노를 통해 보인다. 그러나 이들 모두 모계의 공통성은 도외시하고, 부계인 구태 또는 도모―주몽을 통해 시조의식을 확장하고자 함으로써 고구려에 대한 시각의 차이를 드러내고 있다. 중국에 남은 구태 전승이나 일본에 남은 도모 전승은 이를 반영하는 것이다. 미추홀을 중심으로 한 해양 세

　소 약점이 있다고 한다(이종태, 「백제 시조 仇台廟의 성립과 전승」, 『한국고대사연구』 13, 한국고대사학회, 1998, 101~144면). 그러나 이 반박에 따르면 백제의 시조는 훨씬 후대의 '구이＝고이왕'이 되며, '도모'의 정체를 논의하기는 더욱 어려워지기 때문에, 여기서는 일단 이에 대하여 논외로 하고자 한다.
9) 여기서 일본에 남아 있는 '도모 전승'에서 '도모＝추모(주몽)'설을 인정한다면, 이 설이 일본에 전해진 이유는 온조왕 이래로 전지왕 때까지 약 9명의 백제왕이 등극한지 2년이 되면 동명왕묘에 배알했던 전통을 일본이 알고 있었던 것에 있는 듯하다.

력의 해외 진출이 중국에 구태 전승으로, 위례성을 중심으로 한 성읍 집단의 일본과의 외교가 일본에 도모 전승으로 전파했던 것은 아닐까 한다.

그러나 위의 그림과 같은 전승의 구도를 인정한다면 두 명의 시조를 지닌, 두 개의 백제를 설정해야 할지도 모른다. 이 난점을 해결하기 위해 백제의 시조는 여왕 소서노라는 견해도 일찍이 있었다.[10] 소서노는 비류와 온조 모두의 어머니에 해당하는 존재였던 만큼 부계(父系)가 다소 혼란스러운 백제 왕조의 혈통을 하나로 묶을 수 있는 인물로 적격이다. 그러나 ①~④ 어느 전승에서도 소서노의 역할은 크게 부각되지 못했다. 다만 ②에서 고구려 건국 과정에서 그녀의 역할이 작지 않았다는 정보만 제공되었을 뿐이다.

소서노는 최소한 두 가지 이상의 계열을 지닌 백제 건국신화에서 시조들의 모계로서 접점(接點)이 되고 있지만, 의외로 별다른 비중을 차지하지 못하고 있다. 서사구조 내에서 모계가 무시된 원인이 무엇인지 밝히기 위해 위대한 여성으로부터 태어난 두 명의 자녀가 각각 나라를 세웠다는 화소를 지닌 또다른 건국신화를 살펴볼 필요성이 있다. 이를 위한 적절한 비교 대상으로서 대가야의 정견모주 설화에 주목하고자 한다.

2.2. 대가야 건국신화 관련 자료

『신증동국여지승람』 권29의 고령현 부분에 기재된 대가야 건국신화에 따르면 가야산신 정견모주에게서 태어난 뇌질주일(惱窒朱日), 뇌질청예(惱窒靑裔) 두 명의 아이가 각각 대가야와 금관가야의 왕이 되었다고 한다. 이 줄거리는 백제 건국신화를 소서노를 중심으로 재배치한 것과 거의 일

---

10) 신채호, 『조선상고사(朝鮮上古史)』 4편 2장 3절 「백제의 건국과 마한의 멸망」, 『단재신채호전집 1 : 역사』(독립기념관 한국독립운동사연구소, 2007), 321~335면.

치하며, 『삼국유사』에 소개된 『가락국기』의 금관가야 건국신화와는 다소 다른 성격의 자료이다.

> 최치원의 <석이정전(釋利貞傳)>을 살펴보면, 가야산신 정견모주(正見母主)는 천신 이비가(夷毗訶)에 응감한 바 되어, 대가야의 왕 뇌질주일(惱窒朱日)과 금관국(金官國)의 왕 뇌질청예(惱窒靑裔) 두 사람을 낳았는데, 뇌질주일은 이진아시왕의 별칭이고 청예는 수로왕(首露王)의 별칭이라 하였다. 그러나 가락국(駕洛國) 옛 기록의 '여섯 알[六卵]의 전설'과 더불어 모두 허황한 것으로써 믿을 수 없다. 또 <석순응전(釋順應傳)>에는 대가야국의 월광태자(月光太子)는 정견(正見)의 10대손이요, 그의 아버지는 이뇌왕(異腦王)이며, 신라의 영이찬(迎夷粲) 비지배(比枝輩)의 딸에게 청혼하여 태자를 낳았으니, 이뇌왕은 뇌질주일의 8대손이라 하였다. 그러나 그것도 참고할 것이 못된다. 신라 진흥왕이 멸망시켜 대가야군으로 하였고, 경덕왕이 지금의 이름으로 고치었다.[11]

이 기록의 서술자는 대가야국의 신화와 혈통을 모두 '허황된 것으로 믿을 수 없다'는 어조를 한결같이 보이고 있다. 그러나 여산신(女山神)으로부터 연맹의 맹주가 될 두 사람이 태어났고, 대가야국의 멸망 이후까지도 대가야 왕족들은 이 신화의 진실성을 믿었음을 증언하고 있다. 특별한 여인으로부터 형제가 태어나고, 그 여인은 형제를 낳은 뒤 아무런 행적을 보이지 않으며, 동생(수로왕)의 집단은 훗날 별개의 신화를 통해 분화해 간다는 점 등이 백제 건국신화와 닮았다. 또한 이 기록은 비교적 후대의 것이기는 하지만, 인명(人名)이 중국식으로 표기되지 않아 초기 기록의 자취를 느낄 수 있다. 김수로왕의 이칭(異稱)이 '뇌질청예'였다는 정보도 나름의 가치가 있다.

여기서 '성모가 형제를 낳았다.'는 화소가 가야 제국의 건국신화의 중

---

11) 『新增東國輿地勝覽』, 卷29, 高嶺縣.

요 전승인자로 간주되기도 하였다.[12] 논자는 『가락국기』 수로신화에 보이는 여섯 알에서 태어난 수로의 형제 왕들 역시 이 화소와 연관된 것으로 이해하고 있다. 정견모주 신화의 2란 2형제 화소가 가야 건국신화의 6란 6형제 화소로 변형되었다는 것이다.[13]

이러한 방법은 동일한 화소는 다른 설화 속에 등장하더라도 동일한 기능을 할 것이라는 전제에 바탕을 두고 있다. 그렇게 될 개연성은 높은 편이지만, 필연적으로 그렇게 된다고 단정하기는 어려울 것이다. 그보다는 '성모'라는 구체화된 인물이 지녔던 기능이 '하늘의 목소리'라는 다소 추상적인 주재자의 역할로 변한 점으로 미루어 정견모주와 수로 신화의 성격을 동궤(同軌)에 놓기는 힘들지 않을까 한다. 그러나 여러 부족들이 모여 연맹체를 성장하는 과정을 '형제왕'의 화소를 통해 표현했다는 점은 자못 흥미롭다.

그렇다면 백제 건국신화의 '형제왕' 역시 여러 부족의 연맹체 형성 과정을 반영하는 것일까? 그렇다고 확신할 수 없는 것과 마찬가지로 그렇지 않다고 단정할 수도 없다. 그러나 ①에 의하면 백제 건국신화의 형제 왕들은 서로 갈등관계에 있다가 통합한 것으로 여겨졌다는 점에서 대가야의 신화와는 차이가 있다. 게다가 부모의 혈통이 신격 또는 초월적 존재나 신비한 동물이 아니라, 기존에 존재했던 부여족 국가의 왕족 또는 영웅이었다는 점에서 다른 어떤 건국신화와도 다르다. 말하자면 '사실상' 이들의 갈등은 신화시대 이후의 정치논리에 의한 것이었을 가능성이 더 크다.

대가야 신화와의 비교를 통해 백제 건국신화의 독특한 개성은 더욱 크

---

12) 박상란(2005), 105~106면.
13) 논자는 두 개의 신화를 잇는 매개로 김태식, 『가야연맹사』(일조각, 1993), 109면에 등장하는 "정견모주가 두 개의 알을 낳아 하나만 남겨두고 하나는 낙동강에 흘려보냈다"는 기록을 들고 있다.

게 드러난다. 백제의 건국신화는 신비주의의 색채는 흐릿할지라도 역사적 진실을 더욱 완곡한 방식으로 서술하고 있다. 그것은 비류 집단과 온조 집단 사이에 연맹체가 형성되어 어느 한 집단이 주도권을 갖게 되고, 사회 통합을 위해 모계 혈통을 골격으로 하는 단일 화소의 신화권으로 편성되면서도 부계 혈통이나 국가의 발전 방향에 대한 시각을 끝내 달리 가질 수밖에 없었던 두 집단의 갈등과 조화의 역정을 시사하고 있다.[14]

이와 같은 갈등과 조화의 역정은 소서노와 비류, 온조를 형상화한 과정과도 관련이 있다. 장을 달리 하여 대가여 건국신화와의 직접 비교를 통해 백제 건국신화에 나타난 인물 형상의 의미를 고찰하겠다.

3. 인물 형상을 중심으로 한 두 건국신화의 비교

3.1. 신모(神母)로서의 모계의 역할 여부

대가야 건국신화의 정견모주는 가야산 여산신이었다고 되어 있으며, 이 신화에 등장하는 다른 인물들과는 달리 한자식 이름을 갖고 있다. 정견모주는 가야산의 산신으로서 『신증동국여지승람』 편찬 당대까지도 민간의 신앙 대상이었기 때문에 아화(雅化)된 이름을 갖게 된 것으로 보인다. 다른 인물들은 신앙의 대상으로서 기능하지 않았기 때문에 <석이정전>의 표기를 유지하여, 천신도 '이비가(夷毗訶)'라는 가차 형태로 적어놓았다. 정견모주의 역할은 두 아들을 출생하는 것으로 끝나고 서사구조 안에서는 더 이상 아무런 행동도 보이지 않는다. 그러나 밑줄 친 부분에

---

14) 비류집단과 온조집단의 이동경로 자체를 다르게 보고 별개의 집단으로 상정한 연구가 이와 관련하여 주목할 만하다(노중국, 『백제정치사연구』, 일조각, 1988, 50면).

보이듯이 대가야의 마지막 왕자의 세계(世系)를 부계가 아닌 모계인 정견 모주로부터 10세손에 해당한다고 기록한 것을 보면, 정견모주는 조상신 으로서의 권능을 대가야 멸망 직전까지도 유지했던 것으로 보인다. 요컨 대 정견모주는 천신 아비가와는 달리 신모 혹은 성모로서의 권위를 부여 받아 지속해 왔으며, 그에 대한 신앙은 가야산 산신에 대한 것으로 변 용·굴절되어 오랜 생명력을 유지했다고 볼 수 있다.

그러나 소서노는 '신'이 되지 못했다. 주몽의 어머니 유화부인처럼 부 여신(扶餘神)이나 지곡신(地穀神)이 되지도, 대가야의 정견모주처럼 산신이 되지도 못했고, 죽음의 계기나 정황도 명백하게 기록된 것이 없다. 앞서 정리한 그림에 따르면 백제 건국신화의 주인공이 될지라도 이상하지 않 을 인물 형상이지만, 그 역할은 최소화되어 고구려 건국 당시의 활약상 만이 간략하게 언급되었을 뿐이다.

소서노가 여신이 될 수 없었던 이유는, 간단히 말하자면 백제 초기의 집권층이 소서노를 신앙의 대상으로 삼지 않았기 때문이다. 비류 집단은 주몽과의 연결고리를 부정함으로써 자신들의 독자성을 높이고자 하였다. 실상 유목국가 연방에 가까웠던 고구려의 초기 정치 체제는 미추홀을 근 거지로 하는 비류 집단이 추구하는 해양성과는 거리가 있었다. 이 때문 에 이들은 자신의 혈통적 기반을 북부여왕의 서손(庶孫) 우태로부터 찾고 자 했으며, 주몽과의 직접 관계는 부정했다. 따라서 주몽에게 개가했던 소서노는 자신들의 사회 통합을 위해 그리 바람직한 인물 형상이 아니었 을 것이다. 한편 온조 집단은 주몽을 생부(生父)로 간주하고 있었으며, 고 구려의 신앙과 제사를 온조왕 이래로 지속적으로 수용했을 것이다. 그렇 다면 고구려와 마찬가지로 부여신과 고등신만으로 사회 통합을 위한 신 앙은 충분했으며, 소서노가 끼어들 여지는 역시 없었다.

소서노의 비극은 그 죽음이 의문스럽다는 것 이외에도, 영웅으로 추앙

되고 여신으로 신앙되기에 충분한 인물이었음에도 '신화'를 통해 형상화되지 못했다는 것에 있다. 소서노에 대한 부정 혹은 무시는 백제의 건국신화에 신비주의의 요소가 탈색(脫色)되고, 백제의 시조가 불분명해진 이유와도 일정 정도의 상관성이 있을 것이다.

'소서노'라는 모계의 혈통을 공유한 것으로 미루어 비류와 온조 집단은 어느 정도 혈연관계가 있었던 것으로 추정된다. 그러나 그들은 서로의 부계를 다른 것으로 생각했고, 부계의 차이 때문에 서로 조화로운 관계가 되기 어려웠다고 볼 여지도 있다. 물론 보다 중요한 것은 이들의 근거지 환경이 성읍과 해양으로 각각 달랐기 때문에 갖게 된 국가관의 차이였다. 다만 분명한 것은 이들이 모계의 동질성을 근거로 통합의 원리를 만들지는 않았으며, 모계에 긍지를 느꼈을 가능성도 그리 크지 않다는 점이다.

백제의 시조는 비류와 온조 혹은 그들의 서로 다른 아버지로 기록되었다. 그러나 그 어느 기록도 이들의 접점인 소서노에게 눈길을 주지 않았고, 그 결과 백제의 건국신화는 색다른 모습으로 남을 수밖에 없었다. 이는 여성의 사회적 역할을 거부, 무시하고자 했던 시선의 소산(所産)이라기보다, 백제 건국 이후 지배층 사이의 이해 관계와 대립 구도를 반영한 것으로 여겨진다. 시조에 대한 관념이 애매해지게 된 배경을 다음 단락을 통해 살펴본다.

3.2. 백제 건국신화에서 형제 갈등과 '시조신'의 의미

대가야 건국신화에 두 아들들에 관한 기록은 뇌질주일과 뇌질청예라는 명칭과 함께, 이들 형제가 왕이 되었다는 성장의 결과만을 진술하고 있어 매우 소략하다. 편찬자가 허황된 기록을 애써 싣지 않은 결과일 수도 있지만, 이들 사이에 갈등 관계가 형성되었을 가능성은 그리 크지 않아 보인다. 우선 이들은 '뇌질(惱窒)'이라는 성씨를 공유하면서, '주일'과 '청예'라는 그 색조가 서로 대칭되는 이름을 갖고 있다. 이는 이들 집단 사이의 동질감이 그 후손들에게까지 이어져 '형제'라는 의식을 존속해 왔으리라는 추정을 가능케 한다. 그러한 형제 의식을 존속하는 중요 근거가 정견모주의 후손이라는 단일한 정체성에 있음은 물론이다.

그러나 백제 건국신화에서 형제 관계는 그리 원만치 않은데, 이는 그들 집단 사이에 대가야의 경우와는 달리 '형제'라는 친연성이 크지 못했고, 따라서 혈통상 접점이 되는 어머니의 형상을 신격화하지 않았다고 볼 수 있다.

온조 전승은 미추홀에 도읍한 형 비류의 어리석음을 멸시하고 있으며, 그들의 시조가 자신의 잘못을 후회하며 비참하게 죽었다고 한다. 온조 집단은 어떤 이유에서건 비류 집단의 존재 기반을 철저하게 비웃고 있는 것이다. 그러나 비류 전승에 의하면 비류는 주몽의 배신과 유리왕의 위협을 벗어나기 위해 현명한 판단을 내렸으며, 두 강을 건너 미추홀을 도읍지로 삼아 순탄하게 건국한 것으로 되어 있다. 비류 집단은 온조 집단에 대하여 별다른 적개심을 품지 않고 있다.

그렇기 때문에 서사적 인과관계만을 고려한다면 비류 전승은 이들이 서로 결별하기 이전에 형성되었고, 온조 전승의 일방적인 적개심은 이들이 좋지 않게 결별했다가 온조 집단에 의해 재통합되는 과정을 보여주는 것으로 이해하는 편이 일반적이다. 그러나 이들이 재통합되어 '백제'라는 단일 국가 체계가 완성됨으로써 사회 통합이 원만하게 이루어졌을 것으로 단정하기에는 재고(再考)의 여지가 있다. 백제 건국신화의 형성 과정에 대한 일반적인 견해를 보자.

한편 온조 시조 전승을 근간으로 하는 백제의 건국신화는 백제국이 성장하여 주변의 여러 소국을 편입하면서 **점차 개별 소국들이 갖고 있던 개국신화를 포함하는 다소 복잡한 양상으로 전개되어 갔다.** 이는 온조세력이 중심이 되어 백제국가를 건설하는 과정에서 주변 한강유역의 토착세력을 정복하거나 동화하면서, 백제국가의 외연을 확장하는 과정과 맥을 같이 한다. 그리하여 온조세력은 자신들보다 앞서 남하했던 비류세력을 받아들이고, 이를 바탕으로 **주변의 여러 소국을 통합하면서 이른바 고대국가를 지향하며 성장해갔던 것으로 보인다.**[15]

저술의 성격상 이 견해는 역사학계의 일반론을 반영한 것으로 보아도 큰 무리는 없을 것이다. 이 일반론 자체에는 오류라 할 만한 부분은 없다. 다만 밑줄 친 부분에서 '개별소국의 개국신화를 포함'하는 과정을 현존 백제 건국신화에서는 찾기 어렵다는 것이 문제이다. 백제 건국신화의 계열관계는 일면 복잡해 보이지만, 앞서 거론했듯이 그것은 고구려의 권위에 의지하느냐(온조 전승~도모 전승), 그것을 거부하고 독자 노선을 걷느냐(비류 전승~구태 전승)의 차이에 따라 두 가지 계열이 생겨난 것이다. 논자가 지적했듯이 주변 소국의 신화를 포함하여 갔다면 백제신화는 신비롭고 초월적인 면이 지금보다 훨씬 강한 모습으로 정착되었을 것이다. 고구려와 신라, 일본은 그런 과정을 통해 다채롭고 풍성한 화소를 포함한 신화들을 갖게 되었다.

그러나 이색적일 정도로 백제의 신화는 '신'은 존재하지 않는 상황에서 인간들만의 이야기로 이루어져 있으며, 꼭 필요한 정보라고 판단되는 내용들만 서술되었을 뿐이다. 비류와 온조와 같은 혈연적 친연성을 내세운 집단의 신화도 별개로 전승되며 전혀 다른 시각을 갖추게 되었는데,

---

15) 충청남도 역사문화연구원, 「마한사회의 형성과 백제의 건국」, 『백제의 기원과 건국』(도서출판 아디람, 2007), 288~289면.

이질적인 집단들의 건국신화가 백제신화에 포함되어 하나의 신화체계를 만들어갔다고 보기는 어렵다. 이런 것들을 흡수한 '한 편의' 백제신화 자체가 남아있지 않았고, 오히려 현존 기록만 놓고 본다면 단일 가계로 정리된 백제왕들이 즉위 2년차에 꾸준히 배알했다고 하는 동명묘(東明廟)의 주인공16)이 사회 통합을 위한 신화의 역할을 했던 것으로 보일 따름이다.

통상 백제 고대국가의 완성은 군사 통수권이 국왕에게 집중된 근초고왕대로 보는데,17) 이 시기에 복잡다단하게 병존했던 비류계와 온조계의 군주들은 근초고왕의 가계로 귀속되어 오늘날 볼 수 있는 단일 왕통의 모습으로 정리되었다.18) 이와 더불어 백제사(百濟史)의 편찬도 비로소 이루어졌다.19) 근초고왕대에 이르러 부여 계승의식에 대한 고구려와의 경쟁의식이 심화되면서 역사 편찬과정에서 전대 왕들의 동명묘 배알 기록이 중시되었을 것이다. 그러나 직접적인 '시조왕(始祖王)'이 아닌 관념상의 '시조신(始祖神)'을 신앙하는 것은 일부 왕족과 귀족들에게 특정한 목적의식을 심어줄 수는 있지만, 사회 전체의 역량을 하나로 집중하기에는 다소 무리가 아니었을까 싶다. 신화 자체의 서사구조에서 자연스럽게 찾을 수 있는 접점인 소서노를 무시하고, 이제는 외국이 된 국가의 시조신을 모신 이유가 고구려와의 경쟁의식에만 있었던 것인지도 다소 의문이지만, 다른 이유를 찾기도 어려울 듯하다.

한편 신라 신화들의 경우를 보면 박혁거세가 '알지'의 출현을 예견하고 석탈해를 중용하며, 석탈해 또한 김알지를 발견하여 호의를 베푸는

---

16) '동명묘'를 통해 백제와 고구려가 주몽에 대한 시조 관념을 공유했다고 이해하기보다, 백제가 고구려와 부여의 계승자로서 역할을 경쟁하는 관계로부터 '부여의 시조'를 모시게 되었다는 견해가 더욱 설득력이 있을 것이다.
17) 김영하, 「백제·신라왕의 군사훈련과 통수」, 『태동고전연구』 6(태동고전연구소, 1990), 28~30면.
18) 이장웅(2006), 52~57면.
19) 『三國史記』 권 34 백제본기 2 근초고왕 24년조의 "書記" 관련 기록 참조.

등 '왕족'을 형성하는 여러 부족들의 시조가 자연스럽게 만나고 있다. 가야 제국의 시조들은 함께 태어나 함께 결혼했다고도 한다. 실제로는 어떤 격렬한 유혈사태가 있었든지 신화에서는 모두 사이좋은 '형제'라는 것이다.

그러나 백제 건국신화에서는 비록 일방적이기는 하지만 형제간의 갈등이 그려지고, 그 갈등은 어느 한 사람이 죽어야만 해결될 수 있다고 인식하고 있다. 결국 근초고왕대에 정치적, 군사적 역량이 국왕에게 집중되는 전제주의가 실현되었지만, 신앙의 대상으로서 '시조신'을 내부의 건국 영웅이나 실제의 시조왕이 아닌 외부로부터 찾았다. 따라서 백제 왕실에 공인된 시각과는 다른 시조 전승과 시조왕에 대한 관념이 존속하게 되었으며, 백제의 시조가 누구인지에 대한 사회적 동의가 이루어지지 않게 되었다.

형제왕들을 시조로 하는 전승이 별도로 존재하고, 어느 한편을 확정하지 못하는 이유는 이들 가운데 어느 한 명의 시조왕을 확실한 시조신으로 삼기보다 부여의 왕 또는 왕족이었던 인물들을 시조신으로 모셨던 것에 있다고 본다.

따라서 백제의 건국신화는 동일한 화제에 대하여 상반되는 시각을 지니면서 신화의 발화자 자신이 속한 집단만을 대변하는 모습으로 발달해 온 것이다. 이에 따라 신비주의의 요소는 퇴색하고, 현실에 존재하는 인간적 지도자로서 온조의 현명함과 비류의 결단력을 각각 묘사하게 되었다. 따라서 성읍을 중심으로 한 국가와 해양세력의 지도자에게 각각 중시되는 능력이 강한 것으로 '현명한 온조왕', '결단력 있는 비류왕'의 모습이 형상화되기에 이른 것이다. 시조왕의 목소리를 통해 드러나는 지도자로서의 능력이 곧 백제 건국신화가 자신의 수용자들에게 말하고자 한 것이었다.

4. 백제 신화의 재구성을 위한 구도

백제 건국신화는 신비주의의 색채가 없으며, 초월적 존재의 개입도 없다. 인간들 사이에 벌어지는 갈등의 생성과 해소를 중심으로 서사구조를 만들어가고 있을 따름이다. 게다가 여러 계열의 전승이 남아있기 때문에, 현재 남아있는 백제 건국신화만으로는 시조가 누구인지, 이와 같은 형태를 통해 무엇을 표현하고자 한 것인지 알기 어렵다. 이 난점을 해소하기 위해 동일한 구조를 지니고 있으면서도 인물 형상의 의미는 대조적인 대가야 건국신화와의 비교를 통해 소서노와 비류, 온조가 이렇게 형상화된 이유를 고찰했다. 그 결과를 정리하면 다음과 같다.

첫째, 대가야의 정견모주가 여산신으로 계속 추앙받아 온 것과는 달리, 소서노는 신격화되지 못했다. 그 이유는 반고구려적인 비류집단에게는 고구려의 시조에게 개가했다는 약점 때문에 신앙의 대상이 되기 어려웠고, 친고구려적인 온조집단은 동명묘를 비롯한, 고구려의 신앙을 입국 초기부터 수용해 왔기 때문이다.

둘째, 정견모주의 두 아들은 각각 대가야와 금관가야의 시조가 되는데, 이들은 '뇌질'이라는 성을 공유하는 한편 '주일', '청예'라는 색조상 대비되는 이름을 통해 '형제' 의식을 과시하고 있다. 대가야뿐 아니라 대개의 건국신화에서는 부족의 시조들 사이의 화합이 강조된다. 그러나 비류와 온조는 다소 일방적이긴 하지만 화해할 수 없는 갈등 상태에 처해 있다. 이는 백제가 고대국가로 성장하는 과정에서 이들 중 한 사람의 시조왕을 시조신으로 확정하지 않고, 외부인 부여의 왕 또는 왕족을 시조신으로 내세운 것에 그 원인이 있다. 따라서 백제 건국 신화는 사회 전체를 포섭하기보다, 성읍 또는 해양세력에 속하는 특정 발화자 집단의 의식을 대변하는 쪽으로 발달하게 되었다. 그 결과 성읍의 지도자에게 요구되는 현명함, 해양의 지도자에게 요청되는 결단력을 중심으로 시조왕의 모습을 형상화하게 되었다. 백제의 건국신화가 자신의 수용자에게 말하고자 한 것은 바로 이렇게 형상화된 자신들의 시조왕의 목소리였다.

　여기서는 인물 형상의 비교·대조를 통해 신화 연구의 주류가 아니었던 백제와 대가야 건국 신화의 형성 단계와 그 문화적·역사적 의미를 분석하고자 하였다. 그러나 그 과정에서 보다 다양한 비교 방식과 입체적 논증을 활용하지 않았고, 사료(史料) 비판과 발생론적 특수성을 고려하지 못했다. 따라서 애초의 가설을 확인하기에 그치고 보다 발전적인 방향을 제시하지 못한 한계가 있다. 이에 대해서는 꾸준한 모색을 통해 보완하고자 한다.

〈서동요〉 전승의 형성과 사상적 배경

1. 서동의 정체

저자는 〈서동요(薯童謠)〉와 그 전승담의 형성과정을 각 텍스트 속의 행위 주체와 객체의 관계를 토대로 재구(再構)하여, 이와 같은 전승이 이루어지게 된 배경을 고찰하고자 한다. 이로써 실존 인물이 문학적으로 형상화되고, 그 형상이 다시 역사적 의미를 지니게 되는 과정을 통해 시가와 서사물의 결합형으로써 향가와 그 전승이 이루어지는 과정을 시사할 것이다.

〈서동요〉 연구의 쟁점은 '서동의 정체'였다. 이와 관련한 가장 큰 의문은 백제와 통혼(通婚)한 신라의 '공주'에 관한 기록을 어디에서도 찾을 수 없었다는 점이다. 한편 〈서동요〉와 그 전승담의 연원(淵源)은 흔히 볼 수 있는 '얼레리 꼴레리' 형의 동요나 〈발복녀설화(發福女說話)〉·〈바보 온달〉 유형의 민화(民話)와 크게 다르지 않다고 지적되었다. 이 때문에 본 전승을 "역사의 설화화", 또는 "설화의 역사화"로 보는 관점 사이의 공존이 이루어지지 않았으며, 실존 인물로서 '무왕'과 설화의 주인공 '서동'의 차이도 조화를 이루지 못했다.

전승담의 전·후반부가 보이는 차이점도 마찬가지 문제이다. 전반부가 천민이 꾀를 내서 공주와 혼사를 이룬다는 인류 보편의 민담적 구성을 지닌 것과는 대조적으로, 후반부는 국가사찰의 창건 연기담이라는 증거물을 지닌 전설의 성격을 보인다. 기록 서두에서부터 "무왕(武王)"과 "무강왕(武康王)"의 차이에 고심한 『삼국유사』 편찬자가 원전과 다른 부분을 끼워 넣었을 리가 없다면, 이 같은 괴리 상황은 본 전승담의 향유 과정에서부터 존재한 것이다. 이 괴리는 <서동요> 전승 자체를 역사와 설화 전반의 영역을 통틀어 이해해야 한다는 점을 역설적으로 보여준다. 기존의 무수한 논의들은 역사 또는 설화만의 단층 구조만으로써 <서동요> 전승을 재단(裁斷)하고자 했으며, 그 때문에 역사적 인물(무왕)과 형상화된 인물(서동) 사이의 간극을 좁히지도 못했고, 어느 한 편의 온전한 구명에도 이르지 못했다.

<서동요>와 그 전승담의 성격과 '통혼'이라는 시가의 효용에 비추어보면 남성인 '서동'이 서정·서사의 주체가 되어야 한다. 그럼에도 불구하고, 실제 작품 속에서는 '선화공주'의 역할이 다소 불균형할 정도로 크게 다루어졌다. 이에 주목하여 선화공주의 역할을 극대화시킨 서술자의 의도를 추적하고, 그것이 후반부의 미륵사 창건 연기담과는 어떤 관계를 지닐 수 있을지 모색하고자 한다. 이로써 향가 작품과 서사 전승물을 아우르는 온전한 이해가 가능해질 것이며, '무왕-서동'의 형상화를 통한 당대의 역사인식·해석과정도 드러날 수 있을 것이다.

2. 〈서동요〉 전승의 형성과정

이 장에서의 문제는 두 가지이다. 첫째, 왜 〈서동요〉 전승은 선화공주를 주체로, 서동을 객체로서 주로 묘사하였는가? 이를 전승담 안에서의 선화공주의 주체적 역할에 주목하여 이것이 단순히 '참소'만을 의도로 한 것은 아니었음을 2.1.에서 밝히고자 한다.

둘째, 왜 〈서동요〉 전승담에 본래 모티프와 무관해 보이는 〈미륵사 창건 연기담〉이 여기 결부되었는가? 이는 첫째 문제의 의미까지 바꿀 수 있는 민감한 사항이다. 『삼국유사』의 다른 연기담에 나오는 다른 사찰과는 달리, 본 설화의 '미륵사'는 신라인의 시각에서 그 의미가 재해석되었다고 할 수 있다. 이는 미륵사의 현존 유적 또는 관련된 사상사의 흐름을 통해 다시 생각할 문제이다. 따라서 이 문제의 해결을 위한 전제로서 전승담의 이원적 구조 속에서 주체와 객체의 관계를 2.2.에서 살펴보도록 한다.

2.1. 선화공주의 역할과 '주체'의 문제

〈서동요〉 전승이 당시 험악했던 나제(羅濟) 관계의 실상과는 일치하지 않는데다가, "무강왕" 표기에 대하여 『삼국유사』 편찬자가 던진 의문 탓에 서동의 정체에 대한 논쟁은 그동안 매우 활발했다. 무왕(일연·신채호·양주동 등), 동성왕(이병도·박노준·황인덕), 무녕왕(사재동·서대석), 원효(김선기)[1] 등 제설에 따라 본 전승의 창작시기 추정 또한 편차가 컸다. 이 중에서 무왕·동성왕 설이 우세하지만, 설화에서 "진평왕"의 명칭이 바뀌지 않았기 때문에 백제왕을 진평왕과 다른 시기의 인물로 이해하려는 동

---

1) 이상은·최래옥, 「서동의 정체」, 『한국문학사의 쟁점』(집문당, 1986), 148~167면 참조.

성왕설은 재고해야 한다. 또한 신라의 백제 동성왕과의 통혼은 공주가 아닌 귀족녀[貴族女, 이찬 比智의 딸]였던 점도 생각해야 한다.

그런데 10세기의 중국 계통 사료에서 백제 무왕을 "무광왕(武廣王)"이라 칭한 사례가 있다. 육조시대(六朝時代, 10C)에 편찬된 「관세음응험기(觀世音應驗紀)」 말미에 다음과 같은 기록이 있다.

> 정관(정관) 13년(639)에 백제 武廣王이 枳慕密地로 천도하였다.
> (百濟武廣王 遷都枳慕密地 新營精舍)[2]

여기서 무광왕은 무왕을, 지모밀지는 백제 때 '금마저(金馬渚)' 혹은 '지마마지(只馬馬知)'로 일컬어졌던 익산시의 금마면과 왕궁면 일대를 가리킨다. 무왕이 "무광왕"으로도 불렸음을 보여주는 기록이다. 이를 고려하면 "武廣(康)王＝武王"의 심증은 커진다.

또한 전승담 후반부의 미륵사 창건 연기담은 익산 천도 등의 설과 관련하여 이 자료와도 부합하는 점이며, 여기서 미륵사 창건은 국가적 상징물의 건축으로서 큰 의의를 지닌다. 그런데 본 설화의 증거물로서 백제의 국가적 상징이었던 미륵사가 선택되었고, 또한 그 발의자인 왕비가 백제의 적대국인 신라인으로 설정된 이유가 무엇일까? 이에 대한 의문이 풀려야 <서동요> 텍스트의 성격도 명료해질 것이다.

따라서 향가 작품과 전승담에서 신라의 선화공주가 텍스트의 주체로 등장하고, 역사적 인물인 무왕이 서동으로 형상화되면서 갖게 되는 성격의 차이에 주목하고자 한다. <서동요> 전승담은 다음과 같다.

---

2) 황수영, 「익산의 백제불교사적」, 『황수영전집 3 : 한국의 불교공예・탑파』(혜안, 1998), 147면 재인용(원 자료는 일본 京都에서 발견되었다 한다). 이는 김정호(金正浩)의 『대동지지(大東地志)』의 "지금의 익산에 무왕은 별도(別都)를 두었다"라는 기록과 함께 무왕대 익산천도설의 유력한 근거가 되기도 하였다.

① 무왕(武王)[고본(古本)에는 무강(武康)이라 하였으나 그릇된 것이니 백제에는 무강이 없다]

② 제30대 무왕의 이름은 장(璋)이다. 그 모친이 과부가 되어 서울 남쪽 연못가에 집을 짓고 살던 중, 그 연못의 용과 교통(交通)하여 장을 낳고 아명(兒名)을 서동(薯童)이라 하였는데 그 도량이 커서 헤아리기가 어려웠다. 항상 서여[薯蕷, 마]를 캐어 팔아 생활을 하였으므로, 국인(國人)이 이에 의하여 이름을 지었다. 신라 진평왕(眞平王)의 셋째 공주 선화[善花, 혹은 善化라고도 쓴다]가 아름답기 짝이 없다는 말을 듣고 머리를 깎고 (新羅) 서울로 가서 서여를 가지고 동내 아이들을 먹이니 아이들이 친해서 따르게 되었다. 이에 동요(童謠)를 지어 여러 아이들을 꾀어서 부르게 하였는데 그 노래에 … (중략) … 라 하였다. 동요가 서울에 퍼져 대궐에까지 알려지니 백관(百官)이 임금에게 극간(極諫)하여 공주를 먼 곳으로 귀양보내게 하였는데 장차 떠나려 할 때 왕후(王后)가 순금(純金) 한 되를 노자로 주었다. 공주가 귀양처로 갈 때 서동이 도중에 나와 맞이하며 시위(侍衛)하고 가고자 하였다. 공주는 그가 어디서 온지는 모르나 우연(偶然)히 믿고 기뻐하여 따라가며 잠통(潛通)하였다. 그 후에야 서동의 이름을 알고 동요(童謠)가 맞은 것을 알았다. 함께 백제로 와서 모후(母后)가 준 금을 내어 생계를 꾀하려하니 서동이 대소(大笑)하며 "이것이 무엇이냐?" 하였다. 공주 가로되 이것은 황금이니 가히 백년의 부를 이룰 것이다. 서동이 가로되 "내가 어려서부터 마를 파던 곳에 (황금을) 흙과 같이 쌓아 놓았다" 하였다. 공주가 듣고 대경(大驚)해 가로되 "그것은 천하의 지보(至寶)니 그대가 지금 그 소재를 알거든 그 보물을 가져다 부모님 궁전에 보내는 것이 어떠하냐?"고 하였다. 서동이 좋다 하여 금을 모아 구릉(丘陵)과 같이 쌓아 놓고 용화산(龍華山) 사자사(師子寺)의 지명법사(知命法師)에 가서 금 수송의 방책을 물었다. 법사가 가로되 "내가 신력(神力)으로써 보낼 터이니 금을 가져오라" 하였다. 공주가 편지를 써서 금과 함께 사자사 앞에 갖다 놓으니 법사가 신력으로 하룻밤 사이에 신라 궁중에 갖다 두었다. 진평왕이 그 신의 변통(變通)을 이상히 여겨 더욱 존경하며 항상 편지를 보내어 안부를 물었다. 서동이 이로부터 인심(人心)을 얻어 왕

위에 올랐다.

③ 하루는 왕이 부인과 함께 사자사(師子寺)에 가다가 용화산(龍華山) 아래 큰 못 가에 이르자 못 가운데서 미륵삼존(彌勒三尊)이 나타나므로 수레를 멈추고 경례(敬禮)하였다. 부인이 왕에게 이르되 나의 소원이 이곳에 큰 절을 이룩하면 좋겠다고 하였다. 왕이 허락하고 지명(知命)에게 가서 못을 메일 것을 물었더니, 신력(神力)으로 하룻밤에 산을 무너뜨리고 못을 메워 평지를 만들어서 미륵삼상(彌勒三像)과 회전(會殿)·탑(塔)·낭무(廊廡)를 각각 세 곳에 세우고 액호(額號)를 미륵사[彌勒寺, 國史에는 王興寺라 하였다]라 하니 진평왕이 백공(百工)을 보내서 도와주었는데 지금까지 그 절이 있다[삼국사(三國史)에는 이 이를 법왕(法王)의 아들이라 하였는데 여기에는 독녀(獨女)의 아들이라 전하니 자세치 않다.][3]

<서동요>와 그 전승은 훗날 백제 무왕이 되는 '서동'이 주체가 되는 편이 개연적이다. 그러나 본 전승은 여성주인공 주도의 <발복녀설화(發福女說話)>·<삼공본풀이>[4]와의 유사성이 강조되어 올 정도로 여성의 역할이 큰 것으로 여겨져 왔다. <서동요> 전승은 혼인을 전후한 사정은 물론 발견한 황금의 처리도 선화공주가 주도한다. 여기에 더하여 후반부의 미륵사 창건도 왕비(王妃) 선화공주가 "일생의 소원"으로써 건의했기에 이루어졌다. 이런 식으로 워낙 여성 주인공의 역할이 크다보니 "서동"을 "온달"형 인물로 보려는 시도도 있었고,[5] 선화공주와 지명법사(知命法師)를 고구려 승려 도림과 마찬가지로 백제의 국력을 피폐화시킨 신라의 스파이였다고 보기도 했다.[6] 여기서 향가 <서동요>를 살펴본다.

---

3) 『三國遺事』권2 紀異 제2 <武王>.

4) 김승찬, 『민속학논고』(제일문화사, 1980), 172면. 김종우, 「서동요연구」, 『삼국유사의 문예적 연구』(새문사, 1988), 67면.

5) 임기중, 「서동요」, 『새로 읽는 향가문학』(아세아문화사, 1998), 17면. 김창룡, 「바보온달과 평강공주」, 『고구려문학을 찾아서』(박이정, 2002), 231면.

6) 김복순, 「삼국의 첩보전과 승려」, 『한국고대불교사연구』(민족사, 2002), 67~91면.

善化公主主隱	선햐(善花) 공쥬(公主)니리믄
他密只嫁良置古	눔 그슥 얼아 두고
薯童房乙夜矣卯乙抱遣去如	맙동 입(=방)을 밤의 알 안고 가다[7]

향가 〈서동요〉 역시 단일문장으로 이루어진, 구비전승의 속성이 강한 작품이다. 이른바 "얼레리 꼴레리" 형 동요와 흡사한데, 따라서 누구라도 주어와 목적어 자리에 놓일 수 있는 구비전승물이 그 원형이었다는 설은 타당하다.[8]

다만 여기서 신라의 공주를 주어로, 백제의 왕을 목적어 자리에 놓음으로써 서사전승의 경우와 마찬가지로 여성 주체의 역할을 강조한 흔적이 보이는 점에 주목하고자 한다.[9] 사실 남성인 백제 왕이 주어, 여성인 신라 공주가 목적어가 되는 편이 "x가 남몰래 정을 통하고 y를 밤에 안고 간다" 운운하는 이런 류의 노래에는 더 일반적이다. 그러나 신라 공주가 주어 위치에 놓인 구성이 의도적 장치라면 〈발복녀설화〉 유형을 취한 전승담의 구조와 시가작품이 잘 어울리는 것이다.

이와 관련하여 후백제세력이 신라 공주를 모욕하기 위해 본 전승을 창작했으리라는 설이 있었다.[10] 그러나 이러한 "자리 바꿈(conversion)", 주·객 교체의 의도는 반대 방향이었을 가능성이 더 높다. 왜냐하면 전승의 발화자는 '선화공주'를 서정·서사 양 장르에 걸쳐 플롯을 이끌어가는 주체적 인물로 잡아놓았기 때문이다. 대신에 백제 무왕을 '객체(object)'로서 주체의 행동에 영향을 받거나, 그 결정에 따라 움직임으로써 왕위에

---

7) 향가의 어석은 양희철, 『삼국유사향가연구』(태학사, 1997)의 성과 참조.
8) 박노준, 「서동요」, 『향가문학연구』(열화당, 1982), 289~310면. 사재동, 「서동요의 문학적 실상」, 『한국문학유통사의 연구』Ⅰ(중앙인문사, 1999), 445~462면.
9) 사재동, 위의 책, 450면에서 이에 대하여 주목하여 논자는 "설화 속의 노래로서 파격적 효과"라 하였다.
10) 장재진, 『신라향가의 연구』(형설출판사, 1993 ; 신라향가의 呪願性 연구, 계명대 박사논문, 1990), 192~193면.

오르고 "용화세계(龍華世界)"의 미륵신앙(彌勒信仰)의 이상도 구현하는 인물이 되도록 장치하였다. 다시 말해 백제의 입장에서는 신라에 대한 군사적 우위를 완성한 국가적 영웅이었던 무왕이, 신라공주에 의해 그 행동과 가치지향이 좌우되는 수동적 인물로 형상화된 것이다. 이와 같은 주·객의 관계는 <서동요>와 그 전승담을 이루는 시선(視線)이 신라인의 것이었음을 보여주는 것이다.

여기서 전승담 전반부에서 서동이 변장을 하고 신라에 들어간 행동을 "미인을 얻기 위한 용기"라는 점에서 주체적이라 볼 여지가 있다. 그러나 이 또한 선화공주의 미(美)가(주체) 서동을(객체) 매혹시킴으로써 이루어진 행동이다. 가령 <수로부인> 설화에서 노인이나 해룡을 이야기의 주체로 보지 않고, 이들의 행동 모두를 수로의 아름다움[美] 때문에 유발된, 다시 말해 수로의 아름다움을 주체로 보는 것과 마찬가지이다. <수로부인>은 미적 대상이 의외의[<헌화가>의 노옹] 과격한[<해가사>의 海龍] 행동을 취하는 존재들을 매혹시키는 설화이다. 이로 미루어 서동의 행동 역시 선화공주의 미에 감발된 결과이며, 이것이 여기서의 서동을 완전한 주체로 보기 어려운 이유이다. 그렇다고 해서 전승담 전반부에서도 서동이 객체에만 국한되는 것은 아닌데, 이에 대해서는 2.2.에서 상론(詳論)하고자 한다.

결국 신라인들은 자신들의 입장에서 호전적 침략자였던 무왕을 '미의 탐구자'로서 '신라의 미의식'이라는 전통 안에서 재인식하였고, '아름다운' 신라공주의 영향력을 벗어나지 못하는 백제왕의 형상을 통해 미의 권능을 실감할 수 있었다. 이를 통해 백제에 대한 신라의 우위를 자신했을 가능성이 있다. 이러한 '신라주체―백제객체'의 문학적 상징체계를 '역사'로서 확신시키기 위해 <서동요>와 그 전승은 널리 알려진 설화구조를 변용시켰다. 이러한 모티프의 매력 때문에 <서동요> 전승은 실제로 널리 유통되었을 것이다.

2.2. 전승담의 이원적 구조와 그 의미

<서동요>의 전승담은 크게 둘로 구분된다. 전반부는 서동의 탄생과 성장, 혼인 등 설화의 일반적 구성요소가 신비한 민담의 흥미요소와 함께 서술되어 있는데 반해, 후반부의 미륵사 창건담은 별도의 증거담(證據譚) 형식을 취하고 있다. 다시 말해 전반부로 갈수록 설화적 성격이 커지고, 후반부로 갈수록 당대 현실에 직접적 영향력을 행사할 수 있는 사건들이 묘사되어 있다. 이러한 두 가지 성향이 교차하는 지점이 서동과 선화공주의 혼사(婚事)라 할 수 있다. 선화공주와의 만남을 계기로 서동이 무왕으로 등극할 수 있는 용기와 재력(財力)이 완비될 뿐만 아니라, 전승담의 스케일도 개인의 행복 차원에서 국가적 차원으로 성장하게 된다. 따라서 앞서 말했듯이 전승담 내에서 선화공주의 역할은 매우 중요한 것이며, 단순히 서동의 아내가 되는 수동적 객체에 그치지 않는다.

여기서 후반부의 미륵사 창건담 자체가 후대에 추가된 것으로서, 설화적 사건을 굳이 불교에 밀착시키려고 한 편찬자의 의식 층위에서 논해야 할 것이 아닌가 하는 문제가 제기된다. 물론 그 가능성을 완전히 부정할 수는 없다. 그러나 그러한 '추가'의 시기를 당장 확정할 수는 없는 문제이다. 또한 "무강왕"이라는 명칭에 실증적 고민을 했던 편찬자가 자의적으로 두 개의 설화를 엮어놓았을 가능성은 크지 않다. 따라서 왜 두 개의 설화가 연결된 형태로 향유되어 왔는지를 모색하는 편이 여기서는 보다 효율적이다.

전승담의 전반부는 무왕은 서동으로 형상화하였다. 이를 통해 주인공은 사람들을 속이고 자신의 욕망을 성취하는 존재가 되었다. 반면에 후반부에서는 미륵사 창건이라는 활동을 통해 문화적 영웅으로서의 면모 또한 갖추게 된다. '교활한 수단을 통한 욕망의 성취'와 '기존의 것과 다른 새로운 문화창조'는 '트릭스터'라는 보편적 유형의 인물형이 지닌 특징이다. 이를 정리하면 주인공은 ① 서동으로서 많은 사람들이 욕망하는 '미인'을 성취한 영리한 인간상의 반영인 동시에, ② 무왕으로서 문학 텍스트에 의해 그 업적이 재해석되는 역사적 인물이라는 이중적 속성을 갖추게 된다.[11] 그런데 이러한 '트릭스터'로서 이중성의 경계면을 이루는 것 역시 '선화공주와의 혼인'이다. ①이 선화공주에 의해 영웅으로 성장하기 이전의 단계라면, ②는 선화공주의 발의에 의해 미륵사를 창건하고 백제에 '미륵의 용화세계'를 구현하는 과정과 관련되어 있다. 요컨대 '트릭스터'로서 서동의 성격은 전승담의 전반부에서 다소 주체적으로 나타나기도 하지만 그것은 역사적 인물의 설화적 형상화를 위한 장치였을 뿐이며, 설화적 인물이 되어버린 서동이 다시 무왕으로 역사화되는 과정은 신라의 공주인 선화에 의해 이루어진다. 이를 도해하면 다음과 같다.

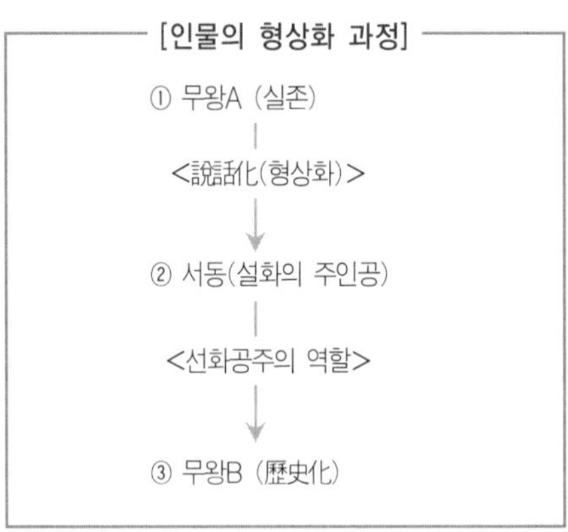

---

11) 인물 유형의 분석은 N. 프라이, 『신화문학론』(을유문화사, 1971), 65~68면 참조.

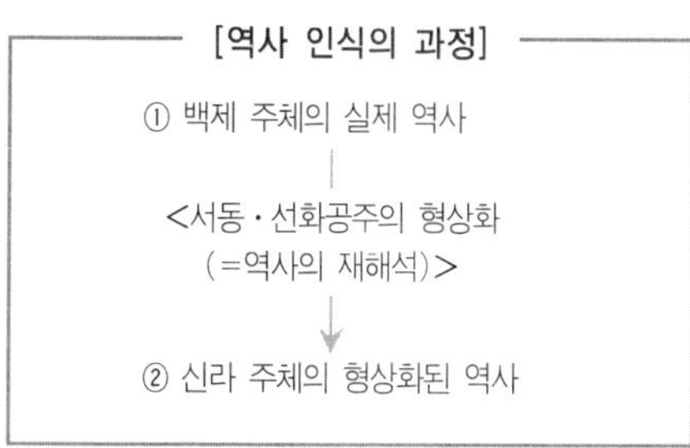

3.1.에 서술하겠거니와 미륵사 창건은 국가사상으로서 성왕(聖王, 재위 523~553) 이래로 오랫동안 준비한 백제 미륵신앙 체계의 완성을 상징하는 사건이었다. 그런데 여기서는 이것을 '**신라 출신** 왕비'의 발원에 의한 것으로 강조했다. 백제 미륵신앙의 완성에서 신라인의 역할을 강조하기 위해서이다. 뿐만 아니라 진평왕이 백공(百工)을 보내 도왔다는, 당시 양국감정으로 미루어 불가능한 사건까지 추가했다. 이것만으로도 부족한지, 급서(急逝)한 법왕(法王)의 아들로서 즉위과정이 순탄치 않았을 무왕의 등극 또한 선화공주 덕에 인심을 얻어 평화롭게 이루어진 것으로 그렸다. 여기에 신화적 출생담과 민담과 흡사한 결연담까지 보태어 무왕을 역사현실로부터 분리, 주체 신라에 대한 객체 백제의 수동성을 상징하는 인물로 재역사화하는 작업은 마무리된다.

한편 이 과정을 통해 전승담 전반부에 거론된 선화공주의 아름다움 역시 시각적 매력에다가 종교적 의미까지 추가될 수 있었을 것이다. 여기서 선화공주를 실존인물로 볼 수 있는지 여부를 결정해야 하는데, 일단 그 실존 가능성에 대하여 회의적이며, 무왕을 '신라적 미의 탐구자', '신라적 미에 의해 출세한 자'로 보기 위해 신라인의 시각에서 구성된 인물 형상으로 선화공주를 파악하고자 한다. 실제로 양국간 통혼이 이루어지고 그 성과를 신라 위주로 재해석했을 가능성을 전면 부정하지는 않더라도 현재로선 설화적 윤색 이외에는 관련 사료가 없다.

지금까지 <서동요> 전승담의 전·후반부를 비교한 결과를 표로 나타내면 다음과 같다.

구 분	전승담의 전반부	전승담의 후반부
중심인물	서동	선화공주
역 사 성	남주인공으로부터 박탈	여주인공에 의해 부여
설 화 성	신화·민담적 속성	전설적 속성
트릭스터로서 기능	속이는 행위에 의한 美의 성취	문화적 상징물의 건축
미의식의 관념	여성이 지닌 아름다움	종교적 상징의 莊嚴性

여기서 주목하고자 하는 것은 역사성을 박탈하여 보편적 문맥의 트릭스터 혹은 '미의 탐색자'라 할 수 있는 인물 유형으로 서동을 형상화한 뒤에, 선화공주의 여러 가지 도움을 통해 그가 다시 역사적 존재로서 의미를 갖도록 한 서술자의 의식이다. 이것은 향가 <서동요>에서 남녀의 역할을 전도시킨 시적 화자의 의식과 동질성을 지닌다. <서동요>와 그 전승은 누구나 주체, 객체가 될 수 있는 구비전승물에서 유래했지만, 남녀 주인공의 역할 바꾸기로써 진평왕대라는 한정된 역사적 시·공간에 밀착하게 되었다.

남녀 역할의 전도로부터 말미암은 흥미성의 추구라는 목적 이외에도, 역사적으로 이러한 변용이 이루어졌던 사례는 정치적 의도가 개입한 경우가 많았다. 이 경우 텍스트의 배후를 수용자들이 모두 이해할 수 있는지가 문제이다. 그러나 참요(讖謠) 같은 경우도 수용자들은 배후의 의도를 알지 못하고 다만 흥미요소에 끌리지만, 그럼에도 작자의 의도는 실현된다. <서동요> 전승의 깊은 배경을 당시 수용자들이 모두 이해했는지 여부는 중요치 않다는 것이다. 그들이 미륵사 창건과정이 백제보다는 신라를 중심축으로 삼아 전개된다는 점만 인식해도 작자의 의도는 성취된다.

이제 장을 달리 하여 본 전승담이 신라의 관점에서 이루어졌다는 점에 주목하여 〈서동요〉 전승의 사상적 배경을 살펴보고자 한다.

3. 〈서동요〉 전승의 사상적 배경

미륵사(彌勒寺) 창건의 배경은 〈서동요〉 전승에만 있지 않다. 백제의 사찰에 대한 『삼국사기』와 『삼국유사』의 기록은 신라의 것에 비해 매우 영성하게 다루어졌는데, 미륵사 역시 동양 최대였다는 규모와 유물을 통해 알 수 있는 문화사적 가치에 비하면 문헌을 통한 설명은 전무하다 해도 과언이 아니다. 그러나 미륵사의 명칭·규모가 미륵하생신앙의 용화세계 구현과 밀접한 관계가 있음이 꾸준히 지적되어 왔다. 따라서 백제가 미륵신앙을 자기화하는 과정을 통해 미륵사 창건의 배경을 재구성하고, 이를 〈서동요〉 전승에서의 미륵사에 대한 가치평가와 대조해볼 필요가 있다. 이를 위해 3.1.에서 〈서동요〉 전승 이외의 배경을 재구하고, 3.2.에서 그것이 〈서동요〉 전승을 통해 신라인의 관점에서 재해석되는 배경을 제시하고자 한다.

3.1. 미륵사 창건의 역사적 배경

미륵신앙의 본격적인 백제 유입은 백제 성왕대로부터 시작한다. 성왕은 그 칭호 자체가 미륵불이 도래하는 시기의 임금인 '전륜성왕(轉輪聖王)'을 의식하여 이루어진 것이며, 실제로 종교를 통한 정치적 목적의 실현에 일생토록 전념했다.12) 일시적이지만 한강유역을 회복하기도 했으며,

마한·가야에의 지배력을 회복하고 일본과의 관계를 심화시킨 것도 그의 치적이다. 또한 중국으로부터 수입한 불전(佛典)에 만족하지 않고, 승려 겸익(謙益)을 직접 인도에 유학시켜 율장(律藏)을 체계화하였는데,[13] 이는 중국보다 1세기 정도 앞선 것이다. 이러한 경전 이해를 바탕으로 대표적인 대승경전『열반경(涅槃經)』이 애독되었다.[14] 대승불교로의 진입은 불교가 국가사상화하는 과정과 밀접한 관련이 있다.

여기서 '계율의 중시'는 유식사상, 미륵신앙 등과도 밀접한 관련을 맺는다. 유식사상의 특징은 번화(繁華)한 심론(心論)에 있다. 그런데 복잡한 논설들은 다른 종파와의 논쟁을 위한 수단이고, 궁극적인 목적은 유가행의 사회적 실천에 있다고 한다. 사회적 실천에서 중요한 요소[六波羅蜜] 가운데 하나가 '지계(持戒)'라는 점에서 계(戒)는 유식사상에서 중시하는 덕목이기도 하다. 또한 유식사상의 교조(敎祖)가 '미륵'이라는 설이 있는데, 이 미륵은 미륵신앙의 대상으로서 미륵보살과는 별개이지만 신라 당대에는 동일인으로 믿었다고 한다.[15] 따라서 '계율종-미륵신앙-유식사상'은 하나의 원리로 집약될 수 있다.

그러므로 성왕의 구상(構想)은 1) 엄격한 계율의 준수(계율종), 2) 자기

---

12) 전륜성왕 관념에 성왕의 왕호(王號)를 연결시키는 견해(조경철, 「백제성왕대 대통사창건의 사상적 배경」,『국사관논총』98, 국사편찬위원회, 2002, 101~125면) 참조.

13) 「미륵불광사적(彌勒佛光寺籍)」, 이능화, 『조선불교통사』상(민속원, 영인, 1992), 34면.

14) 19년 : 왕이 양 나라에 사신을 보내 조공하고 아울러 표문을 올려「모시(毛詩)」박사와 열반(涅槃) 등의 의미를 풀이한 책과 기술자, 화가 등을 보내 주기를 요청하니, 양 나라에서 이를 허락하였다(十九年, 王遣使入<梁>朝貢, 兼表請『毛詩』博士·涅槃等經義, 幷工匠·畫師等, 從之)(『三國史記』<百濟本紀> 聖王 19년). 여기서 『열반경』 자체가 아닌 그 주석서를 요청했다는 점으로 미루어 당시 백제에는 『열반경』의 독서가 활발했다고 보는 견해가 일반적이다.

15) 이는 유가행파의 소의경전인『유가사지론』등의 미륵 편찬 또는 미륵보살의 설법을 무착(無着)이 기록했다는 등의 제설에 설화적 사항까지 맞물려 매우 복잡한 전승양상을 띤다. 그러나 백제·신라의 유식학자들은 이들 경전을 모두 미륵의 소작으로 인정한 듯하다. 이 실제 양상에 대해서는 이 만,『한국유식사상사』(장경각, 2000) 참조.

마음의 수양과 사회적 실천의 병행(유식사상), 3) 이상적 용화세계(龍華世界) 실현에의 자신감(미륵신앙)으로 충만한 사회 건설이었다고 할 수 있다. 이 가운데 2)는 완성 이전에 백제가 멸망했지만 경흥(憬興)·진표(眞表) 등 백제유민 출신 승려들이 실천적 유식사상의 흐름을 유지하였고, 3)은 익산 미륵사지 주변의 풍경에 온전히 구현된 것으로 전한다.16)

또한 성왕대 해외(일본)에 불교를 전파하고 건축물·예술품을 전해줄 만한 종교의 성장을 이룬 점17)과, 그것이 백제와 일본의 관계 변화의 단초를 마련한 점을 과소평가할 수는 없다. 이는 일본을 단순히 용병집단으로서 때마다 흥정하듯 해서 활용하고자 한 단계를 넘어서, 일본 지배층이 백제를 '불국토(佛國土)'로서 성지(聖地)로 인식하도록 발상의 전환을 유도한 업적으로 평가할 수 있기 때문이다.

요컨대 백제 성왕은 삼국 가운데 최초로 국가 차원에서 불교교의를 현실적으로 변용, 국가혁신에 활용한 문화적 영웅이었다 해도 과언이 아니다.18) 이런 목적에서 '불국토' 백제에 미륵신앙의 구체적 상징물로서 '불가사의(不可思議)' 규모의 건축물과 용화세계(龍華世界)의 구체적 현현(顯現)이 구상되었을 가능성이 있고, 대통사(大通寺) 창건은 성왕 당대에 시도된 성과였다. 이것이 후대에 더욱 거대화·실체화된 것이 미륵사 창건이라

---

16) 김영태, 『삼국시대불교신앙연구』(불광출판부, 1990), 147~150면에서 이 같은 특성이 고찰되었다. 논자가 제기한 점은 ① "용화산"은 미륵불의 설법처인 용화수(龍華樹)에 비견할 수 있고, 미륵사의 삼탑삼처가람(三塔三處伽藍)의 구조는 미륵불의 삼회설법(三會說法)을 상징한다. ② 사자사(獅子寺)는 도솔천의 사자상좌에서 이름을 취했다. ③ 무왕을 전륜성왕에 견주었다. 등이다.

17) 『日本書紀』 〈欽明天皇〉 13년조(552)의 백제 성왕을 통한 불교 초전기사를 비롯하여, 위덕왕대 40년간 백제불교의 황금기를 맞이하여 法興寺·法隆寺 등 초기의 일본사찰 대다수가 이 시기 백제의 후원 하에 조성되며, 불상·장식품 등의 미술품전래도 광범위하게 이루어졌음을 『日本書紀』는 증언하고 있다.

18) 田村圓澄, 「백제와 미륵신앙」, 『백제불교문화의 연구』(서경문화사, 1994), 392~398면에서 동양 제국 가운데 백제 성왕이 유일하게 불교의 국가사상화에 성공했다고 평가했으며, 이것이 신라의 국가관 형성에 끼친 영향도 언급되었다.

할 수 있다.

이후 위덕왕·혜왕대에도 불교 미술품의 창작은 꾸준히 지속되었다. 이어서 무왕의 아버지 법왕은 그 재위가 1년(599)에 불과했고, 불살계(不殺戒)를 선포한 다음해에 사망한다. 그러나 신라중대 전제왕권의 극성기(極盛期)로서 발해와의 군사적 충돌 위협이 상존했던 성덕왕대 신라에서도 불살계·도살금지령이 계속 선포되었다.19) 그렇다면 국왕이 귀족세력을 견제하고 국민을 직접 통치, 동원령을 내리기 위한 전단계(前段階)로서 불살계 선포를 통해 자신의 지지기반을 확인하는 절차를 거친 것은 아니었을까 하는 가설도 가능하다. 사서(史書)에 기록은 없으나 급서 또는 암살의 가능성이 있는 왕의 자제로서 무왕의 즉위는 순탄치 않았을 것이다. 그 과정에서 익산세력과의 유대(紐帶)가 형성되었고, 즉위 후 익산천도운동과 미륵사 창건 등의 활동을 벌이게 된다.

무왕은 신라를 즉위 초부터 거의 일방적으로 몰아붙였다.20) 이 때문에 신라와 국혼 가능성이나 선화공주 같은 인물이 실존했을 가능성이 희박했다는 것이다. 이러한 잦은 동원(動員) 역시 전대의 법왕의 불살계 선포로써 서민층의 왕실의 종교사상에 대한 지지를 확인한 바탕이 있었기에 가능했으리라 본다. 미륵사 창건의 역사(役事)도 같은 바탕에서 이루어졌다고 생각한다. 그리고 그 배경은 하루아침에 이루어진 것이 아니라, 성왕대부터 꾸준히 만들어 온 것이었다.

이후 의자왕대 중엽까지 지속되었던 백제의 신라에 대한 군사적 우위에, 계율을 중시하는 실천적 사회사상으로서 미륵신앙이 원동력으로 작용했을 가능성은 충분하다. 그러나 전란은 모든 것을 파괴하기도 하지만,

---

19) 김수태, 『신라중대정치사연구』, 일조각, 1996, 60~84면.
20) 『삼국사기』·『삼국유사』에 따르면 무왕 3년부터 동 12년, 17년, 25년, 27년, 28년, 29년 등 총 7차례에 걸쳐 무왕은 신라를 침략하였으며, 신라는 백제에 대하여 2차례만 공세를 취한 것에 불과했다. 그러나 신라의 공세는 모두 이전의 실지(失地) 회복을 꾀한 것이다

국경선의 잦은 변동으로 문화교류가 급증하기도 한다. 여기서 신라가 백제 국가불교의 성취에 큰 자극과 영향을 받은 자취가 진자의 〈미륵선화〉 설화와 〈서동요〉 및 그 전승담으로 구현되었을 것이다.

이렇듯 막대한 국가적 상징성을 지닌 국가사찰 미륵사가 "신라공주의 소원"으로써, 그의 영향으로 왕이 된 서동에 의해 이루어졌다는 〈서동요〉 전승담 속의 주장은 '신라주체－백제객체'라는 지형도를 세우려는 정치적 의도를 배제하고는 이해할 수 없다. 게다가 미륵사 창건 이후, 신라는 황룡사탑 건축을 비롯한 국가사찰의 중건(重建)에 집중하고 있다.21) 이는 그만큼 신라에서 미륵사가 갖는 정치적 상징성을 강하게 의식했다는 증거이며, 국가사상으로서 불교의 해석과 정립에 경쟁했던 양국관계를 보여준다.

3.2. 백제 국가사상의 신라적 재해석과 〈서동요〉

이제 백제의 국가사상이 신라인의 시각으로 재해석되는 배경에서 〈서동요〉의 역할을 살펴본다. 무왕과 미륵사가 신라와 지닌 인연을 강조하고 그 성격을 변형시킨 이유는 신라의 집권층이 무왕대 완성된 백제 국가사상으로서 미륵신앙이 지닌 사회적 효용성에 주목하고, 그 본의(本義)를 자기화했던 성과 때문이다. 백제 웅주 수원사(水原寺)에서 미륵선화(彌勒仙花)를 모셔오려 한 진자의 일화22)는 당시 신라가 백제의 미륵신앙과

---

21) 양정석, 「황룡사의 조영과 왕권」(서경, 2004) 전체적 서술 참조.

22) 『三國遺事』 권3 〈塔像 제4〉, 〈彌勒仙花 未尸郎 眞慈〉조. 이에 대하여 김삼룡, 『한국미륵신앙의 연구』(동화출판공사, 1982), 81면에서는 다음과 같이 기존의 성과를 참조하여 요약 정리하고 있다.

"당시 백제영역인 웅진지방을 중심으로 하여 성행하고 있던 미륵신앙에 자극되어 화랑단체의 이념이 더욱 구체성을 띠게 되어 화랑 미시랑은 도솔천에서 하생한 미륵의 화신으로 신앙되었고, 화랑은 신라국토의 서민을 설화교도(說話敎導)하는 미륵의 화신이요,

접촉하고 이를 수용·자기화하고자 했다는 사실의 설화적 표현이다. 김유신의 "용화행도(龍華香徒)" 제창 등 화랑이 미륵신앙과 결부하여 군사조직화 되어가는 것도 이 무렵의 일이다. 신라가 자랑하는 반가사유상(半跏思惟像) 역시 백제로부터의 사상사적 영향이 없었다면 이루어질 수 없었다.23) 이러한 여러 가지 징후를 토대로 "백제불교의 동점(東漸)"이라는 주제가 다루어지기도 했다.24) <서동요> 전승의 성립 배경 중 하나로 이러한 신라의 백제문화 애호와 탐닉을 들 수 있다. 그러나 오직 그것 때문에 백제의 왕과 국가사찰을 이런 식으로 설화화시킨 것은 아니다.

신라의 미륵신앙은 백제보다 더 그 본의에 근접한 일면도 있었다. 미륵신앙 특히 미륵하생신앙의 요체는 정치적 성군인 '전륜성왕'의 시대에 종교적 구원자인 '미륵'이 출현하여 용화세계를 구현한다는 것이라 하겠다. 백제의 경우는 "성왕(聖王)"·"법왕(法王)" 등의 왕칭에서 보이듯이 정치적 상징인 전륜성왕을 상당히 강조했다. 그러나 "미륵"에 해당하는 종교적 상징체는 자취를 찾기 어렵다. 따라서 왕이 종교적·윤리적 모범을 끊임없이 보여야 했는데, 이는 귀족들과의 관계가 좋지 못하여 왕권을 강화시킨 왕의 다수가 암살 또는 의문의 죽음을 맞는 정황과도 관계가 있을 것이다.

그 낭도는 화랑에 의하여 결합된 유연(有緣)의 중생이었다."
23) 가장 널리 알려졌고 일본 京都 廣隆寺 소재 半跏思惟像과 유사한 형상 때문에 유명한 국보 83호 상의 경우 신라작과 백제작이라는 논쟁이 지속되어 왔는데, 최근은 양식사적 분석을 통해 백제작이라는 견해가 우세하다. 그러나 2.5m의 奉化 北枝里의 半跏思惟石像 현존 하단부가 국보 83호 상과 일치하는 점(진홍섭, 『신라·고려시대 미술문화』, 일지사, 1997, 230~231면 참조)을 보면 신라창작설을 완전 부정하기도 어렵다. 결국 "신라가 백제로부터 영향을 받아 만들었다"고 보는 것이 상식적이다. 불상은 단순미술품이 아니라 어느 정도 사상적 이해가 병행되어야 창작 가능한 종교적 대상이라는 점을 고려하면 이는 곧 백제사상의 영향으로 보아야 한다.
24) 신종원, 「신라 불교전래의 제양상」, 『신라초기불교사연구』(민족사, 1992 ; 2001 증보판), 133~135면 참조.

반면 신라의 경우 정치권력과 별도로 "화랑(花郞)"이라는 고유신앙에 바탕을 둔 종교적 상징체가 있었다. 화랑은 엄숙한 권위를 유지해야 하는 국왕과는 별도로, 전국토를 순례하며 보다 친근하고 현실적인 '성자(聖者)' 형상을 만들어 왔다.25) 이 때문에 전륜성왕과 미륵의 역할이 분화하였으며, 국왕은 정치만을 책임지게 되고, 정치권이 혼란스러워도 국민이 크게 흔들리지 않는 바탕이 되었으리라 본다. 진자에 의해 파생된 미륵선화의 관념은 화랑도와 연결되어 '화랑=미륵화신'이라는 군사적 화랑도의 기본관념이 탄생하였다. 이런 청소년 조직이 백제에 있었을 가능성은 둘째로 놓더라도, '미륵'과 '전륜왕'을 겸해야 하는 백제왕의 역할은 그만큼 큰 부담이었을 것이다. 백제와 신라의 투쟁에서 승패가 엇갈린 것에는 이런 이유도 있었다 해도 지나치지 않을 것이다.

신라인은 백제가 멸망한 이후에도 백제의 사상을, 특히 미륵─유식사상과 관련하여 애호했다. 백제유민 출신이었던 경흥은 유식학의 대가26)였는데, 신문왕대 선왕(先王)의 유언에 따라 국로(國老)가 된다. 역시 백제계 인물인 진표는 호남·영동지방을 중심으로 미륵신앙·실천적 유식학·점찰계 등 백제의 특성이 강한 불교운동을 벌였는데, 경덕왕이 그에게 보살계를 받아 제자를 자처했다.27) 비록 정치·사회적 이유로 패배했지만 사상사적 관점의 승자는 백제라 해도 과언이 아닌 상황이었다.

---

25) 후대의 사례이긴 하지만 기파랑·죽지랑 등 향가의 제재가 된 화랑들이 지닌 성자로서 형상 특히 죽지랑의 헌신적인 모습이 이와 관련되어 있다. 또한 『삼국유사』 〈기이편〉에서 응렴(경문왕)이 화랑시절 민간의 미행자(美行者) 세 종류를 보았다는 말이나, 효종랑의 낭도가 가난한 효녀를 도와주는 등(이른바 〈효녀지은설화〉)의 모습은 민간의 윤리를 계도·감화했던 화랑의 모습을 시사한다고 볼 수 있다. 이러한 사회적 기능이 화랑의 본래적 성격 가운데 포함되었다고 본다.

26) 『三國遺事』 권5 〈感通 제7〉, 〈憬興遇聖〉. 그의 저술로 현전하는 것은 3종에 불과하지만 본래 40종의 논설 중 10여 편 이상이 유식학 관계라고 한다. 이만, 「신라 경흥의 유식사상」, 『한국불교학』 32(한국불교학회, 2003), 27~28면.

27) 『三國遺事』 권4 〈義解 제5〉, 〈眞表傳簡〉.

　이러한 상황에서 현실의 승자인 신라의 입장에서, 국가사상으로서 미륵신앙의 기원을 신라와 부회(附會)시키고자 하는 시도가 있으리라는 가설이 가능해진다. 그것이 고신라(古新羅) 건국 초기부터 있어 온 영육일체(靈肉一體)의 미의식28)을 단초로 선화공주의 미가 서동을 움직여 정치적 영웅으로 만들고, 국가사찰을 건립한 문화적 영웅으로까지 장성시킨 것으로 미륵사 창건의 배경을 신라의 관점에 의해 재해석한 것이다.

　이 모든 시도는 앞서 논한 바 설화와 향가의 '주체와 객체의 자리를 바꾸는 수사방식'으로 구현되었으며, 역사 정황의 단순한 묘사가 아닌 역사적 사실을 창의적으로 표현했다는 점에서 창작주체의 뚜렷한 작가의식을 엿볼 수 있다.

4. '사실(史實)'의 연대기적 재구성

　이상의 소론(所論)은 작품에서 출발하여 배경론에 이르는 귀납적 전개를 시도했는데, 이해의 편의를 위해 연대기적으로 재구성하면 다음과 같다.

　신라는 이른바 통일전쟁을 전후하여 백제로부터 불교적 국가사상으로서 미륵신앙, 유식사상 등을 수용했다. 백제가 성왕대부터 모색한 미륵신앙의 상징물로서 '미륵사'가 건설되자 뒤이어 황룡사에 9층탑을 준수하는 등 신라는 이를 강하게 의식하는 모습을 보였다. 그러다가 정치·사회사적 이유로 신라의 미륵신앙이 백제보다 그 본의(本義)에 더욱 가깝게 되었고, 백제가 주도한 문화사적 전개와는 다른 새로운 자리 배치가 필요하다는 인식이 신라인들 사이에서 대두했다.

---

28) 이병도, 『한국고대사회와 그 문화』, 서문당, 1973, 279~292면

　이 때문에 <서동요> 전승에서 침략자 무왕을 '신라적 미(주체)'에 의해 정치적·문화적 영웅이 되는 '서동'(객체)으로 형상화하였으며, 신라와 백제의 관계 또한 신라의 주도에 따라 평화적인 것으로 되도록 구성하였다. 설화에서 새롭게 배치된 주체와 객체의 관계는 미륵신앙의 수용에 대한 사실과 구별되는 역사적 상상력의 바탕이 되었으며, 이는 미륵신앙의 단순 수용을 넘어 새로이 내재화시킨 신라인의 자긍심을 보여준다. 그러나 그럼에도 9세기 초엽까지도 백제계 사상가를 중시하는 신라의 정황 역시 흥미롭다.

　여기서는 무왕이 서동으로 '형상화'되고 다시 무왕으로 '재역사화'되는 과정을 통해 향가 전승에서 역사를 매개로 한 상상력이 작용하는 한 예를 고찰하고자 하였다. 주로 미륵사의 창건 배경과 백제문화에 대한 신라인의 관점을 주된 논거로 삼았다. 그 과정에서 서동의 상대역 선화공주를 역사로부터 일탈시켰는데, 이는 선화공주의 등장 배경을 추론할 만한 단서가 없었기 때문이지만 그 실존 여부를 확언(確言)할 수 있는 단서의 모색을 앞으로의 과제로 한다.29) 나아가 향가의 창작 주체가 지니는 서정성의 원천으로서 당대의 사상과 문화에 대한 탐구도 꾸준히 병행할 것이다.

---

29) 최근의 고고학적 성과에서 미륵사 출토 유물로부터 무왕의 비(妃)가 선화공주가 아닌 것으로 파악하는 관점이 음미할 만하다. 이에 따르면 무왕의 비는 백제의 거성(巨姓) 사택(沙澤)씨 일가라 한다. 이는 선화공주를 가공인물로 보고자 했던 이 논의의 전제와도 상통하는 것이다.

진표 전기의 설화적 화소와 '성자' 형상

1. 진표(眞表)의 입전 과정과 '성자'화

이 논의는 신라 경덕왕대(742~764)의 백제계 승려 진표(眞表, 718~?)에 대한 세 차례의 입전(立傳) 과정에서 발생한 설화적 화소의 유형을 고행, 신앙, 감화의 각 단계로 분류하고, 이들을 각각 분석함으로써 종교적 성취와 사회적 실천을 통한 '성자'의 형상화라는 맥락을 짚어보기 위해 이루어졌다. 이 작업을 통해 삼국·신라시대의 인물로서는 비교적 자료가 풍부한 진표의 설화적 형상화 과정을 문학 연구의 영역에 포함시키는 한편, 초기 시가·서사문학사에서 산견(散見)되는 종교적 성자 형상이 만들어지는 과정이 보다 명료해질 수 있으리라 기대한다.

진표 전기는 그간의 문학적 연구에서는 본격적으로 주목받은 적이 드물지만,1) 사상사 쪽에서는 그가 주최한 점찰법회가 지닌 실천적 요소를 중심으로 한 연구가 꾸준히 진행되어 왔으며,2) 백제 유민으로서 미륵신앙의 전국적 확산에 기여했던 업적3)과 더불어 법상종·유식학과의 관련 양상4)이나 후백제·태봉 정권의 사상적 모태로서의 성격5)이 강조되기도 했다. 20년 남짓한 경덕왕대에 대한 학제를 불문한 큰 관심6)에 비하면 아직 충분한 논의가 이루어졌다 할 정도는 아니다. 그렇지만 중앙집권 혹은 지방분권과 관련한 그의 활동과 사상적 성취를 분석·정리하는 과정으로부터 사회적 파급력과 후대에 끼친 영향을 입체적으로 조망하기 위한 시도로 나아가는 연구사적 여정을 살펴보기에는 충분하다.

다만 진표가 당대에 끼친 파급력과 후대에 미친 영향력의 바탕이 '미륵신앙' 혹은 점찰법회임은 분명하다 하더라도, 그 신앙 체계를 진표만의 것으로 단정하기 어렵다는 공통점이 있다. 이 때문에 여기서는 진표의 전기 자체를 통해 그와 같은 파급력·영향력의 단서를 생각하고자 한다. 이 시도는 현재로서 그 실상이 불투명해진 미륵신앙, 점찰법회 등의

---

1) 『삼국유사』 소재 설화 전체를 대상으로 연구하는 가운데 간략하게 언급되거나, 모악산이라는 공간적 배경을 중심으로 진표와 진묵의 설화를 비교 소개한 발표문이 있는 정도이다. 송효섭, 『삼국유사설화와 기호학』(일조각, 1990), 134~136면. 정륜, 「모악산과 불교 ─진표율사와 진묵대사를 중심으로」, 『선도문화학술대회 : 한국의 선도문화─천부경과 모악산을 중심으로』(국제뇌교육종합대학원 국학연구원, 2006), 145~169면.

2) 비교적 근래의 성과물만을 들면 다음과 같다.
  김영태, 「점찰법회와 진표의 교법사상」, 『신라불교연구』(민족문화사, 1990), 381~404면.
  채인환, 「신라 진표율사 연구(Ⅰ)·(Ⅱ)·(Ⅲ)」, 『불교학보』 23~25(동국대 불교문화연구원, 1986·1987·1988).
  윤여성, 「신라 진표와 진표계 불교 연구」(원광대 사학과 박사논문, 1999).
  박광연, 「진표의 점찰법회와 밀교 수용」, 『한국사상사학』 26 한국사상사학회, 2006), 1~32면.
  박미선, 「진표 점찰법회의 성립과 성격」, 『한국고대사연구』 49(한국고대사학회, 2008), 223~254면.

3) 조용헌, 「진표율사 미륵사상의 특징」, 『한국사상사학』 6(한국사상사학회, 1994), 111~115면.

4) 정미숙, 「진표의 미륵신앙과 이상사회론」, 『지역과 역사』 7(부경역사연구소, 2000), 2~9면.

5) 조인성, 「미륵신앙과 신라사회─진표의 미륵신앙과 신라말 농민봉기와의 관련성을 중심으로」, 『진단학보』 82(진단학회, 1996), 35~52면.

6) 이 시기와 관련하여 왕당파와 반왕당파의 대립에 대한 정치사료의 분석, 석굴암과 불국사의 문화사적 상징에 대한 탐색, 향가 5수에 대한 배경론적 고찰 등을 중심으로 열거하기 어려울 정도의 연구성과가 축적되었다.

요소로부터 그의 실체를 추리하고자 하는 가설적인 모험보다 진일보한 방법론을 모색하기 위한 것이다.

논의의 순서는 우선『송 고승전(宋 高僧傳)』의 자료와『삼국유사』권 5 의해편(義解篇)의 진표 전기(傳記) 2편을 편찬 시기를 고려하여 비교 분석하고, 그 가운데 설화적 화소를 띤 3단락을 제시하고자 한다. 이들은 각각 '고행 화소와 종교적 성취의 의미', '뼈 신앙 화소와 사회적 실천의 의미', '동물 감화 화소와 '성자' 형상의 완성'이라는 표제로 구체화될 것이다. 이러한 모형은 '고행 → 신앙 → 감화'라는 종교적 차원에서의 성장 과정을 드러내는 동시에, 이러한 성장이 '종교적 성취 → 사회적 실천 → '성자' 형상의 완성'으로 나아가는 맥락도 함께 시사하기 위한 것이다.

2. 진표 전기의 설화적 화소

진표의 전기는 크게 세 가지 계열로 전승되어 왔는데, 그것은 각각 ① 『삼국유사』의해편의 <진표전간(眞表傳簡)>(이하 <전간>), ② 1197년 영잠 (瑩岑)이 찬술한 <발연수 진표율사 진신골장입석비명(鉢淵藪 眞表律師 眞身 骨藏立石碑銘)>(이하 <비명>),[7] ③ 988년 편찬된『송 고승전』의 <당 백제 국 금산사 진표전(唐 百濟國 金山寺 眞表傳)>(이하 <진표전>) 등이다.[8] 이 가 운데 진표의 생몰연대와 가장 가까운 자료는 ③ <진표전>이지만『송 고승전』은 특유의 신비주의적 성향과 외국인 편찬 자료라는 이유 탓에

---

7) 이 자료는『朝鮮金石總覽(上)』(아세아문화사 영인, 1976)에 실려 있고, 일연의 제자 無極 의 요약본이『삼국유사』에 <金剛山 鉢淵寺 開倉祖師 眞表律師 事績碑>라는 제목으로 실 려 있다.

8) 진표의 전기 자료는 김남윤,「진표의 전기 자료 성격 검토」,『국사관논총』78(국사편찬위 원회, 1997) 참조.

사료적 가치를 온전히 평가받지는 못했다. 그렇지만 백제 멸망 후 3세기가 지난 시점에서 편찬이 이루어졌음에도 진표를 '백제'의 승려로 인식한 점은 나름대로 의미가 있다.9) 이들 사이의 사료적 가치의 우열 관계를 굳이 따지지 않고, 정착 시기만을 따라 '③-①-②'의 순으로 도표를 작성하면 아래와 같다. 『삼국유사』에 수록된 기록 가운데 <전간>보다는 <비명>의 내용이 좀 더 풍부하고 상세하기 때문에 여기서는 일단 <전간>을 <비명>보다 선행하는 자료로 판단하였다. 표의 짙은 부분이 주로 살펴볼 내용에 해당한다.

진표의 생애	〈진표전〉(988)	〈전간〉(12세기)	〈비명〉(1197)
출 생		완산주 만경현(718년).	전주 벽골군 도나산촌 대정리(734년).
출가 동기	사냥을 하다 개구리의 참혹한 모습 목격 (개원 연간 : 713~741).	12세에 금산사에서 출가 (729년).	12세에 금산사에서 출가 (745년).
고행의 과정	몸을 들어 땅에 침. 〔五體投地〕	온몸을 돌에 쳐 무릎과 팔이 모두 부서짐. 〔亡身懺法〕	양식을 덜어 쥐를 기름, 돌로 오체를 두들겨 3일째에 손과 팔뚝이 부러져 떨어져 나감.
菩薩 親見	7일째 지장보살, 14일째 마귀, 21일째 미륵보살을 만남. 보살의 손가락뼈를 간자로 얻음.	23세(740년), 14일 만에 지장보살을 만나고 다시 수행하여 미륵보살 친견, 보살의 손가락뼈를 간자로 얻음.	27세(760년), 3년 7일째 지장보살, 21일째 지장과 미륵보살을 함께 만남, 보살의 손가락뼈를 간자로 얻음.
종교적 활동	점찰법 개최의 과정 서술.	금산사에서 해마다 강단을 개최하고 여러 곳을 두루 다님.	

---

9) 이러한 인식을 후백제가 진표를 의도적으로 선양한 결과로 평가하기도 한다. 박광연(2006), 3면.

진표의 생애	〈진표전〉(988)	〈전간〉(12세기)	〈비명〉(1197)
신이한 모습 〔感應〕	감화된 동·식물과 남녀가 진표가 다니는 길을 깨끗이 함.	35세(752년), 아슬라주에서 물고기들이 다리를 만들어줌 ↓ 경덕왕에게 菩薩戒 授戒, 물고기에게 수계한 곳에 '발연사' 창건.	① 용왕이 옥가사를 바치고 호위함. ② 금산사 완성후 미륵보살이 다시 나타남. ③ 속리산 가는 길에 소들이 감응함. ④ 명주 해변에서 물고기들이 다리를 만들어 줌. ⑤ 흉년에 기도하니 물고기들이 죽어 식량이 됨.
사승관계			간자를 후계자에게 주어 점찰법회를 개최하게 함.
死後의 異蹟			바위에 올라 죽고 뼈가 흩어짐, 무덤에 심은 두 그루 소나무에 기도하면 진표의 뼈가 나타남.
평 가		점찰법회의 사회적 필요성 역설.	

    이들 자료는 2세기 내외의 터울로 기록되어 시기별 전승의 동이(同異)와 그 변모 양상을 고찰하기에도 유용하다. 〈진표전〉은 후대의 자료들에 비해 출가의 동기가 구체적으로 명시된 점, 보살을 친견하는 과정의 도중에 마귀를 만나는 점, 후대에는 동물들의 감응으로 드러나는 화소가 인간 남녀의 성의(誠意)를 중심으로 표현되는 점 등이 특징이다. 이 가운데 감응과 관련한 화소는 후대로 갈수록 점점 강화되어 〈비명〉에서는 5가지 삽화에 사후의 이적(異蹟)까지 첨가되는 모습이다. 반면에 종교적 활동과 관련된 서술은 〈전간〉에서 승려 신분의 편찬자에 의해 다소 강화되었다가 〈비명〉에는 거의 나오지 않는 모습이다. 대체로 사회적 실천과 관련한 신비주의적 성향이 강화되고, 진표 개인의 사상적 지향에 대한 묘사는 약화되는 방향으로 설화의 전승이 이루어져간다고 할 수 있다.

    이 도표에서 짙은 색으로 표시한 부분을 주된 논의 대상으로 삼은 이유는 이들이 전승 단계에 따라 미묘하게 다른 모습을 보이기도 하지만, 화소의 성격상 설화화의 면모가 두드러지기 때문이다. 우선 '고행의 과정'을 보면 온몸을 돌에 부딪치거나 돌로 몸을 때려 부러지고 절단되는 참혹한 모습이 드러난다. 이 화소는 3개의 전승에 모두 등장하여 진표의 성도(成道) 과정에서 필수적이다. 이와 같은 극단적인 수행 방법이 지니는 의미에 대해서 생각해 보기로 한다.

다음으로 '보살 친견'과 '사후의 이적'에서는 미륵보살과 진표의 '뼈'가 지닌 신성성(神聖性)을 묘사하고 있다. 특히 보살의 뼈가 종교적 활동과 신이한 모습의 물적 토대가 되고, 진표의 사후에는 진표의 뼈가 신앙의 충실성을 예증하는 근거가 된다는 점은 예사롭지 않아 보인다. 뼈 신앙은 샤머니즘과 밀접한 관계가 있으며, 이는 진표가 추구한 신앙의 양태(樣態)와 사회적 지향을 어떻게 평가할지 여부에 대한 중요한 바탕이 된다.

마지막으로 '신이한 모습[感應]' 관련 단락은 사람, 동물, 용왕 등 다양한 층위의 존재들이 진표에게 감화되어 신앙 행위에 동참, 희생하는 화소들이다. 이와 같은 감응력을 발휘할 수 있는 바탕은 진표의 '도력(道力)' 혹은 '신이(神異)'라 할 수 있는데,[10] 문학적으로 표현하여 '성자' 형상으로 부르면 어떨까 싶다. 언어 텍스트에 의한 감화는 사람만을 대상으로 하는 제약을 지닌 것과는 달리, '성자' 형상을 보고 느끼며 겪는 감응은 동물과 천지자연에 두루 파급되며, 시간적 제약 역시 벗어날 것이다.

이상의 세 가지 층위는 한 개인이 '고행'을 통해 성도하여 다른 사람에게 '신앙'을 유발시키고, 동물에게까지 '감화'를 일으키는 일련의 과정을 보여주면서, 종교적 성취가 사회적 실천에 연결되고 자연에까지 영향

---

10) 조용헌(1994), 107면.

을 끼치는 '성자' 형상이 만들어지는 흐름을 보여주기도 한다. 이 흐름이 후대의 자료에 이를수록 더욱 부연, 상세화되어 가는 과정은 『삼국유사』 설화의 형성 과정과 맞물려 매우 중요하다. 요컨대 진표에 관한 전승담의 변모 양상은 역사적 인물이 신화화 내지는 신격화되어가는 과정을 보여주는 좋은 사례라는 것이다. 이와 같은 전제와 가설의 적절성을 각 화소별로 나누어 기록들을 서로 비교하며 검증하고자 한다.

3. 설화적 화소의 유형과 '성자' 형상

3.1. 고행 화소와 종교적 성취의 의미

진표가 고행을 통해 종교적 성취에 이르는 과정은 3종의 전승에 모두 등장한다. 그 구체적인 전승 양상은 앞서 전제했듯이 해당 문헌의 편찬 시기에 따라 사뭇 다르다.

> [A] 몸을 들어 **땅**에 **치면서** 계법(戒法)을 구하고자 서원하길, '미륵보살이 나에게 계법을 주시길 바란다.'고 하였다. 밤에는 낮보다 배로 공을 들여 주위를 돌고 몸을 던지며 마음으로 쉼 없이 생각하기를 7일이 지나자…11)

> [B] 진표가 사(師)의 말을 듣고 명악(名岳)을 편유(遍遊)하다가 선계산(仙溪山) 불사의암(不思議菴)에 머물러 삼업(三業)을 닦고 망신참(亡身懺)으로써 계(戒)를 얻었다. 그는 처음 칠야(七夜)를 기(期)하여 오륜(五輪)을 돌에 메쳐 슬완(膝腕)이 모두 부서지고 피가 바위언덕에 비오듯 하였다.12)

---

11) 『宋 高僧傳』 卷14, <唐 百濟國 金山寺 眞表傳>. 국역은 박미선(2008)에 따름.

[C] 사(師)가 교(敎)를 받들고 물러와 명산(名山)을 두루 다닐 때 나이 이미 27세였다. 상원(上元) 원년 경자(庚子)에 쌀 20두를 쪄 말리어 이로써 양식(粮食)을 삼아 보안현(保安縣)에 가서 변산(邊山) 불사의방(不思議房)에 들어갔다. 미(米) 5홉으로써 1일의 비(費)를 삼고 그중 일합(一合)을 덜어 쥐를 기르고 미륵상(彌勒像) 전(前)에 계법(戒法)을 근구(勤求)하여 3년이 되어도 수기(授記)를 얻지 못하였다. **발분(發憤)하여 암하(巖下)에 투신(投身)하였더니 홀연(忽然) 청의동자(靑衣童子)가 손으로 받들어 돌 위에 올려 놓았다.** 사(師)가 다시 발분(發憤)하여 3일을 기약하여 밤낮으로 근수(勤修)하여 돌을 두들기며 참회(懺悔)한지 삼칠일(三七日)에 손과 팔이 부러져 떨어졌다.13)

인용문에서도 드러나듯 진표의 성도 과정은 후대로 갈수록 분량이 길어지고, 참담한 묘사적 표현이 늘어나고 있다. [A]의 <진표전>에서는 "몸을 들어 땅에 친다"고 하여 오체투지(五體投地)의 모습을 묘사하였으며, 수행의 목표는 '계법'이라고 구체적으로 명시되었다. "몸을 던진다"는 표현이 있기는 하지만 문자 그대로의 의미일 뿐 가혹한 고행(苦行)으로 읽힐 여지는 크지 않다. 여기에 해당하는 부분이 [B]의 <전간>에서는 "오륜[五輪, 五體]을 돌에 메쳐 슬완(膝腕)이 모두 부서지고 피가 바위언덕에 비오듯 하"는 망신참법(亡身懺法)의 실상으로 변모하였다. [C]에서는 고행의 기간이 3년 이상으로 늘어나고 손과 팔이 다 부러지는 지경에 이르기도 하는데, 위기상황에서 구원해주는 청의동자(靑衣童子)가 등장하여 신비감을 더해 준다. 진표가 양식을 덜어 쥐를 기른다는 화소는 그의 수행에 이타적(利他的)인 면이 있음을 시사하기 위해 첨가된 것으로 보인다.

[A]에서는 수행의 진정성을 보여주는 쪽에 주력했다면, [B]는 그 진정성이 몸을 혹사시키는 참담함을 통해 구체화되었고, [C]는 그 참담함의

---

12) 『三國遺事』 義解 第五, <眞表傳簡>(번역문은 이병도 譯에 따름. 이하 같음).
13) 『三國遺事』 義解 第五, <關東楓岳鉢淵藪石記>.

과정에서 조력자와 동반자에 가까운 존재가 나타나기도 한다는 것이다. 이와 같은 서사의 부연 과정은 진표의 수행에 일상적인 차원의 진심을 넘어선 비상식적인 일탈성을 부여한다. 진표는 그저 훌륭한 인품을 지닌 승려(僧侶)라기보다는 가혹한 통과의례(通過儀禮)를 거쳐 신에 가까운 자격을 획득한 존재처럼 여겨진다.

여기서 문제는 [B]와 [C]에서와 같은 극한적인 고행은 본래의 불교 교리에서 부정된다는 점에 있다.14) 물론 종교의 교리라는 것이 항상 축자적(逐字的)으로 지켜지는 것은 아니지만, 전적으로 무시되는 것도 아니다. 진표의 고행은 불교적 수행이라기보다 샤먼의 입사(入社)에 한결 가까운 것처럼 보이기도 한다. 그는 참회 위주의 점찰법회 개최와 초자연적 권능으로 명망을 얻은 승려였다. 따라서 '망신참법'이라는 극한적 고행에 의한 참회가 그의 승려 혹은 종교인으로서 정체성과 권능에는 불교 교리의 축자적 이해보다 더욱 중요하지 않았을까 한다. 진표는 원효, 의상처럼 지식인다운 논설을 남기거나 자장, 원광처럼 뚜렷한 족적을 사회에 남기지 않았다. 일단 그들이 활동했던 7세기 후반과는 진표의 세대가 다소 다르기도 하다. 그러나 진표의 사회적 실천으로 주목되어 온 점찰법회라는 행사의 성격과 절차가 불투명하여 논쟁거리였고, 그의 행적은 경덕왕에게 보살계를 수계한 것 이외에는 신비로운 삽화들 일색이었다는 점을 유념할 필요가 있다. 마치 고승대덕이라기보다 신통력을 지닌 사제로 기억되어 온 것처럼 보인다는 말이다.

진표의 고행을 묘사하면서 인상적인 부분은 뼈가 부러지고 피가 흩어지는 모습이다. 후술하겠거니와 애초에는 뼈인지 옥인지 알 수 없었던 도구가 뼈로 단정되면서 신앙의 대상으로서 그 의미가 확대되기에 이른

---

14) 『增一阿含』 卷23, <增上品> 제8경을 비롯한 다수의 아함부 경전에서 지나친 고행은 무익한 것으로 부정되고 있다.

것이다. 따라서 특히 '뼈'가 중요해 보인다. [C]에서 "참회(懺悔)한지 삼칠일(三七日)에 손과 팔이 부러져 떨어졌다."는 표현은 부러진 뼈가 곧 참회의 증거로서 중요하다는 것이고, 뼈가 부러졌으니 보살을 친견(親見)할 자격을 갖추었다는 의미로 읽을 수 있다. 그런데 '뼈'는 보살에게도 매우 중요한 것이었다.

3.2. 뼈 신앙 화소와 사회적 실천의 의미

샤머니즘의 뼈 신앙은 세계적으로 널리 보이는 것이며, 한국에도 <황천혼쉬>[15]를 비롯한 다수의 사례가 있다. 진표의 전기에서도 뼈 신앙의 흔적이 보이는 점이 일찍이 지적되어 왔다. <전간>과 <비명>에는 미륵보살이 진표에게 189개의 간자를 주면서 그 가운데 제 8·9 간자 2개가 자신의 손가락뼈라고 말하는 장면이 있다. 이렇게 손가락뼈를 신앙의 대상으로 간직하라는 표현이 샤머니즘적이라는 것이다. 그런데 이 화소는 가장 이른 시기의 <진표전>에서는 등장하지 않으며, <전간>과 <비명>을 거치면서 신앙의 대상으로 표상되기에 이른 것이다.

> [D] 7일이 지나자 새벽에 지장보살(地藏菩薩)이 금석(金錫)을 흔들며 와서 진표를 위해 경책(警策)을 주면서 계연(戒緣)을 발하여 받기 전에 지을 방편을 가르쳐 주었다. 2·7일이 되자 **대귀(大鬼)가 무서운 모습으로 나타나 진표를 밀어 바위 아래로 떨어뜨렸으나 몸은 다친 곳이 없었다.** 3·7일 새벽에 이르러…자씨보살이 몸소 삼법의(三法衣)와 와발(瓦鉢)을 주고, 다시 이름을 사여하여 진표(眞表)라 하였다. 또 무릎 아래에서 두 가지 물건을 꺼냈는데, **뼈도 아니**

---

15) <황천혼쉬> 자료는 손진태, 『朝鮮神歌類編』(東京 : 향토연구사, 1930)과 김쌍돌이本, 함경남도 함흥, 1926 채록본 참조. <황천혼쉬>는 3형제가 밭에서 백골을 얻어와 致富하는 과정과 백골의 경고로 죽음을 모면하는 과정 등이 서사의 중심을 이룬다.

고 옥도 아닌 것으로 곧 첨검(籤檢)하는 도구였다. 하나는 구자(九者)라 하고 다른 하나는 팔자(八者)라 하는데 각 2자를 진표에게 부촉(附囑)하며 말하기를, "만약 사람이 계(戒)를 구하면 마땅히 먼저 참죄(懺罪)해야 하는데, 죄복(罪福)은 곧 성품을 지범(持犯)한다."라고 하고, 다시 108첨(籤)을 더 주었는데 첨 위에 108번뇌(煩惱)의 명목이 적혀 있었다.16)

[D]의 <진표전>에서는 "뼈도 아니고 옥도 아니었다"고 되어 있을 뿐, 손가락뼈 운운하는 표현은 없다. 여기서의 뼈 신앙은 진표 관련 전승이 처음부터 지녔던 것이 아니라 후대의 전승 과정에서 부연된 것일 가능성이 크다는 것이다.

앞서 [A]에서 입사 행위 비슷한 극한적 고행 대신 오체투지의 정경이 묘사되었듯이, 진표와 미륵의 만남은 '불교적'이었다. 신비주의의 요소가 전연 없다고는 할 수 없지만, 순전히 신비주의적인 요소만으로 모든 것을 설명하려 하지는 않는다. 나름의 절차에 따라 깨달음의 경지에 이르는 과정을 순차적으로 제시할 뿐, 인과 관계 없는 갑작스런 초월적인 설정이 남발되지는 않았다는 것이다. 미륵이 진표에게 준 간자의 기능도 신앙의 대상이라기보다 '첨검(籤檢)하는 도구'로서의 기능에 초점이 맞추어져 있다.

지장과 미륵을 만나는 사이 2·7일에 '대귀(大鬼)'를 만났다는 화소도 후대의 기록에는 나오지 않는 것이다. 이 대귀는 불전(佛典)에 흔히 등장하는, 종교적 성취의 각 단계마다 만나게 되는 마음의 번민과 미혹을 상징한다고 볼 수 있다. 대귀가 바위 아래로 밀었는데도 진표가 다치지 않았다17)는 말은 진표의 종교적 인식이 번민과 미혹을 다 떨치고, 기적을

---

16)『宋 高僧傳』卷14, <唐 百濟國 金山寺 眞表傳>.
17) 이 화소는 [B]와 [C]에서의 고행을 통한 신체의 학대와는 정면으로 상충된다는 점을 고

일으킬 만한 수준에 이르렀다는 의미이다. 그 정도 소질은 갖추어야 미륵을 만날 자격이 된다는 것이다. 따라서 대귀의 등장은 진표의 근기(根機)를 입증하기 위한 화소로서 중요한 의미가 있다.

그렇다면 '지장(7일) → 대귀(2·7일) → 미륵(3·7일)'에 이르는 깨달음의 단계 모형을 보면 왜 하필 3·7일이 되어야 미륵을 친견할 수 있는지도 명쾌하다. 그런데 이 명쾌함은 후대의 자료에서는 다소 그 양상이 달라진다.

[E] 성응(聖應)이 없는 것 같아, 몸을 버리기로 뜻을 결(決)하고 다시 7일을 기(期)하여 삼칠(二七, 14)일을 마쳤다. 지장보살(地藏菩薩)이 나타나 정계(淨戒)를 받았으니 바로 개원(開元) 28년 경진(庚辰) 3월 15일 진시였다. 때에 나이 23세였다. 그러나 뜻이 자씨[慈氏, 미륵보살]에 있었으므로 감히 중지(中止)하지 않고 영산사[靈山寺 혹은 邊山 또는 楞枷山이라 함]에 옮아 또한 처음과 같이 부지런하고 용감히 하였다. 과연 미륵(彌勒)이 감응(感應)하여 나타나 점찰경(占察經) 두 권[이 경(經)은 진(陳)·수간(隋間)에 외국(外國)서 번역(飜譯)된 것으로 지금 처음으로 나타난 것은 아니니 자씨가 이 경을 주었을 뿐이다]과 증과간자(證果簡子) 189개를 주고 이르기를 그 가운데서 제팔간자(第八簡子)는 새로 얻은 묘계(妙戒)를 유(喩)함이요, 제구간자(第九簡子)는 구계(具戒)를 더 얻은 것을 유(喩)함이다. 이 두 간자(簡子)는 내 손가락 뼈요, 그 나머지는 모두 심단목(沈檀木)으로, 모든 번뇌(煩惱)를 말한 것이니 너는 이것으로써 법(法)을 세상에 전하여 사람을 구제(救濟)하는 진벌(津筏)을 삼으라 하였다.[18]

[E]의 <전간>에 이르러 뼈 신앙의 요소가 미륵의 입을 통해 분명하게 드러난다. 그런데 이에 못지않게 의미심장한 구절이 미륵의 손가락뼈

려할 필요가 있다.
18) 『三國遺事』 義解 第五, <眞表傳簡>.

로 무엇을 하라고 명령하는 부분에 있다. [D]에서 "만약 사람이 계(戒)를 구하면 마땅히 먼저 참죄(懺罪)해야 하는데, 죄복(罪福)은 곧 성품을 지범(持犯)한다"고 하였다. 이보다 앞서 간자는 '첨검(籤檢)하는 도구'라 하였는데, 이 도구가 제 역할을 하기 위한 전제는 여기서의 "사람이 계(戒)를 구하"는 행위 자체에 있다. 사람이 주체적으로 계를 구하고 참회를 해야만 이 간자가 유용하다는 의미이다. 신앙하는 사람들의 능동적인 역할, 말하자면 자력신앙(自力信仰)에 비중을 둔 것이라 하겠다.

그러나 [E]에서는 미륵의 요구가 약간 달라진다. "너는 이것으로써 법(法)을 세상에 전하여 사람을 구제(救濟)하는 진벌(津筏)을 삼으라"고 진표에게 명령을 내린다. 사람들의 자발적인 의지보다는 보살의 원력(願力)을 통해 구제받아야 한다는 것이다. 말하자면 타력신앙(他力信仰)에 무게중심이 놓여 있고, 진표가 지녀야 할 사명감과 사회적 책임의 강도가 [D]에 비하면 훨씬 커진다.

이것은 진표에게서 신앙의 과정에서 동반자, 선지식(善知識)으로서의 역할을 하는 여느 고승과 같은 성격을 탈각시키고, 남들을 구원할 수 있는 메시아적 존재로서 형상화하기 위한 시도로 여겨진다. 여기서 '메시아'로서 진표의 권능은 [F]의 <비명>에 이르러 더욱 확대된다.

[F] 사(師)가 다시 발분(發憤)하여 3일을 기약하여 밤낮으로 근수(勤修)하여 돌을 두들기며 참회(懺悔)한지 삼칠일(三七日)에 손과 팔이 부러져 떨어졌다. 7일 되던 밤에 지장보살(地藏菩薩)이 손에 금석장(金錫杖)을 흔들며 와서 가호(加護)하니 손과 팔이 전과 같이 되었다. 보살(菩薩)이 그에게 가사(袈裟)와 법발(法鉢)을 주니 사(師)가 그 영응(靈應)함을 알고 더욱 정진(精進)하여 삼칠일이 차자 천안(天眼)을 얻어 도솔천중(兜率天衆)이 오는 것을 보았다. 이때에 지장(地藏)과 자씨(慈氏, 彌勒)가 사의 이마를 만지며, "잘하도다! 대장부여, 이와 같이 계를 구(求)하여 신명(身命)을 아끼지 않고 간구(懇求) 참회하

는도다." 하고 지장은 계본(戒本)을 수여(授與)하고 자씨는 또 이생
(二栍)을 주었다. 일(一)에는 "구자(九者)"라 쓰여있고 일(一)에는 "팔
자(八者)"라 쓰여 있다. 사에게 고(告)하되, **"이 두 간자(簡子)는 내
손가락 뼈니 시각(始覺), 본각(本覺)의 이각(二覺)을 말함이요, 또
구(九)는 법이요 팔(八)은 새로 훈성(熏成)한 불종자(佛種子)니,
이것으로써 과보(果報)를 알지니라. 네가 이 몸을 버리고 대국왕
(大國王)의 몸을 받아 후에 도솔천(兜率天)에 날 것이다."** 이렇게
말을 마치자 양성(兩聖)은 곧 숨어버렸다. 때는 임인(壬寅) 4월 27일
이었다.19)

지장보살이 진표의 부러진 뼈를 고쳐준 데다가, 3·7일째 지장과 미륵
이 함께 나타난다. 두 개의 손가락뼈가 본각과 시각을 상징한다는 등의
종교적 의미가 첨가되고, 진표가 대국왕(大國王)으로서 도솔천에 태어날
것이라는 예언까지 덧붙여진다.

다음 단락에 살펴보겠지만 <비명>에서 미륵은 이후에 한 번 더 나타
나 신자들에게 진표의 권위를 높여주는 역할을 맡기도 한다. 게다가 <비
명>에 따르면 훗날에는 미륵보살의 손가락뼈뿐만 아니라 진표 자신의
뼈에 대한 신앙도 존재했던 것으로 보인다.

> [G] 사(師)가 세상을 떠날 때에 절의 동쪽 큰 바위 위에 올라가서 죽었
> 다. 제자들이 시체를 옮기지 않고 공양(供養)하다가 해골이 흩어지
> 자 흙으로 덮어 묻고 유궁(幽宮)을 만들었다. 그 무덤에 청송(靑松)
> 이 곧 났는데 세월(歲月)이 오래되매 마르고 다시 한 나무가 나고
> 그 후에 또 한 나무가 났는데 그 뿌리는 하나였다. 지금에도 쌍수
> (雙樹)가 있다. 무릇 치경(致敬)하는 이가 송하(松下)에서 뼈를 찾
> 아 혹 얻기도 하고 혹 얻지 못하기도 한다. 내가 성골(聖骨)이 없어
> 질까 두려워하여 정사년(丁巳年) 9월에 특히 송하에 가서 뼈를 주

---

19) 『三國遺事』 義解 第五, <關東楓岳鉢淵藪石記>.

위 통(筒)에 담으니 3홉 가량이 되었다. 그래서 대암상(大巖上) 쌍수하(雙樹下)에 돌을 세우고 뼈를 안치(安置)하였다.[20]

이 삽화에 따르면 치경(致敬)을 극진히 하면 진표의 뼈를 얻을 수 있다고 한다. 이것은 진표가 미륵의 손가락뼈를 얻었다는 화소가 진표 자신에 대한 신도들의 믿음을 통해 반복해서 재생산될 수 있다는 의미와 다르지 않다. 후대에 이르러 미륵보살만이 아닌 진표에 대한 신앙(信仰)도 발생하게 됐다는 것이다.

이쯤 되고 보면 진표를 여느 고승대덕과는 다르게 기억된 인물로 보아야 하지 않을까 한다. 적어도 진표의 뼈를 얻고자 했던 사람들에게는 그가 신 또는 그에 가까운 인물로 여겨진 것이 아니었을까? 사후의 이적(異蹟)이 신화적 존재들만의 전유물은 아니겠지만, 후대로 갈수록 이와 같은 성격의 전승이 추가되는 과정은 기존의 '도력(道力)' 또는 '신이(神異)'라는 표현만으로는 다소 부족해 보인다. 진표에게 감응한 존재들에 대한 화소에서 이와 같은 성격은 더욱 다채롭게 드러난다.

3.3. 동물 감화 화소와 '성자' 형상의 완성

앞서 밝혔거니와 현존하는 진표의 전기 가운데 가장 앞선 시기의 기록인 <진표전>이 수록된 『송 고승전』은 신비주의 성향이 특히 강한 문헌으로 알려져 있다. 그러나 지금까지 살펴 본 <진표전>의 신비주의는 불교 나름의 '종교적'인 범위를 넘어서지는 않았다. 이에 비하면 <전간>과 <비명>은 <진표전> 이후 2세기에 이르는 전승 과정에서 벌어질 수 있는 인물의 신격화 과정을 잘 드러내고 있다고 할 만하다. 이제부터 살

---

20) 『三國遺事』 義解 第五, <關東楓岳鉢淵藪石記>.

펴 볼 동물 감화 화소에서는 종교보다 주술에 가까운 신비주의의 성향을
제시하는 한편, 이와 같은 인물의 형상화와 기억의 방식을 어떻게 평가
할 수 있을지를 모색하고자 한다.

> [H] 진표가 길을 따라 산을 내려올 때 **초목이 낮게 드리워져 길을 뒤덮**
> **어 계곡의 높고 낮음에 구별이 전혀 없고, 사나운 날짐승 길짐승들**
> **도 길가에 얌전히 엎드려 있었다.** 고을마다 마을마다 공중에서 "보
> 살이 산에서 내려오니 어찌 영접치 않을 수 있으랴!"라고 외치는
> 소리가 들렸다. 이때 **남녀가 머리를 풀어서 진흙을 덮고, 옷을 벗**
> **어서 길에 깔고, 방석담요를 펴놓고 발을 밟게 하고, 화려한 자리**
> **와 아름다운 요로 구덩이를 메우기도 하였다.** 진표는 정성되이 인
> 정에 쫓아서 일일이 밟고 갔다.[21]

[H]는 진표가 미륵을 친견하고 활동을 시작하는 장면에 대한 <진표
전>의 묘사이다. 마치 예수의 예루살렘 입성 과정을 그려내듯, 사람들이
진표를 얼마나 거룩한 존재로 바라보고 있는지 실감나게 보여주고 있다.
식물과 동물도 진표의 앞길을 예비하고 존중하고 있지만, 이 삽화의 핵
심은 '사람들'의 정성과 그 정성에 대한 진표의 애틋한 화답에 있다.

그런데 이후의 서술에서는 능동적으로 정성을 바쳤던 사람들의 역할
은 미미해지거나[I], 동물보다 노둔한 존재 또는 시혜(施惠)를 베풀어야
할 대상으로 전락[J]하게 된다. 여기서 앞서 논의한 자력신앙과 타력신
앙의 관계를 연상한다면 지나칠지 모르지만, 진표의 신성함을 보다 잘
알아보는 존재들이 사람보다는 동물이 되어가고 있다는 점은 나름의 의
미가 있을 것이다.

---

21) 『宋 高僧傳』 卷14, <唐 百濟國 金山寺 眞表傳>. 국역은 조용헌(1994), 109면을 참조하
   고 앞부분을 추가 번역하였음.

> [I] 법화(法化)가 두루 미치매 유섭(遊涉)하여 아슬라주(阿瑟羅州)에 이르
> 렀던바 **조여간(島嶼間)의 어별(魚鱉)이 다리를 놓고 수중(水中)으**
> **로 맞아들여,** [表가] 법을 청(講)하여 [魚鱉이] 계를 받았다. 바로 천
> 보(天寶) 11년 임진(壬辰) 2월(二月) 망일(望日)이었다. 혹본(或本)에는
> 원화(元和) 6년이라 하였으나 잘못이다. 원화는 헌덕왕대(憲德王代)
> 에 당한대[성덕왕(聖德王) 때로부터 무릇 70년쯤 된다]. **성덕왕이 듣**
> **고 궁중(宮中)으로 맞이하여 보살계(菩薩戒)를 받고 조(租) 7만 7천**
> 석을 주었으며 초정(椒庭)과 열악(列岳)이 모두 계품(戒品)을 받고 견
> (絹) 오백단과 황금(黃金) 50냥을 시주하였다.22)

진표가 강릉 지역으로 교세(教勢)를 확장하기 위해 방문했을 때 물고기
와 자라들이 다리를 놓아 도와줬다는 이야기이다. 이 화소는 <동명신화
(東明神話)>와 같은 건국신화에서도 보이고, 다음에 살펴볼 [J]─④에서
다시 한 번 반복되기도 한다. 더불어 [J]─⑤에서 앞서 수계를 내렸던 것
으로 보이는 물고기들의 희생을 통해 흉년의 곤궁을 벗어난다는 삽화도
있다. 진표에게는 '물고기'로 표상되는 속성이 있지 않았을까 한다. 아무
튼 이로 인해 진표는 물고기와 자라들에게도 수계를 내리고, 이 사실을
알게 된 경덕왕에게까지 수계를 할 수 있었다는 것이다.

기존 연구에서는 호남과 영동 지역을 중심으로 한 진표의 교세 확장이
경덕왕을 비롯한 신라 지배층을 긴장시킨 결과 백제 계열의 미륵신앙을
대표하는 진표가 국왕에게 보살계를 내릴 수 있었다는 식의 표현이 많았
다. 그런데 기록의 문면을 놓고 보면 물고기를 '감응'시킨 그 감화력 때
문에 경덕왕이 수계를 받았다고 분명하게 적혀 있다. 경덕왕이 수계를
받고 시주한 물품들은 진표 사원의 경제적 기반과 정치적 권위를 신장시
키기에 적극 활용되었을 것이다.

---

22) 『三國遺事』 義解 第五, <眞表傳簡>.

이와 같은 서술은 동물을 감화시키는 진표의 권능이 국왕의 정치적 권위보다 더 대단하다는 인식에서 나온 것이다. 진표가 이룩한 치적들이 그를 권력의 핵심에 다가설 수 있도록 했다는 점을 부정할 필요는 없겠지만, 후대의 전승자들은 점찰법회나 미륵신앙의 전파를 비롯한 진표의 치적보다, 동물들까지 감화시켰던 신통력에 더 큰 인상을 받고 의미를 부여했다는 것을 주목할 필요가 있다. 그 결과 <비명>에 이르면 감화의 화소는 5가지로 확대되고, 그 대상 역시 동물만이 아닌 인간과 초월적 존재 전체를 두루 포함하게 된다.

> [J] 사(師)가 교법(教法)받기를 마치자 금산사(金山寺)를 세우려고 산(山)에서 내려와 대연진(大淵津)에 이르매,
>
> ① 갑자기 용왕(龍王)이 나와 옥가사(玉袈裟)를 바치고 팔만 권속(八萬 眷屬)을 거느리고 그를 호위(護衛)하여 금산수(金山藪)로 가니 사방(四方)에서 사람들이 와서 불일내(不日內)에 절을 완성하였다.
>
> ② 또 자씨(慈氏)가 도솔천(兜率天)에서 구름을 타고 하강(下降)하여 사와 함께 계법을 받으니 사는 단연(檀緣)을 권하여 미륵장육상(彌勒丈六像)을 주성(鑄成)하고 또 금당(金堂) 남벽(南壁)에 미륵이 하강하여 수계(受戒)하는 모양을 그렸다. [像은] 갑진(甲辰) 6월 9일에 주성되어 병오(丙午) 5월 1일에 금당을 안치하였으니 이 해는 대력(大曆) 원년(元年)이었다.
>
> ③ 사가 금산(金山)에서 나와 속리산(俗離山)으로 가는 도중에 우거(牛車)를 탄 사람을 만났다. 그 소들이 사 앞에 와서 무릎을 꿇고 울었다. 승거자(乘車者)가 내려서, "이 소들이 어찌하여 화상(和尙)을 보고 우느냐? 화상은 어디서 오는가?" 하고 물었다. 사가 가로되, "나는 금산수(金山藪)의 진표승(眞表僧)인데 내가 일찍이 변산(邊山) 불사의방(不思議房)에 들어가 미륵·지장의 양성(兩聖) 앞에서 친히 계법과 진성(眞栍)을 받아 절을 짓고 오래 수도(修道)할 곳을 찾아서 오는 길인데, 이 소들은 겉으로는 어리석으나 속으로는 현명(賢明)하여, 내가 계법을 받은 것을 알고

불법을 중(重)히 여기는 까닭에 꿇어 앉아 우는 것이요." 하였다.
그 사람이 듣고 나서 말하되, "축생(畜生)도 이러한 신념(信念)이
있거늘 나는 사람으로서 어찌 무심(無心)하리요!" 하고, 곧 손으
로 낫을 쥐고 스스로 두발(頭髮)을 잘랐다. 사가 자비(慈悲)한 마
음으로 다시 머리를 깎아주고 계를 받게 하였다. 이어 속리산 동
리(洞裏)에 가서 길상초(吉祥草)가 난 곳을 보고 표해두었다.

④ 다시 명주(溟州) 해변(海邊)으로 향하여 서행(徐行)하던 차에 **고기
와 자라** 따위들이 바다에서 나와 사의 앞으로 와서 몸을 육지(陸
地)와 같이 연(連)하니 사가 밟고 바다에 들어가 계법을 창념(唱
念)하고 다시 나와 고성군(高城郡)에 이르러 개골산(皆骨山)에 들어
가 비로소 발연사(鉢淵寺)를 세우고 점찰법회(占察法會)를 열었다.

⑤ 거기 거주(居住)한지 7년에 명주지계(溟州地界)에 흉년(凶年)이 들
어 사람들이 굶주리었다. 사가 이를 위하여 계법을 설하니 사람
마다 봉지(奉持)하고 삼보(三寶)에 치경(致敬)하매 갑자기 고성해
변(高城海邊)에 무수(無數)한 **어류(魚類)**가 저절로 죽어서 나왔
다. 사람들이 이것을 팔아 먹을 것을 마련하고 기아(飢餓)를 면
하였다.[23]

<비명>이 앞서의 기록들과 다른 점은 진표의 구체적 포교(布敎) 활동
에 대한 서술이 생략되었고, 그 대신 감화 화소가 5가지로 크게 확대되
었다는 것이다. 화소들마다 해당 사건이 발생한 지역도 금산수(金山藪),
속리산(俗離山), 명주(溟州), 고성해변(高城海邊) 등으로 각각 명시되어 있어,
진표 관련 전승이 호남과 영동 지역을 중심으로 확산되어가고 있음을 보
여준다. 바로 이 지역에서 미륵신앙이 왕성했고, 후삼국이 이루어지는
토대가 마련되었기에 진표의 미륵신앙이 민중 봉기와 관련되었다고 간
주되어 온 것이다.[24] 진표의 활동과 후삼국의 성립을 인과 관계로 단정

---

23) 『三國遺事』義解 第五, <關東楓岳鉢淵藪石記>.
24) 정미숙(2000), 2~9면. 조인성(1996), 35~52면 참조.

할 수 있는지 여부와는 별도로, 진표의 행적이 많은 사람들에게 관심을 끌고 공감대를 형성했으리라는 점은 충분히 가정할 수 있다.

①의 용왕, ②의 미륵(慈氏)과 같은 초월적 존재들의 보좌는 진표의 권위를 확실히 높여준다. 용왕이 만든 절, 미륵이 주조한 장육상은 어쩌면 경덕왕에게 수계를 내렸다는 사실의 서술이 불필요할 정도이다. 여기서 진표와 미륵의 관계는 전도(顚倒)되는 듯한 인상이다. 미륵보다 진표의 존재가 더 중요한 것으로 인식될 가능성 때문에 앞서 살펴본 [G]와 같은, 진표의 뼈에 대한 신앙이라 할 만한 화소도 등장했을 것이다.

③은 진표의 신성함을 소와 같은 짐승이 알아보았는데, 도리어 사람은 알아보지 못했다는 삽화이다. 이 삽화에서는 불교에서 '소'가 지니는 상징성도 중요하지만, [H]에서는 사람과 동·식물이 함께 어울려 진표의 앞길을 예비했던 모습과는 달리 사람과 동물의 관계가 우열 혹은 긴장 관계처럼 서술된 점이 주목된다. 덧붙여 진표가 자신의 일생을 약술(略述)하는 장면은 이 삽화가 별도의 독립된 설화로 존재했을 가능성을 보여주는 것이 아닐까 한다. 이어서 앞서도 언급한 물고기 삽화가 ④와 ⑤의 두 가지로 늘어난 점이 눈에 띈다.

이상의 다섯 가지 삽화는 진표의 감화력이 인간에게만 해당되는 것이 아니라 물고기와 소를 비롯한 동물, 용왕과 미륵을 비롯한 초자연적 존재에도 미친다는 점을 보여주고 있다. 그것이 허무맹랑한 전승이 아닌 신성함의 증거임을 내세우기 위해 시간적, 공간적 배경을 비교적 상세하게 정리하였으며, 이 전승의 전체 또는 일부가 독립적으로 여러 지역에 전승되어가며 진표라는 인물에 대한 새로운 기억과 인상을 만들어갔을 것이다.

비록 외국의 기록이기는 해도 승려로서 진표의 실제 모습은 『송 고승전』의 것에 가까웠으리라 생각한다. 그것은 오체투지의 수행을 통해 보살을 친견하고, 다시 마음의 번민을 초월하여 진정한 깨달음에 이르는 전형적인 고승의 모습이다. 그러나 『삼국유사』와 후대의 <비명>에 묘사된 진표는 훨씬 신비롭고 초월적인, 여러 세계에 두루 걸쳐 존재하는 신성성을 갖춘 인물이 되었다. 그것은 특정 종교에 귀속된 승려의 모습이라기보다는 신격화된 '성자'의 형상에 더 가깝지 않을까 한다.[25]

4. '성자' 형상에의 탐색을 위하여

진표의 입전(立傳) 과정에서 발생한 설화적 화소들의 개입을 통해 당대의 문화사에서 역사적 인물이 '성자'로서 형상화되는 과정의 한 사례를 살펴볼 수 있었다. 본론에서의 논의를 따라 각각의 전승 양상을 ① 고행과 성취, ② 신앙과 실천, ③ 감화와 인물 형상으로 나누어 정리한다.

10세기의 『송 고승전』에 수록된 <진표전>은 ① 오체투지를 통하여 7일 단위로 단계적인 깨달음을 얻어, ② 다른 사람의 자력신앙을 돕는 동반자 혹은 선지식의 역할을 ③ 초목, 동물과 인간들의 정성을 서로 교감하면서 이루어간다고 볼 수 있다. 다음으로 『삼국유사』에 수록된 <전간>은 ① 뼈를 부러뜨리고 피를 쏟는 참회를 통해 미륵을 만나, ② 남들을 구제하는 메시아적인 면모를 보이고 ③ 동물들을 감화시키고 국왕에게 보살계를 내리는 권능을 행한다. 마지막으로 12세기의 <비명>에는 ① 참담한 고행의 과정에 조력자가 나타나고, ② 미륵만이 아닌 진표의 뼈를 신앙하는 행위도 있는가 하면 ③ 전국적인 전승 규모를 갖는 감화 관련 삽화가 다수 등장한다. 이러한 차이는 문헌들을 서로 대조하고 앞

---

25) <모죽지랑가>와 <찬기파랑가>에서 죽음, 소멸을 통해 더 큰 차원의 존재가 된 화랑의 형상 역시 이러한 맥락에서 '성자' 형상으로 부를 수 있다고 본다.

뒤 시기의 관계를 고려했을 때 선명하게 드러나는 것들이다.

진표는 활동 연대를 고려하면 관련 기록이 비교적 많은데다가, 설화적 성격이 풍성한 편이다. 그에 비해 문학적 연구는 상당히 드문 편인데, 그간의 역사학적 접근, 사상사적 모색을 통해 설명할 수 없었던 부분이 문학적 접근을 통해 해결될 수 있지 않을까 하는 가설에서 이 논의는 출발하였다. 해명되지 않은 부분은 추후의 보다 섬세한 분석을 통해 해결하고자 한다. 또한『삼국유사』와『삼국사기』,『고승전』류에 등장하는 대다수의 종교적 인물 형상은 진표와 유사한 과정을 통해 입전되었을 것으로 추단한다. 이들에 대한 입체적 분석을 통해 보다 풍성한 논의에 이르기를 기대한다.

참고문헌

1. 자료

『大方廣佛華嚴經』60권, 『大正新修大藏經』 9.

京都大學 문학부 국어학국문학연구실 편, 『前間恭作著作集』, 京都大學 國文學會, 1974: 태학사 영인.

光　德 편역, 『普賢行願品』, 海印叢林, 佛紀 2513.

均　如, 『教分記圓通鈔』, 『韓國佛教全書』 4.

均　如, 『旨歸章圓通鈔』, 『韓國佛教全書』 4.

金富軾, 『三國史記』.

김두진 역, 『釋華嚴教分記圓通鈔』, 동국역경원, 1997.

박효관·안민영, 『歌曲源流』, 국악원본.

백용성 국역, 『한글 화엄경』, 경전중간사업회, 경인문화사 영인, 1970.

손진태, 『朝鮮神歌類編』, 東京 : 향토연구사, 1930.

元　曉, 은정희 역, 『大乘起信論疏·別記』, 일지사, 1991.

元　曉, 은정희·송진현 역, 『金剛三昧經論』, 일지사, 2002.

元　曉, 『金剛三昧經論』, 『韓國佛教全書』 1.

元　曉, 『大乘起信論疏·別記』, 『韓國佛教全書』 1.

義　相, 『錐洞記』([華嚴經問答]), 『大正新修大藏經』 45.

성무경, 『대동문화연구 가집자료총서2-고금가곡』, 보고사, 2007.

이승화, 『朝鮮佛教通史』, 민속원 영인, 1992.

이우성 역, 『新羅四山碑銘』, 아세아문화사, 1995.

이형구 외 편, 『광개토왕릉비탁본도록』, 국립문화재연구소, 1996.

이창배, 『T. S. 엘리엇 전집-시와 시극』, 동국대 출판부, 2001.

이혜구 역주, 『신역 악학궤범』 국립국악원, 2000.

一　然, 『三國遺事』, 高麗大 晩松文庫本.

掌樂院 編纂. 『樂章歌詞』尹氏本(김명준, 『악장가사주해』, 다운샘, 2003 영인).

前間恭作, 『校註 歌曲集』.

조선총독부 편, 『朝鮮金石總覽(上)』, 아세아문화사 영인, 1976.

贊　寧, 『宋 高僧傳』 卷14, 『大正新修大藏經』.

崔喆·安大會 역주, 『譯註 均如傳』, 새문사, 1986.

崔致遠, <法藏和尙傳>, 『崔文昌候全集』, 成均館大, 1975.

崔致遠, 최영성 역, 『최치원전집 1 : 四山碑銘』, 아세아문화사, 1998.

韓國古代社會硏究所 編, 『譯註 韓國古代金石文』 1·2·3, 駕洛國史蹟開發院, 1992.

허남진 외 편역, 『한국철학자료집 : 불교편1』, 서울대 출판부, 2005.

赫連挺, ≪大華嚴首座圓通兩重大師均如傳≫, 『高麗大藏經 47 補遺 4』(동국대역경원).

『大正新修大藏經·卍續藏經 CD-Rom』, CBETA, 2008 ; ver 3.7.

『三國史記·三國遺事 CD-Rom』, 두계학술재단, 1999 ; ver 3.2.

『新增東國輿地勝覽』. 卷 29. 高嶺縣.

2. 연구논저

강현모, 「백제 건국신화의 전승 양상과 의미」, 『비교민속학』 24, 비교민속학회, 2003.

고구려연구회, 『호태왕비 연구 100년상·중·하』, 고구려연구회, 1996.

고운기, 「사뇌가 형식 발생론 서설」, 『한국고전시가와 근대』, 보고사, 2007.

고은지, 「애국계몽기 시조의 창작배경과 문학적 지향–대한매일신보를 중심으로」, 고려대 석사논문, 1997.

고혜경, 「고려속요 시형 연구」, 『고전문학연구』 10, 한국고전문학회, 1995.

구본기, 「제망매가의 시적 구성과 의미」, 『한국고전시가작품론』, 집문당, 1992.

권오엽, 『광개토왕비문의 세계』, 제이앤씨, 2007.

김기형, 「<오느리> 유형의 기원과 전승 양상」, 『한국민속학』 30, 한국민속학회, 1998.

김남윤, 「진표의 전기 자료 성격 검토」, 『국사관논총』 78, 국사편찬위원회, 1997.

김동욱, 「신라가요의 불교문학적 고찰」, 『한국가요의 연구』, 을유문화사, 1961.

김두진, 『均如華嚴思想硏究』, 일조각, 1983.

김두진, 『한국고대의 건국신화와 제의』, 일조각, 1999.

김두진, 「통일신라의 역사와 사상」, 『전통과 사상』 II, 한국정신문화연구원, 1986.

김명옥, 「엘리어트의 종교전환」, 『영미어문학연구총서 4–T. S. 엘리어트』 민음사, 1978.

김명준, 『악장가사 연구』, 다운샘, 2004.

김명준, 『악장가사 주해』, 다운샘, 2004.

김명준, 『한국고전시가의 모색』, 보고사, 2008.

김문기, 「崔致遠의 四山碑銘 硏究」, 『韓國의 哲學』 15, 경북대 퇴계학연구소, 1987.

김병기, 『사라진 비문을 찾아서』, 학고재, 2005.

김복순, 「삼국의 첩보전과 승려」, 『한국고대불교사연구』, 민족사, 2002.

김사엽, 『韓譯 萬葉集 : 김사엽 전집 8~12권』, 박이정, 2004.

김사엽, 『향가의 문학적 연구』 계명대 출판부, 1985.

김삼룡, 『한국미륵신앙의 연구』, 동화출판공사, 1982.

김상현, 『신라의 사상과 문화』, 일지사, 1999.

김상현, 「추동기의 성립과 그 이본 화엄경문답」, 『신라의 사상과 문화』, 일지사, 1999.

김상현, 「향가와 게송과 불교사상」, 『향가문학연구』, 일지사, 1993.

김선기, 『옛적 노래의 새풀이』, 보성문화사, 1993.

김성룡, 「원효의 글쓰기와 중세적 주체」, 『한국문학사상사 1』, 이회, 2004.

김수경, 「속요의 현대화, 그 몇 가지 양상에 관한 시론」, 『한국시가연구』 19, 한국시가
학회, 2006.

김수태, 『신라중대정치사연구』, 일조각, 1996.

김승찬, 「<均如傳>과 <請轉法輪歌>」, 『향가문학론』, 새문사, 1986.

김승찬, 『신라향가론』, 부산대 출판부, 1999.

김승찬, 『한국상고문학연구』, 제일문화사, 1978.

김승찬, 「균여전고」, 『한국상고문학연구』, 제일문화사, 1978.

김승찬, 「균여전과 청전법륜가」, 『향가문학론』, 새문사, 1986.

김승찬, 「신라의 정토왕생사상과 향가」, 『인문논총』 28집, 부산대, 1985.

김승호, 『韓國承傳文學硏究』, 민족사, 1992.

김열규, 「향가의 문학적 연구 일반」, 『향가의 어문학적 연구』, 서강대 인문과학연구소,
1972.

김영수, 「삼국의 부전가요 연구」, 『고대가요연구』, 단국대 출판부, 2007.

김영태, 『삼국시대 불교신앙 연구』, 불광 출판부, 1990.

김영태, 「점찰법회와 진표의 교법사상」, 『신라불교연구』, 민족문화사, 1990.

김영하, 「백제·신라왕의 군사훈련과 통수」, 『태동고전연구』 6, 태동고전연구소, 1990.

김완진, 『鄕歌解讀法硏究』, 서울대 출판부, 1980.

김완진, 『향가와 고려가요』, 서울대 출판부, 2000.

김용찬, 『18세기의 시조문학과 예술사적 위상』, 월인, 1999.

김우창, 「전통과 방법」, 『영미어문학연구총서 4-T. S. 엘리어트』, 민음사, 1978.

김윤섭, 「華嚴思想의 詩的 轉化 樣相에 關한 硏究」, 고려대 석사논문 1994.

김종우, 『향가문학연구』, 삼우사, 1975.

김종우, 「서동요연구」, 『삼국유사의 문예적 연구』, 새문사, 1988.

김지견, 「의상의 법휘고」, 『의상의 사상과 신앙 연구』, 불교시대사, 2001.

김지견 편, 『원효성사의 철학세계』, 민족사, 1989.

김진국, 『향가의 해석학적 연구』, 예림기획, 2003.

김창룡, 「바보온달과 평강공주」, 『고구려문학을 찾아서』, 박이정, 2002.

김창원, 「삼국유사 감통 이야기의 역사적 맥락」, 『향가로 철학하기』, 보고사, 2004.

김태식, 『가야연맹사』, 일조각, 1993.

김풍기, 「향가와 고려속요의 서정 표출 양상과 그 의미」, 『한국고전시가교육의 역사적 지평』, 월인, 2002.

김학성, 『한국고시가의 거시적 탐구』, 집문당, 1997.

김학성, 「속요란 무엇인가」, 윤채환 편, 『고전문학의 이해』, 우리문학사, 1993.

김현숙, 『고구려의 영역 지배방식 연구』, 모시는 사람들, 2005.

김혜진, 「신라 향가의 서정성 연구」, 서울여대 박사논문, 2005.

김호성, 윤옥선, 『한글대장경 238 : 法界圖記總隨錄 外』, 동국대 역경원, 1994.

김화경, 「온조신화연구」, 『인문과학』 4, 영남대 인문과학연구소, 1983.

김흥규, 『韓國文學의 理解』, 민음사, 1986.

김흥규, 「고려속요의 장르적 다원성」, 『욕망과 형식의 시학』, 태학사, 1999.

나경수, 『鄕歌文學論과 作品研究』, 집문당, 1995.

나정순, 『우리 고전 다시 쓰기』, 삼영사, 2005.

남동신, 「慈藏의 불교사상과 불교치국책」, 『한국사연구』 76, 한국사연구회, 1992

남동신, 「나말여초 화엄종단의 대응과 <華嚴神衆經>의 성립」, 『외대사학』 5, 외대사학회, 1993.

노명호, 「백제 건국신화의 원형과 성립 배경」, 『백제연구』 20, 충남대 백제연구소, 1989.

노중국, 『백제정치사연구』, 일조각, 1988.

도수희, 「<정읍사>의 해석과 감상」, 『백제의 언어와 문학』, 주류성, 2004.

도수희, 「백제말의 시대별 특징」, 『백제의 언어와 문학』, 주류성, 2004.

디이터 람핑, 장영태 역, 『서정시 : 이론과 역사-현대 독일시를 중심으로』, 문학과 지성사, 1994.

류 렬, 『향가연구』, 박이정, 2003.

류수열, 「<彗星歌>의 발상과 표현」, 『고전문학과 교육』 4, 청관고전문학회, 2002.

문명대, 『한국불교미술사』, 한언출판부, 1997.

문명대, 「양지와 그의 작품론」, 『원음과 적조미』, 예경, 2003.

문안식, 『한국고대사와 말갈』. 혜안, 2003.

문안식, 「백제의 시조전승에 반영된 왕실교대와 성장과정 추론」, 『동국사학』 40, 동국사학회, 2004.

박광연, 「진표의 점찰법회와 밀교 수용」, 『한국사상사학』 26, 한국사상사학회, 2006.

박노준, 『新羅歌謠의 研究』, 열화당, 1982.

박노준, 『향가여요의 정서와 변용』, 태학사, 2002.

박노준, 「제망매가의 해석」, 『삼국유사와 문예적 가치해명』, 새문사, 1982.

박미선, 「진표 점찰법회의 성립과 성격」, 『한국고대사연구』 49, 한국고대사학회, 2008.

박상란, 『신라와 가야의 건국신화』, 한국학술정보, 2005.

박연호, 『가사문학 장르론』, 다운샘, 2003.

박옥미, 「均如의 普賢十願歌 研究」, 동국대 불교학과 석사논문, 1996.
박용운, 『高麗時代史』, 일지사, 1985.
박재민, 「<慕竹旨郎歌>의 10구체 가능성에 대하여」, 『한국시가연구』 16, 한국시가학회, 2004.
박재민, 「삼국유사소재 향가의 원전비평과 차자·어휘변증」, 서울대 박사논문, 2009.
박진태, 「<정읍사>의 확산과 지역 축제로의 회귀」, 『고전문학과 교육』 10, 한국고전문학교육학회, 2005.
박진태, 「속요의 연 구성에 나타난 대립과 대칭」, 『국어국문학』 91, 국어국문학회, 1984.
박태원, 『의상의 화엄사상』, 울산대 출판부, 2005.
박태원, 「화엄경문답과 의상의 일승·삼승론」, 『원효와 의상의 통합사상』, 울산대 출판부, 2004.
박현숙, 「백제 건국신화의 형성과정과 그 의미」, 『한국고대사연구』 39, 한국고대사학회, 2005.
반교어문학회 편, 『신라가요의 기반과 작품의 이해』, 보고사, 1998.
사재동, 「서동요의 문학적 실상」, 『한국문학유통사의 연구』 I, 중앙인문사, 1999.
서대석, 「백제신화연구」, 진단학보 60, 진단학회, 1985.
서철원, 「<普賢十願歌>의 수사방식과 사상적 기반」, 『한국시가연구』 9, 한국시가학회, 2001.
서철원, 「신라 향가의 서정주체상과 그 문화사적 전개」, 고려대 박사논문, 2006.
서철원, 「향가와 신라문화사」, 고가연구회 편, 『향가의 깊이와 아름다움』, 보고사, 2009.
성호경, 『고려시대 시가연구』, 태학사, 2006.
소광희, 『시간의 철학적 성찰』, 문예출판사, 2001.
송기호, 「크리스티나 로제티의 종교시」, 『신영어영문학』 39, 신영어영문학회, 2008.
송재주, 「均如의 華嚴思想과 生涯에 對하여」, 『장태진박사회갑기념 국어국문학논총』, 삼영사, 1988.
송효섭, 『삼국유사설화와 기호학』, 일조각, 1990.
시라사키 쇼우이찌로우, 권오엽·권정 역, 『광개토왕비문의 연구』, 제이앤씨, 2004.
신경숙, 「朝鮮後期 女唱歌曲의 研究」, 고려대 박사논문, 1995.
신영명, 「<제망매가>, 회향의 노래」, 『고전문학 사회사의 탐구』, 새문사, 2005, 39면.
신재홍, 『향가의 미학』, 집문당, 2006.
신재홍, 『향가의 해석』, 집문당, 2000.
신종원, 「신라 불교전래의 제양상」, 『신라초기불교사연구』, 민족사, 1992 ; 2001 증보판.
신채호, 『朝鮮上古史』 4편 2장 3절, 「백제의 건국과 마한의 멸망」, 『단재신채호전집 1 : 역사』, 독립기념관 한국독립운동사연구소, 2007.

안동주, 『백제문학사론』, 국학자료원, 1997.

안상렬, 「고려속요의 공간 연구」, 『도남학보』 16, 도남학회, 1997.

양정석, 『황룡사의 조영과 왕권』, 서경, 2004.

양주동, 『增訂 古歌研究』, 일조각, 1965.

양태순, 「삼구육명의 새로운 뜻풀이3-그 음악적 해명」, 『한국고전시가의 종합적 고찰』,
    민속원, 2003.

양희철, 『高麗鄕歌研究』, 새문사, 1988.

양희철, 『鄕札文字學』, 새문사, 1995.

양희철, 『삼국유사 향가 연구』, 태학사, 1997.

양희철, 『향가 꼼꼼히 읽기』, 태학사, 2000.

양희철, 「시조 생략종결의 함축 연구」, 『한국시가연구』 22, 한국시가학회, 2007.

양희철, 「향가 형식론의 기반 일각-『삼국유사』의 기사분절에 대한 원전비평의 일부」,
    『한국시가연구』 10, 한국시가학회, 2001.

양희철, 「향가의 분절에 관한 연구-삼국유사에 수록된 11 분절 향가의 원전 비평적
    검토」, 『한국언어문학』 47, 한국언어문학회, 2001.

양희철, 「향가의 주가성을 다시 생각해 본다」, 『한국시가연구』 8, 한국시가학회, 2000.

양희철, 「향가의 향찰적 시성 연구」, 『한국문학이론과 비평』 1, 한국문학이론과 비평
    학회, 1997.

여기현, 「<헌화가>의 제의성」, 『신라 음악상과 사뇌가』, 월인, 1999.

유경환, 「<정읍사>에 나타난 달의 원형적 상징」, 『새국어교육』 61, 국립국어연구원,
    2001.

유효석, 「풍월계 향가의 장르성격 연구」, 성균관대 박사학위논문, 1992.

윤성현, 『속요의 아름다움』, 태학사, 2007.

윤여성, 「신라 진표와 진표계 불교 연구」, 원광대 사학과 박사논문, 1999.

윤영옥, 「원왕생가」, 『향가연구』 태학사, 1998.

윤용구, 「구태의 백제건국 기사에 대한 재검토」, 『백제연구』 39, 충남대 백제연구소,
    2004.

윤태현, 「<보현시원가>의 배경과 문학적 성격 연구」, 동국대 석사논문, 1999.

윤태현, 「普賢十願歌의 文學的 性格」, 『東岳語文論集』 30, 동 연구회, 1995.

이구의, 『신라한문학연구』, 아세아문화사, 2002.

이구의, 『최치원문학연구』, 아세아문화사, 2004.

이기백, 「통일신라와 발해의 문화」, 『한국사강좌』 1 고대편, 일조각, 1982.

이기백 편, 『高麗光宗研究』, 일조각, 1981.

이도학, 『고구려 광개토왕릉비문 연구』, 서경, 2006.

이도흠, 「<慕竹旨郞歌>의 창작배경과 수용의미」, 『한국시가연구』 3, 한국시가학회,

1998.

이도흠, 「<안민가>의 화쟁시학」, 『한국학논집』 23, 한양대 한국학연구소, 1993.

이도흠, 『화쟁기호학, 이론과 실제』, 한양대 출판부, 1999.

이도흠, 「신라 향가의 문화기호학적 연구」, 한양대 박사논문, 1993.

이도흠, 「화엄의 패러다임으로 향가와 현대시 엮어 읽기」, 『고전시가 엮어 읽기』 상, 태학사, 2003.

이등룡, 「<정읍사> 연구-방법론의 반성」, 『인문과학』 33, 성균관대 인문과학연구소, 2003.

이병도, 『한국고대사회와 그 문화』, 서문당, 1973.

이병도, 『한국사-고대편』, 을유문화사, 1959.

이수곤, 「<정읍사>의 여성 화자 태도와 그 의미에 대한 시론적 고찰」, 『한국고전여성문학연구』 14, 한국고전여성문학회, 2007.

이승남, 「중생의 뜻에 수순하겠다는 노래」, 『새로 읽는 향가문학』, 아세아문화사, 1998.

이연숙, 『신라향가문학연구』, 박이정, 1999.

이연숙, 『일본고대한인작가연구』, 박이정, 2003

이연숙, 「<정읍사>의 불교적 성격 연구」, 『한국문학논총』 38, 한국문학회, 2004.

이영태, 「<만전춘별사>와 영업기」, 『고려속요와 기녀』, 경인문화사, 2004.

이용현, 「한문자의 사용-목간」, 『백제의 문화와 생활』, 충청남도 역사문화연구원, 2007.

이장웅, 「백제 한성기 왕실의 변동과 건국신화의 변화 과정」, 고려대 석사논문, 2006.

이재선, 『향가의 이해』 삼성문화미술재단, 1979.

이재선, 「신라향가의 어법과 수사」, 『향가의 어문학적 연구』, 서강대 인문과학연구소, 1972.

이재선, 「한국문학의 사생관」, 『한국문학주제론』, 서강대 출판부, 1989.

이종태, 「백제 시조 仇台廟의 성립과 전승」, 『한국고대사연구』 13, 한국고대사학회, 1998.

이준학, 「조지 허버트의 종교시에 나타난 보편적 의식」, 『문학과 종교』 12권 2호, 문학과 종교학회, 2007.

이진희, 「한일고대사의 제문제-광개토왕릉비에 대한 연구와 그 후의 동향」, 『일본학연구소 개소 20주년 기념 이진희교수 초청강연회』, 동국대 일본학연구소, 1999.

이창배, 「엘리어트의 시세계」, 『영미어문학연구총서 4-T. S. 엘리어트』, 민음사, 1978.

이현수, 「均如傳의 說話文學的 性格」, 『시원김기동박사 회갑기념논총』, 교학사, 1986.

이형대, 「<원가>와 <정과정>의 시적 인식과 정서」, 『한성어문학』 18, 한성대 국문과, 1999.

이홍직, 「前間恭作 編 : 古鮮冊譜 三冊-東洋文庫 刊」, 『아세아연구』 2, 고려대 아세아문제연구소, 1958.

인권환, 『韓國佛敎文學硏究』, 고려대 출판부, 1998.

인권환, 『高麗時代 佛敎詩의 硏究』, 고려대 민족문화연구소, 1983.

임기중, 『新羅歌謠와 記述物의 硏究』, 이우출판사, 1981.

임기중, 『고전시가의 실증적 연구』, 동국대 출판부, 1992.

임기중, 「새로 찾은 호태왕비 원석초기탁본 해독 문제」, 『한국고전문학과 세계인식』, 역락, 2003.

임기중, 「서동요」, 『새로 읽는 향가문학』, 아세아문화사, 1998.

임기중, 「호태왕비탁본과 비문 연구」, 『한국고전문학과 세계인식』, 역락, 2003.

임기중 외, 『새로 읽는 향가문학』, 아세아문화사, 1998.

임기중 편, 『광개토대왕비 원석 초기 탁본 집성』, 동국대 출판부, 1995.

임재해, 「온조의 백제 건국과정과 부여족 신화의 건국문법」, 『민족신화와 건국영웅들』, 민속원, 2006.

임주탁, 「고려시대 국어시가의 창작 및 전승기반 연구」, 서울대 박사논문, 1999.

임준철, 「漢詩 意象論과 朝鮮中期 漢詩 意象 硏究」, 고려대 박사논문, 2003.

장원철, 「향가와 한시-향가적 서정과 한시 미의식의 역사적 성립 양상을 중심으로」, 『한국한문학연구』 15, 한국한문학회, 1995.

장재진, 「신라향가의 연구」, 형설출판사, 1993.

장충식, 『한국불교미술연구』, 시공사, 2004.

전덕재, 『한국고대사회경제사』, 태학사, 2006.

전덕재, 『한국고대의 신분제와 관등제』, 아카넷, 2000

田村圓澄, 「백제와 미륵신앙」, 『백제불교문화의 연구』, 서경문화사, 1994.

정 륜, 「모악산과 불교-진표율사와 진묵대사를 중심으로」, 『선도문화학술대회 : 한국의 선도문화-천부경과 모악산을 중심으로』, 국제뇌교육종합대학원 국학연구원, 2006.

정갑동, 「엘리엇의 생애에 미친 인도의 영향」, 『T. S. 엘리엇의 시와 불교철학』, 동인, 2006.

정기선, 「고려시가의 정서와 그 표현방식 연구」, 서강대 석사논문, 2007.

정기호, 「高麗時代 鄕歌의 硏究」, 『향가연구』, 태학사, 1998.

정기호, 「고려속요의 형태론적 연구」, 『동악어문논집』 11, 동악어문학회, 1978.

정미숙, 「진표의 미륵신앙과 이상사회론」, 『지역과 역사』 7, 부경역사연구소, 2000.

정병삼, 『의상화엄사상연구』, 서울대 출판부, 1998.

정상균, 『한국고대시문학사연구』, 한신문화사, 1984.

井上秀雄 외, 김기섭 역, 『고대 한일관계사의 이해-倭』, 이론과 실천, 1994.

정열모, 『향가연구』, 사회과학원 출판사, 1965.

정재호, 「懶翁論」, 『韓國文學作家論』, 현대문학, 1991.

정출헌, 「鄕歌의 民族文學的 性格과 그 文學史的 意義」, 『어문논집』 34, 고려대 국어국
    문학 연구회, 1996.
정출헌, 「고려가요의 층위와 그 전승양상―여말선초 시가사의 구도에 유의하여」, 『민
    족문학사연구』 13, 민족문학사학회, 1998.
정하영, 「均如傳의 傳奇文學的 性格」, 『한국언어문학』 20, 한국언어문학회, 1981.
조경철, 「백제성왕대 대통사창건의 사상적 배경」, 『국사관논총』 98, 국사편찬위원회,
    2002.
조규익, 「고려속가의 형성과 존재론적 근거」, 『고전시가의 변이와 지속』, 학고방, 2006.
조동일, 「영웅의 일생, 그 문학사적 전개」, 『민중영웅 이야기』, 문예출판사, 1992.
조동일, 「원효」, 『한국문학사상사시론』, 지식산업사, 1978.
조만호, 「고려가요의 정조와 악장으로서의 성격」, 『고려가요 연구의 현황과 전망』, 집
    문당, 1996.
조연숙, 『고려속요 연구』 국학자료원, 2004.
조연숙, 「향가의 시간의식 연구」, 『고시가연구』 13, 한국고시가문학회, 2003.
조용헌, 「진표율사 미륵사상의 특징」, 『한국사상사학』 6, 한국사상사학회, 1994.
조윤제, 『韓國文學史』, 탐구당, 1987.
조인성, 「미륵신앙과 신라사회―진표의 미륵신앙과 신라말 농민봉기와의 관련성을 중
    심으로」, 『진단학보』 82, 진단학회, 1996.
조재훈, 「백제가요의 연구」, 고려대 박사학위논문, 1998.
조평환, 「찬기파랑가」, 『향가문학연구』, 일지사, 1993.
지병규, 「백제의 시조신화에 대한 고찰」, 『한국서사문학사의 연구 Ⅱ』, 중앙문화사,
    1995.
진홍섭, 『신라·고려시대 미술문화』, 일지사, 1997.
채인환, 「신라 진표율사 연구 Ⅰ·Ⅱ·Ⅲ」, 『불교학보』 23~25, 동국대 불교문화연구
    원, 1986·1987·1988.
최 철, 「고려국어가요의 율격 현상과 텍스트 확정」, 『문학 한글』 13, 한글학회, 1999.
최 철, 「균여전 소재 향가관련 기록과 검토」, 『향가연구』, 태학사, 1998.
최 철, 「찬기파랑가」, 김승찬 편, 『향가문학론』, 새문사, 1986.
최철·박재민, 『석주 고려가요』, 이회, 2003. 281면.
최광식, 「『손진태 유고집』의 내용과 성격」, 『한국사학보』, 한국사학회, 2008.
최래옥, 「서동의 정체」, 『한국문학사의 쟁점』, 집문당, 1986.
최래옥, 「현지조사를 통한 백제설화의 연구」, 『한국학논집』 2, 한양대 한국학연구소,
    1982.
최미정, 「<이상곡>의 종합적 고찰」, 『고려속요의 전승 연구』, 계명대 출판부, 1999.
최미정, 「고려속요의 율격 양식과 분련체의 관련 양상 고찰」, 『한국문학이론과 비평』

19, 한국문학이론과 비평학회, 2003.

최미정, 「죽은 님을 위한 노래—動動」, 국어국문학회 편, 『고려가요·악장 연구』, 태학사, 1997.

최선경, 『향가의 제의적 이해』, 한국학술정보, 2006.

최연식, 『균여화엄사상연구』, 서울대 국사학과 박사논문, 1999.

최영성, 「고운의 문장과 사상표현의 문제」, 『최치원의 철학사상』, 아세아문화사, 2001.

최유진, 「원효에 있어서 화쟁과 언어의 문제」, 『한국의 사상가 10인—원효』, 예문서원, 2002.

최정여, 『韓國古詩歌硏究』, 계명대 출판부, 1989.

최창호, 「머리나Marina」, 『T. S. 엘리어트의 종교시—그 이해와 감상』, 중앙대 인문학연구소, 1999.

충청남도 역사문화연구원, 「마한사회의 형성과 백제의 건국」, 『백제의 기원과 건국』, 도서출판 아디람, 2007.

한미옥, 「백제 건국신화로서 비류설화」, 『우리말글』 27, 우리말글학회, 2003.

한흥섭, 「풍류도, 한국음악의 철학과 뿌리」, 『한국고대음악사상』, 예문서원, 2007.

호승희, 「신라한시연구」, 이화여대 박사학위논문, 1993.

홍기문, 『향가해석』, 대제각 영인, 1991.

화경고전문학연구회 편, 『鄕歌文學硏究』, 일지사, 1993.

황명천, 『만요슈와 한인계 시가 연구』, 보고사, 2005.

황수영, 「익산의 백제불교사적」, 『한국의 불교공예·탑파』, 혜안, 1998.

황인덕, 「백제사와 설화」, 『백제의 문화와 생활』, 충청남도 역사문화연구원, 2007.

황인완, 「가곡원류의 이본 계열 연구」, 고려대 박사논문, 2007.

황패강, 「원왕생가 연구」, 『삼국유사와 문예적 가치 해명』, 새문사, 1982.

황패강, 「제망매가 연구」, 『벽사 이우성선생 정년기념 국어국문학논총』, 창작과비평사, 1990.

T. S. Eliot, "Religion and Literature", Selected Essays, London : Faber&Faber, 1976.

T. S. Eliot, Poems Written in Early Youth, New York : Farrar, Straus and Giroux, 1979.

수록 논문 발표지 및 출간시기 일람

Ⅰ. 신라 향가의 시학과 문학사상

① 「三國遺事 鄕歌에서 수용의 문맥과 서정주체」, 『한국문학이론과 비평』 37, 한국문학이론과 비평학회, 2007. 12, 29~50면.

② 「新羅 鄕歌의 '소멸' 모티프와 죽음 인식」, 『우리문학연구』 14, 우리문학회, 2001. 8, 153~173면.

③ 「종교시로서 新羅 鄕歌와 T. S. 엘리엇 엮어읽기」, 『고시가연구』 24, 한국고시가문학회, 2009. 8, 149~173면.

④ 「新羅 文學思想의 전개와 古典詩歌史의 관련 양상」, 『고전문학연구』 35, 한국고전문학회, 2009. 6, 251~281면.

Ⅱ. 신라와 고려의 지속과 전변

⑤ 「均如의 작가의식과 <普賢十願歌>」, 고려대 석사논문, 1999. 6, 1~74면.

⑥ 「<恒順衆生歌>의 방편시학과 <普賢十願歌>의 배경」, 『우리문학연구』 15, 우리문학회, 2002. 2, 133~153면.

⑦ 「鄕歌와 高麗俗謠의 장르적 차이를 통해 본 轉變 樣相의 단서」, 『한국시가연구』 23, 한국시가학회, 2007. 11, 5~47면.

⑧ 「鄕歌에서 俗謠로, 두 가지 서정성의 대칭과 융회」, 『고전과 해석』 4, 고전문학한문학연구학회, 2008. 4, 7~35면.

Ⅲ. 속요와 시조의 전통과 전승

⑨ 「백제 문화권의 <井邑詞>와 高麗俗謠의 기원」, 『국어문학』 44, 국어문학회, 2008. 3, 265~283면.

⑩ 「高麗俗謠의 어조를 통해 본 장르 관습의 양상」, 『고시가연구』 20, 한국고시가문학회, 2008. 2, 223~244면.

⑪ 「『校註 歌曲集』을 통해 본 20세기의 고시조 향유와 전승 양상」, 『한국문학이론과 비평』 41, 한국문학이론과 비평학회, 2008. 12, 67~91면.

IV. 고대 서사문학의 문면과 문맥

⑫ 「<廣開土王陵碑文>의 수사방식과 세계관」, 『고전문학연구』 30, 한국고전문학회, 2008. 6, 229~256면.

⑬ 「대가야 건국신화와의 비교를 통해 본 백제 건국신화의 인물 형상과 그 의미」, 『인문학연구』 36, 조선대학교 인문학연구소, 2008. 8, 7~30면.

⑭ 「<薯童謠> 傳承의 형성과 사상적 배경」, 『고시가연구』 17, 한국고시가문학회, 2006. 2, 205~226면.

⑮ 「眞表 傳記의 설화적 화소와 '聖者' 형상」, 『시민인문학』 16, 경기대학교 인문과학연구소, 2009. 2, 165~187면.

저자 소개

서 철 원 (徐徹源)

경기도 평택에서 출생하여 고려대학교 국어국문학과와 동 대학원을 졸업하고, 「신라 향가의 서정주체상과 그 문화사적 전개」(2006)라는 논문으로 문학박사 학위를 받았다. 주요 논문으로 「신라 문학사상의 전개와 고전시가사의 관련 양상」, 「『교주 가곡집』을 통해 본 20세기의 고시조 향유와 전승 양상」, 「〈광개토왕릉비문〉의 수사방식과 세계관」 등이 있으며, 공저로 『향가의 깊이와 아름다움』이 있다. 현재 고려대 민족문화연구원 연구교수로 재직하고 있으며, 고려대, 경기대, 상명대 등에 출강해 왔다.

한국 고전문학의 방법론적 탐색과 소묘

초판 인쇄 2009년 10월 12일
초판 발행 2009년 10월 22일

지은이 서철원
펴낸이 이대현
편 집 이소희
펴낸곳 도서출판 역락
　　　　서울 서초구 반포4동 577-25 문창빌딩 2층
　　　　전화 02-3409-2058(영업부), 2060(편집부)
　　　　팩시밀리 02-3409-2059
　　　　이메일 youkrack@hanmail.net
　　　　등록 1999년 4월 19일 제303-2002-000014호

ISBN 978-89-5556-736-6 93810
정 가 28,000원

＊잘못된 책은 교환해 드립니다.